世界潮流浩浩
蕩蕩順之則昌
逆之則亡

孫文題

孙中山题词：世界潮流浩浩荡荡　顺之则昌逆之则亡

黄继树，原籍广西百寿县（今属永福县），1964年在《广西文艺》发表第一篇短篇小说《巧遇》，此后笔耕不辍，主要作品有《桂系演义》《败兵成匪》《北伐往事》《黄继树作品自选集》等。1988年加入中国作协，曾任广西作协副主席、桂林市文联主席、桂林市作协主席、桂林文学院院长。

桂系演义

GUIXI YANYI

增补版　第三册

黄继树　著

广西师范大学出版社
GUANGXI NORMAL UNIVERSITY PRESS

·桂林·

出版统筹：张　明
责任编辑：唐　燕
装帧设计：姚明聚[广大迅风艺术]
责任技编：王增元　伍先林
书名篆刻：胡擎元

图书在版编目（CIP）数据

桂系演义：增补版：全4册 / 黄继树著. —桂林：
广西师范大学出版社，2015.8（2025.4 重印）
ISBN 978-7-5495-7029-4

Ⅰ. ①桂… Ⅱ. ①黄… Ⅲ. ①历史小说－中国－
当代 Ⅳ. ①I247.5

中国版本图书馆 CIP 数据核字（2015）第 162842 号

广西师范大学出版社出版发行

（广西桂林市五里店路 9 号　　邮政编码：541004）
　网址：http://www.bbtpress.com
出版人：黄轩庄
全国新华书店经销
广西广大印务有限责任公司印刷
（桂林市临桂区秧塘工业园西城大道北侧广西师范大学出版社
集团有限公司创意产业园内　邮政编码：541199）
开本：700 mm × 990 mm　1/16
印张：100.75　　字数：1 520 千字
2015 年 8 月第 1 版　　2025 年 4 月第 3 次印刷
定价：368.00 元（全四册）

如发现印装质量问题，影响阅读，请与出版社发行部门联系调换。

目 录

主要人物表

孙中山（1866—1925），名文，又名中山，号逸仙，广东香山（今中山）人。中国同盟会总理、中国国民党总理、中华民国临时政府大总统、广州中华民国政府非常大总统、广州大元帅府陆海军大元帅。1921年夏，命令粤军进攻广西，推翻陆荣廷的统治，为在桂军中任下级军官的李宗仁、黄绍竑、白崇禧创造了崛起的历史机遇，并支持他们统一广西，其革命思想对李、黄、白产生深远影响。

李宗仁（1891—1969），字德邻，广西临桂人。从桂军的一名下级军官崛起，成为北伐名将，抗日英雄，民国副总统、代总统。陆军一级上将。1965年从美国回归祖国大陆。有《李宗仁回忆录》传世。

黄绍竑（1895—1966），字季宽，广西容县人。与李宗仁合作统一广西，任广西省政府主席。1930年年底脱离桂系团体投奔蒋介石，先后任浙江、湖北省政府主席，监察院副院长。在蒋桂之间奔走，左右逢源。1949年出任国民政府和平谈判代表团成员。

白崇禧（1893—1966），字健生，广西临桂人，回族，有"小诸葛"之称。在统一广西、北伐和抗日战争中，以其卓越的军事指挥才能著称。任国民政府国防部部长、华中军政长官公署长官。陆军一级上将。与李宗仁并称为"李白"。

黄旭初（1892—1975），广西容县人。中国陆军大学第四期毕业。黄绍竑离桂投蒋后继任广西省政府主席，是李、白在广西的"大管家"，时人合称"李白黄"。

陆荣廷（1859—1928），字干卿，广西武鸣人，壮族。从一个广西边关上的流浪汉成为清军高级将领。辛亥革命后任广西都督、两广巡阅使，长期把持两广军政大权。1921年夏被粤军赶下台。1923年在北京政府的支持下复出，任广西全省善后督办。1924年被其旧部李宗仁、沈鸿英驱逐出广西。

沈鸿英（1871—1938），字冠南，广西雒容（今鹿寨）人。原为陆荣廷手下大将，粤军进攻广西，临阵通电宣布脱离陆荣廷。1923年投效孙中山，率军东下讨伐陈炯明。1924年在广东起兵反对孙中山，被击败后退回广西。1925年1月，所部被李宗仁、黄绍竑的"定桂讨贼联军"消灭，只身潜往香港。

李济深（1886—1959），原名济琛，字任潮，广西苍梧人。粤军第一师师长、国民革命军第四军军长、黄埔军校副校长，是李宗仁、黄绍竑崛起的有力支持者。1948年在香港成立中国国民党革命委员会，任主席。

俞作柏（1887—1959），字健侯，广西北流人。是李宗仁、黄绍竑崛起统一广西的得力战将，又是将其赶下台逐出广西的枭雄军人。

廖磊（1890—1939），字燕农，广西陆川人。原为唐生智旧部，后投桂系。1929年3月20日助白崇禧从唐山开平出逃。抗战时任第二十一集团军总司令、安徽省政府主席。率部参加淞沪会战、徐州会战、武汉会战。1939年10月23日，因积劳成疾，在安徽病逝。同年11月，国民政府追赠为陆军上将。

汪精卫（1883—1944），名兆铭，广东三水人。国民政府常委会主席兼军事委员会主席、国民政府行政院院长、国民参政会议长。在民国政治舞台上扮演过重要的角色又几经沉浮。1938年12月29日，发表"艳电"，公开叛国投降日本，被国民党开除党籍，并撤除其一切职务。

蒋介石（1887—1975），名中正，浙江奉化人。黄埔军校校长、国民革命军总司令、国民党总裁、军事委员会委员长、中华民国总统。特级上将。与李宗仁既是换过兰谱的结拜兄弟，又是政治斗争的对手，两人之间既有密切合作，又有明争暗斗。

何应钦（1890—1987），字敬之，贵州兴义人。黄埔军校总教官、国民革命军第一军军长兼北伐军东路军总指挥、国民政府军政部部长、军事委员会参谋本部参谋总长、中国陆军总司令、国民政府国防部部长、行政院院长。陆军一级上将。既是蒋介石的黄埔嫡系，又是李宗仁、白崇禧军政上的盟友。

阎锡山（1883—1960），字伯川，山西五台人。1928年任国民革命军第三集团军总司令，山西省政府主席兼平津卫戍总司令。1930年4月，与冯玉祥、李宗仁联合反蒋，兵败出走。1937年8月任第二战区司令长官。1949年6月积极奔走于蒋介石与李宗仁之间，在广州组织"战斗内阁"，得任行政院院长兼国防部部长。陆军一级上将。

孙科（1891—1973），字哲生，广东香山（今中山）人，孙中山的哲嗣。1947年4月任国民政府副主席兼立法院院长，与李宗仁竞选副总统失败后，辞去立法院院长职，任行政院院长。1949年1月，李宗仁当上代总统后，孙将行政院迁往广州，导致府院分裂，旋即辞去行政院院长职。

唐生智（1890—1970），字孟潇，湖南东安人。国民革命军第八军军长兼北伐军前敌总指挥。1927年11月，率军由武汉东下进军南京，被程潜、白崇禧的西征军击败下野，余部被白崇禧收编，随白北伐进入平津。1929年3月复起，到平津收回旧部，迫使白崇禧只身仓猝逃出北平潜回广西。同年12月，在郑州受汪精卫任命为护党救国军总司令，率部反蒋，所部被蒋介石消灭。1935年4月，国民政府授其为陆军一级上将。1949年8月，与程潜、陈明仁等通电起义。

陈济棠（1890—1954），字伯南，广东防城（今属广西）人。李济深旧部，广东军政界的实力派人物。1931年2月因胡汉民被蒋介石扣留软禁，在广东反蒋，给困守广西的李、白带来复起的转机。1935年4月，国民政府授其为陆军一级上将。1936年6月1日联合李宗仁发起抗日反蒋运动，失败后下野。1949年4月复起，任海南特区行政长官兼警备司令。

司徒雷登（1876—1962），一位出生在中国杭州的美国传教士，长期在华从事教育事业。抗日战争胜利后，出任美国驻华大使，曾对李宗仁寄予政治上的期望。

第四十九回

龙蛇之变　李品仙暗迎唐生智
忠义相随　廖燕农护送"小诸葛"

　　时令已是三月，北平的风雪仍在肆虐，天地苍茫，一片银白，举目所见，除了毫无生气的灰暗的墙壁，便是在寒风中战栗的光秃秃的杨树。坑洼不平的马路上有古色古香的马车奔驰，有披风戴雪不停奔跑的洋车夫，那风驰电掣般的小轿车，则神气十足地将乌黑的雪水泥泞喷射在路旁的行人身上。北平的街道，除了前门大街、香厂、西交民巷及东西城两条大街稍为整洁些外，其余的则晴天尘土飞扬，雨雪天泥淖没胫，街道上那令人恶心的一堆堆马粪，像散落在一张长长的棋盘上的圆滑发亮的棋子一般。

　　白崇禧神情颓然地靠在小轿车的靠背上，闭目沉思。他脸色苍白、瘦削，面容憔悴，那副秀气极有风度的无边近视眼镜架在鼻梁上，略往下坠，使人感到缺少了昔日的风采和魅力。上个月，他在北平度过了第一个新春佳节。北平这地方，正月初二有祭财神的风俗。白崇禧虽不信鬼神，但总部的副官卫士们却从彰仪门外的财神庙中迎来一尊"财神爷"，放在总部正厅的台几上，以一只活鸡和一条活的大红鲤鱼虔诚供奉，终日祭祀。白崇禧见了，也不见怪，俗话说"入乡随俗"，弟

白崇禧在北平举行阅兵仪式检阅部队

兄们从广西、湖南到了这大都市中，随俗祭神，倒也别有一番情趣。而目下最要紧的，白崇禧深感饷项缺乏，他率领的两个军和一个独立师，自编遣会议下令缩编为两师一旅之后，一直没领到军饷，甚至连除夕都揭不开锅了。他急得多次去找北平行营主任何成濬交涉，何仅表示已电呈南京方面办理，但却毫无下文。因此不但总部的副官卫士们把希望寄托在"财神爷"身上，连不信鬼神的白崇禧也不得不暗中祈求"财神爷"保佑了。可是，祭过"财神爷"后，白崇禧仍领不到分文军饷，李品仙、廖磊两师官兵冻饿交加，李、廖两师长函电告急，但白崇禧是巧媳妇难为无米之炊，无法给部下弄到应急的粮饷。正月初八，北平又有请顺星之俗。此地的星相家预言，各人每岁皆有一位星宿主宰一年之吉凶祸福，本年命运如何，要看此星宿之优劣。副官们暗中商议，要为白老总请一位顺星，以开本年吉运之举。

白崇禧闻之，照例不言语，由副官们兀自忙去。其实他的内心也正盼着交一个好运。一年之计在于春，他在平、津的命运如何，将取决于开年之春。副官们请来了一位自称精通中外星相学的高级星相家，又照北平的习俗，用灯花纸作成纸捻子，扎了三十七朵灯花，因北平人请顺星所扎之灯花数目，要比自己本年岁数多一个。白崇禧开年进入三十六岁，因此灯花数目要扎三十七朵。扎好灯花，用油浸透，再一个个地点燃起来，堂中明灿灿的，倒也使人有交好运之感。那位星相家手捧罗盘，给白崇禧推算寻找他的那颗星宿。这位星相家用的是印度式的方法，他把罗盘摆弄了一阵子，口中念念有词，好久不说话。侍立在旁边的白崇禧的那位副官急得忙问："找到了吗？"那星相家惶然道："罗睺正当黄道和白道降交之间……"副官又问："好吗？""食神今岁不吉！"那星相家摇了摇头，赶快又拨弄起罗盘："我刚才用的是印度式算法，我再用中国传统方法推算一下。"

白崇禧站在屏风后面，把那星相家的话听得一清二楚。他虽不信鬼神，但心头却咚咚乱跳起来。那星相家又开言了："根据中国传统式的推算，白将军今岁星主太阴，可是……今岁太阴不明……"不信鬼神的白崇禧双足发软，几乎要站立不住了。他忙暗中吩咐另一副官："此人必是奸细，借星相之邪说而蛊惑军心，给我把他软禁起来，免得他造谣惑众！"不想，那星相家几日后趁看守喝醉酒，竟潜逃出去了。

副官们正月初八日为白崇禧请"顺星"，到了正月十三日，武汉方面夏、胡、陶出兵湖南，"驱鲁任何"的消息便传到北平，白崇禧闻之大惊失色，随后又接到蒋介石准备以大军进逼武汉，讨伐夏、胡、陶的消息，白崇禧这才对那位星相家的预言半信半疑。为了渡过难关，他即电蒋介石道："武汉政治分会处置不对，夏、胡、陶操切无理，罪有应得，应当如何处分，听候中央指示，但千万不可动兵，因一、四集团从两广出发到现在，是国家安定的力量，一旦破裂，以后内战无已时。"不久接到蒋介石的复电："武汉之事，已由监察院蔡院长同李任潮核办。"蒋介石虽表面上否认向武汉用兵，但白崇禧不断接到蒋军集结溯江西上的消息。他考虑李宗仁此时不在武汉，第四集团军军中无主，夏、胡、陶难以应付局面，即致电武汉，要夏威、胡宗铎、陶钧相机放弃武汉，将主力撤到湖南，背靠广西，争取主动。但是，胡宗铎、陶钧却舍不得湖北地盘，不肯放弃武汉。他们复电白崇禧，告知已在武汉外围修筑了坚固的工事，准备诱敌深入攻坚，然后伺机歼灭其主力。桂军分为三个纵队，每个纵队四个旅，以胡宗铎、陶钧、夏威分任指挥官。第七军在武汉东北方向的青山、阳逻、黄陂一带布防，准备决战。白崇禧见胡、陶

唐山两广同乡会举行欢迎大会欢迎白崇禧

唐生智派到唐山拉拢
旧部的代表刘文岛

不肯撤离湖北向广西背进，而蒋介石讨伐大军已经发动，蒋本人已亲抵九江督战，大战一触即发。此时，又传来李济深在南京被蒋扣留于汤山的消息，整个形势对桂系更为不利。白崇禧为解武汉之危，除命人到河南向冯玉祥求助外，又准备以他在平、津统率的两师一旅，用破釜沉舟之法，由津浦线直取南京，以捣蒋介石的老巢。为此，他专门去唐山找第十二路指挥官李品仙商量。

却说第十二路指挥官兼第五十一师（由第八军缩编为师）师长李品仙，正在指挥部里与蒋介石和唐生智派来的代表刘文岛密谈。刘文岛原是唐生智任第八军时的党代表，后来去了日本。这次，他奉蒋、唐之命，专程由日本回来，协助唐生智运动白崇禧在平、津的部队。唐生智在蒋介石那里拿了一笔巨款，然后在天津日租界内秘密设置机构，派刘文岛携款到唐山收买李品仙和廖磊。原来，白崇禧率领北上的三支湘军，叶琪北上不久回武汉去了，目前驻在唐山一带的只有李品仙和廖磊两部。李品仙见白崇禧在平、津不能打开局面，部队饷项无着，官兵冻馁交加，正在暗自寻求出路。今见刘文岛携带巨款前来，怎不动心呢？因此一拍即合，李品仙答应将部队再投老长官唐生智麾下，刘文岛当即给了李品仙五十万元，其中二十万元是给廖磊的。事成之后，两师官佐官升一级，再以巨款奖赏。李品仙收下了钱，即电第五十三师（由原第三十六军缩编）师长廖磊由开平到唐山来商议。

"燕农兄，我们的部队到底是想死还是想活呢？"李品仙见了廖磊，没头没脑地说道。

"指挥官，新年刚过，你怎么说出这样不吉利的话来呢？"廖磊见李品仙说话不同寻常，很诧异地抬起头来，望着他那双藏在黑边眼镜后的冷酷的眼睛。

"吉利不吉利我不管。"李品仙还是冷冷地说道，"部队已经两个月没关饷了，连年都没法过，我们在唐孟公麾下时，哪时不大碗喝酒、大块吃肉？如今跟白老总到北方来，只有喝西北风，照此下去，还能活吗？"

李品仙说的是实话，廖磊低头无言以对，他正为不能给官兵关饷而急得度日如年。但他对白崇禧的崇拜毕竟超过了关公，便说道：

"我看，白老总是会拿出办法来的。"

"现在是水干鱼跳的时候了，有办法，他还不早拿，何至于今日？"李品仙道。

"那……你说该怎么办呢？"廖磊也觉得前途渺茫。

李品仙从军服袋子里摸出两张十万元的支票，交给廖磊，说道：

护送白崇禧从塘沽出走的廖磊

"这是唐孟公派人送给你的一笔款子，他得到蒋介石的支持，准备重返部队主事，我们还是回到孟公手下吧！"

"这……"廖磊那副关公脸顿时红得像火烧一般，他将那二十万元支票往地下一扔，"朝秦暮楚的事，我廖磊不干！"

"哈哈，兄弟啊，你平时只看《三国演义》，只拜关公，脑子不开窍呀！"李品仙哈哈一笑，摆出一副博学的长者风度来，以教训的口吻对廖磊说道。

"能读懂《三国演义》，以关公为楷模，对于为将者已经很不错啦！"廖磊不以为然地说道。

李品仙笑着直摇头，随即走到他的那只大书橱前，从里边捡出一本线装书来，翻了翻，对廖磊道：

"管子有言：'一龙一蛇，一日五化之谓周。'"

他放下那本《管子》，又抽出一本《后汉书》来，翻开一页，指点着对廖磊道："这是《冯衍传》中的一段话，冯公曰：'一龙一蛇，与道翱翔，与时变化，夫岂守一节哉？'古今凡成大事之人，其行动出处，或显或隐，或进或退，皆应随情况不同而变化，岂可只认一个死理？"

廖磊只读《三国演义》，只拜关公，他为人处世，讲究"忠孝信义"四字。他跟唐生智，便只认得上头有个唐孟公，他对上司忠贞不贰，即使被白崇禧的桂军逼得山穷水尽，毫无退路之时，也绝不投降。后来得叶琪从唐生智那里取了准予向白崇禧洽商改编的命令，他才改投白部，跟了白崇禧。廖磊对白崇禧的崇拜已远远超过了唐生智，如今要他改弦易辙，又谈何容易？

"我宁可饿死、冻死，也不干这种不义之事！"廖磊固执地摇着头。

李品仙深知廖磊的禀性难移，他灵机一动，说道：

"兄弟，你我同学，同事多年，我知道你的为人，因此，不勉强你。但我想，当时你投白老总时，不是说过一句话么？你是怎么说的，他是怎么说的，还记得吧？"

廖磊心中猛地一震，他当然记得在衡阳见白崇禧时，说过的"我今奉唐孟公之命接受改编，日后孟公有令要我把部队拉走，我便要将部队重新带到孟公那边去"的话，白崇禧也说过"如日后唐孟公有令召你去时，你只管把部队拉走无妨"。如今，唐孟公果真有令来召他回去了，这下倒把廖磊难住了。去吧，对不住白崇禧；不去吧，又自食其言，岂不成了不讲信义之人么？

"兄弟，关云长挂印封金，千里走单骑，你呢？戏怎么唱，由你来定好了。这二十万元钱，你不要，我不勉强你，但你把它拿回去给弟兄发饷，总可以吧！"李品仙从地上拾起那两张十万元的支票，把它塞到廖磊的军服口袋里。

廖磊一言不发，迈着沉重的步子，默默地离开了李品仙的指挥部，由唐山回到了开平。

再说白崇禧由北平到达唐山，准备找李品仙商议回军援救武汉之事，李品仙闻白到来，心里暗自惊慌，生怕他与刘文岛的活动被白侦知，将他军法从事。但他转念一想，如果白崇禧要为难他，便可随时召他去北平，而不必亲临唐山。

他忖度白此来必是商议部队的行动问题，便到大门外迎接。

白崇禧见李品仙仍像过去一样对他谦恭，但他总觉得，李品仙那双眼睛似乎总在回避他的目光。白崇禧本是个极细心机警之人，又善于察言观色，李品仙那躲躲闪闪的目光已使白崇禧生疑，及待进了客厅，更使白崇禧感到大事不妙。他坐下后，一双火灼灼焦虑的眼睛直望着客厅正中那墙壁空档位置发愣，似乎那上边写着一行大字：李品仙已不可靠！

李品仙喜欢附庸风雅，除客厅西面靠墙壁处放着一只装满线装书的大书橱外，沙发两侧的后面还各放着一陈列工艺品和古董的格橱，对面的墙壁上，则挂着几幅典雅的书画，只有正面的墙壁上，除了挂着嵌在玻璃框内的一幅放大盈尺的照片外，什么也没有挂，大约是为了突出那张大照片的缘故。那张大照片，乃是李品仙、廖磊、叶琪等人陪同白崇禧游览故宫时，在崇禧门下，由李品仙亲自导演拍摄的。李品仙自认为这是他的得意杰作，因此特地要秘书找北平最好的一家照相馆，放大了数十张，他除了挂在自己客厅的正面位置外，还在他的办公室、卧室里分别张挂。又特意赠送给他的部属及廖磊、叶琪两军团长以上官佐，并大肆宣传，他们都是出自"崇禧门下"。白崇禧因为自己带的这三个军都是唐生智旧部，正为控制部队煞费苦心，今见李品仙别出心裁，为他抓拢这支部队效力，因此对李品仙更加信赖。每次，他到李品仙的指挥部来，迎面看到的是李品仙笑容可掬、恭恭敬敬的面部表情和这帧"崇禧门下"的巨幅照片，心里真有股说不出的甜美滋味。可是，今天令白崇禧吃惊的是，客厅中那幅醒目引人的照片不见了！

"健公。"李品仙虽然年纪比白崇禧大，学历比白崇禧老，但投奔白后，一直呼白为"公"，他见白崇禧的目光停留在墙壁上原来挂照片的地方，心里不禁有些慌张起来，因为那帧引人注目的照片，是前天为了接待蒋介石、唐生智的代表刘文岛而特地取下来的。前些时，李品仙自称出自"崇禧门下"，而今他要改换门庭，重入唐生智门下了，那帧照片怎么还能大模大样地再挂在客厅里呢？今见引起白崇禧的注意，他只得扯起谎来。

"健公，"他又向白点了点头，态度谦恭极了，"昨天副官收拾房间，不小心，将照片镜框的玻璃打碎了，一时还没有装好。"

"啊？啊——"白崇禧将视线从那空当位置收回来，摇了摇头，说道，"我看还是不要再挂了吧！"

李品仙听了心中暗吃一惊，为了掩饰内心的惶恐，他煞有介事地把副官唤来，当着白崇禧的面将那副官狠狠地痛斥了一顿，严令他马上设法去购买玻璃，装好镜框，务必于今日下午将照片挂上。那副官被莫名其妙地骂了一顿，又不敢问，只得唯诺而退。这样的戏，演给别人看还可以，怎么能瞒得了"小诸葛"白崇禧呢？他见那副官满脸委屈和莫名其妙的表情，便知李品仙是在导演一出戏给他看。

"健公，李老师建议在北平召开国民会议，是一个很英明的主见，不知眼下筹备工作进行得怎样了？"李品仙挥退副官后，便主动和白攀谈。白称李任仁为老师，李品仙自然也得尊呼其为师了。

"时机尚未成熟。"白崇禧不想和李品仙周旋，他要进一步考察李的态度，以便决定方针大计，便说道，"目下武汉局势危急，夏、胡、陶请求我们回师援救，你的意见怎样？"李品仙此时最怕白崇禧将部队拉回南方去，因为无论走河南还是山东，都免不了一场又一场的血战，损兵折将，实力受损，他什么好处都没有。而留驻唐山，既可不打仗，又可从老长官唐生智处获得大批款项，还有官升，何必跟白去拼命？他摇着头，说道：

"健公，目下兵无饷，马无草，士无斗志，如何能冲过黄河、长江？要回救武汉，我看起码得要胡、陶汇寄五十万元行军开拔费来，不然，我无法指挥部队。"

白崇禧听出这是李品仙在要挟，他估计，蒋介石为了困死第四集团军在平、津的部队，很可能命令北平行营主任何成濬扣发白部的军饷，暗中以爵禄拉拢白的部下，使其崩溃。李品仙这番态度，白崇禧已看出端倪，但他目下泥菩萨过河，自己既无地盘和爵禄拉拢部下官佐，又无军饷以维系军心，他的处境岌岌可危，对于已生二心的李品仙，更无能力以制裁，只得佯作不知，以免酿成激变，连身都脱不了。他在李品仙处坐谈了一阵子，便说要赶回北平去，与李任仁商谈要事。李品仙执意留他吃饭，但他婉辞以总部参谋长王泽民今晚在北平要宴请军政要人，非得赶回去不可。李品仙也怕白崇禧在这里逗留，碰上唐生智派来的人，不好说话，便送白上车。

白崇禧回到北平，不断接到蒋军逼近武汉的消息，而冯玉祥却按兵不动，在坐山观虎斗。李宗仁此时已逃离上海，取道广州，准备由广州乘飞机飞抵武汉，亲自指挥第四集团军抗击蒋军的进逼。白崇禧两只眼睛只顾盯着地图，如果李宗仁能及时赶到武汉指挥，恐怕还有希望。但是，李宗仁在广州因连日大雨，阴云低垂，飞机无法起飞。此时，武汉形势已危如累卵。

这天，阎锡山突然来访，白崇禧闻报甚感诧异，因为阎锡山常住太原，河北、平、津一带只由河北省主席商震代为看管。阎、白之间因心存芥蒂，互相戒备，白对阎之为人，也多看不起，故平时少来往。

"健生兄恐怕应该回南方去看一看吧！"阎锡山从衣袋里掏出一包金星牌香烟，一边点烟，一边睨视着白崇禧。白崇禧不抽烟，但看出那种牌子的香烟不过是一般北平上层人士抽的烟，而上海稍有地位的人抽的是三炮台。"这啬鬼，土包子！"白崇禧暗自嘲笑着。

"伯公应该出来讲句公道话啦，蒋总司令不惜开内战之先，向武汉用兵，第四集团军如果垮了，蒋总司令下一个目标不是会向第二、第三集团军开刀么？"白崇禧虽看不起阎锡山，但还想拉阎锡山出来抑制蒋介石，以缓解武汉之危。

阎锡山与冯玉祥一样，一向认为南方来的第一、第四集团军是一家人，今日自相火并，自然乐于坐山观虎斗。况且，蒋介石早已派了孔祥熙到太原疏通阎锡山，派黄郛、邵力子到郑州拉拢冯玉祥，要冯、阎服从中央讨伐桂系的决定。当然，冯、阎也不是不怕蒋介石，但两虎相斗，必有死伤，冯、阎岂不正好坐大？阎锡山当然不会向李、白伸出援助之手，但他既要提防蒋介石，又要提防白崇禧，还要在蒋、桂争斗之间拣个便宜。他把那满是皱纹的额头皱成一只核桃壳似的，尽管旁边没有别人，却故意悄声对白崇禧道：

"健生兄，我正是为你而来的，别的事情咱帮不上忙，但我已获准消息，老蒋已起用唐孟潇来运动你的部队了，且在北平布下大批暗探刺客，将对你不利。我看，你还是快想办法，脱离虎口吧！"

白崇禧心里怔了一怔，他原先以为李品仙可能受蒋介石拉拢，态度暧昧，但听阎锡山一说，这才想到唐生智的威胁。蒋介石以巨额金钱，虽可拉拢李品仙，但却无法拉拢廖磊，纵使李品仙动摇，而廖磊不为所动，李品仙也不敢乱动。但如由唐生智出马，则不但李品仙，便是廖磊也将被其拉走无疑。李、廖一走，白在北平南苑只有一旅人马，势单力薄，到时只有束手待毙！白崇禧怔了怔，忙用一阵轻松的笑声来掩饰内心的惶恐，他说道：

"谢谢伯公的关照，这些事，我早就知道了，唐孟潇要回来，我极欢迎。据说，蒋总司令已决定将平、津地盘交给孟潇，此事，不知伯公听说了没有？"

阎锡山此来，并不是关照白崇禧的，而是想用唐生智来吓走白崇禧，免得白与他争夺这平、津地盘，但阎锡山也同时怕蒋介石派唐生智来插足这块禁脔之地，白走唐来，阎锡山仍然面临一个咄咄逼人的竞争者。白崇禧这句话，在阎锡山的心头上打下了一颗钉子。阎锡山坐了一会儿，便起身告辞了。

阎锡山的话果然不错，白崇禧总部的警卫团团长黄瑞华不断向他报告，总部周围时有可疑之人出没，白乘汽车外出，常有不明身份的车辆在后跟踪盯梢。有一天，白崇禧乘汽车经一个拐弯处，不知从什么地方飞来一枪，子弹头擦着前面挡风玻璃而过，司机惊得脸都煞白了。武汉危急，白崇禧束手无策，平、津危急，白崇禧不能自救，而李济深被蒋介石扣留后，广东危急，白崇禧更是计穷力竭。他整夜整夜地守在机要室里，收接各方电报，批阅，口授电文，昼夜不眠。他累得面色憔悴不堪，眼中布满血丝，一连几天，局势皆呈急转直下之势，他也深感精疲力竭了。这天，他对参谋长王泽民说道：

"王参谋长，我准备秘密到开平去亲自掌握廖磊的部队，总部的一切工作，由你代行。"

"总指挥何时重返北平？"王参谋长深感肩上重担难以负荷。

白崇禧想了想，说道："要看局势的变化。"

"总指挥如不返平，南苑的一旅部队和总部警卫团如何处置？"王参谋长最感棘手的是部队问题。因南苑的一旅原是由白自兼军长的第十三军缩编下来的，王泽民曾代白任过军长，总部警卫团是白由广西北伐时带出来的卫队。这两支部队装备精良，但人数不多，一旦有变，打与走都难。

"一切问题，皆由你处置。"白崇禧因无良策，只好把这个棘手问题扔给他的参谋长了，"我今日即以治病为名，住入德国医院，对外，只说我住院治病，一切皆守口如瓶，到开平后再听我的消息。"

王泽民沉重地点了点头，遂与白崇禧握别。

……

铺着马粪的棋盘路被小轿车的轮子碾着，被洋车夫的双脚踏着，各色马车、骡车，在形形色色奇奇怪怪的銮铃声中，像撒种一样，把一串串滚圆发亮热气腾腾的马粪团丢撒在马路上，白雪、污泥、马粪，构成一幅古都北平的风光图。

白崇禧仍靠在小轿车的靠背上，没有睁开眼睛，好像睡去了一般。

"总指挥，后面有一辆黑车一直紧盯着我们！"随行的卫士有些紧张地向白崇禧报告道。

白崇禧扭过头，从汽车玻璃后面，果见一辆黑色小轿车在跟着。他冷笑一声，仍把头靠在车座后，说道：

"是一条嗅觉灵敏的瘸腿黑狗！"

车抵医院大门口，白崇禧由卫士们搀扶下了车。后面那辆黑车也在医院对面的道旁停了下来，随后又来了几辆装饰华丽的马车，也停在医院门口的老杨树下，看样子也是送病人来的。

"总指挥，好像有人跟踪我们。"卫士在白崇禧的耳旁悄悄说道。

"不管他，走！"

卫士们扶着白崇禧，直进入一间高级病房。戴着白帽、白口罩，穿白大褂的医生、护士来了。白崇禧迅速穿上事先准备好的白大褂，戴上白帽、白口罩混在医生、护士之中，走出了病房。一名与白崇禧相貌相似的卫士躺到病床上。

白崇禧在他人的带领下，乘上医院的一辆红十字救护车，直开北平火车站，他的四名着便装的卫士早在车站等着他了。白崇禧在救护车上再次易服，穿上长袍，戴顶宽边礼帽，戴副墨镜，挂根黑亮的手杖，走进了火车站。

白崇禧在唐山附近的小镇开平车站下车，这是北宁线上的一个小站，以产煤出名，车站两侧堆着小山一般的煤堆。白崇禧和他的四名化了装的卫士，从车站径直到了廖磊的第五十三师师部，门岗挡住了他们。

"这位是由北平来的诸葛先生，是廖师长的挚友，特来拜访。"一卫士向门岗说道。

从卫兵室走出一名值星排长，见这位客人架子很大，不敢怠慢，忙把客人领到客厅坐下，立即进去通报去了。白崇禧一进客厅，抬头见正面墙壁上那帧"崇禧门下"的巨幅照片仍挂着不动，心中不觉暗喜。一会儿，身材壮实，腰扎宽皮带，脚上打着人字绑腿的廖磊来了。他看着这个不同寻常的陌生客人，心里顿生疑团，那双卧蚕眉低低地压着眉眶骨。白崇禧迎上前去，把墨晶眼镜轻轻摘下，唤了声：

"燕农兄！"

"啊——"廖磊正要叫"总指挥"，但见白崇禧的这一身打扮，知道来得不同寻常，忙挽着白的手，一直走进办公室里去了。廖磊把门关上，急忙问道：

"怎的这般打扮？"

"一言难尽！"白崇禧取下头上的宽边礼帽，叹息一声，随即由一只皮匣子里取出几根黄灿灿的金条，放到桌上，对廖磊道，"我此来特地是给你送别的。惭愧得很，两个月来，也没法给你的弟兄们发饷，不是我白崇禧克扣侵吞，实在是没有办法呀！这几根条子，是我向北平商会的一位朋友暂借的，你把它们兑换权且给官佐们分几个钱吧！"廖磊那红脸顿时激动起来，抓着白崇禧的手，叫道：

"总指挥，你这是干什么？"

"唐孟潇要回来，已派人给李鹤龄打了招呼。当初我曾对你说过，只要唐孟公召你去，你便随时可去。今天我特地由北平来给你送别，恕不能和弟兄们一一见面了！"白崇禧深情地说道。

廖磊抓着白崇禧的手使劲地摇着，那脸变得更加红了，激动地说道：

"总指挥，我廖磊一生崇拜关公，重信义，轻生死，只愿投效刘玄德、诸葛亮，干一番大事业。可惜我在湘军中混了十几年，满目所见，除了争权夺利，贪财渔色外，不知何人为刘备、孔明。我自投入桂军，见德公厚重宽宏，你则智如孔明，义及关、张，我总算找到了当今的刘玄德和诸葛亮啦！谁就是拿枪打我，用刀逼我，我死也不再走了！"

白崇禧本是个重感情之人，今听廖磊这一番话，竟簌簌流下眼泪来，他说道：

"燕农兄，我知道你是个顶天立地的好汉，可是，目下我们的处境非常不利呀！"

"关公过五关斩六将，水淹七军，连拔三城，可也有走麦城的时候。总指挥，你放心，死，我听你的命令，活，我听你的指挥！"廖磊拍着胸膛，关公义气，溢于言表。

"李鹤龄的态度如何？"白崇禧估计，李品仙一定把唐生智要回来的事对廖磊说了。

"他要变龙变蛇，一天变化五次，既可上天，又可入地，神通大得很哩！"廖磊愤然说道。

"嗯……"白崇禧点了点头，坦然说道，"人各有志。"

"只要我按兵不动，我看他什么都变不了！"廖磊又拍了一下那宽厚的胸膛。

白崇禧当然希望廖磊能左右形势，使李品仙不能变"龙"变"蛇"。李、廖两师若不动，唐生智便是手捧着老蒋的钱库，也断然不敢回到军中来。只要能顶住这一阵，如果武汉形势有好转，白崇禧在平、津仍可立足。过了这道难关，他便能在北平发起国民会议的倡议，在政治上转守为攻，军事上也就活了。不过，白崇禧并不盲目乐观，他知道廖磊虽忠于自己，但是，廖磊统率的五十三师的官兵几乎是清一色的湖南人。改编的时间太短，唐生智对部属仍有相当大的影响，纵使廖磊要跟白干到底，如果他的部下要跟唐生智走，那也毫无办法。加上李品仙正在变化"龙蛇"，这对廖部不能不产生极大的动摇作用。白崇禧想了想，说道：

"燕农兄，我知道你是个忠心耿耿的人，但你部下情况如何？你的参谋长周武彝据说最近到了南京，又去了上海，他此行的目的是什么呢？"

"周参谋长以军队代表名义被邀到南京准备出席三中全会。他不会另有目的吧？"廖磊道。

"我看必是老蒋邀他去有所布置，很可能他与唐孟潇在南京或者上海见面密商回部队的事。"白崇禧道。

"啊……"廖磊也觉这事有些蹊跷，因周武彝也是湖南人，与唐生智关系密切。

"我看这样吧。"白崇禧又想了想，说道，"为了切实掌握部队的思想动态，你明天在师部召集一次营长以上军事会议，摸摸他们的底，然后再做决定。"

"好。"廖磊也觉这样做比较稳妥。

"此外，我在你这里的一切行动，必须严守秘密，不能让任何人知道我住在这里。"白崇禧道。

"是。"廖磊对白崇禧言听计从，就像关公站在孔明帐下听令一般。

第二天上午，廖磊按照白崇禧的吩咐，在师部召开营长以上军事会议。廖磊的第五十三师本是由第三十六军缩编的，师以下设旅，全师三旅九团，加上师直属部队，共三十余个营，约一万五千人。全师旅、团、营长四十余人，齐集在师司令部的会议室，会议由师长廖磊亲自主持。白崇禧则像正月初八那天，总部的副官卫士们给他请"顺星"那样，躲在幕后窃听。

"今天把诸位请来开会，要商量一件大事。"廖磊说完，把目光扫了扫这四十几位部下。廖磊作战骁勇，能身先士卒，吃苦耐劳，在军饷上亦不克扣官兵，因此颇受部下拥戴。但他执法森严，不讲情面，对违纪官兵，常予重罚，部下又多畏惧，官兵每不敢正眼看他那副关公似的红脸。由于廖磊对军风纪要求很严，开会时，部下们都正襟危坐，腰板挺直，大檐帽端端正正地放在面前桌上，开会时不准抽烟、喝水，更不准窃窃私语。廖磊说过开场白之后，坐在前面的三位旅长颜仁毅、凌兆尧、张节迅速交换了一下目光。廖磊接着说道：

"我们跟随白总指挥已经一年多了，李、白二公，都把我们当作子弟兵对待。李德公为人宽厚，沉着果断，胸有雄才大略，堪称当今刘备；白总指挥机智超群，上晓天文，下识地理，博古通今，指挥战事，所向无敌，不愧当今孔明。"廖磊又指着会议室墙壁上挂的那帧"崇禧门下"的巨幅照片，接着说道，"故宫里有座崇禧门，我们跟着白总指挥打天下，实乃天意。目下，我们虽面临一些困难，但只要我们一心一德，精诚团结，坚定不移跟随白总指挥走下去，至少可以三分天下，鼎足而立，前途是非常乐观的！"

廖磊开会，很少让部下有发言的机会，说的是开会，其实每次都是听他训话。而他训话的内容，又几乎离不开《三国演义》里的故事，不过每次都能推陈出新，翻出些新鲜花样来。廖磊讲完话后，与会者沉默了一小会儿，第二十七旅旅长凌兆尧站起来说道：

"报告师长，你带我们投奔刘备也罢，曹操也罢，孙权也罢，但无论投奔谁，都要使弟兄们有饭吃，有饷发呀！两个月了没发饷，连年都没法过，你叫我们怎么向弟兄们交代呢？"

第二十八旅旅长张节也站起来说："再不给弟兄们发饷，这个队伍我没法带了！"

第二十六旅旅长颜仁毅，原是廖磊当第三十六军第一师师长时的团长，他见凌、张二旅长均大胆站起来说话，也只得小心翼翼地站起来，说道：

"报告师长，听说第五十一师刚刚发了饷，他们哪里来的钱？"

"报告师长，我的一个小同乡在五十一师当团副，听他说，唐孟公已经回来了，唐孟公带了很多钱来给我们发饷，这事不知是否是真的？"一个团长站起来说道。

"唐孟公给我们发饷，我们就跟唐孟公！"座中不知是谁喊了一声。

"跟唐孟公回湖南去！"早已暗中与唐生智的代表串通好了的营、团长们，一齐高喊起来，再也不愿听廖磊的《三国演义》故事了。

站在幕后窃听的白崇禧，宛如再一次听到那位星相家"食神不利""太阴不明"的可怕预言一般，他双膝一软，跌坐在沙发上，脸色煞白，心脏都要停止跳动了……

过了几天，蒋介石一封电报打到廖磊师部，着廖磊将反抗中央、阴谋叛乱的白崇禧"解京究办"。廖磊将蒋介石打来的电报默默地交给白崇禧，然后说道：

"总指挥，你先走一步吧，我把部队交代好就去！"

"你要去哪里？"白崇禧问道。

"你到哪里，我也到哪里！"廖磊泰然地说道。

"你不跟唐孟公了？"

廖磊摇了摇头，说道："湘军中没有刘玄德和诸葛亮！"

民国十八年三月二十日清晨，廖磊腰插双枪，亲率师部警卫连，将身穿长袍，头戴宽边礼帽，戴墨晶眼镜，挂着手杖的"诸葛先生"，由开平小镇护送到塘沽港码头。一艘日本轮船满载乘客，即将起航。廖磊把白崇禧一直送到船长室藏好，然后和白紧紧握手告别。刚到门外，他又返回室内，嘱咐道：

"此轮由塘沽驶往日本门司，再经上海抵香港。到上海港时，望总指挥多加小心为妥！"

白崇禧感激地点了点头，又和廖磊紧紧地握了握手：

"请燕农兄多加保重，后会有期！"

那日本轮船鸣了一声长笛，徐徐驶离了码头。李品仙带着几名卫士，匆匆奔到码头，正遇廖磊下船从码头石级往上走。他们在半中相遇。

"总指挥走了？"李品仙气喘吁吁地问道。

"嗯。"廖磊看着李品仙那着急的样子，暗自庆幸自己早来一步。

"为什么不跟我打个招呼呢？"李品仙两只眼睛只顾盯着徐徐出港的日轮。

"来不及了。"廖磊一边往上走一边说。

"他走了也好，识时务者为俊杰！"李品仙喘了一口粗气，也往回走，他那话音中带着某种令人不安的遗憾。

李品仙回到唐山，即向蒋介石发出"号"电，这一封电报差点要了白崇禧的命！

第五十回

兵不血刃　蒋介石轻取武汉
黄粱一梦　李黄白重归故土

　　蒋介石站在汉口江汉关对面的一幢大洋楼的阳台上，凭栏远眺，只见长江浩浩，汉水苍苍，隔江相向的龟蛇二山，仿佛两员神将随侍在他左右。十八年前，革命党人曾在武昌打响推翻清王朝的第一枪，辛亥武昌首义与革命元勋黄兴先生所指挥的武汉保卫战，均已彪炳史册，与日月相辉映。蒋介石觉得，他此时屹立在这座大楼上，他的功勋名望已与黄兴先生并驾齐驱。何况，黄兴先生亲自指挥的阳、夏之战，虽力挫清军的反扑，但最后仍以失利告终。革命军占据的汉口、汉阳均被清军夺去，若不是徐绍桢指挥江浙联军及时攻下了南京，中华民国还不知哪一天开国呢。蒋介石那时正在上海，跟陈其美攻打上海制造局。在同盟会里，陈其美与黄兴不怎么融洽，黄兴在武汉保卫战失利后，来到上海，准备策划江苏一带的作战，但是江浙联军中一些军官都嘲讽他为"败军之将"，拒绝接受他的指挥。这些事，蒋介石记忆犹新，他此刻站在高楼之上，有一种远胜黄兴先生的优越感。陪着蒋介石登楼远眺的杨永泰，最善于揣测人主之意，他见蒋介石一副踌躇满志之态，便笑道：

"介公，自辛亥革命以来，武汉三镇可载入史册者有三件事。"

"哪三件事呀？"蒋介石笑眯眯地问。他此刻的表情很像一位热衷于功名的举子，本来知道自己考中了，却又装作不知，听任别人来传报。

"辛亥年武昌首义，民国十五年北伐军攻下武昌，再就是介公这次兵不血刃腰斩桂系，轻取武汉了。"杨永泰摇头晃脑地说道。

"嗯，这个，情况各有不同。"蒋介石似乎不大满意这种相提并论的说法。

"当然不同，当然不同！"杨永泰那脑子本来就特别灵，忙接着说道，"前两次是壮，流了许多血，死了许多人，毁了许多房；而后一次是巧，不费一枪一弹，不流一滴血，介公就拿下了武汉。当代与后世的历史学家、政治家、军事家，感兴趣和惊叹的莫不是这个'巧'字，虽孙武之谋，诸葛之智，亦相形见绌矣！"

杨永泰这个"巧"字，用得实在是太妙了，它不仅使孙武、诸葛相形见绌，更使武昌首义和北伐军攻下武昌这两件事等而下之。这正符合蒋介石的心意，但蒋介石此时还不想有贪天之功的表现，他嘿嘿地笑了两声，摇了摇头：

"李、白背叛中央，称兵作乱，招致众叛亲离，土崩瓦解，这是他们自食恶果。我不过顺应舆情民意，为实现国家真正的统一，走了这一步罢了。"

正说着，副官来报："第一军军长刘峙来见。"

"叫他来吧！"蒋介石点了点头，因为这次刘峙进军武汉颇卖力，深得蒋介石的嘉许。三年前，北伐军围攻武昌城，刘峙假报战功，引起四、七两军将领的愤恨，要不是蒋介石袒护，副总参谋长白崇禧早把他军法从事了。这次进军武汉，蒋介石估计不会有大战，特地把刘峙的第一军摆在前头。刘峙果然是一员福将，他刚抵武汉外围，桂军将领李明瑞、杨腾辉便倒戈反李、白，胡、陶、夏见前线倒戈，吓得放弃武汉，西撤到宜昌一带。刘峙轻轻松松地占领了武汉，蒋介石心里高兴，少不得褒奖了刘峙一番。

"报告总司令，我军搜查叛军设在汉口的总部时，缴获了一件东西。"刘峙进来，向蒋介石报告道。

"这个，经扶兄，你这个军长是怎么当的？唵？"蒋介石那眼珠转了转，显得有些不高兴，"你的部队缴获一件东西，也来向我报告？全军几十万人，打一次仗不知要缴获敌方多少东西，如果都来向我报告，我这个总司令能应付得过来吗？"

"是！"刘峙挺了挺身子，说道，"这件东西很重要，不是一般的东西，我处理不了，特来请示总司令。"

"是价值连城的宝贝？"蒋介石一见刘峙那严肃认真、脸带几分憨厚的样子，忍不住笑了起来。

"不，不是。"刘峙摇着头，腮下的一堆沉甸甸的肉不住地抖动着，使他更富于福将的姿态。

"到底是什么东西？"蒋介石看着刘峙那模样，感到既好笑又好气。

"是总司令您的东西，被我们缴获了！"刘峙老老实实地说道。

"胡说，你敢缴我的东西！"蒋介石气得把桌子一拍。

"是，胡说！不，不是！我们缴获的这件东西，真的是总司令您的，我要胡说，您砍了我的脑袋！"刘峙见蒋介石发火了，吓得战战兢兢的，说话也有些语无伦次了。

"拿来我看！"蒋介石命令道。

"是。"刘峙忙命自己的副官拉开那只皮包，取出一小圈纸圈来。

蒋介石两眼紧盯着那匝发黄的纸圈，实在想不到它和自己到底有何关系。刘峙双手捧着那纸圈，恭恭敬敬地呈到蒋介石的面前，仿佛他捧着的是一纸圣旨似的。蒋介石好奇地拿过那匝纸圈，急忙打开来一看，原来是一份兰谱。

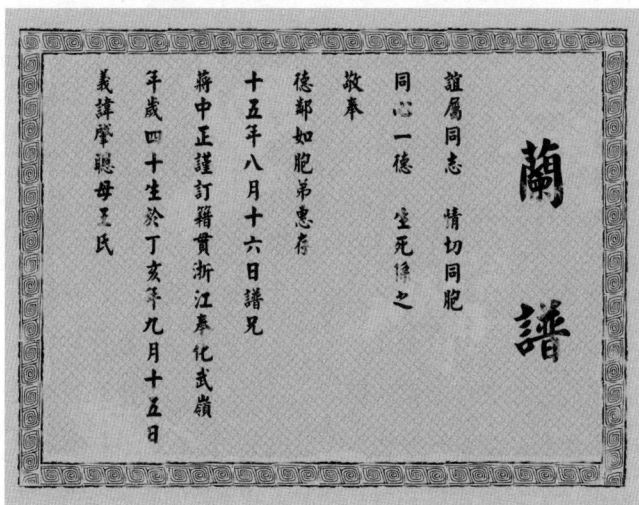

谊属同志　情切同胞
同心一德　堂无悬之
敬奉
德邻如肥弟惠存
十五年八月十六日谱兄
蒋中正谨订籍贯浙江奉化武岭
年岁四十生於丁亥年九月十五日
义辞摩聪母黄氏

蘭譜

蒋介石与李宗仁
义结金兰的兰谱

蒋介石一下愣住了，这是三年前，在长沙阅兵不幸坠马后，他觉得自己在唐生智的第八军面前坠马，唐与第八军必是他的克星，而李宗仁和第七军则有可能与他同舟共济，因此他迫不及待地要和李宗仁换兰谱，结为异姓兄弟。可是，如今恰恰相反，把兄弟李宗仁成了他讨伐的敌人，而克星唐生智反而成了他的盟友，解决平、津白崇禧的部队唐生智出了大力，从而使武汉和平、津两处都是兵不血刃就消灭了桂系部队。对此，蒋介石既庆幸又惶然，这是他第二次向自己的把兄弟开刀了。第一个被蒋介石开刀的乃是他的把兄二哥许崇智。许崇智是国民党的一位军事将领，深得孙中山的信赖。

民国五年夏，许崇智跟孙中山由日本回到上海后，任中华革命党军事部部长。那时候，蒋介石在上海交易所投机失败，正无处容身，后多得张静江的介绍，与许崇智结为把兄弟。蒋每日待在许的身旁，跑个腿参个谋倒也勤快。但他总觉得有些顾影自怜，生怕许崇智有朝一日把他一脚踹了。为了加深与许的关系，蒋介石又特地请吴忠信帮忙，与许崇智、吴忠信再一次结拜为三兄弟，蒋称吴忠信为大哥，许崇智为二哥，他自居老三，对许百依百顺。

孙中山回粤组织军政府，许崇智出任粤军第二军军长，蒋介石托张静江说情，许遂提拔蒋介石为参谋长。虽说水涨船高，许、蒋二人都升了大官，但是蒋介石对二哥更为崇敬，每次晋见，都是立正敬礼，执礼甚恭。许老总对自己的把兄弟蒋老三也更加信任，他专门召集粤军将领们训话，命令他们："服从我许总司令，就得服从蒋参谋长。凡是总司令部的命令，无论盖我许崇智的或盖蒋介石的章，都应同样有效，都要绝对服从！"可是，许崇智哪里知道，蒋介石当了黄埔军校校长羽毛丰满之后，突然在一天凌晨命令黄埔学生军将许崇智的东山公馆包围了起来。几挺重机枪黑洞洞的枪口，直对着公馆的大门。许崇智闻报，并不惊慌，反而命令卫兵将大门敞开，他打电话去找蒋介石，蒋介石却躲着不接电话。许崇智无奈，只得命令卫兵给他搬了张藤椅放到公馆大门口，又置茶几一张，放上香烟和茶杯，许老总面对部下的枪口，从容抽烟品茗，一副临危不惧的样子，不失大将之风度。蒋介石闻报，深恐夜长梦多，影响他夺军权，于是下令将粤军中忠于许崇智的许济、莫雄两部缴械。又以召开广东省政府全省财政会议为名，拘捕了许崇智的所有亲信。民国十四年九月二十日晨两点钟，蒋介石又派一名亲信参谋持自己一封亲笔信给许崇智。信中，蒋对自己的二哥许老总仍是恭维备至，信誓旦旦。蒋在信里写道："粤军中有不利于总司令的行动，为了保护总座的安全，请让职收拾险局。六个月后，政局稳定了，再迎总座回粤主持大局，共主北伐。"为了表示自己对把兄的情义，蒋介石在信末特地发誓赌咒，写了江湖上常用的那几句话："皇天后土，实所共鉴，如有食言，天诛地灭！"许崇智看到此，只得长叹一声，令人收拾行装，悄然离粤赴沪。六个月很快就过去了，许老总左盼右等，却不见他的蒋老三来请他回去主持大局。

到了第二年七月，北伐军兴，蒋介石亲自出任北伐军总司令，在广州东校场誓师北伐。直到这时，许老总才明白被他的把兄弟蒋老三一脚踢开了。许崇智又气又恨，遂将蒋介石致他的那封写有"皇天后土，实所共鉴，如有食言，天诛地灭"的亲笔信影印多份、分地保存，必要时，他要揭破蒋老三的阴谋诡计和卑鄙手段，使蒋威信扫地，以出胸中这口怨气。

民国十六年夏，蒋介石率北伐军攻占南京。他得知许崇智仍保留着他那封亲笔信，心中甚为不安。他特地请张静江去向许崇智要回那封有损他领袖形象的亲笔信，但许崇智婉言拒绝。蒋介石闻报，心中更加惶恐，当今天下未定，他正以孙中山主义的嫡传之人塑造自己的领袖形象，如果许崇智将这封信公之于世，岂不令世人侧目？亦将成为他众多的政敌用来攻击诋毁他领袖形象的有力炮弹。

蒋介石生怕此时闹出丑闻来，因此不得不亲自到上海去找许崇智，以便使那封亲笔信完璧归赵。可是，许崇智却拒绝会见蒋介石。蒋介石虽然心中气恼，但却没有办法，只得去向张静江问计。张静江如此这般说了一阵，蒋介石皱着眉头点了点头。张静江去见许崇智，许崇智正躺在烟榻上抽烟，刚要起来迎接，张静江坐的轮椅便由人推进来了。许崇智看时，却见身着戎装的蒋介石站在轮椅后面，他立即又躺到烟榻上去，烧起烟来。蒋介石见许崇智不理睬自己，只得硬着头皮，上前"啪"的一声立正，敬礼，喊了声："二哥……"许崇智像被电击似的，一下从烟榻上跳起来，用烟枪指着蒋介石喝道："你还有脸来见我？还好意思叫我二哥？哼！"

蒋介石讪笑着，说道："二哥，过去的事，小弟实有对不住之处，但都是过去的事了，我们都不要计较了吧，我们还是兄弟，二哥有什么需要只管向小弟吩咐……"

许崇智重又躺到烟榻上去，没好气地问道："你来找我干什么？"蒋介石忙蹲到烟榻旁边，像十年前他刚跟许崇智跑腿那阵似的，为许装上一只烟泡，熟练地把火点上，笑了笑，说道："二哥，民国十四年你离粤时，我给你的那封信，是不是可以……还给我？"许崇智一听蒋介石提起那封使他失掉军权的信，就气得牙痒痒的，要是换上另一个人，许崇智会一脚将他踢翻。但他忍住了，只从牙缝中挤出几个字："早已遗失！"

蒋介石使出浑身解数，也不能索回那封有失他领袖形象的亲笔信，简直要气炸了肺。最后，由居正、戴季陶、吴稚晖出面疏通，蒋介石送了二十万元给许崇智出洋"考察"，又请许出任监察院副院长之职，此事才算了结。

从此后，蒋介石不轻易写亲笔信，非写不可时也得反复斟酌一番。去年初，他入京复职不久，即以视察军队为名瞒过何应钦驰往徐州，召开第一军将领会议，撤了何应钦的第一路总指挥之职。为了羁系何应钦，他写了一封长达二十余页的亲笔信，交由总部秘书长李仲公送达在南京的何应钦。

李仲公由徐州上车之后，把蒋的这封长长的亲笔信从头细细看了起来。蒋在信中历数从平定商团叛变，讨伐刘、杨和两次东征特别是淡水、河婆、惠州诸战役中同生死共患难以至"我是准备以总理交付我的责任交付你的……"这一切最亲切而动人的话后，接着用极严肃的语气告诫何"现在政治情况复杂，革命环境险恶，应付之道，须小心审慎，桂系野心甚炽，不惜破坏党国团结，在各派系间进行挑拨离间，妄图收渔人之利。'庆父不死，鲁难未已'，革命必难成功。我不能常在前方，待我将部队整理就绪，仍然请你回来统率。未尽之意，由仲公代达……"等语。没想到刚过了三个小站，火车忽然停止，蒋介石的一位侍从副官急忙奔上车来，对李仲公道："总司令叫我来把信取回去。"李仲公只得把蒋的这封亲笔长函交给了那副官。后来，第一集团军成立，蒋介石仍自兼总司令不履行前言，占领北京后，蒋介石召开编遣委员会，也只给何一个主任委员和训练总监部总监的空衔，一直不把军权给何。大概蒋介石派副官收回那封亲笔信乃是从许崇智那儿得到的教训，不然，他要从何应钦手里赎回那封亲笔信，怕也得掏一笔腰包哩！这回，刘峙郑重其事地将这份兰谱给他"缴获"回来了，蒋介石怎不感到是一种意外收获呢？如果这份兰谱失落到外人手中，公诸报刊，人们对他这次向武汉用兵，又将持何种看法呢？这不但有损于他的领袖形象，而且还会逼得他的另一位把兄冯玉祥站到李宗仁方面去。

"经扶兄，这个东西你是在什么地方得到的？"蒋介石向刘峙问道。

"在汉口叛军总部李宗仁的公馆里搜查出来的。"刘峙答道。

原来，李宗仁为了应付时局，虽把夫人郭德洁接到南京成资街住，但他的重要物品仍存放汉口家中。不想这次第四集团军失败如此之速，他的一切物品，包括与蒋介石互换的兰谱，都统统被刘峙缴获了。

"很好，经扶兄，你很有眼光，我要奖励你。"蒋介石随手写了个手令，奖给刘峙五千元。

刘峙想不到这事还能获奖，高兴得忙立正敬礼，说道："谢总司令恩赐！"

刘峙走后，机要参谋送来了唐生智由北平发来的告捷电："已抵北平顺平王府就第五路职。"蒋介石知唐生智已顺利地从白崇禧的手中夺回了军队，就任了蒋任命的第五路总指挥之职。但是，白崇禧却下落不明，蒋介石对此甚为关切，他生怕随机应变又善冒险的白崇禧藏匿军中，用什么计策瞒了唐生智，使平、津局面发生意想不到的变化。

"务必查实白崇禧的下落去向！"蒋介石狠狠地命令道。

"是！"

那机要参谋正要退出，另一参谋急忙来报：

"唐山第五十一师师长李品仙急电。"

蒋介石一听李品仙来电，估计白崇禧的去向已经明确，忙抢过电报一看，李品仙在电文中除控告白崇禧"阴主武汉，蓄意破坏中央威信，强令职军撤退，袭击平、津，占领徐海，进逼首都"的罪行外，还透露了白已于二十日乘日轮南下。

蒋介石那透着杀气的眼珠一转，急令机要参谋：

"给天津发急电，查实二十日有何日本轮船开航南下及行驶路线。"

两个小时后，机要参谋来报："天津急电，已查实二十日离津南下的是一艘名叫'日清'的日本轮船，该轮由塘沽起航，经天津驶往日本门司，再经上海抵达香港。"

蒋介石那充满杀气的眼珠又骨碌一转，立即回到办公桌前坐下，抽出毛笔，亲手拟了一份"中正手启"电报，这是发给上海警备司令熊式辉的电令：

"据报白崇禧三月二十日乘'日清'轮从天津南下经沪，着即派一快轮到吴淞口外截留，务将该逆搜出，解京究办。如该日轮拒绝搜查，则令海军炮艇将其击沉，国际交涉，以后再办。"

蒋介石本来是最怕日本人找麻烦的，但是为了捉拿白崇禧，他也顾不得引起国际纠纷了。至于日本人嘛，不过是割地赔款罢了，只要消灭了可恶的桂系，蒋介石甘愿满足他们的一切要求。

广西容县山嘴村，是黄绍竑的老家。这是具有桂东南农村特色的一个村子，村前屋后，有婆娑的荔枝树和龙眼树。四月初，清香的荔枝花刚刚开过，地上铺着淡黄淡黄的小花瓣，枝头上已打起密密麻麻黄豆般大小的青果。村前有几株合抱的古榕，树干垂着长须，枝蔓仍在长着嫩绿的新叶。有人曾为李宗仁、黄绍竑、白崇禧三人看过老家的风水，李宗仁家住临桂县榔头，黄绍竑家住容县山嘴，白崇禧家住临桂县山尾，李、黄、白三人，李为头，黄为嘴，白为尾，他们三人在桂系团体中融为一体，而三人的地位又摆得明白，自然可以配合默契，运用自如。

现在，这"头""嘴""尾"都聚在黄绍竑的老家，三人坐在那间小巧的木楼书房里，谁也没有说话。楼下左边那中堂里，壁上挂着一只古老的时钟，喊嚓喊嚓地摆动着。天井旁的屋檐下，一个精致的竹编鸟笼里，一只羽毛乌黑发亮，黄嘴红脚的八哥，正在反复鸣叫着，那声音似乎是在告诉人们：

"李黄白，打败仗，归老巢。"

黄绍竑那一肚子气正没处出，他把桌子一拍，吼一声：

"六仔，快把那鸟给我砸死！"

六仔是家中的佣人，二十岁左右，人很精明，跟黄绍竑在外面走过。这只八哥鸟，是前年他跟黄绍竑在广州鸟市上买来的，灵巧极了。黄绍竑一回家，它便会对黄叫着："季公，季公，您好，您好！"黄绍竑每次回家，总少不了要站到鸟笼前，吹吹口哨，和它亲热一番。"张黄事变"，黄绍竑死里逃生，从香港经越南逃到广西龙州，乘船直下梧州，准备进攻广东。部署既定，李济深的命令尚未下达，黄绍竑便驱车临时回容县老家住几天。他一进屋，那只八哥鸟便欢快地叫唤起来：

"季公平安归来！季公平安归来！"

六仔忙对黄绍竑道："前几天，它一直烦躁不安，不吃不喝，忧愁地叫着，听那声音，好像是在说：'季公有难，季公有难。'都把我们吓坏了。主人今天回来，它才变得这么高兴呢！"

黄绍竑满心欢喜，赏了六仔十几枚东毫，又和笼中的鸟儿亲热了好一阵子。想不到，这次黄绍竑带着李、白一同来到老家，这八哥鸟竟说出如此不吉利的"话"来，黄绍竑一气之下便要处死它。六仔当然不忍心下手，但又不敢违抗主人命令，只得把鸟笼取下来，连笼带鸟寄放在村中一个亲戚家里，经常偷偷跑来，悄悄地教那八哥鸟说"话"："李黄白，打胜仗！李黄白，打胜仗！……"

黄绍竑心里烦到了极点，他见六仔出去执行命令去了，大约那只八哥鸟已被掐死了吧。他想着，心里更烦了，一会儿坐着，一会儿又在椅子上蹲着，他说这是跟陈济棠学的，不过他可没陈济棠那份抽水烟的耐性，一下子又跳起来，在室内乱转。白崇禧伸开双腿，两掌手指交叉，托着后脑勺，半坐半躺在一张发红的竹椅上，一双疲惫失神的眼睛死死地盯着天花板，一动也不动。说他睡去了吧，那双眼分明又开着，说他正在沉思大事吧，那双眼却又纹丝不动，像一双石雕像的眼睛。

白崇禧仍然沉浸在惊涛骇浪之中……

从塘沽登轮，风浪滔滔，"日清"轮驶往日本门司。白崇禧心情格外沉重，加上风浪的折腾，抵日本门司时，他已憔悴不堪了。船长通知他："白将军，日本首相田中义一已派代表在码头迎接您！"白崇禧听了大吃一惊，这船长怎么知道他是白将军，而田中首相又怎么知道他今日抵门司呢？那船长笑道："在塘沽时，廖磊将军把您带到船长室来，说您是诸葛先生，要我一路好心照顾。后来，我又接到日本国驻上海领事馆发来的密电，查询大名鼎鼎的白崇禧将军是否在'日清'轮上，我就估计您是'小诸葛'白崇禧将军了。"

白崇禧又是一惊，他在船长面前暴露了身份不算，而且还惊动了日本国驻上海领事馆，想来，蒋介石已得知他乘轮南下经沪的消息了。蒋必派遣特务及武装人员，不惜以任何手段对付他，他要照原计划安全通过上海，已经不可能了。在日本，他又没有落脚之处，而更重要的，他所携带的金钱不多，别说他要在日本过寓公生活，便是流浪亦不可能。他知道蒋介石与日本人关系密切，前年蒋下野时，曾东渡日本，与日本首相田中义一有过接触，蒋介石得到日本政府的支持才返回国内的。现在，田中义一特派使者到门司来迎接他，这意味着什么呢？"把我抓起来，引渡给蒋介石？"白崇禧心里闪过一个可怕的念头，仍呆呆地站着不动。他不愿意上岸去。一会儿，一个日本官员来到了船长室，他自称是田中首相派来的代表，已在城里为白崇禧安排好了住宿的旅馆，请白立即登岸好好休息，并有要事商量。那官员道：

"白将军，我们田中首相很赞赏您的军事天才，他很愿意和您交个朋友，特派我来帮助您安全回抵广西。"

白崇禧见那官员说得如此诚恳，便跟他下船，到城里一家旅馆住宿。第二天，白崇禧登船，直向上海进发。蒋介石派出大批人员，等候在吴淞口外，只待张网捕"鱼"。好不容易等到了那艘"日清"轮的到来，船长见状，早有准备，笑眯眯地让他们上船搜查。俗话说捕风捉影，说的是某人说话或做事时用似是而非的迹象作根据，李品仙在塘沽码头亲眼看见白崇禧上的"日清"轮，蒋介石经过查实，也得知白崇禧上了这条船。蒋介石这时对白崇禧是志在必得，绝不会干捕风捉影之事。可是奉令上船搜查的那些人，查了半天，连白崇禧的影子也没有看到，你说怪也不怪？事后，上海一些报纸对此曾做过种种揣测，有的说白崇禧藏在"日清"轮船长室的一只衣橱内，躲过了蒋介石特务的搜查；有的说白崇禧化装成一个大胡子日本大佐，混过了搜查；还有的说白崇禧临时在海上换船，根本就没进吴淞口……因白崇禧曾任上海警备司令，在"四一二清党"时是赫赫有名的人物，上海人又特别爱新鲜，因此白崇禧自"清党"后再一次成了上海人感兴趣的人物。一时街谈巷议，报纸上更是投读者之所好，像赌彩票一般，做出种种耸人听闻的奇谈怪论和毫无根据的预测。

白崇禧则在蒋介石和上海的人们都捉摸不透的迷雾下，早已到了香港。到香港后，为了探听广州的情况，他曾秘密到广州会见第八路军总参谋长邓世增。得知李济深被囚汤山后，蒋介石已任命陈济棠为广东编遣区主任，以夺取李之军权。陈济棠已在海虎军舰上就职。徐景唐则警告陈济棠不要开军队进广州，否则冲突就不可避免。此时，黄绍竑已亲率桂军进抵三水、肇庆一带布防，准备做拥李派的后盾。但是李济深的参谋长邓世增却徘徊犹豫，举棋不定。白崇禧见粤军中拥李将领群龙无首，知广东事不可为，乃重返港乘"大明"轮溯西江上梧州。船抵三水，忽见黄绍竑上船，白崇禧三步并作两步奔上去，拉住黄绍竑的手，喊了声：

"季宽！"

"健生！"黄绍竑对此时此地见到白崇禧，真是又惊又喜。

白崇禧把黄绍竑拉到自己的房间里，关上门后，急切地问道：

"你怎么在这里上船？"

"我在梧州接邓世增电，去粤商谈李任公被囚后粤局之善后。到三水时，邓的副官长在码头等我，说陈济棠已就新职，广州不可去了。我见'大明'轮恰于此时入口，就立刻上船准备回梧州。"黄绍竑道。

"德公呢？"白崇禧又问道。

"德公于三月二十五日由沪抵粤，准备乘飞机直飞武汉指挥，不想春雨连宵，飞机无法起飞。只得暂时回桂，目下正在梧州等我赴粤的消息。我们时时都在为你的处境担心，这下，你总算回来了！"黄绍竑叹了一口气，心情复杂地摇了摇头。

白崇禧也喘了一口长长的粗气，沉默了好一阵，他忽然向黄绍竑问道：

"季宽，九年前，我们在广东战败，狼狈逃回广西时的情形，你还记得吧？"

"怎么不记得？"黄绍竑又叹了一口气，九年前，他和白崇禧都还是马晓军部的一名小小连长，旧桂系在广东被孙中山号令粤军击败，沿西江退回广西。

"前面那道河堤，就是我们夜里宿过营的地方。"白崇禧用手指着江岸上，说道，"那夜下大雨，我们没找到饭吃，又无处安身，只得率领弟兄们瑟缩在河堤上露营，饥肠辘辘，衣衫湿透，真是苦不堪言啊！"

黄绍竑不再言语，他知道下一站是莲塘峡，当年当营长的李宗仁和当连长的他与白崇禧率部拼命冲锋，为几万溃不成军的部队杀开了一条退回广西的血路。从那以后，回到广西，部队还是垮了。黄绍竑和白崇禧此时想的大不一样。黄绍竑想，他们会不会变成陆荣廷第二？白崇禧则想，只要回得来广西，就有办法。他们默默地想着，回到梧州，与李宗仁会面，大家又唏嘘了一阵子。接着，他们三人便由梧州乘车回容县黄绍竑的老家，召开军事会议，商讨时局。

桂军由李宗仁率领北伐后，留下在广西的一部分队伍归黄绍竑统率，编为第十五军，黄绍竑任军长，下辖三个师，第一师师长伍廷飏，第二师师长黄旭初，第三师师长吕焕炎。如今，所向无敌的第七军和显赫一时的第四集团军及在平、津一带的第十三军、第十二路军，皆已灰飞烟灭。武汉已失，平、津易手，李宗仁、白崇禧这两位叱咤风云的总司令和总指挥，成了两名光杆司令，连卫士都没有多带一人，狼狈逃回广西。故人相见，皆面面相觑，唏嘘不已，真如黄粱一梦，令人说不出个中滋味！李宗仁和白崇禧分别向大家介绍了平、津和武汉失败的经过，黄绍竑却一言不发，一双冷峻的眼睛只盯着园子里一丛荔枝树出神，几只忙碌的蜜蜂围绕着那黄豆粒般大小的荔枝青果，飞来飞去。他心里冷笑道："花都落了，你们还来采蜜！"对李、白这次在武汉、平、津的失败，黄绍竑本来就有看法。当平、津打下后，东北易帜，张学良投了蒋介石，白崇禧深感在北方无立足之地，黄绍竑就极力主张要白将部队撤回湖南，控制湘局。但白崇禧却迟迟观望，不肯离开平、津。及待武汉方面发生"驱鲁任何"事件后，黄绍竑非常担心湖南被切断，又电夏、胡、陶，力主他们放弃武汉，将部队主力控制于粤汉铁路两侧，桂系集中力量经营两广和湖南。可是胡宗铎、陶钧硬是舍不得湖北地盘，不肯将部队南撤。蒋介石突然囚禁李济深后，广东局势变得对桂系十分不利，黄绍竑有兼管广东的任务，正是焦头烂额的时候，李、白在外同时垮台，陈济棠又把广东抢了过去。如今，李、黄、白只剩下广西一省地盘和一个第十五军，黄绍竑既痛心又伤心，对李、白没有接受他的意见，心里十分不满，因此会上一言不发。第十五军的三位师长伍廷飏、黄旭初、吕焕炎，见军长黄绍竑不说话，心中对前途感到渺茫，便也缄默不语。李宗仁见他们不说话，知道大家心里都不好受，于是宣布散会。伍廷飏、黄旭初、吕焕炎三位师长各回原防，李、黄、白三人则在容县暂住，观察局势的进一步发展变化，以冷静地磋商对策。

李、黄、白三人待在一起，整日里无所事事，真是百无聊赖。黄绍竑是主人，虽然心里不痛快，但也得整日与他们厮守在一处，除了每日三餐，喝上几杯酒外，便是待在小楼上下棋。李宗仁对于棋、牌全都外行，黄、白对弈时，他嘴上叼支烟，坐在旁边看着，或者在桌边走走，有时便独自躺到那竹躺椅上去，在缭绕的烟雾中，发一阵呆。这

在蒋桂战争中失败逃回广西的李宗仁

天，黄绍竑的秘书送来几份港粤的报纸，李宗仁接过便看了起来。他看了一会儿，对正在下围棋的黄、白说道：

"报上有好消息！"

黄绍竑头也不抬地说道："念来听听。"

"本党三全大会做出决议：开除李宗仁、李济深、白崇禧的党籍。"李宗仁念完一句，又狠狠地吸了一口烟，看了黄、白一眼。

"他妈的，等我当了国民党的总理，我就先开除老蒋的党籍！"白崇禧在棋盘上重重地落下一只，愤愤而言。

"蒋主席正式对李宗仁等下达讨伐令：国民政府主席蒋中正三月二十七日发表为讨伐李宗仁等布告将士书。"李宗仁接着吸了一口烟。又念道，"……该逆等竟敢主使部队，抗命称兵，分头发难，谋叛党国。李宗仁、李济深、白崇禧等着即免去本兼各职，听候查办。所有附逆军队，如有执迷不悟，仍行侵犯，仰前方各军，痛加讨伐，以遏乱萌，而彰法纪。此令。"

"我们也可以下令讨伐老蒋！"白崇禧又布下一颗棋子，无所谓地说道。

在蒋桂战争中的广西省政府主席黄绍竑

李宗仁见黄绍竑仍不说话，便道："季宽，看来老蒋对你是蛮客气的啦！"

"嘿嘿。"黄绍竑只冷笑了两声。

"本报四月八日武汉专电：国民政府主席蒋中正在汉口发出通电，表示愿意下野出洋，以息内事。电云：'中正半生戎马，为党驰驱，今后甚愿得卸仔肩，出洋考察，以个人资格追随本党同志之后，以完成总理未竟之遗志。'"李宗仁念完这段报纸的最新消息，马上从竹躺椅上跳了起来。

黄、白执棋子的手也停止了布阵，他们忙从李宗仁手中抢过那份报纸，仔细研究起来。李宗仁心中很感纳闷，自言自语道：

"老蒋正在'六合统一，千军解甲'的得意时刻，为什么要下台呢？"

白崇禧把那报纸一推，说道："这是老蒋针对我和德公来的，他怕我们回广西发动反蒋，示意要我们李、白出洋，李任公最近很可能有信来，向我们传达蒋的意旨。"

"啊？"李宗仁见白崇禧从反面推测蒋介石的意图，很是令人信服。

过了几天，忽报陈济棠差香翰屏带来李济深致李宗仁、白崇禧的信。黄绍竑出面接待香翰屏，香翰屏转交了信件后，对黄绍竑道：

"伯公（指陈济棠，陈济棠字伯南）想听一听你们几位的意见。"

黄绍竑安顿香翰屏住下，随即上楼来，把李济深的亲笔信交给李宗仁和白崇禧，李、白看时，只见李济深写道：

"德邻、健生两兄惠鉴：弟于形势严重之顷，束身来都，蒙主席优厚，指示正轨，使不致误蹈漩涡。……"

李济深接着指责李、白"屡抗中央"，要他们"严斥旧部，绝对停止蠢抗，以求末减，自己则早日行赴海外，得知识之加增，亦可有益于社会"。

李宗仁点了点头，说道："果然如此，想不到李任公还助纣为虐！"

白崇禧却摇了摇头，说道："李任公已失人身之自由，这封信未必是其真心所吐，但他传达老蒋要我们二人出洋却是事实。"

李宗仁见黄绍竑坐在一旁不说话，便问道："季宽，你的意见呢？"

"我的意见没有用，香翰屏还在等着你们的意见回报陈伯南呢，李任公是个传声筒，陈伯南又何尝不是个传声筒。"黄绍竑冷冷地说道。他见李、白在外输光了本钱，跑回广西，生怕他们将他这点血本再拿去拼搏，最后桂系输个精光，连广西立足之地都丢掉。从形势上看，蒋介石逼李、白出洋，而对黄绍竑则较宽大为怀，他希望李、白此时暂避一下，由他维持广西局面，渡过这道难关再请他们回来。但是，这话他不能明说，他担心受李、白的误解，得个落井下石，卖友求荣的罪名。

蒋介石不愿出洋，李、白又何尝想出洋呢？民国年间，但凡出洋考察的军政要人，无不是失意下台者回避国内矛盾，到外转一圈寻求卷土重来之机。蒋要李、白出洋，就是要李、白下台，他们此次从华北和上海脱离虎口，九死一生归来，难道是愿意出国放洋的么？白崇禧更不愿出洋，他要反蒋复仇，要恢复已失去的军队和地盘。但他是个非常机灵之人，他见黄绍竑态度暧昧，似乎对他和李宗仁存有某种隔阂和戒心，便知黄舍不得手中这点本钱，目下李、白的本钱输光了，就剩下黄的这点本钱，如果黄暗中掣肘，李、白纵有天大的野心，也无能为力，白崇禧深知这一点，因此他说道：

"何去何从，由德公拿主意。"

李宗仁又点上一支烟，慢慢地吸起来，在室内踱步。他和白崇禧拒绝出洋，蒋介石便要向广西用兵讨伐，以广西这一军人马，是很难挡住敌方数十万大军的。况且黄绍竑也不见得愿打，如此内外交困，只有最后崩溃，连广西老家也保不住。李宗仁想了想，觉得他和白出洋，由黄与蒋介石周旋，保住广西这点军队和最后一块地盘，将来时局变化，北方冯、阎反蒋，不愁没有东山再起之日。

"我和健生出洋吧！"李宗仁呼出一口浓烟，像吐出压抑在胸中的一块无形的石头。

"好，我们走！"白崇禧特地望了一眼黄绍竑，看他对此有何表示。

"你们真的要走吗？"黄绍竑赶忙站了起来。说真的，他既想他们走，又有些舍不得他们走，心情复杂极了。

"我和健生非走不可！"李宗仁已下了最后决心。

"那……你们对目下局势还有些什么想法和要求？请对我嘱咐！"黄绍竑见李宗仁坚决要走，顿时对李产生一种崇高的敬意，他觉得李宗仁的胸怀简直大得惊人。但是，李、白一走，黄绍竑便感到肩上压下了千钧之重担，桂系这最后一点军队，最后一块地方，李宗仁都交给他了，他如果不慎失手，输了这最后一盘棋，那么一切都完了，他作为桂系的一员便将永远对不住李、白！

"健生谈一谈吧！"李宗仁善于下决心，白崇禧善于出主意，他们各有所长。

"可从四个方面向老蒋交涉。"白崇禧那脑子来得快极了，李宗仁刚说罢，他便提出了四条："第一，立刻恢复李济深的自由；第二，撤销对李宗仁、李济深、白崇禧的查办案；第三，给李宗仁、白崇禧出洋考察名义及旅费；第四，广西部队的编遣，由黄绍竑全权处理。"

"好！"

李宗仁、黄绍竑都赞成这么办，这四条，对于桂系来说，有理——李、白出洋；有利——恢复李济深的自由，广西军队和地盘由黄绍竑抓着不放。黄绍竑用笔记下，马上去找香翰屏，请他带回广州，由陈济棠和陈铭枢向蒋介石转达。

香翰屏去后，李、黄、白在容县等候蒋介石的答复，三人仍无所事事，黄、白每日以弈棋为消遣，李宗仁照旧以抽烟打发时日。忽一日，接夏威由香港来电，报告第四集团军退往宜昌、沙市一带后，全部被蒋军包围缴械。李明瑞、杨腾辉倒戈后，被蒋任命为第十五师师长和第五十七师师长，李、杨有回师广西之举。另据报，何键受蒋之命亦有侵桂之图。黄绍竑看了夏威的电报，冷冷说道：

"德公，看来老蒋不是要你和健生出国，而大约是想要你俩到汤山去陪伴李任公哩！"

白崇禧对于第四集团军在武汉失败之速，气得顿足捶胸，大骂胡、陶、夏："一堆糊涂蛋！"他当着李、黄的面，宣布道："对胡、陶要永不录用！"

胡宗铎、陶钧本来是由白崇禧一手提拔的，如今坏了大事，白崇禧也只得事

1929年3月15日至28日，中国国民党第三次全国代表大会在南京举行，会议做出了开除李宗仁、白崇禧、李济深等人党籍的决定

后诸葛亮了。武汉的事已经没有希望了，李、黄、白便一心只想着南京的事了。但是，他们那四条迟迟不见蒋介石答复，却不断风闻蒋军要从湖南、广东入桂的消息。李宗仁皱着眉头，对黄、白道：

"你们还有心下棋么？"

"再等一等吧！"黄绍竑对蒋介石还抱有一线希望，因此总想等那四条有个水落石出的答复。

李宗仁见黄、白无动于衷，也只得陪着他们下棋。又过了几天，黄绍竑机要室的译电员匆匆上楼来送一份急电，李宗仁接过来一看，顿时气得发抖，他将电文扔到黄、白对弈的棋盘上：

"老蒋欺人太甚！"

黄绍竑的棋局正入高潮，再有两着，便困死白崇禧了，他将那电文捡起来扔到一边，继续围攻白崇禧。白崇禧早已瞟见那电文的内容，不觉方寸已乱，倏忽间便失去挽危之力。

黄绍竑获胜后，笑道：

"健生，你弈棋之意志甚为顽强，往往能转危为安，反败为胜，今天却一败涂地呢？"

白崇禧把那份急电推到黄绍竑的面前，说道："你还没看呢！"

黄绍竑这才接看那电文，这是广东省主席陈铭枢打来的，电报转达了南京政府的四项指示，亦即是对李、黄、白那四条的正式答复，内容为：

第一，着黄绍竑将李宗仁、白崇禧拿解来京，听候查办；

第二，广西不准收容从武汉退回的部队；

第三，广西境内的部队缩编为一师一旅，剩余武器解中央；

第四，黄绍竑将以上三项办妥后，得任为两广编遣区副主任。

黄绍竑不看则已，一看气得大叫起来："岂有此理！岂有此理！"

白崇禧皱着眉头，对黄绍竑道："这样的条件，还有什么好谈的呢？"

"算了吧，准备打仗！"李宗仁使劲扔掉一只烟头，立即下定了决心。

"打就打吧！"黄绍竑无所谓地说道，"我们的大本钱在前方输光了。后方留下这一点也没有多大用处，干脆都拼了吧？"

李、黄、白怒发冲冠，义愤填膺，三人正摩拳擦掌，准备与蒋介石厮杀。忽然，楼下那天井里传来了令人悦耳的鸟鸣，黄绍竑大喜，忙对李、白道：

"你们听，好兆头！"

楼下的天井里，六仔把那只曾被黄绍竑下令处死的黄嘴八哥，经过一段时间的调教后，又悄悄拿回来了，此刻，它正在欢快地叫唤着：

"李黄白，打胜仗！李黄白，打胜仗！"

第五十一回

铤而走险　白崇禧全师攻粤
四面楚歌　黄绍竑残局难收

广东花县白泥圩。离此不远便是新街火车站，乘火车到广州市区大约一个钟头。

民国十八年五月二十二日拂晓，密密麻麻的枪炮声骤然响起，夹杂着暴雨的哗哗声和军号的呜呜声，白泥圩西边的制高点大岭、中东岭、小岭，桂军黄旭初师正与粤军余汉谋旅、陈章甫旅、戴戟旅血战。当李、黄、白在容县黄绍竑老家决定反蒋时，他们三人做了如下分工：李宗仁到梧州就任"护党救国军"总司令，发表讨蒋檄文，然后到香港，在罗便臣道九十二号居住，积极联络北方冯、阎共同反蒋。此时，冯玉祥与蒋介石的矛盾已成水火，冯军主力开出潼关，蒋军则在偃师、登封、南阳一带布防。李宗仁欲与冯玉祥遥相呼应，以壮声势。军事上由白崇禧负责，以闪电战术奔袭广州，夺取广东，以军事上的胜利挽救政治上的失利。黄绍竑则遄返南宁，坐镇后方，筹措军费。

却说白崇禧秘密集结桂军三个师，分左右两路入粤，暗中又与退居石龙一带的仍忠于李济深的军长徐景唐联络，欲师孙中山、李济深多次以东、西两路攻击广州之敌的战略，桂、徐两军同时夹击两陈。白崇禧到底是"小诸葛"，深谙孙子攻城

粤军将领余汉谋

与攻心之术。大军未发，他先派梧州警备司令龚元杰去广州拜访二陈，声明湖南何键有侵桂之举，桂军将北上防堵何键的湘军，粤桂原是盟友，都应为援救李任公而联合，切不可以兵戎相见云云，以此松弛粤军的戒备。

白崇禧对二陈的兵力部署做了精确的估计：陈济棠有三旅九团，加上一个独立团，共十个团。陈铭枢辖三旅九团。二陈总共不到二十个团，且分布东西两线，能直接用于和桂军作战的仅十个团。陈济棠把所部第一旅旅长余汉谋的部队摆在清远县，第二旅香翰屏部守芦苞、三水，第三旅陈章甫部驻广州北郊。很明显，陈济棠这三个旅是专门用来对付桂军的。陈济棠有三个旅十个团，白崇禧有三个师一个旅，共十六个团，自认有把握击溃陈济棠部，一举夺取广州。为了制造敌方将帅不和，白再施以攻心之计，秘密令人向陈济棠告密，第一旅旅长余汉谋因与李、白是同学，正暗中与桂军联络倒陈……当一切都准备就绪之后，白崇禧正要下达总攻击令，忽接桂林警备司令张任民急电报告：湖南省主席何键已就任蒋介石委的第四路讨逆军总指挥，以周斓为第一纵队司令，由邵阳经武冈、龙胜直趋桂林；刘建绪为第二纵队司令，由衡阳经零陵、全州、兴安直取桂林；吴尚为第三纵队司令，由郴县经嘉禾、道县入桂趋阳朔。何键已到衡阳督师，湘军先遣支队司令陈光中已挺进至桂境黄沙河附近。桂北守军仅有何次三一团，众寡悬殊实难拒敌。

白崇禧闻报，即复电张任民"诱敌深入"四字，随派参谋赴桂林，向张面授"诱敌深入"之战法。白崇禧不怕陈济棠的粤军，也不怕何键的湘军，他最怕李明瑞率领的原第七军的两个师，这是桂军的精华。李明瑞、杨腾辉倒戈反桂后，第七军师长李朝芳、尹承纲两部已在宜昌一带被蒋军包围缴械。如李、杨回师广西，其兵力与黄绍竑的第十五军不相上下，两支桂军自相残杀，必将重演去年粤军李济深部与张发奎部在东江火并的悲惨局面。

白崇禧从上海方面的消息得知，蒋介石已任李明瑞为广西编遣特派员，率第十五师和第五十七师由汉口分乘海轮十四艘东下，到南京补充弹药装备，然后经上海到广州，溯西江回广西夺取桂系的根据地。白崇禧必须在李、杨两师抵达广州之前，攻占广州，控制虎门，堵死李、杨进入珠江之路，否则后果不堪设想。白崇禧毫不犹豫地下达了总攻击令，着黄旭初师长率本师及石化龙的独立团、韦造时独立营从梧州西江向三水直攻广州，白率伍廷飏、吕焕炎两师经怀集、广宁、四会、三水攻广州。白崇禧深知兵贵神速，以闪电战术奔袭入粤，短短几天时间，两路桂军

湘军将领何健

便攻到广州北边的四会、清远两县，并在花县西北的芦苞上游十余里处的大塘强渡北江，击溃香翰屏旅的巫剑雄、张枚新两团，第三旅旅长陈章甫即调该旅黄质文团驰援，旋被桂军打垮。白崇禧左右开弓，将粤军各个击破，进占芦苞。白崇禧进军广东以来，连连获胜，粤军简直不堪一击。他倒有些纳闷起来，这些粤军本是第一师时代由邓铿和李济深一手训练出来的，向称能战。张发奎、黄琪翔的部队均很有战斗力，东江大战时，这些部队都曾与张、黄军血战过，为何今日这般不济？他忙命部下押来一被俘的粤军连长，一询问，才知道陈济棠中了白崇禧的离间之计，已将第一旅旅长余汉谋以通敌罪从琶江口押到广州软禁，任命李扬敬代理第一旅旅长之职。李扬敬不如余汉谋善战，余被拘走后，第一旅官兵多有不平，副旅长李振球，团长黄涛、叶肇、张达、赵濂都不服。黄涛公开抵制，说："如果幄奇（余汉谋字幄奇）死，大家就一齐死！"因此粤军无心恋战。白崇禧听了大喜，即挥军大进，连续击败李扬敬指挥的第一旅，迫使粤军纷纷向花县的国泰、赤泥、白泥退却，一部已退到军田车站。白崇禧率军追击，将达白泥圩时，他站在路旁一个土坡上，对着正冒雨疾进的桂军官兵大呼：

"弟兄们，过了白泥圩，前边不远就是新街车站了，到广州还有个把钟头的路程，加把劲，今天到广州开晚饭，我掏钱在陈塘南酒家请大家喝庆功酒，然后放假

三天！"

桂军官兵谁不想到广州发财享受，今听白老总许下此愿，奔跑的双腿快得如加了两只风火轮一般，自进入广东以来，粤军连吃败仗，更助长了他们今日必进广州之愿。曾国藩治兵曾有令部下"大索三日"之举，白老总虽治军素严，但今日也不得不把曾国藩的"旧饭"炒一炒以飨桂军官兵。

"旭初兄，你师先占据白泥圩西侧一带高地！"白崇禧虽然急于要进广州，但他并不轻敌盲进，向桂军官兵鼓了一番士气之后，他即对骑着一匹大黑马奔驰而来的第二师师长黄旭初命令道。

"是！"黄旭初立即勒住马缰，用马鞭指着西边那三座高地，对部下的三位团长命令道，"一团抢占大岭，二团抢占中东岭，三团抢占小岭，独立团与独立营随师部在大岭与中东岭之间的小村庄。"

黄旭初这些年奉命率他的桂军第二师长驻广东，在潮汕对贺龙、叶挺起义军作战和与张发奎、黄琪翔的第四军在东江、五华一带大战，随后移军粤北韶关。他本是个事事留心之人，长驻广东，他对广东的事便格外留心研究，每一处战略要地的地形、山川、河流、道路、村庄他都默记在心，因此他在广东行军作战从不用地图而可得心应手。现在白崇禧命令他抢占白泥圩西侧一带高地，他便能一口道出那三处高地的名字来，连善于用兵、精于地形研究的白崇禧也不得不暗暗称奇。

白泥虽是一个小圩镇，但地形上却是一个理想的战场，它西有大岭、中东岭和小岭三座高地，南有白泥河，易守难攻。白崇禧在追击粤军时，便注意到了这一地形特点，因此首先令黄旭初师抢占两侧高地，以便攻守自如。在令黄旭初师抢占高地后，白崇禧再以吕焕炎师抢占小岭至国泰圩西侧高地，这才命令第一师师长伍廷飏率部向白泥圩进击。桂军将达白泥圩之时，粤军两路亦进抵白泥圩内，第一旅正在渡白泥河。桂军伍廷飏师与粤军在白泥圩展开激战，由午至暮，两军伤亡惨重，桂军副师长梁朝玑负伤。白崇禧闻报，皱着眉头，急令伍廷飏师撤下战场休整。伍廷飏一见白崇禧，便道：

"我军此次入粤以来，尚未见敌军如此顽强抵抗！"

白崇禧也感诧异，忙命伍师长："你马上给我找一俘虏军官来。"

不多久，伍师长的参谋押着一名粤军俘虏进来，俘虏伤了左臂，一条手臂被撕破的军服作临时绷带吊着。白崇禧令参谋给俘虏倒了一碗水，递了一支香烟。俘虏把水一口饮尽，然后贪婪地吸着香烟，那惶恐痛楚的脸色才缓和下来。

"这位兄弟在粤军中的哪一部分？任何职务？"白崇禧很和蔼地问道。

"第一旅第一团第一营第一连连副！"那俘虏站起来，一边躬身点头，一边说。

"你们团长是黄涛吧？"

"是的，是的。"

"你们旅长余幄奇现在何处？"白崇禧紧盯着那俘虏的双眼，逼视着他，不让他有说谎的胆量。

"余旅长已到白泥圩内指挥。"俘虏答道。

"来人，将他拉下去毙了！"白崇禧把桌子狠狠一拍，站在门外的两名卫士立即奔进来，架起那俘虏便走。

"长官饶命！长官饶命！"那俘虏跪下求饶。

"你敢骗我？余汉谋在五月十三日被陈济棠扣留于琶江口，当日即被押往广州软禁，他现在何能到白泥来指挥！"白崇禧面带杀机，大声叱喝，直吓得那俘虏跪在地上不敢起立。

"长官，长官，"俘虏用双膝在地上挪动膝行，来到白崇禧面前，发誓道，"长官，我要说半句谎，你马上毙了我！余旅长被扣之后，我旅连吃败仗，官兵们都盼余旅长回来指挥，据说团长们还为此上书陈老总。老总见事态急迫，昨天才将余旅长放回来。昨天下午，我们全旅官兵在军田车站欢迎余旅长，他还向我们训了话。"

"余旅长怎么对你们说！"白崇禧厉声问道。

"他……他说，桂军此次兴兵东犯，蹂躏吾粤，此种罪行令人不可容忍。希望全体官兵发扬第一师邓仲元的忠勇革命精神，保卫桑梓，勿以小挫即气馁，让桂军阴谋得逞。"那俘虏见白崇禧十分注意听，又接着说道，"余旅长还说：'我与各级袍泽久共患难，保卫桑梓，责无旁贷，万望我全体将士跟我来，勇往直前，拼

逃亡中的白崇禧

力反攻，克敌制胜，以保持我军荣誉，保障广东安宁。'接着余旅长高声问大家：'大家打不打？'全场高呼：'打！跟旅长去打！'旅长又说：'好！我即刻出发前线。我知道你们几夜没休息了，先赶快去休息几小时，今夜由李副旅长率领全旅向白泥急进！'"

白崇禧听罢，知道陈济棠在部下的压力下，不得不重新起用余汉谋。他的离间计只成功了一小半，就像当年诸葛亮出师北伐前，密派人往洛阳、邺郡等处散布司马懿谋反的流言，使魏主曹睿将司马懿削职回乡。慑于诸葛亮北伐大军进兵的威胁，魏主不得不重新起用司马懿统兵。几经较量诸葛亮北伐无功而返。白崇禧觉得，自己目下与孔明有相似之处境，不过白崇禧即今日之诸葛亮，而余汉谋并无司马懿之称誉。虽然余汉谋远非白崇禧的对手，但是余既重返军中，又得军心，并拼死抵抗，桂军要想明天进广州，看来也不是那么容易的事了。

白崇禧鉴于桂系四面受敌的不利形势，只求速战速决，最怕战事胶着，旷日持久。当夜，他命伍廷飏组织几支精悍的小部队，向白泥圩发起夜袭。但粤军早有准备，夜雨中双方混战一场，桂军伤亡数十人，没有占到一点便宜。第二天拂晓，粤军主动出击，向桂军占据的大岭、中东岭、小岭等处制高点，发起猛烈冲击。粤军的炮弹四处爆炸，白崇禧的指挥部周围也落下好几发迫击炮弹。白崇禧又是一阵纳闷，粤军昨晚被袭扰一阵，不见慌乱，今晨又能向桂军阵地发起猛攻，这是怎么回事呢？为了察明敌情，白崇禧即驰往第二师黄旭初的指挥所。白、黄相偕，冒雨登上大岭视察，只见满山遍野尽是呐喊冲锋的粤军士兵，大岭、中东岭、小岭三处阵地皆在激战中，国泰圩西边一带高地，枪炮声也十分激烈，黄旭初颇忧虑地说道：

"粤军展开全线出击了！"

"不必担心！"白崇禧轻松地说道，"余汉谋为了戴罪立功，他不狠命拼一下怎么行呢？你只要顶住半天，粤军必成强弩之末，到时候我们便可顺利进入广州。"

"余汉谋乃一介旅长，他怎么能有全线出击之力？"黄旭初并不感到轻松，那双深沉的眼睛，只顾盯着被桂军士兵的枪弹击打得东倒西歪的粤军士兵，粤军虽伤亡惨重，但却并不停止攻击，斗志十分顽强。

"在大塘、芦苞被我们打垮的香翰屏旅及陈章甫旅，可能也集结到这里来了。"白崇禧说道。

黄旭初不说话了，只微微点了点头。但凡他不满意或不赞成的意见，只要由李宗仁、黄绍竑、白崇禧三人中不论是谁说出来，他都不但不反对，反而点头表示赞同，并不遗余力地予以实施，成功了，他说是李、黄、白指挥有方，失败了，他说是自己执行不力。他智勇双全，为人深沉，论学历，他毕业于中国陆军最高学府——陆军大学，比出身保定和陆军速成中学的李、黄、白都高一等；论对桂系团体的贡献，他最先出任李宗仁的参谋长，对李宗仁部早期的成长发展贡献最大；论战功，在统一广西的各役中，他不比白崇禧、俞作柏低。但是，黄旭初不争功，不居功。广西统一后，桂军改编为国民革命军第七军，全军九旅十八团，黄旭初仅得任第四旅旅长之职。任第二旅旅长的俞作柏嫌官小，怒气冲冲，声言绝不上任。黄旭初却最先跑到李宗仁、黄绍竑和白崇禧那里去"谢恩"，感谢李、黄、白诸公对自己的提携。李宗仁倒很有些过意不去，因为第七军是由原李宗仁的定桂军和黄绍竑的讨贼军两军合编的，黄旭初是定桂军的参谋长，白崇禧是讨贼军的参谋长，黄、白地位相等。但是两军合编之后，李宗仁任军长，黄绍竑任党代表，白崇禧任参谋长，而黄旭初仅得一旅长之职，地位比白崇禧差远了。别人升官，他却被降格使用，俞作柏为自己打抱不平，黄旭初却毫无不平之色。李宗仁感到有些对不住黄，徐徐说道："我们这个军，应该设个副参谋长……"黄旭初忙道："白参谋长有经天纬地之才，不必再设副职，德公还是让我在下边带兵吧！"后来，与黄旭初同任旅长的夏威、胡宗铎都当了军长，甚至连资历甚浅战功平常的陶钧都逾格升迁当了军长，当年九位旅长之一的钟祖培为此大闹一场，挂冠而去，而在后方任师长的黄旭初对此却从无表示。他兢兢业业服从黄绍竑指挥。虽然他率军长驻广东，作为桂系的一颗钉子打在粤军这块地盘上，他处事有很大的独立性，但他从不自作主张，凡遇大事，均事先请示黄绍竑。

这次李、黄、白公开反蒋，白崇禧全师攻粤，黄旭初从战略上看，认为这是极不明智的举动。他知道，并不是白崇禧见不及此，而是他们三人在极端愤怒的情况下，做出的一种缺乏冷静思考不计后果的行动。他们把赌场上孤注一掷的一套用到了方针政策上来，即使打下了广州，桂系也绝不能摆脱被动危险的局面。黄旭初看到了这一切，预计到了最后的恶果，但他始终不表示反对攻粤之举，他奉白崇禧之命，率第二师及一个独立团又一个独立营，由梧州出发，沿西江东下，进军神速，抵三水受粤军海军阻挡，无法渡江，黄即率部转到白崇禧这一路来，直接听白指挥。

激战进行了整整一个上午，粤军并不像白崇禧预计的那样，将成强弩之末，而是越战越勇，越战人越多，攻势持续进行，并无间歇，桂军虽不断反击，但终不能扼制粤军的进攻，战况已呈胶着状态。白崇禧有些着急了。黄旭初深知白崇禧此时心里想什么。白要速胜，白最爱使用迂回战术，但此时敌军全线出击，桂军应接不暇，抽不出有力部队对敌迂回，他忙对白崇禧道：

"健公，由我率独立团出木广塘迂回敌军侧背，你看怎样？"

黄旭初这一句话，正像给白崇禧挠痒一般，舒服极了。他正需要派得力将领率部队迂回敌后，但正苦于兵力不够用，现见黄旭初请缨出击，他激动得一把握住黄的手，说道：

"旭初兄，我把最后的希望寄托在你身上了，正面高地由我代替你指挥，你快去吧！"黄旭初见敌军正面兵力雄厚，攻势凶猛，后方兵力必然相当充裕，况且又隔着一条白泥河，连日大雨，河水猛涨，渡河不易，从木广塘一带迂回敌后，困难甚多，对全线亦奏效不易。但他知道，白崇禧喜欢这样打，即使失败了，白对他也会倍加赞赏。李、黄、白全师攻粤的决定本来就是错误的，最后必败无疑。他们可以在大局上冒险失败，黄旭初为什么不可以在局部上冒险失败呢？他失败了，换来的不是惩处，而是一种无形的褒奖，他觉得这样做值得！

黄旭初率独立团迂回出击后，粤军正面攻势并无动摇之势，满山遍野的士兵端枪呐喊冲锋，与桂军士兵展开白刃格斗，战况相当惨烈，白崇禧不得已，只好将预备队调上去，才暂时稳定了战局。他此时希望的，不是援兵——桂军劳师远征，无援兵后继。他希望黄旭初在敌后创造奇迹，扭转战局。但黄旭初去了两个多小时仍无消息，白崇禧正在挂念，忽见卫士来报：

"黄师长回来了！"

"在哪里？"白崇禧心里一愣，预感到有些不妙，因为黄旭初此时只应当出现在敌后，而不应该回到他这里来。

白崇禧看时，只见四名卫士，用担架抬着黄旭初到他面前。黄的脸色白得像棉纸一般，胸前的白色绷带上一片血迹，看来伤势不轻。白崇禧皱着眉头，问跟担架一同来的师部少校医官：

"黄师长怎么了？"

"黄师长率部进抵敌右侧木广塘高地时，与敌发生激战，不幸负伤。经检查，一颗子弹中胸穿背，伤势严重。部队因师长负伤，士气大挫，已全部由木广塘撤回。"那少校医官报告道。

白崇禧的胸口仿佛也被重重地击中了一枪似的，他本能地用手抚着胸膛，那颗心在急促地跳动着。进攻受挫，迂回无效，又伤了一员大将，战局已呈胶着状态，他脑海里时而出现俞作柏、李明瑞站立在大海轮上，率领那十四艘大型运输船乘风破浪，急速向虎门疾驶；时而出现何键指挥三路湘军直扑桂林，桂林警备司令张任民正仓皇向永福、柳州退却……白崇禧觉得，桂系的命脉现时正抓在他的手上，决策只在一念之瞬，进退只在一步之间，而胜败则取决于这一念之瞬和一步之间了。白崇禧是一员出色的战将，他有一种坚韧不拔的将帅气质，他在战场上从未有过动摇决心的时候。他两眼望着正在跃出临时掩体，与敌军奋勇拼搏的桂军士兵，他深信自己的子弟兵的勇敢善战。他必须击破粤军的抵抗，最迟在明天上午占领广州，封锁虎门，把俞作柏、李明瑞困在海上，再以舰艇出击，到时走投无路的俞、李兄弟只得竖起白旗，白崇禧便可将第七军这两师精锐重新抓过来。至于何键的湘军入桂，白崇禧是一种诱敌深入的战略，他的着眼点不仅是消灭入桂的湘军，保卫桂北，而且是要湖南这块地盘。占领广州后，收降李明瑞、杨腾辉两师，占领广东地盘，乘何键部入桂后方空虚之机，派一师桂军由韶关北上入湘，控制衡阳，切断入桂湘军之后路，前后夹击，重演当年他收编唐生智部于湘南的故伎。广东、湖南，弹指间重入桂系彀中，这便是白崇禧全师攻粤，铤而走险，不顾一切的战略目的。

"报告总指挥，我师正面发现粤军蔡廷锴、蒋光鼐部增援。"吕焕炎师长派参谋来向白崇禧告急。

"大岭发现粤军第八旅戴戟部增援，在我军反击中，该旅副旅长方伟被击毙！"黄旭初的作战参谋从大岭跑过来报告。

粤军的旅相当于桂军的师，现在白泥圩一带有陈济棠的余汉谋旅、香翰屏旅、陈章甫旅和骆凤翔的补充团共十个团，陈铭枢的三个旅原先是在石龙、石滩一带监视徐景唐的第二师的，现在源源开到白泥增援，说明粤军已无后顾之忧，能集结全部兵力对付桂军。论兵力，粤军占优势；论作战能力，陈铭枢的蒋、蔡两旅及陈济棠的余汉谋旅堪称粤军之精锐，皆有较强的战斗力。但是，桂军去年入粤追击号称铁军的张、黄部队，曾与张、黄的第四军在兴宁、五华血战，有击败铁军的历史。桂军并不把二陈粤军放在眼里。白崇禧决定不顾一切地打下去，不进占广州誓不罢休。

"各师、各团务必坚守阵地，天黑后全线出击，先进入广州者，赏银十万，放假六天！"白崇禧向部属发出了严令。

风雨稍住，战火更炽，在白崇禧的严令下，桂军各师、团皆不顾代价拼命反击粤军的冲锋，战斗打得难分难解，阵地前沿，横尸遍野，雨水将粤、桂两军官兵的鲜血冲入白泥河中，混浊的河水透出一层血腥的紫色，令人触目惊心。

"报告总指挥，伍师、吕师各团预备队已用尽！"白崇禧派出的作战参谋回来报告。

"要他们将自己的卫队统统加入上去，火夫杂役、参谋、副官，全部投入战斗！"白崇禧命令道。他经历多次恶战，几乎每一次坚持到最后都能克敌制胜。他进占广州的信念毫不动摇。

"报告总指挥，旅长王应榆被粤军俘去，团长叶丛华弃队逃亡！"又一参谋来报。

白崇禧这下没再说话。旅长王应榆是广东东莞人，原任广东北区善后委员，统领一旅粤军与桂军黄旭初部同驻韶关、南雄、连州一带。蒋介石扣留李济深后，王应榆仍忠于李，迨至陈济棠回粤就新职后，王应榆即率自己的一旅人马，与桂军黄旭初师由龙虎关退到广西。这次桂军图粤，王应榆也带他的一旅人马随白崇禧行动，不想竟在白泥被俘。叶丛华是黄旭初师的一名团长，颇善战，现在却临阵逃亡。入粤以来，桂军已伤师长、副师长各一名，旅长被俘，团长逃亡，官兵伤亡千余，仍无法突破粤军白泥圩防线。白崇禧的胸部仿佛又被重重地击了一枪，那子弹似乎正打在他那顽强不屈的心脏中间，弹头嵌在心尖上，他一呼一吸都感到钻心般疼痛。进，他进不了广州；退，他无脸回广西——要知道他是从唐山逃回来的一条光杆啊，这点本钱是黄绍竑的呀！在此地多待上一小时，桂系这点命脉便会弱下去一分，纠缠苦斗下去，最后只有脉散命绝。他犹豫了——表现出将帅处于进退维谷的那种痛苦，这与他年初在北平时的心境多么相似——他忽然有些怀念起那位星相家来，难道自己今年的命运就是如此？

"啪啪啪！"

不知谁在敲打着什么，白崇禧抬头看时，只见躺在担架上的黄旭初正用左轮手枪的枪柄击打着担架的扶手。

"快……快把我……抬……抬到……火线上去！"黄旭初对卫士发出十分吃力的然而却是异常严厉的命令。

"旭初兄，你要干什么？"白崇禧忙走过去。

"健公……"黄旭初那棉纸一样的脸上露出一片愧色，"我军入粤，乃是英明的战略决策，您的指挥艺术，胜过拿……破仑……"他吃力地说着，每说一句话，缠在胸部上的绷带便渗出一层血水——他是在用血来说话！

"旭初兄！旭初兄！"白崇禧示意黄旭初不要再说下去。

"只可恨我……我们当……当部属的，不争……气，连……连一个……小小的……白……白泥圩，都……拿不下来！"黄旭初鼓足最后一点力气，把手枪一挥，"我要上去，率队冲锋！"

"把黄师长抬下去！"白崇禧命令卫士。他从黄旭初那表情话语中，已经明白了一切，仗不能再打了，必须撤退，黄旭初体谅他的苦衷，明白他负荷的沉重压力，这次攻粤失败，部下们愿为白崇禧承担一切责任——作战不力。此时，如果白崇禧还要硬打下去，黄旭初战死，谁还出来为他分忧担险呢？

"命令各师、团，集结兵力，天黑之前全线出击，猛打一阵，然后乘黑夜撤离战场！"白崇禧终于从困境中解脱，下达了撤退命令。

桂军突然撤退后，粤军慑于白崇禧的声名，不敢追击，只派出小部队谨慎搜索，当各路粤军搜索到大小北江一带时，才侦知桂军已全部撤回广西，遂停止前进，向二陈报告战果。

白崇禧率桂军退回梧州后，梧州警备司令龚元杰来报：

"俞作柏率李明瑞、杨腾辉两师，已抵广州，在陈济棠的协助下，正改乘江轮从水道沿西江西上，如何御敌，请健公指示。"

"柳州急电！"参谋呈上一纸电文，白崇禧看时，这是桂林警备司令张任民从柳州发来的急电，报告湘军于五月二十三日占领桂林后，步步紧逼，已接近柳州，请派部队增援反攻。

白崇禧攻粤失败，部队残破，官兵疲惫，无法两面应敌，遂决定集中兵力，先击退入桂的湘军。他命吕焕炎师驻防梧州，监视俞、李，自己则亲率伍廷飏师和黄旭初师，秘密进抵柳州。白崇禧知湘军大队南下，目标是攻夺柳州，遂将伍、黄两师编为三个纵队，以徐启明、覃连芳、雷飚分任纵队司令官，以伍廷飏为战线指挥官，在柳江两岸布下袋形阵地，又以小部兵力和湘军接触，节节抗击向柳州背进。湘军见桂军不堪一击，即挥师大进。中路刘建绪师的戴斗恒旅为抢攻占柳州的头功，全旅官兵强渡柳江，但刚渡过一半，即遭桂军猛击，湘军混乱不堪，大半溺死江中。刘建绪师主力见戴斗恒旅瞬息覆没，吓得不战而走。白崇禧下令全线反击，刘师大败，右翼的周斓师和左翼的吴尚师，闻中路大败亦各反旗疾走，互不相救。白崇禧在湘军败退的道路上，早已令人布下竹签、陷阱，湘军逃命则伤足，护足则丢命。桂军伏兵四出，追兵猛击，湘军损失惨重。总指挥何键坐镇桂林，每日游山玩水，只等柳州捷报。他是个处事深沉之人，此次深入桂系老巢夺关斩将，一路顺利，他心中暗喜，欲效法当年曾国藩平定太平天国后，置广西于湖南管辖之下，一则扩大了地盘，二则亦可出一口湖南人的气。因为自民国以来，湖南常受桂系的压迫，谭延闿、程潜、唐生智都败在桂系手下，白崇禧公然说："他们那三个湖南人，比不上我们这三个广西人！"今天，何键总算可以出一口气了。但是，他怕引起蒋介石的猜忌，因此在桂林游山玩水时，不时填词赋诗或作楹联，表示无心功名利禄。他游月牙山观音寺时，曾题楹联一首，颇耐人寻味：

觉来事事皆非，功勋也，名望也，无在不是虚幻；看破了这关，军阀谁做？贪官谁做？

空处头头是道，喜怒也，好恶也，自然悉具中和；基原乎此理，人心以平，世界以平。

何键正在为自己作政治上的打扮，既温文尔雅，又看破红尘，一副与世无争的模样。忽闻败军涌入桂林，一个个焦头烂额，一个个断手伤足，叫唤声、呻吟声、号哭声，吓得何键心惊胆跳，忙由卫士扶上坐骑，率领残兵败将退回湖南去了。六月二十三日，何键逃到零陵，忙电蒋介石报告战况，他将一场损兵折将的大溃败名之曰"缩短战线"。

白崇禧击败入桂湘军后，收复桂林，但局部的军事胜利却不能扭转桂系整个的败局。正当白崇禧在桂、柳追击湘军的时候，李明瑞、杨腾辉两师已进逼梧州，吕焕炎师寡不敌众，双方官兵都是原来第七军的袍泽，也不忍自相残杀，吕焕炎只得率部移驻玉林，李明瑞、杨腾辉遂于六月二日进占梧州。蒋介石允诺前言，即发表俞作柏为广西省主席，李明瑞为广西编遣区特派员。俞、李率军继续溯江西上，经藤县、平南向桂平推进。桂平守将韦云淞见内无粮弹接济，外无援兵，无法守城，遂派员出城商谈，愿意接受编配调遣。韦云淞与李明瑞会见后，即率队西开，经蒙圩、贵县渡过玉江南岸前往兴业集中听候编遣。俞作柏、李明瑞占领桂平后，休整两日，留置第四十四旅旅长黄权守桂平，其余各部分别沿桂贵大道，贵宾和邕宾公路向南宁疾进。坐镇南宁的黄绍竑手头无兵可调，急得如坐针毡。战亦不能，和亦不能，退亦不能，最后只剩下三十六计那最后一着——走！黄绍竑急电白崇禧，要他到南宁会商出走之计。

白崇禧将湘军赶出桂境后，本欲乘胜追击，直捣长沙。但桂军经粤、桂和湘、桂两战之后，元气大损，已无力再入湘追击何键部。此时，蒋介石正一心解决冯玉祥部，蒋军大部集结于陇海线上，武汉空虚。白崇禧到了桂林，此正是乘虚直捣长、岳，再下武汉的时机，无奈他手头兵微将寡，队伍残破，无力再展宏图，只是面北长叹数声。桂林警备司令张任民来报：

"湘军总指挥何键败逃桂林前，曾在月牙山观音寺留下一长联，地方人士问及，是否将其铲除？"

白崇禧笑道："是骂我们的吗？"

张任民摇了摇头，但又记不得那长联的全文，只得陪白崇禧去看。白崇禧到观音寺，看了那写得颇有气势的长联，似有所悟，叹道：

"湘省军人，皆胸有文墨，谭延闿、程潜，诗词书画皆有造诣，便是芸樵文笔也来得几下，这方面，我们不及他们！"

"那么这对联……"张任民不忘地方人士之嘱托。

"不必铲掉，这是芸樵留给我们的墨宝。"白崇禧笑道，"我将来见到芸樵，我倒要问一问他还做军阀不做？"

白崇禧从观音寺回来，便接到黄绍竑的急电，要他赴南宁会商出走事宜。白崇禧看了电报，默不作声，一时间甜酸苦辣一齐涌上心头。他离别桂林已经三年多了。北伐前夕，他回过桂林，从那以后，他整整经历了中国现代史上那最激动人心，而又最混乱不堪、复杂多变的三年。那是风云变幻的年代，他顺风腾云，时而扶摇直上，时而跌落在下，经过一番大起大落，他重又回到了广西，刚以战胜者的姿态回到故乡桂林，还来不及好好地喝上一口故乡的水，饮一杯故乡的酒，又要被迫出走。春天的时候，他由唐山出走，尚有广西故土可回，这次出走，纯是亡命海外，无依无靠，不知所终！他不得不再一次想到在北平时那星相家的预言是何等之正确，只可惜自己慢待了他，如将来能再见到他时，还得再请他推算一下前程！白崇禧本想回故里山尾村去看一看的，但时间已不允许了，他偕覃连芳、徐启明由桂林到柳州，召集伍廷飏、梁朝玑、徐启明、覃连芳、雷飚等人开会。黄旭初因在白泥受重伤，抬回梧州后，白崇禧已派专人将黄旭初送往香港治疗。伍廷飏师的副师长梁朝玑，伤势较轻，将息了一个多月，已回到了部队。白崇禧看了看这些老部下，一个个都面色沮丧，惶惶然不知所从。顿使他想起春天在开平时住在廖磊师部里那番情景。

"诸位，李明瑞、杨腾辉两师已进抵贵县，我们已无力再打了！"白崇禧沉痛地说道，"当然，也不是绝对不能再打，要打也还是有力量再打一下的。但即使把李、杨打垮了，我们的实力也拼光了，最终是老蒋拣了便宜！我们不愿意自杀，不愿意演出像粤军在东江火并那样的惨剧。因此，我和季宽不得不离开广西，你们只好接受改编，无论用什么法子，把力量保住都是好的。保全实力，时局变迁，以后还有机会，望多多忍耐！"将领们听了，一个个唏嘘不已，有的竟失声痛哭起来，抓着白崇禧的手喊道：

"总指挥，你不能丢下我们呀！"

"我们跟你一起走！"

白崇禧只感到鼻子发酸，眼眶发胀，他真想大哭一场。

但是，在部下面前，他还得表现镇定如常，不失将帅风度。

他背着双手，在室内踱步，踱来踱去，实在想不出什么更好的办法来。这时，参谋送来一份电报：

"南宁急电！"

白崇禧接过看时，又是黄绍竑催他速去南宁，那电文写得颇为焦躁："一走百了，不走不了，还有什么值得留恋！"

白崇禧仰头长叹一声，把手里的电报向将领们扬了扬，说道：

"季宽要我即去南宁，望各位好自为之，千万要保住实力，我不久就会回来！"

白崇禧说罢，即与垂头丧气的将领们一一握别，奔赴南宁。

到了南宁省府大院，黄绍竑正在院子的花圃前焦急地转着，他见白崇禧来了，说道：

"龚元杰已备好船只在邕江码头上等着了，快上船吧！"

"去哪里？"白崇禧问。

"还有哪里可以去？这回走陆老帅的老路啰！"黄绍竑没好气地说道。

"俞作柏、李明瑞到宾阳了吗？"白崇禧问。

黄绍竑点了点头，仍在焦急地走动着。白崇禧到了这般地步，倒无所谓了，他笑道：

"季宽，你忙什么啊，反正俞作柏、李明瑞、杨腾辉都是你的部下，难道他们还敢动你这位老长官一根毫毛不成！"

"哼！"黄绍竑冷笑一声，"俞、李兄弟，与你我皆有仇，难道你不知道！"

白崇禧笑道："纵使有再大的仇，我们把广西拱手让与他们，不跟他们拼命，他们还有什么说的呢！"

白崇禧说罢，跑进省府办公室里，只见民政厅长粟威正襟危坐在办公桌前，白崇禧感到有些奇怪，忙问道：

"粟厅长，你还坐在这里干什么！"

"季公让我留在省府向俞作柏这位新的省主席办理移交，以示清白。"粟威道。

"嘿嘿……"白崇禧笑道，"他还想得挺周到的。粟厅长，你给找副象棋来吧。"

粟厅长在几个抽屉里翻了一阵，摸出一副象棋来，交给白崇禧。白崇禧来到院子里，把棋盘摆在一个圆石桌上，把黄绍竑拉过来，说道：

"季宽，不要难过，我这次在桂林看了何键写的一副对联，说得颇有些道理：'功勋也，名望也，无在不是虚幻。'来，下盘棋吧！"

黄绍竑心事重重，与白崇禧对弈，下了一盘，输了，把棋子一推，说：

"到船上再来！"

黄、白一同走出省府，只带少数几个随员，到邕江码头，登上一艘小汽轮，溯江直上，由邕江驶入左江。途中无聊，黄、白除了弈棋，便是闲聊。船经扶绥，白崇禧谈他民国六年在扶绥渠黎一带剿匪的故事，黄绍竑则多数时间望着那奔腾的江水沉思。白崇禧问道：

"季宽，你在想些什么？"

"我在想，我们终于走上了陆荣廷败亡出逃的老路！"黄绍竑那双眼睛，仍在盯着墨绿色的江水出神，仿佛已去世的陆荣廷，这时正从那江水里钻出来，嘲笑他们一般。

　　"啊！"白崇禧感慨地点了点头，问黄绍竑，"季宽，你相信不相信命运？"

　　"信！"黄绍竑重重地点了一下头，"也信神、信卦、信签！"

　　"灵验过吗？"白崇禧这时对这一切都极感兴趣，他觉得人生的荣辱盛衰，国家的兴盛沉沦必然是由命运安排主宰的，否则，他这几个月来的大起大落又作何解释呢？

　　"灵验过呀！"黄绍竑似乎也有同感，近年来，他也和白崇禧一样出没在惊涛骇浪之中，在广州遇险的那一幕，便胜过一切惊险小说的描写。他自在广东兴宁石鼓大王庙得那一签，在广州脱险应验之后，他率军追击张、黄军队到兴宁时，又曾到那石鼓大王庙中去还过愿，再一次抽过签，问到近年之事时，签上竟是"似水流年"四字。他问时，那老和尚笑了笑，只说了句："水可载舟也！"现在想来，他和白崇禧乘船出逃，不正应了"水可载舟也"这句话么？因此，他自登船后，心情更为沉重阴郁。

　　"今年正月初八那天，北平一位星相家为我推算了今年的星运。第一次用印度式推算，说我今年'食神不利'，第二次用中国传统式推算，说我今岁'太阴不明'。你看，今年之内，我已逃亡两次了，两次都是乘船出走的！"白崇禧的眼睛，也看着那一片沉郁的江水在发愣。

　　"啊！"黄绍竑再一次想起"水可载舟也"那句偈语，心中更加惶恐起来。

　　黄、白都不再说话了，大概认为时乖运蹇，没有什么好说的吧。

　　汽轮在孤寂地吼叫着，两岸青山兀立，悬崖峭壁，把江岸挤得小了，把江水挤得急了。江两岸高高的灰褐峭壁上，影影绰绰可见许多赭色人像，多是双手上举，两脚叉开，腰间佩剑，间或有似兽类、铜鼓、铜锣等形象……黄绍竑和白崇禧觉得，历史已把他们紧紧地粘贴在那古朴粗犷的左江原始壁画上了！

第五十二回

通电反蒋　俞作柏自封总司令
参加红军　李明瑞出任总指挥

民国十八年九月三十日。

南宁的天气仍是那么炎热，一阵暴雨，一阵烈日，一阵乌云，一阵雷声，翻云覆雨，覆雨翻云，连那最老练的贩夫走卒，最善测风观天的老农船民，无不摇头慨叹，不知老天爷一天要变几回脸。

南宁的政治空气与时下的天气一样，也到了一个多变的季节，变得使人无法捉摸到它的征候。南宁街头，有游行呼口号的工农队伍，有神情惶然的商贩市民，有各派军阀势力派来当坐探收集情报的鹰犬鼠辈，有从江上江下窜入的匪伙歹徒。各路口的街墙上，骑楼下，贴着各色标语："打倒军阀！""实行三大政策！""拥护李、黄、白诸公返省主事！""服从中央！"……形形色色的政治标语也和那天气一样，变化多端，令人莫测。

广西省府楼上的一间房子里，俞、李三兄弟正在为重大的决策展开争论。天气炎热，一只知了在不停地噪叫着，窗口外，有一株高大的木棉和几丛碧绿的棕榈。树叶与棕叶上，都湿润润地挂着水珠，炽烈的阳光把那些垂在叶子边缘上的水珠，映射得翡翠晶莹，仿佛树上倏忽间长出的无数珠宝，或是天女随时撒下的花簇，是那样迷人，是那样令人眼花缭乱。

"哥，你就听我这一次话吧，而且，这不仅仅是我个人的意见，也不仅仅是我作为你的兄弟的意见！"

俞作豫殷切地向俞作柏劝说着，他两眼闪着真诚热切的光芒，像一名医术高超的医生，奉劝病人按他的要求服药似的。房子里很热，身着军装的俞作豫，额上挂着汗珠，背上已经透湿。俞作柏身着纺绸衣衫，摇一柄没骨花卉大折扇，转过身来，看了弟弟一眼，慢慢替他解开军服的风纪扣，把手中的折扇塞到他的手里，然后双手背着踱步，踱了一阵，他回过头来，望着作豫，说道：

"兄弟，我自进入广西以来，哪一次不听你的？到梧州时，你对我说：'牢里的犯人都是黄绍竑关的，现在还关他们干什么？'我把这些共产党政治犯都释放了。到了南宁，又继续释放。我不但放，还委以重任。现在，行政方面上至省府机关，下至左、右两江的县长，军队方面，上至教导总队的教官，下至连排级军官，我用了多少共产党人，你会比我更加清楚！"

俞作豫诚恳地点了点头。

俞作柏又道："关于依靠工农群众，开放群众运动方面，你说：'开放群众运动，不能光停留在口头上。应该有钱给钱，有枪给枪。'我听了你的，回到南宁不久，我会见了共产党人韦拔群，请他以护商大队的名义调东兰农军三百人到南宁，我送了韦拔群三百条枪，两万发子弹，还给他们开饭，留在南宁训练了两个星期，然后送他们回东兰。为此，李、黄、白的走狗骂我和你裕生表哥回广西捣乱，致使左、右江的赤焰滔天。"

俞作柏说的都是实话，俞、李回师广西，确是为广西革命运动的开展创造了有利的条件。他们向往孙中山的三大政策，在以蒋介石、汪精卫为首的国民党右派，将三大政策践踏无遗，以宋庆龄、邓演达为首的国民党左派被迫害，远居国外的时候，俞、李在广西"联共""扶助农工"，他们希望在满途荆棘中走出一条路来。可是，历史给他们的机会竟是那样短促，现在，他们与共产党的合作，已走到了一个岔道口。作为共产党员，作为共产党组织与俞作柏、李明瑞直接打交道的代表，

参加红军后出任红七军、红八军
总指挥的李明瑞

作为俞的胞弟、李的表弟，俞作豫怎么不着急呢？

李明瑞坐着一言不发，一双眼睛只盯着遥远的天际出神，那灰蒙蒙的远山顶上，有一团乌云在缓缓地移动，闪电像迸射的野火，时明时灭。

"我们回广西执政才三个月，脚跟尚未站牢，政局尚未稳定，各方面都未准备好，现在公开反蒋，行动草率，失败了怎么办？"俞作豫激动地对哥哥说道。

"胜败乃兵家常事！"俞作柏从俞作豫手里拿过那把大折扇，有些烦乱地摇动着，继续说道，"回广西这几个月，老蒋把我们卡得死死的，梧州海关、禁烟督办，都派他的人来抓，经济上我们一筹莫展。与其让老蒋活活困死，还不如到外面闯一条活路！"

原来，俞、李回桂后，蒋介石对他们也并不相信，为了对其监督，特派郑介民为广西省府委员兼李明瑞的第十五师政治部主任，又委姚毓琛为梧州海关监督。郑介民因在武汉搞垮桂系有功，甚得蒋介石的信任，到广西后他知蒋要在经济上卡俞、李的脖子，便进而逼迫俞作柏委任同在武汉活动的现时正任杨腾辉第四十五师政治部主任的李国基兼任柳州禁烟分局局长。俞、李知道郑、姚、李三人皆是黄埔学生，他们拿着"尚方宝剑"到广西来，不好惹，只得忍耐。但是，广西财政历来靠梧州海关及"禁烟"收入维持，今此两大项已被蒋介石亲信把持，俞作柏、李明瑞两袖清风，不得已，俞作柏只得硬着头皮发行起一种无基金的金库券，以解燃眉之急。这饮鸩止渴的办法，使民众产生恐慌，继而影响到部队的稳定。郑介民又以俞、李执政以来大量任用共产党人和开放工农运动，不断向蒋介石密报。蒋介石即电俞作柏，要俞去南京述职，同时命吴铁城入桂调查。俞作柏知蒋对自己不信任，去京恐被其拘押，复电蒋介石，拒绝入京述职和派吴铁城入桂调查。郑介民闻到风声，忙跑到柳州去与第五十七师师长杨腾辉勾结，欲重演在武汉分化李宗仁第四集团军的故伎。姚毓琛则逃往广州，向报界宣传俞作柏与共为伍，集共党，组农军，并捕忠实同志云云。俞作柏与蒋介石的矛盾，像绷着的弦，越拉越紧。

在解决桂系中同样为蒋介石卖力、火中取栗的那位唐生智，虽然从白崇禧手中收回了在唐山的旧部，但他的日子也和俞作柏一样难过，他不但回不了湖南，而且被派往河南防堵冯玉祥部。蒋介石企图使唐部在与冯军的对战中，同归于尽，以收消灭异己之功。

张发奎在蒋桂战争中，助蒋消灭桂系驻武汉的部队也出了大力，战后，张发奎收编了桂系退到宜昌的部队，所部实力增至两万余人，蒋介石对此极不放心，欲密谋将其消灭。乃令张发奎率部开拔陇海路，并指定乘船到浦口北上，企图在张军移防中将其包围缴械。张发奎及第四师官兵闻讯，无不愤怒，乃决定在鄂西揭橥倒蒋。蒋介石即下令讨伐"张逆"。原来助蒋伐桂有功的张发奎，转眼间又被蒋视为"张逆"了。

在蒋桂战争中按兵不动，欲收渔人之利的冯玉祥，不料桂系在平、津、武汉、两广败亡得如此迅速。蒋桂战争刚一结束，蒋介石即调动大军向冯玉祥扑过来，冯部健将韩复榘、石友三被蒋收买，冯玉祥失败得和桂系一样快。六月二十一日，冯玉祥不得不携带妻子儿女，秘密往山西投靠阎锡山，旋被阎软禁于五台县建安村，余部由宋哲元统率。

暗献"灭桂策"，欲在蒋桂战争中大捞一把的汪精卫和陈公博，虽然蒋介石一再声称要下野"卸仔肩"，但却没有把"党国重任"交给他们。汪精卫买空卖空，到头来手里仍是那只空空如也的皮包，他的"皮包公司"买卖做得实在不顺手。三月，蒋介石在南京主持召开了国民党三全大会。此时李济深正在汤山"休养"，白崇禧正在海上亡命，李明瑞、杨腾辉正在武汉倒戈，灭桂部署一帆风顺，蒋介石已不再需要汪精卫了。戴季陶、陈立夫也不再登门去请示汪了。汪精卫见蒋介石过河拆桥，一怒之下召集陈公博、顾孟余等十三人发表宣言，反对违法乱纪的三全大会。蒋介石也一不做，二不休，以三全大会决议警告汪精卫，并开除陈公博、甘乃光等汪派中人的党籍。

汪精卫带领党徒跑到香港以"国民党第二届中央执监委员会议"名义掀起反蒋运动。汪精卫要反蒋，光靠他那个"国民党第二届中央执监委员会议"的名义是不

红七军军长张云逸

行的，他必须从蒋介石手中拿回那三张牌。因此派人向唐生智、张发奎、俞作柏联系，共同反蒋。由张发奎率所部从鄂西下湘西进入桂北，与俞作柏、李明瑞联合进攻广东，以便在广州开府与南京抗衡。俞作柏本来与汪精卫接近，为了拉拢俞、李，汪精卫特派薛岳携带八十万元港币到南宁作诱饵。俞作柏对于与张发奎合股夺取广东和薛岳手头那八十万港币都很感兴趣，无疑这是使他的政权得以转机的一着棋。俞作柏动心了，决定在南宁树起反蒋的旗帜，与唐生智、张发奎一起行动。

但是，俞作豫坚决反对。他从共产党组织的立场和俞作柏兄弟的立场出发，不同意马上反蒋。俞、李回桂主政实行"联共"和"扶助农工"的进步政策，主动要求中共派干部到广西军政机关工作。中共中央即派邓斌（邓小平）和张云逸等到南宁，邓斌以广西省政府秘书的身份到省府办公。在中共的领导和积极推动下，南宁、百色、龙州等地的工农运动，特别是左、右江地区的农民运动，得到了迅速恢复和发展。八月中旬，广西全省第一次农民代表大会在南宁公开举行，这是黑暗的中国大地上绽开的一片红色曙光。军队方面，在中共的提议和帮助下，俞、李开办了军官教导总队，由张云逸担任副主任兼广西警备第四大队的大队长，俞作豫任第五大队的大队长。正当广西各地工农革命运动蓬勃发展之际，左、右江革命根据地初现雏形之时，俞作柏突然宣布公开反蒋，这使包括俞作豫在内的共产党人，无不感到震惊。共产党在广西的形势，和俞、李的情况有某些相似之处——时间太短，力量还没有得到充分发展和巩固。俞作豫站在中共的立场上，不同意马上公开反蒋；作为俞、李的胞弟和表弟，他也不愿他们仓促反蒋而遭到失败，于公于私，俞作豫都反对哥哥的决定。桂系的事，素来由李、黄、白三人商量决定；俞、李两家的事，则由俞、李三兄弟商量决定。作柏见作豫不同意他的意见，而握有军权的李明瑞又一言不发，这事一下成了僵局。

"裕生，该你说话了。"俞作柏踱到李明瑞面前，用扇柄戳了戳桌面。

李明瑞一身戎装，虽是这大热天，那斜皮带也扎的那么紧，风纪扣扣得一丝不漏，但他脸上和身上却不见汗水。这是他的硬功夫，在烈日下行军竟日，别人像被从水里捞出来一样，而他仅透微汗。据说这是早年他在韶关滇军讲武堂炮科学习时，跟一位出身绿林的老军官学来的。他处事不急不怒，给人有稳如泰山之感。关于联合张发奎、唐生智等公开反蒋之事，作柏、作豫已争论好几天了，他却终未发一言。关于军队的难处、政权的不稳，他也是很清楚的，他常为目下的窘境忧愁。在桂系军队里，他常感难有容身之处，而今脱离了桂系，他仍感无立足之所，每有形影相吊之感。

红八军军长俞作豫

"倒桂反蒋，本是我们的初衷。"李明瑞将视线由遥远的天际收回，只说了这么一句话。

"对呀，桂系已倒，如今该是反蒋的时候了！"俞作柏见李明瑞终于说话了，忙抓住时机，促成反蒋壮举。

"可是，要我接受汪精卫改组派的领导，却又心有不甘！"李明瑞站起身来，说道，"我们反蒋反他什么呢？无非是反他独裁，反他践踏孙总理的三大政策。可是，汪精卫就能在中国实践孙总理的三大政策吗？他在武汉分共时是个什么模样啊！"

俞作柏心里一愣，想了想，问道："那么你说我们该受谁人领导？"

李明瑞痛苦地摇了摇头，这两年来，他对国民党内众多的派系，早已感到厌倦和绝望。但他又不知道该怎么走，倒桂后，他原来希望回到广西实行孙中山的三大政策，干一番革命事业。但是，回到广西三个月，他的日子并不好过，反蒋后，就能扭转这种局面吗？他实在没有把握，他是在暗夜中摸索走的，从武汉走回广西，并不见光明，路，仍是那么黑暗崎岖。他的勇气是毫无疑问的，但是，一个人如果仅凭勇气去闯，也同样是危险的。

"那么，我们就自己打出旗号反蒋！"俞作柏做事喜欢痛快，他和汪精卫、蒋介石及国民党内众多派系都有些瓜葛，回桂后，又与共产党合作，但是，一旦取得政权，他却并不感兴趣接受谁的领导，在当今的中国，谁有能耐领导俞作柏这样的人！

李明瑞又不说话了，室内只有俞作柏踱步的声音和烟卷的烟雾飘忽，那知了的噪叫声和远方沉闷的雷声，钻空子似的忙从窗口钻进来占领这空寂沉郁的房子空间。

"报告特派员，南京蒋主席急电！"李明瑞的机要室主任拿着一纸长长的电文，匆匆进来报告。

李明瑞接过电文看了起来。

南宁李师长裕生勋鉴：

前奉数电，谅已接悉。顷接杨师长来电称，健侯受反动派挑拨，将挟兄反抗中央，并已有切实准备。中正固不信也。以兄之忠诚，在上年险恶环境之时尚能明是非，别顺逆，服从中央，拥护统一，自动效顺，乃有今日，而且将建立稀有之奇勋。况至今公私更切，信义益督，岂忍尽弃前功，效尤李、白，重蹈张逆，自绝党国之覆辙。况改组派买空卖空，专以牺牲他人为贯伎，事败固于彼而无与，事成则归功于己，而况早为总理之叛徒，本党之败类陈炯明之余孽共产党之走狗，近且为苏俄之汉奸如陈公博、顾孟余等，毫无气节为世人所不齿之徒乃能成事乎？今张发奎已尽受湘西各军之打击，早陷于进退维谷之势。以吾人患难之交，公私之理测之，乃知吾兄决无附逆之道，唯前电未变，以明真相，并劝健侯即离桂来京，以息谣诼，而塞悠悠之口。否则吾为党国计，不能不以公忘私，以尽吾革命天职也。今为兄之历史与事业计，故不得不推心直言而特告知，是非顺逆，成败祸福，尚希熟筹之焉。

蒋中正卅晨

李明瑞的手在颤抖着，牙齿在紧紧地咬着，多时的愤怒迅速塞满胸中，如今被蒋介石这纸最后通牒式的电文突然引爆了，他一拳狠狠打在桌上，大吼一声：

"今亡亦死，举大计亦死，等死，死国可乎？"

俞作柏、俞作豫见李明瑞情绪骤变，忙把那纸电文迅速看了一遍，俞作柏也气得发指，大叫道：

"反了！反了！"

俞作豫虽然气愤，但却强压着怒火，劝道："哥，表哥，要冷静……"

俞、李正在气头上，如何能冷静得下来？他们决定公开反蒋后，于十月一日上午在南宁运动场召开讨蒋誓师大会，宣布俞作柏就任"讨蒋军"总司令，李明瑞任副总司令，吕鉴周为参谋长。同时发出"反对独裁，实现民主，释放政治犯，贯彻三大政策"的通电。俞、李就任"讨蒋军"正、副总司令后，即编组部队，计"讨蒋军"有三师、两旅、一个教导总队和五个警备大队及直属总部的炮、工、通信、特务等四个营。吕焕炎师驻梧州、平乐；李明瑞第十五师驻平南、桂平；杨腾辉第四十五师驻桂北、柳州一带；其余各旅及教导、警备大队等则分驻南宁、贵县、玉林一带。

十月二日，蒋介石下令免俞作柏、李明瑞本兼各职。同日，南京国民政府第四十五次会议决议：广西省政府委员兼主席俞作柏着即免职来京另候任用，任命吕焕炎为广西省政府委员，并指定吕焕炎为广西省政府主席。蒋介石命陈济棠派香翰屏、余汉谋、蔡廷锴部西征，沿西江进入广西，又以其嫡系顾祝同、毛炳文、朱绍良三个师配合粤军进攻广西。

俞作柏、李明瑞以破釜沉舟之势，率卫队出发前线督战。俞、李离南宁前，任命广西警备大队第四大队队长张云逸兼任南宁警备司令，由张率第四大队和俞作豫的第五大队警备后方，卫戍南宁省会。

俞、李到达贵县，所部第十六师师长吕焕炎被蒋介石以广西省政府主席和二百万块光洋巨款所收买，已倒戈拥蒋；第四十五师师长杨腾辉亦受蒋介石收买，在桂北发出"清讨俞作柏电"，电云：

桂省自俞作柏主政，引用共党，庇护反动，一切设施多主戾咎，且复阻挠编遣会决议案，将编遣会所派委员逮捕，如此妄动，其背叛中央，逆迹昭著，腾辉许身党国，只知拥护中央，服从命令，刻正联合友军，枕戈待命，誓歼叛道，尚望中央毅然处置，明令讨伐……

仗还没打，俞、李已失去两师主力，急得不知所措。刚到贵县，李明瑞师第四十三旅团长张文鸿慌忙来报：

"裕公，第四十四旅旅长黄权已打数次电话来，有逼你离开部队之意！"

"啊！"

李明瑞一听自己的亲信旅长黄权也要叛变，这一惊非同小可。黄权原在粤军中任职，四年前俞作柏把他请到广西自己部队中任营长，后随李明瑞北伐，到武汉升团长。黄权随李、杨在武汉倒戈反李、白，即升任旅长。李明瑞以黄权系自己一手提拔起来的，一向把他当作心腹看待，不想在此关键时刻，他竟忘恩负义背叛自己。李明瑞虽然又急又气，但为了最后争取黄权，仍强忍着愤怒，给黄打电话。

"黄权兄，我尽多年袍泽之情，衷心对你讲，"李明瑞紧紧地握着电话筒，似乎紧紧地握着黄权的手，希冀他悬崖勒马。"革命军人之职责，是保国卫民，现在国家给蒋介石弄到这样地步，孙总理之三大政策，被他践踏无遗，我们追随孙总理革命之军人，怎能置之不理！我们倒桂成功后，继续倒蒋，原是早经决定的计划，目前虽然时间短促，准备不够，为了革命前途，为了拯救国家人民于水深火热之中，个人利害得失，是所不计的。我们一定要适应形势的要求，仍如往日一样团结，继续努力，完成我们的职责！"

"裕公，裕公，"黄权在电话中急不可耐地说道，"吕焕炎、杨腾辉都不干了，我们一个师的力量太薄弱啦，怎能以卵击石！我看，还是请你暂时避开一下，我们假作服从中央命令，保存十五师的实力，一俟将来有机会时再请你回来领导我们反蒋。"

李明瑞仍紧紧地握着电话筒，胸膛急促地起伏着，他那颗倔强的心几乎要碎了一般，他对着送话器，以无限悲怆的声调最后呼唤着自己的这位亲信部属：

"黄权兄！黄权兄！黄权兄……"

电话筒里静悄悄的。李明瑞哪里知道，吕焕炎得了蒋介石二百万元贿款，又以三十万元和师长的职位来收买李明瑞的心腹大将黄权，黄权见利忘义，早已跟着吕焕炎拥蒋去了。李明瑞失望地放下电话筒，悲愤地对张文鸿道：

"黄权背叛了我，但十五师的建制，我无意破坏，你和封赫鲁，一概留在这里，归他节制。我将暂退到左、右两江方面去，等到有机会时，我再派人来同你联系。"

俞作柏、李明瑞带着卫队，情绪沮丧地奔回南宁。由于俞、李所部在前线倒戈拥蒋，陈济棠部粤军已进迫桂平，南宁风声鹤唳，骚动不安。俞、李回到南宁即召开军政联席会议，决定接受中共建议，将所有未附逆部队及总部直属各营，省辖警备第三、第四、第五大队，教导总队，统归南宁警备司令张云逸调遣，所有枪支弹药、军用物资，悉数运往左、右两江的龙州、百色等地。十月十三日，由张云逸、俞作豫率领五六千人全副武装的革命队伍，在南宁街头举行了声势浩大的武装示威游行。在激动人心的进军号声中，张云逸率警备第四大队奔赴百色，与两天前已率中共党委机关及十几艘军械船抵百色的邓斌会合。俞作豫率警备第五大队溯左江直达龙州，俞作柏、李明瑞随俞作豫部行动。

边陲重镇龙州，环城皆山，中间是块小平原，地势雄伟壮丽。龙州有八景，大多以山或洞名之：簀山、仙岩、龙云洞、紫霞洞、白玉洞等。其中尤以龙云洞出名，该洞又名保元宫，亦称小连城，在保障山之腰，离城八里许，系清朝年间边帅苏元春用五载之时经营而成，山巅筑垒置炮，为一军事要塞。除了这些山岩古洞，龙州引以为豪的，便只有屹立在龙江上的那座雄伟的大铁桥了。这大铁桥长二百三十尺，宽十尺，就龙州两岸石壁作趸构筑，设计与承建者均为广东南海县的黄英工程师。铁桥建于民国二年，越年完成，用了六万元，为广西雄伟建筑之一。每当夕阳西下，龙江波光粼粼，铁桥上凉风习习，夏日纳凉桥上者，络绎不绝，黄昏后凭栏望江，仰首观月，更是别饶清兴。

李明瑞站在窗口，望着那横跨龙江的大铁桥发愣。桥那边有座法国式的岗楼，岗楼顶上，飘着一面傲慢的法国国旗。俞作柏到达龙州的第二天，便由这座铁桥上进入越南，经海防往香港去了。他准备在香港对外联络各方反蒋势力，为李明瑞部筹措经费，以便东山再起。李明瑞在龙州住了几天，对前途甚感悲观失望，他本来准备也从这座铁桥上出走，到香港去另谋出路。但是，法方的对汛督办以民国十四年秋，李明瑞进军广东南路，扫荡邓本殷残余反动势力时，在钦州防城县中越边境与法方发生冲突，所部毙伤法军官兵数名，因此禁止他过境。李明瑞去香港不成，在广西又无法立足，他困居龙州一隅，一筹莫展，真像一只被关在笼中的猛虎一般。几天来，他饮食甚少，整夜不睡，那圆胖的脸庞迅速消瘦，颧骨突出，一双疲惫不堪的带血丝的眼睛，仿佛大病了一场似的。不过，他一身军服仍是那么严整，大檐帽戴得端正，武装带与军靴，领口上的中将梅花金星，仍威严地闪烁着国民革命军高级将领的光彩。他住房的外面，一排岗兵持枪侍立。这一切，象征着他作为师长、副总司令的地位仍在。

"表哥，你还望着那大铁桥干什么？难道从龙州出走才是唯一的出路吗？陆荣廷失败，从那座大铁桥上出亡；黄绍竑、白崇禧被我们赶下台，也从那座大铁桥上逃跑。我看，那座大铁桥是专为下台的军阀头子们架设的。你还要步他们的后尘，也从那桥上走一趟才算名正言顺么？"

俞作豫的话说得李明瑞脸上热辣辣的，他痛恨祸国殃民的军阀。正因为如此，他才参加推翻陆荣廷、沈鸿英的战斗，参加打倒吴佩孚、孙传芳的战斗，他才奋起倒桂反蒋。他如果要做一个小军阀，在桂系里有他的一席之地；他如果要做一个割据一方的大军阀，在蒋介石麾下也可得到满足。可是，他不愿做军阀，他只想为国为民做一个正直的有骨气的军人。这个时代却偏偏不成全他的愿望，他不想做军阀，却时刻都有做军阀的机会，他想做一个为国为民的正直军人，却无路可走，这是一个什么样的世道啊！他不再朝那大铁桥眺望了，那里没有他的希望——龙江上映照着半江血一般的夕阳，大铁桥在夕照中发出斑斓暗红的光泽，像一座锈蚀的危桥，桥上空无一人，对面岗楼里闪出一把番鬼佬的刺刀。那不是象征中华民族脊梁的大铁桥，是一个充满屈辱肮脏的专给中国人通过的狗洞。他堂堂的虎将李明瑞，岂可从那里通过？

"趁着我们还有点本钱，我到百色去找邓斌和张云逸，拉上第四、第五大队进攻南宁，与李、黄、白拼了！"李明瑞那布满血丝的眼里，燃烧着怒火，跳动着与黑暗社会同归于尽的光芒，像一颗划破夜空陨落大地的流星。

"表哥！"俞作豫坚决地摇了摇头，"共产党是反对军阀战争的，我们主张建立革命根据地，用革命战争消灭军阀和一切反革命。左、右两江，山高林密，有险要的崇山峻岭，是进可以攻，退可以守的开展游击战争的好地方。这里距中心城市较远，反动统治势力比较薄弱，敌人没有正规军，只有一些民团和土匪队伍。特别是右江一带，早有共产党的组织，有工会、农会和农民自卫军，又有韦拔群那样优秀的、很有威望的农民运动的杰出领袖，在那一带建立革命根据地，是具备多种有利条件的。"俞作豫恳切地说道："表哥，你与蒋、桂决裂，不愿跟汪精卫走，自己单枪匹马，立足不住，要革命，就只有跟共产党走啊！"

李明瑞没有说话，他那双快要燃烧的眼睛，只盯着挂在墙壁上的一支驳壳枪。他突然奔过去，从枪套里抽出手枪，向窗外黑沉沉的夜空猛击一梭子弹。大地与天空是那样漆黑，那样浩茫深沉，他像被扣压在一只巨大的又黑又闷的铁锅里，他通过那一梭子弹发出的愤怒呼喊，是那样渺小，那样微不足道。

十月底的龙州，夜幕把一切裹得紧紧的。那有名的龙州八景，秀丽的龙江，雄伟的大铁桥，桥那头的法国岗楼，全被黑暗覆盖了。远处，有人在送"鸡鬼"，不知什么地方，传来嘤嘤的哭声，这里瘴疬横行，人多畏疟疾，寻常医药，不能效也，故常有死于疟疾者，人谓之遭"鸡鬼"。

龙州的夜，令人窒息而恐怖！

李明瑞又是一夜未眠。早晨，他只喝了副官送来的一小碗鸡肉稀饭，照旧在房子里发愣。

"报告师长，有几位客人要见你。"副官小心翼翼地进来报告道。

李明瑞沉默不语，好像根本就没有听见一样。那副官只得悄悄地抬头，看了看近来情绪极端恶劣的长官一眼，等了好一会儿，仍未得到吩咐，便谨慎地说道：

"我打发他们走。"

那副官正要退出，冷不防李明瑞喝一声："慢！"他立即站住，一动也不敢动了。

"他们是从哪里来的？"李明瑞问道。

"两个从香港来，一个从南宁来。"副官更加小心地回答。

"是一伙的么？"

"不是。"副官答道，"南宁那位是前天到的，香港来的是昨天到的，他们都不住在一处。"

李明瑞正感纳闷，不知是什么人来龙州找他，如是俞作柏派人来便会径直来见他的，而这三位却先住了一阵子才来见他，莫非……他正想着，俞作豫却兴冲冲地走了进来，边走边说：

"表哥，邓斌从百色来找你了！"

"啊！"李明瑞心里一振，"他在哪？"

"刚到，在我那里等你。"俞作豫说道。

"从香港和南宁来了几位客人也要见我，你晓得他们都是谁吗？"李明瑞问道。

"见过了。"俞作豫冷冷一笑，说道，"香港来的一位叫唐海安，蒋介石新任命的梧州海关监督；另一位傅先生，是汪精卫派来的，南宁来的这位是你我的熟人，李宗仁派来的。"

"啊！"李明瑞心里一震，似乎明白了一切。忙问道：

"他们都和你接触过了？"

俞作豫笑道："岂止接触，连条件都谈过了，可笑他们只晓得我原是桂系的团长，你的表弟和警备第五大队长，要是他们晓得我是蒋介石、汪精卫和桂系都要抓要杀的共产党员，那他们是绝不敢先来找我的呀！"

"他们说了些什么？"李明瑞颇感兴趣地问道，他觉得自己现时并未穷途末路，他在蒋、汪、桂系方面，仍然是个举足轻重的人物，他要东山再起，就要抓住时机，乘时而动。

"官和钱！"俞作豫冷冷地说道。

李明瑞像被蛇突然咬了一口似的，刚刚升起的那一线希望，又倏地熄灭了。蒋介石要他在武汉倒桂，曾许他一百二十万元，升他为相当于军长的整编师师长，又封他广西编遣区主任之职，利，不可谓不重；官，不可谓不高。汪精卫要拉他反蒋，许以八十万元的港币和副总司令之官职，亦很可观。在中国，李明瑞要官有官，要钱有钱。可是，这些对于千千万万的人具有无上诱惑力的东西，李明瑞却偏偏不感兴趣。他要孙中山的三大政策，他要一个民主富强的中国。这一切，他又不知道到哪里去找。他满目所见，只是列强的欺压，军阀的屠戮，贫穷、落后、愚昧的社会，尔虞我诈，你争我夺，一桩桩卑鄙的交易，一件件无耻的勾当，人世间最黑暗、最可恶、最可耻、最可憎的人和事。

"我要见他们！"李明瑞向副官命令道。

"表哥，你——"俞作豫想制止李明瑞会见蒋、汪、李的代表，因为共产党已决定在左、右两江建立红军和革命根据地，以现在的警备第四大队和第五大队及韦拔群的农军做基干，成立工农红军第七军和第八军。鉴于李明瑞思想倾向进步，在军队中的威望和军事才能，共产党准备请他出任红七、八军两军的总指挥。俞作豫生怕此时李明瑞会见蒋、汪、李的代表，被他们甜言蜜语和高官厚禄拉拢。加上俞作柏正在香港活动筹款，李明瑞又时时不忘东山再起，此时此刻，俞作豫的担心并不是没有根据的。如果李明瑞被蒋、汪、李任何一方拉走，共产党在左、右两江建立工农红军和革命根据地的计划，必将受到严重的挫折。

"慢！"俞作豫忙喝住那正要去为李明瑞安排会见客人的副官。

"我们干的是革命事业，岂可与背叛孙先生三大政策的军阀、叛徒同流合污！"俞作豫严正地对李明瑞说道。

"把他们都请到会客室，我要亲自和他们会谈。"李明瑞并不理会俞作豫的话，仍命令副官去安排。

"邓斌正在等着要见你！"俞作豫见李明瑞执意要与蒋、汪、李的代表会谈，心里又急又气，因他知道李明瑞素来重视邓斌的意见，想请他先会见邓斌。

"待我和他们谈了再说吧！"李明瑞平静地说道，他这样从容不迫的态度，与到龙州来这段时间苦闷、彷徨、愤懑的情绪极不相同，俞作豫见了很感诧异。

"我要和你一起会见他们！"俞作豫生怕事情有变，忙说道。

"很好。"李明瑞平静地点了一下头。

李、俞到客厅坐下后，副官把那三位来自香港和南宁的客人也带了进来。他们三人互不相识，但却与李明瑞很熟悉，特别是李宗仁派来的那位代表，曾是李明瑞在韶关滇军讲武堂时的同学，彼此又都在桂系军队里当过差，关系一向很好。

他们三个人皆西装革履打扮，手里都提着一只小皮包，一进客厅的门，见李明瑞和俞作豫坐在当中的两把木椅上，心中感到好生奇怪，他们各自肩负的都是秘密使命，为什么李明瑞要集体会见他们？

"李师长！"

"李将军！"

"裕生兄！"

三人进得门来，都有些尴尬地向李明瑞打了招呼。李明瑞并不起身迎接，坐在椅子上，把手严肃地一挥：

"诸位请坐！"

那三位不速之客又是暗自一惊，他们跟李明瑞打过多次交道，从未见他像这个样子。也许，他正经历众叛亲离的打击，精神上已经支持不住了，连站起来的力量都没有啦。他们三人都这样想着，因为他们都在龙州住了一两天，对李明瑞的精神状态已甚为了解，他们觉得，来得正是时候，李明瑞正需要人给予支持——精神上和物质上的，从官到钱，从兵到枪！

落座后，副官送上茶水和香烟，便退出去了。李明瑞望了他们三人一眼，他们表情虽不同，但却有一种自鸣得意的情绪，颇像握有大批救济款项和物资的贩灾大员对急需救助的灾民的那种态度一样。李明瑞嘴角浮起一丝冷笑，对他们说道：

"从私交而言，三位都是我的朋友，不过，也许你们都还没认识吧？"

那三位来客面面相觑，实在摸不透李明瑞葫芦里卖的什么药，一时又不好说什么，那刚刚缓和的气氛又趋紧张了。

李明瑞笑道：

"难得我交了你们这三位朋友，今天，我就给你们互相介绍一下吧！"

李明瑞指着那戴眼镜的胖子："这位唐先生是南京政府蒋主席的代表。"

那胖子像被火灼了一下似的，忙尴尬地从座位上躬了躬身子，发出几声极不自然的干笑。

"这位傅先生是大名鼎鼎的汪先生派来的代表。"

汪精卫的代表是位精瘦的文人学士一般的人物，他站起来，扶了扶金丝边眼镜，像唱戏一样，向左、右大模大样地拱了拱手。

"这位覃先生是桂系李德公的代表。"

李宗仁的代表连屁股都没有抬起来，只是对着蒋、汪的代表点了点头，说了声："久仰，久仰。"

"诸位，我李明瑞一生喜欢痛快，我们既然都是朋友，明人不做暗事，今天诸位有什么话，尽可在此一吐为快！"

李明瑞介绍过那三位客人后，爽朗地一笑，又做了个手势：

"请吧！"

那三位来客见李明瑞如此说，一时都不知所措，连坐在一边的俞作豫也不晓得表哥今天在搞什么名堂。

"诸位怎么不说话了呢？"李明瑞看了看手表，说道，"共产党的代表还在等着我呢！"

那三位代表好像都被马蜂蜇了一下似的，又沉默了一下，蒋介石的代表唐海安站起来说道：

"李师长，蒋主席对你一向寄予厚望。他命我给你带来两样东西。"

唐海安说完拉开手中的皮包，取出一本支票和一张委任状来，送到李明瑞面前：

"这是二百万元款项，这是广西省政府主席兼第十五军军长的委任状。"

汪精卫的代表也不示弱，当即"嚓"的一声拉开皮包，取出支票和委任状来：

"李将军，汪先生说你是国民党内的一根擎天柱。这是八十万元港币的支票——当然啦，这是外汇，比国币好用！这是第一路总指挥的委任状。"

李宗仁的代表见他们都亮出了手中的"奇货"，这才不慌不忙地站了起来，也拉开手中的皮包，掏出一封信来，送给李明瑞，说道。

"裕生兄，这是德公给你的亲笔信，他说，只要你不跟共产党走，他什么条件都可以答应你！"

"哈哈哈……"

李明瑞站起身来，发出一阵朗朗笑声，说道："诸位，难得你们肩负使命，到龙州这边陲小镇来与我打交道。这些年来，国民党的滋味，我已经尝够了，国民党的前途，我也看穿了。蒋主席也罢，汪先生也罢，李德公也罢，他们不过是打着孙总理的旗号谋自己一派之私。请诸位回去代为转告，我李明瑞不愿再做军阀混战的工具了，也不愿再为某一派系卖命了，从今后，我要切切实实地为国为民做点事情！"

蒋、汪、李的代表呆呆地坐着，像三只木鸡一般。李明瑞回头对俞作豫道："请你带我去见邓斌！"

民国十八年十二月十一日至民国十九年二月一日，中国共产党继南昌起义、秋收起义和广州起义后，又在广西发动了著名的百色起义和龙州起义，创建了中国工农红军第七军和第八军，建立了左、右江革命根据地。中国共产党中央委员会任命邓斌（邓小平）为红七军、红八军的前委书记和这两个军的总政治委员；任命李明瑞为红七军、红八军总指挥；任命张云逸为红七军军长，俞作豫为红八军军长。从桂系团体分裂出来的俞、李三兄弟，如今再一次分裂，终于走上了不同的道路。

民国十九年二月，李明瑞加入中国共产党。次年，他率红七军从广西出发，击破桂军和蒋军的重重围堵，转战到达江西苏区，与中央红军胜利会师后，任红七军军长。同年十月，在江西苏区"肃反"中，李明瑞在雩都被杀害，年仅三十五岁。

俞作豫在龙州起义失败后，于民国十九年八月到香港寻找中共党组织，旋即受骗，在深圳被捕，同年九月六日，在广州红花岗被杀害，年三十岁。

俞作柏离开广西后，寓居香港，郁郁不得志，曾以医为业，悬壶济世。抗日战争时，到苏皖边境组织忠义救国军抗日。抗战胜利后仍居香港。一九五九年病逝，享年七十二岁。

第五十三回

看风转舵　杨腾辉脚踏五条船
眼明手快　李宗仁扣押两师长

正当李明瑞在龙州为前途苦苦思索的时候，与李同时在武汉倒戈拥蒋回桂的第五十七师师长杨腾辉，在柳州河北他的师部里，也为自己的前途而绞尽脑汁。

三炮台香烟一支接一支地燃着，一屋子的烟雾，一地的烟蒂，杨腾辉像陷于四面包围之中。这是种没有重兵的包围，没有被猛烈火力压制的困厄，没有血与火的决战。然而，这同样会导致他全军覆没！杨腾辉用牙齿咬着烟卷，他个子高大，晃眼一看，很有将军的气派，但仔细看时，那双三角眼里却闪射着狡黠与贪婪的目光。他不看地图，也从没有看地图指挥作战的习惯。他不做作战计划，也从没有做作战计划的习惯。但是，杨腾辉却也常能打胜仗，屡立战功。一到仗打得激烈的时候，部下便会看到他用牙齿狠狠地咬着烟卷，屹立在敌人炮火轰击最猛烈的前沿，亲自率队冲锋。他身边跟着两名彪形卫士，冲锋时，卫士并不持枪，而是握着几包香烟，拿一束粗大的燃着的香，只要杨腾辉咬着的烟卷没有了，卫士便及时将一支点着火的烟卷塞进他上下牙缝里，杨腾辉牙齿咬着烟卷，冲进敌群里拼杀。有一次，他的那两名卫士被打死了，不知倒在什么地方。杨腾辉牙齿上咬着的烟卷也没有了，他见没人递烟上来，回头大骂："妈的，你们都死光了！"他不顾一切地从腰上抽出短剑，把被炮火轰击正燃烧着的一根手指粗的树枝斩断，紧紧地咬在牙齿上。虽然杨腾辉屡立战功，但是白崇禧却很瞧不起他。李宗仁、白崇禧西征两湖，桂军占领武汉后，论功行赏，杨腾辉本应由旅长升为师长。但白崇禧却轻蔑地说道："叫他做个作战计划来让我看看，他这种人也能当师长吗？"结果只给杨腾辉当个没有实权的副师长。这话传到杨的耳朵里，他一口气咬碎了一包三炮台烟卷！

后来蒋介石派郑介民到武汉运动李明瑞倒戈，郑得知杨对白崇禧怀恨在心，便从蒋介石那里搞来一张师长的委任状，又送了三十万元大洋，杨腾辉便倒戈拥蒋了。蒋介石兵不血刃进占武汉后，当即明令发表杨腾辉为陆军第五十七师师长。上任那天，他集合全师进行"布达式"，牙齿上咬着一根粗大的雪茄，惬意极了。随后，他和李明瑞回师广西，不费吹灰之力，便将原来的老上司李宗仁、黄绍竑、白崇禧赶下了台。他率军进入柳州的时候，白崇禧逃往南宁。杨的参谋长拿着刚缴获的一份白崇禧亲自拟订的作战计划来报告。杨腾辉闻报把那双三角眼笑得一下子圆了，牙齿上轻松地衔着一支烟卷，十分得意地向参谋长问道：

"嘿嘿，老白的作战计划做得怎么样呀？"

"不做作战计划的把做作战计划的打败了！"参谋长自然知道杨腾辉问话的意思，因此也答得十分诙谐。

"哈哈哈……"杨腾辉仰头放声大笑，牙齿上衔着的那支烟卷一下掉到了地上。

杨腾辉师驻防桂林、柳州、庆远。柳、庆乃是贵州鸦片烟向外运销的通道，是广西一大财路。蒋介石派自己的侍从副官李国基任杨师的政治部主任兼柳州禁烟督察局局长，控制了这条经济命脉。李国基为了拉拢杨腾辉，由杨收取鸦片烟保护费，每百斤鸦片过境收保护费一百二十两，然后贴上第五十七师师部的封条，可以通行无阻。正当俞作柏、李明瑞为经济枯竭而急得油煎火燎的时候，杨腾辉生财有道，囊橐爆满。他用在武汉倒戈时得到的三十万元在香港买了两幢楼房，由他的三姨太替他经营。在庆远、柳州收取的鸦片保护费也源源不断送到香港银行存放。杨腾辉的财富增长，有如暴发的山洪，滚滚而来。当他得知李、黄、白在香港、海防穷极潦倒窘态百出的时候，不禁咬着烟卷，对参谋长笑道："叫老白做个作战计划来看看！"

这样的日子，可惜只过了几个月，俞、李便匆忙通电反蒋，杨腾辉只得自谋出路了。本来，他对自己目下的境况是很满意的，几乎每天都能捞大把大把的银钱。他平生最感兴趣的是钱，他一切都是为了钱，为钱而生，为钱而死，他没有亲朋好友，也没有故旧知己，如果那大把白花花响当当的银洋也会说话的话，杨腾辉和它们可能是最亲密的知心朋友。他在桂系里受白崇禧歧视，只能看着胡宗铎、陶钧贪婪地敛聚钱财，

困境中的李宗仁题词自励

他手发痒，心更发痒。自投了蒋介石，跟俞、李兄弟回到广西来，他升了官，又发了大财，觉得这才尝到了人生的滋味。俞、李"联共"也罢，"扶助农工"也罢，反正只要不侵犯杨腾辉捞钱的利益，他是可以不管的，他那双三角眼，反正是黑眼珠只认得白银子。俞、李决定通电反蒋的时候，曾和杨腾辉商量过。初时，杨腾辉倒并不反对，因为俞、李反蒋是要出兵去广东打陈济棠，如能打下广东，自然可以捞到比现在更多的银钱，只要有钱捞，杨腾辉何乐而不为。不想，俞、李反蒋通电一发，驻梧州、玉林一带的第十六师师长吕焕炎，即派人送来三十万元大洋和广西编遣区主任的委任状。吕焕炎明白地告诉杨腾辉，已受蒋任命为广西省主席，那三十万块大洋和广西编遣区主任的委任状，是蒋介石送给杨的，要他与吕一起服从中央，讨伐俞、李。恰在此时，杨部的政治部主任李国基和李明瑞师的政治部主任郑介民也向杨传达了同样的指示。接着，李明瑞的旅长黄权还特地由桂平跑到柳州来，向杨腾辉说明，已决定服从中央。杨腾辉见吕焕炎和黄权都背叛了俞、李，知俞、李反蒋必无所作为。到了十月四日，他也跟着发出"清讨俞作柏电"，但对李

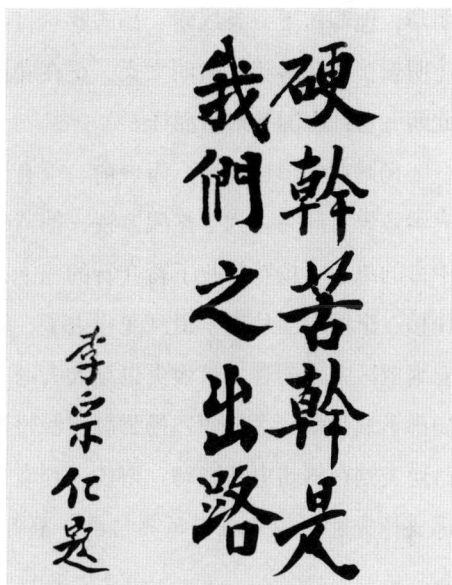

明瑞，他却留下一条线索，杨腾辉只讨俞，而不反李，他在电文中说："至李师长（明瑞）奋斗多年，素明大义，正在劝谏，晓以顺逆，迷途知返，不致供俞牺牲，此间一切，由国基来京面详。"

杨腾辉知形势多变，万一俞、李有了转机，他仍可与他们共事，为了向蒋介石表示效忠，同时也为了摆脱监视，他请政治部主任李国基到南京替他向蒋陈述拥护中央的忠心。杨腾辉收下蒋介石的三十万元大洋和广西编遣区主任的委任状后，俞作柏、李明瑞已从南宁退到龙州去了，南宁成了一座空城。杨腾辉即派人去南宁设立编遣区主任公署，吕焕炎也派人去南宁接收广西省政府的办公机构。但是，吕、杨都不敢到南宁去就职。杨腾辉在柳州电吕焕炎，请吕"到南宁主持全省大计"；吕焕炎则在梧州电杨腾辉，请杨"到南宁主持军事和编遣事宜"。两人推来请去，都心怀鬼胎，生怕对方暗算自己，都各自在自己的防区里发号施令，不敢进省城去。

经过这一场动乱，贵州的鸦片烟商们也不敢将大批烟土运进广西，有的烟帮由黔湘边境绕道到衡阳再下广州，杨腾辉的财源一时由滚滚山洪变成了涓涓细流，这可把他急坏了。他每日咬着烟卷，手里抓着一把银元，在师部里乱转，真像掉了魂一般。李明瑞的第十五师主力被四十四旅旅长黄权抓走后，蒋介石即发表黄权为师长，黄权又和吕焕炎紧紧勾结在一起。杨腾辉觉得，吕、黄实力大大超过他的第五十七师，自己要收拾广西残局，殊感棘手，这样下去，到手的官和钱都将得而复失。

这时，梁朝玑等人又暗中酝酿欢迎李、黄、白回广西主持一切。杨腾辉知道后，更加感到惶悚，他在武汉倒戈，使桂系垮台，又与李明瑞回师广西，捣毁李、黄、白老巢，迫使他们亡命海外，李、黄、白回来能放过他吗？杨腾辉几天来，不知咬碎了多少包三炮台烟卷，仍想不出个万全之策，便只得把他手下的两员旅长谢东山和梁重熙请到师部来商议。谢旅长认为吕焕炎的实力和资望都不足以主持广西政局，李、黄、白很可能乘虚而入，东山再起，我们既不见重于桂系，何不乘此时东下投靠陈济棠？况目下粤军正奉蒋介石之命入桂，我正可利用蒋介石和陈济棠的力量收拾广西残局；梁旅长却说，这十多年来，粤、桂交恶，多次以兵戎相见，双方成见和仇恨甚深，我们投粤必受陈济棠猜忌，很可能被粤军吃掉，还不如派人去欢迎李、黄、白回来为好，李、黄、白为了收拾广西残局，必会捐弃前嫌，同样信任我们。杨腾辉见两位旅长意见相左，更加决定不下来，急得只好整日在师部里咬烟卷。这天，参谋长王文熙对他说道：

"师长，局势发展很快，再不下决心就来不及了！"

"你说怎么办？"杨腾辉用那双急红了的三角眼瞪着参谋长，没好气地说道。

"师长，民国十三年，我们在林蒲田（即林俊廷）手下的处境，比今日还难哩，你不是巧妙地应付过来了吗？"参谋长说道。

参谋长这句话顿时提醒了杨腾辉。民国十三年六月，李宗仁、白崇禧分率定桂、讨贼军，由水陆两路进攻南宁。当时在南宁兼任广西省省长的林俊廷被迫率残部退往钦州、廉州一带。杨腾辉当时在林俊廷手下当团长，带着一千余人。杨见林势单力薄，便自谋出路。他首先和盘踞广东南路的军阀邓本殷联系，请求收编。继而又和李宗仁、黄绍竑联系，表示愿意归顺。杨腾辉本来只有一团人，却谎称为一旅之众。这天，邓本殷派人来点验杨腾辉的部队。杨腾辉探知那位点验军官喜好酒色，便投其所好，以酒色尽情款待。点验部队那天，邓本殷派来的点验军官被几名妓女轮流灌醉。杨腾辉则将他的一团人马安排在一片树林前面，士兵们在东面点验后，又从树林背后绕到西面点验，一团人像走马灯一样点验了三次。那点验军官在醉眼蒙眬中，果然见从树林背后有三团人马走出来，便信以为真。杨腾辉终于从邓本殷那里骗到了旅长的委任状。

当李宗仁、黄绍竑派胡宗铎来收编杨腾辉的部队时，杨向胡出示了邓本殷给的委任状，并说道："请转报李、黄二位总指挥，我还是想回广西效力。"李、黄担心杨腾辉被邓本殷拉走，广西南部受到威胁，只得委杨腾辉为少将旅长。杨腾辉脚踏两只船，见风转舵，时而粤，时而桂，左右逢源。到后来，两广统一，广西加入广州革命政府，杨腾辉见邓本殷在广东南路无以发展，这才死心塌地转到李宗仁和黄绍竑这方面，把队伍由钦、廉一带开到广西桂平整训。杨腾辉本来只有一团人马，却冒称一旅之众，他怕李宗仁、黄绍竑迫究，遂自动将少将旅长的金牌领花取下，请降为团长。李、黄对杨腾辉此举颇为嘉许，从此他正式加入新桂系团体。

杨腾辉经参谋长这一提醒，立刻计上心来。

"妈的，当初老子脚踏两条船，今天要踏五条船啦！"他用牙咬着烟卷，狡黠地笑着。

"师长才两只脚，如何能同时踏五条船呢？"王参谋长虽然精灵，但却没有杨腾辉想的那么周到。

"哼！"杨腾辉重新将支点燃的烟卷放到牙齿上，说道，"老蒋那里的关系不能断，他财粗气壮，又是中央，你马上以我的名义往南京发一电，向蒋表忠，请他把李国基重新派回来。"

"是！"参谋长点了一下头，觉得蒋家这条大船是要非踏不可的。

"给龙州的李明瑞发一电，对他的处境表示同情和谅解。说我不准备到南宁去就广西编遣区主任之职，绝无对他落井下石之心。"

"这？"参谋长睁大眼睛，不解地问道，"李明瑞已经穷途末路，退守龙州一隅之地，他这条'船'已处于半沉没状态，师长踏上去不危险么？"

"你只知其一，而不知其二。"杨腾辉将一支烟卷咬碎，用牙狠狠地咀嚼着烟丝，说道，"李明瑞虽败退龙州，但他手上还有些本钱，目下左、右两江都是他的地盘，他又是一员勇冠三军的虎将，我估计，蒋介石、汪精卫都可能要拉他。如果他投靠蒋汪，励精图治，在左、右江一带站稳了脚跟，不是没有东山再起之日。如果我们混不下去了时，仍可与他搭伙嘛！"

"听说李明瑞要跟共产党走？"参谋长对这条"船"仍很不放心。

"人为财死，鸟为食亡！"杨腾辉摇着头，"共产党是一批穷光蛋，俞、李联共，不过是欲借助工农之力，在广西立足而已，李明瑞怎会跟他们走！"

"嗯！"参谋长总算领悟了杨腾辉的意图。

"再给吕光奎（吕焕炎字光奎）发一拥戴电，请他速到南宁就职，无论军、政方面我都愿听他调度，绝无猜忌回避之心。"

"师长，你怎么可以屈居吕光奎之下？"

"你又只知其一，而不知其二了！"杨腾辉将咀嚼的烟丝一口吐到窗外，重新又咬上一支，继续说道，"吕光奎有老蒋的委任状，有黄权等人的支持，有陈济棠作后盾，他目下是广西最大的实力派，他如果弄得好，也有收拾广西残局的可能。"

"唔唔。"参谋长连连点头，"这条'船'不可忽视。"

"还有两方面，必须派得力之人去联络。"杨腾辉道。

"啊？"参谋长实在不明白到底还有哪两条"船"可以供杨腾辉踏上去的。

"陈济棠那边，必须派个人去。"杨腾辉迅速将咬着的卷烟一下子转到左边嘴角，又说道，"李宗仁在香港，无时不想回来，也得派个人去，表示欢迎他回广西主持一切。"

"陈济棠对我们来说，是很有用的人物，李宗仁……我们怎么可以去欢迎他们回来呢？要知道，我们在武汉倒戈，又回师广西把他们赶下台，他们恨我们，恐怕比恨蒋介石还有过之！"参谋长忙提醒杨腾辉，李、黄、白那已沉没的"破船"，是绝对不可沾边的。

"眼光要看得远一点嘛！"杨腾辉像要把戏一样，又倏地将那烟卷转到右边嘴角，"广西这个地方，将来到底由谁来控制，现在还很难说。广西部队中的所有带兵官都是李、黄、白一手提拔的，这些部队，他们指挥了多年，而他们下台才几个月，如此时他们乘机回广西登高一呼，利用昔日的威望，大可有卷土重来之势呀！我们虽然在武汉倒戈，又回师广西，但如此时去表示欢迎他们回来，而他们真的又有本事回得来的话，到时我们不是也有一份功劳吗？"

参谋长这下真是佩服杨腾辉的远见卓识了，这五条"船"都踏上去，将来便可万无一失。可是，杨腾辉的脚还没有伸出去，便接到黄绍竑由容县发来的电报，请杨腾辉到宾阳县去面商收拾广西残局的事宜。杨腾辉拿着那份电报，不知一时又咬碎了多少支烟卷，他狠狠地骂道：

"妈的，他们的手脚比老子的电报还快！"

黄绍竑既然敢单枪匹马由香港闯回来，必定早已布置好了，说不定吕焕炎、黄权、梁朝玑等人都串通欢迎李、黄、白回来。杨腾辉与吕焕炎等不同，他们没有武汉倒戈和迫李、黄、白下台之举，杨腾辉与俞、李都是桂系的罪魁祸首，李、黄、白回来，能饶过他吗？现在，蒋介石远水救不了杨腾辉的近火，而李明瑞在龙州又渺无消息，也有传说李与俞作柏皆避往香港，其残部已被共产党所掌握。杨腾辉面前虽有五条"船"，却不知该踏上哪一条才稳妥。不久，吕焕炎、梁朝玑、黄权又分别电杨腾辉，告知将去宾阳县与黄绍竑会见。杨腾辉见事情已到了这般地步，再也容不得他裹足不前了。

他忙命旅长梁重熙和谢东山将部队由桂北和庆远向柳州集结，留参谋长在师部主持一切，如他宾阳之行发生不测，可举兵抵抗或东下投粤皆可。吩咐完毕，他即命亲信团长莫树杰和副官郑兰保来见，面授机宜：

"你们两人代表我去广州见陈济棠，就说我将率部东下投粤，请他拨发开拔费二十万元。领得款后，你们马上设法将其存入香港汇丰银行，然后火速返桂。"

"陈济棠的钱，是那么好赚的吗？"莫树杰对此感到没有把握。

"放心，"杨腾辉诡谲地笑道，"我和李明瑞在广州下船的时候，陈济棠曾单独请我吃饭，席间他拉我叛俞、李投粤，并答应给予兵力和款项支援，我说时机尚未成熟，待适当时候我一定如约进行。现在，广西俞、李垮台，局面四分五裂，陈济棠图桂正是时候，他正想要我为他火中取栗，你们去找他要钱，那还不是瓮中捉王八——稳拿到手。"

经杨腾辉这么一说，莫树杰和郑兰保才放心地去了。其实，杨腾辉此时并非不想投粤，只不过他部下两名旅长，只有谢东山想去投靠粤方，而梁重熙却坚持要欢迎李、黄、白回来，重新投入桂系怀抱。如果杨腾辉要投粤，也只能拉走谢东山旅的两个团，凭这点本钱投粤，如何能受陈济棠重视？因此不如趁机捞他一把，在广西看看再说。

却说杨腾辉把一切安排好之后，准备应黄绍竑之邀前往宾阳县会面。此次宾阳之行，杨腾辉是被迫的，一想起他将见到目透冷光，腮上留着大胡子的黄绍竑，便浑身战栗起来，大有赴鸿门宴之感，但事已至此，又不得不硬着头皮去走一趟。为了壮胆，他临行前给黄权发了封电报，请黄由桂平乘船来柳州，一道去宾阳。杨腾辉考虑，李明瑞反蒋失败后，第十五师的主力已由黄权统率，第十五师与第五十七师都是在武汉倒戈回桂的部队，杨腾辉与黄权一道同行，自然可以互相壮胆。谁知黄的参谋长复电，黄已于头天乘船到贵县去了，经贵县赴宾阳。杨腾辉一看事不宜迟，忙带着一团人马，从柳州经来宾、迁江去宾阳。

黄绍竑住在来宾县府，戒备森严，卫队全是梁朝玑的部队。杨腾辉心里像揣着只兔子似的，蹦蹦乱跳，心里暗暗骂道：

"妈的，这回是被硬拽着上贼船啦！"

他一连咬碎几支烟卷，这才决定将卫队放在城外，自己"单刀赴会"，以示诚恳"上船"。

到了县衙门，杨腾辉被梁朝玑的参谋处长引到一间颇宽敞的房子里，桂军各路将领吕焕炎、梁朝玑、黄权、吕竞存、蒙志、杨义、黄鹤龄等俱已在座。论地位，杨腾辉当然要坐到前排吕焕炎旁边，此时不知为什么，杨腾辉倒愿意奉陪末座，就像当年他把部队由钦、廉开到桂平时那样，把领花上的少将金牌自动取下来。桂军将领，除已退往百色、龙州的李明瑞、俞作豫外，旅长以上，都已到齐——杨腾辉别无选择，只有再一次踏上李、黄、白这条危机四伏的"船"了。

黄绍竑在一班全副武装的卫士簇拥下，身着戎装，表情严峻地出现在门口，各位将领"刷"的一声起立，双脚像安了发条的机器一般，"嚓"的一声立正。

"诸位，你们都辛苦了！"

黄绍竑那双冷峻的眼睛扫了大家一眼，脸上带着令人畏惧的微笑，过来和将领们一一握手。他在香港被陈济棠派人监视着，先行抵港的李宗仁已被港英当局勒令出境，不久前潜往越南海防蛰居，白崇禧也住在那里。

当汪精卫鼓动唐生智、张发奎、俞作柏三人揭橥反蒋时，张发奎动作十分

在武汉搞垮桂系的张发奎又与桂系合作准备反蒋。图为张发奎（左）率部进入广西与黄绍竑（右）商讨反蒋计划

迅速，从鄂西假道湘西，强渡澧水、沅江冲破湘军阻击，直向桂边挺进。这时俞作柏、李明瑞因部下叛变，已退出南宁。汪精卫见俞、李垮台，担心张发奎部入桂后受到吕焕炎、杨腾辉阻击，无法立足，遂派人与黄绍竑商议，愿意捐弃前嫌，联合共同反蒋。黄绍竑曾被汪精卫下的圈套差点丢了命，桂系在华北、华中和两广又曾被汪精卫的"灭桂策"搞垮，汪精卫是李、黄、白桂系不共戴天的仇敌。但是，善于抓住机会的黄绍竑见东山再起有望，早把那仇恨抛到九霄云外，他毫不迟疑地对汪精卫的代表说道："我们愿接受汪先生的领导，共同反蒋！"他即命人将情况通知远在海防的李、白。自己决定潜回广西活动。但是，他被陈济棠派人严密地监视着，一举一动都逃不过陈的耳目，如他潜返广西的计划暴露必有生命危险。

黄绍竑派人秘密买好由香港到广州湾（今湛江）的船票，为了避开陈济棠的耳目，临行前，他特地和夫人蔡凤珍到球场去观看法国"网球四球士"的精彩表演。那网球正打到高潮时，他趁人不注意溜出球场，立刻搭上开往广州湾的法国轮船。下船后，即乘汽车奔回他的老家容县。容县县长封镇南见这位老长官风尘仆仆突然归来，知道事不寻常，他预见到李、黄、白必将重新登台，即把自己的兄弟封赫鲁带来谒黄。那封赫鲁原是李明瑞手下的团长，驻军戎圩，李明瑞垮台后，受黄权节制。封赫鲁表示愿意听从黄绍竑调度。黄绍竑此时手上虽然只掌握着封赫鲁一团人马，但他决定利用吕焕炎、杨腾辉、梁朝玑、黄权等人互相猜忌，各不相能的矛盾，出其不意地把军队重新抓回来。他令封赫鲁分电吕焕炎、杨腾辉、梁朝玑、黄权、蒙志、杨义、黄鹤龄等桂军将领于十一月八日到宾阳开会。

黄绍竑之所以选择宾阳为开会地点，是因为宾阳离省会南宁很近，开完会他便可赶到南宁去以省主席的名义重新发号施令。果然，心怀鬼胎的桂军各路将领，除梁朝玑是真心实意拥护黄绍竑回来的外，其余都因互相猜忌不明底蕴，吕焕炎、黄权以为杨腾辉、梁朝玑、蒙志、杨义等拥护黄绍竑回来，拥黄派实力占优势，不敢轻举妄动；杨腾辉则以为吕焕炎、黄权、梁朝玑等已经拥黄，自己居于劣势，只得依令到宾阳来开会。到了宾阳，他们还是谁也摸不透谁的底，现在一见到黄绍竑那双发着冷光的眼睛，心里已先怀三分畏惧之情。蓦地，会场上响起了嚎啕的哭声——杨腾辉哭了；站在后面的黄权也跟着放声痛哭起来——他们在忏悔自己！

"哼！"梁朝玑往地上狠狠地吐了口唾沫，轻蔑地说道，"撒泡尿来照一照自己的脸吧！"

吕焕炎默默地低垂着头，不敢看黄绍竑那冷森森的眼睛。他虽然没有像杨腾辉、黄权那样"罪孽深重"，但对蒋介石任命他取代黄绍竑的广西省政府主席兼第十五军军长这件事情，他是正式接受了的，他也没有表示要欢迎黄绍竑重返广西主政的意思，这，难道不也像杨腾辉、黄权一样，是一种叛逆行为吗？

"都是广西老乡，都是多年袍泽，过去的事，都不要再提了吧！"

黄绍竑显得非常豁达大度，那双冷凝的眼睛里闪射着柔和温暖的光芒，仿佛一块冷冰冰的钢板，折射出一片融融的阳光。他连置他于死地的汪精卫都能捐弃前嫌，携手合作，何况对部下们的过失！这个时代，人和人之间的关系，派系与派系之间的关系，都不能以中国的传统道德来衡量。中国人几千年来建立的一种人际关系，上下关系，似乎在打倒皇帝之后，已荡然无存，欧美的东西又学不来。于是，一切最丑恶的东西便跟着这动乱的年代应运而生，武人乱国，文人乱政，朝秦暮楚，反复无常。这是一个比春秋战国更为混乱的时代。春秋战国，尚产生过孔孟之道，黄老之学，产生过百家争鸣的局面，出现过群星灿烂的文才武将。民国年间的军阀混战，产生了无数大大小小的反复无常的军阀，许许多多卑鄙无耻的官僚政客，中国大地到处是战火尸骨，污泥浊水。这一切，黄绍竑早已司空见惯，他本人也是个在泥淖中翻来滚去的人物。他没有必要责怪部下们倒戈换旗之事。

"目下广西四分五裂，有亡省之虞，我们必须紧密团结起来，保卫桑梓，使父老兄弟姐妹免受敌人之蹂躏。"黄绍竑分析了当前的形势后，接着说道，"我们已决定与汪精卫合作，恢复两广秩序，张发奎已率部进入桂北龙胜一带，我们联合张发奎，同下广东，赶跑陈济棠，广西才能站得住。李德公与白健生很快就会回来，只要大家团结一致，前途是很乐观的。我明天准备到南宁去，重新整顿省治，各位返回原防，听候命令，值此非常之时期，各位务要执行命令，约束部曲，如有违抗军纪者，必将严惩不贷！"

黄绍竑那双眼睛里，又流露出一种冷酷无情凛不可犯的威严，将领们赶快恐惧地低下头去。杨腾辉由于不能咬烟卷，上下牙齿难受得直胡乱磨动。他军服口袋里本来装着两盒三炮台香烟，此时，他的右手下意识地插进军服口袋里，两只手指狠狠地将烟盒中的烟卷一支支地捏碎。黄绍竑的卫士早已注意到了杨腾辉的这个动作——他插进衣服口袋里的手指在一下一下地按动着什么，很像往藏在衣袋里的小手枪里压子弹一样！机警的卫士忙走到黄绍竑身边，轻轻地耳语了几句什么。黄绍竑随即扑哧一笑，说道：

"杨师长，你可以抽烟的啊！"

"啊？！"杨腾辉蓦地一惊，那正在捏碎烟卷的手竟极快地将一支捏碎了一半的烟卷塞到牙齿之间，但他马上又将那半节烟卷拿下扔到地上，神情惶惊地说道，"不不不，不能抽！"

"自家人，何必讲究礼节，抽吧！"黄绍竑笑道。

"不不不，不能抽！"杨腾辉仍然不敢。

黄绍竑走到杨腾辉面前，伸手进他军服口袋里，摸了一下，摸出一大团捏碎的烟卷，一支完整的烟卷也找不到，他失望地摇了摇头，忙命卫士去拿烟来。他自己嘴上叼一支，又递一支给杨腾辉。杨腾辉显得受宠若惊的样子，忙接过烟卷放在牙齿上咬着，黄绍竑又将火送到杨腾辉的烟卷前，杨腾辉因由卫士点烟惯了，竟大模大样地对着火吸起烟来。刚吸了一口，才想起不对，赶忙立正敬礼。黄绍竑将火柴吹熄，扔到地上，笑道：

"不必如此，不必如此！"

这一下，顿使场面上的气氛缓和了下来，一种上下亲密无间的感情，像烟卷上的青烟一样，在室内慢慢地升腾弥漫。

不过，杨腾辉心中却更加惶悚不安——黄绍竑这位老长官对部下的嗜好举动是多么熟悉，连这一点小小的习惯动作都瞒不过他，如果杨腾辉心怀异志，轻举妄动岂可得逞？他站着一动也不敢动，心想这双脚这回上了这条"船"，就不能随便挪动啦！

会后，黄绍竑准备去南宁，各路将领仍回原防待命。杨腾辉回到柳州，过了两天，莫树杰和副官郑兰保也从广州回来了。莫树杰向杨腾辉报告了广州之行的经过，他先把舌头伸了伸，这才说道：

"师长，这回是菜刀剃头——好险呀！"

"钱到手了吗？"杨腾辉可不管你菜刀剃头险不险，他最关心的是钱。

"我们到广州，见了陈济棠，把师长的打算和要求向他说了，他倒痛快，立即拨给二十万元，并嘱要你赶快把队伍开到广东去。"莫树杰道。

"钱呢？"杨腾辉追问。

"我一领到钱，即把这二十万元以九折汇到香港，由郑副官以师长太太的名义存入香港汇丰银行。陈济棠的耳目也真灵，他一发现上当受骗当即下令通缉我……"

"拿去吧！"杨腾辉见二十万元巨款已经到手，便从军服口袋里摸出两包三炮台香烟，一包给莫树杰，一包给副官郑兰保，算是对他们两人的酬劳和褒奖。杨腾辉的贪婪和吝啬是桂军将领中有名的，每逢举行旅长、团长会议，他自己大抽其三炮台香烟，从来也不给与会者一支。这次对莫、郑二人为他搞到二十万元巨款，也仅各赠三炮台香烟一包。在别人看来，实在微不足道，而杨腾辉却认为这是对部下的莫大奖赏了。

黄绍竑到南宁后，李宗仁、白崇禧也从海防回到南宁。李、黄、白正式通电接受曾置他们于死地的汪精卫的任命，以李宗仁为护党救国军第八路总司令兼中央命令传达所所长，黄绍竑为副总司令，白崇禧为前敌总指挥。已率部进入广西的张发奎，宣布就护党救国军第三路总司令。桂、张两军相与一致讨蒋靖粤。桂军编为两个纵队，第一纵队总指挥吕焕炎，辖许宗武、梁朝玑、杨义三师和封赫鲁独立旅；第二纵队总指挥杨腾辉，辖梁重熙、黄权、蒙志三师。桂军除留吕焕炎率杨义一师留守广西外，余皆与张发奎部东下进攻广东。

桂、张两军号称五万之众，由李宗仁、黄绍竑、白崇禧和张发奎亲自指挥攻粤。李、白、张都是北伐名将，指挥的又都是当年曾有钢军和铁军之称誉的部下，因此初期作战，甚为顺利。从十一月二十四到十二月九日，仅半个月的时间，张发奎部的邓龙光旅便攻到广州北面的人和圩，俘获粤军械弹辎重无数。粤军被迫退到广州市郊白云山，珠江上舰艇云集，陈济棠、陈铭枢已做好逃离广州的准备。广州市民听到炮声隆隆，又闻说两年前在广州屠城的张发奎军队回来了，吓得携儿拖女，不断向香港和四郊外县逃去。

汪精卫在香港置酒庆贺，已吩咐陈公博等准备入穗开府。

蒋介石在南京焦头烂额，穷于应付。华南方面，桂、张军入粤猛攻，广东二陈形势危急，蒋介石急调嫡系朱绍良率毛炳文、谭道源、陈继承三师入粤助战，再令何键由湖南重新入桂，以捣桂系老巢，为了统一指挥蒋军和粤军、湘军对桂、张军作战，蒋介石令何应钦为广州行营主任，指挥调度军事。

中原方面，唐生智也配合桂、张军行动在郑州通电反蒋。唐生智将在唐山从白崇禧手中收回的部队恢复第八军番号，仍辖第五十一、五十三两个师。唯此时李品仙、廖磊两师长已经离队他去，唐生智乃令龚浩为第五十一师师长，刘兴兼第五十三师师长，将部队由驻马店向确山推进。蒋介石见唐生智在中原树起叛旗，即调陈诚、夏斗寅、徐源泉、杨虎城数路大军围攻。蒋、唐两军在南阳一带，冒着漫天风雪血战一场，中原大地，白雪皑皑，鲜血殷殷，惨不忍睹。唐生智势单力薄，终成败局。他化装成豫南老农，坐上一辆牛车，在风雪中秘密逃到开封，转搭火车去了天津。唐军两师被蒋军包围缴械。唐生智由三月间在唐山从白崇禧手中收回本钱复起，到这年底反蒋失败，仅十个月时间，真是昙花一现。他的作用与其说帮了汪精卫的忙，毋宁说成全了蒋介石。因为蒋介石利用唐生智搞垮了白崇禧，又用唐生智打败了称雄一方的冯玉祥，最后又将唐生智部消灭。民国十五年夏由广东、湖南出师的北伐军八个军，除蒋介石的第一军已扩展到数十万人外，其余的军已不复存在了！

却说桂、张军这次入粤，虽然攻势凌厉，进军神速，但是新组编的桂军两个纵队因士气低落，刚打到上次失利的芦苞、白泥一带时，又成了强弩之末。白崇禧虽然亲临火线督战，但战况毫无进展，他不禁又想起春天时在北平那位星相家的预言——"食神不利""太阴不明"。他一年之中已经逃亡两次，或许在白泥圩还要连打两次败仗哩！果然，当白崇禧命令向粤军阵地发起第三次强攻时，即接张发奎部已在两龙圩被粤军蔡廷锴、蒋光鼐击败的消息。白崇禧叹息数声，终于相信了自己的命运，急令所部撤退。

正当唐生智坐牛车逃往开封的时候，李、黄、白和张发奎也带着他们残破的队伍仓促逃回广西。但快到信都的时候，梧州已被陈济棠的海陆军袭占，桂、张军只得退到平乐整理。李、黄、白、张还没来得及喘一口气，陈济棠又令粤军兵分两路向平乐、荔浦进击。蒋介石亦令嫡系朱绍良指挥毛炳文、谭道源、张辉瓒三师向平乐进攻。留守后方的吕焕炎见桂、张军已处于蒋军和粤军的四面包围之中，他便在玉林再次通电拥蒋，宣布就任蒋介石委任的广西省主席之职。随即派兵占领贵县、桂平、宾阳和南宁。前有追兵，后有叛敌，李、黄、白再次陷入四面楚歌之中。

李宗仁、黄绍竑、白崇禧、张发奎四巨头在平乐县城的一家祠堂内坐着，刚刚商量完整编部队的方案，忽见桂军副师长梁瀚嵩神色惊惶地进来报告：

"职团哨兵捕获一名奸细，从其身上搜出吕焕炎致黄权、蒙志两位师长的亲笔信。"

白崇禧接信看过，便交给李宗仁，李宗仁看罢，那两条粗眉一耸，即令梁瀚嵩去把黄权、蒙志请来开会。张发奎明白李宗仁要拘押黄、蒙两位师长，忙说道：

"德公，此举恐怕要引起该两师官兵的哗变呀，如此，则大事危矣！"

李宗仁断然地摇了摇头，说："在此紧要关头，只有用非常手段，将黄、蒙两师长扣留，才可消弭乱源！"

李宗仁即命警卫团团长黄瑞华去布置，待黄、蒙二人一到，即将其随从卫士缴械，然后将他俩押进屋来。

"德公、季公、健公，冤枉呀！冤枉！"黄权和蒙志被押进屋内，不断鸣冤叫屈。

李宗仁将吕焕炎的信一把扔到地上，喝令黄、蒙二人过目，黄权、蒙志看过后，仍然叫冤枉！

"德公，吕焕炎虽派人来接洽，但我二人根本没有接受呀，望你念我们跟随多年，没有功劳也有苦劳呀！"

"现在吕焕炎已经叛变，外边谣言很多，都说你二人和他有勾结。此事影响军心甚大，现在我为大局计，只好请你两位受点委屈，暂时解除职务，去桂林休息。外面已预备好了汽车，就请你二人各指定一名随从，即刻乘车赴桂林休息。"

说罢即命黄瑞华将黄权、蒙志押上汽车。上了汽车，黄权不禁嚎啕大哭，不知是他内心悔恨还是晦气所致。如果他跟随李明瑞或许不至于此吧！黄权在不到一年的时间里，先后倒戈三次，由团长升旅长直升到师长之职，也弄了几十万块钱，他的发迹迁升，全赖叛变所得，而他的灭亡告终，也由叛变所致，真是善有善报，恶有恶报矣！

却说李宗仁断然处置扣押了黄权、蒙志后，杨腾辉直感到心惊肉跳，惶惶不可终日。目下，吕焕炎已公开通电叛桂投蒋，就任了广西省主席之职，黄、蒙二师长又被扣押，当初欢迎李、黄、白回桂的将领，看来都没有好下场，特别是黄权，与杨腾辉在武汉倒戈回桂，李、黄、白复起后，整编桂军时，升黄为师长，归杨腾辉节制，如今黄权一倒，杨腾辉怎不有兔死狐悲之感！而李、黄、白的下一个打击目标，很可能要放到他头上了。他不知又咬碎了多少包三炮台香烟，想了半天，也想不出个脱身之计。他忽然灵机一动，赶忙坐到桌子前，命副官郑兰保给他找来纸笔墨砚。郑副官跟杨多年，从未见他舞文弄墨，一切电文或作战命令全是由参谋长办理。今见他索要纸笔，便好奇地问道：

"长官，要写什么可命参谋长写呀，何必亲自动手？"

"你懂个屁！"杨腾辉啐了郑副官一口，一片嚼烂的烟丝雨点般飞到他脸上来，"老子要做作战计划，你快给我滚远点！"

杨腾辉从军以前，曾在家乡上林县的一所中学肄业。从军后跟广西护国军第二军总司令林俊廷当差，民国八年由林保送入广西陆军讲武堂受训。论文化，杨腾辉不低。但是，他自从军以来却从未做过作战计划，一时提笔在手，不知如何进行。但他深知白崇禧瞧不起他，如不做个像样的作战计划，怎能讨得白的欢心？他真悔恨当初俞、李匆忙反蒋，又悔恨当初不能诚恳地联合吕焕炎抗拒李、黄、白回桂，致使今日落到别人屋檐之下，不得不低头，从军十六年，从没做过作战计划，今天也不得不硬着头皮来写了。他又咬碎了不知多少支三炮台烟卷，一个在平乐、荔浦间与蒋军、粤军作战的详细计划总算做出来了，他刚收下笔，冷不防白崇禧已经出现在他面前，他一下愣住了，只见白带着总部警卫团团长黄瑞华和一排全副武装的卫士，杨腾辉暗自叫苦，心想果然现在轮到自己头上了。他无力地站起来，把头垂下去，任凭白崇禧处置。

白崇禧背着双手，走到桌前，看了看杨腾辉写的作战计划，立刻哈哈大笑起来：

"腾辉兄这作战计划还做得真不错，唵！"

杨腾辉颓然地垂着头，更不敢看白崇禧一眼，只是嗫嚅道：

"腾辉愿跟健公效力，万死不辞！"

"哈哈，腾辉兄！"白崇禧见杨腾辉吓成这般模样，鄙夷地扫视了他一眼，说道，"不错，我过去曾经说过这句话：'杨腾辉也能当师长吗？叫他做个作战计划来看看。'现在，你既然能做作战计划了，就不仅是当师长，而且要当军长啦！"

杨腾辉觉得，自己的厄运已经到了，杀也罢，关也罢，只得任人宰割了，他干脆把双眼一闭，什么话也不说，任凭白崇禧发落。白崇禧见杨腾辉这副模样，心里感到既好气又好笑，他过来拍了拍杨的肩膀，说道：

"恭喜你高升了！"

杨腾辉像个稻草人一般，被白崇禧轻轻一拍，竟"扑"的一声跪下地去，哀呼一声：

"我有钱，我愿出钱呀，请健公饶我一命！"

白崇禧冷冷地笑了几声，忙将杨腾辉扶起，说道："腾辉兄，你想到哪里去了，德公已任命你为第七军长啦，喏，这是给你的委任状。"

白崇禧像变戏法似的，立刻从衣袋里摸出一张委任状来，递给杨腾辉。杨腾辉头脑里"轰"的一声响，仿佛看到那是一纸由总司令李宗仁亲自签署的逮捕令。他又一次"扑"的一声跪了下去，口里喃喃道：

"我……我……我有钱，我愿出钱，请健公……向德公进……进一言，放……放我去……去香……香港……"

白崇禧只得将那纸委任状放到杨腾辉面前的地上，杨腾辉仿佛看到那纸逮捕令又突然变成了一张堂皇的委任状，似乎写着"兹委任杨腾辉为第七军军长"几个大字，下款有李宗仁的签名。杨腾辉只感到一阵头晕目眩，跪着的双腿一软，全身瘫倒在地上。副官郑兰保赶忙跑来将杨腾辉扶到椅子上，又找来一支筷子，慢慢将他的牙齿撬开一条缝，将一支点燃的三炮台烟卷塞进齿缝之间……

第五十四回

诛锄内患　白崇禧借刀杀人
策应冯阎　桂张军倾巢入湘

　　副官郑兰保这一手也真灵验，他把一支三炮台烟卷塞进杨腾辉的牙间后，杨腾辉便慢慢地苏醒过来了。他那双三角眼渐渐地睁开来，首先看到的，自然是地上的那份委任状。他定睛细看，那委任状上确是写着"兹委任杨腾辉为第七军军长"，下款也明明有李宗仁总司令的署名。他又把眼睛倏地闭上，然后猛地睁开，再一次定睛细看，那委任状上的字仍然如故。他把牙齿上咬着的烟卷迅速转到另一边嘴角，用牙齿把舌头尖咬了一下，那舌尖上的神经立即把又麻又疼的感觉传导到大脑，这时，杨腾辉终于再一次证实了自己和那份委任状都明白无误地存在着——一切都是真的，他升官了。他扑上去，把那份委任状一把捧在手上，看了又看，仿佛捧着的是一堆白花花的数也数不清的大洋。他感到心花怒放！

　　"嘿嘿！杨军长，这回该你请客啰！"

　　杨腾辉这才发现，屋里除了他和那张委任状之外，竟还坐着一个人——白崇禧。白崇禧脸上露着令人捉摸不透的笑容，那双藏在镜片后的眼睛，更使杨腾辉感到冷洌刺骨。他"啪"的一声立正，心头咚咚地跳着，咬在牙齿上的烟卷跌落在地，有些结巴地说道：

"是……是……请……请客！"

接着，杨腾辉命令他的副官郑兰保马上去备办酒席。

杨腾辉继李宗仁、夏威之后，当了第七军军长，下辖两师，第五师师长黄权被李宗仁扣押后，由杨自兼师长；第八师师长梁重熙原为杨部旅长。这一支部队，原来倒是第七军的种子，第五师是李明瑞的旧部，第八师是杨腾辉的部队，李、黄、白为了重新控制这支曾将他们撵下台的旧部，不得不以杨腾辉为军长。但是，杨腾辉得到的只是一纸委任状，而新组建的第七军，实权则紧紧操在白崇禧手里。白带着一支精干的警卫部队，住在杨腾辉的军部，凡下达行军作战命令，都由白崇禧以手令谕军司令部参谋处办理，没有白的手令，谁也不能调动部队。杨腾辉虽为一军之长，但整日除了咬着三炮台烟卷外，无所事事。

李宗仁、黄绍竑、白崇禧、张发奎在平乐那家祠堂里开过军事会议后，白崇禧率第七军在平乐、荔浦一带与蒋军朱绍良部的毛炳文、谭道源、张辉瓒三师作战；黄绍竑则率他的第十五军及张发奎的第四军远征桂南，解决吕焕炎叛军，以巩固广西后方。白崇禧在漓江两岸布下疑阵，诱敌深入，接连败敌于马岭、栗木、龙窝，将朱绍良部追至八步，蒋军被迫由信都、开建退往梧州与陈济棠的粤军会合。白崇禧发出桂北大捷电，正率第七军南下准备与黄绍竑、张发奎合击吕焕炎叛军及陈济棠的粤军。不料，白率军刚抵柳州，即接到陈济棠急电粤军主力余汉谋、香翰屏、蒋光鼐三师由梧州进占藤县，向北流猛攻黄绍竑部以解吕焕炎之围的消息。白崇禧恐黄绍竑孤军作战吃亏，立电黄不可与粤军决战，待他率第七军到达后再行破敌。但黄绍竑并不采纳白的建议，一面檄调张发奎部驰援北流，一面在三和圩展开部队，与粤军决战。

张发奎率第四师及第十二师以急行军经陆川奔赴北流，次夜抵达三和圩附近，未及休息便星夜出击，与粤军展开激战。黄绍竑的第十五军在粤军的猛攻下，只剩下三和圩左翼南山阵地。张发奎令第十二师在桂军右翼仰攻北面高地。桂、张军与粤军在三和圩进行了四昼夜血战，最后桂、张军全线崩溃，损失惨重，张发奎的第四军两师人马，剩下不足一师，最后被迫撤到贵县防守。北流一战，粤军由梧州至

困境中的白崇禧谋划
如何重新统一广西

桂平控制了西江下游及玉林五属，既解了吕焕炎之围，又占领了广西最富庶之地区。左、右江一带，共产党成立了苏维埃政府，农民运动风起云涌，革命之势如野火燎原，李明瑞指挥的红七军和红八军不断发展壮大，左、右江红色区域已有二十个县，一百多万人口。李、黄、白的日子更加难过了。

"竖子不足与谋！"

白崇禧见黄绍竑不采纳他的建议，招致北流之败，丧师失地，气得把黄绍竑大骂了一顿。白崇禧在柳州，盱衡全局，他不怕粤军入境，也不怕蒋军和湘军来打，这些客军都好对付，他最怕的是吕焕炎和李明瑞这两个人。吕焕炎和李明瑞虽然走的道路不同，但他们都是从桂系团体中分裂出去的叛逆者，对桂军都有一种可怕的离心作用。吕焕炎占据玉林，有强大的粤军作后盾，有蒋介石任命的广西省主席的头衔，统一广西名正言顺；李明瑞是桂系的一员虎将，如今为共产党所用，更是如虎添翼。共产党在左、右江有政府，有根据地，有两军人马，远不是上海"清党"时白崇禧可以任意屠杀的那些工人武装纠察队了。吕焕炎和李明瑞是桂系的心腹大患，不除掉此二人，李、黄、白便无法在广西立足。

白崇禧盯着地图，不断地谋划着，以目前桂军和张发奎这点兵力，是无法两面应敌的。左、右江一带是贫瘠之地，而大河下游及玉林五属则是米粮之乡，如能夺回吕焕炎这地盘，既可解决军食，又可收拾广西残局，到时再对付李明瑞的红军就不难了。

白崇禧用铅笔在地图上把桂平、玉林、梧州画了三个大圆圈。他把笔掷在桌上，背着手在地图前踱步，一时又立在地图前，用左手托着下巴，望着那三个红红的圆圈出神。那三个圆圈慢慢地变成了三只梅子，白崇禧只觉得舌根底下渗出一丝丝酸味——望梅止渴！他气愤地奔过去，用铅笔在那三只"酸梅"上各打了三个大"×"。桂、张军刚刚在广东战败逃回广西，黄绍竑、张发奎又在北流惨败，目下兵力单薄，士气消沉，粮饷缺乏，如何能从粤军和吕焕炎手中收回那一大片失地？白崇禧皱着眉头，挖空心思也想不出个办法来。

那三只"酸梅"，每只像被划了两个刀痕似的，酸溜溜的滋味从白崇禧的鼻腔、舌根直往心窝里钻去。现在的处境比去年夏天时更为严重。那时候，俞作柏、李明瑞率两师人马溯西江直上，向南宁压来，他和黄绍竑尚可由南宁下船从容往龙州退去，从越南转道出走。而今龙州、百色皆已被李明瑞的红军占据，梧州又被粤军封锁，湘桂边境何键陈兵，白崇禧和李宗仁、黄绍竑想逃也无法逃出广西。

"必须除掉吕焕炎！"

白崇禧用铅笔在地图上的玉林又重重地打了几个叉，那只"酸梅"像被无数支箭插在上边似的。白崇禧那脑子在飞速地转动着，像一只神奇的万花筒，一转又是一计，一转又是一谋，一转又是一策：远交计、说秦计、数罪计、谋和计、贿将计、反间计、诈降计、擒信计、夺印计、疑兵计、招降计、奇兵计、感化计、美人计、离间计、退兵计、赚城计、潜攻计、伪书计、诱敌计、缓师计……白崇禧把他那无形的智囊，翻了又翻，倒了又倒，都找不出一件可以立置吕焕炎于死地的妙计来。正在这时，副官来报：

"廖磊、夏威求见。"

白崇禧闻报，心里一亮，就像诗人突然获得了某种灵感似的，忙命副官：

"请！"

白崇禧来到门口，亲自迎接廖、夏二人。廖磊穿套黄军服，没有肩章和皮带，那从不离腰的左轮小手枪也不见了，他没有戴帽子，理了一个士兵样的光头，脚上穿双青布鞋。脸还是像关公一样红，眉还是像关公一样黑，一身军人的英武气概犹存。他那模样极像一匹

1930年6月15日，广西省主席吕焕炎在广州新亚酒店被随从多年的卫士冯名声刺杀身亡

久经战阵的骏马，眼下缺的就是一副漂亮的鞍鞯。夏威又是另一个模样，他西装革履，头戴礼帽，一副香港士绅打扮。白崇禧紧紧地握着廖磊、夏威的手，非常激动地说道：

"我们终于在家乡见面了！"

未曾开言，夏威却先失声痛哭起来。他和白崇禧已分别一年多了，他知道，李、黄、白对他在武汉的失败是非常不满的。一支所向无敌的第七军被夏威窝窝囊囊地断送了，如今故人相见，故乡山河残破，桂系团体虽死而复生，但依然处于朝不保夕的险境。胡宗铎、陶钧也住在香港，却不敢来广西见李、白。不过，胡、陶二人在湖北发了大财，腰缠万贯，在香港虽感寂寞，倒也可以舒舒服服地度其一生。夏威在武汉没有财权，金钱的敛聚远不及胡、陶，他根本没有在香港过寓公生活的资格。而蒋军向武汉进逼，李明瑞、杨腾辉两师倒戈时，他又恰因患扁桃腺炎住院治疗，不能直接掌握部队，因此，桂系在武汉的失败，在直接责任上，他没有胡、陶大。但是，他住院治疗期间，却又偏偏将第七军的指挥权交给李明瑞代理，李明瑞趁机下令倒戈，扣押了一部分桂军高、中级将领，遂使第四集团军不战而逃，夏威之过失，也是难以宽恕的。他在香港住了一段时间，见李、黄、白重新登台，本想回来为团体效力，以便将功抵罪，求得李、黄、白的谅解宽恕。他托人捎过信，但见李、黄、白无表示，又不敢轻易返桂。桂系的二类角色夏威、胡宗铎、陶钧、李品仙、叶琪、廖磊六员大将此时皆闲居香港，夏、胡、陶是武汉系统的，李、叶、廖则是平、津系统的，都是清一色的保定军校出身，又都是在北方和华中招致全军覆灭的，六人聚在一起，皆有无限感慨。他们见李、黄、白复起后，在广东战败，退回广西处境又极为险恶，此时回桂，正可同生死共患难，因此便推夏威、廖磊二人回桂来见白崇禧。他们深知白一向重感情，况且，无论是平、津，还是武汉的失败，李、白也有不可推卸的重大责任。

"健公，廖磊来您帐下当兵效力！"

正当夏威掩面痛哭的时候，廖磊把双拳在胸前一抱，发出他那洪钟一般的声音。

"哈哈！"白崇禧亲切一笑，"关云长乃堂堂汉寿亭侯，五虎大将之首，岂有为部卒之理？来人呐！"

副官听得白崇禧的召唤，忙进来听候吩咐。

"为廖军长取戎装来！"白崇禧命令道。

"是！"副官答道。

不多久，副官手捧一套精致的军服和一双锃亮的军靴进来。白崇禧亲自在军服领口缀上一副中将金牌，然后又亲自为廖磊穿上。廖磊扎上武装带，套上闪亮的军靴，戴上大檐帽，白崇禧又将自己腰上佩带的那支白朗宁手枪挂到廖磊的皮带上。本来就仪表堂堂的廖磊，此时更显威武超群之态。

"健公，廖磊乃败军之将，到您帐下当一名兵卒已感有愧，何敢再为将统兵！"廖磊见白崇禧如此看重他，心里反而感到不安。

"没有廖燕农，便没有白崇禧！"白崇禧这句话，简直落地有声，他拍了拍廖磊的肩膀，恳切地说道，"目下，我们处境较为困难，部队也不多，我请你暂时屈居副军长之职，出任第七军副军长兼第五师师长，兼第一团团长。待局面改观后，再为你调整职务。这事，我即电报德、季二公，他们是不会有异议的。"

"是！"

廖磊向白崇禧立正、敬礼，那副关公脸激动得更加发红了。白崇禧对廖磊委以重任，一是因廖磊对他忠心耿耿，二是欲以廖磊取代他所憎恨的杨腾辉。因杨腾辉是老七军的人，目下不得不用，但白对杨是极不信任的，他以廖磊为副军长兼师长再兼一团长，使廖磊能从上到下彻底掌握这支部队，以便时机成熟将杨腾辉一脚踢开。

"健公对李鹤龄和叶翠微将作何安置呢？"廖磊见白对他委以重任，除了感激之外，还是十分关心李品仙和叶琪的出处，因他们三人都是由湘军投奔桂系的，与夏、胡、陶三人跟李、黄、白起家不同。廖磊对李、叶二人自然特别关注。

自从唐生智复起，在唐山收回李品仙、廖磊两师后，廖磊向来接收部队的唐生智办好移交，即乘船去了香港，他决心追随他心目中的刘备和诸葛亮。唐生智因廖磊与白崇禧的私人感情太深，也不挽留，遂委任刘兴兼第五十三师师长。李品仙虽然暗迎唐生智有功，但也没有取得唐的信任，最后不得不怏怏离去。李品仙没有去香港，而是到上海暂住观风向。唐生智在河南反蒋失败，由开封出走后，阎锡山恐唐军被蒋介石收编，遂急电李品仙由上海去北平，商量收编唐部。李品仙正巴望将唐生智旧部抓到手上，即派郭铮为代表乘专车赴漯河收编第五十一、五十三师。可是，李品仙晚了一步，第五十一、五十三师已被陈诚强行缴械编散。李品仙、廖磊这两师烟消云散，唐生智的基本部队也从此彻底毁灭，他们一个个都成了光杆司令。李品仙这时才死心塌地地跑到香港，与廖磊商议另谋出路。叶琪率湘军第十二军曾随白崇禧北伐，充当先锋。到北京不久，叶琪即奉令率部南归，驻防武汉。当李明瑞、杨腾辉倒戈时，叶琪猝不及防，被蒋军和何键的湘军夹在当中，只得将所部门炳岳和危宿钟两旅交何键收编，匆匆出走。李品仙、廖磊、叶琪展望全局，除了重新回到李、黄、白怀抱，已别无出路。廖磊、叶琪与白崇禧私交皆厚。当年白崇禧落魄，在贵州坡脚跌断胯骨，到广州治伤年余，曾得叶琪的哥哥叶钧国的资助，廖磊又有在塘沽掩护白崇禧逃亡一段历史，叶、廖两人回桂，当然不成问题。成问题的只有李品仙！

　　"目下，我们部队太少，原来的带兵将领，一时难以全部安置。翠微兄为人机警随和，与各方皆有些关系，我想请他代表我们到北方走一走，探听冯、阎情况，如果北方有所行动的话，便可解除我们的困境。至于李鹤龄嘛……"白崇禧严厉地望了廖磊一眼，气愤地说道，"哼！如果不是燕农兄你掩护我及时出走，他不把我交给老蒋邀功请赏才怪呢！还有，他给老蒋发的那封'号'电，真是鬼话连篇，信口胡扯，为了取媚于蒋，不惜破坏团体，卖友以求荣……"

　　白崇禧越说越气，如果此时李品仙在跟前，他真要喝令将其推出"军法从事"了。廖磊却不言语，只默默地把头上的大檐帽取下，将腰上的手枪及皮带解下，然后把刚穿上的缀着中将领花的军服脱下，不声不响地放到桌子上，对白崇禧说道：

　　"廖磊就此告辞！"

　　"燕农兄，你要去哪里？"白崇禧诧异地问道。

　　"去香港闲居或者回陆川老家务农！"廖磊掉头就走。

　　白崇禧忙将他拉住："为什么要走？"

　　"诸葛亮明知魏延脑后有块反骨，还用他为帐下大将；李鹤龄在唐山虽有不是之处，但岂可将他拒之门外，为他人所用？廖磊与鹤龄在湘军中共事多年，虽不能说有手足之情，但还有朋友之谊，况他又曾是我的长官，在他落魄之时，我怎能置之不顾！"

白崇禧闻廖磊之言，乃慨叹一声："燕农兄真关公也！"他即命秘书道："给香港李鹤龄发电，请他即回桂任军职！"

廖磊闻言，即返身握住白的双手，摇了摇："健公，廖磊虽一介武夫，但一生不羡荣华富贵，只求能在刘备、孔明帐下听令，今日总算再次遂了心愿！"

"你的那位周仓呢？"白崇禧忽然想起与廖磊形影不离的那位黑脸彪形大汉来。

"卫士周良乃湖南常德人，我离开平前，已令他回籍省亲去了。"廖磊道。

"请燕农兄即捎信让他回来，没有周仓，关公那把青龙偃月刀由谁来扛呀！"白崇禧笑道。

白崇禧和廖磊又说了些话，才命副官带廖去歇息。他把廖磊直送到门外，又说道："请燕农兄好好休息，明日由我亲自为你举行布达式，向第七军官兵宣布你的职务。"

白崇禧与廖磊说了许多话，夏威在一旁颇受冷落。他见白对廖如此器重，又关怀备至，心中真有股说不出的滋味。论和白崇禧的历史关系，夏威要比廖磊深得多，可是同是遭到全军覆没的将军，廖磊一回来就得任要职，甚至连他的卫士，白崇禧也关照到了。廖磊一句话，李品仙、叶琪都有了出处，真是一言九鼎！而夏威却被丢在一旁，连一句体贴的话都听不到。使夏威更感伤心的是，他原是第七军的军长，李、黄、白现在恢复了第七军的建制，正、副军长都委任了别人，他在桂军中已没有任何职务了，想起这些，他禁不住又痛心地哭了起来。

"煦苍兄，哭是没有用的啊！这句话，我是第二次对你讲啦！"白崇禧过来拍了拍夏威的肩膀。

白崇禧这句话也真管用，夏威不但立刻止住了哭声，而且还从白的这句似乎平常的话中，悟出了某种新的希望。民国七年秋，中国陆军大学在全国招考学员，夏威报名前往应试。临行前，他特地来向白崇禧征询应试的得失，白坦率地说道：

"煦兄国文、数、理、化都能顺利通过，唯短于辞令，外语恐难及格。"夏威到北京考试结果，完全如白之所料。他返回广西后，见着白崇禧，诉说着"此番北上应试，夙愿落空，仆仆风尘，类似苦行头陀，殊不值得……"说着说着，便失声痛哭起来。白崇禧安慰他道："煦苍兄，哭是没有用的啊！"从那以后，夏威刻苦练兵，成绩卓著，与黄绍竑、白崇禧同为马晓军部下营长，军中称为"三宝"。其后几年，北伐军兴，夏威便扶摇直上，升为军长。而广西籍的几位陆军大学毕业生，黄旭初位不过师长，而朱为珍、曾志沂、龙振瞬等已默默无闻了。白崇禧曾感慨地对夏威道："煦兄，假若当初你考上陆大，现在最多不过一高级幕僚耳，何能位至军长！到了太平盛世之时，我们不妨再教子孙去读大学，谋个学历、文凭，亦可安身立业。"

夏威想起这些，心中自然升起了新的希望，他抹了抹眼睛，向白崇禧道：

"请健公教我立功补过之策。"

"现在有个好机会，不知你愿不愿干？"白崇禧望着夏威，有些神秘地说道。

"赴汤蹈火，在所不辞！"夏威怎肯放过这个机会。

"除掉吕焕炎这个叛贼！"白崇禧将手往下狠狠一劈。

"请健公给我一师人马，我将不顾一切杀入玉林城，将吕光奎的头提来交给你！"夏威拍着胸膛，立下军令状，"如果拿不到吕光奎的头，就把我的头割下交给你！"

"黄季宽、张向华在北流新败之后，部队损失很大，我不想再叫你去拼实力。"白崇禧摇了摇头，说道，"我教你一个借刀杀人之计，不费吹灰之力，便可取吕焕炎之头。"

夏威素知白崇禧有神出鬼没之计，如果既不用带兵厮杀，冒流血牺牲甚至战败之险，又可立功抵过，岂不更好。夏威忙道：

"请健公赐教。"

"目下，吕焕炎与陈济棠勾结得甚紧，西江水域又为吕、陈所控制，因此吕焕炎去广州是很方便的。你回香港后，即可探听吕到广州后的行踪。如吕到穗，你可设法与他会见，诈称因受我和德公的冷落，不能回桂，愿投吕效力，吕对你必另眼看待。你趁与他接近之机，可暗中以巨金收买其贴身卫士，将吕刺死。"

"健公，这……这……"夏威不知说什么才好，他虽复职心切，但为人还算正直，一向只在枪林弹雨中冲杀，却从没干过暗害人的勾当。如果白崇禧给他一师人马，他会毫不犹豫地猛攻玉林，与吕焕炎拼个你死我活，但是，却不愿施暗箭，他觉得这是作为一个光明正大的军人的最大耻辱。

"有什么问题吗？"白崇禧皱着眉头问道。

"吕光奎背叛团体，为虎作伥，罪不容诛。但他与我们都是同学，又曾为团体的发展壮大出过力，以这样的手段去对付他，恐怕难免不引起世人之非议……"夏威鼓起勇气说道。

"嘿嘿！"白崇禧冷笑一声，说道，"煦苍兄何出此儒生阘茸之言。俞作柏、吕焕炎都是我同学之辈，亦都曾为团体出过力，可是他们对团体危害之大，胜过任何人！叛逆不除，团体不固，事业无存，对此，我们绝不可心慈手软，掉以轻心！"

夏威不敢再说话了。白崇禧却怕他碍于情面，不忍对吕焕炎下手，忙又教他一计：

"只要事情做得缜密，外人是绝不会知道内情的，历史上尚有烛影斧声，千古之谜嘛！你以巨金收买吕的卫士，让卫士行刺吕，事成之后，让那卫士对人说，吕焕炎因奸污其参谋长之女，其参谋长怀恨在心，遂贿使他将吕刺死。然后，你再命别人将那个卫士秘密处死，这事岂不做得天衣无缝？你为团体除害，厥功甚伟，德、季二公必对你另眼看待，往后一切都好说啦！"

夏威听后，浑身竟不自主地发起抖来，他觉得白崇禧正拿着一块血淋淋的人肉往他嘴里硬塞，一边塞，一边还喝令他津津有味地吞下去，再要他说："味道好极了！好极了！"白崇禧见夏威不说话，又冷笑一声："嘿嘿，煦苍兄，我是看在你我的情面上，才让你去立这一大功啊，若你不便去时，这功便是自愿让给别人啦！"

夏威赶快把双眼一闭，狠了狠心，将那块血淋淋的"人肉"一口吞了下去，说道：

"我去！"

一个月后，吕焕炎便被刺死于广州新亚酒店三楼。港、粤报纸纷纷发表捕风捉影的消息："广西省主席吕焕炎昨日在新亚酒店被刺身亡。据说刺客为吕之贴身卫士冯名声。据凶手供称系受其参谋长伍蕃之贿，为报私仇云云……"

却说白崇禧使用借刀杀人之计除掉心腹大患吕焕炎之后，吕氏余部皆复归了李、黄、白，但大河以下仍为陈济棠的粤军所据。黄绍竑因在北流县三和圩指挥失当，吃了一场大败仗，受白崇禧和张发奎的指责，心中怒愧参半，又见白力挽危局，在桂北以劣势兵力挫败入桂蒋军，接着又用计除掉了吕焕炎，白的声望在桂系团体中有凌驾于己上之势，黄绍竑寻思，如不打一个胜仗，便有动摇地位的危险。占据大河一带的粤军因一再击败桂军，士气正旺，目下无可与之战。黄绍竑认为，李明瑞的红军成立不久，实力有限，如能将左、右江一带的红军肃清，不仅去掉心腹之患，亦可打通后路。黄绍竑便率他的第十五军由南宁进击右江，在恩隆、平马、亭泗一带与红七军激战月余，各有胜负。

转眼间，时令已到了民国十九年的暮春时节，广西境内的战事已呈胶着状态，无论对粤军或红军，李、黄、白、张（发奎）皆无力将其消灭。桂、张军只能据守北到桂林，中到柳州，南到南宁，东到贵县这一片地区，像一盘没完没了，又毫无希望的象棋残局。桂、张军四面受敌，粮饷、兵员及武器弹药皆奇缺，又无法得到及时补充。桂、张军苟延残喘，度日益艰。蒋介石为了掐死李、黄、白、张这几个反蒋头目，又令云南省主席龙云派卢汉为总指挥，率领三个师的滇军，准备进入桂境，直捣南宁。

李、黄、白、张的日子已经到了尽头，要不是冯玉祥、阎锡山在北方再掀反蒋波涛，汪精卫南、北撮合有术，则李、黄、白、张和他们那两三万残兵败将，早已成了塘干水涸之鱼虾。

这天，李宗仁、白崇禧、张发奎在贵县黄练圩第四军军部开会。此时，贵县已被粤军占去大半，黄练圩离贵县县城九十余里，距此不远的桥圩便在粤军手里。

"冯焕章、阎百川已决定反蒋，并已派人到香港请汪先生北上共商大计，拟开扩大会议于北平，冯、阎和汪先生都已有电报来，要我们在南宁响应。鉴于我们目下所处之困境，到底是继续死守广西，还是乘冯、阎在北方发动反蒋，老蒋无暇顾及南方，我们打出广西，再下广州或是乘虚直取武汉？"

李宗仁说完，猛吸了几口香烟，然后将一口浓烟缓缓吐出。在桂军中，李宗仁与杨腾辉抽烟是出了名的，张发奎曾笑道："德公，你与杨腾辉可一决雌雄！"李宗仁也笑道："已较量过了，各有胜负。"张发奎有些莫名其妙地问道："何时较量过？"李宗仁道："他和李明瑞回师广西，将我撵下台，后来我回桂，他又投奔到我麾下，再次为我所用。"这话，张发奎听了哈哈大笑，杨腾辉听了却心中发怵，真恨不得把那烟瘾给戒了。但对杨腾辉来说，戒烟即等于戒食，他根本无法做到，只是此后便特别留心，只要李宗仁在场，他便不敢抽烟，如烟瘾发作时，他便从衣服口袋中摸出一支牙签，用牙狠狠地咬着，将其一节一节地咬断。同僚问起，他只说患了牙疾，以此镇痛。这天，因商量的是全军的方针大计，关系到今后的死活问题，事关重大，杨腾辉身为第七军军长，自然要参加开会。而第十五军军长黄绍竑此时正在右江一带"剿共"，来不及赶回参加会议。第四军除张发奎外，尚有薛岳和吴奇伟出席。李宗仁大抽其烟，杨腾辉却可怜巴巴地咬着牙签打熬着烟瘾的折磨。

"死守广西，即死在广西！"张发奎本是个性急之人，自入桂与李、黄、白暂时合伙后，在广东花县和广西北流县接连打了两场大伤元气的败仗，第四军在贵县整编，已不足三个团的兵力，师长吴奇伟、薛岳都只好当了团长。是时军心动摇，各将领亦张皇不知所措，此后命运寄托于何方，亦不自知。张发奎对死守广西毫无信心，因此极力主张响应冯、阎，向外发展，以求生路。"只要一打出去，棋就活了！"张发奎那大嗓门震得室内嗡嗡作响。薛岳、吴奇伟也跟着表示，要打出广西去。

"杨军长，请你发表高见！"李宗仁嘴上叼着烟卷，望着杨腾辉说道。

杨腾辉见李宗仁点了他的名，忙将咬着的小半截牙签压到舌根底下，立刻站起来，说道：

"德公指到哪里，我就打到哪里！"

白崇禧瞵了杨腾辉一眼，决断地说道："向华兄的意见甚好，要想活就不顾一切地打出去。目下，北方冯、阎正在部署反蒋大战，平汉、陇海战云密布，武汉、湖南相对空虚，何键的湘军，战斗力脆弱，可以一击而败，我们入湘后一鼓而下长沙，实意中之事。由湘而鄂，底定武汉，与冯、阎遥相呼应，顺江而下，直逼南京，让老蒋再尝一尝下野出洋的滋味！"

"既要入湘，又要留守广西，这点兵力如何分配得过来？"李宗仁面有难色。

"龙云想要广西，陈济棠想要广西，李明瑞也想要广西，我们走开，留这块骨头让他们争着啃吧！"白崇禧说道，"第四军、第七军和第十五军全部入湘，只留些小部队象征性地看家和掩护北上大军的后背。"

张发奎见白崇禧决心如此之大，激动得大声叫喊起来：

"健生兄，你舍得老家，我张发奎和第四军的弟兄们，也舍得老命！"

李宗仁知道，张发奎和第四军的将领，无论用兵布阵，乃至平时训练，皆有一股猛张飞的作风，此种作风，最为白崇禧所欣赏。当张发奎率军入桂时，黄绍竑曾亲到贺县石桥与张会晤。张发奎与第十二师师长吴奇伟见黄绍竑来，立即滚鞍下马，张发奎向黄绍竑拱了拱手，大声说道：

"季宽兄，还恨我老张么？"

黄绍竑过来拍了拍张发奎的肩膀，笑道："向华兄，你是条好汉！"

张发奎指着吴奇伟对黄绍竑道："那天晚上，为了拿到你，我特地派梧生兄（吴奇伟字梧生）率一连人去吉祥路包围你的公馆，不想却让你半夜里走脱了，哈哈！"

黄绍竑问吴奇伟："梧生兄，假若那天晚上我被你拿着了，你准备怎么办呢？"

吴奇伟笑了笑，说："那就对不住了，唔唔，恐怕我们今天就不能在这里说话啦！"

黄绍竑又拍拍吴奇伟的肩膀："梧生兄也是条好汉！"

以前的朋友，后来成了敌人，如今又成了朋友。除了利害相关，张发奎那猛张飞的性格和作风也是他能与桂系友好相处的一个重要因素。当张发奎和廖磊来归后，白崇禧曾对李宗仁笑道：

"德公，我们现在关公和张飞都有了啊！"

李宗仁也笑道："那就看你这个诸葛亮的啦！"

现在，张发奎的猛张飞作风与白崇禧的空城计冒险精神结合在一起，使李宗仁又喜又忧。喜的是，以白、张的决心必能迅速占领湖南，攻下长沙、岳阳，甚至直取武汉，使桂、张军困境立解；忧的是，白、张义无反顾一股劲猛打猛冲，如果不幸失败，连条退路也没有。李宗仁处事一向稳重，身为主帅，他不能不做全面打算。

"万一失败，我们怎么办呢？"李宗仁看了看白崇禧和张发奎。

"胜败乃兵家之常事！"白崇禧从容笑道，"如果万一失败，回不了广西，倒是有个地方可以去的。"

"什么地方？"李宗仁问。

"向江西的朱、毛红军靠拢，到了那时，恐慌的不是我们，而是老蒋！"白崇禧真是神出鬼没，他这一着棋，李宗仁、张发奎连做梦也想不到。

"好哇，逼急了老子就上井冈山！横直共产党里有红四军也有红七军，与我们四、七两军还多少有点血缘关系！"张发奎把胸膛拍得山响，就像猛张飞要为关公复仇似的，一副急不可耐的样子。

李宗仁见白、张入湘态度非常坚决，大有破釜沉舟之势，便说道：

"入湘就入湘，反正是轻车熟道，拼了吧！不过，这事还得和季宽商量一下。"

"还商量什么？说走就走，德公给季宽发个电报，让他率第十五军在后跟进，一切在打下武汉之后再说！"张发奎把衣袖往上一撸，风急火燎般地说道。

"向华兄，入湘作战是件大事，要走也得做好周密的安排。"李宗仁说道。

"有什么安排的，说走就走，说打就打，我们第四军在宜昌把反蒋通电一发，接连几个冲锋就到广西来了，何键那点兵，放火还不够你李德公抽顿烟呢！"张发奎仍在拍胸叫喊着。

张发奎是"猛张飞"，白崇禧到底是"小诸葛"，他过来把张发奎按到椅子上坐好，命参谋张挂地图，说道：

"德公的话，非常重要。我们两次入粤失利，又在北流战败，检讨得失，在于轻敌妄进，草率决战，遂招致再三失败，教训不可谓不深。此次入湘，进窥中原，与冯、阎会师，是关系到我军生死存亡之大事，必须胆大心细，务必做好一切准备，切忌轻举妄动，再蹈覆辙。"

白崇禧走到地图前，指着地图，说道："我军北上后，龙云部滇军必将入桂攻占南宁，他们走的仍然是当年唐继尧滇军入桂的老路。南宁乃广西省会，我们不可轻易放弃，我意派师长韦云淞率凌压西、覃兴等零星部队二千余人坚守南宁。我们入湘获胜，再与龙云谈判，请滇军退回云南，否则便封锁滇省鸦片烟出境的通道。"

李宗仁和张发奎点了点头，白崇禧又说道："粤军占据大河下游，与我军隔河对峙。我军入湘，他们必衔尾追击，使我陷入背腹受敌的处境。为了顺利入湘，必须摆脱粤军的袭扰。为此，我军应以精悍的小部队进击平南，向粤军发起猛攻，并制造再次攻粤的声势。我军主力则迅速北上，粤军见我军突然北调，必然以为我声东击西，将由北江攻袭广州，陈济棠定然将梧州、桂平、玉林一带的粤军抽回广州及北江一带布防。待粤军发觉我军意图时，我们已攻占衡阳，进军长沙了。"

"妙！"张发奎兴奋得从椅子上跳了起来。

"入湘序列，拟请向华兄率第四军为前锋，请德公另拨梁朝玑师归向华兄指挥。"白崇禧看了看张发奎和李宗仁。

"好！"李、张二人同时领首。他们不得不佩服白崇禧考虑的周密，因为第四军经入粤和北流两次战败，只剩一师人马，再拨桂军精锐梁朝玑师归张发奎指挥，既体现桂、张两军的团结合作，又壮先锋部队的声势。

"向华兄率前锋部队取道柳州、桂林，出全州，直向永州、衡阳前进；德公和我率第七军全部及第十五军之许宗武师出平乐，经永明、道州，亦向永州、衡阳推进；黄季宽率第十五军余部及梁瀚嵩之教导第一师和黄旭初之教导第二师，由右江回师南宁，布置于迁江一带，掩护各军集中，俟各军入湘，才随后跟进。"

白崇禧又看了看李宗仁和张发奎，李、张二人欣然赞同。白崇禧又道：

"各军推进计划如下：先头部队到达桂林、全州，后续部队应到迁江、柳州之线；先头部队入衡阳，后续部队应到达桂林；先头部队占领长沙，后续部队应进占衡阳；先头部队进入湖北通城、咸宁，后续部队应接住长沙、岳阳。"

"好，我们都分头回去准备吧！"张发奎又霍地站了起来。

"不忙！"白崇禧把右手往下按了按，示意请张发奎坐下。

"不就是打了嘛！"张发奎两手往腰上一叉，没有再坐下去。

"打是要打，可是官兵要吃饭，要关饷啊！"白崇禧笑道，"没有粮饷，谁跟我们去拼命呀？"

张发奎狠狠地拍了拍脑袋，说道："丢那妈，我们两个月都发不出饷了！"

李宗仁皱着眉头，仿佛那国字脸上挂着一层浓霜，连抽了几口烟后，才喷了喷嘴，说："这是个最大的问题，没有粮饷何以维系军心和军纪，我们总不能纵容官兵去劫掠乡民商绅啊！"

白崇禧却早已胸有成竹，他见李、张为此犯愁，便说道：

"冯、阎不是许德公为中华民国陆军第一方面军总司令么？德公可即派人到香港，以中华民国陆军第一方面军总司令部之名义，秘密印刷'国民银行'钞票五十大箱，我军打到哪里，钞票便发到哪里，粮饷不是都有了吗？"

张发奎高兴得大叫道："还是你这'小诸葛'有办法，怪不得北伐的时候，老蒋那样喜欢你！"

"哈哈！"白崇禧很得意地仰头一笑，说道，"这回呀！老蒋就更喜欢我啦！"

第五十五回

穷追猛打　　白崇禧进军岳阳
后路被断　　李宗仁回师衡州

民国十九年六月。

湖南的土地正被两场猛烈的大火烧灼。村庄的瓦屋茅舍冒着浓烟，堆着灰烬；田野里，尽是手指宽的龟裂，褐色的、灰色的土地，被烈日长时间地炙烤着，冒着淡淡的灼人的紫烟，划一根火柴，似乎便会把整个大地燃烧起来。田中的稻谷，稀稀拉拉，枯黄憔悴，干瘪的穗子竖得笔直。河塘干涸，偶尔可见几只瘦得皮包骨的野狗，在原野上惊惶疲惫地张望，寻觅食物和水。路旁有倒毙的饿殍、枪伤的兵卒。天上万里无云，太阳比平时大了几十倍，站在地上仰头望去，天空里一片流金铄石，太阳正在不断地膨胀着，似乎要吞噬整个无垠的天宇。

天上是火，地上是火，天灾兵祸，富饶的湘江两岸，赤地千里，一切有生命的东西都已奄奄一息。

从长沙至衡阳的大道上，疲惫不堪的桂、张军正在烈日下急行军。走着走着，便有三三两两的士兵倒下去，有的脸色铁青，大口大口地喘着粗气，有的用手指挖着干裂的地皮，用快要冒火的舌头去舔着发烫的泥土，有的向同伴哀求着，讨一口尿喝。倒下去的，没有几个能再爬起来，酷暑无情地夺去了他们的生命！

"班……班长，你给我一枪吧，我……我实在不能再走了！"

一个中暑的士兵，跪在地上向他的班长请求开枪杀死他。班长不干，那士兵竟把枪口对着自己满是火泡的喉咙，用脚拇指按动扳机，"叭"的一枪自杀了。这是一个还有些理智的士兵，而绝大多数士兵早已麻木不仁，他们像一大堆被人摞入炭窑中的木头，被窑火熏烤着、燃烧着，他们现在到底是木头，或是已经被烧焦烤化了的木炭，还是一堆灼人的木灰，他们根本无从知道。他们仅存留的一丝意念，便是此时正被人投入密不透风灼热难熬的炭窑之中，正被化成灰烬。

李宗仁、白崇禧、张发奎也和官兵一样，徒步走着。从长沙后撤的时候，他们都是坐着轿子的，但是走着走着，那抬轿兵便有不时中暑倒下去的，他们都从轿子中被摔出来好几次。张发奎解下皮带，怒不可遏地抽打那倒地的抬轿兵，后来发觉，士兵早已倒毙，他骂了几声"丢那妈"便弃轿乘马。他又是个急性子，平时不管有事没事，一骑马就喜欢猛跑，他那匹黑得发亮的战马，从宜昌南下时，一天曾跑过三百多里。第十二师师长吴奇伟也是一员猛将，他集合全师军官三百余人，乘马充作开路先锋，简直所向披靡。张发奎便跟着吴奇伟的开路先锋队猛打猛冲，何键的湘军一见第四军的马队，便赶忙避开让路。可是现在，张发奎的那匹久经战阵的大黑马也不行了，在烈日下跑着跑着，突然前蹄闪失，把张发奎摔出老远。他从地上爬起来，用马鞭将战马狠狠地抽了几鞭，那大黑马竟跪在地上直喘粗气，好久也爬不起来。"丢那妈！"张发奎骂了几声娘，把手中的马鞭"嗖"的一声扔出十几丈远。李、白、张三巨头，只得和他们的士卒们同甘共苦了！

"德公，你莫怪我老张发脾气，武汉眼看就要到手，你却丢下到口的肥肉不吃，去啃骨头，这鬼天气，都快把人烤焦了，还回师衡阳，到时把弟兄们都热死了，谁去拼命呀！"张发奎头上戴顶白色凉帽，身着白府绸短褂，穿着黄军裤，汗流满面，一边走，一边向李宗仁发着牢骚。

李宗仁头戴大檐军帽，一身军装毫不松懈，虽然没有骑马，却习惯地握着那条光溜溜的皮制马鞭。他的那匹枣红马到底比张发奎的大黑马有劲，在烈日下也能奔驰不停，但他见白、张的坐骑都已不济，自己不便独自乘马，也下马和他们一道步行。他的马弁牵着马，跟在后面走着。他似乎没有听到张发奎的埋怨，两片嘴唇紧紧地闭着，嘴唇两边拉起两条凛不可犯的棱线。张发奎很熟悉李宗仁这种表情，只得摇了摇头，说：

"好吧！一切听天由命！"

白崇禧的装束又与李、张二人不同，他那大檐帽上扎着几枝被晒蔫了的小树枝，既可遮些阳光，又可作防空伪装。他领口敞开着，只是默默地走路，他虽然不像张发奎那样发火埋怨，但那副被太阳晒得焦红焦红的脸膛上，也似乎挂着一层由内心透出的火气。他的胯骨以前受过伤，不良于行，加上天气酷热，更显得有些吃力。

"健生，你骑上我的马吧！"李宗仁已经几次命马弁将他那匹枣红马牵到白崇禧面前来，但白崇禧却倔硬地推开缰绳：

"我还能走到衡阳！辛亥年我是由桂林徒步走到武昌的！"

论体力，白崇禧确实不及李宗仁和张发奎，但由于胸中窝着一腔怒火，他对李宗仁不满，对黄绍竑更不满，对张发奎也不满，因此硬是赌气跟李、张一道步行。

李、白、张三巨头刚刚在长沙吵了一架，三个人的气头都还没有消，因此彼此都不再说话，只是默默地迈着沉重的步伐在赶路。

五月下旬，桂、张军分两路倾巢入湘。五月二十七日，唐生智之弟唐生明率湘军一团来投。李宗仁即编为第八军，令李品仙为军长。桂、张军以破釜沉舟的气概，一打出广西便顺利地占领衡阳重镇。前敌总指挥白崇禧在衡阳征集船只，经过一天一夜，全军渡过湘江，到达对岸的朱亭，然后马不停蹄即由朱亭大举推进。张发奎部抢渡渌水，强攻承天桥，一举而破醴陵，俘获湘军人马辎重无数。白崇禧一马当先，率左、右两路大军由株洲和醴陵昼夜穷追猛打，经过三天三夜的时间桂、张军便进占长沙。李宗仁即委任李品仙以第八军军长兼任湖南省绥靖督办之职。六月八日，即攻占长沙后第三天，白崇禧指挥第七军攻占岳阳，张发奎在平江击破鲁涤平部，第四军由平江进入湖北省境的通城九狮山。短短半个多月的时间，桂、张军便席卷湖南，扫荡何键、鲁涤平的湘军，打得蒋介石的嫡系朱绍良、夏斗寅和钱大钧各部仓皇北逃。武汉之敌，已纷纷搭乘车、船或东窜或北逃，桂、张军夺取武汉，占领两湖已如囊中探物。第四军和第七军北伐后曾先后在武汉驻过较长时间，如今眼看重返旧地，尤不欢呼雀跃。

正在北平筹备扩大会议的汪精卫，喜得眉开眼笑。

正在陇海线上乘坐专车来回指挥决战的蒋介石，急得手忙脚乱，他正以全力对付冯、阎，无力南顾，华中和东南一带都非常空虚，桂、张军入武汉，下南京，

中原大战前夕，蒋介石（中）与冯玉祥（右）、阎锡山（左）会见

正可抄他的老家。为了应付南方的战事，他派何应钦到武汉坐镇，以船舰火速调运正在广东的蒋军由长江口直入武汉布防，再令陈济棠派蔡廷锴、蒋光鼐、李扬敬三师，迅速在粤北集结，利用粤汉铁路输送之便，乘虚抢占衡阳，以拊桂、张军之背。

正在中原指挥作战的冯玉祥、阎锡山，这回投入血本与蒋介石拼搏。冯、阎以攻下徐州和武汉为第一阶段战略目标，分由津浦、陇海、平汉三路发起猛攻。阎军负责津浦线，冯军负责平汉线，陇海线由冯、阎两军共同负责，大军云集，战云低垂，中原大地，战火烛天。正与蒋介石血战方酣的冯、阎，忽见桂、张军由广西以风卷残云之势，弹指间便夺了长沙、岳阳，且进占武汉已是指股间事。他们两人的目标，一个是徐州，一个是武汉，现在见李、黄、白、张乘虚拣了便宜，岂肯甘休？况且冯、阎大军正与蒋军大战于鄂北花园、武胜关一线，冯、阎军占着优势，亦行将取得武汉之地。到口的肥肉岂能让别人轻易抢去，冯、阎于是联电第一方面军总司令李宗仁，略谓：本军与蒋军血战数月，行将获得胜利，武汉乃是本军给养之地，如贵军先到，请即向下游发展，共同会师南京，驱逐蒋介石等语。

中原大战爆发，冯玉祥在陕西潼关向倒蒋部队发表演讲

李宗仁这时已经到达岳阳，突接冯、阎这封预先"号"下武汉地盘的电报，心中且忧且愤。如果马上抢占武汉，也要让给冯、阎，牺牲自己的兵力替别人打天下，未免太不上算了。如果占领武汉，硬是赖着不走，强要这块地盘，冯、阎一旦讨蒋获胜，必然兴兵来索要武汉，桂、张军兵力单薄，实非冯、阎联军的对手，到时候打也不能，赖也不能，只能被迫走开。向长江下游发展，战线太远，李宗仁感到没有多大把握。他感到踌躇不决，于是由岳阳返回长沙，请白崇禧、张发奎一同商议。白、张已经率军冲进了湖北地境，忽接李宗仁急电回长沙议事，正不知发生了什么大事。二人风尘仆仆赶到长沙，看到冯、阎那封电报，张发奎气得捶着桌子大叫起来：

"丢那妈，先入关中而王天下，他们如果先到武汉，我们当然可以另到别处找地盘。而今他们被老蒋阻于鄂北，我们则唾手可得武汉，为什么要让给他们？天下没有这样便宜的事情，一切待打到武汉再说！"

张发奎早已得到汪精卫的电报，汪要张不顾一切抢占武汉。因为汪精卫虽然正在北平为召开扩大会议而奔走，但他忖度，如果冯、阎讨蒋得胜，他在权力分配中，不见得能获得多少好处，因为冯、阎与他没有深厚关系可言。而汪精卫在国民党内，这些年来，一直开着"皮包公司"，他手下除陈公博、顾孟余这些手无缚鸡之力的文人策士外，统兵将领中，只有唐生智、俞作柏、张发奎与他接近。特别是张发奎，政治上一向以汪精卫为靠山，汪精卫则凭借张的实力与各方进行政治交易，而今，唐生智、俞作柏的军事实力已经毁灭，张发奎又一败再败，如果不取得武汉地盘给张军休养生息繁衍，那么汪精卫仍将被冯、阎玩弄于股上。张发奎也知道，取得武汉地盘对自己是多么的重要，因此，他当然不顾冯、阎那封预先"号"地盘的电报了。

白崇禧又有自己的想法，他不是不想跟冯、阎争夺武汉地盘，而是想把南京夺到手上。他念念不忘的是民国十六年九月以后的那几个月，桂系把持南京特委会，号令全国，那是多么令人舒心畅气的日子呀！时间虽然短暂得有如昙花一现，但却使白崇禧永远难忘。现时老蒋竭尽全力正在鲁西、豫东、皖北的广袤大地上与冯、阎拼搏，京沪一带后方必然空虚。如果桂、张军数日之内进占武汉，便可师洪、杨故伎，顺流东下夺取南京。他知道，张发奎与桂系的合作仅是权宜之计，如果张要武汉地盘，尽可留他在武汉牵制蒋、冯、阎，桂军则可东下攻取南京，然后囊括东南半壁，与冯、阎三分天下。

"德公可复电冯、阎，就说我们北上只是策应友军作战，无意于武汉地盘，只要打倒蒋介石，各方在扩大会议上再商量一切善后事宜。"白崇禧说道。

"对！"张发奎一拍大腿，立即赞同白崇禧的意见。因为这样既可不马上触怒冯、阎，又可迅速夺取武汉，将来开扩大会议时，有汪精卫帮忙说话，张发奎便可理直气壮地要武汉地盘。

李宗仁知道，白崇禧使用的乃是障眼法，想一时蒙住蒋、冯、阎而取武汉和南京，白的胃口比张发奎更大。对于武汉和南京，李宗仁皆有颇深的感情。龙潭战后，桂系把持南京政权，李宗仁是发号施令的核心人物，可是后来料想不到蒋介石在南京戒严司令贺耀祖的支持下，突然进入南京复职，桂系在中央的权力一下子被蒋夺了去。李、白只得一心经营两湖和两广。李宗仁又以武汉为中心，在华中和华南发号施令。然而，他在武汉也没有坐多久，又垮台逃回广西。现在，夺取武汉和南京正是千载一时之机会，李宗仁怎能不动心呢？可是，他的性格与白、张迥然不同，他总觉得这样干风险太大。对于蒋、冯、阎中原大战，到底鹿死谁手，现在还很难说。蒋介石把持中央政府，蒋军装备优良，指挥统一，且有空军助战；冯、阎军虽数量上胜过蒋军，但各怀异志，步调不一；而关外的张学良又抱着观望态度，如张倒向蒋一边，则冯、阎必败无疑。此时与冯、阎争武汉，与蒋介石争南京，都是很危险的，不如占领湖南，夺取广东，建立两广基地，再图中原。

"应该冷静地分析局势，检讨这两年来我们发展太快而迅遭失败的原因。"李宗仁一边抽烟，一边低头踱步，看来他不想采纳白、张的意见了。

"德公，我军已进入湖北地界，不数日即可占武汉，你怎么犹豫徘徊起来了呢！冯、阎的电报，我们只当他们放了个屁，进了武汉再说！"张发奎再也按捺不住了。

"德公，攻占武汉是我们的既定方针，你怎么能中途幡然变计呢？"白崇禧也急了。

"我不想胜利得太快，也不想失败得太快！"李宗仁固执地摇着头。

李、白、张正在激烈地争论着，忽然机要室主任慌忙来报：

"德公，黄副总司令急电！"

李宗仁接电一看，心头骤然一紧，像在这六月暑天，又突然被人推入一个大火炕中，浑身被烤得皮焦肉烂一般。这是黄绍竑在湖南常宁发来的急电："十日敌已先我占衡阳。在常宁附近拾到敌方飞机掉下的一张作战计划图，图中标明蒋军主力配备于鄂南，粤军攻击目标指向长沙，照目前之态势，我军已处于腹背受敌，有被包围歼灭的危险，前方部队应即刻回师。"

"黄季宽又坏了大事！"白崇禧连连顿足，气得大骂，"他为什么不按照我们的计划推进？我们占领长沙，他就应该进入衡阳，为何延宕不进，致使后路被断！我看他简直患了热昏病了，敌人飞机上掉下一份作战计划图，明明是为了迷惑我们，他却信以为真，天下怎么有这般愚蠢之人！"

张发奎在北流三和圩吃的那一次惨败，对黄绍竑的盲目指挥，早就心存不满，今见黄又延宕不进，贻误戎机，也气得拍桌大叫起来：

"打到武汉后再回头找他算总账！"

"二位不必激动，更不要伤了和气。"李宗仁倒沉得住气，劝了白、张一番，然后说道，"根据冯、阎和黄的电报，我们不得不回师了。但回师后，是不是去打衡阳，应慎重考虑。我的意见，粤军主力已北上衡阳，我们不如乘广东内部空虚，由粤北挥军直取广州，占领两广地盘，再图发展，这也是失之东隅，收之桑榆嘛，总比北上武汉替别人打天下合算。"

张发奎本来有回广东的心愿，但武汉对他来说又很有吸引力，特别又有汪精卫的支持，对于回师广东还是继续北上武汉，他一时犹豫不决。白崇禧却陡的一下跳了起来，一反他那沉着冷静的作风，急得连连叫道：

"不可！不可！回师衡阳，乃是自取灭亡之途。目下湖南大旱，赤地千里，我军南返，征粮无着，以溽暑遄征，兵力疲惫；粤军已据衡阳，正可以逸待劳，我军屯兵坚城之下，斯时进退维谷，必为敌所乘。为今之计，只有电令黄季宽，不惜代价夺取衡阳附近的熊飞岭，钳制粤军主力；我军仍按计划，迅速北上，直指武汉，方可转危为安。"

李宗仁摇了摇头，说道："我军辎重给养皆滞留于湘、桂边界，无给养则我军便势难久持，我决定回师衡阳！"他决断地将刚抽了几口的一支烟卷掐灭，又重新点上一支，看了一眼表情颓然的白崇禧，接着问张发奎道："向华兄，你如果坚持进军武汉，我也不勉强你！"

张发奎被李宗仁那固执的目光看得有些发慌。他率第四军入桂时，有两万多人马，又刚冲破何键的层层阻击，士气正旺，在贺县石桥与黄绍竑会晤时，张便明确表示要兼程东下入粤，夺取广州。黄说与李、白商量的结果，认为广西局面恢复不满一月，军队亟待整顿，请张军在广西休整一段时间，再会同东下。但张发奎哪里肯听，他两手往腰上一叉，说道："季宽兄，吾人对粤应乘其不备，一举东下，占领广州，如果等对方部署完成，必难获胜。你们要休息，尽管在广西休息，我老张想马上回家乡去看看。"黄绍竑见张发奎已暗示如广西不协助，也要单独行动东下广州，他不忍听其自败，乃同意与张军一道攻粤。后来桂、张军在广东战败，又在北流战败，两万多人的张军只剩下三千多人了。张发奎虽有问鼎中原之意，却是力不从心，岂敢离开桂系单独行动？他狠狠地吐了一口粗气，将那芭蕉似的粗大手掌在腿上一拍，说道：

"德公，我老张绝无二心，你说上哪里，我们就上哪里，横竖是占地盘找饭吃嘛！"

事已至此，白崇禧便是有满脑袋的奇谋妙计，也无济于事了。李宗仁命李品仙以少量兵力驻守长沙，于六月十八日令全军向衡阳疾进。

桂、张军在那个大"炭窑"里窜来奔去，被烤得昏头昏脑，总算到了衡阳附近。黄昏时分，西边山头的太阳熔化成一大片赤色的烈焰，天在燃烧，山头也在燃烧，连那赢瘦的湘江也像流动着的一条火带。李宗仁、白崇禧、张发奎站在湘江岸边，三人齐用望远镜观察着对岸。衡阳东岸的地形崎岖险峻，右翼紧靠湘江，左翼则是一个大湖沼，中间地带狭窄，易守难攻。衡阳外围，粤军修筑的防御工事历历在目，铁丝网、散兵壕、机关枪阵地、炮兵阵地，都采用纵深配备。

"德公，敌人工事完备，以逸待劳，若要攻占衡阳，不知要付出多大代价，我看不如转回长沙前方去拼，倒还有个出路。"张发奎放下望远镜，望着火一般的湘江发呆，他对回广东的念头也动摇了。

白崇禧没有说话，也许张发奎的话正是他内心所想的，也许他要比张想得更复杂一些，也许他已看到了全军将在衡阳覆灭的命运，也许他看到了湘江又想到了长江，想到了当年洪、杨东下夺取南京的壮举，想到了天王府中西花园那条石舫的来历……

"向华兄，请你令韩汉英团在衡阳东岸的水田沼泽地段展开，向衡阳发起佯攻，掩护全军渡过湘江。"李宗仁两只眼睛被赤霞映得火红，他不管白、张二人抱什么态度，便下达了命令。

"渡江？"张发奎也把那双红红的眼睛睁得老大，"要上哪里去？"

"衡阳敌军已有准备，工事坚固，强攻不易，我们先到祁阳、宝庆、零陵一带休整，再做决定。"李宗仁对攻占衡阳也不抱信心，下一步怎么办，连他心里也没有底了。

张发奎以第四军的韩汉英团向衡阳东岸发起佯攻，掩护大军渡过湘江，直到晚上八点多钟才趁暗夜撤出战斗渡过湘江。第二天，桂、张军到达洪桥，碰到黄绍竑，李宗仁决定在洪桥召开军事会议。

李、黄、白、张及桂、张军师长以上将领出席会议。会场上，一双双冒火的眼睛，一阵阵扇子的胡乱摇动声，一片片的咕噜喝水声，会议室里也像一座炙人肌肤、灼人肺腑的炭窑。李宗仁嘴上叼一支香烟，杨腾辉牙齿上咬一节牙签。

"诸位，此次的撤退，是一件大事，命中注定，我们到不了武汉！"李宗仁说话时，尽量装得豁达大度，很有不违"天命"的自知之明。"下一步怎么办？"李宗仁扫视了大家一眼，扇子声、喝水声戛然而止，只剩下一双双正在燃烧的眼睛，"炭窑"中的温度无形中又上升了几度。

谁也没有说话。

"报告德公，长沙已经失守，部队都跑散了，无法收集！"第八军军长兼湖南省绥靖督办李品仙，脖子上缠着裹伤的绷带，气急败坏地闯进了会议室，"炭窑"中的温度又骤然升高了几度，一双双眼睛像一颗颗烧得发红的煤球。李品仙统率的第八军，除少数卫队是由廖磊从第七军中调拨的桂军外，全是一路招抚而来的湘军。李品仙在湘军中任职多年，颇有威望，他一路招兵买马，收降纳叛，除唐生明一团外，又收编了刘建绪、周斓的一些部队，有几千人马，而进占长沙时，已初具一个军的架子了。

不料，桂、张军突然南撤，这些临时招抚的部众便跟着哗变，李品仙的军部被叛军袭击，颈脖旁边被一颗子弹划去一块皮肉，他吓得连忙带领卫队逃出长沙，在洪桥才追上南撤的大部队。

"鹤龄兄，怎么回事？"李宗仁问道。

"好险！好险……"李品仙喘着气，用手指着负伤的颈脖，再也说不出话来。

长沙易手，衡阳陷敌，桂、张军被夹在中间，已失去进退的主动，李、黄、白、张及军长、师长们，心怀愤懑和恐惧，军、师长都不约而同地紧张地望着决定全军命运的四位巨头。

"既然北上不能，我们就攻取两广作为基地，也不失为上策。"李宗仁又点上一支烟，从容说道，"两广是个好地方，进可攻，退可守，我们拿到手，对尔后的发展十分有利。粤军主力已北调衡阳，广东空虚，我们可先派一小部向广东北江前进，大部留在后面，选择有利于我的地形，布置阵地，待衡阳之敌出来一鼓而歼灭，这也是一个诱敌聚歼的策略。"

"不可！不可！"白崇禧再也忍耐不住了，他对李宗仁盲目由长沙回救衡阳，致使全军失去非常有利的北上时机，早已心怀不满，现在见李宗仁幡然变计，丢下衡阳不管，要去袭取广东，连忙站起来抢着发言。"去广东是可以的，不过衡阳之敌始终是我们一大后患。我们向广东前进的当中，广东境内的敌人必然固守韶关一线，衡阳之敌从我军背后掩杀过来，我们岂不腹背受敌。要打广东必须先消灭衡阳之敌，免除后患，我们便可开着正步进入广州。"

"我不主张去广东，也不主张在衡阳攻坚！"黄绍竑把桌子一拍，陡地站了起来，他的话和说话的口气，立刻使"炭窑"中的温度又上升了好几度。

李、白、张和军、师长们都紧张地看着黄绍竑。黄绍竑那双冷峻的眼睛也在冒火，像两颗被烧红的钢球，灼灼逼人，腮上的胡子也一根根地竖了起来。

"我要退回广西去，你们不要广西，我要！"黄绍竑声嘶力竭地叫喊着，又重重地拍了一下桌子，"炭窑"中的温度又上升了好几度，人们感到连喘气都困难了。

"黄副总指挥，请你冷静一点，如果你按照计划前进，我们占领长沙时，你占领衡阳，则现在我们已经在武汉喝庆功酒了，何须还在这里怄气？"白崇禧因这次进军武汉的宏伟计划被黄绍竑一手破坏了，致全军陷于进退维谷的困境，对黄已产生愤恨之情，今见黄不但不表示歉意，反而拍桌叫喊，不禁出来指责他几句。

"哼！到武汉，到了北平又怎么样？你白健生不是到了北平的吗？你在北平混得怎么样啊？"黄绍竑针锋相对，毫不让步，"你回到广西来，就吵着要去打广东，又损兵折将，连老家这块地盘都让你断送了，现在又不自量力，要去打武汉，打南京，你是什么'小诸葛'，我看你是欲吞大象之蛇！"

白崇禧也火了，他指着黄绍竑："你想要广西地盘，北流那一仗，你是怎么打的？你说我是欲吞大象之蛇，我看你是井底之蛙！"

"好了，好了！"李宗仁摇摆着手，制止黄、白的争吵，"胜败乃兵家之常事，责任问题，都在我的身上。季宽，请你把意见说完吧！"

"我对攻坚，素来是不主张的！"黄绍竑严厉地盯了白崇禧一眼，重申他的主张，"我主张将前后方的部队集中在祁宝之线，先行占领有利地形，以逸待劳，采取攻势防御，如果衡阳的敌人向我出击，即可将其聚歼于衡阳外围，如果他们不出来，我们就逐步撤回广西去。"

白崇禧不作声了，李宗仁也只管低头抽烟，他们心里明白，目下自己到底有多大发言权。李、白的本钱早已在武汉和平、津输光了，现在广西的这点部队都是黄绍竑的。

第十五军是黄的基本部队，俞作柏、李明瑞垮台时，黄绍竑即大胆只身潜回广西，不但抓回了他的基本部队，而且把杨腾辉、黄权等随俞、李倒戈回桂的部队也抓到了手上。随后，黄又从他的第十五军拨出一部分本钱，扩建部队，新成立了教导第一、二师，两个教导师的师长梁瀚嵩、黄旭初都原是第十五军的正、副师长。当初决定倾巢入湘策应冯、阎，开会时正好黄绍竑不在场，李宗仁一声令下，大军便浩浩荡荡向北出发了。黄绍竑在右江与李明瑞对峙，接到电报，心里虽不满意，但部队已被李、白、张拉走了，他不得不率梁瀚嵩、黄旭初两个教导师随后跟进。他由右江回到南宁，经迁江、柳州而桂林，一路走，一路恋恋不舍地观望。他见粤军主力已从贵县、桂平、玉林一带撤走，便很想乘机恢复大河一带地盘，把广西重新整顿好。李、白要到外面去发展，尽管让他们去好了，广西这块地盘黄绍竑是舍不得丢的。他走到全州，到湘山寺住了两天，和住持高僧虚云和尚谈了一些佛法经典。后来接到李、白催他速进的电报，才不得不进入湘桂边界的黄沙河。由于他逡巡不前，当他率梁瀚嵩、黄旭初两师进入湖南常宁时，在火车输送下的粤军蔡廷锴、蒋光鼐、李扬敬三师，已于六月十日由粤汉铁路进占衡阳，将北进的桂、张军切为两段。黄绍竑本来就不愿丢下广西跟李、白、张北上，急电李宗仁，以兵力单薄，难将衡阳敌军击破，请前方部队立即回师破敌，以免后路被断。李、白、张把部队南撤到了衡阳，李宗仁要去打广东，白崇禧要攻衡阳，黄绍竑吵着要回广西，只有张发奎黑着他那张飞脸，一言不发，任凭李、白、黄争吵。

"向华兄，你的意见呢？"李宗仁扭头问张发奎。

"我看不如再回到长沙去，拿到了武汉再讲道理，横直我们是不会饿死的！"张发奎冷冷地说道。

李、黄、白、张四巨头，四种截然不同的主张，军、师长们听了不禁面面相觑，谁也不敢站起来说话。"炭窑"里在默默地愤怒地燃烧着，等待着他们的是一团灰烬。黄绍竑更加沉不住气了，他站起来要走，李宗仁忙拉住他：

"季宽，你的意见是……"

"敌人出击，就打；他们不出来，我们回广西去。我的意见是绝不更改的了，你们不走，我走！"黄绍竑用那火灼灼的目光，逐个地看着他的部下。部下们会意，第一师师长梁朝玑站了起来，接着第三师师长许宗武也站了起来，教导第一师师长梁瀚嵩、教导第二师师长黄旭初，也慢慢地站了起来。第七军军长杨腾辉嘴里嚼着牙签，被黄绍竑的目光盯得心头咚咚乱跳，他正想站起来，蓦地他见白崇禧那凌厉似箭的目光紧紧地逼视着他，刚离座的身子又颓然地沉了下去。第七军的师长梁重熙见他的军长不敢站起来，便只得老老实实地坐着。第七军副军长廖磊、第八军军长李品仙都是白崇禧手下大将，当然不会跟黄绍竑走。廖、李两人虽心急如焚，但却正襟危坐，等待结局。

李宗仁见会议上不但各人意见相左，而且将要发生分裂的危险，如果黄绍竑把他的第十五军的两个师另加新编的两个教导师全部拉走，桂、张军在衡阳一带势必被粤军各个击破，到时候，则无论去广东、回广西还是北上武汉，都将化成泡影，李、黄、白、张四人不当粤军的俘虏，也将再做亡命客。他急得大喝一声：

"坐下，都给我坐下去！"

梁朝玑、许宗武、梁瀚嵩、黄旭初见李宗仁脸色铁青，那目光凶得怕人，正想坐下去，却见黄绍竑那目光和胡须仿佛化作了无数支刀矛在死死地逼着他们，四位师长吓得站也不是，坐也不是，只得垂首恭立，既不敢抬头看李，又不敢抬头见黄。

"我是总司令，谁敢违抗军令，我就先毙了他！"李宗仁说着把腰上的小手枪嗖地拔出来，"啪"的一声往桌子上重重一放，站着的那四位师长双脚一齐颤抖起来。杨腾辉死死地咬着牙签，暗自庆幸自己没有跟着站起来。

黄绍竑把头扭到一边，用手扯着军服的下摆，在疯狂地抖动着，也不知他是在扯着衣服扇风还是在发泄着胸中的愤懑。

李宗仁把双手背在身后，在室内来回地走动着。"炭窑"中的温度已升到了爆炸的程度。

李宗仁这一异乎寻常的举动却给白崇禧和张发奎带来了一线新的希望。他们估计李宗仁的强硬手段，镇住了黄绍竑及其所部将领，这时很有可能下令全军联镳北上，再下长沙，直捣武汉。

李宗仁在室内踱了几圈，慢慢站住了，那火一样的目光逐渐冷却下来，唇边那两道紧绷着的凛不可犯的棱线也松弛下来，他显得有些心神不定，但终于下达了使全军生死攸关的命令：

"我们就照着黄副总指挥的意见布置军事吧，我想也不会大错的！"

白崇禧和张发奎听了简直如五雷轰顶，但却不敢再争执，只把双眼一闭，像临刑的囚犯只等着脖子上挨一刀似的。杨腾辉却倏地站了起来——他又后悔动作迟了一步，当初为什么不跟着黄绍竑站起来呢？

"请向华兄即率部向宝庆方向开动，命令后补。"李宗仁接着继续下达命令，"第七军以有力之一部，迅速抢占探山，其余部队，于明晨到达熊飞岭，固守祁宝之线以待敌。"

第五十六回

暮鼓晨钟　李黄白心酸湘山寺
心灰意冷　黄绍竑息影良丰园

　　一阵阵寺院的钟声，震撼着动乱中的全州古城，城厢的街道上，扎满了惶然的士兵。全州是桂北的重镇，入湘入桂乃必经之路。历来为兵家必争之地。全州的闻名于世，除了它的重要地理位置，便是城西那座遐迩闻名的湘山寺。

　　钟声在暮色中震荡着，似乎给人以某种安详的慰藉，在连年兵灾匪患之中，它仍是那样不紧不慢，安安稳稳地响荡着，依然吸引着形形色色的八方善男信女。二月初八的松花会，七月七日的晒衣会，八月九日的朝山会，更是香客云集，热闹非凡。钟声在暮色中震荡着，雄伟的湘山七十二峰，映着夕照，簇拥着壮丽的湘山古寺。

　　钟声把人带到了遥远的年代……那是唐朝至德元年（公元756年）四月的一天，全州县（古为湘源县）湘山之巅的笋布台上，立着一位面色黧黑，身着袈裟，手持锡杖的高僧。他凭高远眺，只见五华围绕，三水汇流，左有钵盂山，右有圣禅岭，湘山七十二峰耸立，若金刚，若观音，若哪吒，群峰各见其形，皆献花供果，执磬捧盂，竟似朝他围绕顶礼。这位高僧见了，立时双手合十，念声"阿弥陀佛"，遂在山剪荆结茅，躬畲自给，于是当地人民便筑净土院一所让其居住，请他开演大乘佛法。开演之日，从者甚众，连湘山上的一种羽有五彩、大如竹鸡

湘山古寺——老桂系陆荣廷曾在此通电下野，而新桂系李、黄、白在此发生分裂

的山鸟，也翔集其上，跟着呼叫"阿弥陀佛、阿弥陀佛"，时人遂将此鸟称为念佛鸟。从此，世人皆知湘山有圣僧，一时禅林之盛，遂为楚南第一。

这位高僧，乃湖南郴州资兴县人，俗姓周，生于唐开元十六年（公元728年），十六岁时即出家受戒，因一心要当个最上乘的和尚，曾远行淮南参礼道钦禅师，自是得道。后随禅师至京见唐玄宗，因见朝政衰败，安禄山将谋反，遂告别禅师，南返郴州省母，后由衡阳南下，到达全州县湘山，在此创立湘山寺。这位高僧每逢开讲佛经，对前来听讲的善男信女等信徒及十方来者，常告诫道："说得一尺，不如行得一寸。"对士大夫说，"忠孝是佛"，对农工说，"勤俭是佛"，对商贾说，"公平是佛"。

在高僧的说教化下，全州一带的社会风气为之一变。有一次永州太守来问："有什么方法可以延年益寿？"高僧答道："忠于国家，对民勤于职守，为子孙后代造福，这就是使你获得长寿的方法啊！"高僧自来湘山寺，所说歌偈有数十万言，由他的弟子抄录下来，名为《遗教经》，影响很大。唐咸通八年（公元867年）高僧无疾而终，活了一百四十岁，人呼为无量寿佛。他的弟子们在寺中为他造了一座高达十一丈的七层宝塔，将其真身迎入塔中。宋绍兴五年（公元1135年）皇帝敕赐该塔为妙明塔。宋徽宗游南岳时，曾来湘山寺向妙明塔致礼，敕封这位圆寂已两百余年的高僧为慈佑寂照妙应普惠大师，赐湘山寺钞田三十六石。从此四方钦

湘山寺妙明塔见证了新桂系内部分裂的一幕

敬，莫不进香朝拜，年年香客云集，其香火之鼎盛更是岭南第一。

钟声在暮色中震荡着，寂静的湘山古道上来了三位不同寻常的香客——李宗仁、黄绍竑、白崇禧，一色的戎装打扮，他们面色沮丧，默默无言地走着，后面是他们的三名副官，各人手里皆提着沉甸甸的香袋。一路苍松翠柏，山深径阔，光溜溜的青石板路，一层又一层的石阶，不知留下多少香客的足迹，路旁的千年古柏，不知萦回多少美妙的梦幻。来到庄严的龙凤山门，湘山寺的住持虚云禅师已带着两名年轻的和尚，在阶下相迎。李、黄、白看时，只见那虚云童颜鹤发，着一领玄色袈裟，胸前挂一串黑色珠子，着青布圆口鞋，显得朴实庄重，给人以得道高僧之感。那龙凤山门两侧，一副气势恢宏的对联更使人刮目相看：

锡杖飞空选得块袈裟片地试观七十诸峰总不如湘山宝藏
金身觉化镇住个海口幽岩谛言五百余年转甚么衡阳回雁

李、黄、白连忙向虚云双手合十，口中念声"阿弥陀佛"。

虚云笑脸相迎，说声：

"诸位将军有请！"

湘山寺的龙凤山门也颇为壮观，中间的一座盖成殿堂式，有两尊镇守山门的金刚力士像。他们皆面貌雄伟，面目怒忿，头戴宝冠，上半身裸体，手执金刚杵，两脚张开，似有万钧之力。左像怒颜张口，以金刚杵作击打之势；右像忿颜闭口，平托金刚杵，怒目睁视。进了龙凤山门，迎阶而上，便是湘山寺的主体建筑——大雄宝殿。

"敢问禅师，何谓大雄？"李宗仁是第一次到这样雄伟壮丽的名寺古刹来进香的，他见这大雄宝殿极有气派，便驻足问道。

"大雄者，即是对佛的道德法力之尊称，具体指的乃是佛有大力，能伏'五阴魔''烦恼魔''死魔''天子魔'等四魔。大雄宝殿是供奉佛教缔造者和最高领导者——'佛'的大殿。"虚云禅师是位学者型的僧人，对佛学、哲学、文学及书画皆有很深的造诣，他把一个深奥神秘的佛学名词解释得十分通俗易懂，使这三位驰骋沙场，曾屠戮无数生灵的铁将军不住点头。

大雄宝殿的殿联更是气势不凡，左、右联共一百一十二字，那楷书写得极有神韵：

那边消息见半点儿有甚巴鼻莫非千幻万幻说不尽百样即当因此的雪山中忙倒我释迦吃麻吃麦辛苦操持生怕放逸魔花费了眼前日子

这些事情到十全处还未称心忽然七旬八旬叹原来一场扯淡不觉得漆园里笑杀彼庄周应牛应马闲散逍遥都将顺逆境交付与头上天公

李、黄、白三人在这幅巨联前驻足良久，似各有深思。

虚云禅师又道：

"大雄宝殿供奉的主要佛像称为'本尊'，本寺是属于净土宗的寺院，殿上供奉的本尊是阿弥陀佛。"

"何谓阿弥陀佛？"李宗仁虽然刚抵山门便念了"阿弥陀佛"，但却不知何意，他见虚云学识渊博，便又问道。

"'阿弥陀佛'是梵文Amitabha的音译。意译是'无量寿佛'。他是西方极乐世界的教主，能接引念佛的人往生西方净土，所以又名为'接引佛'。"虚云禅师解释道。

"啊。"李、黄、白同时虔诚地点着头。他们向大殿上看时,果见坐在蒲台上的阿弥陀佛作接引众生的姿势,右手垂下,作与愿印,左手当胸,掌中有金莲台,台分九品。阿弥陀佛左右两侧,各立着一名年轻侍者。大殿上烛光炽亮,香烟袅袅,异常肃穆,虚云道:

"那是佛祖的两名侍者,左名阿镜,右名阿鉴。"

李、黄、白的副官已从香袋中取出香束燃点,他们接过香束,虔诚地插入紫铜香炉之中,侍立在殿前的两名和尚已铺好三块杏黄色的布垫。李、黄、白三人跪在垫子上向佛祖顶礼膜拜。拜过佛祖,虚云禅师又引着李、黄、白,由大殿出来,继续拾阶而上,到了伽蓝殿。伽蓝殿前,又一副对联吸引了他们:

三千世界掌中收任伊孙行者会翻筋斗何曾跳出
十八伽蓝鼻孔啸饶他韩昌黎极磨牙根也索来皈

黄绍竑站在阶前,凝视这殿联,只感到身子轻飘无力,他似乎有生以来第一次悟出了些什么道理。禅师见这三位显赫的将军意态虔诚,又对湘山寺颇感兴趣,便指着伽蓝殿说道:

"'伽蓝'是'僧伽蓝摩'的简称,是梵文Samghārama的音译,意译为'众园',音兼意译为'僧园'。殿中供的是三位最早护持佛法建立伽蓝的善士。正中的是波斯匿王,左方是祇陀太子,右方是给孤独者。两侧是十八位伽蓝神,他们是寺院的守护神。"

白崇禧问道:"十八位伽蓝神可有姓名?"

"有。"虚云禅师答道,他从左而右一一说道:"美音、梵音、天鼓、叹妙、叹美、摩妙、雷音、师子、妙叹、梵响、人音、佛奴、颂德、广目、妙眼、彻听、彻视、遍视。"

李、黄、白又对着众多的神佛顶礼膜拜了一回。从伽蓝殿直上,便到了湘山寺的最顶端,那座雄伟的妙明塔屹立在神龟石前,塔前是护塔天龙堂,塔门额横书:

西来真印　　主人常在

那妙明塔七层高十一丈，呈八角形，八面皆窗，中空，人能行走。湘山寺的开山祖师无量寿佛真身由其弟子迎入塔中，佛座下皆用铜锭铺地。李、黄、白对着妙明塔顶礼膜拜，然后绕塔观看四周的石刻。那神龟石又名飞来石，硕大无比，极像一只静伏的巨龟，旁有无量寿佛真身碑，金字华严经和明朝嘉靖年间重修妙明塔碑。神龟石上端，有清初大画家石涛画的几枝兰花。石涛曾是明朝桂林靖江王后裔，清兵入桂时逃到湘山寺出家，并在此住锡。而最令李、黄、白三人注目的，却是石涛那兰花石刻下不远处，镌刻的一行大字——"广西总司令沈鸿英捐银五百元"。湘山寺与老桂系陆荣廷、沈鸿英都有着密切的关系。

陆荣廷复起不久，到桂林巡视，观看那场给桂林民众带来巨大灾难的龙灯后，被沈鸿英的参谋长邓瑞征围困了几个月，李、黄、白趁机袭取南宁和左、右两江，彻底挖倒了陆荣廷在广西的根基。最后陆氏被迫由桂林出走，北上全州，在湘山寺住了一段时间，接到部将韩彩凤在柳、庆一带全军覆灭的消息，才凄然离开湘山寺，由湖南北上转水路东下上海，到苏州寓居。沈鸿英后来被白崇禧赶出桂林后，也辗转桂北一带，据说也曾来过湘山寺参拜含泪离去，潜入钟山、梧州，藏匿于一条港梧轮船上只身去香港当寓公。湘山寺是老桂系失败的见证地。无论他们给湘山寺捐款也罢，在佛祖面前忏悔祈求保佑也罢，但他们终究无法逃脱失败的厄运。现在，李、黄、白三人站在神龟石前，看着沈鸿英的那一行题字，不禁浮想联翩，心酸满腹。

山风拂动，林涛浩叹，钟声渺渺，暮色深沉。蓦地，陆荣廷、沈鸿英从那神龟石下钻了出来，对着李、黄、白幸灾乐祸地哈哈大笑，他们一边笑，一边斥责道：

"你们这几个小连长，想不到也有今天吧！"

沈鸿英还拍着胸膛："老子在香港置有房屋、地产，每星期六到澳门去赌钱，后半世过得神仙似的快活。你们三个穷光蛋，到海外去卖苦力过日子吧！哈哈！"

陆、沈二人一边说笑，一边渐渐在那神龟石后隐去，却又不住伸出手来，要拉这三位曾将他们赶下台去的"小连长"：

一败再败，黄绍竑表示消极，李宗仁与白崇禧决心继续反蒋

"快跟我们来吧，还愣着干什么，难道你们还想称王称霸？"

黄绍竑只感到一阵冷风袭身，背脊发凉，他忽见李宗仁和白崇禧被陆荣廷、沈鸿英一边一个拉进那神龟石里去了，他惊惧得只管后退——他不愿跟他们去！他退了几步，退到妙明塔后，被塔身挡住，定睛看时，神龟石依旧屹立，沈鸿英的那一行刻在石上的字依稀犹在，不过，李宗仁、白崇禧真的不见了。黄绍竑更慌了，心想莫非李、白二人真的被陆、沈拉进石头里去了？他忙问站在石前的虚云禅师：

"他们哪里去了？"

"李、白二将军已经下去了，喏。"虚云禅师向妙明塔下的石级指着。

黄绍竑看时，果然李宗仁和白崇禧沿石级慢慢地下行，他们步履沉重，心事浩茫，低首默行。黄绍竑只感到肩上沉重的压力使他抬不起头来，犹豫了一下，他也只得举步而下。他深深感到李、白二人对他的极端不满。在衡阳刚刚结束的那一场几致全军覆灭的惨败，又可怖地展现在他脑海之际……

洪桥会议在下午四点钟结束，李宗仁根据黄绍竑的意见，下令桂、张军向祁、宝后撤。两个小时后，第七军军长杨腾辉以电话紧急报告："衡阳城里的敌人已出击，正向我军压迫，师长梁伯霭（梁重熙字伯霭）率一营坚守探山，被敌优势兵力猛攻，梁师长不幸中弹身亡，探山已失，梁的尸体侥幸夺回！"

"季宽，衡阳的敌人已向我军出击，你看怎么办？"李宗仁忙问道。

黄绍竑把拳头一挥说了声："反击！"

李宗仁当即下达全线反攻的命令，以白崇禧指挥第七军和第四军为左翼，沿祁衡公路两侧向粤军进攻；以黄绍竑指挥第十五军及教导第一、二师为右翼，从洪桥之南反击。七月一日凌晨，桂、张军与粤军蔡廷锴、蒋光鼐、李扬敬三师和新增加上来的蒋军李抱冰师在衡阳七塘展开血战。经过两天一夜的肉搏冲杀，桂、张军因从长沙南撤，本已疲惫不支，在粤军的空军和地面部队的猛攻下，终于全线崩溃。左翼战场的白崇禧见败象已露立即下令向全州撤退，在粤军飞机的扫射下，桂、张军夺路而逃，状极狼狈。张发奎的第四军伤亡惨重，营长以下军官几乎全部阵亡，张发奎逃到熊飞岭，见第四军已溃不成军，急得站到一个土坡上张大嗓门猛喊：

"老张在此，官兵有心者随来！"

可是，所向无敌的第四军经此一战，仅剩得五百人枪，张发奎和第十二师师长吴奇伟不禁伤心大哭，第四师师长薛岳则愤慨高呼：

"弟兄们，散伙吧！"

当李宗仁、白崇禧、张发奎在乱军之中狼狈逃遁之后，右翼战场的黄绍竑仍在垂死挣扎。敌人越打越多，桂军则越打越少，黄绍竑已陷于灭顶之灾。忽然教导第二师师长黄旭初仓皇来报："左翼战场已听不到枪声！"黄绍竑骂道："难道李、白、张都已死光了！"他忙派人去探查，才知左翼李、白、张已溃逃一天了，他急得又骂道："爹死娘嫁人，各人顾各人，他们丢下老子不管啦！"他急下令向全州后撤，一天一夜跑出一百八十余里，到全州才追上残破不堪的四、七两军和焦头烂额的李宗仁、白崇禧、张发奎。粤军见桂、张军彻底崩溃，已失去再战能力，正欲挥军大进，在湘桂边境追歼李、黄、白、张残部。不料，正在陇海线上督师的蒋介石，见津浦线上阎军攻势凌厉，蒋军陈调元、万耀煌部支持不住，急电陈铭枢将正在衡阳的蔡廷锴、蒋光鼐两师星夜调赴津浦线参战，只留下李扬敬师追击桂、张军。李扬敬不敢孤军深入，追入龙虎关后便绕道贺县、八步转到梧州与另一支粤军余汉谋部汇合去了。假若蒋介石不抽走蔡、蒋两师，以蔡、蒋、李三师及李抱冰一师穷追桂、张军，则李宗仁、黄绍竑、白崇禧和张发奎，即使不当俘虏也成了光杆司令。事后，蒋介石曾为此懊悔不已。

黄绍竑率残部逃回全州，迎面碰到张发奎和薛岳、吴奇伟，张发奎虎着他那张飞脸，大叫着：

"季宽，我老张跟着你，真是倒大霉呀！你看看我的部队吧！"

第四军残余的几百人，东倒西歪地坐卧在全州城外的岭坡上，黄绍竑想起去年十一月二十四日，他在贺县石桥与张发奎会见时，第四军有两万余人，装备整齐，士气旺盛，经花县、北流、衡阳三战三北，如今只剩得这点残兵，心中也不禁一阵心酸。白崇禧也冷冷地说道：

"第七军也差不多打光了！"

黄绍竑扭头看了看他的第十五军和两个教导师，也伤亡大半，溃不成军。李宗仁在狠狠地抽烟，一言不发。黄绍竑忽见白崇禧、张发奎、薛岳、吴奇伟、廖磊、李品仙等人都用愤怒的目光逼视着他，那目光中似有要李宗仁"挥泪斩马谡"之意。黄绍竑不由一阵惊悸，右手死死地握着那条皮制马鞭，以便随时应付不测。

"大家都辛苦了，请各自回去休息吧！"李宗仁向张发奎等挥了挥手，对黄绍竑和白崇禧道，"我们三人到湘山寺去看看。"

李、黄、白换了身干净衣服，命副官到城里的香铺去买了几束上等好香，便往湘山寺进香来了。

黄绍竑和虚云禅师一同往下走，到大雄宝殿前才跟上李宗仁、白崇禧。虚云见天色已晚，向李、黄、白道：

"香积厨已为诸位将军准备了晚餐，用过晚餐，就请在云会堂歇息吧？"

"不敢烦劳禅师！"李宗仁谦恭地微笑着，"我们已吃过晚饭了，此行只是前来进香。"

"素闻禅师德高望重，道弘法深，今日请为我们三人指点前程如何？"白崇禧向虚云禅师祈求道。

"这……"虚云禅师迟疑地说道，"诸位将军走南闯北，见多识广，久闻白将军有'小诸葛'之名，上晓天文，下识地理，有神出鬼没之计，经天纬地之才，老僧久居深山，才疏学浅，孤陋寡闻，何敢信口开河，妄说前程！"

这一仗败下来，连李、白都丧失了信心，更何况心怀疚愧的黄绍竑，他见平时自命不凡的"小诸葛"白崇禧也不得不祈求虚云禅师指点迷津了，他还能说什么呢？便也说道：

"禅师，入湘之前，我曾在宝刹投宿，请你推算战事之胜败，当时你缄口不言。现在，我们打了败仗，弄得家园残破，桑梓不宁，心中愧对父老，就请你为我们祷告佛祖，指点迷津吧！"

那虚云禅师本是个做学问的严肃僧人，他一生秉承开山祖师的衣钵，行善积德，诵经念佛，湘山寺自清初石涛住锡，以书画名闻天下，后又有楼月禅师，亦以佛学经典的研究闻名于世。因此虚云更是潜心研究佛学、哲学，亦善工诗画，他主持的湘山寺不像别的寺院，专以抽签问卜为人求财求子求福求官等手段招徕信徒香客，虚云从不为此道，否则，那便是亵渎了佛祖的神灵。但是，现在这三位显赫的广西统治者却要他"指点"前程，一时倒难为了他这位博学的高僧。

"请禅师看在乡土之谊的份上，帮个忙吧！"李、黄、白一齐说道。

虚云禅师明白，凡来寺院烧香膜拜之人，十之八九都是逢灾遇难的落魄人，他们都需要一种精神上的解脱，在混混沌沌的红尘之中，他们或受苦受难，受压受害；或失意丢官，遭灾退财；或兵败落魄，穷戚无归……在万般无奈之中，只好跑到这里求得一种精神上的慰藉。千百年来，那些失意的官僚，破产的商贾，败战落荒的将军，不也是夹杂在络绎不绝的来朝山进香的平民百姓的香客之中么？这便是历史，一部畸形的不曾受人重视的传统文化史！虚云是个有学问的高僧，他高就高在不是对佛祖的迷信，而是对佛学经典的造诣。他对香客们的心理了若指掌，但又不能点破，他虽身为高僧，却又不能请佛祖将他们引向西方的极乐世界。对眼前的这三位将军，虚云知道，自己没有使他们放下屠刀，立地成佛的法术，他们所祈求的前途，无非是东山再起，争城夺地，他们问鼎中原的野心，是绝不会因战败而泯灭的，虚云能为他们指什么样的迷津呢？但，他又不能不说，因为他实在惹不起这三位铁将军啊，他想了想，终于开言了：

"清顺治丁亥冬，恭顺王兵入境，明十三镇将领据守全州，形势危殆。一日，十三镇将领入湘山寺同祷于佛祖前，各书'顺''守'二字拈阄，各拈'顺'字，遂皆投诚，兵不血刃，而民得安居。"

李、黄、白三人听了，这一惊非同小可，他们目下所处的境地，与南明小朝廷那残山剩水的局面何等相似。当年，孔有德率清兵大举入桂，南明十三将在全州降清，桂林城破，南明覆亡。他们今日入湘山寺进香，难道竟得一个重蹈南明覆辙的结果么？李宗仁、白崇禧心头咚咚乱跳，一时口不能言。只有黄绍竑硬着头皮说道：

"既然如此，我们三人也不妨拈一次阄，一切皆听天由命好了！"

虚云忙命小和尚去取纸笔墨砚来，放在大雄宝殿左侧的一只台几上。黄绍竑将纸裁成六小片，自己率先动笔写了"和""战"二字，然后把笔交给李宗仁，李宗仁到了此时，已别无主意，也只得照写了"和""战"二字。桂系内部的事情，向来是少数服从多数，白崇禧见李、黄都已写了，他虽然心存犹豫，但也不得不写。李、黄、白写了三个"和"字三个"战"字，黄绍竑将那六个字放在掌心搓成六个小纸团，一齐交给虚云禅师，然后来到佛祖像前，再一次进香，又一次跪在那三方杏黄布垫上对佛祖顶礼膜拜。拜毕，由李宗仁领衔向佛祖祷告：

"佛祖在上，李宗仁、黄绍竑、白崇禧再拜于下，我等追随孙总理革命，率师北伐，底定中原，克复平、津，为重建民国薄有勋劳。然北伐之后，天下未靖，兵连祸结，内战不断。此种内战接踵而至，纯然是由于蒋介石的独裁乱纪，以不正当之手段图谋消灭异己所引起。蒋氏此种作风，已引起全国的公愤，广西军民对蒋氏，无不痛心疾首。我等纵想解甲归田，也不愿在蒋氏的淫威之下俯首帖耳。其所以陈兵抗拒，实是逼上梁山，不得已而为之。故而有冯、阎反蒋于北，我等入湘策应于南之举。今不幸兵败衡阳，退回广西，形格势禁，尔后是战是和，不能定夺，祈请佛祖决之。"

祷罢，李、黄、白又跪下再拜。拜毕，他们一齐来到佛座前，虚云禅师便将那六个小纸团放在掌中摇了摇，然后开掌任其落在神龛上。李、黄、白抬头看时，只见那佛祖正对他们微笑着，它手中托着的表示众生往生极乐世界后的座位的九品莲台，似乎离他们很近，但又很远，使人可望而不可即。

黄绍竑犹豫了一下，这才鼓起勇气去拈阄，他将拈到的那只小纸团慢慢展开——一个"和"字赫然入目。李宗仁、白崇禧心中一阵猛烈战栗，似乎看到黄绍竑手中写着"和"字的那皱巴巴的小纸片突然变成了一面迎风飘动的大白旗，残破不堪的桂系军队正在接受蒋介石的改编……

"完了！"白崇禧连忙把双眼闭上。

李宗仁狠了狠心，像伸手去捉一条毒蛇似的，战战兢兢地将散落在神龛上的五只小纸团中的一只捏了起来，诚惶诚恐缓缓展开——一个"战"字倏地跳了出来。李、黄二人，一战一和，相持不下，这回全靠白崇禧一字定乾坤了。白崇禧冥神静气，在心里又独自向佛祖祈祷了一回。他不愿意拈到那个"和"字，这倒并不是他好战，而是不愿当降将军。从太史公笔下，从孙武、孔明的兵书中，他没有找到降将军的楷模，他自从军之日起，他发誓宁做断头将军而不做降将军，这宗旨主宰了他作为军人的一生。内战中，他屡仆屡起，但不曾向蒋介石投降；抗战中，他指挥国军与日寇数度血战，虽艰难困苦，但坚决反对向日本投降；在国共战争中，打到最后全军覆没，他也没向共产党议和投降。这功过是非，任由历史去评说！但是，目下白崇禧千祈万求的是拈一个"战"字，以便重振军威，与蒋介石再决雌雄，如果他拈到那个忌讳的"和"字，恐怕今生只有做"断头将军"的资格了！这时，白崇禧发现不但李宗仁和黄绍竑紧张地注视着他，便是修炼有素的虚云禅师也有点沉不住气了。白崇禧咬了咬牙，倏地从腰上抽出手枪，"咔嚓"一声推上子弹，然后双手捧着，将手枪恭恭敬敬地置于神龛之上，他向佛祖深深一拜，接着祷告道：

"佛祖在上，白崇禧一生不做降将军，请佛祖成全我之志！"

"健生！"李宗仁和黄绍竑一齐惊呼起来。

"白将军不必如此！"虚云见状也惊愕相劝，他深恐白崇禧拈到个"和"字在佛祖面前"杀身成仁"，坏了湘山寺的名声。

白崇禧也不管他们怎么说，便径自在神龛上那剩下的四个小纸团中任意拈了一个——他一旦下了决心，行动总是非常果断的。他并不急于打开那小纸团，而是将其放在掌心之内，滚了几滚，然后送到李、黄面前，悲壮地笑道：

"你们看，这多像一颗手枪子弹！"

李宗仁和黄绍竑看着那来回滚动的小纸团，提心吊胆，不知所然；虚云禅师则骇然地瞪着他那双修炼有素的慧眼，惊得不知所措！

白崇禧慢慢将小纸团展开，三双凡眼加上虚云禅师那双慧眼，一齐盯着——"战！"他们几乎同时惊叫起来——白崇禧终于拈到了他所盼望的"战"字！几乎所有在场的人，包括那几个小和尚和李、黄、白的副官，都长长地舒了一口气，只有黄绍竑那气刚舒了一半便在喉咙中给噎住了——他没有忘记，自己拈到的是个"和"字！白崇禧欣喜欲狂，又对佛祖拜了一拜，才收起他那支小手枪——其实，即使他拈到了个"和"字，他也不会在佛祖面前开枪自杀的，这点已从他的祷辞中得到了证明。他之所以要当着李、黄的面演出这悲壮的一幕，无非是要表明他反蒋的决心，因为无论是从长沙撤退还是从衡阳的仓促决战，李宗仁在决策中皆受黄绍竑的制约，为了加强自己在团体中的发言权和力促李、黄反蒋的决心，他才这么做的。对"小诸葛"的心计，李、黄如何得知？只不过大家都虚惊了一场而已！

拈阄完毕，夜已深沉，山风送爽，钟声幽幽。李、黄、白仿佛刚退出战场一般，刚才拈阄时的紧张心情顿时松弛下来。他们步出大殿，只见月明星稀，山风拂动着古老的松柏树梢，发出嘘嘘之声，钟声响过之后，更显山寺的寂静深远。几只栖息在大殿屋顶的"念佛鸟"，却不甘寂寞地发出"阿弥陀佛""阿弥陀佛"的叫声，更使山寺显得穆静超脱，远离凡尘。李宗仁因见寺里安静，便决定在此借宿一晚，以便和黄、白研讨尔后的方针大计。虚云禅师将他们引到云会堂的精舍，又命小和尚端来湘山寺的特产素豆腐给他们三位当夜宵。吃过夜餐，虚云禅师说了声"请安歇"，便辞去了。

李、黄、白三人躺在舒适的竹榻上，房中青灯幽幽，月光透过薄薄的窗纱，静静地铺在房中地上，不知从哪里飘来淡淡的伽南香味，更使人飘然欲梦。李宗仁打了个长长的哈欠，自从长沙南撤以来，他还从没睡过一个好觉，现在倒是真有点想睡了。他看着躺在右边的白崇禧，白崇禧双手交叉抱着后脑勺，仰面躺着，两条长腿舒适地伸开，成个大大的"人"字，那双眼睛却半闭半合，似仍在"运筹帷幄之中"。李宗仁又看看躺在左边竹榻上的黄绍竑，黄绍竑却翻来覆去，弄得那精致的竹榻吱吱直响。

"季宽，睡不好吗？"李宗仁关切地问。

"唔，德公，你刚才是不是做梦了？"黄绍竑答非所问。

"没有啊。"李宗仁说。

"唔，你是应该做个好梦才对！"黄绍竑翻了个身，"我反正是睡不着。"

"你说我为什么要做个好梦才对呢！"李宗仁欠起身子，打火点着了一支香烟。

"这次入湘之前，我曾在寺内投宿，与虚云禅师闲谈，他曾给我讲过这么一个故事。"黄绍竑屈起一条腿，把另一条腿搭在上面，慢慢摇着，继续说，"崇祯癸末年张献忠破永州，永明王在逃难中梦一鬞面僧送金刚子三枚，吞之，绝食半月不饥。逃到全州后，他来湘山寺拜谒佛祖，觉得在梦中送他金刚子的那僧人正是殿上佛祖。是夜，他宿于寺中，又梦一黄衣人压在他的身上。醒来，即去拜问寺中住持高僧，高僧解曰'此乃黄袍加身之兆也'。五年后，永明王果然在全州即帝位，建立南明小朝廷，这才知道'人'加在'王'之上，即全字也。"

白崇禧听了哈哈直笑，李宗仁却正色道："季宽不要乱说！"

黄绍竑又翻了个身，叹口气，说："唉！如果你不做这样的梦，我们还真要完蛋了！"

"季宽，你心里到底在想些什么！"李宗仁问。

黄绍竑又翻来覆去了一阵，忽然从竹榻上坐起来，颓然而道：

"我们搞了十几年，结果弄得这个样子，同蒋介石争天下，肯定是争不过的了，不如趁早认输吧！"

"认输？"白崇禧从竹榻上跳起来，"季宽你不要悲观，胜败乃兵家之常事，蒋介石是统一不了中国的，我们发展的机会多得很呢！"

"但我不想干了！"黄绍竑摇了摇头。

"为什么？就为在洪桥吵了架！"李宗仁宽厚地说道，"唉，一个盆里的碗筷，哪能不碰撞的呢？我和健生如有对不住你的地方，你千万别计较！"

黄绍竑又摇了摇头，说："上次北流之败，这次衡阳的挫折，我都负有不可推卸的责任，似应急流勇退以谢全军袍泽。再说，我对军事也实在感到厌烦了。"

白崇禧忙道："这样的话，你现在千万不要对大家说出来，否则我们的军心就要瓦解了。你心情不好，我们知道，你就休息休息，专理行政的事，军事由我们负责好了。"

"我想离开广西！"黄绍竑似乎没有听到白崇禧的话，仍在沉重地说道。

"你想到哪里去？"白崇禧愈来愈感到事态的严重。

"去南京，投蒋介石！"黄绍竑冷冷地说道。

"你要投蒋？！"白崇禧几乎要叫喊起来了。

"下围棋，你是个老手了！"黄绍竑仍是冷冷地说道，"你不晓得，当局道相逼，没有活路可走的时候，不是很需要一子去做眼吗？"

白崇禧似乎明白黄绍竑的意图，又很不放心地说道：

"你如果坚决不干，要离开广西，也要等军事局面稍为安定，才好提出来。"

"这事需要从长计议，还是以后再说吧！"李宗仁一边吸烟，一边沉思，心想，这回拈阄可真拈出麻烦来了！

他们三人，没有再说话，只是各人在想着各人的心事。寺院里的夜半钟声在悠悠地鸣响着，几只念佛鸟仍在"阿弥陀佛""阿弥陀佛"不断鸣叫着，似乎在表示着它们对佛祖的无限虔诚。

"这山里，连鸟都想成佛啊！"李宗仁慨叹道。

"鸟或可成佛，而人却不能！"白崇禧道。

"为什么？"

"因为人有七情六欲，没有这些东西，人世间的一切便不存在了！"

"难道人还不如鸟兽么？"

"也许……"

听着他们的议论，黄绍竑更加辗转难眠……

第二天，李、黄、白由全州往桂林进发。到了桂林，李宗仁在风洞山的迎风楼上设宴招待桂、张军各位将领。他们出师北上之时，曾发誓要在武汉的黄鹤楼上喝庆功酒，可是，现在却败回桂林，在风洞山喝酒，个个心里都感到不是滋味，一想到尔后的前途，更加感到愤懑悲凉，一入座，薛岳便骂起来：

"丢那妈！这个账一定要算！"

"北流一败，衡阳又败，这是谁的责任？"吴奇伟也骂道。

"今天有酒尽管喝，有话尽管说！"张发奎也大声说着。

李宗仁、白崇禧来了，张发奎以目示大家，薛、吴即不作声。及至黄绍竑一到，薛岳又叫骂起来：

"丢那妈,这哪里是饮酒,是喝血,是喝我们在衡阳战死的官兵的血呀!"

黄绍竑猛地一惊,抬头看时,只见张发奎、薛岳、吴奇伟、李品仙、廖磊等一班桂、张军将领,一个个都用愤怒的目光盯着他,便知他们要借酒发难,欲清算他贻误军机的责任。黄绍竑见责任难卸,又不好退场,一入座便举杯猛饮其酒,一杯接一杯地不断喝。他一边喝,一边借着酒发着牢骚:

"入湘?为什么要入湘,入湘得了什么好处?你们说!"

他一口气连干了几杯,把杯子往地上一扔,仍在叫喊着:

"你们为什么事前不同我商量?就倾巢出兵湖南?我根本不同意这种战略主张!你们……你们……到湖南去……干……干什么?"

黄绍竑已经醉了:"我……我知道……了,湖南有……有个……桃……桃花……江,那里的……女人……哈哈哈……"

张发奎攥着拳头,白崇禧皱着眉头,李宗仁摇着头,见这样闹下去不像话,忙命副官把黄绍竑扶下山去。

第二天,李宗仁召开会议,请白崇禧、张发奎、黄绍竑出席,商量如何驱逐滇军以解南宁之围。白崇禧、张发奎都到了,等了好久,还不见黄绍竑来,李宗仁忙派副官去催。副官回报:

"黄副总司令已带卫队到良丰花园休息去了,这是他留给总司令的一封信。"

黄绍竑在信中表示他不再参与军政事务,请求辞去所兼第十五军军长一职,他要在良丰花园好好休息一段时间。

"啊!"李宗仁觉得,事态的发展远比他在湘山寺里估计的要迅速而严重得多,军事上一败再败,广西残破,军队残破,而现在连李、黄、白这三根台柱也开始残破了,怎么办?

第五十七回

聊以慰藉　黄绍竑种树寄情怀
神出鬼没　白崇禧飞兵银屏山

却说李宗仁正为黄绍竑心灰意冷，撇下他和白崇禧不顾，独自跑到良丰花园隐居而犯愁的时候，张发奎也找上门来说：

"德公，我们还是散伙吧！我准备取消第四军的番号，把军中现有公积金分发官兵，作为薪饷，以便回籍，自寻生路。"

"向华兄，"李宗仁心头又涌起一潭苦水，打败仗不可怕，最怕内部军心涣散，将领萌生异志。黄绍竑不干了，张发奎也闹着要走，这个局面，他和白崇禧如何顶得住？李宗仁只得强打精神，安慰张发奎，"胜败乃兵家常事，我们不要消极，目下蒋、冯、阎中原大战胜负未分，我们只要解了南宁之围，便可重振旗鼓。"

张发奎摇着头，说："德公，你叫我不要消极，可是我的第四军只剩下了几百条枪，我现在毫无凭借，拿什么去重振旗鼓呢？我想把他们解散了，不想回家仍愿当兵吃粮的，你就把他们收下吧！"

"不！"李宗仁断然地挥着手，"向华兄，我们虽然不是一个系统，但同站在一条反蒋的堑壕里，是生死与共的兄弟，你的困难，就是我的困难。第四军是一支有着光荣历史的部队，绝不能取消番号解散，你没有兵，我给你兵，你没有枪，我给你枪！"

"德公！"张发奎听了李宗仁这番话，虽颇为动容，但他知道，李宗仁的桂军也和第四军一样，经过花县、北流、衡阳三战三北之后，也是损失惨重。目下粮饷、兵源和武器装备也都甚为缺乏，桂军的日子也极为艰难。李宗仁是泥菩萨过河，自身难保，哪还有兵和枪送给他张发奎来维持第四军的命脉呢？

"德公，还是算了吧！"张发奎毫无信心地摇着头，"你手中只有半碗饭，你也饿，我也饿，我怎么忍心吃掉你那半碗饭呢！"

"不！"李宗仁一把抓住张发奎的手，"向华兄，我们患难与共，我这半碗饭，也要分你一半，虽然大家都吃不饱，也总不至于饿死罢！"

"德公，你……唉！"张发奎只感到心酸。

"向华兄，我决定马上整编部队，将第七军梁重熙师和第十五军许宗武师这两个师的番号取消，将该两师的装备和少校级以下官兵五千余人，统统拨归你补充第四军，以恢复其战斗力！"

"德公！"张发奎激动得眼泪直流。

第七军师长梁重熙在衡阳外围的探山战死，第十五军师长许宗武由于在衡阳之战中擅自撤退，张发奎曾请李、白将许枪决，以谢三军，许闻讯后即仓皇逃遁。为慰留张发奎，李宗仁便将这两师官兵拨给第四军。请张开往柳城整编。随后，李宗仁也将他的总司令部由桂林移往柳州，只留梁朝玑师守桂林。不料，李宗仁刚抵柳州，拨给张发奎的那两师桂军的官佐，全部跑到总司令部来向李宗仁告状诉苦。原来，张发奎对李宗仁拨补的桂军，只收下士兵和枪支，将各级官佐悉数退回，交司令部另行安置，而易以他的第四军原有的心腹股肱。十分明显，张发奎因怕李宗仁以"输血"的手腕将他的第四军变成桂系部队，因此将这两师的军官全部退回，用自己的心腹统率桂军士兵，以便易于"消化"，将获得补充后的第四军仍牢牢地控制在自己手里。

"总司令，张发奎是条吃人不吐骨的恶狼，我们这样帮助他，他却反咬一口，将我们的部队夺去。对这样的人，必须赶快除掉，否则，日后他羽毛丰满，将对我

由于张学良通电拥蒋，中原大战冯、阎失败。图为1930年11月，张学良、蒋介石同谒中山陵

们团体大大不利！"一位有些见识的营长忙向李宗仁陈述利害。

"对！请总司令立即下令，把我们的弟兄们召回来！"

"在宜昌时，他就吃了我们一个整编师，现在，他又吞了我们三个团！"

……

被张发奎解除职务的这些营、连长们，心中愤慨异常，群情鼎沸，说得又颇有道理。李宗仁深恐事情闹大，把张发奎逼走，只得以好言相劝：

"弟兄们，你们受点委屈不要紧，现在没有兵带，先到军校去深造。到时，有了部队，我给你们每人提升一级：现在当营长的，升为团长，当连长的升营长，当排长的升连长，我李某人是绝不会忘记你们的！"

"总司令，我们连死都不怕，还怕个人吃点亏吗？我担心的是张发奎这个人，他必不肯死心塌地为我们团体效力，一旦羽毛丰满，他不咬我们一口，也会飞走。"那个颇有见识的营长仍在陈述他的意见，"总司令，我们现在这样困难，只能养猪，不能养狼呀！"

"这位弟兄的意思我明白。"李宗仁拍拍那位营长的肩膀，"就请你留在我身边当个参谋如何？"

"报告总司令，我想带兵！"那营长立正答道。

"好，只要有了部队，我第一个升你为团长！"李宗仁又在那营长肩头上拍了拍。

张发奎的情绪总算稳定住了。第四军得到这几千人的补充，仍编为两个师。薛岳任第十师师长，吴奇伟任第十二师师长。李宗仁刚喘一口气，可是，黄绍竑在桂林又出了问题。这天，机要室主任慌忙拿着两份电文来给李宗仁，李宗仁看时，这是黄绍竑在桂林发出的"马电"，一份给李宗仁，要求辞去副总司令及所兼的广西省政府主席、第十五军军长三职；另一电给蒋介石，呼吁和平息兵。黄绍竑此举真是在桂系的后院放起火来，把个李宗仁烧得团团乱转。他即令总部政务处长朱朝森和军法处长张君度到桂林，把黄绍竑由良丰花园立即接到柳州来。黄绍竑见李宗仁派军法处长来接他去，心想这回到柳州少不了要受"军法从事"了。到了柳州总部，他径直去见李宗仁，把身上的军服脱下放到李的面前，然后默默坐下。

"季宽呀！"李宗仁几乎要落泪了，"我现在撑着这条破船，已经够苦的啦，你就可怜可怜我吧，不要再顺风放火啦！"

黄绍竑抬头，看着李宗仁那凄苦的神色，又忙把头垂了下去：

"你，枪毙我吧！"

"你说哪里话来！"李宗仁唏嘘了一声，"人各有志，不能相强！想当初，你在玉林拔队而去，要打要杀，那时就不会放过你，何至于今日！"

黄绍竑怔怔地坐着，他相信李宗仁说的是实话。但他又不得不问一句：

"既如此，为什么要派军法处长去把我叫来？"

"我又没有时间去请你，而别人又绝对请你不动，只好派军法处长去了！"李宗仁凄然一笑。

"但我是绝不再干了的！"黄绍竑冷冷地说道。

"干不干由你，但是我们总归是十几年的老朋友了呀，你不应该公开表示决裂，授人以柄！"李宗仁坦开肺腑，真诚地说道，"如果我和健生在广西站不住，团体垮了，你去投老蒋，他会重用你吗？你出去，是作为我们团体的一只棋子出去的，而老蒋也会将你作为一只棋子来对付我们，只有我们与老蒋仍在棋盘上厮杀，你出去才会有作为，在老蒋面前才会有一种别人无法替代的特殊地位！"

"德公！"黄绍竑激动得热泪盈眶，李宗仁虽处在自顾不暇的危难之境，但对他闹分裂给团体找麻烦的做法不仅不计较，反而为他的前途分析得那么深刻而周密，黄绍竑怎不感到愧疚和激动呢？

"你就先在柳州休息一段时间吧，待我们把围攻南宁的滇军赶走，道路通了，我再送你由龙州出去。"李宗仁说道。

黄绍竑辞别李宗仁，几天后，他带了几名随从，到柳州城外十几里路的沙塘勘察地形，在那里开辟了个林场，取名"茂森公司"，以种桐油树为主。有人问他，这种桐油树，名叫三年桐，要三年才能开花结果，现在种，还能收获吗？

黄绍竑答："我把树种在广西这块土地上，即使我不能收，也可让他们收啊！"

"他们"是谁？黄绍竑不说，别人也不再问，但黄绍竑心里是明白的。他离开广西之后的十几年，他的言行，他的所作所为已经给他这句话下了最好的注脚！

黄绍竑既然甘愿去种桐油树了，李宗仁便任命白崇禧为副总司令兼前敌总指挥，任命黄旭初为第十五军军长，以白、黄两人取代黄绍竑之职权，将李、黄、白三位一体的领导体制调整为李、白、黄的领导体制，三人姓氏仍相同，只不过白、黄调整了一下位置。

人心稍定，内部粗安，李、白、黄席不暇暖，夜以继日地抢修着他们那条随时都有可能被风浪掀沉的"破船"。接连两封电报，又把他们那本来已经绷得很紧的神经，拉到了欲断将裂的边缘。叶琪奉命北上观察局势，与冯、阎、汪精卫等多有来往。这天，他从北平给李宗仁发来一封急电，报告张学良发出和平通电，派东北军入关，直捣冯、阎之背。冯、阎猝不及防，鏖战了数月的蒋、冯、阎中原大战至此结束。汪精卫的扩大会议已经散伙，冯、阎已通电下野。

南宁守将韦云淞急电报告：滇军以数师优势兵力，围攻南宁两月有余，南宁守军兵单力薄，粮弹告罄，难以久持，望速派兵解围。

李宗仁刚阅过这两封要命的电报，参谋处长又呈上一电：

"德公，粤军余汉谋部已由贵县进至宾阳，邕柳交通已被切断！"

李宗仁觉得，自己的咽喉部被卡得连气都快不能出了！

"请白副总司令、黄、张、杨三位军长前来开会！"李宗仁即命参谋处长通知召开紧急军事会议。

白崇禧、黄旭初、张发奎和杨腾辉应召来见李宗仁，李宗仁将那三封电报交他们传阅。白崇禧看得最快，马上仰头长叹一声：

"东北危矣！"

张发奎却奇怪地问道："健生兄，冯、阎垮台了，老蒋即将腾出手来对付我们，我看是广西危矣！"

白崇禧摇了摇头，颇痛心地说道："广西亡省，不过亡给蒋介石或者陈济棠、龙云之辈，总算是中国人自己的事情，我们失败了也没有历史责任，子孙后代不会责骂我们；日本觊觎东北久矣，蒋介石命张学良率兵入关，虽则打败了冯、阎，却给日本以可乘之机，东北亡省，必亡于日本之手，老蒋和小张将何以向国人交代？他们这一笔账，将来的太史公是要记下来的！"

李宗仁因白崇禧曾在平、津住过，对东北问题又下过一番苦心研究，知他说的颇有根据，遂也点头道：

"东北从此恐怕要多事了！但是，那边的事情我们管不到，我们必须在老蒋腾出手来对付广西之前，击退宾阳、南宁之敌，才有回旋之余地。现在摆在我们面前有两大任务：一是打粤军，一是打滇军，孰先孰后，请诸位认真考虑。"

张发奎因李宗仁在艰难之中尽力补充装备了第四军，他把那些桂军官佐退还李宗仁后，李宗仁又不计较此事，张发奎为此颇受感动，当下便拍着胸膛请缨：

"德公，第四军自进入广西以来，与粤军三战三北，我们四军将士经过这些挫折，再不能在战场上听到'丢那妈，契弟'的喊叫声了，如打滇军，四军愿当先锋！"

白崇禧也考虑到桂、张军被粤军三败之后，官兵对与粤军作战皆有所畏惧，余汉谋部是陈济棠的精锐，又有李扬敬师助战，一时啃不动这块骨头，而援救南宁又是当务之急，便说道：

"拟避开宾阳之粤军，绕道上林、武鸣，去解南宁之围。"

李宗仁道："此策虽善，不过大军绕道于崇山峻岭之间，颇费时间，南宁守军兵力单薄，恐难久持，如在援军到达之前城破，我军必陷于滇、粤两军的夹击之中，后果不堪设想。"

白崇禧道："可即派一高级将领率一支精干的小部队，携带现金、弹药等先进入南宁，以稳定军心，并加固城防工事，固守待援。"

白崇禧刚说完，黄旭初便道："这是个好办法，我愿率兵一营先行突入南宁，

黄绍竑退出桂系团体后，桂系由李、黄、白三巨头，变成了李、白、黄（旭初）三巨头。图为接替黄绍竑任广西省政府主席的黄旭初

与世栋共守危城！"

"旭初兄，你是军长，责任重大，怎可去冒此风险？我看派一员师长去即可！"李宗仁忙制止道。

"旭初兄去最好！"白崇禧对黄旭初的胆识十分赞赏，说道，"以旭初兄之地位及威望进入南宁城内方能稳定军心。"

"可否带一个师进去？"李宗仁觉得黄旭初率一营兵力太少。

"城内粮食将尽，不能多带部队，一营足矣！"黄旭初道。

"滇军围城部队约两万人，旭初兄只一营兵力，如何能进入南宁城内？"张发奎也感到杯水车薪，无济于事。

黄旭初早有入城之计，却显得有些踌躇的样子，向白崇禧道："请健公教我入城之计。"

白崇禧笑道："这有何难！我即密电南宁韦世栋，教他施用骗敌计，派数名南宁籍之士兵，穿便服潜出城外，向城外一带乡民放风，只说黄旭初军长日内即由柳州率领大队人马回来，扫荡滇军，解围南宁。韦世栋在城内则故意大造准备开城与黄军里应外合之声势。滇军不知虚实，恐受内外夹击的危险，必网开一面，将围城部队撤向西乡塘和心圩一带，旭初兄可从容不迫，就近筹集部分粮食，一同运入城内。城内添兵加粮，军心必振，不出十日，我即率大军攻抵城下，那时旭初兄可与我里应外合，率军冲围夹击滇军。"

黄旭初的入城计其实与白崇禧说的完全相同，甚至如何虚，如何实，如何筹粮、运粮他都想到了，却在众人面前要白崇禧给他耳提面命一番。白说罢，他即装得五体投地的样子说：

"虽孙武、孔明之谋亦不出健公之右矣！"

白崇禧接着又命参谋挂起军用地图，他指着地图说道：

“余汉谋部粤军已占宾阳、芦圩，与卢汉的围城滇军前后呼应，我军解南宁之围，有如虎口拔牙，稍有闪失，便有被困围于武鸣、上林一带山地的危险。我们避开宾阳之敌，进入上林、武鸣后，为防粤军拊我之背，需置疑兵之计。”

白崇禧对杨腾辉道：“杨军长，你也率兵一营，随黄军长那一营之后开进，进入宾阳境后，黄军长向南宁开进，你则转于上林、隆山、武鸣之间，来回活动作疑兵。”

“是。”杨腾辉牙齿上咬着一支粗大的雪茄，站起来答道。

白崇禧是个细心之人，他见杨腾辉自升军长之后，但凡开高级军事会议，有李宗仁在场，杨必不敢抽烟，今天却大模大样地叼起一支雪茄来，自然引起了白崇禧的注意。他皱着眉头，盯了杨腾辉一眼，杨却若无其事，仍在吞云吐雾。

白崇禧扭头对参谋处长道：“令副军长廖磊派第二十一师罗活团进入宾阳以南之思陇附近，对宾阳之敌布置防御，固守阵地，没有命令，不得撤退。”

“是！”

“令梁瀚嵩到宾阳、上林、迁江一带发动民团，持用第四、七、八、十五各军、师、团之番号旗帜，到处活动，广造声势，迷惑敌人。”

“是！”

“令梁朝玑师由迁江方面向宾阳之敌取佯攻态势，与梁瀚嵩虚实配合，牵制余汉谋的粤军。”白崇禧在地图上沿宾阳一带画了许多支虚虚实实的箭头，然后说道，“余汉谋不知我底细，必不敢抽兵袭扰我南宁援军之后。”

“健生兄，他们都去厮杀，我老张干什么啊？”张发奎见白崇禧调兵遣将，却没有分配他第四军的任务，急得大叫起来。

白崇禧笑道：“我们一同上南宁去！”他回头对李宗仁道：

“德公坐镇柳州，安顿桂、柳后方。”

“好！”李宗仁见白崇禧布置得极为周密有方，忙点头赞同。

“请德公多关照季宽，叫他只管在沙塘种桐油树，不要再发什么通电啦！”白崇禧最不放心黄绍竑，生怕他又在后方生出乱子来，因此特地说道。

李宗仁笑道：“放心，季宽是说话算数的人！”

布置就绪后，各路部队开始行动，黄旭初军长率兵一营，已顺利通过宾阳，并冲破滇军之防线，进入南宁城内与韦云淞会合，即由黄担任守城总指挥官。

杨腾辉军长率军部特务营插入思陇后，即转向武鸣境内之天马、陆斡、两江、雷圩、杨圩、隆山、金钗、渡口，一路行踪诡秘。在武鸣转了一阵，杨腾辉又折向上林之思吉、古篷、三里、白圩，最后回到他的老家青泰。他骑着高头大马，缓缓登上一座山坳，山坳下边，便是他的老家。到了坳顶上，杨腾辉举着马鞭极目四望，牙齿上咬着支烟卷，真有飘飘然如腾云驾雾之感。想当年，他还是个穷学生的时候，和几个同学从家里背米到县城上学，当他们爬到这个山坳顶上的时候，累得满头大汗，气喘吁吁，几个同学愁眉苦脸，哀叹着不知何时才有出头之日！杨腾辉却口出豪言壮语："现在我背米上学，将来我要骑马回家！"如今，当年的豪言壮语竟奇迹般地变成了现实，他荣升军长，果然骑着高头大马回家了！他激动得张口对群山大叫着：

"我回来了！我回来了啊！"

群山也跟着呼应着，高喊："我回来了！"

杨腾辉惬意极了，又抽出手枪，朝天连放三枪，亦令部下放一阵排枪助威。这一阵骤然的枪声，直吓得山下的人家惊惶四逃，以为土匪来打劫了。杨腾辉看了哈哈直笑，他骑在马上，在这个山坳上又发出了豪言壮语：

"现在我当军长，骑马回家；将来我当了省主席，当了总司令，我要坐着小汽车回家！"

杨腾辉觉得，他骑着的马似乎已经变成一辆神气十足的小汽车了。刚败回桂林的时候，杨腾辉见李、黄、白、张一个个垂头丧气，黄绍竑公开表示消极不干了，张发奎闹着要散伙，军心动荡，官兵惶然。广西又处于粤军和滇军的分割包围之中，满目疮痍，破败不堪。杨腾辉暗自忖度，估计李、白必将垮台。他是个惯于看风转舵之人，又见吕焕炎死于非命，黄权、蒙志已被扣押，他部下原来的两名旅长，梁重熙在衡阳战死，谢东山在部队整编时又被白崇禧裁汰，而他本人虽被李、白提升为军长，但却不被信任，白崇禧派廖磊来当副军长，实质上是为了取代他。杨腾辉感到跟着李、白绝无前途，因此暗中派他的副官长李彦和亲信钟子洪到广州去找陈济棠，要投粤靠蒋。到柳州后，钟子洪即由广州潜回，向杨腾辉报告，陈济棠已将他的要求电达蒋介石，蒋已决定任命杨为广西善后督办，要杨倒戈反李、白，然后收拾广西残局，并说委任状随后由李副官长带回来。杨腾辉暗中欢喜了一阵，因此在柳州出席军事会议时，他也敢当着李宗仁的面咬烟卷了，因为过不了多久，广西这块地盘就是他姓杨的啦，他也该神气一下了！

当李、白决定向南宁进军的时候，杨腾辉觉得机会来了，他决定把部队拉到宾阳去，与粤军余汉谋部联合行动，从后面猛击白崇禧，将白部围歼于宾阳、武鸣之间，经这致命的一击，李、白必将彻底完蛋。可是，杨腾辉终于没有动手。一是蒋介石的委任状还没有到手，他怕陈济棠为了报复他骗那二十万块钱的事，从中捉弄他，他要亲自拿到蒋介石签发的委任状才放心；二是这次军事行动，白崇禧突然令他只带一营兵力去布疑兵，实际上是剥夺了他的指挥权，他不得不服从命令，心情怏怏率队出发。直到转回家来，上了这座山坳时，心中才豁然开朗。他相信，自己的命好，命运是不会捉弄他的，因此他又一次在这山坳上发出了豪言壮语，只待副官长李彦把蒋介石的委任状一带回来，他就立刻率部跟余汉谋一齐行动。将白崇禧打个措手不及，然后收编桂系部队。

杨腾辉下得山来，骑马进入村子，回到老家住下，每日摆酒设宴，款待亲朋故友。他住在家里，等李彦将蒋介石的委任状带回来。青泰距宾阳不远，若要与粤军联系，只要翻过几座山便可。杨腾辉暗想，你白崇禧诡计多端，对我使用调虎离山之计，这下倒成了放虎归山啦！杨腾辉越想越得意，住在家中只是喝酒打牌，早把布疑兵的事丢到九霄云外去了。可是，杨腾辉只是得意了七八天。这天，前敌总指挥部的一名参谋，带着总部的十几名卫兵，突然出现在杨腾辉家里的大厅上，那参谋将白崇禧总指挥的一份手令交给正在打牌的杨腾辉。杨腾辉接过一看，脸色顿时煞地白了。白崇禧命令他即率部由上林进入武鸣的马头，到苞桥与白汇合，不得有误。杨腾辉把那双三角眼又眨又转了好一阵子，心头仍在咚咚乱跳着：白崇禧已经侦知我的行动计划了？从广州带回委任状的副官长李彦被李、白扣押了？陈济棠把我出卖了？杨腾辉咬碎了一包三炮台烟卷，也猜不透白崇禧这个手令的秘密！那么，是否奉令去武鸣与白汇合呢？如果行动计划已被白侦知，去苞桥则必被扣留无疑，吕焕炎、黄权、蒙志等人的下场，更使杨腾辉触目心惊。白崇禧是个精明的铁腕人物，对一切叛逆者的处置都从不心慈手软！投粤？带着特务营翻过山去宾阳找余汉谋，带粤军追袭白崇禧之后？杨腾辉迟迟下不了这个决心，因为他手上的本钱太少，带一个特务营投奔粤方，岂能受陈济棠和蒋介石的重视？同时，白崇禧行踪飘忽诡谲，白的主力现在到底在什么地方，杨腾辉根本不知道。他又咬碎了一包三炮台烟卷，也不知何去何从。托病？赖着不走？这是违抗军令的事，正好授人以柄，白崇禧可以据此严厉制裁他。一切的一切都想过了，三炮台烟卷咬了一地，杨腾辉没有一条可走的路！忽然，一抬头他看到了对面那条崎岖蜿蜒的山坳，心里不由一振。他是相信命运和风水的，一位有名的风水先生曾在几十年前预言，那条坳是个龙脊，杨家村里将来要出将军和封疆大吏。这事不正是应验在他身上了么？将军他已经当上了，封疆大吏不就是省主席、督办么？蒋介石的委任状一到，他就是堂堂的广西善后督办了，啊！命中注定，他还要升官的。杨腾辉释然了，牙齿上咬着根烟卷，望着那蜿蜒如龙的山坳，嘿嘿直笑。当他带着特务营重又登上那山坳时，又再一次有腾云驾雾、扶摇直上之感。他笑眯眯地丢给前来送行的乡长一根三炮台香烟和一句话：

"这里要修公路啰，当然，风水和龙脉是不能破坏的！"

促使杨腾辉奉命去武鸣苞桥与白崇禧汇合的原因，除了山坳的风水龙脉之外，便是他想要尽快返回部队，以便能抓到指挥权，一旦蒋介石的委任状到来，他好能及时率部倒戈投粤靠蒋，否则两手空空，何能成事。杨腾辉按照白崇禧手令规定的路线，由上林出武鸣、经马头到达苞桥后，果然与白崇禧、张发奎、廖磊等人相会，桂、张军的主力都集结在这一带。杨腾辉怀着忐忑不安的心情到一座大院来见总指挥白崇禧。

"杨军长，你和浩川（梁瀚嵩字浩川）这次任务完成得很好！"白崇禧微笑着，一见面便褒奖杨腾辉。

"全靠健公英明指挥！"杨腾辉见白崇禧不但不逮捕他，反而给予褒奖，那颗七上八下如打水吊桶一般的心，才略略平静一些。随后，杨腾辉得知，白崇禧这次对粤军余汉谋部所采取的迷惑困扰计非常成功，余汉谋待在宾阳始终不敢乱动，白崇禧率领大军神不知鬼不觉地开进了武鸣苞桥。白令杨率部来此,乃是为了集中力量突破滇军对南宁的包围圈,达成解围之目的。杨腾辉这才松了一口大气。他见白崇禧对自己投粤靠蒋的计划尚无所知,便又秘密派亲信钟子洪潜往广州,找副官长李彦通过陈济棠向蒋介石催讨那份使他尽快发迹为"封疆大吏"的委任状。

　　白崇禧率四、七两军主力到达苞桥后,侦知滇军以四个团的雄厚兵力封锁着由武鸣进入南宁的孔道高峰坳,心里不禁焦急起来。原来,由武鸣至南宁虽然只有四十余公里,但是却被大明山由东北方向蜿蜒的一支山脉银屏山从中隔断,从武鸣至南宁或从南宁至武鸣,必须翻过高峰坳才能到达。陆荣廷为了来往便利,曾于民国三年从武鸣修了一条公路直达南宁,这条公路穿过高峰坳,在险峻的峰谷之间回旋二十余公里。而高峰坳雄踞群峰之首,有一夫当关,万夫莫开之势。历来守南宁者,必守东北方向的昆仑关和西北方向的高峰坳。民国十四年初夏,龙云率滇军入桂,占领南宁后,曾派兵固守高峰坳和昆仑关。李宗仁、范石生进攻南宁是由宾阳南下攻昆仑关进入南宁外围的。这次白崇禧因宾阳驻有粤军,乃避往武鸣,欲出高峰坳而攻南宁。可是高峰坳早被滇军封锁,白崇禧如强攻高峰坳,必损兵折将,即使到得南宁城外,也成强弩之末了,不但不能解南宁之围,且有被歼于坚城之下的危险。白崇禧正在踌躇之中,忽接黄旭初由南宁城内发来的急电,告知城内粮食已全部食光,如大军近日内不至,全部守军即成饿殍!

　　白崇禧平生以来,第一次感到无计可施!

　　"报告总指挥,据张团董称,由苞桥经邓广、罗涪至葛圩,在葛圩之南有小路,土人叫作祁齐路,穿过银屏山,可到达邕宾路之四、五塘。"第七军副军长兼第二十一师师长廖磊来报。

　　"啊?"白崇禧心中一喜,即命廖磊将张团董请来问话。

　　"总指挥,路是有一条啊!"胖胖的张团董小心翼翼地摇着头,"但山路崎岖,不仅炮兵马匹和笨重器械无法通过,便是徒手攀越亦殊艰难!"

　　"为什么?"白崇禧皱着眉头问。

　　"这条小径,平时乡人防匪由南宁方面侵入,打家劫舍,除在路上和路旁布满竹钉外,但凡山涧深壑中可通行的独木桥皆已毁掉,平常人是无法通过的。"张团董道。

"你亲自走过这条山路吗？"白崇禧问。

"没有！"张团董又谨慎地摇起头来，"不过，只要到了葛圩，是能找到向导的。"

"就请你跟我们到葛圩去物色向导如何？"白崇禧道。

张团董愣了一下，然后说道："到葛圩去找向导可以，可是，我……难以奉陪过银屏山呀！"

白崇禧道："只要你能为我们找到向导就行了，不要你过山。"

白崇禧随即传下命令，大军由苞桥经邓广、罗涪转向葛圩。到了葛圩，张团董果然找到了一名六十余岁的壮族老猎人。白崇禧问那老猎人：

"老伯，从银屏山去南宁的小路，你识得吗？"

"走过百几十遍啰，脚毛都掉了一大把，怎么不识得！"那壮族老猎人豪迈地答道。

"我们要到南宁去打红头军[1]，请你为我们带路，我有重赏！"白崇禧道。

"重赏？"那老猎人把白崇禧从头到脚打量了一遍，嘿嘿一笑，"长官，我到哪里去领赏呀？"

白崇禧即命副官取出一包光洋，交给那老猎人。不想老猎人却摇手道：

"我们山里人做事实打实，事还未成，怎好要你的金银？"

"也好，到了南宁，我加倍赏你！"白崇禧颇有入乡随俗的意思，也不勉强。

"到了南宁，我找哪个去讨赏呀？"老猎人笑道。

"我就是白崇禧，本人说话从来算数，你要不信，我可先给你写个手令。"白崇禧说罢随即用钢笔在一张纸上写下了"赏向导光洋壹百块"的手令。

"不必，不必！"那老猎人笑着直摇头并不接那手令，"看见麂子，追到才算数！"

"你……"白崇禧不高兴了，"到底带不带路？"

"白总指挥，"张团董忙道，"他的意思是，即使带路，你们也走不了那条小路！"

"啊，"白崇禧点了点头，对那老猎人道，"老伯，只要你能走，我们就能

---

[1] 滇军帽上有一道红箍，桂人称之为红头军。

走，作为本军的最高指挥官，我要亲自跟着你走出银屏山！"

"好！"那老猎人眨着一双精悍的小眼睛，从白崇禧手中拿过那张写着"赏向导光洋壹百块"的字条。

白崇禧在葛圩给南宁黄旭初发出电令，定于两日后（即十月十三日）大军抵南宁城外，要黄率守军冲围而出，内外夹击敌军。白崇禧同时命令四、七两军，将炮兵马匹、无线电台、大行李等笨重东西，全部存放葛圩。命廖磊率第二十一师为前卫，昼夜兼程，通过银屏山，限十月十二日到达邕宾路上之四塘圩，十三日上午到达南宁郊外之林垦区。张发奎和杨腾辉率大队随后跟进。全军在葛圩杀猪宰牛，饱食一餐，只带一天干粮和身上枪支弹药，向银屏山进发。

白崇禧破釜沉舟了！

银屏山坡高崖陡，谷深岩幽，峰峦层叠，险峻异常。廖磊亲率一尖兵连随那壮族老猎人在前探路，白崇禧则带着他的卫队营，紧跟着尖兵连之后前进，他脚穿与士兵同样的草鞋，用一节细小的麻绳，拴着两只眼镜腿，绑在脑后，攀着岩石艰难前行。犬牙似的利石，铁丝网般的刺丛把他的手和脸划出一道道血痕，将他的衣服勾出一个个破洞。他不皱眉，不咬牙，只是不时腾出手来，摸一摸脑后那拴着眼镜腿的麻绳。北伐后这四五年来，白崇禧一直率军鏖战，东征西杀，驰骋疆场。但他地位显赫，多以舟车代步，还从未像今日这般跋涉之苦。白崇禧是条硬汉子，有百折不挠的毅力。廖磊曾劝他，在葛圩指挥即可，何必以一营长之身份翻山越岭，亲冒矢石？白崇禧笑道：

"燕农兄，我在百色时当过营长，败退到贵州不幸在山崖上跌断了腿，那时我才二十八岁。今年我也不过三十七岁，我准备再从营长做起，九年后，也不过四十六岁嘛！"

"健公从营长做起，我廖磊就从连长做起！"廖磊把衣袖往上一卷，亲自带着一连尖兵，跟着向导出发了。

一个副总司令，一个副军长，各带着一个连和一个营走在最前头，第二十一师参谋长覃广亮，带着两个主力团紧紧跟随在后，一点儿也不敢怠慢。

"报告总指挥，前边没有路了！"一名参谋从前面返回来报告。

"向导呢？"白崇禧问。

"向导过去了，部队过不去！"

"啊！"白崇禧忙压着焦虑的心情，"到前边去看看！"

白崇禧带着两名卫士，超前急行。廖磊的尖兵连被阻在羊肠小道上，左是绝壁，右是深壑，士兵们连路都无法给白老总让，只好趴在一尺余宽的石头路上，任由白崇禧和那两名贴身卫士踩在身上越过。到了前边，只见尖兵连前面是道一丈余宽的天沟，两面都是悬崖峭壁，山风被压迫在天沟之内，发出愤怒的呼啸声，令人头晕目眩，胆战心惊。那壮族老猎人却坐在对面，神情悠闲地抽着旱烟，不时用竹烟斗磕一磕石崖，旋急的山风将冒着烟的旱烟团卷到天沟下，老猎人又慢慢地从那烟荷包中掏出烟丝塞进竹烟斗。在他头上的一棵歪脖子松树上，拴着一条拇指粗细的绳索。强劲的山风一会儿将那空荡荡的粗绳索送过来，又拉过去，像在荡秋千一般，接连五名士兵，都因心怯手软已从那粗绳索上失落深渊，身葬山谷。白崇禧到时，只见廖磊抽出手枪，逼着前卫连的连长：

"你上！"

"我……"那连长早被吓得两腿发软，望着天沟只管往后退。

"叭！"廖磊一枪击在连长后脑上，那连长打了个趔趄，一头栽下深谷去了。廖磊将手枪往腰上一插，紧一紧腰上的宽皮带，眼明手快地抓住由山风荡过来的粗绳索，两腿一纵，口中"嗨"的一声，飞过天沟，稳稳地落在那老猎人身旁，白崇禧和尖兵连的士兵们，不禁大声喝起彩来。接着又荡过去几名士兵，他们在对面砍了两根小碗粗的树干，用山藤扎着，架起一座不到一尺宽的小桥，尖兵连终于顺利通过。当白崇禧踏上那颤悠悠的小桥时，他本能地用手又摸了摸脑后那拴着眼镜腿的麻绳，想起在保定军校受训时通过两丈来高的独木桥的情景，没想到十几年前学生时代学的课目，直到今天才派上用场！

十月十三日晨，白崇禧和廖磊率前卫部队，神不知鬼不觉地抵达南宁东北方向的林垦区。此地驻守着滇军一个团。初时，滇军见来的队伍衣衫破烂，士兵们只有步枪，人数不过数百，便以为是土匪来偷袭，那滇军团长只派一连士兵，去将"土匪"赶跑了事。谁知刚一接触，那一连滇军便被消灭大半，那滇军团长大惊失色，方知是桂军的援兵到达，即命部下抢占长堽岭和烟墩岭两处高地，一边进行堵击，一边请求上司多派援军从两翼包抄，欲一举围歼前来解围之桂军。此时，第二十一师参谋长覃广亮正好也率两团主力赶到，白崇禧和廖磊当即指挥桂军向长堽岭发起猛攻。滇军占据有利地形，且早已在长堽岭和烟墩岭上预先构筑了工事，桂军缺乏炮兵和轻重机枪，仅以步枪进攻阵地，火力薄弱，猛攻了两个多小时，毫无进展。廖磊急忙跑来报告：

"健公，第二十一师参谋长覃广亮，副团长孔繁权相继阵亡，官兵已伤亡大半，怎么办？"

"攻势绝不可停顿片刻！"白崇禧紧握着拳头，给廖磊打气，"旭初和世栋他们很快就会从城内冲出策应我们，我们的后续部队不久亦将到达，成败之机，在此一举！"

"预备队已经打光，如何组织进攻？"廖磊那关公脸急得都发紫了。

"把我的卫队营拉上去！"白崇禧说着从卫士手中夺过一支手提式机关枪，大呼一声，"卫队营，跟我上！"

"健公你……"廖磊伸手拦住欲亲率卫队冲锋的白老总。

"燕农兄，我今天是当营长！"他用那双激动而锐利的目光盯着廖磊，"如我此役阵亡，请记住在长堽岭为我立一块小石碑，上书'桂军营长白崇禧战死于此'即可！"

"那还有什么好说的！"廖磊从一名士兵手中夺过一支汉阳造步枪，咔嚓一声装上雪亮的刺刀，大吼一声，"冲！"他的那名彪形黑脸大汉卫士周良，两手各持一支大号驳壳枪，紧随其后，杀入敌阵之中。

白、廖两人率前卫部队仅存的千余士兵，奋勇冲杀，猛扑敌阵，从长堽岭一直攻到金牛桥，士兵又伤亡过半，子弹亦将用尽，攻势已成强弩之末，可是城内策应部队和后续部队，还是不见动静，廖磊急得大叫：

"难道他们都被饿死在城内了？"

第五十八回

人各有志　李宗仁送别黄绍竑
欲擒故纵　白崇禧惩处杨腾辉

却说南宁城内军民被滇军围困了近三个月，到十月初，所有大米、面粉、杂粮都已食光，最后被迫以黑豆充饥，黑豆不多，到十月十日左右，黑豆皆已食尽，城内绝粮，军民恐慌。守城总指挥黄旭初急电白崇禧告急，白复电约以十月十三日援军到时，城内部队冲围而出里应外合夹击滇军。黄旭初接电后，即与守备司令韦云淞和参谋长陈济桓商议。韦云淞将信将疑，说道：

"滇军以重兵防守高峰坳，我援军如何能通过，恐怕白老总是要我们望梅止渴吧！"

陈济桓也摇头不语。黄旭初想了想，这才说道："银屏山有条秘密小路，是土匪往来于邕武之间的必经之路，我料定健公必率轻装健儿偷渡此径，以奇兵突出城下。十三日城外定会听到枪声。"

"你怎么知道有这条小路？"韦云淞和陈济桓虽久驻南宁，但对此却一无所知，今听黄旭初这一说，感到好生诧异。

"马君武先生当省长的时候，我在省府做军务科长，马省长要我做卫戍南宁的军事计划，我到牢里提审了几名惯匪首领，是从他们口中得知的。"黄旭初道。

"啊！"韦、陈二人对此不得不佩服黄旭初的细心周到。

"这事，请你们千万不要对任何人说起。"黄旭初最怕说破白崇禧的奇谋妙计，招来猜忌之祸。但他见韦、陈二人对里应外合信心不足，到时影响作战，事关重大，这才不得不将那条小路披露出来。

"嗯。"韦、陈二人并不知黄的心计，只以为这是军事秘密不可告人，遂点头应允。

"今夜，你们派人将城东北方向的城墙秘密挖开几处缺口。但城墙的外面仍以单层砖砌好，免为敌人察知。"黄旭初命令道。

"是。"韦、陈二人齐答。

十月十三日上午九点钟左右，只听邕宾路二塘、三塘一带，传来密密麻麻的枪声。韦云淞和陈济桓惊喜地跑来向黄旭初报告道：

"援兵到了！"

"除留一连部队和警察队守城外，所有部队在东门城墙下集合，听我训话！"黄旭初下达命令。

城内守军都听到了邕宾路上的枪声，一时振作起来，都奉令到东门城下集合。他们已经两天没有吃到一点食物了，饥肠辘辘，两眼发花，两膝发软，许多人只得将手中的步枪当拐杖用。来到东门下，忽然闻到一股诱人的黑豆香味，一双双眼睛都贪婪地睁得老大。

"弟兄们！"守城总指挥官黄旭初站在石阶上，他脸色黄瘦，那本来就有些下陷的双眼，现在像快干涸现底的两眼老井一般，"我们的援军已经打到长堽岭一带了。而我们城中的军粮，两天前就已食尽，这一担黑豆是我们最后一把粮，我们两千多人，每人分摊一口。今晚的粮食，是在城外的浪边村筹集，大家冲得出去就生，冲不出去即不战死亦必饿死！"

说罢，黄旭初、韦云淞、陈济桓与士兵一样，都到锅边用碗领了一小勺煮熟的黑豆。两千余人的队伍像一大片干涸龟裂的禾田，洒下去几小勺清水，虽不能滋润禾苗，但却刺激出来一股无比旺盛的求生的欲望。随着一声炮响，经预先挖开又伪装了的城墙缺口被轰然推开，两千余守军夺门而出，如汹涌的潮水，滚滚而来。滇军在长期围城中，早已在城外筑有坚固的环形工事，今见城内守军倾城而出，呐喊呼啸，凶猛异常，即进入工事堵击。在滇军的轻重机枪的猛烈扫射下，桂军一片片倒下，率队冲锋的守城指挥官韦云淞也被枪弹击伤倒地。黄旭初和守备司令部参谋长陈济桓皆抱必死之决心，督队冲锋。士兵们见指挥官们与自己吃同样一份黑豆，一样冒死冲锋，韦司令且已在弹雨中倒下，更把生死置之度外，前仆后继，奋不顾身冲击前进，遂一举突破滇军的外围工事。

黄旭初率军冲出城后，正是白崇禧和廖磊在长堘岭处于极端困境之时，白、廖正在组织残部作孤注一掷之举，因此战场上枪声沉寂。黄旭初大吃一惊，暗叫不妙，除派人去探听情况外，临时决定将部队拉到青山塔一带，待与援军联系上再做决定。走不到半小时，忽闻长堘岭和金牛桥一带枪声复又大作，探听情况的人回报，援军正与敌激战于金牛桥。黄旭初即将后队改作前队，向金牛桥急进，抵达纱帽岭时，即与敌接战，黄率队一路猛打，将滇军压到葛麻岭和官棠村一带。恰在此时，张发奎和杨腾辉率后续部队亦已到达，三面夹击，滇军不支，仓皇向横塘方向退却。黄旭初在官棠见到白崇禧，惊问道：

"健公，你是从天上飞下来的吧！"

"哈哈！"白崇禧发出一阵得意的大笑。

由于滇军只盯着高峰坳，围城部队被桂军里应外合击破，援救不及，全线崩溃。白崇禧也不入城，令杨腾辉率第十九师衔尾追击，他亲率廖磊师和杨俊昌、覃兴两团分乘电轮，溯江西上，抢占百色，前后夹击滇军。滇军见前后受敌，不敢恋战，慌忙由平马绕道七里，径向罗里逃窜，退回云南去了。滇军围城三月，反被桂军击败，损失惨重，计死伤和逃亡者达三分之二，毫无所获，与入湘的桂、张军情形极为相似。彼此混战一场，损兵折将，生灵涂炭，只便宜了蒋介石。

滇军既已败退，占据宾阳芦圩一带的粤军余汉谋部，顿感陷入孤立无援之中，只得撤出宾阳，经贵县、桂平退到梧州去了。整个广西，除梧州一城及百色少数山区外，又奇迹般地重新回到李、白手中。

这天，李宗仁偕黄绍竑由柳州到达南宁。解围后的南宁，虽然千疮百孔，破烂不堪，但军民人等皆面带喜色，居民们又在忙着重建家园。李宗仁对黄绍竑道：

"我们广西人，真有蚂蚁那种精神，不管你把它们的窝捅得多么烂，它们照旧又能很快地修复过来！"

黄绍竑没有说话，只是独自到东门外看了看他岳父蔡老板从前开的照相馆，见房屋依旧，却是门面紧锁，无人光顾，黄绍竑叹了一口气，仍回到南门外他的旧寓竹园闲居。李、白很忙，几乎整天都在开会，只有晚上才抽点时间来竹园看望黄绍竑。竹园是一大片果园，遍种荔树、龙眼、杨桃、柑、橙和香蕉，秋末冬初，南国依然一片葱绿，竹园里的果木，绿色中缀着点点金黄，橙树硕果累累。园中一棵碧绿的相思树，树上的果夹里露出红褐色的种子，这是唐代大诗人王维曾在诗中写过的生在南国的红豆。黄绍竑看见这相思子，不禁蓦地思念起远在香港的娇妻爱子来。他当省主席住在南宁的时候，常和夫人蔡凤珍在这果园中漫步闲谈。如今他一个人在园中踽踽独行，真是感慨万端。他已经下定决心，离开广西，到外头去混。这一去，不知何时才能再回来，回来时，不知这果园是否还是属于他的！到南宁的第二天，李、白曾来竹园，与黄绍竑在园中的一张石桌上饮酒漫谈。他们劝黄绍竑，广西政权已经恢复，他不愿干军事，可以专当省主席，从事省政建设，何必一定要走？黄绍竑只是苦笑摇头，他早已思考过了，目下李、白虽然从粤军和滇军手中夺回了广西，但是，冯、阎在中原战败，反蒋阵线已作鸟兽散，李、白局处广西一隅之地，蒋介石要解决李、白，易如反掌。自己不如趁此借着桂系的影响，凭着自己的手段，到外头去混，一定可以混出一个名堂来。他与李、白虽然政见不合，但彼此都是多年的老朋友，他在外面混，倒可能间接地帮他们一些忙，如果李、白有个闪失，他还可以出来收拾广西残局，使他们也有条后路。总之，黄绍竑与李、白之间是斩不断的水，抽不断的丝，这个社会造就了他们的特殊关系，只要这个社会不变，他们之间的这种关系也不会有根本的改变。

"季宽！"李宗仁不知何时进了果园里，正向黄绍竑走来。

"德公，我想走了！"黄绍竑望着李宗仁，又提出了这个老问题。

"不要急嘛！"李宗仁抽着烟，似有所思。

"你不是说过待龙州到安南的路通了之后，我就可以走了吗？"黄绍竑说。

"嗯，你大概是想嫂夫人了吧？"李宗仁笑了笑，"我派人到香港去帮你接回来，让你们在这果园里团聚团聚。"

"你不同意，我也要走了！"黄绍竑冷冷地说道。

"啊？"李宗仁把黄绍竑仔细地打量了一下。

"我明天就走！"黄绍竑把头一扭，"没有汽船我雇条木船！"

"季宽兄，你现在不是我的副司令了，作为老朋友，难道不是更好商量一些吗？"李宗仁耐心地说道。

"假如我还是你的副司令呢？"

"那我就不客气了！"李宗仁面带微愠，"在洪桥那一次会议上，你以为我把手枪拿出来是吓唬人的吗？"

黄绍竑心里倒抽了一口冷气，不由暗暗叫起苦来，这个李猛子虽然平素为人厚道，但是若真正地惹恼了他，那是很不好办的。黄绍竑只得说道：

"我已心灰意冷，留在广西于团体无益，你不如放我走吧！到了外面我是绝不出卖团体的，可能还对团体做些间接的帮助，对大家都有好处。"

"这些，不必多说了，到十二月一日那天，我送你走！"李宗仁这话，说得连一点商量的余地都没有。

"嗨，德公，我现在感到度日如年，你为什么还要留我在南宁住上半个多月呢？"黄绍竑不解地摇着头，无可奈何地叹息着，他整日无所事事，确也感到厌倦。

"你不要问，到时我送你走，一天也不会多留难你的！"李宗仁除了有"李猛子"的称号外，还有"李铁牛"的外号，看来，"铁牛"的倔脾气使出来了，谁也别想顶住他，黄绍竑只得说道：

"嗨，那就十二月一日走吧！"

转眼间，半个多月过去了。这天，是民国十九年十二月一日。一大早，李宗仁、白崇禧便率领张发奎、杨腾辉、黄旭初、李品仙、廖磊等军、师长及其他高级干部二十余人，来到了竹园。黄绍竑只道他们是前来送行的，忙迎入客厅请坐。李宗仁一入客厅，便指挥几名副官，搬桌摆凳，忙得不亦乐乎。

"德公，你这是干什么？"黄绍竑忙问道。

"你莫管！"李宗仁摆了摆手。

桌凳摆好之后，李宗仁从一只盒子中捧出一个大寿糕，随后命副官们点上过生日的红蜡烛，三十五支明晃晃的蜡烛燃了起来。李宗仁又令上菜，副官们从卫士手里接过一只只大食盒，将已制作好的菜肴和名酒，摆满四张大八仙桌。

"德公，你……"黄绍竑看着那个大寿糕和三十五支光亮的蜡烛，这才猛然想起今天是自己三十五岁生日！北伐前，大家都在广西，黄绍竑过生日，李、白必来祝贺。北伐后，李、白在外，黄绍竑过生日，他们除发来贺电外，还特地派人前来送礼致贺。今年，戎马倥偬，桂、张军又连吃败仗，故乡山河残破，李、黄、白心情焦虑阴郁，彼此又有政见分歧，黄绍竑情绪更为恶劣，他一直吵着要离开广西，因此根本就不准备在广西过三十五岁生日了。谁知李宗仁有心留他却不是为别事，而是要为他庆贺生日——在广西局面初定，百事待举，内政外交都仍陷于困境中的时刻，作为主帅的李宗仁，还念念不忘给黄绍竑庆贺生日——给一个对战败负有重大责任，而又要脱离桂系团体，很可能要投到他们的敌手蒋介石方面去的人，在离别之时庆贺生日！黄绍竑热泪盈眶，泣不成声。

"今天是季宽兄三十五岁生日，我们祝贺他生日快乐，健康长寿，前程无量！"

李宗仁举起酒杯，致了简短亲切的祝辞，大家都举杯站起来，表示热烈的祝贺，院子里随即燃响一串长长的鞭炮。李宗仁的财政委员会主任、前清秀才黄钟岳，口占一联为黄绍竑祝寿：

得古人风有为有守
惟仁者寿如冈如陵

接着是白崇禧致祝酒辞，他擎杯在手，看着黄绍竑，情绪激昂地说道：

"季宽兄，今天是你的生日，我们都祝贺你交上好运，从此飞黄腾达！今后广西的局面，也许你不能不关心，我们都是广西人，广西人是不会向蒋介石投降的。不但现在不投降，即使将来环境再坏一些，也是不会投降的。我们要争取生存，要以十年生聚，十年教训的精神，拼此一生！"

白崇禧说得慷慨激昂，廖磊、李品仙率先鼓起掌来，座中诸人亦热烈鼓掌祝贺。黄绍竑举杯站起来致答辞，他面色激动，却并不看座上客，一双冷峻的眼睛只盯着杯中微微颤动的酒。

"今天是绍竑生日，承蒙诸位光临寒舍致贺，感激之情，铭于肺腑！诸位对绍竑今后的行止也许不能不关心，我坦率地告诉诸位，我今后行动的准则有两条：第一是不再破坏国家；第二是不再破坏广西。"

黄绍竑说罢，张发奎率薛岳、吴奇伟举着酒杯走过来，代表第四军袍泽向黄祝酒，张发奎说道：

"季宽兄，民国十四年，李任公率领我们上西江帮你打沈鸿英。嗨呀到了民国十七年，我们在广东又与你和李任公打了起来，民国十八年，我们到广西，又和你去打广东。彼此都是袍泽、朋友，几年来你打我，我打你，好处都让老蒋拿去了。你今离开广西，莫不是要到老蒋那里搬兵来打我们么？这一点，你能否对我们打开天窗说亮话。"

"但愿我们今后不要再兵戎相见！"薛岳和吴奇伟也说道。

"关云长挂印封金，千里走单骑，降汉不降曹，堪称吾人之楷模！"廖磊也站起来说道。

李品仙见他们说得辛辣，遂也站起来说道："汉之李陵投降匈奴后，受封为右校王，单于派他去劝被流放于北海的汉使节苏武投降。李陵对苏武说：'我出征前，令母已经病故，是我把她老人家送到阳陵安葬的；令夫人年少，听说已经改嫁了。令兄为天子奉车，因为碰坏了御辇，伏剑自刎；令弟奉诏追捕钦犯，因无法复命，也畏罪而死。陛下对你家亦不厚。人生如朝露，何必这样自苦呢？'苏武大义凛然，说：'我甘心为陛下而死，请你不必多说！'李陵降后，故旧门下，以及老家陇西的士大夫们都以李氏为耻，李家这个自飞将军李广起延续了一百余年名将辈出的军人世家，从此衰败湮没无闻，而苏武这位保持了气节的堂堂使臣，却流芳千古。这些，又是多么值得我们深思的呀！"

"哈哈！"黄绍竑冷笑一声，说道，"多谢燕农兄和鹤龄兄不吝赐教，只是有一点，我还不甚明白：燕农兄崇尚关公之义，鹤龄兄敬仰苏武之节，而你们两人原为湘军唐孟潇之旧部，为何不保持节义，跟唐孟潇去过寂寞的寓公生活，却跑到桂军中来混饭吃呢？"

廖磊与李品仙被黄绍竑说得满脸通红，尴尬极了。李宗仁见他苦心安排的节日酒宴，却被演成一场唇枪舌剑的群英会，照此发展下去，黄绍竑脾气上来，拂袖而去，不但要蛋打鸡飞，黄必怀疑李是借此来给他难堪，今后如何相见再度合作？李宗仁急忙站起来斥责廖磊和李品仙：

"有你们这样去吃生日酒的吗？坐下！都给我坐下！"

李、廖两人看了看白崇禧，只得老老实实地坐下了，张发奎、薛岳、吴奇伟也随之落座。李宗仁又道：

"季宽兄已辞去军、政职务，今天我们聚会祝贺他的生日，不谈论军政事务，彼此只以朋友身份喝酒叙谈，来，干杯！"

酒过三巡，席间气氛还是没有明显地缓和，大家只是低头吃喝，谁也不敢轻易说话。一场舌战不休的"群英会"，又变成了危机四伏的"鸿门宴"，仿佛酒肉藏兵，人们都在警觉地等待着那最后的一幕——掷杯为号，将某人突然擒下。李宗仁不安地望了望座上诸人，忽地哈哈一笑，说：

"诸位，你们都莫疑鬼疑神的，实话对你们说了吧，季宽此去，乃是由香港到南洋，去做橡胶和锡矿大生意的。这段时间，伍展空[1]都在香港为他奔走，事情已经有了头绪，就等季宽去开张啦！"

"啊，原来你老兄瞒着我们要去当大老板！"张发奎把他那芭蕉似的大手掌在腿上一拍，举着酒杯向黄绍竑走来，"季宽兄成了百万富翁后，切莫忘了弟兄们啊，如果我们再遭一次衡阳那样的损失，我就脱下这身老虎皮，跟你去当一名小伙计了。来，为季宽兄生意兴隆，财源广进——干杯！"

---

[1] 即原第十五军师长兼广西省建设厅长伍廷　，字展空。

为黄绍竑投蒋幕后
奔走拉关系的伍廷飏

"干杯！"

座上空气顿时活跃热烈起来，大家一个个过来向黄绍竑——这位昔日的上司，今日负有战败责任且有投敌叛变之嫌的可疑人物，日后财粗气壮的大老板——敬酒、祝贺！一时间，席上杯盏交错，谈笑风生，李品仙又拉开嗓门，清唱起京剧《将相和》的段子来。一堂生日酒宴直吃得喜气洋洋，意畅开怀。

其实，李宗仁的话只瞒得了张发奎等人，如何瞒得了白崇禧和黄绍竑。在桂系团体中，白崇禧以其"小诸葛"的精明预测时局和战况，又以神出鬼没的手段来实现自己的目标，故尔颇能赢得全军将士的信赖。李宗仁为人厚道，操持稳重，说话实事求是，从不诳人，因此，虽无白崇禧之机巧精明，但却更能赢得将士的信赖，但凡李老总说的话，大家都信得过。现在，见李宗仁说黄绍竑要去做大生意，当大老板，且已有伍廷飏为其安排一切，更是深信不疑。因去年俞、李回桂，黄、白由龙州出走时，伍廷飏亦随行，其后，伍廷飏却没有再回来，他在香港干什么，大家都不清楚，自然以为他是为黄奔走，打开进入商界的门路了。白崇禧却只笑不言，他深知李宗仁的一番苦心。中原战后，冯、阎垮台，偌大中国，原来林立的反蒋派系，如今只剩下个破碎的广西和桂、张军这点残兵。他们虽然击败了滇军，但形势对李、白仍然很不利。黄绍竑既然要走，不妨让他去香港看看形势，施加影响，发挥缓冲作用，好让他们喘一口气，以待时机。但只有一条，不能让黄绍竑为蒋介石所用，为蒋出谋划策，置李、白于死地，或效法俞作柏，带兵回广西另立政权。黄绍竑见李宗仁为他解脱窘境，心里甚为感动，又甚为内疚。其实，黄绍竑早已令他的心腹伍廷飏暗中向蒋介石拉关系，这点，李、白根本不知道。刚才李宗仁说的伍为黄去南洋做生意而奔走，只不过是李信手拈来，糊弄大家而已。伍廷飏已为黄绍竑敲开了蒋介石那扇大门，目下，蒋已派高参黄绍竑的保定军校同学陈适到香港，迎接黄到南京谒蒋，这个中内幕，李、白毫无所知。黄绍竑见座中气氛为之一变，便也顺阶下台，他举着酒杯，回敬李、白、张及座中诸人，除了请大家喝酒，表示谢意之外，亦不谈他的"生意"及"生意"以外的事业。

生日酒宴在颇为融洽亲切的气氛中结束，最后，便是等着为黄绍竑送行了。李宗仁单独把黄绍竑拉到一间房子里，命自己的副官拿上一只皮箱来，取出一包金条，双手捧到桌上，对黄绍竑道：

"出去是要花钱的，目下广西民穷财尽，省库早空，这些，你都知道的，我只能给你批这点特别费。待我们的日子好过些了，我再派人给你送钱。"

李宗仁又从皮箱中取出一包东西，说："这是五百块光洋，算我作为朋友送给你的，实在拿不出手，请你权充路费罢！"

"德公，你们的日子很困难，这些钱，你还是留下罢！"黄绍竑看着这点钱，只感到一阵心酸，桂、张军粮饷两缺，从衡阳败回广西，已经几个月没发饷了，他怎好再要李宗仁的钱。黄绍竑虽然没有腰缠万贯，但是，他肯定蒋介石会给他一大笔钱的，他今后的日子会过得比李、白舒服得多。

"嗨！"李宗仁惭愧地叹了口气，"要说花钱的气量，我们都不如蒋介石呀，他给俞作柏、李明瑞一叠支票便是上百万，给吕焕炎三十万，给黄权、蒙志都是十万二十万的，他的钱比他的军队厉害得多，与其说我们是被蒋介石的军队打败的，不如说是被他的巨款打败的。"

李宗仁在室内踱了几步，又说道："古人云：'智者不为非其事，廉者不求非其有，是以害远而名彰也。'俞、李、吕焕炎、黄权、蒙志他们得了蒋介石的巨款，背叛团体，而今下场如何？"

黄绍竑虽然感到脸上一阵发烧，但心里却说道："他们不会花蒋介石的钱，而我却会花。总不致吃猪肉屙出猪屎来的。"他怕引起李宗仁的怀疑，便伸手接过那包光洋，说道：

"既然作为朋友，德公送我的钱，我当然收下，特别费实不敢拿！"

"好吧，一切由你。"李宗仁说道，"我已派人为你包了一艘汽艇，你如果没有别的事情，就可以走了。"

"嗯！"黄绍竑点了点头。

1930年12月1日，
黄绍竑离桂赴香港

"不如意时，随时可以回来，仍当你的广西省主席。"李宗仁叮嘱道。

黄绍竑迟疑了一下，也点点头。

"俗话说，明枪好躲，暗箭难防，政界的斗争，比战场要复杂得多，手段之残酷亦不亚于刀枪拼杀，要多多留意呀！"李宗仁紧紧地握了握黄绍竑的手，"走吧！"

黄绍竑登上泊在南宁民生码头的汽艇，李宗仁、白崇禧、张发奎、黄旭初、杨腾辉、李品仙、廖磊、薛岳、吴奇伟等一并到码头上送行。黄绍竑回头看时，只见一双双眼睛在看着他，那眼色各不相同，深情的、凝重的、狐疑的、羡慕的、愤恨的、鄙薄的……黄绍竑没有挥手道别，也没有依依不舍之情，只是冷冷地命令船长：

"开船！"

送走黄绍竑后，李宗仁回到总部，机要室主任来报：

"总司令，我们截抄到一份由广东方向发过来的电报，电文翻译不出来。"

"啊？"李宗仁看了机要室主任送来的那纸尽是数码的电文，大为疑惑。忙命副官去把白崇禧请来商议。

白崇禧看了后，皱着眉头，将那"天书"一般的电文仍交给机要室主任，命令道：

"组织所有译电员，无论如何都要将电文给我破译出来！"

李宗仁抽着烟，紧拧着双眉，向白崇禧道："叶琪和潘宜之已从北方回来了，张定璠不会发这样的电报，这……"

"无风不起浪。"白崇禧想了想，说道，"这份密电，必有特殊来历，接电人不会超出这三个人的范围。"

"哪三个人？"李宗仁惊问道。

"黄季宽、张向华、杨腾辉！"白崇禧道。

"嗯——"李宗仁省悟地点了点头。

"只怕机要室破译不出！"白崇禧颇为忧虑地说道，"可惜我在北平时的译电员没有跟回来，他在德国专门学过破译密码的技术！"

李宗仁也深深感到这份密电事关重大，他对黄绍竑、张发奎虽然做到了仁至义尽，但是，这几年来，他吃亏均吃在内部问题上。他对黄绍竑的去向实际上是不放心的，黄既然连副总司令和省主席都不感兴趣，那么除了蒋介石之外，谁还能满足他的欲望呢？张发奎是属于汪精卫系统的，北伐后，汪一直是桂系的死敌，只不过现在是为了反蒋图生存彼此利用罢了，倘或有个风吹草动，诡计多端的汪精卫难道不会暗示张发奎做桂系的手脚么？李宗仁又联想到张发奎退回桂军下级官佐之事，心里更为不安。至于杨腾辉，虽是个"贰臣"，但看他那卑躬屈膝的样子，倒不见得敢再有异心，不过，人心隔肚皮，他既然敢在武汉倒戈，又跟俞、李回桂……

"来人呐！"李宗仁不再想下去了，忙唤他的副官。

"总司令有何吩咐？"副官道。

李宗仁从腰上抽出手枪，交给副官，命令道："你告诉机要室主任，如果破译不出那份密电，即叫他吞枪自裁！"

"是！"副官拿着手枪去了。

两个多小时后，满头大汗，脸色苍白如纸的机要室主任拿着电文来见李、白，战战兢兢地报告道：

"总……副……司令，我们使尽全力，只破译出六个字，其余的一时难以译出！"

李、白忙把头凑在一起，只见电文上破译出六个字亦不连贯："粤陈""南京""七杨"。李宗仁把桌子一拍，对机要室主任道：

"再给你们一天时间，如果破译不出，你就不必来见我了！"

"是……"机要室主任的胸口仿佛正被那支手枪顶着。

"嘿嘿，不必再费心机，这密电其余的字，我已经破译出来了！"白崇禧不慌不忙地笑道。

"啊？！"李宗仁和那机要室主任都把双眼瞪着白崇禧，不知他有何破译之术，竟能识破连专业人员都难以认得的这纸"天书"。

"这封密电是粤方的陈济棠或陈铭枢发给第七军军长杨腾辉的。"白崇禧说道，"内容为：要杨腾辉起义，就近解决李、白，南京当委杨以收拾广西局面的重任。"

"好家伙！"李宗仁恨得咬牙切齿，"把杨腾辉抓起来，毙了！"

"不要打草惊蛇！"白崇禧摇了摇头，命令机要室主任，"要电台日夜监听广东方向，注意截获各种电讯，此事要极端保密，若走漏风声，军法严惩不贷！"

"是！"机要室主任急忙退出。

"杨腾辉自奉令追击滇军后，便驻军百色，今日送走黄季宽后，他又乘船回百色去了。若以武力解决，不但损兵折将，而且亦将造成军心动摇，内部不稳的后果，此事不必操之过急。"白崇禧道。

"耽搁时日，必生内乱。目下除广西而外，一切反蒋力量皆被老蒋收拾殆尽，广西经这几年的战乱，已山穷水尽，如果杨腾辉再来一次倒戈，我们的前途实不堪设想！"李宗仁急得如芒刺在背。

"德公不必着急，我有欲擒故纵之计，不需费一兵一卒，一枪一弹，亦不会影响军心。"白崇禧接着便将他的妙计对李宗仁如此这般地说了。

李宗仁虽然点头赞同，但仍催促道："只恐夜长梦多，还是尽快为好。"

白崇禧正在有条不紊地安排着他的"欲擒故纵"之计，这天，忽然李宗仁打电话来找他：

"健生，你马上到我这里来！"

"什么事？"白崇禧听出李宗仁说话急促，像是发生了什么事情，忙在电话里问道。

"杨腾辉派人来了，你快点到我这里来！"李宗仁压低声音说道。

"好，我马上来！"白崇禧急忙赶到总司令部见李宗仁。李宗仁从抽屉中取出一张委任状来，说：

"这是老蒋派人送给杨腾辉的委任状，杨腾辉又派人把它送到我这里来了。"

白崇禧看时，只见那委任状上写着："兹委任杨腾辉为广西善后督办。"下款有国民政府主席蒋中正的署名。白崇禧将委任状交还李宗仁，说道：

"请德公命人拟一张委杨腾辉兼广西财政委员会主任的委任状。"

李宗仁问道："要它何用？"

"欲擒故纵也！"白崇禧笑道。

"官太小了，只怕杨腾辉看不上呀！"李宗仁道。

"官虽小，财可粗，杨腾辉是个贪财敛聚之人，岂有看不上之理。"白崇禧道。

李宗仁即命人填写了一张"兹委任第七军军长杨腾辉兼广西省财政委员会主任"的委任状。白崇禧收下那委任状，对李宗仁道：

"我们一同接见杨腾辉派来的人，无论我说什么，德公只管点头答应。"

"好。"李宗仁道。

"把他们请到这里来吧。"白崇禧吩咐副官，"再准备一桌丰盛的酒席。"

杨腾辉派来送交蒋介石给的委任状的人，不是别人，乃是杨的亲信副官长李彦和心腹钟子洪。李、钟两人被引到李宗仁的办公室来，见李、白皆在座，心里顿时忐忑不安。他们给李、白敬过礼之后，白崇禧即过来和他们亲切握手，邀请入座。

"古语云：'识时务者为俊杰。'"白崇禧笑道，"杨军长即是桂军中之俊杰。他把蒋介石的委任状上交，表明了他对团体的忠心，我们要明令褒奖他。为此，李总司令已正式任命杨军长兼广西省财政委员会主任之职。"

白崇禧说着，便从李宗仁面前拿过那张刚填好的委任状，交给李彦。李彦和钟子洪原来以为李、白会严厉追查蒋介石给的委任状的来历，现在不但不追查，而且还奖给杨腾辉一个肥缺，李、钟二人顿时眉开眼笑，忙向李、白不迭地敬礼鞠躬，然后接过委任状。白崇禧又说道：

"目下，省境战事已靖，经济急待恢复，军队亦需整顿。你们回去可转告杨军长两事：一是请他派军部参谋长王哲渔为代表，赴贵阳与贵州省主席毛光翔洽商鸦片烟进入广西的过境税事宜；二是四、七、十五各军不久将要进行校阅，总司令部已决定四军张军长和七军杨军长两人为校阅委员会副主任。你们回去嘱告杨军长，请他务必做好准备，使部队到时能顺利通过校阅的各项科目。"

"是。"李彦和钟子洪起立答道。

李宗仁补充道："白副总司令，他们回去，恐怕说不太清楚，你还是写个手函让他们带回去交杨军长吧。"

"好。"白崇禧即抽笔写了函件，交给李彦。这时，副官来报，酒席已备好。

李宗仁站起，邀李、钟二人道："二位从百色来，一路辛苦了，总司令部备了便饭一桌，请即入席。"

"请！"白崇禧也邀道。

"总司令、副总司令请！"李彦和钟子洪见李、白把他们待若上宾，不禁受宠若惊。

李彦和钟子洪由南宁乘船返回百色后，将李、白给的委任状和信函一并交给杨腾辉，并将受到热情款待的情况一一做了报告。杨腾辉不由又咬碎了几包三炮台烟卷。原来，杨腾辉率部进驻百色后不久，副官长李彦即由广州回来了，同他一起来的还有蒋介石派来送委任状的两名使者。那两名使者住在军部，坐催杨尽快举事，率部由百色进攻南宁。陈济棠亦有密电来约杨一致行动，以便命余汉谋率军由梧州西上会攻南宁。杨腾辉对此颇为踌躇，他驻军百色，虽然可以从过境鸦片烟税上大发横财，但是这里是广西西部边陲之地，离广东甚远，进攻南宁，路程亦不近，对李、白无法突然袭击，胜算难操，失败了，连条退路都没有。而余汉谋的粤军此时又远在梧州，西上亦不易。李、白自击败滇军，解了南宁之围后，军心复振，第七军的副军长廖磊是白崇禧的亲信，杨腾辉对第七军是不能完全控制的。打，他实在下不了这个决心；拖吧，蒋介石的使者又每日上门来催，时间长了，难免不露端倪。杨腾辉无计可施，只得请他的参谋长王文熙前来密商。

"哲渔兄（王文熙字哲渔），这事怎么办？"杨腾辉牙齿上咬着烟卷，一副愁眉苦脸的样子。

王文熙也是上林青泰乡人，与杨腾辉是小同乡，从林俊廷时代起便跟着杨腾辉，颇善谋。他见杨腾辉一筹莫展的样子，忙献计道：

"军座，我们是一贯脚踏两只船的，什么风浪都闯过来了，今日这事，我看也不难。老蒋的使者，可把他们支走。军座只说他们长住军部，目标太大，如有个三长两短，百色这里又无退路，可请他们暂往梧州，联络余汉谋的粤军西上会攻南宁。"

"嗯。"杨腾辉点了点头。

"老蒋的委任状，目下看来是用不上了，不如把它送交李、白，以示忠诚。他们即使存疑，也查无对证，总不能开罪于军座，过了这一关，看形势再说。这样，我们在南京方面、粤陈方面，李、白方面均能踏上一只脚。"王文熙说道。

杨腾辉一生恪守"看风转舵，脚踏两只船"这一原则，王参谋长既然从这一原则出发献计，杨腾辉自然采纳。当下他便向蒋介石的那两名使者说明，为协调与余汉谋部的行动，请他们到梧州一行，又分别送了他们很多金银礼品，那两名使者也在百色小城待腻了，亦怕一旦事发走不出去，因此也很乐意到梧州去住一段时间。打发了两使者后，杨腾辉即派副官长李彦和亲信钟子洪拿着那委任状到南宁找李、白去了。杨腾辉为了应付不测，早已在百色下游的江边秘密备下一艘快艇，一旦事发，他在百色不能立足时，便下船潜往梧州去。同时，他令王参谋长紧紧控制军部特务营和莫树杰的一团部队，必要时，可以拉上山去。可是，李、钟二人由南宁回来后，杨腾辉更加踌躇了。因为李、白不但不追究那张委任状的来历，反而热情接待他的代表，又为他加官晋爵，甚至把广西的经济命脉也交给他掌管。杨腾辉不知是祸是福，变得更加谨慎起来。李、白要他派王文熙去贵阳谈判鸦片烟过境税问题，他也是喜忧参半，喜的是能抓住这个源源不断的财源，忧的是王文熙一去，使他失去一臂。当然，他也可以电呈李、白，另派委员去贵阳，可是，在杨腾辉眼中，"肥水"是不能流入外人田的，他咬了咬牙，还是把王文熙派往贵阳去了。正当杨腾辉五心不定的时候，这天，副官长李彦来报：

"白副总司令偕第四军张军长到！"

杨腾辉一惊，忙问："他们带多少人来？"

"随船卫士一个班。"李彦答。

"你立即通知特务营加强警戒！"杨腾辉命令道，"从码头至军部，沿途多置步哨。"

"是！"李副官长奉命去了。

杨腾辉这才偕副军长廖磊到码头迎接白、张。到了军部，白崇禧道：

"杨军长，我和张军长到此和你一同校阅第七军，时间颇为紧迫，今日便开始，三天结束，你看如何？"

杨腾辉最怕白崇禧在他的军部久留，他当然希望校阅时间越快越好，便说道：

"好，吃罢午饭便开始。"

三天后，校阅结束，白崇禧对第七军的整训甚为满意，对杨腾辉道：

"杨军长，德公和我考虑到你身兼军、财两重任，难以分身，其他地区的部队，你就不必和我们一道去校阅了，只是左、右两江同属一个校阅区，龙州尚驻有四军的吴师，校阅完吴师，你即返回百色如何？"

杨腾辉正想推脱，张发奎却说道："腾辉兄，四、七两军同是北伐时的铁军，如今又是同舟共济的兄弟，你一定要去龙州督导。"

杨腾辉想了想，如硬推脱不去，反使白、张生疑，龙州是张发奎的部队，张发奎与杨的私人交易又很密切，纵使白要为难他，张亦会出面袒护。另外，杨腾辉早年在林俊廷手下驻军南路时，与中越边境上的法国边防军警常有来往，目下驻龙州的法国领事及法方的对汛督办与杨腾辉均熟识，他去龙州，如看风向不对，即可避往越南转赴香港。杨腾辉带着一连精干的卫队，乘船在后，与白、张一同往龙州去了。船行至果德，张发奎过船来拉杨腾辉去打牌，杨腾辉不好拒绝，只得去应付。船由右江进入左江，时值冬季水浅，行速甚慢，第三天才到龙州。泊岸时，正值黑夜，白崇禧、张发奎、杨腾辉相继下船，当地驻军已派了三乘小轿来接，张发奎把白崇禧请上轿后，接着请杨腾辉上轿，杨犹豫了一下，但见他的卫队已开始下船，又见来接的部队确是张发奎的部队，便上了轿。那抬轿兵两腿如飞，在黑夜中也跑得极快，走了约莫十几分钟，杨腾辉伸头向外看时，才发现他的卫队没有跟上来，他忙拍着轿杆喊："停下！停下！"那抬轿兵似乎没有听见，仍然飞快地跑着，直到一座楼房前才将轿子停下。杨腾辉慌忙下轿，只见两支手枪已经一前一后顶住了他。他大呼：

"来人呐！来人呐！"

"杨腾辉，你勾结粤陈，投靠南京，背叛团体，罪恶昭著，死有余辜！"白崇禧厉声喝令。

"把杨腾辉押下去！"

第五十九回

地上神仙　黄绍竑逍遥香港岛
笼中黄雀　胡汉民被囚双龙巷

民国二十年一月二十五日，国民政府主席蒋介石在南京黄埔路中央军校他的官邸接见刚刚抵宁的黄绍竑。

"季宽兄脱离李、白，拥护中央，很好！这个，是很好的！"蒋介石对黄绍竑前来归顺大加赞许。

"主席，我是再也不愿打内战了。"黄绍竑摇着头，似乎很有些惭愧的样子，说，"今后我愿在主席的领导之下，做一点力所能及的，有利于国家的事情。"

"嗯，很好，这个，是很好的！"蒋介石又赞许道，"要是李、白都像你这样深明大义，事情就好办了。目下，国家既有内忧又有外患，欲使国家实现真正的统一，必须首先清除反对中央的军阀势力和江西的'共匪'。季宽兄到中央来，一定会有所建树的。"

黄绍竑明白，蒋介石会让他去干什么，却装得极为诚恳地说道：

"绍竑乃一介武夫，在军阀混战中，破坏了国家，今后希望为国家的建设尽力。"

"嗯，很好！"蒋介石点了点头，"目下，北方冯、阎的反动势力已被彻底消灭，环顾中国，只有你们大半个广西和小半个江西尚与中央对抗。江西共军，占领赣南为根据地，企图武装夺取政权，吾人是黄帝子孙，与共党势不两立，中央有把握消灭'赤祸'！"

蒋介石盯了黄绍竑一眼，严厉地说道："广西问题，必须马上解决，一定要将李、白捉拿解京究办，犁庭扫穴，使桂系势力永不能滋生！"黄绍竑面色惶恐，不敢说话。

黄绍竑（后中）携家眷乘船北上赴沪。后排左一为夫人蔡凤珍

蒋介石又盯了黄绍竑一眼，接着说道："季宽兄应当为中央解决广西问题贡献力量。我准备提请国民政府，任命你为广西善后督办。"

"主席……"黄绍竑内心暗喜，面色仍带惶恐，正要推辞一番，蒋介石却不让他说下去。

"放心，我即命陈济棠来京，着陈转令余汉谋部，予你以必要的助力，使你能顺利返桂办理广西善后事宜。"

谈话到此结束，黄绍竑怀着且喜且忧的心情，回到下榻处的安乐酒店。这安乐酒店在南京也算得上流酒店，酒店的老板不是别人，正是黄绍竑从前的上司——当年的模范营营长马晓军。自从黄绍竑夺了马晓军的"本钱"，将马部几百残兵率领投奔李宗仁后，马晓军曾到容县陈家祠堂来找黄索还老本，黄绍竑把他吓跑之后，他一直怀恨在心。今见黄绍竑宣布脱离李、白，只身来京归顺中央，马老板认为正是报仇雪恨的时候，便纠集一小撮人包围黄绍竑住的房间，大贴标语。一时间，南京街上和安乐酒店旅馆部即出现了许多"打倒破坏国家统一的罪魁祸首黄绍竑！""打倒替桂系实行苦肉计的奸贼黄绍竑！""打倒欺骗中央的黄绍竑！"的标语。马晓军又上书国民政府，要中央惩办黄绍竑，不要为其"苦肉计"和"缓兵计"所蒙蔽。

黄绍竑躲在旅馆房间里，急得像热锅上的蚂蚁一般，他既怕马晓军派人冲进来将他毒打一顿以解当年被夺权之恨，又怕这一阵风波搅乱了他的计划，使蒋介石怀疑他是与李、白密谋打入中央的。因为他在香港的时候，港粤报纸便曾揣测他是假投降，用孙行者钻入铁扇公主腹中翻跟斗的办法，替桂系解脱困境。黄绍竑一边命他的两名随从把守房门，一边在房中急切走动谋思对策。他忽然发现桌上有一部电话机，便抓起话筒，给蒋介石的侍从室打电话，不一会，话筒中便响起蒋介石那宁波腔：

"季宽兄放心，我即命人前去弹压，这个，中央是绝对相信你的，不要顾虑，唵，不要顾虑。"

黄绍竑明知，蒋介石是不会绝对相信他的，只不过欲利用他在桂系中的影响，来收拾李、白罢了。而黄对蒋，也是出于一种利用，他要利用蒋介石消灭桂系的迫切心理来达到升官发财的目的。现在，既然蒋介石要利用他，就不会让马晓军捣乱。果然，蒋介石放下电话筒不久，几辆警车和一队警察便开到了安乐酒店门前，首都警察厅厅长吴思豫亲自前来替黄绍竑解围，警察们一顿棍棒，将闹事者驱散了。马晓军本是个胆小如鼠的人，经这一弹压，吓得再不敢乱说乱动，每日只以好酒好菜招待黄绍竑。一个星期后，陈济棠奉召到京，蒋介石在官邸同时召见黄绍竑和陈济棠。蒋介石命令陈济棠以军事力量帮助黄绍竑上台行使职权，着陈回去即在梧州设立前线指挥所，命余汉谋部溯江而上，进攻广西，又命黄绍竑随陈返回梧州，设立广西善后督办公署，收拾广西局面。陈济棠领命，唯唯而退。蒋介石留下黄绍竑，将一张面额二十万银元的支票交给黄，嘱道：

"这是给季宽兄筹备就职用的，请先收下，如果以后有更多需要的话，随时可以打电报来要。"

黄绍竑收下那二十万元支票，说道："广西民风强悍，一向仇视客军，近年来，中央军、湘军、粤军、滇军数次入桂，皆遭失败，中央如用武力解决李、白，恐怕旷日持久，不仅地方糜烂，还将影响江西的'剿共'战争。"

黄绍竑正是不想打仗才从广西跑出来混的，如果他再回梧州去，跟在余汉谋的粤军屁股后面与李、白打仗，不见得能将李、白消灭，如果失败，既不能见容于李、白，也不能见容于蒋介石，结局不堪设想。即使消灭了李、白，桂系彻底覆灭，蒋介石也不见得会重用黄绍竑。黄绍竑希望在蒋介石和桂系之间有一种平衡，一种可以走钢丝的平衡，他可以凭着自己的手段，从这一头走到那一头去，又从那一头走到这一头来，两头的好处他都可以分享。既然中国这块土地上能造出那么多的派系来，为什么不可以造出一些专吃派系摩擦饭的人来呢？打，需要人煽风点火；和，需要人奔走牵线，黄绍竑是个自信"天生我材必有用"的人，这个时代也正好成全了他。

"嗯，季宽兄到底认为怎么好呢？"蒋介石也觉得黄绍竑的话不无道理，两个月前，他命前敌总指挥张辉瓒率十万人进入江西"剿共"，他亲自指示张辉瓒采取"并进长追"的战略，以主力五个半师由南昌西南的上高、高安、万寿宫、樟树等地分路向吉安、吉水、永丰、乐安、宜黄等地进攻。国民党军队进至龙冈，受敌包围，前敌总指挥张辉瓒以下九千余人被俘。蒋介石的"围剿"以损兵折将惨败告终，他又气又惊，正在调兵遣将，准备对江西红军实行第二次更大规模的"围剿"。在此情况下，他当然不可能拿出更多兵力来对付广西李、白。

"介公前年解决武汉问题，兵不血刃而收奇效，其后又有吕焕炎、黄权、蒙志、杨腾辉等人举事，李、白最怕介公这一着啊！"黄绍竑简直摸透了蒋介石的手腕，忙顺膝摸瓜献计。

"嗯，这个，这个，好，就这么办，需要款项你随时打电报来，钱要舍得花，不必计较，钱是不必计较的，唵。"蒋介石对用金钱收买分化敌方，从不吝啬，因为这个胜利来得容易。若论军事才能，蒋介石本在李、白之下，但是，蒋介石用金钱收买、分化、瓦解敌方将领的本事，在中国军事史上，他则是个特殊的天才。李、白之败，冯、阎之败，唐生智、李济深之败，莫不是败于此。蒋介石以十万之众，打不过四万红军，那是他的金钱花不到共产党那里去，这个看家本领使不上，蒋家军便只有一败涂地了。因此，对黄绍竑的建议，蒋介石很快便决定了下来。

黄绍竑从蒋介石的官邸出来，找着陈济棠，与陈合计了一番，他请陈先回西江去布置，他在上海还要逗留数日。陈济棠外号"陈瘟猪"，又名"陈福将"，才干平平，这几年来却扶摇直上，取代了李济深在广东的地位。不过，他对李宗仁、白崇禧、张发奎的声望却总有几分畏惧。民国十七年东江大战，陈济棠和陈铭枢率部在五华与张发奎的第四军相遇，陈济棠的部队刚一接战便吃了"头啖汤"，首先败阵，影响了陈铭枢的蒋光鼐、蔡廷锴两师的军心，动摇了全线阵脚，陈铭枢无法支持，迫得向兴宁败走。第四军第十二师师长吴奇伟令部下打出两面黄旗，一面上书"活擒陈和尚"[1]，另一面上书"生劏陈瘟猪"，衔尾穷追两陈。若不是黄绍竑率大军赶到相助，二陈说不定真的被"活擒"和"生劏"了。二陈主持广东军政大权后，桂、张军先后两次侵粤，虽遭失败，但目下他们驱逐了滇军，军威复振说不准有再次图粤的打算。

因此，陈济棠受命后，不敢怠慢，便急于赶回广东到梧州布置。他对黄绍竑道：

"请季宽兄在上海办完事，即回梧州去坐镇。"

"一定，一定。"黄绍竑连连点头。

其实，黄绍竑在上海哪里有什么事办，他头上戴着蒋介石封的"广西善后督办"的桂冠，手里抓着蒋介石送的二十万块钱，心里痒痒的，他要在上海这花花世界里声色犬马尽情地玩乐一阵。玩够了，他才回到香港。陈济棠听说他回到香港，即派人去催他快到梧州坐镇，黄对来人说："告诉伯南兄，我在上海办事累了，需暇整几日。"黄绍竑在香港"暇整"，他把蒋介石给的那二十万元就职筹备费在九龙窝打老道买了三幢洋房，舒舒服服地住了起来。进新房的那天，他邀请一班故旧老友来吃酒庆贺。夜深人静，客人散尽，黄绍竑醉意微醺，翘着腿，惬意地摇晃着，对夫人蔡凤珍道：

"我们在香港总算有了自己的房子啦！"

蔡凤珍在欣喜之余，又有些忧虑之情，她看着这装饰华丽漂亮的洋楼和志得意

---

[1] 陈铭枢信佛，字真如，有和尚之称。

满的丈夫，轻声说道：

"这二十万块钱，是蒋介石给你到梧州就职的用款，你不到梧州去就职，却用来买了洋房，蒋介石追究起来怎么办呢？"

"哈哈，你真是妇人之见了！"黄绍竑一边摇晃着腿，一边十分得意地说道，"只要广西问题一日不解决，蒋介石就一日不会放弃我的，一个督办名义和二十万块钱，在蒋介石手里又算得了什么呢？我有本事还要再骗骗他！"

"你还要找他要钱？"蔡凤珍有些担心地说道，"我看，现在房子也有了，我们也还有些积蓄……"

"你又妇人之见了！"黄绍竑摇着脑袋直笑，"如果我不再向老蒋伸手要钱了，他可不高兴啦！"

"为什么？"蔡凤珍实在闹不清楚黄绍竑到底玩的什么鬼把戏。

"老蒋要我用巨款收买李、白部下的将领，如果我不再问他要钱，岂不是说明我不为他出力吗？向他要钱越多，说明我越卖力啊！"黄绍竑得意洋洋地说着。"有钱，有官，有房，有玩，这真是神仙也羡慕的生活啊，过几个月，我再带你到南洋、美国、法国去玩一玩，开开眼界。"黄绍竑说得更加兴奋起来，顺手将夫人一把搂在怀中，喃喃自语着，"人生，人生不就是应该这样嘛……"

却说蒋介石遣黄绍竑、陈济棠分别以金钱和武力双管齐下，去对付李、白后，心情甚为兴奋，他每日都在中山陵的陵园官邸住宿，徜徉于秀丽的陵园风光之间。国内最大的反蒋势力——冯、阎的庞大军队——终于被他彻底打垮了，以"扩大会议"为反蒋势力推波助澜的汪精卫，又成了亡命客。放眼中国，只剩下势孤力单的李、白尚在负隅顽抗。李、白经过几次惨败之后，如今兵微将寡，饷械两缺，内部分裂，一向自吹牢不可破的李、黄、白体制已经被抽去一根柱子，黄绍竑不愿跟李、白为桂系殉葬，也不得不投向南京。蒋介石深信，凭着陈济棠粤军的压力，以巨款收买黄绍竑，要不了多久，李、白就得步冯、阎后尘。广西问题一解决，国民党内的反蒋势力便寿终正寝，今后便是清一色的蒋家天下了。至于江西的"共匪"，蒋介石并不看得十分严重，他正在调集二十万大军，准备于四月一日开始进行第二次"围剿"。现在是二月二十八日，明天是三月一日，离第二次"围剿"的时间还有一个月，这一个月里头，黄绍竑、陈济棠对李、白的布置也差不多了，到四月底，最迟五月初，必须同时解决江西的"共匪"和广西的李、白。到那时，中国的统一便实现了，真是"鸿鹄高飞，一举千里。羽翼已就，横绝四海"。蒋介石越想越高兴，命令侍从参谋：

"通知何总长，江西'剿共'战事要他加紧准备，务必按计划发动，按计划结束。"

"是！"

"电令黄绍竑和陈济棠，务必于五月初进占南宁。"蒋介石又命令道。

"是！"侍从参谋忙去传达命令去了。

蒋介石一抬头，看见冬日中巍峨的中山陵，竟像诗人忽然获得了某种灵感似的，表现得欣喜欲狂。他心中长期留存的一个梦想，很快就要变成现实了——他要当中华民国的大总统。继孙中山之后，成为名垂青史的大总统，孙中山推翻清朝，蒋介石统一中国，这将是民国史上的两座丰碑！何时就职呢？孙中山先生于民国元年一月一日在南京就临时大总统职——"不，不，不，到明年元旦，时间太久了！"蒋介石摇着头。民国十年五月五日，孙中山先生在广州就非常大总统职——"嗯，好，这个，很好！"蒋介石自言自语，终于找到了他当总统的最好时机。五月五日，无论是江西的"共匪"还是广西的李、白，都将被一鼓荡平，到了那时，六合统一，天下归宁，正是他登上大总统宝座的绝好时刻。

"介公，致胡展堂先生的信已经拟好了，请您过目。"秘书长杨永泰拿着十几页信笺进来呈蒋介石阅示。

蒋介石一看到杨永泰奉命草拟致立法院长胡汉民的信，仿佛那大总统的宝座被胡汉民一把推倒了似的，一片愤怒之火顿从心头窜起，一下直冲顶门。

原来，胡汉民自民国十七年八月底从欧洲回国后，接着就到上海、南京，倡议试行五院制。到了十月，胡汉民把蒋介石捧上国民政府主席的高位。时人讥胡为叔孙通。因为根据孙中山先生手订的《建国大纲》，当时实行五院制条件并不具备，南京国民政府所控制的地方，只不过长江下游几省，中国处在四分五裂的战争状态之下，胡汉民不顾仍处于军政时期的事实，硬说是训政，又来一套宪政的制度。蒋介石明白得很，这是胡为了抵制政敌汪精卫的一套手法。蒋介石将汪、胡一向玩弄于股上，也就欣然接受胡的建议。由谭延闿、王宠惠、戴传贤、于右任分任行政、司法、考试、监察等院院长，立法院院长，由胡汉民充当，蒋则任国民政府主席兼陆、海、空三军总司令。胡汉民当了立法院长，给蒋介石帮了大忙。蒋介石讨桂，讨唐，讨冯、阎，胡汉民都竭尽全力，出谋划策，为蒋介石削除异己立下了汗马功劳。

1931年2月28日，因反对约法，被蒋介石扣押在南京双龙巷的国民党元老胡汉民，站立者为胡汉民女儿胡木兰及外孙

可是，随着军事上的胜利，蒋介石与胡汉民之间的矛盾也变得日益尖锐起来。在去年九月十八日，张学良奉命入关"勤王"，对冯、阎战事已稳操胜券之后，十月，蒋介石即由开封致电南京国民党中央，建议提前召开第四次全国代表大会，以确立召开国民会议颁布宪法的日期。这封电报到了中央政治会议主席胡汉民之手，他琢磨蒋介石要召集国民会议，制定训政时期的约法，是要当五院之上的总统了，因为孙中山先生手订的《建国大纲》规定："由总统任命五院院长而统率之。"胡汉民怎肯受蒋介石的统率？他之出任立法院长，出于为了抵制汪精卫外，还有一种政治上的幻想。他这次游历欧洲，对当年土耳其总统凯末尔的事迹颇感兴趣，凯末尔打败希腊统一全国后，便经常在风景区幽居，过着美酒妇人的生活，把国家交给独眼龙伊斯默治理。胡汉民很想当中国的伊斯默，可是，蒋介石却不愿当中国的凯末尔。

为了反对蒋介石当总统，胡汉民将蒋的电报压下不发。蒋介石得知胡汉民竟敢扣压他的电报，一气之下，即将电文发往上海见报。胡汉民见蒋介石不把他放在眼里，气得对属下大发牢骚："我这个立法院长，变成他（蒋介石）的一架开会机器了！"蒋介石也不管胡汉民反对，硬是要召开国民大会，制订宪法，以便登上大总统的宝座。四天前，他约请胡汉民、戴季陶、吴稚晖、张群等人到中央军校他的官邸开会，专谈约法问题。众人都知道蒋介石想制订约法当总统，便都纷纷发言，阐述制订约法的重要性和必要性。张群是蒋介石的亲信，有蒋之走狗的称号，他更是大谈特谈"立宪救国论"，以逢迎蒋介石。

胡汉民听了很不耐烦，用手敲着桌子以元老资格教训道："我亦不是不主张约法和宪法，并且我深信是为约法和宪法而奋斗的。实在说一句，当我开始反对清朝，提倡民权主义的时候，还不知道你们在哪里？我在立法院，未尝不可制订一个约法、宪法来，但立出一个约法、宪法来，是不是就算实行民权主义了呢？现在各项法律案还没有完备，就是有了一些，又因军权高于一切，无从发挥其效用。所以，我不主张马上有约法和宪法。"

胡汉民驳的是张群，其实是指着鼻子在骂蒋介石，特别是"军权高于一切"那一句，蒋介石更是耿耿于怀，他干笑了两声，压着满腔火气，说道："这个，胡先生的意见，这个，嗯，关于约法和宪法之事，这个，下一次再议吧！"

蒋介石想来想去，胡汉民为什么坚决反对立宪，准是他要凭借自己的元老资格想当总统。"娘希匹！"蒋介石狠狠地咒骂着，"你也想当总统？癞蛤蟆想吃天鹅肉！"他忙把秘书长杨永泰唤来，命杨以他的名义草拟一封致胡汉民的信函，他非要把这个拦路石搬掉不可。那杨永泰虽然是广东南路人，但却有着十足的绍兴师爷手腕和政治野心，他想当立法委员，请蒋介石推荐，可是立法院长胡汉民却不买账，以杨当年做广东省长时投靠旧桂系岑春煊、陆荣廷，大骂中山先生为孙大炮作理由，不让杨永泰进立法院。一报还一报，这下，杨永泰总算找到了报仇的时机。他代蒋拟的致胡的信函，简直是一颗要命的炸弹，胡汉民看了，不被炸昏，也被击懵……

却说蒋介石接过杨永泰拟的信函，便坐到办公桌前披阅起来，因杨永泰一向善于揣测人主之意，对蒋、胡之争，也知之甚详，他起草的信函很对蒋介石的胃口。蒋介石一边看，一边用笔在旁边加注，然后在信末签上了自己的名字，他把信交给杨永泰：

"今晚在军校我的住宅开会，到时由秘书把信交给他看，看后一定要收回！"

"是。"杨永泰点头，忙着回去准备晚上的会议去了，他知道，晚上准有一场好戏看。

这天晚上八点钟，胡汉民乘汽车到中央军校蒋介石的官邸开会。汽车在蒋的官邸门口停下后，蒋介石的侍卫长王世和便带着十几名侍卫围上来，王世和对胡汉民道：

"今晚商谈军国大事，总司令吩咐所有卫士随从均不得入内。"

胡汉民撇了撇嘴，正要发脾气，他瞅见卫兵室里果然待着几十名卫士随从，似乎吴稚晖、王宠惠的秘书也在里头，他想了想，这才对他的八名卫士挥了挥手，说了声：

"你们就在那里等我吧！"

胡汉民没有随从卫士跟着，那威风顿时减了一半，他自己提着手杖，拿着黑呢礼帽，孤零零地步入客厅。客厅中坐着戴季陶、朱培德、吴稚晖、王宠惠、何应钦、叶楚伧、刘芦隐、陈果夫、陈立夫，除了张群，仍是那天讨论约法和宪法的那些人。胡汉民到哪里，一向有人跟随，他今天独自一人进入客厅，手中拿着的手杖和礼帽，一时不知该往哪里放。座中人都向他点头招呼，请他入座，但他却捧着手杖和礼帽，不知所措地站着。他感到自己受着某种预先安排的冷落和捉弄，正要发脾气，只见国府秘书高凌百不知从什么地方走了进来，他来到胡汉民跟前，躬了躬身子，将胡的手杖、礼帽、大衣接了过来，然后说道：

"胡先生请里边坐。"

胡汉民以为蒋介石在里边的房间等着他商谈军国大计，便跟着高凌百往里走。走过几间房子，便进入一间餐室，胡汉民看时，里边果然坐着一个人，但却不是蒋介石，而是首都警察厅厅长吴思豫。胡汉民愣了一下，正要掉头往外走，高凌百却拦住道：

"胡先生请坐，这里有你一封信。"

高凌百说着，便从西装衣袋里掏出一封厚厚的信函，双手呈交胡汉民，说道：

"请胡先生坐下看。"

胡汉民接过信，便在餐桌旁拣个座位坐下，从信封中把信抽出，看了起来。这时，警察厅长吴思豫和国府秘书高凌百，一左一右站立在胡汉民身旁，那神气和模样竟似传讯罪犯一般。胡汉民因急于看信，一时倒也不曾在意。他展开那信看时，马上便气得发抖，这哪里是什么信函，简直是一份问罪书，信中罗列了胡汉民十大罪状：反对政府、反对国府主席蒋介石；党务方面，胡专权；政治方面，胡误国；经济方面，胡害民；其他如反对约法，破坏行政，阻挠法治，勾结许崇智运动军队图谋不轨等等。

"荒唐！荒唐！"胡汉民用手擂着餐桌，大叫道，"无耻！无耻！"

高凌百乘胡汉民大发脾气之机，忙从餐桌上把那封信一把抓到手中，向胡躬了躬身子，说道：

"总司令吩咐，这封信要收回。"

"你把介石给我找来，我有话要对他说！"胡汉民气呼呼地命令高凌百马上去找蒋介石。

"总司令正在开会，请胡先生先吃饭！"警察厅长吴思豫忙说道。他领口上那两块金色的盾牌领花，在灯光下发出灿烂夺目的光亮。

"你是什么东西！"胡汉民的脾气大得很，在国民党内，除了孙中山先生，谁也不在他眼里，对显赫跋扈的蒋介石，他从来就是直呼其名，更何况一区区警察厅长。"住嘴！你有什么资格跟我说话！"胡汉民大声叱喝着，吴思豫只得老老实实地侍立，不敢再多嘴。

胡汉民虽然脾气很大，但个人操守却极好，他不贪财，不渔色，学问好，忠于职守。南京政府的大小官员们，每周末都要到上海去花天酒地，狎妓取乐，胡汉民却在南京不出都门一步，除了忙于政务，闲暇时便吟诗赋词。他虽然政治上有抱负，可是时代却偏偏把他造就成"帝王师"的角色。他从欧洲返国时，途经香港，他的老友邓泽如便劝他不要到南京去供蒋介石利用，他却说："自古武人只能马上得天下，没有文人就不能马上治天下。汉高祖还要有个叔孙通帮他订朝仪。现在只要做到不打仗，就可以用法治的力量来约束枪杆子。我即使不去南京，也自会有人去受他利用。"邓泽如见胡执意入京，便以竹笼内装小黄雀相赠，预示胡入京之下场。

今日，此事果然应验，胡汉民气得在餐室内狂奔乱走，真如一只被禁锢在笼中的小黄雀一般。

直到半夜十二点钟，身着戎装的蒋介石才姗姗迟来，他身后，跟着挂盒子枪的侍卫长王世和。胡汉民见蒋介石来了，也不打招呼，只是急忙走上去，歪着头，几乎把他那金丝细边眼镜凑到蒋介石的脸上去了。他在蒋介石的脸上仔细瞧了一番，这才说道：

"介石呀，我看你的气色不对，你一定是得病了吧？"

蒋介石一进门，便估计胡汉民会对他大发脾气，甚至动起手脚来，因此他特地带着侍卫长王世和，以防不测。可是，胡汉民不但不发脾气，却平平静静地问起这没头没脑的话来，使蒋介石好生纳闷，他只得说道：

"我没有病。"

"那很好，我以为你发了神经病了！"胡汉民尖刻地笑道，"你给我的信，我已经看过了，你在信中胡说八道，颠三倒四，全不像是一个神志清醒的人所言，我建议你还是慎重一些，不妨先到中央医院去检查一下神经系统有无失常。"

蒋介石被胡汉民说得脸上一阵热辣，真比挨打了几个耳光还要难受，他强忍着火气，正色道：

"胡先生，我那信中说的难道不是事实么？"

"事实，哼，那我就给你讲事实吧！"胡汉民把袖子一甩，说道，"你要讨伐桂系，我就把陈伯南从李任潮手下拉给你；阎伯川要挟你出国，我就电责他'党国有纲纪，个人进退不能自由，今欲挟介公以俱去，窃为不可。况部属要挟，更不足为训也'，阎伯川这才不敢妄为；你要讨伐唐孟潇，我在中央政治会议上极力倡导开除唐的后台汪精卫及其陈公博、甘乃光的党籍，使唐政治上孤立无靠；你要讨伐冯、阎，我坐镇南京，为你撑腰壮胆，以党统身份，从政治上摧毁冯、阎的扩大会议，使你军事上得以顺利进行，如此等等，难道都是我反对你的事实么？"

"这个，这个，这个……"蒋介石被胡汉民说得面红耳赤，胡摆的这些事实，从反面给了蒋介石几记狠狠的耳光，没有胡汉民在政治上的帮忙，蒋介石绝不能为所欲为。他虽然理屈词穷，但却并不认输，"这个"了一阵后，才找到理由："胡先生反对张汉卿，就是反对我蒋中正！"

胡汉民把眼睛一瞪："我反对张汉卿什么啦？"

"胡先生不赞成张汉卿做陆、海、空三军副总司令！"

"不错，我的确不赞成这种肮脏的交易。我不赞成，为的是顾惜国家名誉。领导政府，不应当自己为郑庄公，把别人当共叔段。你这一套把戏，并不新鲜，对冯焕章、对阎伯川都用过，现在又施之于张汉卿。我以行政治军，用不着这种卑鄙手段！"胡汉民气咻咻地拍着桌子，声色俱厉地教训着蒋介石。

从上海十里洋场出来的蒋介石，如何受得了这种呵斥，胡汉民虽然是党国元老，孙中山先生的重臣，但他除了发脾气之外，手中毫无实权，蒋介石现在眼看已扫清了统一的道路，他要当大总统了，是到把这个精瘦刻薄的老头子像敝屣一样扔掉的时候了，免得他在面前碍手碍脚。蒋介石也把桌子一拍，大叫道：

"住口！你再胡言乱语，我就把你抓起来！"

"嘿嘿，抓我？"胡汉民走过去，用手指点着蒋介石的鼻子，"介石老弟，你敢抓我胡汉民，你摸摸你那肝脏旁边，到底生了几个胆啊？"

"王侍卫长！"蒋介石大叫一声。

"到！"一直跟在蒋介石屁股后面的侍卫长王世和应声走到前面来。

"给我把他押下去！"蒋介石声嘶力竭地叫喊着。

"你……你……你敢！"胡汉民连肺都要气炸了。

王世和从腰上拔出手枪，把胡汉民一推："走！"

"反了！反了！反了！"胡汉民踉踉跄跄，被门槛一绊，"噗"的一声跌倒。

蒋介石扭头便走。首都警察厅长吴思豫忙把胡汉民扶起来。天还没亮，胡汉民便被押往汤山，和正在软禁中的李济深做伴去了。

胡汉民本患有高血压，经这一激、一怒、一跌，那血压一下子往上蹿到一百九十。他在汤山不吃不喝，昏沉沉地躺在卧榻上，人事不省，急得前来为他治疗的国府卫生署署长刘瑞恒大惊失色，不知所措，赶忙回去禀报蒋介石去了。

胡汉民在昏迷中，忽听耳畔有人在急切地呼唤他：

"先生，先生，你醒醒，你醒一醒！我有话说，我有话说！"

胡汉民双眼慢慢睁开一条缝，当他看见趴在他身旁呼唤的不是别人，正是他的亲信，国府文官长古应芬时，那双充满血丝的眼睛倏地睁得老大。

"先生，先生……"古应芬见胡汉民终于苏醒过来，忙惊喜地看着他，舒了一口气。

胡汉民欠起身子，向周围望了望，见只有古应芬一人在旁，便轻声吩咐道：

"不要管我，你马上赶回广东去，要伯南联合广西李、白，树起反蒋旗帜，跟蒋介石算账！"

"好！"古应芬点了点头，紧紧地抓着胡汉民那冰冷的双手，"先生……"

"快去！迟了你就走不脱啦，今晚是周末，你夹在那些去上海鬼混的政府官员们之中，谁也不会怀疑你的。"胡汉民无力地推搡着古应芬。

古应芬匆匆下了汤山，当夜即离开南京，经上海乘轮船到广东策动陈济棠反蒋去了。

过了几天，经过司法院长王宠惠的关说，蒋介石才批准将胡汉民由汤山押到南京双龙巷胡的私宅休养。但是不准胡接见任何人，不准打电话，不准与外界通信。蒋介石派了一连宪兵，将双龙巷里里外外围个水泄不通。胡汉民身旁，只有他的女儿胡木兰和一名年老的女佣随侍。堂上，挂着一只小巧的鸟笼，那只黄雀在笼中飞来飞去，不时好奇地打量着那个病歪歪的在院子里踱步的精瘦老头。胡汉民看着笼中的黄雀，不禁忆起过香港时老友邓泽如的劝说，这才想起邓的一片用心良苦。想不到自己如今身陷囹圄，堂堂的党国元老、立法院长竟落到笼中黄雀一般的地步，他又气又恨又心酸，颤颤巍巍地唤过女儿：

"木兰，把笼中的黄雀放了吧！"

胡木兰十分理解父亲的心事，她拿过鸟笼，对着黄雀道：

"你飞到广东去吧，给我们带一个信！"

她打开鸟笼的门，那黄雀呼地一下飞出去了，展翅上了蓝天。胡汉民扶着手杖，呆呆地望着远去的黄雀，口中喃喃道：

"广东，广东那边不知进行得怎样了。"

第六十回

顽石点头　古应芬诡说陈济棠
受骗上当　张发奎绝情汪精卫

在广州的东堤和东山之间，有个小小的岛屿，名叫二沙岛。岛上有一座建筑别致秀丽的颐养园，它的全称是"珠江颐养园留医院"，人们通常只称它"颐养园"。园中曲径回廊，楼台亭阁，翠竹绿树，水榭荷花，景色如画，它像露出珠江水面的一颗宝石，日夜闪烁着迷人的光彩。园中最豪华的建筑名叫红楼，楼前有一方很大的池塘，塘中栽荷花，成群的红鲤在悠闲地结伴嬉戏。坐在楼上的栏杆旁，可以飞钓自乐。夏夜里，凭栏远眺，可见珠江上小艇悠然，几点萤火与江上渔火相映，闪闪忽忽，耳畔蛙声虫鸣，更使人心旷神怡，陶醉在这诗情画意之中。

陈济棠毫无闲情逸致。他身着长袍，左手端把银制的水烟壶，右手指夹着一支长长的纸媒，正在这宽大幽静的阳台上转着，转着。他忽而跳上一张紫檀木太师椅，双脚蹲在椅面上，呼哧呼哧地吹燃手中的纸媒，点着水烟壶烟斗上的烟丝，嚯嚯嚯地抽起烟来。抽了几口，他又不耐烦地从椅子上跳下，在阳台上独自转着。他从内阳台转到露天阳台，将身子背靠在栏杆上，这里看得见颐养园的正门，那古典园林式的门楼，正中上方镶有"珠江第一岛"的横额。不过，从红楼上看去，只能看得见门楼后上方的"云山在望"几个飘逸的大字。远远望去，可见雄伟的白云山。门楼后是一座小院，有几丛俊逸潇洒的紫竹，而最引人注目的则是那座"点头石"的假山。此乃岭南名画家高剑父用土敏土仿姑苏城有名的点头石形状制成，上刻一尺见方的"点头"两个大字，其下碑石刻有"姑苏城外，有点头石，相传生公说法，顽石点头，高仑剑父，仿制成此，虽非顽石，亦号点头……"

粤军将领陈济棠

"我点不点头呢？"陈济棠两眼盯着院子中那座"顽石"，愣愣地出神。

陈济棠自从到南京奉蒋介石以军力相助黄绍竑打回广西，收拾桂局的指令后，回到广州即乘海虎舰上溯梧州，与他手下大将余汉谋密商。那余汉谋颇有谋略，他对陈济棠道：

"伯公，我们怎可为人火中取栗？"

"可这是老蒋的意旨，怎好违抗呢？"陈济棠当然不愿为黄绍竑火中取栗，这除了牺牲自己的兵力和粮弹外，他还有着一种最大的顾虑，那就是对黄绍竑从广西跑到南京的意图，他甚感怀疑，或许这是李、黄、白对蒋对粤实行的一种缓兵计，特别是那个"小诸葛"白崇禧，诡计多端，陈济棠生怕黄绍竑与李、白预谋，从中算计他。目下他心里很不愿意命余汉谋再沿江而上，冒孤军深入之险，但又怕蒋介石追究他抗不从命，因此左右为难。余汉谋探知陈济棠的心意，便建议道：

"伯公可在梧州设立总部前线指挥所，表面上虚张声势，实际上却按兵不动，如果老蒋追究起来，伯公就推说需里应外合方能成事，把责任全部推到黄季宽的身上。"

"好，就这么办！"陈济棠便在梧州设立前线指挥所，表面上张扬一番，此举颇弄得梧州沿江上下风声鹤唳，人心惶惶，以为粤桂之间又要开战了。

陈济棠正在梧州虚张声势，这一日，忽见他的盟兄古应芬匆匆来访，陈济棠甚感诧异，忙问道：

"勷勤兄（古应芬字勷勤）身为国府文官长，从南京千里迢迢到此，不知有何贵干？"

古应芬忙把陈济棠拉到一旁，悄悄说道："展堂先生被老蒋扣留了！"

"啊！"陈济棠眨巴着他那双有些混浊的眼睛，惊问道，"这是怎么回事？"

古应芬便将蒋介石打垮冯、阎、桂系之后，野心膨胀，要提前召开国民大会，制订约法、宪法，以便登上总统宝座，实行更大的独裁，说到胡先生如何维护党统、法统，反对蒋的做法，胡、蒋两人如何争吵，蒋如何扣胡，他如何上汤山探望胡，胡如何暗中嘱他南返，请陈树起反蒋旗帜，开府广州等等情况，详细向陈济棠说了。陈济棠觉得此举事关重大，忙问古应芬道：

"我们今后怎么办？"

"梧州不是商量大事的地方，请伯南兄立即返回广州去，以便确定方针大计。"古应芬道。

陈济棠向余汉谋匆匆交代过后，便和古应芬乘海虎舰急忙返回广州。一路上，古、陈二人相对而坐，古应芬对开府广州，早有腹案，他对陈济棠道：

"要救胡先生，必须尽快揭橥反蒋，开府广州。我已酝酿得甲、乙两案：甲案是与陈真如合作一同反蒋；乙案是联合广西的李、白，两广合作，共同反蒋。"

"嗯。"陈济棠点了点头，不知他是赞成甲案，还是乙案，或者甲、乙两案都赞同。

"伯南老弟，你是主将，主意怎么拿，你明白对我讲吧。"

"嗯。"陈济棠又点了点头，说道，"盟兄的事，就是我的事，盟兄要救胡先生，小弟甘愿两肋插刀。"

"我说的这两案，你看哪一案合适？"古应芬见陈济棠迟迟不肯表态，忙催促道。以他之意，陈济棠一返回广州，就必须发出讨蒋通电。

"陈真如嘛，"陈济棠一边嚯嚯地抽着水烟，一边说，"他是个阴险的军人政客，和老蒋一个鼻孔出气，如果把这一计划告诉他，老蒋岂不很快就摸准了我们的底？"

"唔，"古应芬若有所思地摸着下巴上的稀疏胡须，"看来老弟是要实行乙案了。"

"广西李、白，虽然反蒋，但他们与老桂系陆荣廷一脉相承，对广东贼心不死，白崇禧诡计多端，跟他们联合，是与虎狼同居呀！"陈济棠又噜噜噜地吸了几口烟，讪笑着，"盟兄，人们不是在背后说我是猪么，李、白见了我，他们那口水不要流三尺长才怪哩！"

1931年5月27日，广州召开"国民党中央执监委员非常会议"。前排右至左：陈济棠、古应芬、孙科、唐绍仪、邓泽如、汪精卫、陈友仁、邹鲁、李文范、陈策

"真如不可靠，李、白不能联，老弟，你自己的资望和力量都不足以号召呀！"古应芬有些急了。

"这事情重大，我回去必须和部下好好商量。"

"老弟，"古应芬更急了，"我们要不快点动手，胡先生即使不被老蒋害死，也会气死、病死的！对此，你怎能无动于衷？你想想，当年我是怎样帮助你的？"

古应芬对陈济棠的扶植，据说颇似张静江对蒋介石一般，恩重如山。早在民国十年的时候，陈济棠还是粤军第一师第二旅的一名团长，古应芬任孙中山大本营的秘书长，古向中山先生保荐了陈济棠当旅长。后来，又经古的活动，陈济棠得赴苏联考察。陈回国后，古应芬请第四军军长李济深升陈为第十一师师长。古应芬时任广东财政厅厅长，利用职权，以大量金钱支持陈济棠扩军，培植羽翼，企图称霸广东。古、陈又结为"金兰"之交，陈拜古为盟兄，言听计从。当蒋介石扣留李济深于汤山后，古应芬又支持陈济棠在广东篡夺了李济深的军权。不到十年的时间，古应芬把陈济棠由一名小小的团长推上了称霸一方的军阀。陈济棠对古应芬之恩，自然不能忘怀。但是，陈济棠对于反蒋，又颇多顾虑。蒋军大量集结于赣南"剿共"，陈铭枢的蒋、蔡两师又驻在福建，陈济棠即使联合广西李、白反蒋，蒋介石要收拾他也易如反掌。地盘、军队、权力在陈济棠眼中，比一百个胡汉民都还重要得多。

"盟兄之恩，重于泰山，济棠怎敢淡忘。但反蒋大事，在内部统一决心之前，切不可轻举妄动。"陈济棠一边吸烟，一边看着手中心爱的银烟壶，仿佛那水烟壶也发出"不不不"的声音似的。

"你不反蒋，你以为老蒋就会放过你吗？"古应芬对自己这位视地盘如性命的盟弟，比谁都更了解，他知道，对陈晓之以"理"或"义"是难以说动的，只能以"利""害"相告，"老蒋把陈真如放在广东，是何意图？你的部队在西江一带与桂系作战，陈真如趁机在省内扩充了四个保安团。他上有老蒋的支持，外有蒋光鼐、蔡廷锴两师驻在福建窥粤，内有四个保安团在身边相助，老蒋要把你一脚踢开，简直比踢一只皮球还容易。"

陈济棠两手紧紧地抓着水烟壶，好像那是他手里的广东地盘一般。

"老蒋对你是很不放心的，他不是要你裁减军队，削减军费吗？"古应芬进一步攻心。

陈济棠当然知道，蒋介石不久前指责他每月在广东开支军费四百三十万元过巨，一定要他将军费核减为每月二百五十万元。如果照老蒋的指令办，陈济棠的军队就差不多要缩减一半。地盘是陈济棠的性命，军队则是陈济棠的命根子，老蒋要他裁军，等于要他的命！"哼！你准陈和尚扩军，却要我裁军，我才不上你的当。"陈济棠咬着牙，不但拒不裁减军费开支，还偷偷地把在梧州每月搜刮广西正什税八十万元用来增加军费开支。蒋介石知道了，又下令要陈济棠派其所属部队入赣"剿共"，以分陈之军力和财力。陈济棠又以需陈兵西江，防堵李、白、张为由，拒不派兵入赣。现在，古应芬把话说到刀口上，陈济棠深感反蒋难，而跟蒋亦难。

古应芬说了"害"，又接着说"利"："老弟，不是为兄来拖你下水。这些年，我是一步一步把你往上推呀。你跟着老蒋，是绝无好结果的。像胡先生这样的人，为老蒋帮了多大的忙，可是老蒋他一夜之间就翻脸不认人，说扣就扣。老弟你的资历、名望、地位，对蒋的作用，比胡先生差天远，老蒋整你，简直像踩一只蚂蚁！"陈济棠被古应芬说得心里发凉，猛地吸了一口水烟，因用力过猛，把烟壶里的凉水也吸了一口上来，嘴里顿时一阵麻辣，他连忙张开嘴，几乎要呕吐了。

"我这次来，还是为你好。"古应芬见陈济棠吃了烟壶水，心里暗道，不刺你一下，你是尝不到味道的，"这次，还是想把你再往上推一把。你只要树起反蒋旗帜，陈真如不干，他就得走。到时广东军政大权不就操之你一人手上了吗？广西的李、白、张，正在穷途末路之中，你邀他们反蒋，使之摆脱困境，他们何乐而不为？从军力和财力上，他们都不及你，第一把交椅自然是你坐。我们开府广州，拥戴胡先生，有我在政府中奔走，包你事事如意。"

陈济棠对此颇为动心，因为既能独霸广东地盘，又可当西南反蒋之领袖。但是，他总感到事情太重大，害怕较量不过蒋介石，到时是打虎不成，反受其害，连目下的地位和军队都保不住，他一时还不敢冒这个风险。他对蒋介石一向采取敷衍和拖的办法，他认为江西红军牵制了蒋的主力，可以遮断蒋军攻粤的途径，对自己的偏安割据有利。只要红军一日不被消灭，蒋介石就腾不出手来找他的麻烦，他在这样的形势下可以站稳脚跟，苟且偷安，何必反蒋冒捋虎须之险？他一时不再说话，只是默默地抽烟，那银制水烟壶像一个患感冒的病人说话一般，发出一串"拖拖拖……"的声音。

回到广州，陈济棠和他的一班谋士们密谈了两天，大家都劝他采取慎重态度，先拖一段时间看看。陈济棠的谋士们其实大都是些阴阳术士、风水地理先生，以其胞兄陈维周为首，以看相、算命、占卦、扶乩、问米、睇风水为手段，卜吉凶祸福，验符瑞谶纬。陈的谋士们推算了两天，皆找不出陈在此时反蒋有何预兆可作根据。陈济棠本来对反蒋就不甚热心，又听谋士们如此说，便不想急于发动，决定无论是对蒋方或胡、古一方都采取拖的办法。他怕古应芬上门纠缠，便托病住入了珠江颐养园留医院。但是，他人虽然住入了幽静的红楼，心却仍在不断翻腾着反蒋的利弊，因为他相信，他的那位盟兄是绝不会让他在这里躲过去的。

果然，古应芬来了。他身后还跟着一个陌生人，他们已经进入颐养园正门的门楼，匆匆通过小院，从那"顽石"旁边进入通道，上楼来了。陈济棠皱着眉头，口里衔着水烟壶嘴，那银烟壶似乎很体会主人此时的心意，跟着发出一串闷声闷气非常别扭的呼噜声。

"嗨，老弟，你躲到这里来了，叫我好找！"古应芬上得楼来，不断呼呼喘气。

"嘿嘿，盟兄，我……我病了。"陈济棠咳了两声。

"老弟，我给你献宝来了，只要你一见这宝贝呀，保你立刻消灾除难，百病不治而愈！"古应芬诡谲地笑道。

"盟兄得了什么好东西？"陈济棠见古应芬亦不提及反蒋之事，便很感兴趣地问道。

"这东西是你的，别人无福消受呀！"古应芬笑得更神秘了，"老天有眼，让我结交了你这个兄弟，又让我发现了这个宝贝，神呀，神呀！"

陈济棠见他说得更加玄乎，忙问道："盟兄，到底是什么好东西，你快让我见识见识吧！"

"曾秘书，快把宝物献给主人吧！"古应芬随唤那陌生人。

陈济棠这才发现，那被古应芬唤作"曾秘书"的人，手里抱着一个用黄缎裹着的长方形的包。那人将包轻轻放在桌上，又把双手搓了搓，这才小心翼翼地把那黄缎包一层一层地揭开。陈济棠像看魔术师表演似的，两只眼睛死死地盯着那黄缎包，说不定候地会飞出一只神奇的鸽子来呢！黄缎包的最后一层终于揭开了，出现了两块古老的方砖，陈济棠呼了一口气，说道：

"盟兄，这可不是金砖呀！"

"两块金砖能值多少钱？为兄当财政厅长时，经手送你的金银，怕也不止一两百块金砖吧！"古应芬指着那两块古砖，"你仔细看看，砖上边写的是什么？"陈济棠把头低下去，仔细看了看，发现砖的两旁有汉隶字体若干字。其中一块左旁的是：

永嘉世、天下凶、余广州、盛且丰

右旁的是：

岁次辛未宜公王侯陈

另一块砖的左旁则是：

永嘉世、天下荒、余广州、平且康

右旁的是：

岁次辛未宜公王侯陈

"这是什么意思？"陈济棠瞪着一双疑惑不解的眼睛，向古应芬问道。

"曾秘书，你把此砖的发现经过及考据结果向陈老总报告吧。"若说那被唤作"曾秘书"的像个魔术师的话，古应芬此时则像个老谋深算的导演。

"报告伯公总司令！"曾秘书忙向陈济棠深深一躬行礼，"小人是省教育厅秘书室秘书，小姓曾，名传诏，因生下时，母亲夜梦小人入宫供职，为皇上传送诏书，故名传诏。"

"啊？！"陈济棠这才认真地打量起这个不起眼的小职员来，此人年约四十，眉眼有神，鼻直方口，身材魁梧，倒也有几分黄衣使者或御前行走的气派。

"教育厅后面有块地广阔荒芜，古树丛生，人迹罕至。厅长决定在此建省立民众教育馆，动工之日，在地下挖出许多旧砖，我闻讯前往，见那些旧砖皆已破碎，唯有两块较为完整。我乃将此两砖捧回，擦洗干净，发现砖的两旁有汉隶字体若干，甚感惊异。于是闭门考据，方知这是距今一千六百余年的晋砖。"曾传诏娓娓而言。

"啊！"陈济棠点了点头，"怪不得勷勤盟兄说这是宝物！"

"这两砖的价值，全在这四十二个字上。"曾传诏指着砖上的字，说道，"据小人考证，'永嘉世'，即晋怀帝司马炽年号，永嘉五年即公元311年，怀帝为刘聪掳去，天下大乱，国中无主，即'天下凶'也。其时琅琊王司马睿都督扬、江、湘、交、广州诸军事，陈颙为广州刺史，广州僻处南隅，故得安宁，这便是'余广州、平且康'和'余广州、盛且丰'之意。因此，小人断定，这两砖必是陈颙所刻。"

"啊!"陈济棠见曾秘书引经据典,说得有声有色,深深地点了点头,眼角上浮起一丝满意的笑纹。

"老弟,这两砖的全部价值,都在这几个字的上面。"古应芬在曾传诏画完"龙"之后,赶忙出来"点睛",他指着砖上那"宜公王侯陈"几个字,说道,"这不是应验在你的身上吗?"

古应芬"点"完"睛"之后,曾传诏立刻又在那"龙"周围画上几笔"祥云",他说道:

"此砖是一千六百二十年前所刻,时年辛未,而今出土,又正好是辛未年的民国二十年,可谓巧合之极!砖文的'平、康、盛、丰'和'宜公王侯陈',可称千载一时之瑞应!"

"恭贺恭贺,老弟大喜大吉!"古应芬连忙向陈济棠作揖称贺。

陈济棠顿时眉开眼笑,喜气洋洋地说道:"曾秘书,我要提拔你当我的秘书长!"

"谢伯公总司令栽培!"曾传诏立刻跪拜行起前清大礼来。

"传诏之名,今日果应验也!"古应芬得意地笑道。

"哈哈哈!"陈济棠往太师椅上一靠,发出一串颇似帝王般的笑声。

古应芬把头凑在陈济棠的耳边,问道:"老弟,反蒋开府之事?"

陈济棠在得意之中,仿佛见院中那"顽石"在轻风竹影之下也在频频点头一般,他响出一拳"台炮"[1]:

"干!"

五月三日,陈济棠通电反蒋,接着李宗仁、白崇禧、张发奎通电响应。陈济棠挤走了拥蒋的广东省主席陈铭枢,以武力解决了陈铭枢的四个保安团,同时接收了广东省政府。五月二十八日,广州国民政府宣告成立,以两广为基地与蒋介石的南京政府抗衡。蒋介石在江西对红军的第二次"大围剿"方告惨败,紧接着陈济棠又从广州给了他狠狠的两"砖头",蒋介石被打得蒙头转向。紧接着"九一八"一声炮响,强敌入寇,内忧外患,一齐俱来,蒋介石不但当大总统的迷梦被击破,而且

---

[1] 粤语,即拍桌之声。

连南京国民政府主席的地位也保不住，这年十二月十五日，他被迫发出下野通电，宣告第二次下台。

　　却说陈济棠打出那两块"砖头"之后，广西的局面也为之一变。粤、桂之间化敌为友，粤军余汉谋部奉令撤出梧州一带，由桂军黄鹤龄师接防，至此，残破的广西复归完璧。

　　李宗仁在广州国民政府中，得任国府委员。蒋介石下野后，南京政府以林森为国府主席，孙科为行政院长，蒋介石、胡汉民、汪精卫均退居幕后角逐，宁、粤两个政府，在一片国难声中对峙，时而攻讦，时而议和，政局如走马灯一般变幻。国民党左派领袖宋庆龄发表宣言，严正指出，宁、粤两个政权"皆依赖军阀，谄媚帝国主义，背叛民众，同为革命罪人"，真可谓入木三分，一针见血之论！

　　这天，李宗仁、白崇禧去广州开会，到广州后，他们顺便去香港窝打老道看望黄绍竑。黄绍竑穿着一身蓝条格子的睡衣到客厅接待他们。白崇禧笑道：

　　"季宽，你这一身打扮，怎么像个广西善后督办的样子啊？"

　　李宗仁道："我看，你还是跟我们回去当你的广西省主席吧！"

　　黄绍竑摇着头，说："我这神仙似的日子，你拿个省主席来也不换！"

　　"那你想怎么办啊？"李宗仁问道。

　　"还不是和唱戏一样嘛。"黄绍竑耸了耸肩膀，"有人在台上唱啊蹦啊的，到时候得下来歇一歇，又有人跳上去接着唱啊蹦啊的。"

　　白崇禧见黄绍竑这话说得模棱两可，便问道：

　　"你还盼老蒋上台么？"

　　"你以为老蒋是真的下台么？"黄绍竑反问道。

　　"老蒋上台后你准备怎么办？"白崇禧最怕黄绍竑投蒋后来拆广西的台。

　　"以前是怎么办，今后还是那么办。"黄绍竑的话仍然是那么模棱两可。

　　李宗仁忙将黄、白的话题引开，问黄绍竑道："你在香港生活、经济上有困难尽可跟我们说一声啊。"

　　"困难？嘿嘿！"黄绍竑冷笑道，"不瞒你二位说，我这三幢洋房，用的是老蒋给我到梧州就职的二十万块钱买下的。"

"啊？"李、白二人恍然大悟，似乎一下子明白了黄绍竑的心意，却又似乎一下子更加糊涂了，在这个多变的世界上，人也变得更难以捉摸了，真是"楚客莫言山势险，世人心更险于山"！

李、白二人劝黄无效，只得怏怏而返。他们回到广州，开了几天会，又和陈济棠在颐养园密谈了几次，无非是为了巩固自身地盘，攫取更大的权益，进行多方活动。忽一日，张发奎突然由上海南返，到广州来找李、白。原来，当粤、桂合作，准备开府广州时，白崇禧、张发奎由南宁到广州，劝陈济棠和古应芬，应请汪精卫来粤主持大计，白说："目前和蒋对抗，胡先生还未回来，汪先生正在香港，唯有争取汪的合作，才能增大我们的号召力。"张发奎在政治上本来是依靠汪精卫的，汪能到广州来主持大计，自然对己有利，因此要求亦更为迫切。古应芬是胡汉民的心腹，深知胡、汪之间明争暗斗，势难合作。而汪在胡被扣之后，又在香港发表了一番对蒋、胡各打五十大板的谈话，为此以古应芬为首的胡派对汪更为不满，本不拟请汪来广州合作，但见白崇禧、张发奎力主请汪，古应芬生怕拒汪而引起粤、桂联盟的破裂，因此只得请白、张赴港迎汪来粤。

却说汪精卫自从北平扩大会议被迫散伙之后，跑到山西太原依附阎锡山，备尝"雁门关外度重阳"的萧条与苦闷。后来阎锡山下野，他只得又跑到香港来等待机会。蒋介石扣押胡汉民后，两广正在酝酿反蒋，汪精卫心里暗喜，他估计此时蒋介石不来请他，两广实力派也会派人来请他的。只要天下大乱，对汪精卫才会有好处，他盼乱，就像久困池塘的鱼盼望暴风雨一样。汪精卫之才，实是乱国之才。有人将"国家不幸诗家幸"一句戏改为"国家不幸汪家幸"赠汪。

这天，果然他见白崇禧和张发奎联袂来请，便惺惺作态说道：

"健生兄，向华兄，你们还是让我好好休息吧，我正准备赴巴黎住几年，这些年也实在疲乏厌倦了。你们要反蒋救胡，你们干去吧，展堂先生这个人啊，他是自食恶果，假若当初他不到南京去倡导什么五院制，又何至于今日为蒋之阶下囚呢？"

汪精卫唏嘘一番，很有些看破红尘的味道。张发奎见他的后台老板不肯出山，便急得叫喊起来：

"汪先生不到广州，我们根本就没有出路，因为我们不需要跟陈伯南搞什么合作！"

白崇禧也说道："汪先生到广州，我们将予以全力合作，希望汪先生领导我们进行第二次北伐。"

汪精卫见白、张手上握有实力，请他赴粤又出于至诚，便叹道："古人云：'同明相见，同音相闻，同志相从。'二位都是北伐名将，欲为国家建功立业，兆铭虽然无拳无勇，但孙总理在病榻前留下的遗言犹在耳畔，好吧，我就跟你们走一趟。"

白、张请汪固然出于至诚，岂料广州实权是操在陈济棠和古应芬手上，汪精卫到了广州，虽然没有吃闭门羹，但却被扒掉"皮肉"，只剩得一身"骨头"，陈济棠和古应芬只欢迎汪精卫一人入粤，对汪手下的大将顾孟余、陈公博、甘乃光等却拒之门外。汪精卫心里明白，也不计较，一到广州，逢人便说："过去我和胡先生政见不合，都是上了蒋介石的大当。蒋之所以能专横跋扈，就是因为我们不能团结。这回反蒋，一定要合作到底，即使万一失败了去跳海，也要大家抱在一起！"汪精卫虽然说得慷慨激昂，但背地里却命陈公博、顾孟余到上海活动，与蒋介石暗拉关系，看看哪头肯出高价，他便往哪头跑。

汪到粤不久，粤方反蒋非常会议召开，产生了党、政、军领导机构。由于胡汉民还被囚于双龙巷，论在国民党中个人的资历，应该以汪为首席，但陈济棠、古应芬等胡派人物不愿为汪抬轿，也考虑到胡汉民有一天会回来，因此就决定各领导机构采用常委制，不设主席，由各常委轮流主持工作。汪精卫在广州国民党非常会议和广州国民政府两个机构中均为常委，与孙科、邓泽如、邹鲁、李文范、古应芬、唐绍仪、许崇智等七人平起平坐。汪精卫在孙中山逝世后，心里总想当党国第一人，绝不愿甘居任何人之下，也绝不愿与任何人平起平坐。民国二十八年他投降日本当汉奸，他的夫人陈璧君曾大言不惭地说："投敌也要当第一人！"这是后话。

汪精卫见粤方胡派有意排斥他，口中虽不言，心里早有打算。这次入粤，他本来以为胡汉民身陷囹圄，反蒋这第一把交椅非他莫属，谁知仅得一常委，愤恨之余，便决定以在粤作政治资本，为以后与蒋合作讲价钱做准备。他命陈公博、顾孟余抓紧与蒋介石勾结。果然不久，陈公博便从上海传来信息，蒋介石通过宋子文说："广东要汪先生只是要骨头，不要皮，我们南京要汪先生是连骨带皮一起要。介公辞去国府主席后，党、政两方面均由汪先生主持，介公专任陆、海、空三军总司令。"接着顾孟余也来广州对汪精卫说："我们与其受地方小军阀的气，不如投降中央大军阀！"汪精卫见老蒋来请，且价钱远比粤方优厚，便趁北上与宁方谈判之机，带着张发奎由广州去了上海。嗣后宁粤合作，蒋介石下野，南京政府由孙科组阁，汪精卫还是没有捞到什么实权，便托糖尿病为名住院，闭不见客，实则加紧与蒋介石勾结，他深知如蒋不复出，他的"皮包公司"仍将空空如也。孙科以行政院长统率内阁，蒋介石命财政部长宋子文辞职，宋子文将国库金银及科长以上部员全部搬走，孙科上台后，发现国库现金空无分文，新政府无法开张，蒋介石又指使流氓特务扬言要焚烧日本使馆，日本在下关江面上的炮舰全部卸去炮衣，黑洞洞的炮口对准南京政府，孙科吓得逃往上海，再也不敢回南京来主持政府了。孙内阁不满一月，便告夭亡。汪精卫潜往杭州，在烟霞洞和蒋介石开秘密会议。不久，汪精卫以行政院长组阁，蒋介石重新上台，任军事委员会委员长，至此，蒋、汪合作告成。

张发奎正是在这样的背景下回到广州来的。

"德公，我准备率第四军北上黑龙江，援助马占山部抗日。"张发奎一坐下来，便迫不及待地说道。

"啊？！"李宗仁、白崇禧见张发奎突然要把第四军由广西拉走，不由暗吃一惊。李宗仁想了想，说道："'九一八'东北事变，日本占我疆土，杀我同胞，马秀芳（马占山字秀芳）率部奋勇抵抗，为国家保疆土，为民族争荣光，实为将吏之楷模。不过，广西至黑龙江间关万里，向华兄孤军援黑，虽精神可嘉，但又谈何容易？此事还是不要操之过急为好。"

张发奎见李宗仁不放他去，急得大叫道："马占山以一旅之众，首赴国难，我第四军乃是有着光荣历史的部队，为何不北上援黑参战呢？"

白崇禧忙劝道："向华兄，抗日救国乃炎黄子孙之责，不仅你要去，便是德公和我也要去的，但是，此事需要慢慢商议。"

张发奎更急了，嗓门也越来越大，感情也愈来愈冲动，还不断地响着"台炮"，最后说道：

"你们要不准，我只有被迫将第四军解散了事！"

张发奎说完扭头便走，李宗仁"向华兄、向华兄"地呼喊了一阵，也挽留不住他。

"这个张飞！"白崇禧皱着眉头，想了想说道，"恐怕背后有人在拉线。"

李宗仁猛省，说道："汪精卫北上谈和，把向华带上，我就感到有些奇怪。"

白崇禧道："这个拉线人便是汪精卫，张向华北上援黑是假，率部投蒋是真，这必是蒋、汪合作的一笔交易！"

"对！"李宗仁点头道，"汪精卫和老蒋都想发一笔国难财！"

"事不宜迟，请德公即电吴梧生率第四军驻防百色，以免张向华令第四军离桂得逞。"白崇禧忙献计道。

"嗯！"李宗仁沉重地吐了一口气，摇了摇头，说道，"你不能用对杨腾辉的手段来对付张向华。"

"德公让他把部队拉走？"白崇禧不以为然地说道，"养猪要肉，养狗看门，我们节衣缩食养第四军何用？"

"不要急，此事我们可请广州国民政府出面予以挽留。"李宗仁道。

"这样也好，张向华走不成也怨不得我们了。"

此时古应芬因拔牙突然死去，胡汉民刚获释回到广州，广州国民政府的大权实际上操在陈济棠手里，胡汉民、陈济棠当然不愿让张发奎把第四军拉到蒋介石那边去，以削弱两广反蒋的军事力量，因此一致极力慰留张发奎。那张发奎既有张飞之猛，也有张飞之谋，他见李、白和粤方不让他走，便使出一着"撒手锏"来，带着他的亲信、桂张军经理处长陈劲节离穗去港。陈劲节留下亲笔函给李、白，略谓：四军北上抗日，奔赴国难，所求不遂，群情激愤，兹特提出最后呼吁，如德、健二公不准四军所请，劲节将扣存在香港所掌握之外汇，何去何从，请两公择之。原来，粤桂合作反蒋后，陈济棠的粤军改编为国民革命军第一集团军，李宗仁、张发奎的桂、张军则编为国民革命军第四集团军。广州国民政府在财政方面截留关余，每月拨发第四集团军军费三十万元。李宗仁为了笼络张发奎，特任命张的亲信陈劲节为第四集团军经理处长兼驻粤办事处主任，以便按月领取军费，购买军械、军需品补给军用。陈劲节几月来共领得军费一百八十万元，除向广州沙面德商保庇洋行订购枪械、通讯器材用去百余万元外，尚余数十万元存在香港银行。张发奎一翻脸，命陈劲节将余额存单及与德商订购的军火百余万元合同带往香港作为要挟，李、白没了这份合同及在香港的银行存单，既领不到进口的军火，也取不出在港的存款。

"好呀，他张发奎做得出，我白崇禧也下得手！"白崇禧愤怒至极，对李宗仁道，"我们不过丢一百多万现款，我却要他张发奎把老本丢光！"

事已至此，李宗仁倒反而不急不怒了，他摇了摇头说："古人云：'得鸟者，罗之一目也；今为一目之罗，则无时得鸟矣。'黄季宽要走，我不但放他走，还为他置酒钱行；今张向华要走，我还要请南宁民众欢送。"

"张发奎要带第四军去投蒋靠汪，德公怎可把薪助火，与虎添翼？"白崇禧对李宗仁如此宽待黄绍竑，心虽不满，但黄毕竟是他们的多年伙伴，而又只身出走，倒还想得通；今见张发奎要把部队拉走，又指使陈劲节扣留军火合同和存款，李宗仁还要放他走，心里如何想得通？

"人善我，我亦善之；人不善我，我亦善之。让他走吧！"李宗仁早已打定了主意，对白崇禧道，"我们要个两全其美，不必要个两败俱伤，第四军走了，目下可减轻广西负担，日后仍可相见合作。你叫张定璠到香港走一趟，告诉张向华和陈劲节两事：一、我们同意吴奇伟率第四军北上；二、陈劲节必须回广西交代清楚。"

白崇禧见李宗仁已做决定，便不再多言，即命他在北伐时期任东路军前敌总指挥时的参谋长张定璠由广州去香港，与张发奎谈判。那张发奎虽然处事鲁莽，但却是个痛快之人，也即命陈劲节返桂办好经济上的移交。

民国二十一年一月一日，第四军第十二师师长吴奇伟率部集中南宁体育场，举行了隆重的北上援黑誓师大会。南宁民众和各界人士前来热烈欢送，四军将士，颇为动容。誓师毕，吴师长奇伟即率第四军登程北上，途经柳州、桂林，广西省主席黄旭初早奉李宗仁之命，除给第四军发了若干饷项和开拔费外，还沿途组织人员招待。广西民众深恨日本侵略东北，见四军将士请缨北上抗日，更是热情洋溢，箪食壶浆夹道欢送。李宗仁尽了义，广西民众尽了情，多年之后，张发奎、吴奇伟仍不忘这一幕动人而又苦涩的悲剧。

第四军由桂林进至全州，不料湖南省主席何键怀疑第四军将进攻湖南，云集大军于衡阳抗拒，封锁北上之路，扬言若无中央命令，便不准第四军进入湖南。第四军北上援黑，其实是汪精卫指使张发奎做下的一个骗局。汪精卫为了在汪、蒋合作中攫取更大的实权，当然要使他那"皮包公司"有一点硬货撑门面，因此便要张发奎以北上援黑的名义将第四军由广西拉出来，一可削弱桂系的实力，二可使自己在与蒋介石打交道时有实力可恃。张发奎在政治上一向听汪精卫摆布，因此便从上海赶回广州，向广州国民政府和李、白提出准第四军北上援黑。经过一番波折，第四军终于成行了。但是，到了全州，一被何键所阻，二因军费无着，致使全军寸步难行，滞留全州。恰在此时，由粤军蒋光鼐、蔡廷锴两师所组成的第十九路军，于一月二十八日，在上海抗击日本海军陆战队的挑衅，揭开了民族抗战的序幕。全国民众，抗日热情鼎沸，李宗仁也在广州电张发奎云："此时沪战正急，热河危殆，若四军停兵不进，殊难自解。故无论北上或东进，弟当力为赞助成行。如何请早做决定。"张发奎窘困万分，急得无路可走，只好跑到南京去找他的后台老板汪精卫请示办法。

却说汪精卫自从与蒋介石合谋挤走了孙科后，便当上了行政院长。国府主席林森为人淡泊，他平日除了鉴赏古董外，并不介入党争，因此国家权力均由蒋介石和汪精卫把持。汪精卫坐上行政院长这把交椅后，正颇为得意，忽听秘书陈春圃报告，张发奎求见。汪精卫眼珠转了转，忙问道：

"他来干什么？"

"请求中央给第四军颁发北上命令和饷项。"陈春圃答。

汪精卫怔了一怔，他虽身为行政院长，但这军队调动之事他无权过问，也没有钱给张发奎发饷，他更怕此时与张发奎拉得太紧，引起蒋介石的疑忌，这行政院长的交椅坐不下去，因此便不管与张发奎多年的交易和张军目下的窘境，对陈春圃道：

"你告诉他，就说我病了，不能见客！"

陈春圃来到客厅，对张发奎道："汪先生病了，不能见客。"

张发奎此时正急得火烧眉毛，他也不管汪精卫病与不病，径往室内冲去，一边走一边大叫：

"这事非找汪先生解决不可！"

汪精卫正躺在床上装病，听得张发奎冲进内室，急得即从床上逃入卫生间躲避。张发奎奔进室内，汪夫人陈璧君阻挡不及，只得以好言哄骗张发奎：

"汪先生的糖尿病又犯了，已经几天不见客不出席会议了，向华，有事改日再说吧。"

张发奎虽然粗莽，但却粗中有细，他到南京时曾先见过陈公博，陈说上午与汪先生开会商议迁都洛阳之事，并无说汪生病，又见汪的呢帽大衣均挂在衣架上，证明汪必在家中，便说道：

"汪先生既是病了，我就来探探病吧。四军的行动，乃是奉汪先生之命而北上的，到了这进退维谷之地，必得汪先生出来说话才行。"

"汪先生到中央医院住院去了。"陈璧君说道。她知道，如不把这猛张飞哄走，准会闹出事来。

此时，汪精卫躲在卫生间里，心情甚为紧张，他生怕张发奎闯进来把他拖出去，问他要钱、要官、要开拔命令。又因他躲得太急，没有穿多少衣服，卫生间又无暖气，一时又惊又冷，两排牙齿兀自发起抖来。张发奎听得卫生间里有人牙齿打架，便知是汪精卫有意回避他，一时气得目眦皆裂，高声叫骂起来：

"丢那妈，只恨我老张瞎了眼，跟错了人，姓汪的，你听着，我们后会有期！"

张发奎说罢扭头便走。汪、张多年的政治关系至此彻底破裂。抗战时期，张发奎在柳州当第四战区司令长官，仍能与李、白再度合作，而抗战胜利后，张发奎负责接收广州时，对陈璧君一家则进行严酷搜捕，丝毫不客气，除了对汉奸汪精卫夫妇的投敌叛国进行清算外，也含有报当年被骗之仇的意思，这是后话。

却说蒋介石得知汪、张关系破裂，不禁心中暗喜，为了收买张发奎和第四军为己所用，他即命宋子文给张发奎送了十万块钱，请张暂时出洋考察。蒋介石以军事委员会委员长电令吴奇伟率第四军由衡阳、经醴陵进入江西"剿共"，由军政部长何应钦拨发该军的开拔费，蒋介石再一次把第四军抓到了他的手上。第四军将士和广西民众的抗日热望，遂成泡影！

第六十一回

上行下效　李宗仁被迫削发
铁腕治桂　白崇禧收放有度

却说张发奎和第四军离桂后，李、白仍与陈济棠合作，借重胡汉民的声望，以两广联盟反蒋。自非常会议后，广州国民政府被取消，成立了国民党中央西南执行部和国民政府西南政务委员会两个党政机构，两广仍呈半割据的独立状态。此时，蒋介石正有事于江西，在对红军第一、二次"围剿"失败后，接着又调集了数十万大军，加紧对红军进行"围剿"。蒋介石既忙于"剿共"，对两广一时无力过问，只好听之任之。

李、白在多次反蒋失败后，总结经验教训，也不敢再轻举妄动。他们决定在这暂时的和平共处局面之下，抓紧休养生息，养精蓄锐，恢复元气。鉴于几年来的粤桂战争、滇桂战争、湘桂战争，桂系与广东、云南、湖南都交过战，为了求得一个喘息的机会，李、白提出了"亲仁邻善"的口号，除与广东联盟外，还派代表到湖南、云南、贵州与何键、龙云、王家烈等联系，希望勿再兵戎相见，彼此保持友好安宁。云、贵、湘、粤这几个邻省都不同程度地害怕桂系，今见粤桂结盟，云、贵、湘更怕受其侵害，因此都愿与广西和好。

省境安宁后，李、白便以卧薪尝胆、十年生聚的精神，励精图治，他们提出一个响亮的口号——"建设广西，复兴中国"。因李宗仁为了巩固粤桂联盟，共撑西南局面，此时不得不长住广州，建设广西的任务便落到了"小诸葛"白崇禧的肩上。李之对白，一向是专任不疑，由白崇禧放手搞去。白崇禧足智多谋，在他的思想武库里，治世之道有多种兵器可用。他把管仲、孔明的王霸之道，孙中山的建国方略和民国十年之后颇为流行的联省自治理念糅杂起来，提出了"三自""三寓"政策，将之作为建设广西的最高纲领。"三自"政策是：自卫、自治、自给；"三寓"政策是：寓兵于团、寓将于学、寓征于募。

有一天，白崇禧到广西大学去演讲，向教职员工阐述他的"三自"政策，他说：

"'三自'政策就是自卫、自治、自给，是根据孙总理的三民主义制定出来的。以为要能自卫，民族才能自由；要能自治，民权才能实行；要能自给，民生问题才能解决。因此，三民主义可以说是'三自'政策的理想，'三自'政策可以说是三民主义的实行……"

恰好此时广西大学校长马君武先生在座，马君武是个老同盟会员，三十年前，白崇禧还在老家临桂会仙小学跟李任仁先生念"人之初"的时候，马君武便在日本东京与黄兴、陈天华等人起草了中国同盟会章程，并在《民报》上撰文倡导民主共和。孙中山在南京成立中华民国的时候，马君武任实业部次长代理部务。民国十年，孙中山开府广州，任非常大总统，马君武任总统府秘书长。之后，孙中山派马君武回广西任省长。那时，白崇禧和黄绍竑还在百色当营长，他们的部队刚被自治军刘日福部包围缴械，黄绍竑被俘，白崇禧带着几百残兵流窜贵州。马君武自从在贵县罗泊湾遭俞作柏部袭击后，到广州不久即辞去广西省长职，到上海后任大厦大学校长。直到民国十六年才应广西省政府主席黄绍竑之邀回桂，在梧州创办广西大学，任校长。民国十八年，广西政局动荡，马君武离职赴沪，再回大厦大学任教，次年继他的学生胡适后接任上海中国公学校长，直到民国二十年初才回桂，复任广西大学校长。马君武一心办学，短短几年间，便把广西大学办得颇有名望。但是，马君武对白崇禧的"三自""三寓"政策甚为不满，因为"寓将于学"一项，必须

邕宁县城区维新镇中心国民基础学校进行军事训练

在学生中实行军训，桂系当局派驻广西大学的军训大队长，不但干扰教学工作，还打骂学生。马君武抨击此项最力，指责白崇禧军人不懂教育，蹂躏学界。只顾军事，不顾其他，有如头重脚轻，欲行不得。白崇禧听了虽然气愤，但因马君武资格太老，名望太高，一时也不敢动他。这次，马君武见白崇禧滔滔不绝地讲着"三自"政策，还把孙中山先生的三民主义也扯上了，心中一时火起，遂插话道：

"白副总司令，'三自'政策好是好，我看如果再加一'自'，那就更好了。"

白崇禧一愣，心想这马老夫子一向和他唱对台戏，何以今天倒贡献起建议来了？只得把话打住，问道：

"不知马先生有何高见？"

"这一'自'，就是'自杀'！"马君武站起来，用手杖使劲戳着地板，大声说道，"自卫、自治、自给——自杀！"

白崇禧气得脸都青了，他指着马君武，强硬地驳斥："如果离开军事而妄谈教育，那才是一种自杀政策！"

白崇禧是个铁腕人物，岂容别人反对他的政策，于是强行改组广西大学，任命广西省长黄旭初兼任广西大学校长。马君武只得卷起包袱走人，跑到安徽和别人合伙办农场去了。民国二十六年七月，全面抗战爆发，蒋介石在庐山办高级军官训练团，黄旭初应召到庐山担任训练团工作。蒋介石对黄旭初说："旭初，西大校长仍请马君武先生担任较好。"

黄旭初敷衍蒋介石说："好吧，待我回去报告李总司令、白副总司令，然后决定。"

但是，一直到了民国二十八年暑假过后，广西大学正式改为国立，马君武才被南京国民政府任命为国立广西大学的第一任校长。仅过一年，马君武便病逝了。

白崇禧赶走了马君武，从此再无人敢公开反对"三自"政策了。于是，他在广西倡导"灰布化"政策。所谓"灰布化"，就是要求广西省内学校的学生、教职员、校长，文武官吏、兵士、民团都穿灰布的制服，戴灰布的帽子，穿有纽扣绊带的黑布鞋子。上述人员，还要一律剃光头（女士剪短发）。这种灰布制服的布料，乃是广西生产的一种土布，用山上出产的一种蓝靛加上草木灰染成，穿在身上皱巴巴的。但是成本很低，每套连帽子不过四元多钱，一年四季都可以穿，天气冷时，里面可穿衬衣，更冷时可以穿灰布棉大衣。上至省主席总司令，下至中学生和普通士兵，一律都穿灰布制服，不同只在军人打绑腿，而文人不打绑腿。

"灰布化"的推行，虽可节省大量服装费用，体现一种尚俭精神，但却遭到许多文官和知识分子的不满。他们虽不敢像马君武那样明目张胆地反对，但私下里却发牢骚，说："剃光头成何体统？强制规定，岂不和清兵入关一样，对汉人'留头不留发，留发不留头'？"对于一年四季不分尊长的一律"灰布化"，有人认为是破坏中国传统的礼仪，更有那些放洋归来的教授们认为这是剥夺人的自由，是侵犯人权之举。虽然白崇禧以身作则，自己平日身穿一套皱巴巴的灰布军服，腰上扎条皮带，戴只灰布军帽，像士兵一样打着人字绑腿。只因他戴着一副无边近视眼镜，才像一个普通的参谋军官，不然便是一个十足的桂军士兵了。他一天工作十几个小时，从无倦意。不但衣着朴实，吃的饭食也甚为简单，不招待来宾贵客，不设宴会。甚至大名鼎鼎的北京大学教授胡适先生应邀访桂，南宁的学术界破例举行一次西餐聚会招待胡适，席间三四十位专家学者教授，一个个剃着光头，一律穿着皱巴巴的灰布制服，席上一瓶上海产的啤酒斟了三巡还没喝完。这种尚崇俭朴的精神，却令胡适感动。

但是，白崇禧的"灰布化"和"剃光头"的做法，仍遭到暗中的抵制。他总不能把这些知识分子们像马君武一样赶走呀！这天，白崇禧思得一计，他给常住广州的李宗仁打去了一个特急电报，说有重

宣化镇征兵图

大事项待决，请李宗仁即日返桂定夺。李宗仁不知广西发生了什么大事，接电报后便立即坐飞机飞了回来。一到机场，走下舷梯，只见白崇禧光着个头，穿着一身皱巴巴的灰布军服，腿上打着士兵一般的人字绑腿，脚上穿双青布圆口带纽扣绊的布鞋，身旁站立着和白崇禧穿着一样的两名士兵。不同的是，两名士兵手里都捧着一只托盘，一名士兵的托盘里放着一把剪刀和剃刀，旁边放一桶热水；另一名士兵手捧的托盘里则放着一套新的灰布军装、一双青布圆口带纽扣绊的布鞋和两条灰布绑腿带。

原来，李宗仁因常驻广州，负有坐镇西南、与陈济棠共撑西南反蒋局面的重任。广州一地，冠盖云集，各种交际颇繁。李宗仁时常西装革履，梳着西式分头，出席各种重要会议，接待国内外显贵访客，出席各种招待宴会应酬，因此很重视自己的形象打扮。他人在广州，广西的事情虽有白崇禧主持，但凡有重要的会议和重大的事项决定，他还得飞回广西主持。每当他西装革履梳着洋式分头的形象，出现在众多灰布化和剃着光头的官员们之中时，便有鹤立鸡群之感，引起一阵悄悄地议论。那些反对灰布化和剃光头的官员及高级知识分子们，似乎从中发现了什么秘密，心照不宣地找到了榜样。有一次李宗仁回来到广西大学去演讲，有几位教授竟把久违了的西装找出来，穿上去听李宗仁的演讲。白崇禧虽然在场，见了也不便公

开制止。

白崇禧决定拿李宗仁开刀，要他带头树立推行"灰布化"和"剃光头"的榜样，因为榜样的力量是无穷的。白崇禧虽然身体力行，但他榜样的号召力不及李宗仁，因为李是广西的总司令，白是副总司令！

李宗仁下了飞机，见白崇禧带着两个兵来接，心里有点奇怪，随便问了一句：

"健生，怎么回事啊？"

"请德公在此把头发剃掉，然后再进城。"白崇禧说。

李宗仁本能地摸了摸他那颇有风度的西式分头，不快地瞪了白崇禧一眼，问道：

"你要干什么？"

"现在本省自我和旭初以下军政教职人员，都剃了头，换上了灰布装，上行下效，请德公起个表率作用吧！"

"剃光头，还穿什么灰布装，你还不如每人发一件袈裟好了，唐孟潇当年不也是这么干的吗？"李宗仁不满之情溢于言表。

白崇禧不再说话，只是笔挺地站着，默默地望着李宗仁。李宗仁踱了几步，从西装衣袋里摸出一盒美国骆驼牌高级香烟，打火抽烟。白崇禧也从他那灰布衣服口袋里摸出一盒美丽牌香烟来，递给李宗仁：

"德公回省，只能抽这种香烟！"

"啊？"李宗仁颇感诧异地说，"健生也抽烟了？"

白崇禧摇了摇头："这是特地为德公准备的。现在省内吸烟的人很少，吸的也都是低价的烟卷，最高级的就是这种美丽牌了。"

李宗仁接过香烟，看了看，他明白这是一种中等的香烟，在广州的社交场合，根本拿不出手。记得当年北伐军打到北平，阎锡山就是拿出这种香烟来招待各位高级将领的，有人还私下里耻笑阎老西是个吝啬鬼呢。

李宗仁把这盒美丽牌香烟装进西装衣袋里，他似乎已经接受了白崇禧的馈赠，但仍在踱着步子。白崇禧也不再说话，仍是笔挺地站着，两眼紧紧地盯着李宗仁。时间在一分一秒在过去。李宗仁仍在抽烟踱步，不知心里在想着什么。

时间在一分一秒地过去。李宗仁仍在踱步抽烟。白崇禧忽然从他那皱巴巴的灰布衣服口袋里掏出一张写着字的总司令部信笺，毕恭毕敬地呈递到李宗仁面前：

"德公，这是我的辞职报告，白崇禧就此告辞了！"

李宗仁看也不看白崇禧呈递过来的辞职报告，只是气恼地说了一句："开什么玩笑！"

说罢，他竟像一名赴刑的义士，大义凛然地把头颅往那捧着放了剪子、剃刀的托盘的士兵面前一伸，大有引颈就戮之势，下令道：

"剃吧！"

那士兵便操起剪刀，麻利地把李宗仁那一头颇有风度的西式分头"咔嚓""咔嚓"几下，给剪掉了，又用桶里的热水给李宗仁洗了头，接着用剃刀把发根剃得精光。那脑袋在阳光下显得十分精白光滑，像一只煮熟后剥光了壳的鸭蛋一般。李宗仁脱掉西装，取下领带，从那名士兵捧着灰布衣服的托盘里，拿过衣服穿上，自己打起人字绑腿，脱掉闪亮的黑皮鞋，穿上带纽扣绊的青布圆口鞋，走了几步，倒也显得十分精干利索。

当李宗仁穿着这一身十足"灰布化"的服装出现在省府大厅与各位高级干部和教授们见面的时候，大家心里不由暗暗吃惊，从此再无人敢私下非议"灰布化"了。

北京大学教授胡适先生对此大加赞誉："广西给我的第二个印象是俭朴的风气，一进了广西境内，到处都是所谓'灰布化'。学校的学生、教职员、校长；文武官吏、兵士、民团，都穿灰布的制服，戴灰布的帽子，穿着纽扣绊的黑布鞋子……这种制服的推行，可以省去服装上的绝大靡费。"

胡适对这种带纽扣绊的青布圆口鞋更是赞赏："广西人的鞋子，尤可供全国效法。中国鞋子的最大缺点在于鞋身太浅，又无纽扣，所以鞋子稍旧了，就太宽了，后跟收不紧，就不起步了。广西布鞋学女鞋的办法，加一条扣带，扣在一边，所以鞋子无论新旧，都是便于跑路爬山。"

其实胡适先生有所不知，广西人穿的这种鞋子乃老帅陆荣廷所发明，人称"老帅鞋"，不过由白崇禧推而广之罢了。

白崇禧决定在广西破除迷信，把民间所有寺庙的神像全部砸毁，不准民众烧香拜佛，这回，李宗仁不得不出面干预了。

桂林的城隍庙是广西最大的一座庙，一年四季香火旺盛，每日里烧香拜佛，求财、求官、求子的人络绎不绝，据说还灵验得很呢。

白崇禧决定下令先打掉桂林的城隍庙，然后在广西铺开，砸毁所有的庙宇神像，把空出的庙宇拿来办学校和民团的办公场所。他的砸庙令下达后，立即引起了桂林市民的恐慌。民众急得有如热锅上的蚂蚁一般，他们生怕砸了庙，从此遭灾殃祸。他们公推几位很有名望又和白家关系密切的绅士为代表，去白府拜见白崇禧的母亲白太夫人，请她出面阻止白崇禧砸毁城隍庙。其中一位和白家沾亲带故的人还特地以此吓唬老夫人，说砸了城隍庙，白家是要遭报应的啊！

白老夫人急了，忙召白崇禧前来训斥一番，千万不要砸庙。白崇禧本是个大孝子，对母亲十分孝敬，他安慰了母亲大人一番后，便和那几位民众代表商谈去了。

一位绅士诚惶诚恐地说："白副总司令，这城隍庙千万打不得呀，它是我们桂林城池的保护神啊，我们道教尊城隍神为'剪恶除凶、护国保邦'之神啊，你打了城隍，谁来保护我们桂林的民众啊？"

另一位绅士也跟着说："祭城隍神之习俗，历来久矣！远自唐代以来，郡县皆祭城隍。明太祖朱元璋还下圣旨规定各府州县设城隍神庙，并加以祭祀。祖宗之法，不可轻废也！"

白崇禧听了，哈哈一笑，说："两位说的，都对，只有一点你们都错了！"

两位绅士不服，便和白崇禧顶撞起来："我们何错之有？"

白崇禧笑道："诸位，你们有所不知，中国古代称有水环护的城堑为'池'，无水环护的城堑为'隍'。这是由《周礼》蜡祭八神之一的'水庸'衍化而来的。我们桂林城东北有漓水环护，西有阳江绕城，南有榕、杉二湖拱卫，城池固若金汤，乃上天所赐，何须城隍神来守护。桂林这城隍庙有如聋子的耳朵，本来就无须建的，害得百姓劳民伤财，今天把它打掉，乃是上合天意，下符民情之举。各位无须多言，如因此而蛊惑人心，扰乱社会，那就要按律治罪了！"

几位绅士被白崇禧说得张口结舌，颇为狼狈。白崇禧又说道：

"你们不要怕，叫民众也不要怕。我可以出一张告示贴在城隍庙的墙上，声明如打了城隍庙，有什么灾祸发生的话，完全由我白崇禧一人承当，与民众无干。你们可以放心了吗？"

几位绅士听了，虽仍有惶恐之色，但也只得点头称是。

白崇禧的告示贴出去了，毁庙行动要执行了。他派一位营长亲自带兵去打毁城隍庙里的神像。营长害怕遭神报应，便令连长去执行，连长也怕报应，便令排长去执行。排长不敢再往下推了，他带着几十名士兵，手持香烛纸钱，进到城隍庙里，对那些神像一个个跪拜烧香烧纸祷告道：

"各位大神大仙，不是我要打毁你们，这是我奉白副总司令之命行事，是他要打你们，你们都看到了，白纸黑字贴在门墙上的，要惩罚，你们有胆量就惩罚他吧，与我这个小排长无干。各位大神大仙，现在对不起了！"

祷告完毕，排长便令士兵们动手打毁了庙中的神像。不过一个月，全广西所有的庙宇神像皆被打毁，片甲无存。

白崇禧打毁了全广西的庙神，却逼走了一位堂堂的"武神"。

广州马棚岗十二号，李宗仁公馆。这天，李宗仁闲来无事，坐在书房中看书。门外悄无声息地走过来一位彪形大汉，轻声说道：

"德公，我已买好今晚去香港的船票，特来向你辞行！"

李宗仁扭头一看，忙放下手中的书本，出门拉住那彪形大汉，诧异道：

"雨农，你何时来的广州？你又要去哪里？快坐下。"

"我在广西待不下去了，准备回安徽老家去。"彪形大汉叹一口气，无可奈何地摇了摇头说。

李宗仁大惊，忙问："雨农，怎么回事？你跟我讲！"

原来，这彪形大汉姓季，名雨农。安徽合肥人氏。民国十六年夏，北洋军阀张宗昌部围攻合肥，季雨农组织乡兵守城，张部久攻不下。此时，李宗仁正率北伐军进入安徽，即亲自带兵去解了合肥之围，遂与季雨农相见。李宗仁见季雨农相貌堂堂，武功十分了得，在江湖上广有名气，被尊为"武神"，是个难得的人才，便有心要请他出来参加革命。季雨农不但名震江湖，而且还是个有田产的富人，李宗仁亲到他的田庄去邀请，真有刘备三顾茅庐之情景。季雨农为李宗仁的诚心所感，便丢下田产庄园，跟随李宗仁出来革命了。季雨农对李宗仁忠心耿耿，一身拳术硬功数十人也无法近得，且为人机警，便随侍李宗仁身边，成为他的贴身卫士兼侍卫队长。

民国十八年二月二十一日。汪精卫向蒋介石献"灭桂策"后，蒋介石派俞作柏到武汉运动李明瑞、杨腾辉倒戈反桂系，又以重兵溯长江西上围攻武汉，要解决桂系第四集团军。李宗仁在南京得到海军署长陈绍宽的密报，知道事态紧迫，为逃脱蒋介石的暗算，他即命季雨农收拾行装，李化装成一普通商人，季则化装成他的伙计。两人从后门悄悄出走，急忙躲往南京下关的一个小旅馆中，直到黄昏时分，才潜往火车站，买了两张车票，乘上杂乱的三等火车，逃到上海，住入法租界海格路融园。上海的流氓青红帮皆闻季雨农之大名，虽侦知李宗仁住在融园，但因有季雨农随侍左右，也不敢大胆妄为。季雨农孤身一人，护卫李宗仁逃出上海，安抵广西。到广西后，李宗仁晋升季雨农为第四集团军少将参军之职，成为重要幕僚。季雨农对做官也没什么兴趣，只是专心为李宗仁训练卫队，不时到军校教授武功擒拿格斗之术。

季雨农有两大嗜好，其一是架桥修路筑亭，大举善事。他因家产丰足，广有资财，又喜游玩山水岩洞，若道路不方便，他每每出钱雇人修路造桥。南宁武鸣附近的起凤山亭就是他出资修复的。季雨农最大的嗜好就是礼敬神佛，除平日里烧香礼佛不断外，每次出行，若遇庙宇必进，站到神佛像前，向神佛立正敬礼，状极虔诚。他除了拜佛敬神，还随处在原有神祠的地方，塑造神佛像供人膜拜。

白崇禧下令打毁了广西庙中所有的神佛像，季雨农再也无处去礼佛敬神了，心中快快不乐，便提上行装到广州向李宗仁告辞，他要回安徽老家去了，那里才有神佛像可拜。

李宗仁听季雨农如此一说，便决断地说道：

"雨农，你绝对不能走！"

说罢，提笔写下一纸电令："季雨农参军礼佛敬神应一如既往，不得干涉！"写罢，即命秘书将电令发给白崇禧。白崇禧立即回电："奉令，照办。"

季雨农回到广西，又可随处塑造神佛像了，他在南宁、柳州、桂林造了几十尊神佛像，还特意在柳州的鱼峰山上也多造了几尊。季雨农虽然享此特殊待遇，却也给白崇禧留有面子。他虽造神佛像，却不像过去那般把神像造得高大威猛，只是造些一尺来高的土偶，人见了觉得粗劣的好笑。不过，也有人前来烧香祭祀的，人们说："这是季参军的菩萨！"

民国二十四年一月，北京大学教授胡适先生应邀访桂，季雨农作为安徽老乡陪同胡适游玩，每见这些尺来高的土偶，季雨农照样鞠躬敬礼。胡适感慨道："广西的神权是打倒了，只在一位安徽人保护之下，还留下了几十个小小的神像。"

白崇禧提出"行新政，用新人"的主张，要求各级行政机关的公务人员逢进必考，且男女平等，不得歧视女性，规定任用县长必须经过严格考试。不料，这项政策却出了两个不大不小的麻烦。

却说省主席黄旭初和他的夫人宋绿蕉女士，乃是遵父母之命的结发夫妻，黄旭初怕老婆是出了名的。在"行新政，用新人"的规定下，黄主席用了一个姓雷的小姐做女秘书。雷小姐叫雷明，是位才女，刚由法国留学归来。用女秘书，这在风气保守的广西，当时可是件大事。有人便将此事密报于黄夫人，她觉得这件事性质严重，必须及时亲自处理。黄夫人遂带了几名剽悍的女士冲进省政府主席办公室，将那位女秘书雷明小姐揪出来，拉到办公大楼前的广场上，拳打脚踢狠揍了一顿，并把在办公室里搜到的雷小姐的衣服坤包等物件堆在那里，泼上煤油，一把火烧了个干净。省主席黄旭初也不敢出面制止。

此事传到白崇禧的耳里，他气得把桌子一拍："这样搞成何体统！"他命人传话下去，要黄夫人必须收敛，否则以寻衅滋事罪严处！白副总司令发了话，谁敢抗拒，黄夫人再也不敢到省政府采取什么行动了，只可怜雷小姐平白无故地挨了那一顿拳脚。

可是，一波刚平，却一波又起。事情还是出在省主席黄旭初府上。

黄旭初的父亲黄老太爷是个老派的读书人，家教很严，黄旭初当了省主席，回到家里仍需谨守家规。当省政府首次考选县长的公告贴到城乡之后，许多读书人便跃跃欲试，纷纷报名参加考试。黄老太爷觉得这事挺新鲜，便用了个化名去参加县

美国《纽约时报》远东特约记者亚奔特和皮林汉，1936年合著一书《中国的命运》，评论"中国的模范省——广西"

长考试。他考试成绩不错，放榜时高中第八名。他老人家一时高兴，竟忘乎所以地把名次在他前面的那七个考生，一同邀请到家里来喝酒吃饭庆贺一番。开席之前，黄旭初也正好下班回家，规规矩矩地向父亲请安。那七名考生见了一时不知所措，一个个目瞪口呆。黄老太爷请他们一一就座。开席后，官居省主席的儿子黄旭初不但不能上桌，而且还得规规矩矩束手席前，为他的"年伯"[1]们斟酒敬茶、上汤添饭。黄老太爷向他请来的"年兄"们解释：

"进了我家，行的是家规，做儿子的只好如此；出了家门，大家同遵国法，黄主席才是我们共同的长官。"

话虽如此说，但有哪个新科县长饮得下省主席斟的酒，咽得下他盛的饭？无论黄老太爷怎样相劝，席间气氛仍异常拘谨。那七个尚未赴任的新科县太爷紧张之余，一共打烂了四个饭碗，泼了六个酒杯，最后才草草结束了这场事先不知底细的家宴。

有人便把这件事报告给了白崇禧，看他怎么处置。不料，白崇禧听了之后，竟哈哈大笑起来，拍着手掌，连说：

"有趣！哈哈，有趣！有趣！"

黄老太爷虽然考中了县长资格，但是他年事已高，是无法当得了县长的，因为根据"新政"的要求，在广西做县长，确实太苦。他们每月薪水仅有一百一十元，

---

[1] 科举时代同榜登科者彼此称"同年"，互相尊称为"年兄"，称其长辈为"年伯"，后辈为"年家子"。

公费才得二百元，全衙门办事不过十人八人，是以县长非常劳苦。县官们总结在广西当县长须有三大本领：一要腿能跑，因为下乡时多，在衙日少，交通工具缺乏，到处需要步行；二要嘴会讲，因为省政府政令频繁，督促綦严，非时常聚乡村甲长面而告之不能推行迅捷；

1936年10月，广西迁府桂林。图为新建的省政府大楼

三要手能写，以文字下情上达，报告县情，请求省府审批事项，几乎是每周必做的功课。在广西当县长不仅生活待遇低，还是个苦差事，外省之人多不敢来广西当县长，所以任县长者以本省人为最多，因为广西人能吃苦耐劳之故。

建设广西，白崇禧抓得最紧的一件事，便是广西的社会治安。

广西山多洞多，加以地瘠民贫，民生困苦，无以生计者便铤而走险，上山为匪。历朝历代，虽经剿抚，匪患始终不绝。民国十年之后，广西社会动荡，贼匪蜂起，甚至连桂林这样的省城也被贼匪蹂躏。匪患使商旅断绝，交通梗阻，民生凋敝，民心厌乱。不剿灭匪患，民不得安居商不得乐业，一切建设举措更无从实施。

白崇禧决定以最短的时间、最彻底的办法根绝广西匪患。他本来就是个铁腕人物，对匪患更是深恶痛绝，他亲自下令各地清乡司令，对匪首、惯匪及首恶分子，一经捕获，不论他是什么人物，有多大靠山，皆杀无赦。他亲自带领部队，进入上思县平福圩，指挥剿灭十万大山股匪，杀了一批匪首、惯匪。

桂林周边一带县份，匪患也特别严重。白崇禧任命师长陈恩元为桂北清乡司令，督剿桂北十几个县的股匪。这个职务，原来任命的是周祖晃师长。周祖晃当时年过四旬膝下无子，其母闻知周要出任清乡司令，这是个杀人的差事，恐怕其子杀人过多，有损阴德，担心香火断绝，便阻止周祖晃出任此职，周遂向白崇禧请求他调。白崇禧也颇知人善任，便改调陈恩元出任桂林清乡司令。

陈恩元其人不但枪法极准，且武功极佳，他在两腿上绑数十斤铁砂，居然还可以追上飞驰的汽车，且胆量过人，杀人不眨眼。他出任桂北清乡司令后，骑一匹高大的黑马，带随从数十人，出入桂北各县，无论黎民百姓还是土匪劣绅，但闻陈恩元到，莫不胆战心惊。陈恩元杀人有一条不成文的规矩，便是讲"民主"。每逢各地抓获匪徒，他一到场，便集合当地民众，由民众投票，凡得票"该杀"超过半数者，即杀无赦。

这天，有人向陈恩元报告："赵老大还在抢劫，以自己家的房屋当库房，将抢劫得来的贵重财物收藏在家中。"

陈恩元听了把桌子一拍："杀！"

报告情况的人忙提醒陈恩元："这赵老大是白副总司令的胞兄啊……"

陈恩元又把桌子狠狠地一拍："清乡令已下了半个月，他还敢抢，管他是谁的胞兄，是天王老子也要杀！"

陈恩元轻装简从，独自一人，只带一支德国造驳壳枪，下乡查处赵老大去了。

白崇禧姓白，为何他的胞兄又姓赵呢？据说白家早年家境贫寒，白父将其长子过继给赵家为嗣，因此白老大便成了赵老大了。这赵老大并不安分，又恃乃弟发迹显贵，手握兵权，便在乡里胡作非为，民众敢怒不敢言。他趁社会动乱、贼匪横行之机，也捞上一把，反正有其弟做靠山，谁也不敢拿他怎样。没料到清乡司令陈恩元亲自到家造访。赵老大忙上前迎接，笑着问：

"陈司令，今日是什么风把你吹到寒舍来了？请坐，请坐！"

赵老大也不待陈恩元回答，便命老婆："快去杀鸡杀鸭，我要陪陈司令喝两杯！"

陈恩元也不落座，只是拍了拍插在腰腹的驳壳枪，冷冷地问：

"赵老大，你知道我今天来府上干什么吗？"

赵老大见陈恩元面带杀气，心里不由得一愣，吞吞吐吐地说：

"陈司令光临寒舍，必有赐教……"

陈恩元点了点头："赵老大，我已查实你为匪罪行，证据确凿，今天我是专门来杀你的。你去告诉大嫂，让她给你做一顿好菜，你喝完三杯酒我就枪毙你！"

赵老大夫妇大惊失色，"扑通"一声一齐跪在陈恩元面前，乞望看在白崇禧兄弟的面上，免一死。陈恩元将驳壳枪放在桌上，挥了挥手，命赵老大老婆：

"大嫂，快去做菜吧！"

赵老大老婆将酒菜端上桌，战战兢兢地给丈夫斟酒，赵老大喝完三杯之后，"砰"的一声枪响，陈恩元便将赵老大毙了。

陈恩元回到桂林城里，知道此事干系重大，立即打电报到南宁，向总部参谋长叶琪报告，说桂林发生巨案，请叶总长即到桂林坐镇处理。

总参谋长叶琪外号"叶矮子"，为人精明强悍，时已奉白崇禧之命主管全省清乡剿匪工作。他接到陈恩元这个没有具体内容的电报，不知桂林到底发生了什么巨案，因此不敢怠慢，星夜驰赴桂林。叶琪到了桂林，陈恩元即向其报告枪决赵老大之经过，并出示赵老大在清乡令下达半月之后仍为匪抢劫的罪证，听从叶琪处理。叶琪知陈恩元捅了马蜂窝，把事情搞到白副总司令的头上了，即使不被军法从事，恐怕也要撤职罢官，他如何敢擅自处理？便又即赶回南宁，向副总司令白崇禧报告，由他亲自裁决。

白崇禧听了叶琪的报告，一声不吭，随即便走进旁边的一个小房间里去了。叶琪听到房间里传出一阵阵哀痛的抽泣声，他感到事态非常严重了，便在门外肃立着，听候白崇禧对陈恩元严处的指示。

等了好一会儿，房间里才传出白崇禧的话来：

"翠微（叶琪字翠微），回去吧，没你的事了！"

叶琪仍不放心地问道："那……陈恩元的事？"

"清乡令是我亲自下达的，陈是奉命行事，且老大犯罪证据确凿，不杀，今后军令政令如何贯彻执行？"白崇禧说罢，"唉——"地哀叹了一声，又是一阵抽泣。

白崇禧铁腕剿匪，不数月间，便肃清了广西历年的匪患，全省社会治安良好。北京大学教授胡适先生在广西旅行半个月，深有所感，他说：

"广西给我的第三个印象是治安。广西全省现在只有十七团兵，连兵官共有两万人，可算是真能裁兵的了。但全省无盗匪，人民真能享治安的幸福。我们作长途旅行，半夜后在最荒凉的江岸边泊船，点起火把来游岩洞，惊起茅棚里的贫民，但船家客人都感觉不到一毫危险。汽车路上，有山坡之处，往往可见一个灰布少年，拿着枪杆，站在山上守卫。这不是军士，只是民团的团员在那儿担任守卫的。"

胡适先生还说："广西本来颇多匪祸，全省岩洞最多，最容易窝藏盗匪。有人对我说，广西人从前种田的要背着枪下田，牧牛的要背着枪赶牛。近年盗匪肃清，最大原因在于政治清明，县长不敢不认真做事，民团的组织又能达到农村，保甲的制度可以实行，清乡的工作就容易了。人民的比较优秀分子又往往受过军事的训练，政府把旧式枪械发给民团，人民有了组织，又有武器，所以有自卫的能力。广西诸领袖常说他们的'三自政策'——自卫，自给，自治。现在至少可以说是已做到了人民自卫的一层。我们所见的广西的治安，大部分是建筑在人民的自卫力之上的。"

《大公报》副总编辑、著名记者胡政之先生在广西考察访问之后，写下他的观感：

"广西向来多匪，山深林密，素来难治，现在却做到夜不闭户，路不拾遗。我本意想从桂林到全州，过黄沙河，经湖南永州、祁阳转长沙汉口北旋。因为连天大雨，汽车到了大路江口。水涨桥折，不能到达湘边。不得已折回桂林，再往柳州，迄夜晚九时方始到柳。第二天上午四点便起身上车，当晚九时赶到梧州。这两天行驶将近三千里的汽车路，以孤车在黑暗中翻山越岭，如履坦途，非治安特别良好，何敢如此冒险？"

胡政之先生还应邀到白崇禧家做客，"得窥他的私生活，其简单朴实，比我辈穷书生有过之无不及，这实在是广西改革政治易于推行的一大原因"。胡政之先生采访广西普通民众，"人民之言曰'吾省之官吏皆努力而诚实，其中多有一贫似吾辈者，彼等绝无赌博浪费贪污等弊，且早起早眠，清晨七点半即在办公室矣'"。经过认真的调查，胡政之先生认为"这些话都是事实"。

胡政之先生在他的朋友季雨农等人的陪同下，深入考察了广西民团的建设，给予了很高的评价。此前，有人认为广西编练民团，实行全省皆兵，将不免于滥用武力，进行内战。经过考察，他认为，"此亦不足为虑，因为广西共需二万五千村长，依已训练者亦不为多，后备队则仅受过一百八十小时的训练，自卫乡土或可有用，以之从军，断乎不能。况且干部所受教育，颇为复杂，小之保护桑梓，大之对外御侮，或可号召得动，如果滥用于内战，恐不待出境，便当瓦解"。胡政之先生的判断是完全正确的。八年全面抗日战争，广西出兵多达九十四万六千七百一十五人，所征兵员多为受过了民团军事训练的团兵，军事素质较好。桂军参加了淞沪会战、徐州会战、武汉会战等重大抗日战役，桂军士兵英勇善战，杀敌卫国的精神在抗日战场上有口皆碑。

胡政之先生曾向白崇禧提出过一个颇为敏感的问题：你们办民团把武器发给民众，又给他们进行军事训练，难道你们不怕民众起来造你们的反吗？他们手里有枪杆子啊！

白崇禧听了，哈哈一笑，说："有人议论我们办民团是教猱升木[1]，等于养成老百姓的造反能力。不知一个政府而怕人民造反，根本就不是一个好政府，因为只要政府好，百姓爱护之不暇，何至起来革命？如果因为怕人民革命，便不敢养成民众武力，结果也未必避免得了革命。"

胡政之先生认为："这是很透辟的话，值得介绍一下。"

胡政之先生遍观广西的形势，有感而发："我旅行所经，看到许多乡村，辟有乡村公路，设有公共苗圃，整洁肃穆，是为改革力量达到下层的表征。如能循序渐进，再得三五年继续不断的工作，一定有更好的成绩。"

白崇禧不愧是统兵的强将，治世的强人。三国时代，给诸葛亮几十年的偏安局面；然而民国年间，对"小诸葛"却颇为吝啬。就在胡政之先生的那篇堪称历史经典之作的《粤桂写影》在《大公报》发表之后才及一年，统治广东的"南粤王"陈济棠突然发起反蒋运动，广西被拖下水，与蒋介石兵戎相见，打乱了广西刚刚走上正轨的各项建设。虽然蒋桂之间最后形成和局，没有发生内战，但次年卢沟桥一声炮响，强敌入侵，李宗仁、白崇禧率领广西子弟兵出发到前线抗日，广西省的人

---

[1] 语出《诗·小雅·角弓》："毋教猱升木。"比喻教唆坏人为恶。猱，古书上说的一种猴。

力、物力、财力、精力，几乎全部投入到抗日战争中去了。随着战争的扩大，国土逐渐沦丧，百万难民从全国各地沦陷区不断涌入广西，桂系自顾不暇，原来的建设规划，便无以为继。

二十世纪三十年代前期，桂系为了巩固其在广西的统治和着眼于未来的民族自卫战争，提出了"建设广西、复兴中国"的主张和"三自""三寓"政策，在全省范围内开展了政治、经济、军事和文教等方面的全面建设，并取得了令人瞩目的成就，使广西获得了"模范省"的美称，也为桂系投入三十年代后期开始的抗日战争，在组织和人力、物力上奠定了基础，做出了贡献，受到国内外舆论的广泛好评。那时候，到广西参观访问的国内外名人和各界代表团众多，发表赞扬广西的文章也多，但是只有胡适先生的《南游杂忆》[1]和胡政之先生的《粤桂写影》[2]两篇长文影响最大，成为历史经典文献，为我们了解那个特殊年代的广西，打开了两扇窗口，闪现出一种远去的历史背影。

---

[1] 1935年1月11日，胡适应邀访问广西，在广西参观讲学14天，回北京后，他把自己的观感写成一部《南游杂忆》，刊于《独立评论》1935年第145号、164号；1935年10月，《南游杂忆》由上海国民出版社出版；1998年，北京大学出版社将《南游杂忆》收入《胡适文集》出版；2013年12月，北京大学出版社从《胡适文集》之中精选部分内容，另外推出"胡适作品系列"，单独出版《南游杂忆》一书，胡政之的《粤桂写影》作为"附录"被收入该书，胡适认为此文"很可供读者的参考"。

[2] 胡政之于1935年1月底在胡适之后由广州到梧州，在广西各地旅行考察10天，2月19日至23日用"冷观"笔名在《大公报》和《国文周报》上连载长篇报道《粤桂写影》；2007年，天津人民出版社将此文收入《胡政之文集》出版。

第六十二回

机不可失　陈济棠仓促反蒋
左右为难　黄绍竑奉命"再嫁"

　　陈济棠在广州梅花村三十二号他的公馆里，手托水烟壶，向刚从南京回来的胞兄陈维周关切地问道：

　　"大哥此次进京，有何观感？"

　　"好！好！好！"

　　陈维周点着头，连说了三个"好"字。他身着绸长衫，摇一把大折扇，留两撇八字须，把乡村学究、师爷、道公和风水先生的特点集之于一身，看起来很有点不伦不类的模样。

　　"如何好法？"陈济棠问道。

　　"据我此次进京观察蒋介石的相格运气，和到奉化看蒋家的祖坟风水，蒋介石气运将终，明年便要垮台，且将一蹶不振，而伯南你的相格高贵，大运已到，风水又好，必有很大作为，不应坐失时机。"

　　"好！好！好！"陈济棠掂着手中的银制水烟壶，也连说了三个"好"字，仿佛他手上已经托着蒋介石的江山了。

原来，陈济棠在古应芬的撮合下，联合桂系和国民党内的反蒋派开府广州，割据岭南后，他乘时趋势，完全控制了广东的军政大权，成了名副其实的"南粤王"。可是好景不长，不久古应芬因拔牙死去，之后撑着西南反蒋局面的党国元老胡汉民也因脑溢血去世，陈济棠政治上顿失依靠。军事上，蒋介石集中了一百万大军，在第五次"围剿"中，摧毁了江西红军的根据地，红军被迫长征，远走陕北。陈济棠与蒋介石在军事上的缓冲区顿告消失，陈、蒋两军短兵相接，冲突在即。而蒋介石在解决江西苏区后，正在酝酿解决广东问题。

蒋介石趁胡汉民去世之机，派司法院长王宠惠来粤吊丧，向陈济棠提出取消西南执行部和西南政务委员会，改组广东省政府，改组陈济棠的第一集团军，各军、师长由蒋介石的军委会重新任命，以中央银行的法币替代广东省银行的毫洋等要求。陈济棠感到，蒋介石的刀已架在他的脖子上了。他惊惶不安，寝食不宁，正徘徊踟蹰的时候，他的胞兄陈维周忙献计道：

"伯南弟不要愁，翁先生已为我们觅到了祖坟福地。"

"在哪？"陈济棠忙惊喜地问道。

"在花县芙蓉嶂。"陈维周慢摇折扇，神秘地说道。

"好，去看看。"陈济棠几天来的烦恼，顿时被陈维周一句话驱得烟消云散。

第二天，陈济棠兄弟俩便在闻名岭南的风水先生翁半玄的陪同下，到花县芙蓉嶂察看祖坟福地去了。这翁半玄又名翁半仙，初见陈济棠时，便夸赞陈有"九五之尊"的相格，"行动甚似狮嬉形"。陈济棠大喜，即托翁到原籍防城县八宝顶去看祖坟风水。翁半仙到了防城县八宝顶察看了陈家祖坟风水之后，惋惜地叹道："宝顶风水虽好，然只能发出广东第一人，如要发中国第一人，必须另寻福地。"陈济棠信翁之说，乃命其挟巨资遍历广东名山大川，寻求"福地"。现在，正当陈济棠为蒋介石逼得走投无路的时候，翁半仙竟寻着了"福地"，陈济棠怎不为之一振呢？二陈兄弟和翁半仙一行很快便到了花县芙蓉嶂。那芙蓉嶂地势如龙蜿蜒，果不寻常，翁半仙指点风水，振振有词道：

"头顶芙蓉嶂，脚踏土地坛，右边覆船岗，左边莺蜂窠，狮象守大门，鲤鱼把水口，谁人葬得正，家有帝王侯。"

陈济棠站在芙蓉嶂上，只见眼前之地势如龙飞凤舞一般，一个个山冈乱石俨如文武百官，手捧朝笏向他跪拜，陈济棠欣喜若狂，当即对翁半仙道：

"我出三万块钱买这块地！"

"值得！值得！"陈维周也忙说道。

翁半仙忽然"扑通"一声朝陈济棠跪下，浑身不住地打抖，陈济棠感到好生奇怪，忙问道：

"翁先生，你怎么啦？"

"我……我……好像看到总司令已经黄袍加身，坐到金銮殿上了！"

"哈哈，翁先生请起，请起。"陈济棠像皇帝接见臣下一般，令翁半仙起来，只差没有平身赐坐这一道礼仪了。

二陈兄弟回到广州，陈济棠命陈维周和翁半仙带人到芙蓉嶂兴工破土，拨巨款以营阴宅，以便把其母骸骨移葬于此。

不久，工程告竣，陈济棠亲往视察，甚为满意，他问翁半仙：

"翁先生，听说得了真穴，还要葬得正，才能及身而发，这事翁先生不知有何高见？"

"这事很有讲究。"翁半仙摇头晃脑地说道，"到安葬之日，需先用糯米饭和草鞋垫底，然后安葬骨骸，自然及身而发。"

"好！好！好！"陈济棠连说了三个"好"字，便命陈维周和翁半仙到防城县八宝顶去起祖。

当陈济棠将其母骸骨移葬芙蓉嶂"真穴"后，心里好不喜欢。为了探察蒋介石的虚实，他又命陈维周以述职为名，带着翁半仙到南京去见蒋介石，以便观看蒋介石的相格。临行时，他又密嘱陈维周，一定要到奉化去看看蒋介石的祖坟风水，与芙蓉嶂的陈家祖坟风水做一番比较，弄清孰高孰低。陈维周奉命后，将翁半仙化装为陈的秘书长，由广州乘轮经上海去南京，一路甚为顺利，既看了蒋介石的相格，又探了奉化蒋母墓的风水，据翁半仙断定，从相格和祖坟风水上，陈济棠必取代蒋介石无疑。经陈维周如此这般一说，陈济棠更是欢天喜地。正在这时，蒋介石又电陈济棠，要陈到京商谈要事。不久，忽见港粤报纸登出，南京已发表李、白为广西正、副绥靖主任，有要广西出兵同中央一起解决粤陈之迹象。陈济棠的神经忽又紧张起来，他忙请李宗仁来询问有无其事，李宗仁摇头说：

"绝无此事，此乃老蒋使的离间计，我们千万不要上当！"

李宗仁去后，陈济棠更加惴惴不安，深觉两广的局面，随着古应芬、胡汉民的去世，绝难长久维持，与其坐待蒋介石部署妥当，对两广各个击破，不如抢先一步，采取主动呢！这样至少可以转移视线，保住他的"南粤王"地位。可是，现在国难当头，国人反对内战之呼声，远胜任何时候，此时若贸然打出反蒋的旗帜，必难得到内外的支持和谅解，怎么办？陈济棠急得只把那手中的水烟壶吸得咕咕直响，愁眉苦脸，无计可施。陈维周进屋，见乃弟如此状，便问何故如此。陈济棠不得不将胸中之苦闷吐出，维周笑道：

"这有何难，既然国人呼吁抗日，我们不妨向中央作兵谏，要蒋介石捐起抗日大纛，领导全国军民抗日，这样，谁还敢反对你的所作所为呢？"

"好好好！"陈济棠舒了一口大气。只要提出抗日的口号，蒋介石便不敢向广东用兵了，即使蒋敢于冒天下之大不韪，要向广东用兵，那么打内战，反对抗日，卖国贼、汉奸之类的大帽子，便可一股脑儿地压到老蒋的头上，他陈济棠既得名，又得利，还可保住广东地盘。蒋介石经此一折，恐怕真要一蹶不振了，到时取蒋而代岂不正是天意？陈济棠正想得高兴，忽又觉得此事重大，未见瑞徵吉兆，不可轻举妄动，他忙对陈维周道：

"请翁先生为我扶乩。"

"对！"陈维周点头道。

不一会儿，陈维周便偕翁半仙来。翁半仙携两名徒弟，徒弟一人手捧沙盘，一人手捧木架。翁半仙将那沙盘置于几案上，将木制的丁字架置于沙盘上，命两徒各扶一端，他焚香烧纸，口中念念有词，请神降临，指示凶吉。翁半仙念过之后，跪下拜神。须臾间，那丁字架下垂的小木棍竟神奇地慢慢摇动起来。陈维周和陈济棠都知道，这是神应降临了，他们两双眼睛都紧紧地盯着那平整的沙盘，只见上边出现四个大字：

"机不可失。"

陈济棠心头猛跳，赶忙跪下磕拜。由于有了这四个字，陈济棠反蒋的决心顿时坚如磐石。第二天，他再请李宗仁前来议事，一见面便说道：

"德邻兄，我们应该立即通电全国，出兵逼蒋抗日！"

"啊？"李宗仁惊愕地说道，"抗日是好事，若贸然出兵逼蒋，酿成内战，岂不适得其反？"

"德邻兄，目下全国抗战呼声甚高，我们应在民众抗日高潮之下，要求中央立刻抗日，切不可畏首畏尾！"

陈济棠胆气十足，今日也一反那平日只穿鸽蓝色长衫、手托水烟壶之态，而是身着戎装，足蹬军靴，大有军人抗日，血战沙场之气概。

"这事要从长计议。"李宗仁点上一支烟，慢慢地吸着，他实在不明白，陈济棠何以一时心血来潮，急于要发动抗日呢？

"我们无意于内战。"陈济棠神秘地说道，"这叫乘时应势，顺乎国情民舆，只要我们两广做出抗日的姿态，登高一呼，全国必定响应，老蒋如不顺从民意，则必然垮台无疑。"

"啊！"李宗仁微微点了点头，总算明白了陈济棠的意思，但他觉得，此举过分冒险，一是不慎会酿成内战，受国人谴责，二是可能被蒋介石抓住把柄，乘机解决两广。经过多次反蒋失败后，李宗仁已经变得更稳重了，他除了命白崇禧经营广西，整军经武，从事建设外，还在桂系内部成立了一个"中国国民党革命同志会"的秘密政治组织，以便进一步严密控制内部，使不再出现俞作柏、李明瑞、杨腾辉、吕焕炎、黄权、蒙志等被蒋介石收买叛变的事件。他要积蓄力量，巩固根据地，牢牢控制内部，以待时机，迫不得已他是不捋虎须的。他想了想，对陈济棠道："还是请健生来磋商一下吧。"

"好，你马上打电报，要白健生坐飞机来，时机紧迫，切不可错失良机！"陈济棠急不可耐地说道。

白崇禧奉命飞穗后，陈、李、白三巨头立即举行会谈。李、白皆劝陈持慎重之态度，不要轻于发动，因为同室操戈，罔顾外患，自难获国人之同情，不如待机而动。陈济棠见李、白反复劝他"待机而动"，心里不禁暗笑：你们怎知"机不可

"两广事变"爆发后，南宁民团举行大游行，要求中央政府立即对日宣战

失"呢？谈得不耐烦了，他干脆将手中的水烟壶重重地往桌上一放，两脚一收，蹲到椅子上，颇有"将飞者翼伏，将奋者足局"之态，干脆问道：

"你们广西到底干不干？"

李、白互相对视了一下，没有回答。陈济棠又道：

"你们广西不干，我们广东就单独干！"

会谈至此，已无转圜余地。李、白考虑，两广原属一体，广东一旦发动，广西方面不论愿与不愿，也必被拖下水，因此只好勉为其难，但白崇禧提出既然要打出抗日旗帜，就应在广州成立抗日政府，组织抗日救国军，以广号召。陈济棠感到成立抗日政府颇费时日，他心中老想着"机不可失"那四个字，因此只同意将两广军队改编为抗日救国军，粤军为第一集团军，桂军为第四集团军，只是名称上稍作变动，刻几枚关防印信即可，不须费时日。白崇禧又提出广西仅有十七团常备军，要发动大举势必要扩军，但广西经费难以保证，望陈济棠予以支持。陈济棠对此十分爽快，一开口便答应给广西补助军费东毫四百万元及枪械一批。事情至此便定了下来，白崇禧飞回广西准备一切。

中华民国二十五年六月一日，在广州的西南执行部和西南政务委员会，通电全国，吁请国民政府领导抗日。接着西南将领数十人，由陈济棠和李宗仁领衔，发出"支电"表示拥护，两电一发，果然全国震动，中外人士皆刮目相看，这便是史称的"六一运动"。

却说蒋介石正日夜盘算着端陈济棠的老窝，但正苦于师出无名，现在见陈济棠这只出头鸟自己飞了出来，他便有了下手的机会。蒋介石此时其实和陈济棠、李宗仁、白崇禧的心情颇为相似，鉴于内忧外患，不敢轻启战端，因此便又放出他那件专门收降反蒋将领的"秘密武器"，用"银弹"对付陈济棠。蒋介石首先从陈济棠的空军下手，因为广东的空军实力仅次于蒋的空军，是陈济棠手中的一块王牌。经过一番讨价还价，蒋介石得知收买陈系空军要花比买陈济棠全部飞机多五倍以上的价钱，蒋介石感到有些不合算，正在权衡利弊之中，经纪这项买卖的人连忙进言道：

"委座，我们把陈济棠的空军收买过来，不光是买飞机的问题，而是搞垮陈济棠在广东的全部实力问题，在军事上、政治上的价值，是不能以金钱的数量来衡量的呀！"

蒋介石猛省，这才狠心拍板定夺，骂一句："娘希匹，阿拉买下了！"那模样真似他当年在上海交易所的架势。

六月十八日，陈济棠的空军司令黄光锐、参谋长陈卓林，率领广东空军各种飞机一百三十余架突然飞离广州，经南雄，转飞南昌和南京，投奔蒋介石去了。

七月十四日，陈济棠的第一军军长余汉谋在赣南大庾（今大余）通电逼陈济棠释兵下野，并宣布就蒋介石委任的广东绥靖主任兼第四路军总司令职，并率部回粤驱陈。

七月十五日，陈济棠的第二军军长张达在韶关发出通电，服从中央，欢迎余汉谋回粤主持一切。

陈济棠的第三军军长李扬敬表现消极，副军长李汉魂挂印而去，虎门要塞司令李洁之避往香港。陈济棠一共有三个军，被蒋介石的"银弹"一击，便叛的叛，走的走，陈济棠又急又气，忙召翁半仙来责问：

"你说机不可失，现在可好，这局面叫我怎么收拾？"

那翁半仙并不惊慌，只是摇头叹息，仿佛是到手的金子转瞬间变成了一堆黄泥似的，说道：

"总司令，可惜呀，真可惜！"

"你还想来诓我？有什么好可惜的？"陈济棠竟拍桌子，响台炮，再也不像原来那般对翁半仙尊如上宾，言听计从了。

"总司令，纵使我要诓你，神明亦不见容呀！"翁半仙仍在摇着头，说，"那天是在吕祖面前扶乩，吕祖降下四字真言——'机不可失'。机者，飞机也，乃是指陈总司令的飞机不可失也，今飞机既失，大势去矣！"陈济棠听翁半仙一说，顿时惊得目瞪口呆，好久才讷讷道：

"你既然知道，飞机不可失，为何不早告诉我呢？"

翁半仙又摇了摇头，说："吕祖真言，何敢轻易泄露？可惜呀！真可惜！"

陈济棠颓然地站着，手中的银制水烟壶，"吧嗒"一声跌到了地上。蒋介石的江山，他不但拿不到手，眼看连自己的江山也失掉了。这时，机要参谋拿来一份急电，陈济棠接看，原来是白崇禧从南宁发来的。白鉴于陈之处境垂危，从两广唇亡齿寒的立场出发，请陈将可靠部队集中广州周围，采用内线作战方针，节节抵抗，同时将军需装备全部运往西江上游，紧靠广西，作背城借一之举。陈济棠看后，默然良久，仰头叹道：

"吕祖真言不可违，命中注定如此，罢罢罢！"

他即命人去把李宗仁请来，神色沮丧地说道："德邻兄，我们散伙吧！"他一边说一边从长衫衣袋里掏出一张二十万元的支票来，递给李宗仁："德邻兄，难为你跟着我辛苦这一场，我送你二十万元，算是给你的辛苦钱，也算是散伙费吧，望你好自为之！"

李宗仁只感到一种兔死狐悲的不祥之兆和说不出的苦衷，他接过那二十万元支票，和陈济棠握了握手，说了声："多保重！"便告辞而去。

七月十八日晚，陈济棠向广东省银行提取了白银二千六百万元，率家人匆匆登上一艘名叫"蛾"的英国军舰，悄然去港，做寓公去了。

七月二十三日，余汉谋由韶关飞抵广州，接管了广东军政大权。蒋介石不费一枪一弹，不流一滴血，便轻易将陈济棠盘踞五年的广东夺到了手上，再一次显示了他手中"银弹"的威力。

正当余汉谋顺利接管广东军政大权的时候，蒋介石忽然电召浙江省主席黄绍竑上庐山面授机宜。黄绍竑接电，心里不禁一沉，他明白蒋介石必然要命令他去收拾广西李、白。

因为陈济棠既倒，李、白孤立无援，正是下手解决广西问题的极好机会。黄绍

黄绍竑斡旋蒋桂双方，游说李宗仁飞穗谒蒋，右一为黄绍竑，右二为李宗仁

竑当然不愿为蒋介石解决李、白充当打手，这些年来，他一次又一次地躲过去了。他在南京政府里当过内政部长，又兼任过交通部长，部长的冷板凳坐久了，他感到有些厌倦。他明白，蒋介石之所以养着他，迟早总要他去收拾李、白，他觉得与其这样混下去，还不如自己去打出一块地盘来。中国之大，处处都有人占着，他无兵无饷，如何去打地盘呢？这时，恰好新疆的马仲英与盛世才打得不可开交，没有人管。黄绍竑灵机一动，便想"取人之所弃"，提出以武装去统一新疆的建议。他的建议首先得到行政院长汪精卫的支持，汪答应拨一千五百万元作为筹备经费。钱有了，兵呢？黄绍竑首先想到了在东北军任骑兵军军长的何柱国，因为何是广西容县人，与黄是小同乡，东北军退入关内后，正四顾茫茫无所依靠，张学良又下野出洋去了。黄绍竑认为此时正是拉拢何柱国的好机会，他便劝何以巩固西北边防为名用骑兵长驱直入搞掉盛世才，把新疆夺到手上。何柱国不愿脱离东北军系统，也不愿为黄绍竑火中取栗，没有答应去新疆。黄绍竑只得去找蒋介石了，他向蒋建议，请调胡宗南驻甘肃部队的一部和胡的一队飞机入新疆，计划军队完全用汽车长途输送，趁盛世才、马仲英相峙的时候突然打过去，把盛、马两方一齐解决。同时，在迪化（今乌鲁木齐）还有两支由东北退出的义勇军残部，也答应帮忙。此举必然马

到成功。蒋介石见黄绍竑用胡宗南的部队去解决新疆问题，也就答应了，因为胡宗南是蒋介石的嫡系，这无异于为蒋开拓地盘。黄绍竑有钱有兵，雄心勃勃，他即驰往归绥（今呼和浩特）筹备。待筹备工作大致就绪后，他便赴兰州同甘肃省主席朱绍良和第一军军长胡宗南商量出发。

不料，正在这时蒋介石一个电报打来，要黄绍竑停止进行，并立即回庐山去见他。黄绍竑知道蒋介石变卦了，必是对他此去新疆不放心。蒋介石不同意，胡宗南便不能出兵相助，黄绍竑辛苦奔波一场，雄心壮志顿成画饼，他气得倒在兰州，病了一场，回到庐山，见了蒋介石，便递上请辞内政部长一职的报告。蒋介石忙安慰他，说之所以要他停止进行，是因为新疆情况复杂，顾虑会引起棘手的外交问题，希望内政部长一职还是请他继续做下去。黄绍竑在南京多方了解，才知道戴季陶和朱绍良等人都向蒋介石进言，说黄绍竑去新疆必有野心，不能让他去。蒋介石联想民国十七年北伐军打到北京时，白崇禧就曾请缨去经略新疆，如今黄绍竑旧事重提，且又得汪精卫支持，蒋介石对此更不放心，因此命令他停止进行，以免生事。黄绍竑知道内幕后，一气之下从南京奔到香港，在港住了些日子，就回广西去了。

李、白与黄绍竑本来就藕断丝连，这些年来，黄虽离开广西投蒋，但并没有给广西和李、白造下什么麻烦，相反，黄利用他在中枢的便利，不时给李、白通通风、报报信，彼此之间心照不宣。李、白今见黄绍竑突然从南京跑回广西，便知他和老蒋不睦，因此更是热情招待。黄绍竑跑到柳州沙塘，看他的"森茂公司"，只见他离广西时种下的那些桐油树，已经开花结果，长势甚好，他又指示经理，再多种一些。李、白请他到广西各地参观视察，他见广西的民团组织和乡村基层政权建设颇有特色，各项建设比他当省主席时还要搞得好，心里真有股说不出的滋味。白崇禧想利用他反蒋，便请他给军政人员演讲。黄绍竑明白，自己是要走钢丝的，岂可开口反蒋？因此，闭口不谈军政，只是大肆宣传种树的好处，特别是种桐油树的经济价值。白崇禧笑道："季宽回广西当经济督办如何？"黄绍竑便笑答："当种树督办岂不更好！"李宗仁明白他的心思，只是任由他讲去。

黄绍竑虽然在广西大谈种树的好处，但是还是惊动了蒋介石。当时两广正在联合反蒋，他生怕黄绍竑又和李、白搞在一起，闹出什么大乱子来，对他不利，马上又一个电报打过来，要黄立即到庐山去见他。黄绍竑上了庐山，蒋介石对他说："你既然对内政部长不感兴趣，我就请你去当浙江省主席吧，省府的民政、财政、教育各厅厅长和保安处长人选，已经定下了，秘书长和建设厅长由你带人去。"黄绍竑明白，蒋介石要他出任浙江省主席，是为了羁縻他，因浙江近在畿辅，在蒋介石的直接控制下，他不至于闹出什么乱子。黄绍竑也正闲得无聊，便在"慰情聊胜于无"的情况下，也就只好将就了。他把自己从广西带出来的亲信黄华表和伍廷飏分别安插为秘书长和建设厅长，便到杭州赴任去了。那时，正是"一·二八"上海抗战不久，黄绍竑到了浙江，也照广西的做法，搞民众组织训练，在城市搞义勇警察，在乡下则搞保甲和民团。他又弄了几百万元款子，在平湖县海边的乍浦镇至嘉兴一线筑了一条颇为牢固的防御工事，叫乍嘉防线。蒋介石又调了三个师驻在杭州、嘉兴、平湖一带，归黄绍竑指挥。这下，他这省主席总算不寂寞了。他正在很有兴趣地做着浙江省主席的时候，不想，蒋介石一封电报，又把他召上了庐山。

黄绍竑由杭州乘火车到了南昌，上庐山后，先去见蒋介石的南昌行营秘书长兼侍从室主任杨永泰。

"畅卿兄（杨永泰字畅卿），委座召我上山有何事？"黄绍竑问杨永泰。

"喜事，喜事。"杨永泰既风趣又诡秘地笑着说，"委座要把你嫁出去。"

"嫁出去？"黄绍竑愣了愣，"上哪？"

"嫁到广西去啊！"杨永泰仍然笑着说，"委座已做决定，调李德邻到京任军事委员会常委，调白健生为浙江省主席，调你为广西绥靖主任。"

黄绍竑明白自己又一次被人当枪使，便发起火来，说："好家伙，你们这回硬要把媒人婆拉上轿，当小姐出嫁了。也不问一问他本人愿不愿意，也不问一问男家要不要，这是谁的好主意？"

"嘿嘿，"杨永泰还是笑着，说，"季宽兄不要急，横竖你已经嫁过一次了，再嫁一次有什么害羞呢？你还是准备上轿吧，委座过几天就要带着我们去广州，要亲自为你操办喜事哩。嘿嘿！到时我们为你吹吹打打，由陈辞修的军队抬轿子，把你送到南宁去。"

黄绍竑一听更急了，说："男家不要怎么办？"

"自古皇帝女不愁嫁，他们敢不要吗？何况我们这里嫁一个到他家里，又从他家里讨一个过来，岂不是拉直，两不吃亏，他们一定会肯的。"杨永泰还是笑着。

"不行！不行！"黄绍竑直摇着手，"他们一定不会肯的，如果硬要这样做，那就一定要打仗了！"

"打就打好了，我们已经准备好了，有把握。"杨永泰信心十足地说道，"解决广东不费一枪一弹，解决广西打几枪要什么紧！"

"畅卿兄，"黄绍竑苦笑着，说，"外敌当前，现在打内战对国家有什么好处呀！"

原来，要黄绍竑"再嫁"广西，乃是杨永泰出的鬼主意，因为自黄脱离李、白，投效中央后，对于解决广西问题，黄不是躲闪，便是设法推或拖，每次蒋、桂双方剑拔弩张的时候，眼看黄绍竑就要被拖下水了，但他总能巧妙地化险为夷，脱身事外。这次，蒋介石在兵不血刃解决陈济棠后，便决心顺手牵羊，把李、白的广西老巢也端了。这自然又得要黄绍竑赤膊上阵啦！杨永泰鉴于几年来没有摸清黄的老底子，这次便向蒋介石献计，用"再嫁"的办法，借着这个机会，使黄与李、白破脸。杨永泰见黄绍竑果然急得不得了，心里不禁暗暗好笑，心想，看你这只泥鳅这回还能溜过去！但他却又装得此事与己无关的样子，推着黄绍竑道：

"这都是委座的一番美意，不干我事，不干我事，你去见委座说吧！"

黄绍竑进入蒋介石的办公室，蒋介石早已在那里等着他了。这时期因蒋介石正提倡"新生活运动"，因此他的居室也布置得十分简朴，办公室里除了一张宽大的办公桌和两张沙发外，别无他物，甚至地板上连地毯都没有铺。蒋介石见黄绍竑进来，脸上先微笑，然后招手请入座，接着说道：

"嗯嗯，季宽兄你来了，很好，这个，这个，中央对你的职务，已另有安排。"

"委座……"黄绍竑正要陈述不"再嫁"的理由。

"嗯嗯，"蒋介石不让黄绍竑有插话的机会，他接着说道，"中央对解决广西问题，真是煞费苦心，为了不损伤国家元气，决定把李德邻调中央军委会任职，你和白健生对调，到广西任绥靖主任，以上任命，已于今日正式发表。"

黄绍竑心里不断叫苦，心想这样做不打内战才怪哩。蒋介石从抽屉里亲自拿出一份委任状和一块四方铜制的大印，交给黄绍竑，说：

"这是委任状和印信，你收下。浙江的事情，你也不必回去交代了，就在山上住几天，我们由南昌飞广州，你就跟我到广州去，准备到广西接事吧！"

黄绍竑双手捧着那委任状和大印，心里叫苦不迭，真像乔老爷上轿一般，不知如何是好。出来时，杨永泰、张群、熊式辉又围上来取笑要喝"喜酒"，黄绍竑被他们闹得昏头昏脑的了，一不小心，手中那铜铸大印"叭"的一声掉到了地上，杨、张、熊三人不由大吃一惊，杨永泰连忙拾起大印看时，竟摔缺了一个角，张群、熊式辉忙说：

"怎的好，怎的好？我们撞了季宽兄的喜事啦！"

杨永泰笑着说："不碍事，不碍事，横竖季宽兄是'再嫁'的人了，我找人用银将这角焊上行啦！"

几天后，黄绍竑便带着这块用银修焊过的铜铸大印，心事重重地跟着蒋介石由南昌飞到广州去了。

第六十三回

苦撑危局　白崇禧预拟讣文
国难当头　蒋李白再度合作

却说陈济棠逃港的当日，李宗仁也乘西南航空公司专机飞回南宁。接着，蒋介石的南京国民政府发布明令：特派李宗仁为军事委员会常委，特任白崇禧为浙江省政府主席，特任黄绍竑、李品仙为广西绥靖正、副主任。李宗仁见蒋介石下决心捅他的老窝，急忙召开军政联席会议，商讨对策。白崇禧、黄旭初、廖磊、夏威、李品仙、韦云淞、李任仁、潘宜之、刘斐、王公度等军政高级人员出席会议。李宗仁说道：

"陈伯南垮台后，蒋介石已集中四十万大军包围广西。蒋的嫡系陈诚、卫立煌两军和余汉谋部由广东进逼梧州、贺县；顾祝同部由贵州压来；蒋的另一支嫡系部队甘丽初部则会同湖南何键的湘军，向桂北黄沙河、龙虎关一带推进。蒋介石向我大军压境的同时，又以调虎离山之计，要将我和健生调出广西，他双管齐下，欲置我们于死地。目下，形势非常严重，如何战守御敌，请诸位发表高见。"

桂系集团的这十几位最高军政人员，齐集一堂，在李宗仁说完话后，沉默了一阵，李品仙用手扶了扶他那黑边眼镜，站起来说道：

"怕什么，想当年曹操八十万大军下江南，诸葛亮还不是一把火将他烧了嘛，我们已组编了四十四个团近十万正规军，又编练了一百余万民团，兵精粮足，士气旺盛，养精蓄锐这么多年，还不该乘势打出去么？请德、健二公下令，我愿率第八军为先锋，再下长沙，直捣武汉！"

李品仙回桂后，白崇禧鉴于他在唐山的那一段"一龙一蛇"的表演，对他不甚信任。桂军在解了南宁之围，白崇禧擒拿了欲叛变的杨腾辉后，即升廖磊为第七军军长，却把李品仙放到龙州去当没有兵权的边防督办。当陈济棠发动"六一"运动时，白崇禧回桂布置响应，除原有的第七军外，又扩充了第八、十五两个军，廖磊仍任第七军军长，李品仙、夏威回任第八军和第十五军军长，直到这时，李品仙才算有了军权。也许，蒋介石知道桂系内部的人事关系，因此又从中插了一杠，在调出李、白的同时，又任命黄绍竑、李品仙为正、副绥靖主任。李品仙虽然想升官，但此时却不敢要这副主任的职位，他生怕李、白怀疑他与蒋介石、黄绍竑有什么勾搭，欲取李、白而代之，因此在南京国民政府发出明令后，他除去向李、白表明心迹外，又在今天的军政联席会议上再一次表态，以免受猜忌，因为目下除了死心塌地跟着李、白，他是别无前途的。

"情况不大一样！"李品仙说完后，廖磊跟着发言，"曹操率八十万大军下江南，那时孙、刘联合，诸葛亮在赤壁一把火烧了曹兵。而今广东已失，陈济棠已走，我们没了江东孙权，如何是好？"

"我看还是不要说曹操和孙权吧，目下国难当头，日本对我虎视眈眈，我们只有抓住抗日的牌子不放，死了才有板子埋！"刘斐站起来说道。他和黄绍竑、白崇禧、夏威、韦云淞都是出自百色马晓军旧部，统一广西作战时，他出任过白崇禧的参谋长，北伐军进到南昌以后，他便到日本留学去了，一去七年，直到不久前才回到广西。

大家又扯了一阵，仍无头绪，正是百鸟嘈嘈，鸡啼未定，白副老总还未发言哩。白崇禧低头在一张白纸上写着什么，情绪颇为激动，李宗仁忙问道：

"健生，快说说你的妙计吧，到底是火烧赤壁，还是三气周瑜？"

白崇禧这才收起手中的笔，抬起头来，望了望李宗仁，将那张写了几行字的纸片递给李宗仁说：

"妙计都写在这张纸上，请德公和诸位过目！"

李宗仁接过那张纸片一看，蓦地一惊，但紧接着便把牙齿一咬，唇边拉起两道凛不可犯的棱线，他一拳擂在桌上，说道："对，就这么办，拼了！"说罢，从白崇禧面前拿过笔来，很快在那纸片下端签上了自己的名字，然后将纸片递给黄旭初，黄旭初很快地也在那纸片下端签了名。顺着轮下去，每个人都签了名，最后由王公度签名后交给了李宗仁。你道白崇禧在那纸片上写了什么奇谋妙计，把大家的心一下子都提起来了？其实，那纸片上写的既无奇谋，也无妙计，而是白崇禧预先为桂系领袖们拟下的一纸讣文！白崇禧见大家都在那上边签了名，便说道：

"蒋介石不以国脉民命为重，以大军压向广西，用武力胁迫我辈离境。我们只有以破釜沉舟之计，做宁为玉碎，不为瓦全的打算，抓住抗日救国的旗帜不放，用持久战和蒋介石纠缠到底，即使失败，也是为了抗日救国，虽败犹荣，发得出讣文，在历史上仍将有一定的意义，将来的太史公，是会公正地记下这一笔的！目下，国人要求停止内战，一致抗日的呼声，响彻华夏，正所谓众怒难犯，专欲难成，蒋介石对广西用兵，势必会激起各方面的反对。政治上，我们有利，蒋介石不利。"

白崇禧接着说道："军事上，我们有十几万正规军，一百余万民团后备军，粮弹充足。广西处在内线作战地位，容易集中优势兵力，灵活运用。我们可把主力集结于桂林、梧州方面，利用有利地形，进行旷日持久的战争。蒋介石这时正有事于华北和西北，特别由于张（学良）、杨（虎城）不稳，是他的最大心病。蒋介石解决广西必用速战速决的方针，好腾出手来去应付西北和华北问题。若我们和他拖到底，他是吃不消的。因此，军事上，以持久战对付速决战，我们有利，蒋介石不利。"

白崇禧分析完形势后，按着又说道："政治上我们要获得各方同情，就必须大造抗日救国的声势。要马上去把李任公请来南宁，准备成立'中华民国抗日救国会'和'中华民国临时政府'以资号召；再派人去香港把抗日名将蔡贤初（蔡廷锴字贤初）请来，由他在广西重建有抗日声望的第十九路军。此外，西安张、杨方面，四川刘湘方面，延安中共方面，上海的抗日救国会，等等，都要派专人去联络。"白崇禧最后说道："刚才为章兄（刘斐字为章）说得好，我们只有抓住抗日的牌子不放手，死了才有板子埋。但是若和蒋介石作战死了，我们虽有板子埋，虽发得出讣文，开得出追悼会，但是，又不能不感到有些遗憾，因为我们毕竟是死在蒋介石手上，而不是死在日本的枪弹下。为此，我们和蒋介石纠缠到一定程度，到他有知难而退时，万一有和的可能，就应适可而止，因为只有广西一省的力量，究竟是有限的。就请为章兄到广东去看看情况如何？"

"好。"刘斐答道，"程颂公也刚有电给我，他说中国要抗战，就不应该再打内战，自毁抗战力量，应敦劝双方和解，问我的意见如何，看广西方面有无和的可能。此时我正好到广州一行，往访程颂公。"

抗日反蒋的方针大计决定之后，李、白即在广西大造声势，广为发动，秣马厉兵。蒋、桂双方，剑拔弩张，大有一决雌雄之势。

正当此"山雨欲来风满楼"之时，蒋介石率领一批文武大员，由南昌飞抵广州。蒋军空军不断出动，在梧州、桂林上空盘旋轰炸。广西上空，战云低垂，黑云压城，军事委员会委员长广州行营主任陈诚，一日数次向蒋介石要求发布总攻击令。

八月十七日，广西空军飞行员郑梓湘等三人驾机三架飞粤投蒋；次日广西空军司令林伟成偕飞行中队长宁明阶驾机两架飞粤投蒋。似乎广西又将变成第二个广东了。

蒋介石在黄埔召见黄绍竑。

"季宽兄，我任命你为讨伐军总司令，指挥集结在广西四周的中央军和湘、粤、黔三省地方部队，以军力平定广西，使你能尽快回桂就职。"

黄绍竑站着，没有说话。蒋介石从座位上站起来，看了黄绍竑一眼，进一步说道：

"总攻击令，由你亲自下达！"

黄绍竑仍然默不作声，似乎他没有听到蒋介石说的话。

“你——这个，是怎么啦？”蒋介石见黄绍竑默然不语，便踱到他面前，问道，“是指挥上不如意？这个，你尽可放心，谁不听你指挥，作战不力，我一定严惩不贷！”

“委座，请你先严惩我吧！”黄绍竑说话了，那声音冷得像是从冰窟中透出的。

蒋介石愣了一下，道：“季宽兄，你这是，唵？”

“我黄绍竑六年前脱离李、白，投效中央，这些年来，为国家总算做了点事情。想不到，有人还怀疑我是桂系，一定要我破坏广西，破坏国家，才能说明我投效中央的诚意。”黄绍竑激动起来，“可我是个中国人，不能干这种使亲者痛、仇者快的事，国难当头，我既不能为国出力，我总不能干破坏国家之事。广西绥靖主任和讨伐军总司令两职，我不能接受，对我如何处置，是关是杀，悉听尊便好了！”

蒋介石吃了一惊，忙说道：“季宽兄，这些年来，我对你不是一直很信任的吗？我们之间的合作，不也是很成功的吗？请你不要多心，别人怎么说，我是不会听他们的。”

黄绍竑又不说话了。蒋介石在室内踱步，一边走，一边说：

“广西要抗日，难道中央就不要抗日么？李、白不服从中央，他们假抗日之名反对中央，居心叵测！”

蒋介石看了黄绍竑一眼，又说道：“至于中央电调李、白任新职，乃是为了摆脱他们自六月一日以来所处的困难处境，并彻底实现国家统一，以便一致对外。任命地方官吏，本是政府的职权，他们分属军人，只有依照执行。现在，新的任命已经发表半月有余，还没有见他们有接受的表示，还听说他们有攻粤犯湘的决心，这就要他们晓得，固然中央爱惜国力，企望和平，也绝不容对内有用兵自残的举动。李、白只有顺应时势潮流，接受新命，表示就职，才是他们唯一的出路。”

黄绍竑还是一言不发，蒋介石有些急了，问道：“季宽兄，难道你对中央的政策也还不理解吗？”

黄绍竑摇了摇头，说：“我愿为委座效力，但是，目下我不能说，也不能做，否则我又将背上桂系的黑锅了！"

"有什么话，你在我面前尽可畅所欲言。"蒋介石道。

"中央现在要调李、白出广西，他们绝不会从命。若中央要对广西用兵，三个月内也未必即能解决问题，只怕军事上旷日持久地拖下去，到时必将适得其反。目下国难深重，日军集中多伦，绥东吃紧；西北国共两军对抗，形势亦未可乐观，而中央大军又深陷于广西的崇山峻岭之中，难以自拔，中央自顾不暇，如何应付时局？"黄绍竑道。

"李、白的空军司令不是也驾机投顺中央了么？他们不会有像陈济棠那样的结果吗？"蒋介石对他不费一枪一弹解决广东问题甚为得意，广西空军司令林伟成驾机来归，不仅蒋的左右人等感到解决广西指日可待，就是连蒋介石本人也对此较为乐观，因此，才任命黄绍竑为讨伐军总司令，以便军事上速战速决，尽快压垮李、白。

"委座，广西的空军我知道，他们哪里比得上陈济棠？广西的空军飞机只有教练机十几架和从日本人那里买来的几架破战斗机，毫无作战能力，李、白不过用来装饰门面，假此声威而已，就是全部跑光了，也不会影响他们的实力。"

"嗯嗯。"这回轮到蒋介石沉默了。

"李、白在广西休养生息五年，自上而下，控制得都非常严密，内部团结，抱成一体，若要以对付陈济棠的那种分化瓦解手段来进行，我敢说这是徒劳。"黄绍竑冒着被视为桂系的风险犯颜进谏了，"广西有十几万正规军，有一百多万训练有素的民团，且民风强悍，一向仇视客军，民国以来二十余年，从未被外力征服过。中央军虽有数十万之众，可是一旦开进广西，必将陷入泥潭之中，难以自拔，是以速战速决根本不可能。因此，请委座三思而后行之。"

"唔唔。"蒋介石仍在踱步。

"若论对广西情况的了解，我敢说在委座身边，还没有一个人可以超过我的。"黄绍竑说道，"目下，李、白大造抗日声势，李任潮已到南宁，正在酝酿组织抗日救国政府；蔡廷锴也已入桂，重建了第十九路军，所部翁照垣师已奉令开入钦廉、北海一带。中央若逼得紧了，李、白只有铤而走险，到时则无论政治上还是军事上都将使局势更为复杂棘手，甚至失去控制。"

"这个，这个，季宽兄的意见是怎的好呢？"蒋介石踱过来，不但不发火，反而很有兴趣地听着。

"愚见似宜经由政治途径解决，以保全国家元气为上策。"黄绍竑坦诚地说道。

"嗯嗯，这个，我考虑考虑，季宽兄回去也考虑考虑。"蒋介石虽然对此不置可否，但却没有否定黄绍竑所提建议的意思。

黄绍竑从蒋介石那里出来，登上小艇，只觉背上有些湿乎乎的，他用手一摸，原来背上的衣服已被汗水粘住了。他喘了一口气，像一名走钢丝的杂技演员，经过一场十分紧张自认没有多大把握的表演，刚从那颤悠悠令人目眩的凌空钢丝上跳下来一般。但是，令他有些欣慰的是，他总算在表演中没有失去平衡掉下地——好险哟，竟惊出一身汗来！

黄绍竑刚上了小艇，忽见另一艘小艇拢岸，只见参谋总长程潜陪着一个穿西装的人下船，那人好生面熟，黄绍竑心里一动，急忙喊了一声：

"为章兄！"

"啊——季公！"刘斐回头一看见是黄绍竑，便赶忙打招呼。当年在马晓军部下，黄绍竑、白崇禧、夏威这三位营长被称为军中"三宝"，刘斐在"三宝"之下的夏威营当排长，他与黄绍竑已多年不见了。刘斐灵机一动，即跳上艇来与黄握手，耳语道："季公千万不可下水！"

黄绍竑也悄悄问道："李、白二公派你来下战书的？"

刘斐小声道："嗨，这次是一块钱小赌本，只拿出六毫子在桌上赌，还有四毫子留在口袋里。"

"我还以为他们孤注一掷了呢。"黄绍竑松了口气，悄声道，"我不会下水，蒋要我当广西绥靖主任和讨伐军总司令，我都推掉了，你回去转告德公，叫他们也适可而止吧！"

"你刚从委员长那里出来吗？"刘斐问。

"对，"黄绍竑点了下头，把嘴凑在刘斐耳边，说，"蒋也顾虑被广西拖住，影响大局，你去见他，可多从这方面陈述利害，最好双方都不要打，走政治解决的途径。"

"好！"刘斐点头会意，便从黄的小艇上跳下来，与程潜一道晋谒蒋介石去了。

蒋介石在黄绍竑走后，仍在他的办公室里来回踱步。他这次到广州来，主要是吓唬李、白的，在大军四面围困之下，他要压李、白就范，而对于用武力解决广西问题，他是颇费踌躇的，虽然杨永泰、熊式辉、陈诚等坚决主张要打，但参谋总长程潜却要和，主战与主和，皆各有道理。蒋介石对于进军广西，与李、白直接交手，心中也怀三分畏惧，因为他的大部兵力如果被广西拖住了，旷日持久不决，其他问题就会更多。即使他用武力最后平定了广西，西北问题将会更难解决，甚至还会有许多类似广西的问题暴露出来。他正在踌躇不决之时，熊式辉前来献计，熊说："日本人虽猖獗，但还有缓冲的余地，即使对日本人让出华北，将来还可以利用美、英的力量再算账，并且如果真让出华北，则还可以借刀杀人，让日本人去消灭共产党，我们反而可以丢掉这副中共的沉重担子。唯有李、白却是党国心腹之患，不于这样有利的时机去消灭他们，更待何时呢？"熊式辉刚走，程潜又来进谏，力言战之害，和之利，劝他不要伤了国家之气，留下力量来抗日。程潜走后，蒋即召黄绍竑来，要黄任讨伐军总司令，以便在军事上不利时，将责任推到黄的头上，岂料黄不但坚决不干，反而说得他内心更加左右不定。蒋介石正在权衡利弊，难下决心的时候，侍从副官来报：

"程总长偕李、白部下的刘为章来求见。"

"嗯——"蒋介石把眼珠转了转，似乎发现了什么不寻常的动向一般，即令侍从副官，"马上请他们到我这里来。"

刘斐见到蒋介石，行过礼之后，蒋即问：

"广西情况如何？一定要打吗？"

刘斐从容而道："委座，广西问题，据我看来，既好办，也不好办。问题说来也很简单，广西要抗日，也不能包办抗日，要全国一起来抗日，并且要你领导来抗日，那不很简单吗？"

1936年9月18日，蒋介石亲自登门"继园"会晤李宗仁，宣告蒋桂对峙结束

蒋介石听了，心里不由骂道："娘希匹！你们打着抗日的旗号来反对我，这不是要挟吗？"他严肃地说道："我是一定要抗日的，这个，这个，现在内里不安，主要是地方上闹事，共产党闹事，国内不统一，这个，共产党不消灭，能够抗日吗？唵！"

那刘斐颇有胆略和辩才，他轻轻一笑，说道："委座，你说要先安内才能抗日；广西说，你先抗日，把中央大军调到抗日前线去，则内自然安。如果为了要安内，自己打来打去，这只有替日本人造机会啊，到时内还没安，国已先亡，岂不贻笑大方！"

"唔唔，这个，这个嘛，"蒋介石像被人突然逼入了死胡同一般，转攻为守，口气却变得严厉起来，"如果在军事上、国防上一点准备也没有，也不听中央的命令行事，唔，这个，就像李德邻和白健生那样，连中央调动的命令都公然抗拒，还谈得上抗日吗？"

参谋总长程潜和刘斐都是湖南醴陵小同乡，关系密切，他见刘斐年轻气盛，竟与蒋介石交起锋来，心里颇为担心，但又觉得刘的言辞犀利，剖析问题能中要害，说出了他这位无实权的参谋总长不便说的话，因此，既感到紧张，又觉得痛快，干脆让他们辩论下去。

"安内和准备抗战条件是两回事，安内是自己打自己，消灭抗战力量，准备抗战，就不应该再打内战。如果委座发出全面抗战的宣言，我敢保证广西会服从中央的命令。"刘斐说道。

"我之安内，就是为了准备抗战！"蒋介石也针锋相对地说道，"抗战是全

1006

民族的大事，这个，也自然是党国的大事，必须从外交、国防、军事、内政等方面做好充分的准备，否则，轻举妄动，只有自取灭亡！”

"日本人贪得无厌，永无止境，他们是要灭亡中国，征服我们民族，若茫茫无尽期地准备下去，究竟要准备到何时才算准备好呢？古人云：'上智不处危以侥幸，中智能因危以为功，下愚安于危以自亡。'请委座深思。”

蒋介石急了："只要地方能服从中央命令，不发生内战，我们就可积极进行准备抗日。”他握拳挥了挥，"从现在起，日本人不前进，我们就积极准备；若他再前进一步，几时前进，几时就打；否则准备好了再打！”

"委座之言，重于九鼎！"刘斐钦佩地点了点头，说，"只要不自己打自己，只要不是无尽期地准备下去，而是积极备战，团结各方力量，事情就好商量了，我可以劝说广西当局，服从中央，一致抗日！”

1937年8月4日，白崇禧应蒋介石之召赴南京共谋抗日方略，行前在桂林向民众发表抗日演讲

"好！"蒋介石仿佛从那死胡同中一下子跳了出来，心中豁然开朗，"就照为章兄的意见去办，看他们还有什么要求，你可以随时来和我谈。”

从蒋介石那里出来，程潜握着刘斐的手，说："真是后生可畏呀！”

刘斐在广州住了两日，与陈诚、钱大钧、卫立煌、熊式辉、朱培德、居正、黄绍竑等中央大员和高级将领皆一一会晤，摸清了实情，便飞回广西与李、白磋商去了。

李、白听刘斐说蒋介石有和的希望，心里自然高兴，因为"六一"运动，他们是被陈济棠拖上台的，陈济棠垮后，他们是被蒋介石逼上台的，从内心说，他们不希望再打内战，因为这样对国家不利，对他们自己也很不利。只要能和，既可保住地位、地盘和实力，又可实行抗战，于国于己，皆两全其美。当下，他们便开会议定下和的条件。接着，刘斐便携带李、白的条件，再飞广州谒蒋议和。

"嗯，你来了，很好，很好！"蒋介石仍在黄埔接见刘斐，他很热切地问道，"他们提了些什么条件？"

刘斐见蒋介石对自己的到来表示热切的欢迎，便揣度对方对他从中转圜，以和平方式了结这场冲突是喜出望外的，便和盘托出了李、白谋和的条件：

"一、中央收回以前调李、白出省任职的成命，重新协调职务。"

蒋介石点了下头，用颇有大丈夫的气概说："好，叫我吃亏我是愿意的，我的地位可以吃得起亏，就是对国民失点信用，也没什么。他们是吃不起亏的，为了他们的政治生命，我也不能叫他们吃亏。"

刘斐心里也暗叫一声"好"，心想蒋介石还真不失为统帅的风度，又说道：

"二、中央补助广西自事变以来的财政开支及部队复员费用。"

"这个，这个，"蒋介石一听李、白闹了事倒来伸手问他要钱。便把脸一沉，说，"谁叫他们造反的？他们既造反，还要给他们钱，天下哪有这等便宜的事，不行！"

刘斐却不急不忙地笑道："委座，广西地方穷，这次动用确实太大了，实在收不了场啦。国家要抗战嘛，他们既是拥护中央，他们的问题也就是中央的问题了嘛，就像讨亲娶媳妇，你把聘礼送过去，结果还不是连人带礼一起收回来了吗？碗里倒在锅里，有什么不好咧，还是给了吧！"

"嘿嘿！"刘斐的话把蒋介石说得也忍不住笑了起来，"好吧，那就多少给一点，但不能太多。这事，你去找子文具体商量。"

刘斐见蒋介石有谋和诚意，便把余下的几条一起说了，那几条是：三、复员后，广西保存部队的编制员额及经常费用；四、中央特派大员入桂和谈，公开昭示信用；五、和议告成后，李、白通电表示服从中央领导。蒋介石听了，说：

"好，大体就照这样办吧，你回去再同他们好好说说，要他们体会中央的苦心，今后，务必切实服从中央，不可再闹事了。"

一场即将生灵涂炭、使国家大伤元气的大规模内战冲突，就这样和解了。九月六日，蒋介石以国民政府名义改任李宗仁为广西绥靖主任，白崇禧为军事委员会常委，黄旭初为广西省主席，黄绍竑仍回任浙江省主席，其他条款也都逐一落实有绪，李、白电程潜等表示接受新命，并请中央派员入桂监督就职。

1937年10月10日，李宗仁北上抗日时，与夫人郭德洁、兄李宗唐在桂林秧塘机场告别时留影

"季宽兄，这回你该去广西了吧！"蒋介石见谋和成功，心里很是高兴，再召黄绍竑到黄埔授命，"我决定派你和程颂云一同赴桂，为李、白监督就职。"

黄绍竑笑道："这样的美差好事，绍竑愿效犬马之劳，乐于为委座奔走。"

九月十三日，中央大员程潜、黄绍竑由广州飞南宁，为李、白就任新职监督。黄绍竑随身携带那枚用银修焊过的"广西绥靖主任"铜印，准备送交李宗仁。程、黄抵邕，李、白亲到机场迎迓，相见甚欢。白崇禧抓着黄绍竑的手，笑着说：

"季宽，前些时听说委员长要派你为讨伐军总司令，要你率军讨伐我和德公，我还真担心我们会在战场上相见哩。"

黄绍竑正色道："王八蛋才打内战！"

程潜笑道："我们那三个湖南人，我和唐孟潇是交过手的，你们这三个广西佬，还没有较量过呢！"

李宗仁也笑道："颂公和孟潇就是我们西征两湖时，打过一次仗。他们两人交手的次数却是谁也说不清啊。"

"啊？我怎么没有听说过呢？"程潜忙问道。

"黄、白交手，在围棋的棋盘上，每次都杀得难分难解呀！"李宗仁这句话，说得大家哈哈直笑。

程潜道："但愿我们今后永远都在棋盘上较量好了！"

李宗仁道："若蒋委员长今后都以国脉民生为重，有解决广西问题这样的胸怀，我敢保证，除了抗日战争，便不会有内战再起。"

程、黄、白三人都点头，这些打了多年内战的老伙计们，在日本人武力的步步进逼之下，爱国的良知并未泯灭！黄绍竑将随身带着的那颗四方大铜印，交给李宗仁，深有感慨地说道：

"德公，这个东西交给你，我就放心了！"

程潜道："这叫物归新主啊！"

白崇禧见那大铜印上一角已用银修焊过，端详了一下，笑道：

"我知道这角为何修补过。"

程潜和李宗仁倒不曾留意这个细节，今见白崇禧说起，忙细看，果见这铜印的右下角有修补过的痕迹，便都"啊"了一声，黄绍竑不便说话，也不作声，白崇禧又笑了笑，说：

"这颗铜印啊，本是蒋委员长授与季宽的，但他不能上任，只好由侍从背来背去，背到广州之后，季宽又要把它转交德公，他的侍从极大的不高兴，但又不敢发作，只得拿这印信出气，背地里摔掉了这个角，必是昨天晚上才临时用银修焊过的。"

广西民众于1937年8月欢送广西子弟兵北上抗日，为将士献旗"焦土抗战，还我河山"

黄绍竑又好气又好笑，在白崇禧的肩头上搞了一拳，说：

"真是天方夜谭！"

李、白在宣誓就职的当日，即发出和平通电，表明服从中央，电云：

"宗仁等痛念国家危亡，激于良心职责驱使，爰有前次请缨出兵抗战救亡之举动，唯一目的，即欲以行动热

忧，吁请中央领导，俾能
举国同仇，共御外侮……
无如抗敌之志未伸，而阋
墙之祸将起，内战危机，
如箭在弦，群情惶惑，中
外咸俱。所幸中央当局，
鉴于民众爱国情绪之不忍
过拂，以及仅有国力不可
重伤，特一再派大员入桂
观察，对桂省一切爱国之
真相，已彻底明了，同时
对宗仁等救亡等项意见，

开赴抗日前线的广西部队

并全部俯于接纳，今后一切救国工作，自当在中央整个策略领导之下，相与为一致
之努力。"

　　和议告成，就职过后，九月十七日，李宗仁应蒋介石之邀，飞赴广州与蒋会
晤。李宗仁下榻于陈维周在东山的公馆继园。陈维周一见李宗仁来了，连说：

　　"德公，你真好福相，好福相，空军司令走了，飞机失了，也还站得稳稳当当
的！"

　　李宗仁只笑不言，陈维周慨叹着，说："我们伯南比不上你呀！"

　　李宗仁忙宽慰道："维周兄不要叹息啊，伯南有很多的钱，他将来还有所作
为的，现在享享清福也是好事嘛。政治这个东西，好比赌场上的勾当，岂能次次顺
手？"

　　"嗯，"陈维周想了想，说，"据翁先生预言，我们芙蓉嶂的祖坟要过三年后
才大发。"

　　"好啊。"李宗仁随口应道。

　　"德公，"陈维周走到李宗仁面前，很诚恳地说道，"我想带翁先生去为你看
看山上的祖坟风水。"

李宗仁淡淡一笑，婉拒道："不敢烦劳维周兄！"

陈维周因见乃弟陈济棠失势，便很想攀着李宗仁，以便有朝一日陈济棠有复起的机会，好得桂系的帮助，今见李宗仁对此道没有多大兴趣，便只好作罢，只是尽地主之谊，殷勤招待。李宗仁在陈维周家住了一宿，第二天便准备前往黄埔拜会蒋介石。自民国十八年二月，武汉事发，李宗仁仓促逃出南京后，至今已七个年头过去了，他一直没有和蒋介石见过面，彼此之间，虽然没有直接发生军事冲突，但电报冷战却一直没有停顿过。这一次"两广事变"，李宗仁原本以为少不了要厮杀一场的，岂料得个皆大欢喜的和局。

和议告成后，蒋介石曾在报纸上发表谈话，希望白崇禧到广州一晤，白崇禧也公开答应去和蒋晤面。谁知此时正在上海观察局势的张定璠给白来电云："时无齐桓，内无鲍子，难乎其为管仲，东行宜细酌。"白崇禧一向倾心于管仲事齐桓建立王霸之业，今见张定璠这一电，生怕到广州后，蒋介石要暗算他，便裹足不前了。白夫人又来向李宗仁哭诉，力阻白崇禧赴穗。李宗仁道："好吧，健生既不便去时，由我代替他去好了！"白夫人见李宗仁答应代白去广州见蒋，这才欢天喜地走了。这下，李宗仁的夫人郭德洁又不干了，因为蒋介石如果要报复白崇禧的话，对李宗仁自然也不会放过的。郭德洁道："老蒋又不喊你，你为什么要送上门去？"李宗仁把手一摆，说："丈夫一言，重于千金。李、白，李、白，实属一体，白氏既不能去，我当代其一行，虽然我本人并未作出此诺言，但白之诺言，即我之诺言。目下和议方成，如不践约赴穗，蒋岂不疑我等之诚意吗？"李宗仁便慨然飞穗。但是，对蒋介石这个人，李宗仁毕竟是太了解了，在他临上飞机前，特地交代白崇禧："若我东行不测，亦不可轻启战端，还是设法和下去为好！"白崇禧本是个极重感情的人，今见李宗仁代他赴粤，激动得热泪盈眶，他拉住李宗仁道："德公，你留下，让我去！"李宗仁一个箭步登上舷梯，笑道："你不过是老蒋的参谋长，我却和他是把兄弟啊，有事好说话！"李宗仁进了机舱，便命飞机起飞，直飞广州而去。

李宗仁正在想着，见了蒋介石该是个什么样的场面。蒋介石也许会严厉指责他反对中央，以抗日之名行反蒋之实，他当然要据理力争，双方或许会发生争吵，会动感情，说不定蒋介石还会拍着桌子，命令侍卫长王世和像扣押胡汉民那样扣押他……

"德公，你如果要去香港的话，我可以为你代为安排。"

陈维周见李宗仁面色沉郁，便很敏感地联想到李的广州之行的微妙处境，他忙提醒对方不要忘了脱身之计。

"不去香港了。"李宗仁摇摇头，平静地说，"我马上要去黄埔见蒋委员长，然后回广西。"

"蒋委员长到！"陈维周家的门人慌里慌张地跑进来报告。

"啊，他来了！"李宗仁和陈维周都吃了一惊，他们不知这位显赫的委员长不惜降尊纡贵前来，到底是福是祸。

"德公，你在此等着，我马上去请翁先生为你扶乩。"陈维周说着忙向后堂跑去。

李宗仁正在忐忑不安，蒋介石已经独自走进客厅了，他身穿一件府绸长褂，手上拿着一把白色折扇，足蹬黑色皮凉鞋，一见李宗仁便歉疚地说道：

"德邻贤弟，这几年来，为兄多有对不住你的地方，望你海涵！"

李宗仁见蒋介石这般表情，颇受感动，忙过去和他握手，说：

"委员长，这些年来，我们打来打去，都是给日本人和共产党造了机会，今后我一定服从你的领导，精诚团结，抗日救国！"

"很好！很好！这个，是很好的。我们不愧是兄弟，今后不要再作阋墙之争啦！"蒋介石笑着，那脸十分真诚动人。

蒋、李握手言和，结束了他们之间长达七年之久的战争状态。次年"七七卢沟桥事变"，李、白先后飞往南京，广西军队开赴上海，在蒋介石的领导下，投入了悲壮的"八一三"淞沪抗战。

第六十四回

白日做梦　冯玉祥怒斥汪精卫
杀一儆百　蒋介石处决韩复榘

民国二十六年十二月十三日，中华民国首都南京陷落，国民政府迁至武昌。

蒋委员长召开最高国防会议，研讨抗战方略。

"此次抗战开始迄今，我前线将士伤亡总数已达三十万以上，人民生命财产之损失，更不可以数计，牺牲之重，实为中国有史以来抵御外侮所罕觏……"

蒋介石说话声音沙哑，自得到南京失陷，日军屠杀我南京军民数十万，敌酋松井石根大将在我南京国民政府前举行规模空前的"入城式"的消息，惊惶、愤慨、恼怒之情一时俱来，他食不甘味，夜不能眠，深感作为国民领袖和国军统帅的极大耻辱。南京陷落的第二日，日本成立了以汉奸王克敏为首的华北临时政府。就在同一天，日本首相近卫文麿发表声明，十分骄狂地指出：蒋介石的"国民政府已经不成其为一个政府了"。日本灭亡中国的狼子野心昭然若揭。蒋介石被逼得再也没有退路了。

"敌人之侵略中国，本有两途，一曰鲸吞，一曰蚕食，今逞其暴力陷我南京，继此必益张凶焰，遂行其整个征服中国之野心，对于中国之为鲸吞，而非蚕食，已

1937年12月17日，日本侵略军攻陷南京后，举行"入城式"，骑马走在前面的是侵华日军华中方面军司令官松井石根

由事实证明。今大祸当前，不容反顾，唯有向前迈进，如果中途屈服，即是自趋灭亡，永无复兴之望，毋宁抗战到底，终必有转败为胜之时……"

蒋介石义愤填膺，声音十分悲壮，大有与日本一拼到底的气概。副参谋总长白崇禧接着发言：

"首都陷落，我野战军损失颇重，举国震惊。但是，中国地大物博，绝非日本所能鲸吞，而抗日之胜负，不决定在南京一地之失守，或任何一乡镇之失守，只要我们全民之心理为抗日，日本无力量，也不能枪杀我所有同胞，占据我所有领土，由此可见，委座所言之'抗战到底'，实乃一至理名言！"

自抗战以来，才半年多的时间，便有平津沦陷、淞沪失守、南京陷落等一连串的挫败，国军损失惨重，民心惶惑，士气消沉。出席会议的党国要人和高级将领无不心情沉痛、沮丧，会议厅内，气氛低沉，人人都感到有一种沉重的压抑感。蒋介石和白崇禧发言之后，会场出现了暂时的沉默。

"嘿嘿……"

一阵阴阳怪气的冷笑声打破了那短暂的沉默，仿佛在暮色苍茫之中的古寺里，突然传来几声猫头鹰似的鸣声，使人惶然发怵而不知所措。大家不约而同地循声张望，却发现坐在蒋委员长身旁的国民党副总裁、中央政治会议主席汪精卫的脸上挂着一副嘲弄的表情，不由暗自大吃一惊。

　　"健生兄，适才听你发表高见，我实在弄不明白，说抗战就可以了嘛，还要说抗战到底，这怎么讲啊？请你说说，你的这个'底'是什么意思。"汪精卫的脸由嘲弄变成了微笑——一副高深莫测的微笑，一种先生考学生的高傲微笑，一种教师爷要在大庭广众面前奚落卖艺者破绽的微笑。

　　白崇禧想不到汪精卫会以这样的态度对待他，顿时心里冒出一股火气。但转而一想，汪氏矛头所指，必是蒋介石。蒋、汪从来不合，过去打内战，彼此利用，互相拆台，倒也无可指责，但是现在国难当头，汪氏非但不挺身而出，襄赞蒋委员长领导抗日，却在"抗战到底"这四个字上大做消极文章，实为不该。白崇禧便严正地答道：

　　"汪主席，依本人之愚见，把日本打败，赶出中国去，就是抗战到底！"

　　"嗯——"汪精卫紧皱眉头，用鼻子长长地"嗯"了一声，也不知他对白崇禧的回答表示赞成、反对或者怀疑。"嗯"过这一长声之后，他突然转过头来，向坐在旁边的军事委员会副委员长冯玉祥问道：

　　"焕章先生，什么叫抗战到底的'底'呢？"

　　冯玉祥把那两条粗黑的浓眉耸了耸，也用鼻子"哼"了一声，这才说道：

　　"抗战到底么？就是把所有的失地都收回来，不但东北四省，就是台湾和琉球各岛，都要收回来，并且要日本帝国主义无条件投降，这就是抗战到底的'底'！"

　　"嗯——"汪精卫又用鼻子长长地"嗯"了一声，还是不知道他对冯玉祥的回答到底是赞成、反对或怀疑，那富于表情的脸上，挂着一种令人莫名其妙的冷漠的微笑。

　　"请问汪主席，你喜欢抗战到底这个'底'吗？"冯玉祥那胖胖的脸上呈现出一副辛辣的微笑，用反唇相讥的口吻向汪精卫问道。

"做梦！做梦！白日做梦！"想不到汪精卫勃然大怒，那平素保养得很好的、白白净净的脸上，"刷"的一下子红得发紫，他用手指着冯玉祥和白崇禧，向蒋介石问道：

"委员长，他们两位是做梦不是？"

"嘭"的一声，冯玉祥拍案而起，厉声斥责道：

"做梦？嘿嘿！汪主席，我们都是在做梦。可你知道吗？有人做梦是当主人，有人做梦是当奴才！"

冯玉祥对汪精卫的回击，干脆利索，辛辣诙谐，机智幽默，白崇禧感到心里舒服极了。蒋介石见能言善辩的汪精卫竟被冯玉祥这个大老粗说得张口结舌，无言以对，不断地用手帕抹着嘴唇和鼻子，状极狼狈，他会心地笑了笑，说道：

"这个，这个，健生兄与焕章兄所说的，这个抗战到底的'底'，就是我们的民族精神，我们要靠这种精神，去战胜倭寇，光复国土！"

汪精卫不耐烦地站起来，夹上他的那只黑亮的皮包，垂头丧气地退出了会场。白崇禧望着汪精卫的背影，仿佛看到了天空出现的一片不祥的黑云。

散会后，蒋委员长把何应钦、白崇禧和陈诚请到他的办公室，然后拿出一封长长的密电让他们三人传阅。何、白、陈把电报传阅过后，都用眼睛紧盯着蒋介石。原来，这是第五战区司令长官李宗仁刚由徐州发来的密电。报告敌第二军之矶谷廉介师团在青城、济阳间南渡黄河，已进占济南。

身为第五战区副司令长官兼第三集团军总司令、山东省主席的韩复榘，为保全实力，竟令所部放弃济南，擅离作战地域，已退至鲁西单县、城武、曹县一带，仅留少数部队于黄河沿岸与敌相峙。李宗仁见津浦路北段大门洞开，徐州受到威胁，遂严令韩复榘将所部开入泰安，以泰山为根据地指挥地方团队打游击战，牵掣矶谷师团南下。不料，韩复榘竟复了李宗仁一个拒绝执行命令的电报："南京已失，何有于泰安？"李宗仁气得两眼冒火，但却拿韩复榘毫无办法。韩复榘不仅不愿回泰安去打游击，连山东也不愿要了，他将所有公私贵重财物悉数装上火车，由津浦路经陇海路转入平汉路，一直退到第一战区的漯河一带。李宗仁见韩复榘竟由山东跑到河南去了，再次严令韩执行军委会关于"各战区守土有责，不得退入其他战区"

的命令，不得违令擅自退入第一战区防地。韩复榘同样复了李宗仁一个马马虎虎，满不在乎的电报："全面抗战，何分彼此？"李宗仁见了气得大叫一声："我看你韩复榘不要命了！"遂将韩的所作所为密电报告军委会。蒋介石对李宗仁的报告非常重视，当即召何应钦、白崇禧、陈诚到办公室开会。

"这个，这个，你们看怎么办好？"蒋介石在办公室里踱着步，回头向何、白、陈三人问道。

"怎么办？我看就是一个字，"政治部部长陈诚火暴暴地将手往下一劈，嘴里蹦出一个字来，"杀！"

"对！"白崇禧与陈诚在公开的会议上，几乎从来就没有过一致的意见，可是这次竟不谋而合。白崇禧说道："若让韩复榘自由进退而不加以制裁，军纪荡然，民心丧失，为此不独参加抗战的一百八十余师及四十余旅丧失信心，全面战事亦无法指挥，则何以贯彻委座抗战到底之决心！"白崇禧马上从韩复榘的言行联想到汪精卫刚才在会上的态度。

蒋介石召开全国军事会议，讨论抗战战略。前排右五蒋介石、右六冯玉祥、右四何应钦、右三陈诚、右二白崇禧

何应钦对此没有立即表态，他是个慢性子，一向对重大事情不急于表态，因此很少出岔子。可是，偏偏在不久前发生的"西安事变"中，他因过急行动，欲取蒋而代之，结果差点下不了台。原来，当何应钦得知蒋介石在西安被张学良、杨虎城扣留后，不禁欣喜欲狂，他认为这是取蒋而代之的千载难逢的机会，他一反过去那种慢吞吞的脾气，立即采取积极行动，力主派大军讨伐张、杨，力主派轰炸机群夷平西安，以置蒋于死地，力主迎接尚在国外的汪精卫回国主持大计。并且他已准备好了一套上台后"统一党国，革新政治"的方案，党务方面，推汪精卫为国民党总裁，领导全党；政府方面，保留林森国府主席职位，以汪精卫任行政院长，孙科任立法院长，于右任仍任监察院长，宋子文仍任财政部长，白崇禧为军政部长。军事方面，何应钦取代蒋介石任军事委员会委员长，以李宗仁、冯玉祥、阎锡山为副委员长。

何应钦正做着"登基"的美梦，谁知"西安事变"和平解决，张学良把蒋介石平安地送回南京。何应钦做贼心虚，惊惶万状，只好硬着头皮向蒋介石报告道：

"应钦闻委座在西安蒙难，欲仗大义，伸国法而不得已，乃主张以军事讨逆……"

"嘿嘿！"蒋介石冷笑一声，说道，"敬之兄，难得你一片好心！"

何应钦闻言，背皮发凉，心中发颤，只等蒋介石的宰割。谁知事后蒋仍重用他，并不追究他的责任，何应钦既感恩戴德，又惶惶不安，从此更加谨小慎微，不敢造次。在最高国防会议上，他见汪精卫摆出一副挑战者的架势，责难白崇禧和冯玉祥，他生怕汪精卫也会问他什么叫"抗战到底"，因此只管把头垂到胸前，一双眼睛死死地盯着自己那有些微微突起的富态的肚皮。还好，汪精卫的挑战终于被冯玉祥击败了，汪负气地退出了会场，何应钦这才松了一口气，慢慢地把头抬了起来。可是，想不到散会后蒋介石又把他和白崇禧、陈诚留下讨论韩复榘的问题，这次大概又离不开表态。

他待陈、白二人都毫不含糊地表示要严办违犯军法的韩复榘之后，才慢慢地谨慎地说道：

"我同意辞修和健生的意见。"

"这个，很好。"蒋介石见何、白、陈三人意见一致，便说道，"自'七七事变'以来，华北敌军已侵占北平、天津、太原、张家口，国军已退至黄河南岸；南线敌军则占据了上海、南京、杭州。目下，南北敌军正调集重兵，欲攻占徐州，打通津浦线，贯通南北战场，进击中原。若徐州失守，则武汉将处于敌之半圆形包围。因此，惩处违抗军令的韩复榘，杀一儆百，借此树立纲纪，使士气振作，民心奋发，方能守住战略要地徐州。"

"韩复榘拥兵八万，不遵军令，胆大妄为，如处理不善，激成事变，既损实力，又糜烂地方，望委座深思善策。"

陈诚虽然力主杀韩，但在行动上希望蒋介石妥善处理，不至于发生变故。

何应钦也最怕韩复榘据兵反抗，或者率部投敌，因此，他只是简单地附和陈诚和白崇禧的意见，而不敢单独提出自己的意见，生怕一旦事变发生而担当责任。现在他听陈诚如此说，也跟着说道：

"辞修这个意见值得考虑，制裁韩复榘必须慎之又慎。"

"嗯，这个，是这个，"蒋介石点了点头，忙问白崇禧，"健生兄，你看怎样办？"

白崇禧对此已成竹在胸，他只是等蒋介石前来问计了。

"这有何难？"白崇禧神秘地一笑，便把如何诱捕韩复榘，如何安抚韩部的计划，详尽地向蒋介石做了报告。

"这个，很好！"蒋介石见白崇禧的计划非常缜密，当即表示采纳。

何应钦会心地笑了笑，他是一向推重白崇禧的。只有陈诚在心里嘀咕着："这'白狐狸'，也真有手段！"他虽然与白崇禧合不来，但也不得不佩服白的制韩妙计。

三天后，蒋委员长偕白崇禧和侍从室主任钱大钧到武汉机场，准备飞往开封，召开第一战区和第五战区师长以上出席的军事会议。到了机场，那架设备先进、机舱豪华舒适的四引擎"美龄"号专机，已经停在跑道上。蒋介石走到飞机旁边，却不肯登机，他回头瞪了钱大钧一眼，责问道：

"为何只备一架飞机？"

"报告委座，白副总长与我随委座出发，随员不多，一架专机已够用。"钱大钧忙报告道。

"哼!"蒋介石不满意地又瞪了钱大钧一眼,仍不肯登机。

钱大钧还不明白蒋介石的意图,白崇禧却指着那边跑道上刚刚降落的一架C46运输机对蒋介石说道:

"委座,请让我乘那架C46先走吧!"

蒋介石看了看那架运输机,又看了看白崇禧,点了点头,说道:

"好吧,你先走一步。"

白崇禧又扭头对钱大钧道:"钱主任,我起飞半小时后,你和委座再登机。"

"好好好。"钱大钧这才明白,蒋委员长要分乘两架飞机的原因,是担心中途碰上敌机的袭击,这白崇禧也真诡谲,竟比他这侍从室主任还能体察委座的意图,他既感到惭愧,又感到害怕,因为白崇禧虽然身为委座的幕僚长,但毕竟他是"桂系"!

却说白崇禧登上那架C46运输机,随即便起飞升空,往开封方向飞去。他心里暗暗好笑,蒋介石虽然有此深谋远虑,但却并不高明。其实,他乘的那架四引擎"美龄"号专机,目标大得很,日本飞机老远便能发现它,而且可立即判断出这是中国最高统帅的座机。一旦暴露了目标,日机必定不惜一切手段和代价对其进行攻击,"美龄"号虽有四架战斗机前后保驾,但在激烈的空战中,保险系数就少到不可靠的程度了。蒋介石如果高明,就会让白崇禧乘坐"美龄"号专机,他自己可随便坐一架普通飞机,这样,危险将少得多。蒋介石和钱大钧都见不及此,素有"小诸葛"之称的白崇禧如何不暗自好笑呢?他坐在机舱里,颇有些洋洋自得之情,慢慢地闭上眼睛养神,他觉得自己单机飞行,要比蒋介石乘坐"美龄"号安全得多,不必担心意外事故。白崇禧工作本来就非常忙碌,由南京撤到武汉后,他很少能睡上一个安稳觉,现在在飞机的引擎声中,他渐渐地进入了梦乡。也不知过了多久,他被一阵猛烈的振荡和晃动惊醒,睁眼一看,只见飞机一会儿爬高,一会儿下沉,一会儿又爬高,他大吃一惊,连喊:"不妙!不妙!"他忙从舷窗口外望,蓝湛湛的天空,只有些碎棉絮般的云朵,视野极好,并无敌机拦截或追袭,他马上想到:是不是飞机发生了故障?他随即喝问机长:

抗战时期的国军高射炮部队

"怎么回事？"

"报告总座，我机遭到地面高炮火力袭击！"

白崇禧闻报大惊：是不是飞到日本人控制的地区上空了？他又大声喝问：

"我们现在的位置是什么地方？"

"报告总座，我机现正飞临开封机场上空。"机长答道。

"你没弄错吗？"白崇禧将信将疑，因为他根本不相信自己机场的高射炮队会射击他副参谋总长的座机。

"绝对没错！"机长肯定地答道。

白崇禧从舷窗往下看了看，只见大地模糊，而那苍莽的黄河却像条巨大的带子逶迤流过平原，他相信这是历史名城开封。在他的座机周围不时绽开一朵朵小小的棉花似的东西，他马上判断这是"三七"高炮的炮弹正在天空爆炸。他感到惊骇不已。本来，这次到开封召开高级军事会议，拿办不遵军令的韩复榘，本是他向蒋介石精心策划并得到蒋的嘉许的，可是，现在手握重兵的韩复榘尚未落入法网，而他这位策划者却首先落入了火网。他实在不明白地面上究竟发生了什么情况？难道是消息走漏出去，让韩复榘知道了，韩先下手为强，把他的部队由豫鲁边境的曹县、单县进入开封，控制了机场，准备将前来主持军事会议的蒋介石扼杀在天上，弄成"千古之谜"？"不可能！"白崇禧迅速否定了这个判断，如果韩复榘有此大规模行动，身为河南省主席和第二集团军总司令的刘峙不会一点不知道。只要刘峙那里得到点风吹草动的消息，必然要及时呈报蒋委员长，蒋便不会到开封来了。而且，按照白崇禧的策划，昨天李宗仁长官正在徐州召开第五战区军事会议，李正设法羁縻韩，如果韩有异动，李也必会及时报知蒋委员长和白本人。"难道蒋介石也要除掉我白崇禧？"白崇禧脑海里闪过这个不祥的疑问，但他马上又否定了。因为他自从五个多月前应蒋之电召入京就职以来，为筹划抗战救国大事，他与蒋还能像北伐时代一样合作，目下为了抗战，无论是于公于私，蒋介石都非常需要他。当然，他与蒋介石的合作仍可能像十年前那样，有善始而无善终。但是，到分手的那一天毕竟还早得很，因为到抗战胜利不知还有多少漫长的日子呢，蒋介石是能够与他共患难的！

"报告总座，机内油料已经不多，无法返航武汉或到其他机场降落！"机长有些惊惶地向白崇禧报告道。

供白崇禧选择自己命运的道路只有一条：不顾地面高射炮火的射击，强行向开封机场降落！

当这架涂着国军徽记的C46运输机突然俯冲下降到距开封机场只有八百米高度时，那些蹩脚的高射炮手们这才发现，他们打的竟然是自己的飞机，一个个吓得目瞪口呆，立刻停止了射击。那位亲自操纵飞机的机长趁机将飞机驶入跑道，安全着陆。白崇禧那颗悬着的心，也随着飞机的降落而落到他的心窝里，但还是嘭嘭地猛跳着，他脸色煞白，冷汗淋漓，坐在机舱里那两条腿犹自战栗不止，由于剧烈的惊吓和颠簸，从精神到肉体，他几乎都垮了。

"总座，刘总司令前来欢迎您了！"机长走到白崇禧身旁，报告第二集团军总司令兼河南省主席刘峙正在飞机外边迎候。

白崇禧一向很重视仪表和军容，他知道此时下飞机，自己这副样子一定是很狼狈的，但他又不能在飞机里久待不动，便向机长道：

"你这里有提神的药吗？"

"有。"机长忙从他的皮夹克里取出一只像打火机似的小瓶,嚓嚓按了几下,送到白崇禧鼻子底下。他顿时感到一股薄荷脑似的清香直透心脾和脑际,精神一振,便站了起来,把军帽和黄呢军大衣整了整,戴上白手套,威严地步出机舱。他站在舷梯上,并没有马上走下来,像检阅部队似的,用眼睛扫了扫前来欢迎的队伍。因为通过侍从室从武汉打给刘峙的电报告知,蒋委员长将于今日下午三点半左右飞抵开封。刘峙接到电报后,对于保卫委员长的安全,颇费了一番心思,但他那脑袋偏偏又想不出稳妥的办法,于是只得召集他的亲信开会研究,他的秘书长正好是个足智多谋的人,当下便献计道:

"委员长坐飞机来,他在天上的安全,我们管不着。他到了开封,我们的责任可就重大了。为了保护委员长的安全,今天下午三点钟,可通知防空司令部发放空袭警报,警报一响,一切军民人等自然销声匿迹,委员长下了飞机,便可乘车安抵下榻之处,在那里我们再布置里三层、外三层的警卫,如此委员长的安全便万无一失了。"

刘峙一听,心里高兴得连说了几个"好",当下他便拿起电话,亲自通知防空司令部,下午三点钟开始发放空袭警报。可是糊涂的刘峙和那位足智多谋的秘书长,却忘记给开封机场的高射炮部队打招呼了。到了下午三点钟,只闻开封城里警报声骤然而起,果然一切军民人等均纷纷进入防空洞穴里躲避,野外顿时渺无人迹。保卫机场的高射炮部队指挥官,闻警立即命令炮队进入紧急射击状态。恰好这时白崇禧的座机飞临上空,高射炮手们以为是敌机临空,当即纷纷开炮射击。这支高炮部队是抗战以来才组建的,毫无实战经验,炮手们的射击技术亦很低下,打了几十发炮弹,竟没有碰着白崇禧座机的一点皮。那架运输机的机长又是一位飞行技术高超的老驾驶员,他果断沉着,驾机避开高炮射击,大胆俯冲降低高度,使炮手能用肉眼看见机身徽记而停止射击,然后安稳着陆。飞机降落后,无论是机内的白崇禧还是赶到机场来接驾的刘峙,都已吓得大汗淋漓,心惊肉跳。

"健公,委……委……委座呢?"刘峙见下飞机的只有白崇禧一人,忙上前致礼,惊惶失措地问道。

白崇禧见机场上列着一队仪仗队,十几位高级将领戎装笔挺地站在前面,准备迎接蒋委员长驾到。刘峙一人毕恭毕敬地立正站在飞机的舷梯下边，准备接驾，然后陪同检阅仪仗队。

"经扶兄，按规定礼炮只鸣二十一响的，你怎么鸣了上百响啊！我真是担当不起呀！"白崇禧似笑非笑地望着刘峙两边腮帮子上那颤抖不止的松弛的肌肉，挖苦着说道。

"健公，我要严办高射炮队指挥官！"刘峙尴尬地说道，他实在不敢正视白崇禧，"他们简直是胡闹！"

"不必，不必，"白崇禧摆了摆手，说道，"他们射击的技术太差劲了，要加强训练。"

在津浦线北段作战不力，被军事委员会于1938年1月枪决的第五战区副司令长官韩复榘

"是的！是的！"刘峙那胖脑袋不住地点着，两边腮帮上的肌肉也跟着抖着。

"蒋委员长乘'美龄'号座机，随后就到。"白崇禧说道。

"好！"刘峙这才出了一口长长的粗气，暗想真是老天保佑，到底没有犯"惊驾"之罪。但他又怕白崇禧把刚才那窝囊的一幕禀报蒋委员长，要追究起来，他也是吃不消的，便说道：

"健公，您是我的老长官了，请多关照我这个老部下吧，刚才高射炮队失误开炮射击座机之事，请您千万不要报告委座！"

"哈哈！"白崇禧开心地笑了，他是个重感情的人，见刘峙一副委屈的样子，便笑道，"幸而高射炮兵射击训练不精，不然我的座机就完了，若是命中，我已不能向委员长报告；既未命中，我也就没有报告的必要了。"

刘峙这才放下心来，仍在机场鹄立迎候。大约过了四十分钟，天空传来一阵沉重的马达轰鸣声，刘峙怕那些蒙头蒙脑的高射炮兵们再次胡乱开炮闯祸，干脆命人传令将他们带回营房里待着，没有他的命令，不准再上炮位。"美龄"号座机在四架战斗机的护卫下，飞临开封机场上空，徐徐降落。刘峙陪蒋委员长乘车进入市区，沿途空无一人，那些商绅市民、贩夫走卒因未听到解除警报的讯号，一个个拖儿带女都还提心吊胆地趴在地沟里和猫耳洞里呢。

第二天上午九点，蒋介石亲自主持召开的一、五两战区师长以上出席的高级军事会议，准时在开封南关袁家大楼的一间大厅里举行。刘峙奉命保卫会场和逮捕前来参加军事会议的第五战区副司令长官兼山东省主席、第三集团军总司令韩复榘。刘峙受命后，感到非常棘手，因为韩复榘为人机警，他来开封出席会议，还特地带了一营精锐的卫队，要逮捕他还真不好下手，同时他的几万人马就驻扎在单县和曹县一带，离开封不远，弄不好，便会激成事变。由于这事是奉蒋的密令办理，除了蒋介石、白崇禧和刘峙本人之外，便是侍从室主任钱大钧和第一战区司令长官程潜、第五战区司令长官李宗仁皆不予闻。因此，刘峙也就无法再去找他那位足智多谋的秘书长商量如何进行了。但刘峙毕竟是一员"福将"，三灾六难从不落到他的头上，什么难题也不会把他逼到绝境上去。他马上想到了"小诸葛"白崇禧，便去找白问计。

白崇禧哈哈笑道：

"经扶兄，你为了保护委座不是拉过戒严警报吗？逮捕韩复榘，亦可故伎重演啊！"

"健公，请不要开玩笑啦，昨天那次警报我差点闯下大祸，幸亏是你先到，否则，韩复榘还没办，委座恐怕要把我先办了呢！"刘峙胖脸上红红的，尴尬地说道。

"这回不是开玩笑！"白崇禧认真地说道，"你只要如此进行，便可万无一失。"

白崇禧便将擒拿韩复榘的办法，详细向刘峙说了，刘峙连连头点，说道："好好好，我就这么办。"

安排停当，刘峙紧张地等着开会捉拿韩复榘。他派出自己的警卫部队，将袁家大楼里三层、外三层地严密戒备起来，会场里外每一间休息室都放上了可靠的警卫。会议开始前，刘峙亲自站在大厅外，命副官将各位将领带来的贴身卫士邀到另一座楼房里休息。这是惯例，蒋委员长亲自主持会议，无论任何人都不得带警卫入场，因此连心怀鬼胎的韩复榘都不曾怀疑刘峙将有不利于自己的行动。

会议开始，蒋介石训话，然后由第一战区司令长官程潜和第五战区司令长官李宗仁报告战况。会议开到一个小时左右，蒋介石宣布休息。这也是惯例，但凡蒋介石主持召开军事会议，时间超过一小时以上的，中间都要休息一次。参加会议的人员便都三三两两，或到楼下院子里散步，或到各个休息室里抽烟、闲聊。韩复榘刚步出会议厅，刘峙便笑嘻嘻地说道：

"向方兄（韩复榘字向方），委座请你到后边休息室谈话。"

韩复榘虽是行伍出身，但却生得眉清目秀，脸膛白皙，骤见之下，如果不与之对谈，多以为韩系一介白面书生，绝不会与那位"关公战秦琼"的莽鲁军阀对号入座。韩复榘一听刘峙传话，蒋委员长要单独召见他，心里不由一怔。这次开封会议，他心里本来就疑虑丛生，害怕蒋介石趁机整治他。在与李宗仁接触的这段时间，他认为李为人厚道，便派人去请示李宗仁，顺便摸一摸底，李宗仁说："应该去！"他又派人去打听出席会议的名单，结果看到名单上有他的心腹大将孙桐萱和曹福林。心想，这样大规模的会议大概不会出问题，他把部队安排好，又带上一支精锐的小部队作卫队，便到开封来了。到达开封，他见一、五两战区师长以上高级将领八九十人都来了，这才略略放下些心来，但是，却不敢放松警惕，他的住处由卫队严密警戒。按规定，会议就开一天，因此，他准备硬着头皮顶过这一天去。如果发生问题，他相信自己的卫队可以保护他脱围而去，纵使身陷囹圄，他的部队离此不远，蒋介石也要投鼠忌器，不敢加害于他。现在，蒋介石找他单独谈话，这……到底是什么意思？韩复榘本来做贼心虚，一点风吹草动，一片树叶子掉下来，他也要张望一番，何况蒋介石要单独召见他？这次到开封来，他最怕的便是蒋单独召见，但是，偏偏蒋介石现在要召见他了。他的双脚像被突然灌满了铅似的，沉重得不能举步。

"走啊，向方兄，委座正在等你呢！"刘峙见韩复榘踟蹰不前，便过来拉他。

"经扶兄，委座找我……有什么事啊？"韩复榘狡黠地问道。

"委座要单独召见集团军总司令以上人员训示，快去吧！"刘峙不由分说，拉着韩复榘便向后面的休息室走去。

刘峙与韩复榘的地位差不多，刘是这里的东道主，负责会议的招待与警卫，韩复榘一想，刘峙的话有道理，便像小鬼见阎王似的，提着心随刘去晋谒蒋介石。到了大厅后面那间休息室，没有看到蒋介石，刘峙道：

"委座正和程长官谈话，向方兄可在此稍候。"

韩复榘刚才看见侍从室主任钱大钧过来找第一战区司令长官程潜，因此估计刘峙说得不错，便坐下和刘闲聊起来。

刚聊了几句，忽听防空警报大作，韩复榘大吃一惊，忙问刘峙：

"经扶兄，此处可有防空洞？"

刘峙道："这里没有。我有一列专车在车站，我们可开往郊外暂避，可保无虞。"

韩复榘是领教过敌机厉害的，因此只顾跟着刘峙，下楼登上了一辆吉普车，直奔开封车站，那里果然停着一辆专列，刘峙邀韩复榘匆匆登上车厢。刘、韩二人正喘息未定，忽听那警报声由断续而变成不停顿的哀嚎之声，久久不绝于耳，这是敌机临空的紧急警报。刘峙道：

"向方兄，怕是敌谍已经侦知我们今天要在此开会，敌机跟踪而来了，我们还是到郊外安全。"

韩复榘听说敌机已飞临上空，巴不得快一点儿离开这危险地方，一则可避免被敌机炸死，二则可逃脱蒋介石的暗算。他忙说道：

"快走，快走吧！"

那专列奉命启动，直往郑州方向驶去，韩复榘见离开了开封市区，心里总算松了一口大气。他把视线从车窗外收回，正想和刘峙闲谈几句，可是刘峙不知何时已不在身旁。他再一看，自己只顾跑警报，贴身卫士竟一个也没来得及带上，他刚松弛下来的神经一下子又紧紧地绷了起来。只见列车如飞地奔驰着，早已驶出开封西郊几十公里了，可是毫无减速停车的迹象，他心里暗叫"不妙"，便高声喊着：

"经扶兄！经扶兄！经扶兄……"

车厢门开了，进来几名全副武装的军人，一名中校军官将蒋介石委员长亲笔签署的"着将韩复榘免职查办"的命令往韩复榘面前一放，厉声喝道：

"韩复榘，你被捕了！"

"啊！"韩复榘只觉五雷轰顶，立时便瘫软在车座上，久久动弹不得。

那专列仍风驰电掣般地奔驰着，一直把韩复榘拉到武汉，旋以失地误国，经军法处判处死刑。

却说刘峙把韩复榘骗上专车驰出后，开封城里的紧急警报也随着解除，蒋介石继续主持军事会议。当这些高级将领们从各种各样的防空掩体里钻出来，重新回到袁家大楼那大厅里时，顿觉气氛有些不对。杀气腾腾的蒋委员长坐在主席台上叫人见了好生可畏。敏感的将领们不由前后左右地看看，当有人发现韩复榘突然不见了时，不由小声议论起来：

"韩复榘糟了！韩复榘糟了！"

座中最紧张的乃是韩复榘的两员大将孙桐萱和曹福林，他们干脆坐着把双眼一闭，只等蒋委员长发话，或关或杀，听天由命。严肃得可怕的蒋委员长终于说话了：

"韩复榘，违抗军令，不遵法度，擅自撤退，失地误国，军委会已下令将其逮捕查办！"

蒋委员长严厉的声音在大厅里震响，那威慑的力量远远胜过方才的紧急警报给与会者们心理上的压力。将军们一个个正襟危坐，连大气也不敢出。委员长接着宣布命令：

"任命孙桐萱升代第三集团军总司令。"

孙桐萱起立，向蒋介石致礼，心中由惊而喜，要不是他的上司韩复榘倒霉，他如何能升官呢？！

"目下，敌人为了打通津浦路，威胁我平汉路侧方，以便进攻我武汉心脏地区，正在南北两路集结兵力，做攻略徐州的准备。自南京失守之后，国军损失颇重，士气民心，无不受到影响。为保卫武汉，为显示政府抗战到底的决心，为振作民心士气，统帅部决定进行徐州会战。望诸位督率所部，奋勇作战，以建殊勋。若有违抗军令，临阵退却者，将以韩复榘为例——杀无赦！"蒋介石用手在桌子上狠狠一拍，结束了训话。

第六十五回

调兵遣将　李宗仁徐州备战
死守孤城　王铭章滕县殉国

冬日的徐州城，云层低垂，北风呼啸，黎明时分，下过一场不大不小的雪。被敌机炸过的房屋、断垣残壁上堆着白雪，坑坑洼洼的马路上一片银白。这个被战争阴霾紧紧笼罩着的古城，依然充满生气活力。顶着北风谋生的小贩开始沿街叫卖，饭馆铺面也都早早地敞开了门面，油锅小炒，米饭面食，鲁味京菜，各种诱人食欲的地方风味随着被熏暖了的北风，在城中飘逸着，扩散着。街道上熙熙攘攘的人群中，有到处奔走的青年学生，有执行军风纪的官兵，有拖儿带女由山东和苏南沦陷区跑出来的难民，有摆地摊卖故衣的贩子，有说唱京韵大鼓、山东快书的艺人，有开档卖药、耍枪弄棒的江湖拳师，还有测字、看相、算命的、擦皮鞋的，三教九流，应有尽有热闹极了……

一阵轻快的马蹄声由远而近，街道上的人群不约而同地往两边让开。店铺老板们也顾不得铺面上的生意了，一个个竟丢下买卖，站到店铺门口，向街上翘首张望。那些正在进早餐的客人们，有的端着半碗阳春面，有的抓着滚烫的羊肉馅包子，一齐挤到街旁，那些沿街叫卖的小贩，乞食的难民，说书唱曲的艺人，耍枪弄棒的拳师，看相测字的先生……
都停止了各自的营生。汇集到街
道两旁的成千上万的各色人等，
似乎都在盼望着那马蹄声快一点
儿过来。

一匹精壮雄伟的枣红马从
街的那头轻快地驰了过来，那马
相当高大，毛色光亮，颀长的身
子上坐着一位着黄呢军服的英武
的将军。枣红马后边紧跟着一匹
剽悍的黑色战马，马上的壮士头
戴草绿色钢盔，腰上挂一支匣子
枪。

骑马巡视徐州的第五战区司令长官李宗仁

"看到了吗？那枣红马上坐
的就是李长官！"

"嘀！真是百闻不如一见，这位李将军，就像当年威镇徐州的吕布一样！"

"不，我看他更像刘备！"一位穿长袍的相师啧啧称赞道，"此人天庭开阔，
目宇生辉，鼻梁丰隆，又有黄、白二将相助，必成大事！"

"有李将军坐镇徐州，我等就放心了！"

"日本鬼子算什么东西！"一位须眉皆白的老者鄙夷地说道，"他们不就炮多
一点，飞机多一点吗？咱中国人不怕死，又有李将军指挥，鬼子就别想亡中国！"

"听说国军要在徐州打大仗啦！"

"那还用说，徐州乃历代兵家必争之地，楚、汉相争，三国之战，唐宋元明
清，但凡天下大乱，徐州都有仗打！"一位学究先生模样的老者说道。

"韩复榘不战而退，把山东丢给了日本人，听说蒋委员长在开封开会，当场就
把韩复榘给宰了！"

"该杀！该杀！谁叫他不打鬼子，把俺山东大好的地方让鬼子占了，弄得俺们

无家可归，流落他乡！"

正说着，那枣红马已经走过来了，有几位好事的老板竟燃放起长长的鞭炮来。李宗仁和卫士的乘马皆是久经战阵的，听得鞭炮声，只是骄傲地把头昂了昂，鼻子抽动着，贪婪地呼吸着那火药味儿，发出一声壮烈豪迈的嘶鸣。随着鞭炮声响起，锣鼓喧天，那些街头卖艺的男女艺人，擂鼓敲锣，唢呐齐鸣，吹奏起古时大将得胜回朝的凯旋曲来。一名绸布庄的老板捧着一匹大红绸布，跑到李宗仁的马前将绸布绕成一个个大圈套到那枣红马的脖子上，那枣红马似乎也感到了无上荣光，兴奋得不断地昂头摆尾。骑在马上的李宗仁顿时热泪盈眶，忙举手向热情奔放的徐州父老敬礼。

李宗仁遛马回来，便关切地问参谋长徐祖诒：

"今天有哪些部队抵达徐州？"

徐祖诒答道："庞炳勋的第三军团和邓锡侯、孙震的第二十二集团军，已开抵本战区。"

"好，很好！"李宗仁点上一支烟，对着那张五万分之一的地图看了一会儿，说道，"他们来得太好了。我准备调庞军团守临沂，调川军守滕县。"

徐祖诒却皱着眉头，苦笑道："德公，现在南下的敌军坂垣师团直指临沂，矶谷师团逼近滕县，这两支敌军，都是侵华日军的王牌军，我们以杂牌去对王牌，恐怕……"

"哈哈，"李宗仁放声笑道，"杂牌，不错，连我这个战区司令长官也是杂牌哩！杂牌官指挥杂牌军，川军、滇军、

1938年春，国军在山间急行军增援前线

桂军、东北军、西北军，还有共产党的新四军，够杂的啦！”

他扔掉香烟，两手叉在腰上，脑海里不禁又浮现了方才在街上遛马时的那令人难忘的一幕。他激动了起来：

“我们打了那么多年的内战，除了北伐，民众热诚地支持我们外，我们什么时候像现在这样得到过老百姓真心的支持和爱戴？一个真正的军人，他一生最崇高的荣誉，不是军阶，也不是地位，更不是勋章，而是老百姓发自内心的真诚爱戴！这样的殊荣，我李宗仁已享受过两次。徐参谋长，如果这次徐州会战，我荣幸战死，请你在我的墓碑上写上这样的墓志铭：李宗仁一生曾参加过北伐战争，打过北洋军阀；参加过抗日战争，打过日本侵略者，为国而死！”

“德公！”徐参谋长也为李宗仁悲壮的情怀深深感动。

“我这个杂牌司令长官，有这样的感想，我相信，那些杂牌兵、杂牌官们，也一定都会有这样的感想。我们上下一心，同仇敌忾，何杂之有？”李宗仁说得声震屋宇气壮山河。

“对！师克在和不在众，两军相逢哀兵胜！”极有军事素养和幕僚经验的徐参谋长从李宗仁这两句话中深受启迪。

“杂牌是牌，王牌也是牌！这就看打牌的人怎么打了！”

李宗仁两眼闪亮，他指着地图说道，“我料定敌人此时必然骄狂无比，我要掌握住他们这‘骄兵必败’的弱点，以我们可能运用的数万哀兵与之周旋。”

“德公，津浦路南段直至浦口，完全空虚，无兵防守，敌人很快会由南京、镇江、芜湖北进，拊我徐州之背。”徐参谋长忧虑地说道。

“对！”李宗仁说道，“请你立即电令守海州的韦云淞三十一军调至津浦路南段滁州、明光一带，作纵深配备，据险防守。明光以南，多为湖沼和小山交错的地区，易于防守，而不利于敌人的机械化部队发挥威力。”

“这里打阻击战是个理想地区。但是，三十一军是刚新成立不久的部队啊，能否担此重任？”徐祖诒参谋长一向用兵谨慎，忙提醒李宗仁道。

“我看行！”李宗仁果断地把手一挥，说道，“这可以充分发挥广西部队那种不怕牺牲，勇往直前的攻击精神。我们广西部队不是有句口头禅吗？”

"几大不过芭蕉叶！"徐参谋长把李宗仁本人和桂军士兵们常说的这句话早已背得滚瓜烂熟了。

"把三十一军放在南线打硬仗，我是放心的，但为了加强战力，再把东北军于学忠的第五十一军增加上去，南线可保无虞。"李宗仁很有信心地说道。

"东北军漂泊他乡，亲历亡省之痛，国难家仇，时刻不忘，这次能有机会与仇敌相见于津浦南线，他们定能报仇雪恨，奋勇杀敌！"徐参谋长很能领会主官的意图，"德公，你这两张牌打得真厉害啊！"

"哈哈，在武器装备上，敌军是王牌，我军是杂牌，可是在民心士气上，我军难道不是王牌吗？"李宗仁笑道，"徐参谋长，这牌我们一定要打赢！否则，怕是连当一个真正的中国人的资格也没有了啊！"

徐祖诒看着李宗仁那严肃的国字脸，深沉地点了点头。

一名参谋来报："庞军团长到。"

"请他到这里来。"徐参谋长嘱咐道。

"不！"李宗仁把手一挥，忙挡住了那位参谋，"我要亲自出迎！"

李宗仁的长官部设在徐州过去的道台衙门，他匆匆跑下大阶，正好在大门口碰上庞炳勋。

"长官！"庞炳勋见李宗仁跑到门口来迎接他，心里颇受感动，忙一并腿，立正敬礼。

"庞军团长，"李宗仁谦逊地还礼，拉着庞的手，说道，"你辛苦了！"

李宗仁把庞炳勋迎到办公室坐下，亲自为庞沏茶，敬烟，执礼甚恭。庞炳勋年过花甲，两鬓斑白，历尽风霜的脸膛上，刀刻一般布着几条深深的皱纹，那双眼睛显得特别老练沉着世故。李宗仁把刚沏上的热茶双手递到他面前时，他赶忙从沙发上起立，立正，说一声：

"谢长官！"

李宗仁趋前递给他一支香烟，他又起立，立正，说一声：

"谢长官！"

"庞军团长，请不必客气。"李宗仁亲切地说道，"论年资，你是老大哥，我是小弟，本不应该指挥你。不过这次抗战，在战斗序列上，我被编列为司令长官，担任一项比较重要的职务而已。所以在公事言，我是司令长官，在私交言，我们是如兄如弟的战友，不应分什么上下。"

庞炳勋那双老于世故的眼睛闪了闪，显然是受感动了，他说道：

"长官，这次我能到你麾下效力，深感荣幸！"

"庞将军，我们都是过了大半辈的人了，大部分时间都在内战的旋涡中打转转，国家残破了，才招致日本的侵略。今天我们打日本，才是真正的报效国家。因此，我们都不应像过去内战中那样，徘徊观望，保存实力，而应全力以赴，打到一兵一卒，最后把自己也填上去，这样才不愧做一个真正的有良心的军人！"李宗仁诚恳地说着。因为他知道，庞炳勋是个非常圆滑不好对付的人，他与庞素无历史渊源，而庞在历次内战中都以避重就轻，保存实力著称。现在，李宗仁要打这支"杂牌"，不得不把"牌底"摸准。

庞炳勋沉默了。抗战开始，他虽然有打日本的决心，但对蒋委员长借抗日消灭杂牌部队也存有很大的戒心。他奉调到第五战区来，知道有大仗要打，因此更是小心翼翼，生怕吃亏上当，因为他已年过花甲，失去部队，便无处存身，因此他听李宗仁说"不应徘徊观望保存实力"的话时，马上警惕起来，生怕到了第五战区，不被日本人吃掉，便会被桂系收编。他眼珠转了转，那满是皱纹的脸上挂着苦笑，未曾说话，先长长地叹了口气：

"唉，长官！我虽身为军团长，论地位比军长高，但全军团才一共五个步兵团。可是，中央却命令我裁编一个团，将那个团的兵员归并到四个团中去，我们部队兵额都是足的，我把这个团归并到哪里去呢？不能归并，就只有遣散。"

庞炳勋又长叹一声，凄凉与愤懑之情形于言表，"长官，我庞炳勋还说得上保存什么实力呢？仗还没打，我就丢了一个团了！"

李宗仁一怔，忙问："是真的吗？"

"报告长官，中央的电令还在我这里呢！"庞炳勋从衣袋里掏出一纸军政部的电令。李宗仁看时，只见那电令上写得明白——"如不遵令归并，即停发该部粮饷"。李宗仁随即抓起桌上的电话机，对庞炳勋道：

"中央这样处理是不公平的，我当为你力争此事！"

说完便给武汉统帅部白崇禧挂长途电话。李宗仁在电话中把庞部的情况向白崇禧说了，请他马上找蒋委员长请示，要求军政部收回成命，让庞部维持现状。挂过电话，李宗仁便邀庞炳勋在长官部吃饭，作进一步的交谈。饭后，庞炳勋正要告辞，李宗仁也起身准备送客，一名参谋进来报告："报告长官，军政部急电！"

李宗仁接电一看，只见那电报上写着："奉委员长谕，庞部暂时维持现状。"他心中一喜，忙将电报交给庞炳勋，笑道：

"庞将军，恭喜你！"

庞炳勋睁大那双老眼，紧紧地盯着电报，捧着电报的双手竟然不住地颤抖起来，仿佛他手上捧着的不是一纸轻飘飘的电文，而是他那个心爱的补充团。李宗仁一个电话，使他保留了即将被遣散的这个团，庞炳勋打了几十年内战，还从没碰上李宗仁这样体恤部下的司令官，他激动得老泪纵横，一把紧紧地握住李宗仁的双手，感激涕零地说道：

"长官，你真是一言九鼎啊！"

李宗仁马上又提笔给第五战区兵站总监石化龙写了个手令，要石总监尽量补充庞军团的弹药和装备。庞炳勋做梦也没有想到，他一来到第五战区，不仅实力没有被李宗仁吃掉，还保留了被编遣的一个补充团，又能领到大批弹械和装备，他的实力比以前大增，可是，他和战区司令长官李宗仁在此之前不仅没有历史关系，而且连面都没见过啊！庞炳勋那颗军人的良心那颗被内战扭曲，又被充满诡谲的人生阅历包得深深的良心，第一次袒露了出来，他发誓一般地说道：

"长官德威两重，我虽老朽，能在长官麾下，为国效力，天日在上，万死不辞，长官放心，我这次绝不再为一己之私而保存实力，一定和日寇拼到底！"

"庞将军，我想请你率部固守临沂重镇，扼制南下之坂垣师团。可是，那坂垣师团乃是日军中的王牌部队，自侵华以来，先后犯我察、绥两省，在平型关战役中为我郝梦龄军和第十八集团军消灭一部。现该部在临沂以北，集结兵力准备与矶谷师团齐头并进，南犯徐州。敌军自恃装备精良，极为骄横，根本不把我军放在眼里……"

"长官，你不要说了！"庞炳勋忍不住打断李宗仁的话，"我这次到临沂，就是要跟坂垣师团拼老命的，只要第三军团还有人活着，临沂就丢不了！"

"好！"李宗仁紧紧地握住庞炳勋的手，"我准备随时向蒋委员长报告给第三军团请功！"

庞炳勋敬礼，告辞而去，可是刚走了几步，他又折返回来了。李宗仁忙问道："还有什么困难需要我解决吗？"

"长官，"庞炳勋的双唇抖动着，好久，才说出话来，"今天，是我们的第一次见面，恐怕也是最后一次见面了，我如果为国捐躯，而第三军团又还没有打光的话，请你把剩下的弟兄们留在身边，就当作你的子弟兵吧！"

"庞将军，快别这样说了，我们都是为国效力，必要时，我一定会派兵援助你的！"李宗仁一直把庞炳勋送到大门外，又看着他跨上了战马，消失在雪原上，才返回办公室。

送走了庞炳勋，李宗仁在长官部又迎来了第二十二集团军总司令邓锡侯和副总司令孙震。

"长官，"邓锡侯和孙震坐下后，满脸愧色地说道，"我们是没人要的角色，长官肯要我们到第五战区来，真是恩高德厚！长官有何吩咐只管说，我们是绝对服从命令的。"

原来，这次川军出川参加抗战的部队，共有杨森的第二十军、潘文华的第二十三军、唐式遵的第二十一军、邓锡侯的第四十五军、孙震的第四十一军和李家钰的第四十七军等六个军。四川是出兵抗战最多的一省。杨森部参加了淞沪抗战，目下驻在安庆；潘文华、唐式遵部在汉口；李家钰部在中条山、太行山、云梦山一带作战；邓锡侯、孙震部由陆路步行，出剑阁，经陕西开赴前线。出川抗日的川军，除个别部队装备较好一些外，其余都极为窳劣。邓锡侯和孙震在率军出川之前，曾电蒋委员长要求换发武器装备，蒋复电："前方紧急，时机迫切，可先出发，途经西安，准予换发。"邓、孙及所部官兵皆明抗日之大义，便毅然出川北上。步行了两个多月，走到西安时，又奉严令着速东进，过潼关，渡黄河，到太原加入第二战区战斗序列。川军长途跋涉数月，一直没有得到任何武器装备的补充，便在晋东南一带投入战斗，与敌周旋了四十多天，损失惨重伤亡过半。为了继续作战，他们曾在沿途破门而入晋军的军械库，擅自补给了一批弹械。第二战区司令长官阎锡山闻报大怒，大骂川军"抗日不足，扰民有余""与土匪何异"！他即电中央统帅部，要将川军调出第二战区。中央统帅部无奈，便打电话和第一战区司令长官程潜商量，程长官一听，连忙拒绝："我不要这种烂部队，我不要这种烂部队！"蒋委员长正为南京失守而心烦火燥、闻报把桌子一拍："把他们调回四川，当土匪、土皇帝由他们自便好了！"副参谋总长白崇禧见蒋委员长发脾气，便把眉头一皱，计上心来，说道："委座，我问问徐州李长官，看他愿不愿要？"没想到李宗仁满口应允："只要打日本，再烂的部队我也要！"邓锡侯、孙震这两军川军，便是这样由第二战区调到第五战区来的，个中情况，邓、孙两人当然也清楚。因此，他们一见李长官，不由感慨万端。

"部队情况如何？"李宗仁问道。

"经晋东南战斗后，在山西离石、赵城一带进行了整编，现全集团军只有八个团，总兵力不过两万来人。"邓锡侯答。

"你们出川时有多少人？"李宗仁问。

"四万多人。"邓锡侯答。

"啊！"李宗仁点了点头，"你们付出了沉重的代价！"邓锡侯和孙震听了不由心头一热，出川抗战半年了，他们还是第一次听到自己的长官对川军的肯定，而这位李长官又与他们过去不曾谋面，第二十二集团军也甫抵第五战区，尚未出过力，邓、孙两人都忙说道：

"不值一提，不值一提！"

"不，这是打日本侵略者，为中华民族而战，为炎黄子孙而战，牺牲了都是光荣的。"李宗仁严肃地说道，"过去，我们打了二十多年的内战，死了那么多的人，那才不值得一提呢！"

邓、孙两人点头。邓锡侯道："长官说得极是，当年我们川军在成都厮杀混战，仅十天便死伤了两万多人，成都人民对这场浩劫无限悲怆，写了许多愤怒的诗篇谴责我们，我记得其中一首是这样写的：'杀掠已曾闻北道，侵凌那复记东倭。

诸公私斗真骁勇，笑煞西人也任他。'今天想来真是惭愧至极。"

"今天你们是来对付东倭的啊！"李宗仁笑道，"有什么困难只管说。"

"枪械太坏，子弹不足。"邓锡侯和孙震异口同声道。

"我立电军委会，请求予以拨发。"李宗仁当即亲自起草电报，

日军第五师团（坂垣师团）在青岛登陆后开赴徐州

然后交参谋拿去拍发，接着又给兵站总监石化龙第二个手令，要其优先补充川军武器装备。

邓锡侯和孙震深为感动，忙道："请长官下令吧！"

"你们在徐州抓紧补充武器装备，然后开赴滕县以北地区布防，阻止矶谷师团南下。出发之日，我要亲自给官兵训话。"李宗仁道。

"是！"邓锡侯、孙震辞出。

川军在徐州整补完毕，即将北上拒敌，邓锡侯、孙震集合全军，请李宗仁长官前来训话。徐州郊外，白雪皑皑，呼啸的寒风中，人欢马叫，川军第四十一军和第四十五军两万余人，在等待着李宗仁到来训话。李宗仁在邓锡侯和孙震的陪同下，走上临时搭起的司令台，全军肃立致敬。

"弟兄们，我是从广西到徐州的，你们是从四川到徐州的。我是坐飞机来的，你们是靠两条腿，走出剑阁，过黄河，到长城，南下到徐州，你们两条腿，走了上万里。为了抗日，你们流血牺牲吃尽千辛万苦。本长官对你们表示钦佩和慰问！"李宗仁的讲话被官兵们热烈的掌声所打断。

"弟兄们，你们出川的时候，每人只有两件单衣，两条短裤，一顶军帽，二尺宽的草席和一顶竹笠。你们穿着草鞋，徒步行程数千里。你们扛着川造步、机枪，而薪饷仅及中央军的一半。可是你们出于救亡义愤，士气高昂，积极参战，精神可嘉！本战区内绝大多数部队都是人们所说的杂牌军，连本长官也都是一位货真价实的杂牌官。但是，在战火中却是没有什么王牌和杂牌之分的。我希望川军的弟兄们英勇作战，不怕牺牲，杀敌报国，在战火中成为一支威震敌胆的王牌军，写出川军历史上最光辉的一页！"

李宗仁训话结束，全场欢声雷动，队前的一百名司号兵吹奏激昂的进军号，精神抖擞、士气旺盛的川军，迎着寒风飞雪，向滕县开拔。一支被视为"烂部队"的杂牌军，俨然变成了一支劲旅。

黎明时分，津浦线上的鲁南重镇滕县被一阵猛烈的炮声震醒。第二十二集团军第一二二师师长王铭章正紧握电话筒，向总司令孙震汇报情况。川军由徐州北上进据滕县不久，因总司令邓锡侯奉命回川接替已死的刘湘任川康绥靖主任，孙震受命升任第二十二集团军总司令。孙的总司令部设在临城。

"报告总司令，敌万余人向我第四十五军正面界河阵地和龙山、普阳山阵地猛烈进攻。滕县东关外附近各村已先后听见机枪、步枪声，冯河、龙阳店方面之敌已开始向我守备东关的警戒部队进攻，滕县之右后侧颜吉山一带亦发现敌军，滕县城已被敌包围。"

"王师长，战区李长官刚刚来过电话，要我们不惜代价，死守滕县，他已调汤恩伯军团前来增援我们。"孙震在电话里说道。

"请总司令转告李长官，王铭章决心死守滕县，不惜任何牺牲，以报国家！"王铭章放下电话，在室内急促踱步。他身材高大，剃着和士兵一样的光头，圆盘脸膛，两道粗眉使他更显得浑厚朴实。他命令传令兵，立即去把团长张宣武请来。正在东关指挥作战的张团长奉命来到。

"张团长，你立即传谕昭告城内全体官兵，我们决定死守滕县，我和大家一道，城存与存城亡与亡。你马上派人将南、北两座城门堵死，东、西城门暂留交通

道路，也随时准备封闭。可在四门张贴布告，晓谕全
体官兵，没有本师长的手令，任何人不准出城，违者
就地正法！"

"是！"张团长奉命去了。

又是一个血与火的黎明。滕县城在硝烟中屹立
着，那高陡的城垣，被敌军猛烈的炮火炸成无数的锯
齿一般，砖石伴着炮弹碎片和守城川军官兵的血肉横
飞，每一块墙砖上都浸染着鲜血，每隔几步的城墙上
都躺着血肉模糊四肢残缺的尸体。城内那原先光洁的
石板路，全被炮火犁翻，绝大部分建筑物都被夷平，
或者变成了由一堆堆残砖破瓦组成的像干涸了的巨大
河床似的地貌。残酷的战争使山川变色，大地震颤，
日月无光。火山、地震、陨石坠落，都不及人类战争
的残酷，不及侵略者对人类文明的毁灭！

坚守滕县的第一二二师师长王铭章

天上的飞机像乌鸦一般掠过，啸声震得残缺不堪的城墙摇摇欲坠；密集的炸
弹似冰雹一般落在守城川军的阵地上，爆炸声无法分出间隙；浓烟弥漫，十几步外
看不见人。飞机一批又一批紧接着俯冲、投弹、掠过，炸弹像山崩地裂一般持续不
断地震响。城砖、屋瓦、碎石、烟尘，像被巨大无比的龙卷风从地面卷起，刮到半
空，又狠狠地摔将下来，然后又卷起，又摔下来，反复折腾、无休无止。每一秒
钟，每一分钟，都有阵亡的士兵；每一刻钟，每一小时，都有整排、整连的官兵流
血⋯⋯

野炮、榴炮、平射炮，不断地向城中轰鸣，嘎嘎咕咕的轻重机枪子弹像漫天漫
地的飞蝗，不住地扑落到城墙上。几十辆坦克叫着，喷射着巨大的火光，密密麻麻
的钢盔，贼亮贼亮的枪刺，在坦克后边滚动着，跳跃着，潮水般涌向城墙下⋯⋯

矶谷廉介发疯了。他的师团在入侵华北以来，还没碰上一个强硬的对手。今
番奉命与坂垣师团齐头并进，会攻台儿庄，直下徐州，与沪宁北上之日军会师津浦
路，贯通南北战场的计划首先受到了挫折。开始，他还以为死守滕县的中国军队是

一支精锐部队，打了两天硬仗，他的师团在界河、龙山、普阳山一带，在滕县城关等处，连连碰壁，伤亡惨重，猛攻竟日而不能克。中国军队的勇猛顽强，是他从来没有见过的。可是，后来侦知，死守滕县的竟是一支装备低劣，名不见经传的川军时，他顿时气得暴跳如雷，拔出指挥刀，把指挥部所有的桌子椅子劈得粉碎，又把两个旅团长狠狠地揍了几记耳光，大骂他们无能，丢了大日本皇军的脸。矶谷廉介师团长亲自出马，调集第十师团和第一〇六师团的一个旅团，共三万多人的兵力，大炮七十多门，战车五十余辆，飞机数十架，杀气腾腾，直扑滕县城关东、南、北三面。矶谷师团长手持指挥刀，亲自督战。他用望远镜望着被浓烟覆盖的滕县城，狞笑着，对身旁的炮兵大佐说道：

"滕县城没有了，川军没有了，步兵可以开路的！"

城墙被日军的平射炮炸开了一个两米多宽的口子，日军步兵在坦克的掩护下，直扑过来。但是，城上城下毫无动静，中国军队没有一点儿影子。矶谷廉介师团长放下望远镜，又是一阵狞笑：

"中国军队，统统的没有了！"

可是，端着枪冲锋的日军刚逼近那道口子，只见城上雨点般落下无数的手榴弹，日军当即倒下一大片，城内的中国守军从那道缺口如神兵天降冲出，以大刀追杀日军步兵，以集束手榴弹摧毁坦克，因敌我短刀相接，日军的飞机、大炮无法发挥作用，几百名冲锋的日军不得不丢下四辆被击毁的坦克和成百具同伴的尸体，狼狈地逃了回去。川军立即用装食盐和粮食的麻包，将城墙缺口堵塞。

矶谷师团长见他亲自指挥的进攻受挫，气得用指挥刀劈了一名日军指挥官，下令集中全部火炮和飞机，向滕县城作持续轰击。炮兵奉命按照滕县城内的面积，计算弹着点，几个平方米内便要落下一颗炮弹，空军投下探测气球，为炮兵指示目标，轰炸机群与炮兵协同，对城内作卷地毯似的轰炸。

只有几平方公里的滕县县城，顿时被烧成一片火海，浓焰烈火，滚滚而来，这几平方公里的蕞尔之地，像一块被烧红了的巨大的锻件，正被夹在一个铁砧上，遭受巨锤的锻击，一会儿变成长方形，一会儿变成正方形，一会儿变成椭圆形……很难使人想象它最终会变成什么模样。

猛烈的炮击和轰炸整整进行了一个多小时，滕县城内已绝无完瓦，四周城墙已被击成东一段，西一段的，支离破碎，据空军飞机侦察报告，城内遍地瓦砾，已无人迹。矶谷师团长正要下令冲锋，他身旁的一名中国翻译忙说道：

　　"太君，让我用广播向城内喊一喊话吧，如果尚残存中国官兵，我劝他们投降。"

　　"好的，你的马上喊话！"

　　几名日军通信兵立即架设了广播线路，几只高音喇叭像大炮似的对着滕县城内。

　　"川军弟兄们，如果你们还有人活着的话，请听我讲几句话吧！你们生在天府之国，那里没有战火烽烟，为何要跑到山东来替蒋介石和李宗仁卖命呢？你们的薪饷是那样微薄，武器是那样低劣，你们和皇军打仗又能得到什么好处呢？我奉劝你们，放下武器，停止抵抗，皇军对你们大大地优待……"

　　滕县城内，寂然无声，那壑壑牙牙的城墙，烧焦了的每一寸土地，山丘一般的瓦砾堆，飘逸着的硝烟，狼藉的残肢断臂，像一个经过奋勇搏斗而死去的巨人，无声无息地躺在燃烧着的土地上，留下一副壮志未酬身先死的悲壮惨烈的遗容。

　　数千日军呐喊着，从四面八方冲来，嘎嘎嘎的坦克声震耳欲聋，用钢铁的躯壳摧毁了残存的城垣，为步兵开路，闯入滕县城内。瓦砾中不时冲出几名面目模糊的川军士兵，抱着拉响的手榴弹扑进敌群，与敌人同归于尽；残断的墙壁下，被压断腿的机枪手，从砖头堆里拉出川造的轻机枪，把最后一梭子弹射向敌人……

　　第一二二师师长王铭章从地下指挥室里走出来，身后是他的参谋长赵渭宾、副官长罗甲辛、少校参谋谢大壕及随从十余人。王铭章师长的五千守城官兵，经过三天半的血战，现在他还能指挥的就是身边这十几名幕僚和随从了。敌军已经蜂拥入城，与总部的联系已经断绝，汤恩伯的援军还不知道在什么地方。上午，敌军发起猛攻的时候，守城部队急报要求增援，师预备队早已打光，他毅然将自己的警卫连调了上去，一场残酷拼杀之后，警卫连全部壮烈阵亡。在刚刚那一阵持续一个小时的敌炮猛轰之后，他没有见到守城部队派人来报告情况，知道局势危殆到了极点，当即派出四名参谋分头到四个城门去与守城部队联系。可是结果只有一人生还，那名参谋满脸硝烟，使人无法辨认，胳膊上流着血，跌跌撞撞地跑进地下指挥室报告道：

"报……报告，师……师座，城，没有了，人，也没有了！"

"哈哈！"王铭章放声大笑，"我不是还在吗？你们不是也还在吗？拿起武器，跟我来！"

王铭章师长一声令下，十几名幕僚、随从各人一手提枪，一手握着揭开盖子的手榴弹，紧跟师长冲出地下指挥室。到了外面，他们原来熟识的滕县城，那青砖青瓦的房屋，铺着石板的光洁街道，已经无影无踪。不久前，王铭章师长率部进驻滕县时，老百姓兴高采烈，男女老幼齐出动，出城三里扫雪，敲锣打鼓，燃放爆竹像迎接亲人一样迎接川军。

这一切，王师长犹历历在目。而现在，百姓呢？城呢？部队呢？都消失了，一切都没有了。残砖、败瓦、焦土、硝烟、被烧得焦枯的尸体、破碎的枪支……西城的城角上，有一面红膏药旗在傲慢地飘动着。

"跟我来！"王师长大叫一声，率着这十几名幕僚随从，猛扑城西北角。"咕咕咕……"在一阵密集的机枪声中，王师长和他最后的这一小批部下，全部倒在血泊之中。王师长挣扎了几下，他胸部和腹部中弹多处，他喘了几口气，拼出力气喊道：

"还有人吗？"

"师座，我还在！"卫士李少昆爬到王师长身旁。

"如果你能活着见到孙总司令的话，就告诉他转报李长官：我们……川……军……"王铭章师长的头猝然一垂，嘴仍张着，眼睛已经闭上了。

"师座！师座！师座……"李少昆不住地摇着王师长，在悲怆地呼叫着……

第六十六回

血肉相搏　　庞炳勋孤军守危城
同仇敌忾　　张自忠飞兵救临沂

　　当川军王铭章师五千官兵在滕县壮烈殉国的时候，固守战略要地临沂城的庞炳勋军团，在日军王牌部队坂垣师团的疯狂攻击之下，也到了岌岌可危的时刻。当庞炳勋率部抵临沂时，曾在临沂城北三十里的汤头葛沟之线，与坂垣师团展开主力战，庞军以劣势装备竟将日军王牌坂垣师团一举打退，迫敌后撤三十余里。敌增派援兵，向庞军反扑，敌我两军遂在汤头、太平、白塔一带反复较量。庞军勇猛出击，与强敌缠斗，使坂垣师团攻势再次受挫。庞军为此也付出了惨重的代价。敌人见正面屡攻不克，而守军又是一支人数和装备皆居劣势的杂牌军，不禁恼羞成怒，坂垣征四郎师团长严令田野旅团长率五千精锐，配备大炮三十余门、坦克车二十余辆、飞机十几架助战，直逼临沂，欲强行击破庞军阵地，直扑台儿庄，与矶谷师团会师。敌人来势汹汹，先后突破庞军沂河以东、汤头以南沙岭子、白塔、太平、亭子头等阵地，兵临临沂城下正面诸葛城至郁九曲之线。

　　庞军团长的指挥部设在城内临沂师范里，距沂河对岸的火线不到三里路。战场上的喊杀声、枪炮声听得清清楚楚，两军厮杀拼斗的情形更是历历在目。庞炳勋

敌第五师团师团长坂垣征四郎

披一件黄呢军大衣，站在窗口，不用望远镜，直接用肉眼观察战况。正在城东沂河对岸的桥头堡阵地据守的部队，便是曾被军政部下令要裁遣归并的那个补充团，补充团的右翼便是庞炳勋的特务营。战局至此，他不仅将自己的卫队，而且连马夫、伙夫、担架运输兵都投入了火线，身边仅留几名贴身卫士和几名传令兵。这是他戎马生涯中第一次下这样彻底的决心，为了保卫临沂，他准备把自己的生命连同五个步兵团这点血本，全部拼光，绝不保存实力，似乎只有这样，他军人的良心才得到安宁。否则，无论是活着或者死了，都是一个没有良心的中国人！

敌人的飞机像成群的秃鹫，向庞军阵地疯狂俯冲、扫射、投弹，仿佛要用那火一样的利爪，将庞军的阵地和守兵全部撕碎、吞噬，大炮在持续轰鸣，阵地上一片火海。敌机扫射的子弹不时飞到司令部的院子里，庞炳勋仍一动不动地伫立着，尽管防空洞离他只有几十步远。他的几名贴身卫士，谁也不敢劝他进入防空洞躲避，只是颇为紧张地一会儿望着天空，一会儿望着他们那脾气倔强的老总，准备做好几秒钟的紧急应变。

"你们在看着我干什么？"庞炳勋见卫士们在盯着他，把眼一瞪，叱喝道，"都给我过河去，一个也不要跟我待在这里！"他用手指着硝烟弥漫，炮火横飞的沂河对岸命令道。

这几名贴身卫士都是跟随庞炳勋征战有年的亲信，他们忠心耿耿，身怀绝技，庞炳勋平素把他们当作亲生儿子看待。

现在，无兵可调，只好把这几名贴身卫士也投入战场了。那些卫士们见老总如此说，一个个都面面相觑，做声不得，不是他们怕死，而是怕他们一走，老总有个三长两短。

"为什么不去？怕死吗？谁要当孬种，我先毙了他！"庞炳勋怒喝道。

"老总！"这几名卫士"噗"的一声一齐跪了下去。

"我们是为保卫临沂而来的，临沂的安危比我的安危重要！临沂一失，我绝无面目回去见李长官，你们明白吗？"庞炳勋过去把卫士们一个个拖起来，推出门去。

卫士们抹着眼泪，头也不回地跑出司令部，冲过沂河桥，投入了桥头堡的保卫战。庞炳勋见了，悲壮地一笑，将一把雪亮的大刀放在桌子上，准备最后投入战斗。沂河对岸杀声震天，我军阵地上出现了许多老百姓，庞炳勋大惊，只见有抬担架的，送饭食的，举刀与敌人搏斗的，根本无法分清哪是他的部队，哪是老百姓。他举起望远镜细看，送饭食的百姓里竟有六七十岁的老婆婆，抬担架的人中还有二十来岁的大

奉命坚守临沂的第三军团军团长
庞炳勋

姑娘。一名年过半百的壮士率领一支大刀队，在敌群中横冲直撞，挥刀砍杀，如入无人之境。一场混战，突入庞军阵地的敌人终于被杀退。庞炳勋忙令传令兵过河去通知守军，劝阻百姓勿到阵地上去，并把那位老壮士请来指挥部一见。不多久，传令兵把那位身背大刀的老壮士请到临沂师范来，庞炳勋亲自出迎，他把双手一拱，大声说道：

"老英雄，庞炳勋有礼了！"

"长官在上，请受我一拜！"那老壮士忙给庞炳勋行起大礼来。

庞炳勋忙将他扶起来，那老壮士紫铜色脸膛，说话声若洪钟，"长官率部到临沂，为民除害，为国争光，临沂百姓，非常敬仰！"

"只因敝军实力有限，未能将敌人彻底打退，反要临沂父老上阵相助，惭愧！惭愧！"庞炳勋直摇头。

"长官怎能如此说，保家卫国，乃是我山东民众之天职。俺山东这个地方，历代出英雄豪杰，梁山泊离此不远，水浒英雄一百零八条好汉，如果生在今天，也会挺身而出与鬼子拼命的！"那老壮士的话表达了山东民众的豪情壮志，这对从小便爱听三国、水浒英雄故事的庞炳勋来说，其抗敌意志更是坚定不移。

桂系演义

又是一阵地动山摇般的大炮轰鸣，敌机又开始临空俯冲、扫射，那老壮士从背上拔下大刀，朗声说道：

"长官，等打完仗，俺们再给你们开庆功宴，唱大戏！"

说罢，一转身，一阵虎步便跑出了指挥部，直奔沂河大桥而去。庞炳勋也操起自己那把大刀来，要不是作为全军的最高指挥官，他也会毅然地提刀跟那老壮士一道儿去了。这次敌人的攻势更为猛烈，伤残士兵被一批又一批地抬下来，敌人的炮弹直打到沂河里，运送伤员的民众不时被击中身亡。庞炳勋开始急了，他几次拿起桌上的电话筒，要给李宗仁长官打电话请求援兵，但是，他只是把那电话筒紧紧地握了一阵，又默默地放到电话机上去了。他明白，目下滕县川军正与矶谷师团在浴血奋战，津浦线南段的桂军和东北军也正在淮南与北上的敌军厮杀，五战区兵力不够用，李长官此时也难以抽出援兵。而他最怕的则是被人误认为他保存实力，不肯死战。因此，他咬着牙关，苦苦地撑持着，就像一个力不从心的人，却要用肩头硬顶着一座摇摇欲坠的桥梁。他急得心里如火燎油煎一般，在室内乱转。

"嘀铃……"桌上的电话铃响了，他拿过话筒，里面传来一个急促紧张的声音：

"军座，军座，正面队伍有些顶不住了，你看怎么办？"前线总指挥马法五从东门外打来电话。

"给我顶住！"

庞炳勋大吼一声，正要放下电话，马法五又喊叫了起来：

"军座，军座，已经没有人啦！"

"什么，没有人啦？怎么还有人给我打电话呢？"庞炳勋一下暴怒起来，把电话筒一下搁到了电话机座上。

可是，不到几分钟，那电话铃又急促地响了起来，庞炳勋本想不接电话，但那铃声却一直不间断地响着，他不耐烦地抓起电话筒，狠狠地吼道：

"指挥部里除我之外，还有三名传令兵，没有兵你自己上，丢了阵地就别回来见我！"

"庞将军，庞将军，我是李宗仁……"电话里传来李宗仁长官平稳厚重的声音。

"啊——李长官，我……"庞炳勋深为自己的鲁莽无礼而感到惶恐和歉疚，一时不知说什么才好。

"前线情况如何？"李宗仁问道。

庞炳勋本想把"快顶不住了"这句话说出来，但他咬了咬牙，只说了句：

"与敌正激战于临沂东门外。"

"滕县一二二师已经失去联络，估计情况十分严重。"李宗仁颇为忧虑地说道，"临沂为台儿庄和徐州之屏障，必须坚决保卫，拒敌前进。为加强力量，除已令张自忠部前往增援外，并派本战区参谋长徐祖诒前往就近指挥。"

"长官，长官，你要派谁来增援临沂？"庞炳勋似乎不相信自己的耳朵，他对着电话筒大声呼叫着。

"张自忠将率第五十九军增援临沂。庞将军，你，欢迎吗？"李宗仁有些着急地问道。

"……"庞炳勋紧紧地抓着那电话筒，好久说不出话来，他不相信张自忠肯来援助他。

"你说话呀，庞将军。"李宗仁更急了。

"我——欢迎！"庞炳勋颤颤巍巍地放下电话筒，顷刻间那心里像打翻五味瓶一般，酸甜苦辣咸顿时涌上心头……

却说李宗仁长官调川军和庞军北上固守滕县、临沂后，随调孙连仲的第二集团军到徐州的北大门台儿庄布防。川军和庞军在滕县、临沂分别与两支敌王牌军矶谷师团和坂垣师团浴血缠斗，为保卫台儿庄赢得了时间。但是，李宗仁深知川军和庞军装备低劣，实力有限，经不起长期消耗，逐令汤恩伯军团驰援滕县。但是临沂方面的援军却一时无法抽调。恰在此时，李宗仁得报，津浦路南线之敌已被迫后撤，局势渐趋缓和。李宗仁忙对参谋长徐祖诒道：

"急电固镇张自忠，令其率第五十九军北返增援临沂。"

"德公，"徐参谋长摇了摇头，说道，"张自忠恐怕不会同意去！"

奉命驰援临沂的第五十九军军长张
自忠

"为什么？"李宗仁问道。

"张自忠奉调到本战区来时，曾私下里对我说过，他在任何战场皆可拼一死，唯独不愿与庞炳勋在同一战场并肩作战。"徐祖诒当下便向李宗仁陈述了张自忠与庞炳勋之间的一段宿怨。那是民国十九年夏，蒋、冯、阎中原大战之时，庞炳勋与张自忠都是冯玉祥麾下的战将，彼此亲密无间，情同手足。谁知庞炳勋受蒋介石的收买，率军倒戈，袭击张自忠的师部，张本人险遭其害。张自忠当即发誓："庞炳勋不仁不义，此仇不报，誓不甘休！"从此庞张结怨，成为仇敌。

"嗯，"李宗仁点了点头，说道，"徐参谋长，请你把张自忠请来，我亲自和他谈谈，我看，他会去临沂的。"

"德公，两军协同作战，将领之间一定要协调，方能运用自如。"徐参谋长道，"我看，庞、张两人，积怨太深，很难共事，大可不必强人之所难吧！"

"本战区机动部队只有张自忠的第五十九军，其余皆不能抽调，不调张部驰援临沂，又调谁去呢？临沂一失，大局不堪设想！"李宗仁坚定地说道，"还得调张自忠去！"

徐祖诒见李宗仁如此说，只得急电张自忠令其率部速返徐州，并到长官部来领受命令。

张自忠奉命来到长官部，晋谒长官李宗仁。他身着灰布军装，脚上没穿马靴，只是一双布鞋，剃着士兵一样的光头。他身材高大，浓眉大眼，嘴唇上下都留着一抹短须，英气勃勃，剽悍异常，一看便知是一员难得的优秀战将。

"报告长官，张自忠奉命来到！"张自忠声音洪亮，向李宗仁长官行了一个标准的军礼。

"荩忱兄（张自忠字荩忱），你辛苦了，请坐！"

李宗仁对张自忠从外表到内心都很欣赏，他认为一个军人应该像这个样子，才不辱没军人的称号。李宗仁与张自忠并不陌生，他刚到南京不久，正碰上张自忠从北平到南京来请罪，他对张的遭遇非常同情。原来，张自忠乃山东临清县人，早年毕业于天津法政专科学校，却又投入军界，在旅长冯玉祥手下由排长、连长、营长直升到团长、旅长、师

我军坚守阵地抗击日军

长之职。他受冯玉祥影响颇深，治军严谨，无论是训练和作战中都能身先士卒，在军中极有威望。当"卢沟桥事变"发生时，张自忠在冯玉祥旧部宋哲元的第二十九军任三十八师师长，曾在宛平抵抗日军的侵略。二十九军官兵沉重地打击了日本侵略者，举国上下，群情振奋。蒋介石虽然迫于舆论的压力，做出了要抗战的表示，但又指示二十九军军长宋哲元与日寇谈判，不要扩大事态。宋哲元随后将二十九军撤出平、津，命三十八师师长张自忠代理冀察政务委员会委员长兼北平市长。张自忠奉命行事，与敌周旋，一时间全国舆论大哗，国人不明真相，皆指责张自忠为卖国求荣的汉奸，南京军委会下令对张给予撤职查办处分，张自忠此时真是有口难辩！不久，他化装从北平出走，到天津乘英国轮船抵烟台，经济南去南京。在济南时，他找到老长官冯玉祥，请冯给蒋介石写一封信，辩白他在平、津之事。冯玉祥很了解张自忠的为人，随即提笔给蒋介石写信，信中写道："张自忠将军很有良心，有血性，只要叫张带着队伍打日本，张一定尽本分。"冯玉祥还引了圣经上的话，希望蒋介石饶恕人能有"七十个七次"就更好了。张自忠带着冯玉祥的亲笔信，到了南京，又得到李宗仁的支持和帮助，这才渡过了难关。蒋介石仍命他代理以其旧部三十八师扩编而成的第五十九军军长。张自忠当即由南京到河南新乡第

我机枪手向敌军射击

五十九军军部，对正在整训备战的部属们训话："弟兄们，我这次回来，是准备为国家而死的。你们要懂得，无论什么部队都可以打败仗，唯独张自忠的部队不能打败仗。我只有一拼与一死，用真实的成绩，才能为自己洗白干净！"不久，他奉命调到第五战区，因与李宗仁长官有这一层关系，因此他对李长官更为信赖敬仰。这些情况，徐参谋长当然不了解。

"长官要调我去援助庞炳勋吗？"张自忠是个爽快之人，坐下便问道。

"听说你和庞炳勋过去在内战中有宿怨，是吗？"李宗仁问道。

张自忠不作声，只把那两道浓眉往上耸了耸，两只大眼闪了闪，似沉浸在一种难堪与难过的情感之中。李宗仁耐心地说道：

"荩忱兄哪，我与冯焕章先生和阎伯川长官三人，过去都和蒋委员长打过仗，我们之间的恩怨，恐怕要比你和庞炳勋之间的恩怨深得多。可是，为了抗日救国，蒋委员长一个电报打到广西，我就到南京来跟他一道抗日了。"

李宗仁看了张自忠一眼，深有所感地说道："以前的内战，不论谁是谁非，皆为不名誉的私仇私怨。今大敌当前，庞炳勋在临沂抗战杀敌，我希望你捐弃个人前嫌，去雪国耻，报国仇。"

张自忠霍地站起来，身子笔挺，响亮地说道："请长官放心，今天我张自忠除了日本侵略者，再没有第二个敌人！"

"好！"李宗仁抚着张自忠那壮实的肩头，"将军真是一个血性军人。"

李宗仁随即下令："我命令你即率所部，乘火车至峄县，而后以一昼夜，一百八十里之急行军速度，于三月十二日前到达临沂城西郊，投入战斗！"

"是！"张自忠奉命去了。

李宗仁是个稳重之人，他虽然知道张自忠增援临沂作战没有问题，但是庞炳勋又如何呢？庞虽然在电话里表示绝对服从命令，但他仍担心张、庞二人在关键时刻意见相左，致误戎机。因为临沂实在太重要了，一定要守住，否则让矶谷、坂垣两师团会攻台儿庄，徐州战局将不堪设想。张自忠去后，他又和参谋长徐祖诒商量：

"燕谋兄（徐祖诒字燕谋），为了及时掌握临沂战况，同时使第五十九军和第三军团更好地协同作战，我想请你以我的名义与张自忠同赴临沂，就近指挥庞、张两军，保卫临沂。"

"是！"徐祖诒很佩服李宗仁的细致作风。当下便命令作战参谋，带上图囊及参谋作业的一应器材，跟随张自忠的第五十九军，向临沂开拔。

五十九军下辖两师五旅，全军连同军、师直属队共约三万人。由火车紧急输送到峄县下车后，已是黄昏时分。张自忠下令人不歇脚，马不停蹄，直奔临沂。他跟随先头部队第一八〇师二十六旅行动，与士兵一样，徒步行进，他那匹高大壮实的大青马，背负着两挺沉重的马克辛式重机枪，由马夫牵着，急急赶路。由峄县至临沂共约一百八十华里，李宗仁限令张自忠部必须一昼夜赶到。军情如火，命令如山，刻不容缓。三月的鲁南，依然是茫茫风雪，天地一片银白，凛冽的北风如刀似箭。一个个残破的村落，一棵棵光秃秃的杨树，被白雪裹着，偶见几缕毫无生气的炊烟。雪野上，张自忠的部队冒着风雪向临沂疾进。黄昏在寒风中消逝得极快，眨眼间，天地便已朦胧，雪更大了，风更猛了。五十九军官兵在不停地奔跑着，长长的行军纵队没有说话声，只听到"呼哧呼哧"的粗喘声，人马不时在雪地上摔倒的"扑哧"声，人爬了起来，马站了起来，但谁也没吭一声，又往前急奔。官兵们都看到奔跑在最前边的那高大身影，是他们的军长张自忠！

第五十九军经过一昼夜的急行军，终于在三月十二日薄暮按时到达临沂西郊。

张自忠命令部队放好警戒，随即开饭休息，他和战区徐祖诒参谋长带着参谋、卫士，进入临沂师范与庞炳勋军团长会商反攻大计。这时虽近黄昏，但前线上的战斗尚未停止，枪声密集，敌人的炮弹不时在沂河中爆炸，有的炮弹竟落到庞炳勋司令部的周围。庞炳勋已得报张自忠率军到达城西郊，他心里激动得打颤，峄县到临沂，一百八十余里，张自忠部一昼夜即赶到，人困马乏可想而知。没有增援友军的诚意和决心，是做不到的。庞炳勋的部队今天跟敌人拼了一整天，再也无撑持的能力了，明天，他不是与临沂共存亡，便是带着残部败退，受军法制裁——与韩复榘同一下场。开封会议，庞炳勋是出席了的，他深知蒋委员长对丧师失地的将领是决不会轻饶的。想不到在他兵临绝境之时，过去的仇敌张自忠竟大义凛然前来解救他，除了激动之外，便是惭愧，良心的战栗……

庞炳勋带着他那三名传令兵，在临沂师范大门口迎候张自忠。一阵疾驰的马蹄声由远而近，庞炳勋的心跳得更厉害了——与敌人的王牌军坂垣师团血战了十几天，他始终面不改色心不慌，现在，援军来了，他的心却像要跳出喉咙一般。张自忠打马到得临沂师范门口，飞身下马，将马鞭扔给卫士，奔上前几十步，突然站定，高喊一声：

"大哥，我来了！"

"老弟！"庞炳勋一下子扑过去，紧紧地抱住张自忠的肩膀。

"轰隆"一声，敌人一发炮弹落在院子里，把一棵矮苹果树炸得根都翻了出来，溅起的泥土落了庞、张一身。庞炳勋笑道：

"莫忧老弟，你来得正好，这炮是特意打来欢迎你的哩！"

"哈哈！"张自忠仰头大笑，"坂垣征四郎还真看得起我啊！"

庞炳勋把张自忠和徐祖诒请到房子里坐下，对张、徐两人说道：

"下午，李长官曾打电话问我，还有多少预备队？我的部队已在前线伤亡殆尽。从昨天起由补充团担任九曲店附近的作战，连我的警卫都全部增援上去了，再有就是我啦！不过我决心在临沂和敌人拼到底，绝不做第二个韩复榘！"

"好！"张白忠拍着胸膛，对庞炳勋道，"大哥你放心，我一定要帮你打赢这一仗！"

"老弟呀，你在北平的时候，有人说你当了汉奸，我很为你担心。但我相信你绝不是那种人，你我兄弟相处几十年，你那一身硬骨，那一腔热血，绝不是做汉奸的材料！"庞炳勋慨叹道。

"哈哈！"张自忠放声大笑起来，又拍着胸膛说道，"大哥，今天我倒要请他们看一看，我张自忠到底是不是汉奸！"

庞炳勋和张自忠一见如故，谈笑风生，徐祖诒坐在一旁，也深受感动，但是，就在庞、张两人短短的交谈中，院子里又落了几发炮弹，徐祖诒从徐州长官部带来的几名参谋，显得心神不定，连地图也不敢挂到墙上去。徐祖诒忙对庞炳勋道：

"庞将军，你们指挥部离火线太近，应立即搬到临沂城南二十里的傅家庄去，以免影响参谋作业的心情，而且便于指挥。"

"什么，你要我往后撤退？"庞炳勋那双锐利的眼睛逼视着徐参谋长，"如果我庞某临危后退，前方士气动摇，临沂还能保吗？要退你们退，我绝不后退一步！"

"指挥部在这里不便统一指挥作战，万一敌炮击中指挥部，整个战局不堪设想！"徐祖诒坚持将指挥部后撤二十里。

"我这么多天都在这里待着，也没见炮弹拔去一根毫毛！"庞炳勋固执地说道，"我庞某指挥作战，与第一线的距离从不超过五里。现在，仗已打到最后关头，我誓与部属共存亡，与临沂共存亡！"

庞炳勋与徐祖诒为指挥部的后撤问题，争执得不可开交，张自忠觉得双方的话都有道理，因此不好插话。但他又怕庞、徐之争，影响作战时机，他一到临沂，正摩拳擦掌准备厮杀，只是希望快一点定下反攻作战方案，以便率部行动。徐祖诒见庞炳勋硬是不服从命令，便拿起桌上的电话筒，说道：

"既然我们不能决，只好请李长官定夺了！"

"便是蒋委员长下令，我庞炳勋也不单独将指挥部后撤二十里！"庞炳勋坚决地说道。

徐祖诒将他与张自忠按时到达临沂的情况向李宗仁做了报告，末了，便将他与庞炳勋关于将指挥部后撤二十里发生争执的事，详细汇报，请李宗仁定夺。李宗仁在电话里沉思了一会儿，便果断地说道：

"关于指挥部后撤二十里的问题，请你尊重庞将军的意见！"

"是！"徐祖诒放下电话后，对庞、张说道，"李长官要我尊重庞将军的意见，那么指挥部就不挪动了。"

"还是李长官理解我庞某的心意！"庞炳勋颇有些自鸣得意地说道。

徐祖诒当即命令参谋张挂地图，请庞炳勋介绍敌情和战况，然后研究反攻作战计划。张自忠自告奋勇地说道：

"让庞大哥继续守城，牵制敌军。由我亲率五十九军在城外野战，向攻城之敌侧背攻击，一可减轻大哥守城之压力，二可断敌之归路，三可阻敌之援兵，前后夹击，全歼坂垣师团之精锐！"

"不可，不可！"庞炳勋直摇头，"老弟你刚到，又一天一夜连续跑了一百八十里，官兵已经疲乏，应当休息整理。请你率部守城，由我率残部沿沂河西岸戒备，待敌进犯时，我们再与敌决战。"

"不，不！"张自忠忙摆手，"大哥你与敌军苦战半月，兵已不多，应该继续守城，让我率部出击。"

"不行！"庞炳勋固执地说道。

张自忠无奈，只得问徐祖诒："徐参谋长，你是代表李长官前来协调指挥作战的，我的意见如果可行，就该照我的办！"

徐参谋长在行军途中，已经酝酿了临沂反攻作战的腹案，与张自忠的意见不谋而合，但又担心庞炳勋仍像刚才坚持不同意将指挥部后撤一样，固执己见，又与张自忠相持不下，则贻误戎机，李宗仁长官追查起来，如何是好？他想了想，只得说道：

"庞将军，我看你还是尊重张军长的意见吧！"

庞炳勋的个性虽然固执，但尚明事理，特别是刚才他从电话中得知李宗仁长官要徐参谋长尊重他的意见，心里颇受感动。李长官如此尊重他，他庞炳勋为何不应该尊重李长官的幕僚长呢？他听徐参谋长如此说，便爽快地说道：

"好了，荩忱老弟，我赞成你的意见！"

作战方案定下之后，接着研究攻击开始时间。张自忠又抢着发言：

"五十九军急行军一昼夜到此，确已疲劳，按照一般的情况，应该进行休整再战，但以兵贵神速和出其不意的战术原则，根据五十九军上下求战心切的心情和长于近战、夜战的特点，考虑到我以劣势装备对付现代化之强敌，应该大胆打破常规，提前开始攻击，一鼓作气，方能奏效。"

"你说什么时候开始行动？"徐祖诒参谋长很赞同张自忠的意见。

"明晨四时，我亲率五十九军以迅雷不及掩耳之势强渡沂河。"张自忠指着地图说道，"一举插入坂垣师团之侧背，在亭子头、大太平、申家太平、徐家太平、沙岭子等处突破敌后方防线，然后再回头狠狠地打！"

"不不不！"这回不仅庞炳勋不同意，连徐参谋长也不同意了，"五十九军太疲劳了，应该好好休整一天。"庞炳勋和徐祖诒同时说道。

"徐参谋长，庞大哥，我军疲劳，难道敌人就不疲劳吗？"张自忠急切地说道，"五十九军的官兵都知道，他们的军长张自忠还背着汉奸的黑锅哩！"

"兄弟，我同意你明天凌晨四点动手，你打胜仗，大哥也好舒一口气！"庞炳勋扭头对徐祖诒道，"徐参谋长，你就让荩忱老弟行动吧！"

到了这个地步，徐祖诒只好尊重庞、张的意见了，况且张自忠的意见也非常好，五十九军全军上下，士气高昂，徐参谋长在随军行动中，早已看得清楚。方案和时间决定之后，徐、庞、张三人会商结束，庞炳勋要留张自忠下来喝两盅。

"老弟，我这瓶杜康留了好些日子了，今天，既为你和徐参谋长到来洗尘，又为你即将反攻壮行色！"庞炳勋不知一下子从哪里摸出一瓶杜康酒来。

"大哥，这酒你先留着，等我打败了坂垣师团后，咱们再来痛饮！"张自忠站了起来，"因部队刚到，明天凌晨四点又要行动，我得回去召开营长以上军事会议，部署作战计划。"

张自忠说完，与徐参谋长和庞炳勋握了握手，便走出门外，跨上他的大青马，带着卫士，趁黑返回临沂西郊五十九军军部。徐祖诒参谋长便留在庞炳勋的指挥部，就近指挥两军作战。

第二天凌震四点钟，第五十九军的第三十八师和第一八〇师在张自忠亲自指挥之下，神不知鬼不觉地渡过了沂河。沂河宽约百米，岸边结着冰块，水深没膝。两师官兵涉过刺骨的河水，上岸后，裤腿上立即结上了一层薄冰，冻得全身发抖。所幸官兵杀敌心切，士气高昂，过河后，即分作两路纵队，趁着黎明前的黑暗，勇猛地扑向正在酣睡中的敌军。首先接敌的是两营官兵，分别由亭子头西、北两面猛插村中，士兵们手持大刀，一声呐喊，见敌便砍。敌军苦战竟日，非常疲乏，想不到中国军队乘夜来袭，慌乱中进行抵抗，一场血肉横飞的肉搏战展开。张军充分发挥长于夜战、近战的特点，顽强拼杀，逐院逐屋与敌冲杀、争夺，战至天明，守敌七百余人已被歼灭大半，残敌只得向郭太平、徐太平等地逃窜。张自忠麾军大进，左右开弓，与坂垣师团反复冲杀，血战三日，先后将被敌占据的徐太平、郭太平、大太平、汤坊涯等十几个村庄夺回，并就地构筑工事。敌人遭此痛击，龟缩汤头一带待援，双方战线又形成庞炳勋部刚抵临沂不久的胶着状态。由于敌我双方在沂河两岸附近反复冲杀，白刃格斗，形成犬牙交错的逐村、逐屋之拉锯战，血战三日，双方在雪野上反复冲杀达数十次之多，我毙、伤敌人四五千人，我第五十九军也付出了近万人的惨重代价。第一八〇师和第三十八师两师连、排长全部打光，营长伤亡半数。雪地上敌我尸横遍野，满地殷红，百米宽阔的沂河之内，尸体狼藉，河水为之变色。从临沂至新安镇的公路上，自动前来运送五十九军伤兵的群众担架队日夜兼程，络绎不绝。

张自忠从前线飞马回到临沂师范指挥部，三天三夜，他未曾合眼，脸色被硝烟熏得黧黑，身上的灰布棉军服绽出许多大大小小的棉絮团来。庞炳勋过去将他一把按到椅子上坐下，心痛地说道：

"老弟呀，要不是看见你那双浓眉大眼，我就不敢认你啦！"

张自忠抓过那茶壶，对着壶嘴一口气喝了个饱，然后用衣袖擦了擦嘴，喘了口气，对庞炳勋道：

"大哥，有吃的吗？"

"我马上命人给你搞几个菜，咱们喝两盅，算是给你庆功！"

庞炳勋正要命传令兵去叫人炒菜，张自忠却摇手道："不必，给我搞四个馒头来就行了，喝酒的时候还早呢！"

那传令兵奉命给张自忠弄来了四个馒头，张自忠大口大口地嚼了起来，吃完馒头，徐祖诒参谋长正式向张自忠传达李宗仁长官的命令：

"张军长，鉴于你部三日来浴血奋战，所部伤亡太大，李长官命令你部即日撤出战斗，到郯城加以整补，以利再战！"

"什么，后撤？"张自忠一下跳了起来，"我们才打了三天呀！"

"五十九军伤亡太重，特别是中下级军官牺牲太多，不整补难以再战！"徐祖诒还特意加了一句，"这是李长官的命令！"

张自忠一把抓过电话筒，要通了徐州的长途电话，他向李宗仁长官大声呼吁和哀求：

"报告李长官，职军三日来虽伤亡近万人，但职一息尚存，决与敌奋战到底。恳求长官开恩，让职军明日再战一天，然后遵命赴郯城整补！"张自忠的陈述声震屋宇，扣人心弦，催人泪下。

"明天就让你打最后一天，打胜你要后撤，不胜也要后撤，这是军令，不得违抗！"李宗仁终于同意让张自忠再打一天。

"谢长官！"张自忠双腿一并，激动地放下了电话。

张自忠向徐祖诒参谋长和庞炳勋告辞后，策马回到前线，立即召集两师师长前来军部，张自忠对黄、刘二师长说道：

"经三昼夜的拼杀，我军伤亡很大，部队已打得残破疲乏了。但是，敌人伤亡也很大，也很疲乏。现在，敌我双方都在苦撑，战争的胜负，决定于谁能坚持最后五分钟。为了最后击败这个骄横不可一世的坂垣，为中国军队争气，为中华民族争光，我已电话请求李长官，让我们再打一天一夜，李长官已经批准了。你们回去分别到第一线，给官兵们讲清楚。"

"是！"黄、刘两师长答道。

"我命令，营、团长一律到连队指挥，师、旅长到团部指挥。"张自忠随即下达作战命令，"军部仍在原地不动，由副军长担任全军指挥，我的位置，在冲锋的连队里！"

黄、刘两位师长心里不由猛地一震，知道仗已打到了最后的关头，军长连命都不要了，何况师长、旅长们呢？张自忠军长继续命令道：

"将全军所有火炮，全部推进到第一线，带上所有炮弹，于今日黄昏前，听候第一线指挥官命令，将所有炮弹倾射敌阵；入夜后，全军所有官兵，均投入战斗，猛攻盘踞凤仪庄、刘家湖、苗家庄、船流等十几个村庄之敌，全军不留预备队，不存一发弹药，炮弹打光后，炮兵以大刀投入战斗，子弹打光后，步兵以刺刀与敌格斗，攻击时间持续二十四小时！"

"老弟，老弟！"庞炳勋突然闯了进来。

张自忠，刘、黄二师长和正在记录命令的参谋均大吃一惊，他们不知庞炳勋赶到五十九军军部来干什么。

"你……你……要留点种子啊，不能都打光了呀！"庞炳勋说得声泪俱下，"听大哥一句话，留下一个旅作预备队吧！"

"大——哥！"张自忠悲壮地大叫一声，"我要做一颗埋在祖国地下的种子！"

庞炳勋抚着张自忠的肩头，他的手颤抖不止，张自忠豪爽地笑道：

"大哥，记得从前冯先生请人给我们讲《圣经》，我印象最深的就是那句话：'一粒麦子不落在土里死了，仍然是一粒。若是死了，就结出许多粒来。'我们中华民族的种子，是永远打不光的！"

……

黄昏到来，北风怒吼，飞雪满天，天地茫茫。蓦地，枪炮声大作，杀声震天撼地，张自忠率五十九军趁黑出发，向敌猛扑。经一夜激战，打到天色大明时，号称铁军的坂垣师团再无抵抗之能力，遗尸千余具，向汤头、莒县方向狼狈逃窜。张自忠乘胜追击，一直打到董官庄、白塔、汤头一带才停下布防。

……

徐祖诒参谋长和庞炳勋骑马，带着一排卫士，迎风踏雪，赶到五十九军的阵地上，传达中央统帅部和第五战区对第五十九军和张自忠的嘉奖电令。雪野上，遗尸遍地，血战后残存下来的五十九军官兵已经困乏到了极点，他们三三两两，倒在雪地上，面对纷纷扬扬的雪花，酣然睡去。徐、庞两人钻进一个临时用防雨帐幔搭起的低矮棚子里，只见张自忠鼾声大作，正躺在一堆麦秸上酣睡，他身上盖着一件刚缴获的日军黄呢军大衣。

"荩忱老弟，荩忱老弟！"庞炳勋蹲下去试图摇醒张自忠。

"让他睡吧！"徐参谋长说道。

他们轻轻走出那低矮的棚子，只见飞雪不断，太阳像一个圆圆的火球悬在白茫茫的天空，四野里一片沉寂，隐约可闻壮士的鼾声和梦中的喊杀声……

"参谋长、大哥，你们来了！"张自忠身披着那件战利品——日军黄呢大衣，走出他那低矮帐篷。他脸颊瘦削，面容疲乏，只有那双浓眉大眼仍是那么英武剽悍。

"张军长，这是中央统帅部发给你和第五十九军的嘉奖电令！"徐祖诒取出一纸电文，准备宣读。

张自忠扔下黄呢大衣，"啪"的一声立正。

"奉蒋委员长谕：……该军长指挥若定，全军将士不怕牺牲，在临沂阻击战中击退了号称铁军之日军坂垣师团，树建奇功。军委会除明令嘉奖外，着该军长升任第二十七军团军团长兼第五十九军军长，并撤销原受之撤职查办处分。此令。……"

"……张自忠军长指挥有方，第五十九军官兵作战有功，特奖该军十万元，以示鼓励。第五战区司令长官李宗仁。"

"呜呜呜……"张自忠听罢嘉奖令，竟放声大哭起来，哭声悲壮，在雪野上回荡。

"张军长，张军长……"徐参谋长感到十分诧异。

"兄弟，哭吧，痛痛快快地哭一场吧！"庞炳勋明白张自忠的心事，"把胸中的屈辱、怨愤、仇恨，统统倒出来，就好受啦！"

真正的汉奸，他不会痛哭，真正的亡国奴，他也不会痛哭，只有那不甘当汉奸和亡国奴的人，却又偏偏被人误认为当了汉奸和亡国奴的人，一旦他用自己的鲜血洗尽了屈辱和同胞的误解时，他才会骄傲地放声痛哭！

大雪纷纷扬扬，把大地铺展得一片雪白，她彻底抹掉了一切污泥浊水——这是一个洁白无瑕的世界！

第六十七回

内外夹攻　　"李白"徐州布战阵
勇挫顽敌　　国军血战台儿庄

"健生，你来得正好！"

李宗仁把白崇禧迎进办公室，白崇禧并没有马上落座，而是先把身上的尘土拍了拍，笑道：

"这回打的是洋仗，我一下来，就跑警报。"

"敌机天天来，惯了，我可不管它！"李宗仁给白崇禧倒了一杯茶，说道，"武汉恐怕就没那么紧张了。"

"现在还好！"白崇禧说道，"我离开武汉前，曾请中共军委副主席周恩来和参谋长叶剑英到寓所叙谈。"

"啊，他们对徐州会战有何高见？"李宗仁对共产党方面的意见也很重视，现在是国共合作时期，他更想了解中共对徐州会战的看法。

"周恩来的意见值得重视。"白崇禧说道，"他对我说，在津浦线南段，已令新四军张云逸的第四支队协同李品仙、廖磊两集团军行动。在徐州会战的作战方针上，周恩来建议，津浦线南段应以运动战为主，游击战为辅，国共军队运动于辽阔的淮河流域，使津浦线南段的日军时刻受到威胁，不敢贸然北上与津浦线北段南下之日军呼应会师。而在徐州以北，则应以运动战和阵地战相结合的方针，守点打援，以达到各个击破的目的。"

"周恩来有眼光！"李宗仁点头道，"津浦线南段的作战，诚为周恩来所言，我三十一军在明光与敌血战逾月，我即令李鹤龄将其西撤，敌人以狮

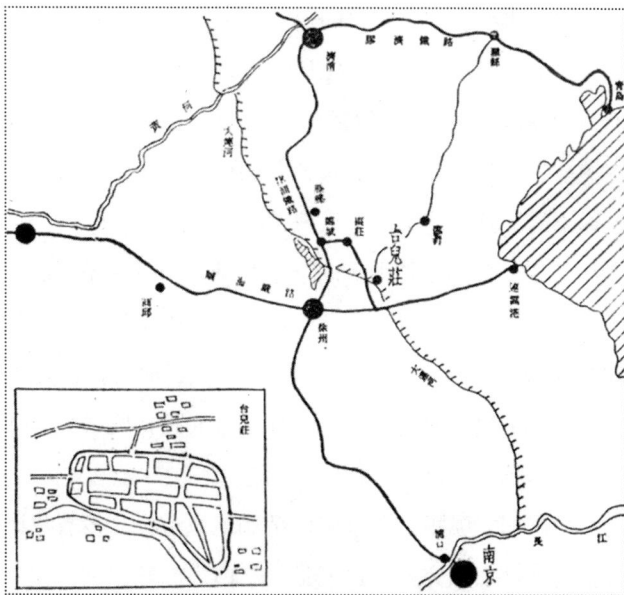

一位参战老兵手绘的台儿庄地理位置图

子搏兔之力猛扑明光，结果扑了个空，没有捉住我军主力。此时我军却在敌侧突然出现，将敌之后路切成数段，使敌不能北进。徐州以北的滕县和临沂作战，则以阵地战和运动战相结合，都打得不错。"

"委员长派我到徐州来帮德公的忙，是要我们在这里打一个振奋人心的胜仗。"白崇禧道。

"你刚到，先去休息吧。"李宗仁说道。

"大战迫在眉睫，没有工夫休息了。"白崇禧站起来，拿上一支红蓝铅笔，走到地图前说道，"滕县已失，矶谷师团骄狂无比，我估计敌人很可能不等待攻临沂受挫的坂垣师团会师，也不等津浦线南段的日军北上呼应，便孤军直扑台儿庄，以期一举而下徐州，夺取打通津浦路的首功。"

"对。"李宗仁点头道，"我已严令汤恩伯部进行阻击。"

"我看，与其阻击，还不如放进来打。"白崇禧两手一拍说道。

"你是说，要汤军团让开正面，使矶谷师团孤军深入攻台儿庄，然后集中优势

桂系演义

兵力将其围歼？"李宗仁问道。

"是这样。"白崇禧用红蓝铅笔描着地图，继续说道，"守台儿庄的孙连仲部，原是冯玉祥西北军旧部，该军最善于防守。如果让孙连仲部与矶谷师团在台儿庄缠斗，消耗敌军有生力量，我们把握时机，命汤军团猛扑敌后，断其归路，使敌进退不能，然后集中优势兵力，将其包围而歼灭之。"

"好！"李宗仁很赞同这个意见，当下便做了决定，"为了诱敌深入，我命汤恩伯部在津浦线上只做间断而微弱的抗击，然后让开正面，退入抱犊崮东面山区。敌必以为我军不堪一击，舍汤军团不顾，而直扑台儿庄。"

"德公啊，对这一仗看来你早已成竹在胸啦！"白崇禧见李宗仁的看法与他的观点处处吻合，便非常高兴地说道。

"哪里，哪里。"李宗仁谦逊地说道，"没有你画龙点睛的那一笔，这个作战方案就不会那么完整。这就是'李白'的妙用啊，缺一不可，蒋委员长在关键时刻把你派来徐州与我搭伙，他算是摸准了我们的特性。"

"我现在就执笔拟订作战计划。"白崇禧办事一向作风干练，雷厉风行，他坐到办公桌旁，抽出钢笔，铺开纸挥笔便写。

"呜——呜——"

徐州城里，突然拉响了防空警报。白崇禧皱着眉头，骂了一声："讨厌！"仍在伏案疾书。李宗仁忙把他的副官喊来，命令道：

"李副官，你马上带白副总长到防空洞里隐蔽。"

白崇禧插上钢笔，将刚写上几行的作战计划一把塞到衣袋里，跟李副官出了办公室，却不见李宗仁跟着来，他又返回办公室，见李宗仁正在点上一支烟，便问道：

"德公，你呢？"

"我就在院子里走一走，从来不钻洞的，你去吧！"李宗仁不在乎地说道。

"李副官，你去吧，我和德公还有事。"白崇禧见李宗仁不进防空洞，他也懒得去了。

李副官见李、白两位长官都不躲飞机，心里虽然着急，却不敢多言，又不敢独自一个人去钻防空洞，只得远远地跟着他们。原来，长官部内防空设施极差，只有一个可容二十人的小型防空洞，而长官部每日接待的中外记者、访客及作家不下数十人，因此，每当敌机临空，警报骤发时，那防空洞便被各种访客和长官部内胆小的官员占用。李宗仁从未到那里去，警报响了，他只是从容地走出办公室，到大院的草地上散步，观看敌机投弹。那些战地记者也大

1938年3月，我军镇守淮河北岸狙敌渡河北上

多是胆子大的，他们见李宗仁若无其事，便也纷纷钻出防空洞，就在草地上抓紧时间进行采访。有几次，炸弹就落在大院的围墙外边，大胆的记者们也被吓得大惊失色，李宗仁却谈笑风生，处之泰然，使记者们佩服得五体投地，一名美国记者连连伸出大拇指说道：

"李长官真将军也！"

李宗仁不怕炸弹，李副官是知道的，他没想到刚由武汉后方来的白副总长也是个不怕炸弹的人。李副官远远地站在一座假山旁边，只见李、白两位长官走到院子里的那棵老槐树下，便坐下了。李长官在悠闲地抽着烟，白副总长在膝上铺一张纸，在写着什么。警报声由断续变成了连续，表明敌机已经临空。李宗仁仰头看时，只见两架日本轰炸机，俯冲下来，飞得很低，可见机舱内飞行员狰狞的面目。一阵可怖的呼啸声过后，接着便是惊天动地的爆炸声，大地开始持续几分钟的震颤。老槐树上的枯叶和枯枝纷纷被震落下来，掉在李、白的头上和身上。李宗仁气呼呼地大骂一声：

"欺人太甚！"

白崇禧却无动于衷，仍在专心致志地书写着他的作战计划。李宗仁忍不住了，

徐州会战中的中国最高统帅部蒋、李、白三巨头并肩指挥作战

伸手在白崇禧的肩头上不重不轻地敲了一下，忿忿地说道：

"我们的飞机都干什么去了？蒋委员长把空军留来干什么？留来打内战吗？"

白崇禧见李宗仁的火气那么大，只好把还未写完的作战计划收到衣袋里去，神秘地苦笑着问李宗仁：

"德公，你说蒋委员长到底有多少架飞机？"

"你是他的参谋长，比我清楚！"李宗仁确实不知国民党空军到底有多少飞机。在两广"六一"事变前，蒋介石的空军频频飞临柳州、桂林和南宁上空侦察、示威。广西空军虽然是些没有经验的年轻飞行员，但都大胆地驾机升空与蒋机周旋。全面抗战开始时，广西空军有一所航校、一个驱逐机大队和一个轰炸机中队，为了抗战，李、白毅然地把自己的空军全部交给了中央。广西空军归中央改编后，飞行和机务人员的级别都比原来降低了一级，但官兵们心中只想到为国杀敌，毫不计较个人名位。李、白对此也甚为满意。但是，李宗仁到徐州快半年了，这几个月来，几乎天天都在空袭警报中度过，日本飞机每天两架，早、中、晚三趟按时飞抵徐州上空俯冲投弹。可是，却没见到国军的飞机迎战，李宗仁直恨得牙痒痒的。

"以前，我总以为委员长有不少飞机，空军强大，可是这次由广西到了南京任职，才真相大白！"白崇禧说道。

"他到底有多少架飞机？"李宗仁追问。

"三百架。"白崇禧伸出三个手指说。

"我不信！"李宗仁摇着头，"他一定打了埋伏，没跟你说实话！"

"真的！"白崇禧还是苦笑着，"我真没想到他的飞机竟少得这样可怜，且又是那样残破和落后！"

白崇禧便把蒋介石空军的内幕详细地向李宗仁说了。那是白崇禧抵京不久蒋介石召开的一次最高国防会议上，蒋介石指定由冯玉祥和白崇禧拟订全面抗战计划。为了弄清国军的实力，一天，冯玉祥和白崇禧到蒋介石官邸，专门就空军的实力问题请示蒋介石。

"委员长，我们到底有多少架飞机？"冯玉祥一坐下便问道。

"这个……这个……"作为中国航空委员会委员长的蒋介石，也不知道他自己的空军到底有多少架飞机，只得把空军司令周至柔找来查问。想不到周至柔一张嘴便报告道：

"报告委员长，空军实有作战飞机三百架。"

"什么？你说什么？"蒋委员长用眼瞪着周至柔，喝问道。

"报告委员长，空军实有作战飞机三百架。"周至柔战战兢兢地又复述了一遍。

"我要枪毙你！"蒋委员长把桌子一拍，大声叱喝，"国家每年都有巨款拨给空军，你把这些钱弄到哪里去了？搞了那么多年，你才搞了三百架飞机，目下抗战急需空军，三百架飞机如何对敌作战！"

"报告委员长，国家拨给空军的钱，全部存在外国银行里，都有账可查。"周至柔委屈地说道。

"我问你为什么不用这些钱来买飞机？"蒋委员长一听更加火了。

"报告委员长，这全都是夫人的主张。"周至柔这下算缓过气来了，有恃无恐地说道，"国内不能制造飞机，空军各种飞机均靠从外国购买。但是各飞机生产国这几年来技术发展很快，飞机更新换代也快，我们今年买回的飞机，到了明年就落后了。因此，夫人决定干脆把钱存到外国银行里，什么时候外国飞机生产的技术水平相对稳定了，我们再买。夫人说，这样做，我们不吃亏。我提醒她说：'空军才三百架旧式飞机，万一打仗急用怎么办？'夫人说：'放心好了，委员长打了十几年的仗，哪一次用上了空军？不过派几架飞机吓唬吓唬对手罢了。为了迷惑外界，你可在飞机编号和航空地图上做些文章。'我觉得夫人的话不乏远见卓识，就这么办了，谁知道现在要和日本人开战……"

"这个，这个，你不要再说了！"蒋委员长气得脸色发紫，急忙喝住了正在滔滔不绝的周至柔，因为有冯玉祥和白崇禧在座，"家丑"不能外扬。

原来，周至柔出身陆军，对空军业务不懂，因他与蒋介石是同乡，所以得委以重任。他上任后，生怕处理不好与蒋介石的关系，于是灵机一动，决定走"夫人路线"。蒋介石是航空委员会委员长，周至柔便提议宋美龄担任航空委员会秘书长。宋美龄对空军也很感兴趣，便欣然当上了这个握有实权的秘书长，还挂上了空军中将军衔。周至柔有了靠山，便事事按宋美龄的意旨办事。蒋介石因空军有夫人和亲信掌管，便也不再仔细过问，谁知蒋夫人机关算尽，硬是算不到要和日本开战，偌大的中华民国竟才这三百架破旧飞机。淞沪抗战，中国空军的英雄飞行员便驾着过了时、数量又少得可怜的飞机与日军空军作战。虽然屡挫强敌，但是打到后来，三百架飞机很快消耗殆尽。中国的领空便成了日本空军的世界。轰炸徐州的这两架敌机是从上海江湾机场起飞的，它们简直像上班一样，每天早、中、晚三趟，一刻不误，准时光临徐州上空投弹。中国的空军在保卫上海、南京时已所剩无几，余下的为了保卫武汉，便无力顾及战略要地徐州了。

李宗仁听罢白崇禧的叙说，真是又可笑，又可悲，又可恨，他"咚"的一声站起来，愤慨地说道：

"我找蒋委员长要空军支援徐州会战！"

"德公，这比要一个集团军到徐州来还难十倍呀！"白崇禧叹了口气，"目下苏联援助的飞机和志愿人员正陆续抵达，空军正在训练接机，要投入徐州作战恐怕还不可能。"

"广西那两队空军打光了没有？"李宗仁问道。

"这两队驻在孝感和信阳两个机场，他们分别担任武汉三镇和京汉铁路的空防任务。"白崇禧说道，"恐怕也难以调到徐州作战。"

"我找委员长讲话。"此时空袭警报已经解除，李、白急忙返回办公室。

"委员长吗？"李宗仁很快要通了武汉的长途电话。

"嗯，是我，德邻兄。"蒋介石答道。

"我们即将在台儿庄与敌人大战，为了鼓舞士气我请求委员长派空军支援。"

李宗仁说道。

"嗯，这个，这个，恐怕技术上的问题不好解决……"

"委员长，我的要求一点也不高！"李宗仁说道，"我们打了几个月仗，只看到敌机在头上横冲直撞，耀武扬威，轰炸扫射我军阵地。官兵们都盼望我们的空军前来助战呀！我知道空军有困难，但我既不要求你派飞机来保卫我在徐州的指挥中心，也不要求空军长期配合陆军作战，我只请你派几架飞机在前线上空转几圈，在敌人阵地上投下几颗炸弹，然后向我军阵地低飞一趟，使我守军官兵能亲眼看见自己的飞机支援，借以鼓舞士气，就算完成任务了。"

坚守台儿庄阵地的第二集团军总司令孙连仲

李宗仁恳切的态度使蒋介石颇受感动，他终于同意把有限的空军派到徐州上空助战。

春雪消融，田野小麦青青，台儿庄被层层翠绿簇拥着，古老的大运河从她前面静静地流过。明朝万历三十二年，京杭大运河改道，由济宁经微山湖向东，经台儿庄南下，南北漕运往来如梭，南下沪杭，北上京津，台儿庄是必经之地。这儿原来是一个名副其实的荒凉小庄子，只有几间用石块垒起来的破石屋和几户穷得逃荒要饭的人家。大运河一通，短短几年间，这荒凉的小庄便发展成为几万人的商业巨镇，并且还获得了"天下第一庄"之美誉。据地方志记载，到了清朝初年，台儿庄已成为东西南北各长三里的商业大镇，"商旅所萃，居民富给，村镇之大，甲于一邑"。民国以来，虽然战乱频仍，但台儿庄以其重要的地理位置，仍然是苏鲁边上的一个重要商业市镇。除了古老的大运河绕庄而过外，又有陇海铁路支线通过，台儿庄四通八达，在运河上远眺，俨然是一个繁盛的大县城。在码头上下船，只见以砖石砌成的城墙环绕四周，城墙开六个城门。城内建筑均系砖木结构，石块垒起的墙基，非常牢固。街道不宽，仅可通过马车。路面

1938年3月26日，日军攻入台儿庄，我守军与敌进行殊死巷战

全铺着光溜溜的青石板，居民多经商。由台儿庄过运河往西南三十余公里，便是战略要地徐州。台儿庄是徐州东北的门户。

三月二十二日，孙连仲第二集团军奉命渡过大运河，进驻台儿庄，并将台儿庄以西约七华里之港口村及以东约三华里之官庄同时予以占领。第三十军第三十一师据守台儿庄，全庄居民已疏散一空，只有一位头发如银的老大娘坐在自己家里，宁死不肯离家。三十一师原是冯玉祥旧部吉鸿昌的部队，不但能攻善守，而且军纪也好。士兵们为老大娘送饭送水，照顾周到，亲如一家。

却说矶谷师团攻占滕县之后，果然骄狂无比，矶谷师团长得知他的兄弟部队坂垣师团在临沂战败，不能南下台儿庄会师时，当即决定挥师南下，攻占台儿庄，然后派兵北上协助坂垣师团作战。矶谷师团长的野心膨胀得简直无法装在他的胸腔内，他不仅要独占台儿庄、徐州，而且要一直打过淮河去，夺取独立贯通中国南北战场的赫赫战功。

“孤军深入，乃兵家之忌呀！”幕僚长提醒矶谷师团长。

“中国军队，不堪一击！”矶谷师团长把手往下一劈，仿佛快刀剁肉一般。

矶谷师团长即率部南下峄县。汤军团第八十五军奉命稍作抵抗后，即秘密向枣庄东北的抱犊崮山区转移，准备从北面拊敌侧背。汤军团的另一支部队——第五十二师也秘密向东过运河绕道北上，到枣庄以东郭里集附近与第八十五军汇合，准备以雄厚的兵力猛击南犯的矶谷师团之背，并切断其后路。矶谷师团占据峄县后，即循津浦路台枣支线，直扑台儿庄。

台儿庄被硝烟炮火吞没了，几百年来，一直静静地流淌着的大运河也被激怒得掀波腾浪。矶谷师团长对台儿庄是志在必得，打下台儿庄后，进军徐州，便是旅次行军了。他以比攻击滕县时还猛烈几倍的火力，以几十辆战车、坦克，上百门的野山炮和重炮，几十架飞机，猛击台儿庄，欲将其夷为平地，然后再进军大运河以南。台儿庄坚实的城墙也经不住钢铁的强大攻击，炮火、炸弹、冲击前进的坦克，首先将砖石砌就的古老城垣击破，步兵随后蜂拥而入。守军三十一师师长池峰城在台儿庄内督战。城内的每一座房屋，每一条街巷，每一道残垣，每一道断壁，每一座石堆，都在燃烧着，每一寸土地上都是血与火。

台儿庄巷战开始了。攻进台儿庄的日军，惊骇地发现，面对的竟是一支赤膊上阵、面目黧黑的军队，他们手握大刀，身上挂满拧开了盖子的手榴弹，大刀飞舞，手榴弹爆炸，一个排打光，又一个排从瓦砾里钻出来；一个连打光，又一个连从断壁后冲出来。攻入庄内的日军留下一大批尸首，不得不退了出来。矶谷师团长见皇军竟受挫于一个小小的台儿庄，急命福荣大佐率主力围攻台儿庄。日军在大量援兵的支持下，从东、北、西三面包围了台儿庄。

三十一师形势险恶。战区司令长官李宗仁急调重炮营和战车防御炮连赴台儿庄助战。第二集团军总司令孙连仲将总部移驻距台儿庄仅五里的一个小村内，调动第三十师和第二十七师在日军左、右两翼侧击，以牵制日军对台儿庄的攻击。矶谷师团长也倾其所部，由峄县南下，与中国第三十师和第二十七师激战，以保障攻台儿庄日本两翼及后方的安全。

台儿庄被火海淹没了。日军以大量燃烧弹和催泪瓦斯轰击，逐屋逐街地肃清拼死抵抗的中国守军，守台儿庄的第三十一师八千余人已伤亡五千多。在一个残破的屋子里，师长池峰城在不断地咳嗽，一口一口地咯血。他三十多岁，头发蓬乱，上身只穿件咖啡色的绒线衫，下面穿条军裤，裤腿扎在马靴里，腰上挂支小号左轮手枪。

"总座，总座！"池师长紧张地握着电话筒，用沙哑的声音向总司令孙连仲报告，"职师四个团长已伤亡三个，原有十二个营长如今只剩下两个，下级军官已全部换过一轮了。照此下去,全师必将拼光。是否可以将部队撤出台儿庄外,在大运河北岸与敌再战?"

孙连仲总司令的指挥所离台儿庄仅五里,周围敌炮纷纷落下,爆炸声不断震耳欲聋,对庄内的血战,他非常了解。本来,按照统帅部的规定,战时集团军总司令的指挥部可以离火线四十里。但孙连仲总司令为了激励部下,他抱着必死的决心,将总部放在两军殊死搏斗的台儿庄外仅五里之地的一个小村内。他知道池师长的报告全是事实,如此打下去,不但池师要打光,而且三十师和二十七师也难存在。孙连仲的第二集团军,虽然名义上辖两个军,但因在山西娘子关的战斗中,损失惨重,只剩下三个师。后虽奉命调许昌整补,但因津浦线战事吃紧,又即奉命调到台儿庄来作战,因此第二集团军可供作战的部队仍然是第二十七、三十、三十一这三个师。这样整连整营地拼掉,孙连仲如何不着急呢。

"你等一等,待我向李长官请示。"孙连仲又拿起另一个电话筒,要通了徐州长官部的电话。

却说李宗仁长官与白崇禧副总长坐镇在徐州长官部,紧张地指挥台儿庄大战,几天几夜,都没有睡上觉。作战室旁边有间耳房,那里安放着一张小小的行军床,李、白两人有时轮流到那小床上和衣躺一躺。台儿庄的炮声在徐州都能听到,市面上有些人心惶惶,但市民们见长官部岿然不动,李长官每日仍骑着他那匹枣红马,到街上奔驰。市民们感到战火不会烧到徐州来,除了积极参加劳军支前外,大多数人仍在忙着自己的营生。李宗仁内心是颇为紧张的,矶谷师团虽然掉进了他和白崇禧设计的口袋里,但困兽犹斗,特别是这只凶猛残忍的野兽,绝不甘心死亡,必然要全力反扑挣扎,如台儿庄顶不住的话,不仅要功亏一篑,而且整个局势将难以收拾。

"汤恩伯在什么地方?"

李宗仁不断焦急地询问汤恩伯的下落,但是长官部的几部电台却一直没有和汤军团的电台联系上。汤恩伯自奉命让开津浦线正面,秘密避入枣庄东北方向的抱犊崮山区后,便音讯杳然了。按照李、白的作战计划,第二集团军在台儿庄顶住敌人攻势,并将矶谷师团主力吸引到台儿庄一带后,汤恩伯军团即应在敌人侧背采取果断行动,一可减轻台儿庄守军的压力,二可断敌归路,使台儿庄保卫战顺利进入第二阶段。可是汤恩伯退入抱犊崮后，又不知跑到哪里去了。如果汤恩伯不动，不但整个计划要落空，而且第二集团军必将覆灭，徐州大门洞开。

"给我马上找到汤军团的位置！"李宗仁严令电台台长道。

"游动哨（汤军团代号）！游动哨！你在哪里？你在哪里？请回答！请回答！"电台台长呼叫得口干唇燥，一点回音也没有听到。汤军团的电台没有讯号，长官部又无飞机侦察，如何找到汤恩伯的位置？电台台长正急得抓耳挠腮，还是白崇禧从武汉带来的参谋灵机一动，给武汉统帅部打了个电话，询问汤军团的下落。对方告知，汤军团已向东南转移到兰陵镇去了。李宗仁闻报大怒，要统帅部命令汤恩伯立即和第五战区长官部联系。不久，长官部的电台才又和汤军团的电台沟通上。李宗仁忖度，汤恩伯在抱犊崮逡巡不进，又擅自跑到兰陵镇去，必是为了避重就轻，以保存该部实力，如不严令其南下围歼矶谷师团，后果不堪设想。遂即口授电文：

"着该军团长即率所部南下攻击敌之侧背，如敢违令，致误戎机，当照韩复榘的前例予以严办！"

电报发出之后，李宗仁仍不放心，因为汤军团是蒋委员长的嫡系，汤恩伯恃有靠山，如不遵令，李宗仁也办不了他，想到这里他遂给蒋委员长发了一个急电，请委员长训诫汤恩伯遵令行事。

李宗仁估计果然不错，原来汤恩伯退入峄县东北山区后，可捕捉两个作战时机：一是攻打枣庄、郭里集；一是以主力南下，猛击自峄县南下攻台儿庄的矶谷师团侧背，以解台儿庄之危。可是汤恩伯避重就轻，只在枣庄和峄县一带游动，并不以主力南下。在台儿庄打得紧张的当儿，他干脆把部队拉到东南方向的兰陵镇去了，并且命令电台暂停和战区长官部联系，因此李宗仁无法知道汤军团的位置。在接到李宗仁的严令后，汤恩伯只笑了笑，说：

"我汤某决不会步韩复榘的后尘！"

汤恩伯仍在兰陵镇按兵不动。

"总座，委员长急谕！"参谋处长慌慌张张地跑来报告。

汤恩伯赶忙起立，立正，接过电报一看，这才吓得有点发抖，蒋委员长电谕：

"严令所属作最大之努力，为战略上适切之协同，促成绝对胜利，以利全局。

蒋中正。"

"电告委座，恩伯立率全师南下，到台儿庄东北方向夹击矶谷师团。"汤恩伯不敢怠慢，即命参谋处长向蒋委员长报告。又吩咐道，"同时给李长官一电，告知我部已遵命南下。"

"是！"参谋处长去了。

李宗仁得知汤恩伯已全师南下，这才略略放下些心来，可是副参谋长黎行恕来报：

"德公，孙连仲请求撤出台儿庄，到运河南布防。"

"不行，汤军团援军已到，孙部必须死守台儿庄，决不许后撤一步！"李宗仁指示道。

黎行恕出去不久又返回来，说道："孙连仲部伤亡惨重，仍要撤退，孙本人要和德公亲自通话！"

李宗仁心头一沉，即匆匆走到作战室，拿起电话筒，孙连仲听到李宗仁来了，即说道：

"报告长官，第二集团军已伤亡十之七八，敌人火力太强，攻势过猛，我们已打退敌人六次攻击，予敌大量杀伤。可否请长官答应暂时撤退到运河南岸，好让第二集团军留点种子，也是长官的大恩大德啊！"

李宗仁心中一阵悲凉，他明白台儿庄的形势已严重到了怎样的地步，否则，孙连仲是绝不会说出这种话来的。大战爆发前的一天，李宗仁曾到距台儿庄不远的车辐山视察，他亲眼看见孙连仲将总部设在离台儿庄仅五里的一个小村内，便知孙连仲死守台儿庄的决心坚不可摧。现在，他心里虽然同情孙连仲的困境，但是，汤军团已经南下，估计明日中午即可进至台儿庄北部，如同意孙连仲此时放弃台儿庄，岂不功亏一篑。李宗仁严厉地命令孙连仲道：

"孙总司令，敌我在台儿庄已血战十余日，胜负之数决定于最后五分钟。援军明日中午可到，我本人也将于明晨来台儿庄督战。你务必守至明天拂晓。这是我的命令，如违抗命令，当军法从事，严惩不贷！"

孙连仲见李宗仁严令他死守台儿庄，便不再请求撤退，只是悲壮地答道："好吧！长官，我绝对服从命令，整个集团军打完为止！"

"孙总司令，我命令你不但要坚守到明天拂晓以后，今夜还必须组织敢死队对敌实施夜袭，以打破敌人明晨拂晓攻击的计划，则汤军团明日中午赶到，方可前后夹击敌人。"

李宗仁说完后，心头稍有些不安，他觉得自己打了几十年的仗，似乎还是第一次对部下这么苛刻。

"报告长官，我的预备队已全部用光了，夜袭实在抽不出兵力啦！"孙连仲无可奈何地说道。

"孙总司令，我现在悬赏十万元，你将后方凡可拿枪的士兵、伙夫、马夫、担架兵和前线士兵全部集合起来，组织一敢死队，实行夜袭。这十万块钱将来按人平分。重赏之下，必有勇夫，你好自为之。胜负之数，在此一举！"

"是！"孙连仲大声答道。

孙连仲放下这只电话筒，又拿起那只电话筒，给三十一师池峰城师长下达命令：

"李长官要我们死守台儿庄，已悬赏十万元，你今晚必须组织敢死队，向敌人发动夜袭！"

"总座，总座，台儿庄城内西北门、北门、东门、东南门都已经落入敌手，我们已被压迫到北站、西关和南门，三十一师全师都快打光了，今天白天已很难支持得住，晚上无法再抽出兵力来夜袭了！"池峰城在电话中不断喘气和咳嗽，"请总座在黄昏前让我们退过运河吧！"

"不行！"孙连仲几乎咆哮起来了，"士兵打完了，你就自己上前填进去。你填过了，我就来填进去。有敢退过运河者，杀——无——赦！"

"是，总座！"

池师长放下电话筒，咳嗽不已，一口接一口地咯着鲜血，他的勤务兵用一条被硝烟熏黑了的毛巾，替他擦着嘴唇。他一把推开勤务兵，命令道：

"请参谋长来！"

勤务兵在火线上把参谋长找了回来，池师长命令：

"你立即派人，给我将运河上的桥梁拆除，晓谕全师官兵，破釜沉舟，死守台儿庄，直到最后一人。有谁敢退过运河，即就地正法！"

"是！"参谋长去了。

池师长又命令传令兵："你马上给我传令，集合师部所有能拿枪作战的人员，我要训话！"

师部卫士、医生、通信、伙夫、马夫等勤杂人员四十余人，全部持枪来到池师长面前。

"有怕死的没有？"

池峰城一个个地看着站在面前的这些后勤官兵。这四十余人紧紧地闭着嘴，一双眼睛睁得老大，现在，他们什么都不知道，只知道世界上最耻辱的两个字是"怕死"！

"没有怕死的，那好！"池师长骄傲地一笑，"你们今天就跟我去死！"

池师长说完把他身上那件咖啡色的绒线衫猛地脱下来，扔到地上，又把领子沾满污垢的一件衬衣也脱了下来，光着上身，拿过一支手提机枪，又在腰上挂了几枚手榴弹，大吼一声：

"跟我来！"

台儿庄被翻了个儿，被火烧了有十几次，每一寸土都是焦的。台儿庄里中国守军部队建制已经打乱，士兵们手握大刀，腰挂手榴弹，从火海里冲出来，带着一身呼呼的火焰，扑向敌人。每一座残壕里，只要还有人活着，便有步枪的对射，手榴弹的袭击，大刀的砍杀，徒手的搏斗。死去了的，也都一个个怒目圆睁，紧紧地握着大刀，或抓着尚未拉开导火索的手榴弹。在一条小巷子口，一堵断墙下站立着十几名手握大刀的中国士兵，敌人吓得不敢前进，忙放了几梭机枪，但中国士兵们仍未倒下，敌人逼近一看，这些中国士兵早已战死，但却一直站立着没有倒下……

敌人猛攻了大半天，只前进了一百公尺。在那一百公尺的焦土上，摆满了中国军队官兵和日本军队官兵的尸体。矶谷师团长忙把攻击台儿庄的指挥官福荣大佐找来，用手指着他的鼻子大骂：

"无能！无能！一个小小的台儿庄，你打了十几天，也没打下来，真丢尽了大日本皇军的脸！"

福荣大佐委屈地说道："中国军队之战斗精神，其决心勇战之气概，实属罕见。他们凭借散兵壕死守，在皇军猛烈无比的炮火轰击下，全部守军顽强抵抗直到最后。以至于如此狭窄的散兵壕内，重叠相枕，力战而死之状，虽为敌人，睹其惨烈之状亦将为之感叹，曾使翻译劝其投降，应者绝无！"

我军在台儿庄向敌发起总攻

矶谷师团长不由倒抽一口冷气，他在滕县时见到中国军队顽强抵抗视死如归的精神，已印象很深，没想到在台儿庄又遇到一个同样强硬的敌手，如果这样打下去，何时才能灭亡中国？他正在发愣，幕僚长来报：

"我军侧背发现中国军队，其番号为汤恩伯的第二十军团！"

矶谷师团长暗吃一惊，他邀功心切，全师由滕县南下直扑台儿庄，背后空虚，如被中国军队切断后路，便有被前后夹击的危险。他的师团在滕县攻坚已遭到相当程度的伤亡，在台儿庄又苦战了半月，付出了比攻滕县更大的代价，很难再经得住中国军队的包围攻击。他忙向幕僚长命令道：

"报告军部[1]，请速派第五师团由临沂南下增援！"

"是！"幕僚长应声而退。

矶谷师团长即对福荣大佐命令道："在中国军队尚未完成合围之前，你无论如何要在今日黄昏前，结束台儿庄的战斗！"

---

[1]　矶谷师团（即第十师团）与坂垣师团（即第五师团）皆隶属日本华北方面军第二军。

“是！”福荣大佐领命而去。

徐州长官部作战室里，李宗仁和白崇禧都紧紧地盯着地图出神。副参谋长黎行恕来报：

“德公、健公，攻打临沂的坂垣师团突然避城而走，星夜南下，出现在台儿庄西北方向的向城、爱曲附近，袭击汤军团第五十二军之侧背。汤军团长已急调第八十五军一部协助五十二军在爱曲、作字沟一带阻击敌人。”

白崇禧听了，也不说话，只管用红蓝铅笔，在地图上划了几个大箭头，然后扭头对李宗仁道：

“德公，你看如何？”

“命汤军团再次让开大路，放坂垣师团进入台儿庄以东地区，然后以五十二军在南，八十五军在北，并列向矶谷、坂垣师团背后攻击，吃掉敌人这两张王牌！”李宗仁看了白崇禧在地图上画的箭头，眼睛一亮，他非常赞赏白崇禧这个大胆的应变计划，但又有些不放心地问道：“委员长答应给我们调来的第七十五军，何时可以开到？”

黎行恕道：“估计明日上午可到。”

“干！”李宗仁把拳头往下一挥，命令黎副参谋长，“即电令汤恩伯，让开大路，把坂垣师团放进来再打！”他略一沉思，又说，“即命高参余定华，代表我到禹王山卢汉的第六十军督战，要卢汉不惜一切代价，阻挡当面之敌，不使其增援台儿庄！”

“是。”黎行恕答道。

黎副参谋长刚走，李宗仁对白崇禧道：“我很担心守台儿庄的部队不到明天便全部打光。”

“对！”白崇禧点头道，“敌人援兵到来，必定会拼死猛攻，请德公再次敦促孙连仲总司令，无论如何要顶住。”

李宗仁即时拿起电话筒，要通了孙连仲总部的电话。

“报告长官，池峰城师长已命人将大运河上的桥梁拆除了，第二集团军决定破釜沉舟，背水死战。”孙连仲道。

"台儿庄里情况如何？"李宗仁问道。

"敌人除使用重炮持续轰击，数十辆坦克冲击外，还使用大量燃烧弹和毒气弹，台儿庄又一次变成了火海，与第三十一师的电话通讯已断绝，详细情况不明，我决定待火势稍住时，率卫士入庄作战！"孙连仲道。

"孙总司令，你务必坚持到明天早晨，我们的援军已经陆续赶到，我军很快就要反攻！"李宗仁放下电话筒，心情异常沉重。默默地在室内踱着步子，不断地抽烟。

白崇禧为了缓和一下空气，把桌子上的那台收音机的旋钮拨动了一下，想听听音乐。他特别爱好京剧，每当闲暇之时，就开收音机找京剧听。这几天战事紧张，他几乎把这个收音机忘了。现在到了紧张极点，他又突然发现了这台收音机。他刚拨了几下，只听得一个陌生的声音在洋洋自得地说着：

"同盟社台儿庄消息……经几天来的奋勇作战，皇军已攻占徐州北大门台儿庄三分之二的地区。今天皇军又以强大火力，再次猛击台儿庄，已将残存的中国守军全部肃清。至发电时，皇军已克复台儿庄全部……"

"什么？"李宗仁一下奔到收音机旁边，挥起那只大拳头，差点要把这个信口开河的家伙砸碎。

白崇禧却焦急地拿起桌上的电话筒，立刻要通了孙连仲总部的电话，可是接电话的却不是孙连仲。

"你是谁？孙总司令呢？"

"我是孙总司令的参谋，奉命留守总部，孙总司令已率卫士冲进台儿庄督战去了。他说，他说……"那留守参谋哽咽着，再也说不下去了。

"孙总司令说什么？"白崇禧喝问道。

"孙总司令说，他不准备再回到总部来！"

"……"白崇禧沉重地放下电话筒。

入夜，台儿庄的大火总算熄灭了，焦脆的土地上，仍到处冒着烟，被烧焦的尸体，东一堆，西一堆，还在吱吱作响，散发着令人作呕的浓烈气味。第二集团军总司令孙连仲和第三十一师师长池峰城，仍率部坚守在台儿庄的一隅。经过一天恶战，敌人不惜代价，已攻占台儿庄四分之三的地方，中国守军被压迫到台儿庄南关一隅，死拼不退。总司令孙连仲亲自督战，师长池峰城亲率士兵反复冲杀，由晨至暮，战况惨烈。战至黄昏，敌人终不能将中国守军消灭于台儿庄内，最后不得不中止了疯狂的攻击。夜幕降临，集中在南关一隅的中国守军尚残存八百余人，除三十一师外，尚有三十师和二十七师的部分官兵，统一由池师长指挥。

"弟兄们，李长官悬赏十万元，令我们组织敢死队，夜袭敌阵，愿去的，马上报名！"池师长在暗夜中集合官兵训话。

军需官随即抬来了几箱子叮当作响的现大洋。八百余人全部报名，要求参加敢死队，夜袭敌阵。池师长把这几百人看了又看，最后挑选了三百名身强力壮身上没有负过一点伤的官兵。军需官按人头平均分配，把一块一块的大洋分发到那些敢死队员的手上。

"师长，我不要钱，我要参加杀鬼子！"一个左臂扎着绷带的河北老兵跑到池师长面前，要求参战。

"你负伤了，不能去！"池师长拒绝了。

"我右手还可以拿刀！"那老兵固执地说道。

"我也不要钱，师长，你让我去吧！"

"俺一家老小都让鬼子杀光了，要钱也没处寄啊，师长，你让我去吧！"

几百人中，凡能站起来的，纷纷请求参战。池师长又挑选了两百人，命他们穿上鬼子的衣服，戴上鬼子的帽子，找了几个会日语的人随同出发。

午夜时分，台儿庄内枪声大作，手榴弹爆炸声，喊杀声，惊天动地。几百名敢死队员抱着必死的决心，分组向敌人进袭，冲进敌阵，见敌就砍就炸就杀。敌人乱作一团，他们做梦也没有想到，退守一隅的中国残兵，竟还有乘夜出击的作战能力。黑灯瞎火，他们只见雪亮的大刀片飞舞，他们的飞机、大炮、坦克、毒气全部失去了作用。战至天明，中国守军重又夺回了台儿庄内四分之三的地区，把敌人直逼到北门一隅。

拂晓，李宗仁长官带着随员，到达台儿庄前线督战。中国军队开始全面反攻，第二集团军从正面出击，第二十军团由敌侧背猛击，第九十二军、第七十五军在台儿庄以东前线投入战斗，由曹福林率领的韩复榘旧部，从鲁西沿津浦路南下，到达临城、枣庄北侧地区，已遮断敌之退路。进攻台儿庄的敌军两万余人被中国军队紧密包围于台儿庄北的三角地带。李宗仁一声令下，台儿庄一带中国军队全线出击，杀声震天。天空九架一批的中国空军机群，第一次出现在徐州战场上，向敌人阵地俯冲投弹扫射，配合陆军攻击敌阵。在台儿庄血战半月的矶谷师团，已成强弩之末，在中国军队的猛烈围攻之下，进退维谷，损失惨重，不得不烧掉大量物资，枪杀军马，遗弃大量武器和装备，矶谷师团长率残部突围向北溃逃。

台儿庄大捷的捷报传来，震动中外，举国欢腾。国民政府所在地武汉三镇五万余人高举火炬，用两部大卡车载着李宗仁将军和白崇禧将军的巨幅画像为前导，进行声势浩大的火炬游行，隆重庆祝台儿庄大捷。

第六十八回

保卫武汉　白崇禧临阵挂帅
死守广济　广西军白骨成塔

民国二十七年七月十七日。河南省商城。

商城是一个古老的县城，位于河南省东南端、大别山北麓，灌河从县城旁穿过，县境邻接湖北、安徽两省，相传城北有商王墓，县以此得名。

县城内有一古老的建筑，名岳家祠堂。抗金名将岳飞乃河南汤阴人，此地有一岳家宗族，族人遂建祠以纪念先祖岳飞。现在，这岳家祠堂成了临时第五战区长官司令部。岳飞抗金，李宗仁抗日，岳家祠堂更是相得益彰。

原来，在徐州会战中，日军在进攻台儿庄受挫后，深知徐州不可轻取，非调集重兵自四面合围，断难打通津浦线。四月间，日军遂自平、津、晋、绥、苏、皖一带增调十三个师团，共三十余万人，分六路向徐州进行大包围。日军这次所抽调的，均为其中国派遣军中最精锐的部队，配备有各种重武器和飞机数百架。日军按计划构成数个包围圈，逐渐向徐州轴心缩小包围圈，以期将李宗仁第五战区的数十万野战军一网打尽。

李宗仁判断此次敌军向我合围的新战略，必是欲以其优势的机械化部队和空军，在徐州一带平原地带，围歼数十万装备低劣的国军。若不自量力而与敌人作大规模的阵地消耗战，必蹈宁沪战场的覆辙。然而敌军此次来势凶猛，已对第五战区数十万部队构成数重包围圈，志在将国军一举歼灭。为打破敌军此一企图，只有迅速做出有计划的突围，脱离敌人的包围，跳到外线作战。

線前開紛隊部銳精桂中聲角號
CRACK KWANGSI UNITS ON MARCH
广西部队开赴前线参加武汉会战

李宗仁指令第五战区数十万将士突围，第五战区司令长官部撤出徐州的次日，日军即进占徐州，差一点短兵相接。敌人四处搜寻，仅捉到了国军几个落伍的病兵，其中一名是第二十二军军长谭道源的勤务兵。敌人从他衣袋中搜出了一张谭军长的名片，便以为生俘了谭道源，竟据此大肆宣传，闹出个大笑话。

李宗仁率第五战区数十万大军，成功突出日军重围后，撤至鄂、豫、皖边境地区，长官部设在豫东南的商城。他还没来得及轻松地喘上几口气，日军又集结十几个师团，配以海空军，向我国民政府所在地华中重镇武汉扑来，国民政府军事委员会决定发起保卫武汉的大会战。李宗仁的第五战区一马当先，负起保卫大武汉的重任。第五战区所属部队经过徐州会战和突围之后，为时仅月余，补充未毕，训练未精，数十万疲惫之师，即令参加武汉会战，部队番号虽多，然实力已远不如前。李宗仁急得内火攻心，加之徐州会战后期率部突围昼夜辛苦，乃至引发宿疾。退至商城后，终于病倒。原来，民国五年时在护国战争中，李宗仁的牙床为流弹所伤，一颗牙齿被击碎。这个创伤，当时因战事紧迫，碎牙未及取出，日后未及彻底治

1938年9月指挥第五战区将士保卫武汉的代司令长官白崇禧与第五战区副司令长官李品仙（右）

愈，时有轻性发炎，旋又消肿，也并无大碍。不料此次发作，实为最厉害的一次，右脸突然红肿，导致右目失明。退至商城后痛苦万分，不能支持。大战在即，第五战区有保卫大武汉之重任，军中不可一时无帅，蒋介石委员长即令副参谋总长白崇禧代理第五战区司令长官之职，赴商城长官部就职，指挥所属部队，保卫武汉。李宗仁则即转赴武汉东湖疗养院住院治疗。

七月十七日，参谋总长何应钦与副参谋总长白崇禧一同到达商城第五战区长官司令部。当他们进入岳家祠堂后，第五战区师长以上高级将领已齐集一堂，听候何总长宣读军事委员会委员长蒋介石的命令。

白崇禧与第五战区高级将领肃立听何总长宣读完蒋委员长的命令后，白崇禧向何应钦敬礼，随即向师长以上高级将领严肃宣布：

"现在开始点名！"

第五战区参谋长徐祖诒将一份高级将领花名册呈送到代司令长官白崇禧面前。白崇禧接过花名册，朗声点名：

"第三兵团司令官兼第二集团军总司令孙连仲。"

"到！"孙连仲出列，站得笔挺。

"第三十军军长田镇南。"

"到！"田镇南出列，站在总司令孙连仲之后。

"第三十师师长张金照。"

"第三十一师师长池峰城。"

"第四十二军军长冯安邦。"

"第二十七师师长黄樵松。"

"第四十四独立旅旅长吴鹏举。"

"第二十六军军长萧之楚。"

"第三十二师师长王修身。"

"第四十四师师长陈永。"

"第五十五军军长兼第二十九师师长曹福林。"

"第七十四师师长李汉章。"

"第八十七军军长刘膺古。"

"第一九八师师长王育英。"

"第四兵团司令官兼第十一集团军总司令李品仙。"

"第八十四军军长覃连芳。"

"第一八八师师长刘任。"

"第一八九师师长凌压西。"

"第四十八军军长张义纯。"

"第一七三师师长钟毅。"

"第一七四师师长张光玮。"

"第一七六师师长区寿年。"

"第二十九集团军总司令王缵绪（代总司令许绍宗）。"

"第四十四军军长王缵绪（兼）、代军长廖震。"

"第一四九师师长王泽浚。"

"第一五〇师师长杨勤安。"

"第六十七军军长许绍宗（兼）。"

"第一六一师师长官焱森。"

"第一六二师师长张竭诚。"

"第二十八军团军团长兼第六十八军军长刘汝明。"

"第一一九师师长李金田。"

“第一四三师师长李曾志。”

“第八十六军军长何知重。”

“第一〇三师师长何绍周。”

“第一二一师师长牟廷芳。”

“第二十六集团军总司令徐源泉。”

“第四十一师师长丁治磐。”

“第四十八师师长徐继武。”

“第一九九师师长罗树甲。”

“第二十一集团军总司令廖磊。”

“第三十一军军长韦云淞。”

“第一三一师师长林赐熙。”

“第一三五师师长苏祖馨。”

“第一三八师师长莫德宏。”

“第七军军长张淦。”

“第一七〇师师长徐启明。”

“第一七一师师长漆道徵。”

“第一七二师师长程树芬。”

“第十九军团军团长兼第七十七军军长冯治安。”

“第三十七师师长张凌云。”

“第三十二师师长王长海。”

“第五集团军总司令兼第五十一军军长于学忠。”

“第一一三师师长周光烈。”

“第一一四师师长牟中珩。”

“第七十一军军长宋希濂。”

“第八十七师师长沈发藻。”

“第八十八师师长钟彬。”

“第三十六师师长陈瑞河。”

"第六十一师师长钟松。"

"第三十三集团军总司令兼第五十九军军长张自忠。"

"第三十八师师长黄维纲。"

"第一八〇师师长刘振三。"

"第十三骑兵旅旅长姚景川。"

"第四十五军军长陈鼎勋。"

"第一二四师师长曾甦元。"

"第一二五师师长王仕俊。"

"第一二七师师长陈离。"

"第二十四集团军代总司令兼第八十九军军长韩德勤。"

"第一二三师师长贾韫山。"

"第一一七师师长李守维。"

"第五十七军军长缪澂流。"

"第一一一师师长常恩多。"

"第一一二师师长霍守义。"

"第二十七集团军总司令兼第二十军军长杨森。"

"第一三三师师长夏炯。"

"第一三四师师长杨汉忠。"

"第十七军团军团长胡宗南。"

"第一军军长陶峙岳。"

"第一师师长李正先。"

"第七十八师师长李文。"

代司令长官白崇禧点名完毕。他指挥下的第五战区所属部队共两个兵团、九个集团军、三个军团、二十二个军、五十一个师、一个独立旅和一个骑兵旅。白崇禧明白，这些部队番号虽多，但经过徐州会战与日军血拼数月，又经过徐州突围之后，消耗很大，兵员与器械装备都还来不及整补，作战实力也已远不及徐州会战初期了，却要立即投入保卫武汉的大会战，他深感自己肩上负荷的沉重。但是，自从

第八十四军军长覃连芳

抗战以来，淞沪会战、南京保卫战、徐州会战这些重大战役，哪一次国军的实力又比日军强大呢？

白崇禧知道，他首要的任务是鼓舞军心士气，同仇敌忾，保卫大武汉。他清楚这次大会战有多么重要，他要保卫的不仅是一个华中重镇武汉，更重要的是要保卫中国抗战的实力，中华民族崛起的精华。他临离开武汉前夕，看到长江口岸上聚集的无数人员，正在日夜不停地溯江而上，赶往大后方的四川。那些人员，有上海、北平、天津的各大专院校的师生，科研院所的专家、教授、学者，这些都是国家的精英、民族的栋梁；企业家们将他们的工厂设备，技术人员及大批战略物资像蚂蚁搬家一样运上船，一船一船地溯江西运，长江水道上日夜负载着一艘艘沉重的船舶。武汉保卫战多坚持一天，便能为国家多保存一份抗战的实力，多一份坚持抗战夺取最后胜利的信心！

"诸位！武汉地处江汉平原东缘，据长江与汉水之间，扼平汉、粤汉铁路的衔接点，是我国的心脏腹地，又是东西南北水陆交通的枢纽，是我国抗战政治、经济、军事的中心，战略地位十分重要。"白崇禧开始发表就职演说。

"为此，日寇大本营陆军部认为，只要攻占武汉，控制中原，就可以支配中国。我们最近获悉，日本御前会议决定，迅速攻取武汉，迫使我国政府屈服。尽快结束侵华战争。"

"日本侵略者开了御前会议，我们中华民国，也刚刚在武汉开过了国民参政会第一届会议。大会庄严宣告：中华民族必以坚强不屈之意志，动员一切物力、人力，为自卫、为人道，与此穷凶极恶之侵略者长期抗战，以达到最后胜利之日为止。大会要求全国军民：一切的奋斗，要巩固武汉为中心，以达成中部会战胜利为目标！"

白崇禧昂扬的声音，在会场上空振荡，激励着各位高级将领的斗志。

"中国人民要誓死保卫武汉，坚持抗战直到最后胜利；日本侵略者要夺取武汉，灭亡中国。这就构成了中、日双方在战略上的一场大决战。崇禧受命与诸位同袍为保卫大武汉与日寇血战，为中华民族流血牺牲，作为军人，这是我们一生的殊荣！"

"这次武汉会战，中、日双方将在长江沿线展开大战，战线扩及皖、豫、赣、鄂四省数千里。日寇方面集结了十四个师团、三个独立旅团、一个机械化兵团和三个航空兵团，加上海军舰艇一百四十余艘，约三十五万兵力。我国军相对列阵，动员部署了十四个集团军、十个军团和战区直属部队以及海空军，参战兵力达一百万人。"

"这一战役，中、日双方投入兵力之多，战线之长，规模之大，将是空前的。诸位同袍，我们肩负国脉民命之存亡，中华民族历史之存续，让我们以誓死抵抗外族入侵的岳武穆为榜样，精忠报国，用自己的热血和生命，共同书写壮丽的春秋！"

白崇禧处事干练，发表完慷慨激昂的就职演说之后，当即宣布"第五战区作战命令"。

作战参谋拉开墙上的一幅大帷幕，一幅巨大的作战地图赫然入目。白崇禧用小棒指着地图，向高级将领们下达作战命令：

"一、敌以长江为进攻我武汉干路，其江北岸之主力似集结于怀宁、合肥，将以主力由潜山趋太湖、宿松，一部由岳西、英山迂回，与长江各口上陆之敌呼应，策应其主力作战。合肥附近之敌或向我六安、霍山攻击，以资牵制我兵力之转用。"

"淮河增水，黄流泛滥，阜阳、霍邱、固始一带半成泽国，公路亦尽量破坏，敌我之运动均称困难。"

白崇禧望了将领们一眼，接着说道：

"二、战区应置重点于右，以积极之行动确保豫鄂皖边区三地及长江沿岸各要点，击破或阻止入侵之敌，以屏障武汉之翼侧。"

"三、右翼兵团应以主力之二十六集团军及三十一军集结于潜山、小池驿西北侧及弥陀寺、太湖、宿松附近向东作战，以积极之手段阻止西向突进之敌。"

"以二十九军团集结于黄梅、广济附近向南作战，应直接配备于黄广南侧湖沼地区及其北侧山地沿线构筑数线工事防敌之突进。敌少数部队登陆，务歼灭之于湖沼地区，并与第九战区田家镇要塞部队密切联络协同作战，务勿使敌迂回要塞侧背。"

"四、中央兵团应保持重点于霍山以南地区，以主力之四十八军及第七军在六安、霍山、管家渡、磨子潭、岳西间地区集结，准备向合肥、舒城、桐城、怀宁方向攻击，先各以一部支援地方物力，竭力挺进，扰乱敌之集中及运动，可能时攻占合怀道上各要点，以为向前游击之根据。"

"第十九军团集结于叶集、商城附近地区，速行编并，随时准备向六安方面推进。"

"五、左翼兵团应以第二十六军、八十七军重点在右集结于潢川及新蔡附近，各推进一部于霍邱、颍上、阜阳以为根据，向淮北地区游击并与第一战区在太和、沈丘一带之部队密切联系。"

"第二集团军仍在拱卫线附近整理训练，增强工事并护路。"

"六、第二线兵团主力仍在拱卫线上监护并增强工事。应以一部协力于右翼兵团构筑罗田以北巴河西岸之工事（由李总司令品仙统筹之），并速侦察决定黄冈、金台冈、黄陂、祁家湾、襄河（新安渡）间向南之阵地。"

"七、苏北兵团应仍在津浦以东、陇海以南之区域内力图肃清苏北之敌主力，策动地方武力向徐浦间之津浦线游击。"

"八、中央及右翼两兵团在田家镇要塞尚能保持以前，应确保六安、霍山、岳西、太湖、小池口、龙坪镇之线。"

······

白崇禧宣布最后一道命令：

"为便于指挥作战，本战区司令长官部将于七月二十八日移驻湖北省黄陂县内的宋埠。"

白崇禧想了想，为了让将领们深入领会作战命令的精神，他又进一步做了阐述：

"诸位，武汉已为我抗战之政治经济及资源之中枢，故其得失关系至巨。惟武汉三镇之不易守，而武汉近郊尤以江北方面之无险可守尽人而知，更以中隔大江外杂湖沼，尤非可久战之地。故欲确保武汉则应东守宿松、太湖，北扼双门关、大胜关、武胜关诸险，依大别山脉以拒敌军，并与平汉铁路北段之积极行动相呼应，若敌悬军深入则可临机予以各个击破，或在大别山预为隐伏待其深入，出奇以腰击之。"

身挂集束手榴弹的广西兵

"如此方可制胜，方可以确保武汉。否则据三镇而守，于近郊而战，则武汉对我政治经济资源上之重要性已失所保者，仅此一片焦土而已！且受敌之包围，则势如瓮中之鳖，困守南京之教训实殷鉴不远，故欲确保武汉而始终保持武汉为我政治经济资源之中枢，则应战于武汉之远方，守武汉而不战于武汉是为上策。"

"这样的成功战例，当如一九一四年秋季欧战东战场。德国在该方面之兵力仅一部，为确保其柏林首都，且初有退守外克赛尔河之计划，待兴登堡将军莅临后，不唯不采此消极之策，抑且作惊人之举。盖鉴于俄第一、第二两军为湖沼地带所分离，乃决心转守为攻，集结优势兵力于南方而造成坦能堡之空前歼灭战。迨百余战，德军在东战场始终占于有利之地位使西战场之德军无后顾之忧，而柏林得以无恙。但德军若依当初计划退守外克赛尔河，则东战场之资源既失而首都之能否保障亦成疑问。虽以衡目前之形势未必尽当，但其以攻为守之精神则同出一辙。"

"若我万不得已战于武汉近郊时，亦应于武汉以北地区，如孝感、花园及广水、武胜关间配置重兵，使成掎角之势，敌若以主力趋武汉则可依武汉之既设工事坚韧抵抗，以吸引敌之重兵，同时由孝感、武胜关间击其侧背。若敌不直攻武汉而先攻武胜关、孝感时，则以武汉之守备部队出击，是为中策。这也如一九一四年马尔纳河会战，法军依其巴黎要塞为依托，待德军由巴黎东侧侵入时，乃由左翼转移攻势，击德军之右侧背，结果德军不支而退，此亦属良好之战例。"

白崇禧把保卫大武汉的战略战术讲得简洁明了，他那从容不迫、侃侃而谈的风度，极像涵养深厚的陆军大学教授正在给学生们授课一般，使与会的各位高级将领获益匪浅。

武汉会战进入七月下旬，敌我双方交战激烈。敌以海空军优势，配合精锐的海军陆战队，于七月二十二日在九江东南的姑塘登陆。二十五日，九江陷落。敌机狂轰小池口。敌军大规模向太湖、宿松、黄梅方向发起进攻，我军顽强抵抗，战况激烈。

鄂东黄梅县城梅川镇烈日如火，暑气蒸腾，敌机轰炸过的东门悦华酒楼、饶采侯红瓦屋、拐角边巷等地，断壁残垣中，烟火未息。第五战区代司令长官白崇禧在联络参谋王长勋的向导下，由一支装备精良的卫队保护着，踏着残砖碎瓦，在县城疾走。联络参谋王长勋是广济本地人，人熟地熟。白崇禧的卫队约一百五十人，全是广西子弟兵，他们头戴钢盔，手持捷克式步枪，腰挂德造一号驳壳，前后护卫着白长官。

王参谋引着白崇禧进入梅川觉生图书馆，这是他的临时指挥所。这觉生图书馆虽然建在广济县城梅川镇，但却是一处遐迩闻名的文化圣地。馆门上方"觉生图书馆"的题匾，出自党国元老居正的手笔。居正，字觉生，湖北广济人。早年在日本加入同盟会。辛亥革命前夕，任中部同盟会湖北分会负责人。民国元年，孙中山在南京组织临时政府，任内务部次长。民国五年，护国军兴，居正任中华革命军东北军总司令，蒋介石是他手下的参谋长。此后，在国民党和国民政府内历任要职。这梅川觉生图书馆乃居正捐资所建，镇馆之宝便是他的大作《梅川日记》等。

白崇禧在觉生图书馆稍事休息后，仍由联络参谋王长勋做向导，到广孝寺召开皖西鄂东守军将领军事会议。鉴于日军攻占九江后，长江北岸的日军也加强了攻势，连陷太湖、宿松以后继续西进，兵锋直指鄂东的黄梅、广济，我军统帅部已下令将长江最后一道天险田家镇要塞的防务交由第五战区负责，因此江北岸的黄广地区对保卫武汉来说已极为重要。此时部署在广济、圻春、黄梅地区的第五战区部队约八万人。计有：

第八十四军第一八八师、第一八九师，分驻广济双城驿、龙头寨、大小坡、沤烟寨、十八堡、荆竹铺、横冈山、封口山、百家园、百沙岭、槐树山一带；

第六十八军分驻广济郑公塔、童子排、团山河、猫儿山、凤凰寨、大风寨、大小乌龟山、田家寨一带；

第一〇三师分驻广济于仕、野马涧、望儿寨、毛栗尖、鹅公堉一带；

第四十四师分驻广济大金铺、若山坳、九龙城、两路口一带；

第二十军分驻广济西边龙顶寨一带；

第十五师分驻广济四望山、雨山寨一带；

第二十一师与第六十七师分驻广济松杨桥、李兴四、吴屋脊一带；

第五十七师分驻广济龙坪、武穴、邬家冲、戈马塘、冷荫塘、田家镇、老鼠山一带；

第九师分驻广济苏家山、铁炉山、象山、石榴花山、避难冲、涂仁湾一带；

田家镇江防要塞由李延年的第二军和中央炮兵团及水雷队防守。

参谋长徐祖诒报告完毕部队布防情况后，白崇禧指示道：

"黄广会战不仅是黄梅、广济地区之局部战役，也是保卫武汉的第一线决战。这一战役的胜败，对保卫大武汉有着直接的重大影响。广济地区地形对我军作战有利，各部队应充分利用这一有利之地形，构筑强固工事，歼灭来犯之敌！"

白崇禧指着地图说："广济之龙头寨、大小坡、沤烟寨、丛山口一带，地势险要，为广济之咽喉门户，应划为固守区。我命令：第八十四军固守上述一带阵地，立即选择有利地形，构筑工事，阻止来犯之敌！"

第八十四军军长覃连芳是广西柳州人，他率领的第一八八师、第一八九师，官兵全是广西子弟。他一听白长官的命令后，立即起立，答了声"是"，但却仍然站着不动。

白崇禧有些诧异地问道："武德（覃连芳字武德），你还有什么话要说吗？"

覃连芳："报告长官，我请求将命令中的一个字改一下，是否可以？"

白崇禧："你说吧。"

覃连芳："我请求将命令中的固守区改为死守区！"

白崇禧以目视第一八八师师长刘任、第一八九师师长凌压西，问道："你们两位师长，同意军长的意见吗？"

刘、凌两师长起立朗声应道："坚决服从命令！"

覃连芳："我八十四军就是打到最后一兵一卒，也要守住阵地！"

白崇禧部署完各军、师的防守任务后，即令联络参谋王长勋提上两筐东西到他面前。这两筐东西乃是两种绿色植物，其中一筐内的绿色植物开着一簇簇白色的小花，两筐植物都散发着一阵清香。高级将领们不知这是何物，也不知白长官对这两筐东西将作何用？

白崇禧又像授课一般，对将领们谆谆告诫：

"诸位，现正值长江夏秋之季，阴雨绵绵，蚊蝇出没，沿江地区湿气甚重，我久战疲乏之部队体力衰弱，易受外感，疟蚊叮咬，即致顽疾，因而疾病丛生，尤以鄂东之黄、梅地区之恶性疟疾为害最重。患者轻则不能行动，重者即不支而死。军中缺医少药，虽有奎宁丸亦不能大量供应，所以患者历数月不能痊愈。其损耗之大，较与敌激战伤亡为尤甚。诸位要特别重视此病之防治。"

白崇禧说罢，便令王参谋将那两筐中的绿色植物分发给各军、师长。然后他拿起一枝开着小白花的植物，向大家介绍：

"这是青蒿，又叫香蒿、香青蒿，茎、叶都可入药，性寒、味苦，具有清热解毒、凉血、退虚热之功效。可治暑热、阴虚发热，对疟疾最为有效。广济县青蒿铺一带盛产青蒿，我们各部队的驻地，山野之中都可见青蒿。各位务必令官兵们就地取材，熬制药汤，官兵们每日早晚各服一碗，可防暑防疟，已感染疟疾者，用量加倍。"

白崇禧又拿起一枝叶背面有白色绒状毛的绿色植物，说道：

"这叫艾，又叫家艾、艾蒿，有香气，驱蚊有特效。以端午后的艾品质最为优良，此时广济一带满山遍野皆有，名叫荆艾，乃是艾中上品。各位回去，必令官兵们上山割取，晚上宿营，在营区中燃点驱蚊，既可驱赶蚊虫，又可安眠入睡，使官兵们恢复体力。这两项措施，与作战命令具有同等效力，各位需切切记取！"

白崇禧在广孝寺开过作战会议后，第二天便带着联络参谋王长勋和几位作战参谋，到各部队防区去检查备战情况去了。

他来到第一八八师的阵地上，师长刘任便陪同一起检查防御工事的构筑，看了几处，甚为满意。正走着，忽听阵地后的山坡上，传来一阵让他感到耳熟又亲切的桂北山歌：

上山割艾见根藤，
这根白藤好逗人。
砍下白藤捆艾草，
一捆捆住妹的心。

白崇禧听得开心一笑，忙向山坡上一看，见几个兵正在弯腰割着艾草，便向山坡上招了招手，高声喊道：

"是哪个的山歌唱得这样好啊？"

只见一个十八九岁的小兵抱着一捆艾草站了起来，回应道：

"是我唱的，长官，好听吗？"

"好听！好听！"

白崇禧一边说，一边向山坡上走去。割艾草的几个兵忙站起来，向他立正敬礼。白崇禧走过去，拍着刚才唱山歌的那个小兵的肩膀，问道：

"这位小兄弟是哪里人啊？"

"报告长官，我是广西临桂县六塘人，小名覃六。"

"哦嗬，想不到我们还是小同乡呢！马上就要打大仗了，你害怕吗？"

"长官，一个强盗闯进了我家，杀我父母，侮辱我姐妹，还要霸占我祖辈的房屋，我不把他杀了，我还是个男人吗？"

白崇禧听了，甚为感动，用力地拍了拍那小兵的肩膀，连说："好！好！好！"

白崇禧检查完阵地工事，天已黄昏，他决定不再返回觉生图书馆住宿，就在一八八师的阵地上与官兵一道宿营。卫士们为他支起一座绿色的小帐篷，帐篷周围燃点起几堆艾草蚊烟。

白崇禧和刘任师长坐在草地上，只见营区里冒着缕缕艾草蚊烟，香气扑鼻，使人有安然入眠的感觉，营区里，传来一阵山歌：

蚊香不燃莫怨艾，
烧炭不成莫怨柴。
蚊虫咬哥莫怨我，
落雨莫怨淋湿鞋。

白崇禧又开心地笑了起来，说了声："这个兵啊！"

正说着，一个下级军官带着那个唱山歌的兵向白崇禧和刘任走了过来，立正敬礼。

"第三连连长张德荣向长官报告，职连各排、各班宿营完毕，正检查艾草蚊烟燃点事项。"

白崇禧听了很高兴，连说："好好好，去吧！"

连长带着那个唱山歌的兵走了，不久，营区里又响起一阵山歌来：

夜晚宿营才找艾，
不见香艾蚊子来。
无艾谁帮赶蚊子，
蚊虫咬哥是活该。

白崇禧又开心地笑了，对刘任师长吩咐道："打完这一仗后，你一定要派人把这个唱山歌的兵，给我送到五战区政治部艺术宣传队去。"

敌机低空俯冲的啸叫声不绝于耳，炸弹似冰雹一般纷纷落在阵地上，一阵阵地动山摇。树木被连根掀翻，草皮被烧焦。紧接着又是炮弹的轰鸣，阵地上腾起数丈高的烟尘，碎石、泥土、树根、草皮纷纷落下，又被一阵阵掀起，硝烟火海，惊心动魄。

敌机轰炸和敌炮轰击过后，大量敌步兵在三辆坦克的掩护下，向我军阵地冲来。第三连连长张德荣和他的战士们从掩体里猫腰冲出来，用机枪、步枪、手榴弹抗击着冲锋的敌人。但是，他们没有平射炮，那三辆坦克如入无人之境，猖狂向阵地冲来，后面的敌步兵已跃进到阵地前沿一百余米处。

张德荣骂一声娘，喝令一排长：“你带人上去，给我搞掉那三个乌龟壳！”

一排长发一声喊：“一班，每人身上挂满手榴弹，跟我上！”

十名战士身上挂满了手榴弹，跟着一排长正待出去。张德荣过来一把将覃六拉了出来，喝叫道：

“覃六你给老子出来！”

“你为什么不让我上！”覃六挣开连长的大手。

“白老总有令，打完仗后要送你到战区政治部去，你人没了，我怎么向白老总交代？！”

“白老总看得起我，我不杀几个鬼子，怎么对得起他！”

覃六“嗖”的一声，跟着排长冲了出去。他们时而匍匐，时而跃进，时而翻滚，他们冲到敌坦克的履带下，横卧于地，拉响了身上捆绑着的集束手榴弹。“轰”“轰”“轰”三声巨响，那三只乌龟壳趴在地上再也不动了。张德荣大叫一声：

“冲呀！”

战士们从战壕里跃出，向龟缩在坦克后的敌人冲去……

觉生图书馆内。白崇禧两手各抓着一只电话筒，声嘶力竭地呼叫着，但是电话筒里一点声息也没有，一名作战参谋进来报告：

“长官，一八八师、一八九师的通讯联络已全部中断，派出去查线的通信兵回来报告，阵地上一片火海，进去的人都没有出来……”

白崇禧扔掉电话筒，霍地站起来，命令作战参谋："快，集合卫队，我要亲自到阵地上督战！"

他刚站起来，突然感到一阵昏眩，墙壁、地面、天花板在旋转着，他打了个趔趄，那参谋忙过去扶住了他，急问：

"长官，你怎么啦？"

"我问你，卫队集合好了吗？"白崇禧厉声喝问。

少校医官进来，扶着白崇禧坐下，他觉得长官浑身热得发烫，忙量了体温，小心地说道：

"长官，你高烧39℃，需要马上服药休息！"

"啊！"白崇禧一下跌坐在椅子上，这才想起来，最近几天，他感到身体不舒服，体温无常，因战事紧张，他还不以为意，只是服了几粒奎宁丸，始终坚持着指挥作战。

作战参谋进来报告，卫队已集合完毕。白崇禧命令道：

"走，跟我到阵地上督战！"

少校医官忙劝道："长官，你高烧需要休息！"

白崇禧把手一挥："不要紧，最多是'打摆子'[1]，出一阵大汗就好，走！"

白崇禧把一只草绿色钢盔往头上一扣，率领作战参谋和那一百余人的卫队，急急走出了觉生图书馆。少校医官赶忙收拾一只小药箱，背在肩上，紧随白崇禧左右，一行人急急向前线奔去。

到了一八八师的阵地后山坡一带，不见一兵一卒，白崇禧心里一怔，刘任师长的预备队已经没有了！山头的阵地上，浓烟遮日，没有大炮的轰鸣声，也不闻机枪的扫射声，只听到"叭、叭、叭"步枪的射击声和手榴弹间隙的爆炸声。白崇禧把手一挥：

"走，上去看看！"

作战参谋劝道："长官，你在这里等着，让我们上去吧！"

---

[1] 广西人把患疟疾称为"打摆子"。

白崇禧把手一摆，"不行，我要上去亲自看看！"他随即命令作战参谋，"给我弄一根拐棍！"

作战参谋拔出腰上的匕首，随手砍了一根树枝递给白崇禧，白崇禧手持拐棍，率领卫队往山头爬去。一边往上爬，一边听到一声声短促的广西话叫喊着："杀！杀！杀！……"

他们登上山头，只见敌人已突入我军阵地，一场血腥的肉搏战正在惊心动魄地展开。白崇禧毫不犹豫地把拳头一挥，喝令他的卫队："给我上！"

卫士们装上刺刀，跃入阵中，与敌拼杀。

白崇禧身边只留两名卫士和那名少校医官随侍。他忽然感到天空旋转了起来，两腿一软，扑地而倒。卫士和医官惊叫一声："长官！"他们都以为白长官被流弹击倒了。

少校医官急忙把白崇禧从头到脚抚摸了一遍，既不见伤痕也不见血迹，只感到他身上热得发烫，急量体温，这才发现白长官已高烧40℃。那医官急令两名卫士：

"快！快！快把长官抬下去！"

白崇禧被抬回觉生图书馆，医官给他喝了一杯水，又服了几粒奎宁丸，这才慢慢从昏迷中苏醒过来。这时候，桌上的电话铃急促地响了起来。医官去接电话，扭头对白崇禧道：

"长官，武汉电话，要您亲接。"

白崇禧吃力地从床上爬起来，只感到两腿发软，全身无力。他刚接过电话筒，电话中便传来蒋介石那带宁波话的口音：

"健生吗？前线战况如何？"

"报告委座，我……我军……在广济……"白崇禧上下两排牙齿直打架，他的体温又急速上升了，他感到一阵阵恶寒袭来。

"健生你病了，马上躺下休息！我即派参谋次长熊哲民带我的保健医生去给你看病。"

第二天，参谋次长熊哲民偕侍从室医师朱仰高赶到。朱医师诊断白崇禧患的是恶性疟疾，服用奎宁丸无效，即改用专治恶性疟疾之特效药阿特布林，几天后，病渐痊愈。

第一八八、第一八九师在广济龙头寨、大小坡、沤烟寨、丛山口一带死守，与日军硬拼了三十四天。白天，我阵地遭受敌机低空轰炸，阵地被日军占领，入夜我军即发起反攻，强行将阵地夺回，如此整日整夜与敌反复冲杀，丛山口之险要阵地，被敌攻占后，我军复夺回，又被夺去，再次夺回，八进八出，敌我双方死伤累累。广西部队整连整营打光，阵亡数千人，丛山口内外，广西官兵的遗骸累起一道人墙，封堵了隘口，敌人终未能越雷池一步。第一八八、一八九师伤亡惨重，白崇禧遂令开回汉口整补，又将桂军精锐第七军、第四十八军集结于广济百家园、白沙岭、槐树山、莲花湾一带，令第二十一集团军总司令廖磊指挥，在广济展开攻势作战，向敌全面反攻。第七军、第四十八军在广济梅川西、圻广公路的四顾坪山一带向敌发起猛烈攻击。丛山口再次成为争夺的焦点。第四十八军第一七四师官兵前仆后继，呐喊之声响彻山野，奋勇杀敌，围歼日军四百余人，终于再次夺回了丛山口。蒋介石委员长闻报，签署嘉奖令嘉奖第一七四师。第十五师为了策应第一七四师在丛山口的争夺战，与日军在广济四望山拼死战斗，也牺牲了官兵二千余人，第六十八军在广济凤凰寨、猫儿山、大风寨一带与敌血战。刘汝明军长下令组织大刀队，与日军展开肉搏战，大刀队一举歼敌三百余人。惨无人道的日寇垂死挣扎，竟向我军施放芥子毒气，毒死我军四百余人。

……

雨后初晴，在一条山间小道上，白崇禧与刘任师长边说边走。刘师长是来向白长官辞行的，他将率残部前往汉口整补。走着走着，白崇禧突然扭头问刘师长：

"我那个唱山歌的兵呢？"

"在沤烟寨阻击敌坦克的冲锋时，与敌人同归于尽了！"刘师长沉痛地说，"第三连张德荣的那个连，已全部打光，连一个活着的伤兵也没有剩下！"

白崇禧低下头，再也没有说话，好一阵子，他才轻轻地哼唱起那支山歌来：

上山割艾见根藤，
这根白藤好逗人。

砍下白藤捆艾草，

一捆捆住妹的心。

歌声有些凄楚，刘任师长感到鼻腔里一阵发酸，用手背揩了揩眼角。

  武汉会战，我第五战区、第九战区百万将士，与敌血战将近五月，大小战役数十，毙伤敌陆军五万以上，击沉敌舰过百，击毁敌机百余架，予日军以沉重打击。我聚集武汉之大批人员与物资得以先期西运，国民政府军事委员会盱衡全局，见消耗敌人之战略目的已达，遂于十月二十五日下令放弃武汉，国府西迁至重庆陪都。

  广济要隘丛山口，我军牺牲的官兵太多了，无法一一掩埋。抗战胜利后的第一个清明节，当地士绅请广孝寺僧人为英烈们做了安魂水陆道场，然后将烈士的忠骨一层一层地垒成了一座高高的白骨塔。那是用广西官兵们的忠魂铸造的。当地人说，夜间里，还时常听到从白骨塔里发出"冲呀！""杀呀！"的战场呐喊声。

  春去秋来，鄂东的山野里，遍地青蒿，银白的花簇在风中舞动，散发着淡淡的青蒿香；山风拂动着丛丛艾草，艾叶翻滚着一望无际的洁白。青蒿与艾草的根间，那一块块隐约可见的白骨，滋养着大地肥厚的植被。

第六十九回

南海报警　倭寇登陆龙门港
来桂监军　陈诚巡视南天门

民国二十八年十一月下旬的一天，柳州至宾阳的公路上，四辆吉普车在两卡车卫兵的护卫下，飞快地奔驰着。桂林行营主任白崇禧身披黄呢军大衣，坐在第三辆吉普车上，右手托着下颏，正在闭目沉思……

去年上半年，他在徐州协助李宗仁指挥，取得了震惊中外的台儿庄大捷。可是不久，敌人集中大军围攻徐州。第五战区立足不住，李、白率大军向西突围。不久，武汉会战爆发，白崇禧代替生病住院治疗的李宗仁，出任第五战区代司令长官，指挥第五战区部队保卫武汉。经过浴血奋战，予敌重大杀伤后，基本达到预期战略目的，国民政府宣布放弃武汉，国府迁往山城重庆陪都。这一年的十二月十八日，汪精卫由重庆跑到昆明，两天后，他突然飞到河内投向日本人，终于当奴才去了。国民党抗战的立场受到了严酷的考验。蒋委员长为了健全重庆外围的军事守备，使陪都重庆得以稳定，决定成立天水和桂林两个行营。天水行营以程潜为主任，指挥第一（豫、陕），第二（晋、冀），第五（陕、鄂、皖）等三个战区，即长江以北各省之军事；桂林行营以白崇禧为主任，指挥第三（苏、浙、赣），第四

（粤、桂），第九（湘、鄂、赣）等三个战区，即长江以南各省之军事。由于武汉和广州相继落入敌手，粤汉、平汉两条大动脉被截断，沿海所有港口，尽入敌手，中国对外的国际联络被封死，形势非常严重。所幸广西与越南毗邻，桂越公路

1939年11月13日，日军10余万人在钦州龙门港企沙登陆，入侵广西，企图切断中国西南国际交通线

通畅，湘桂铁路亦通畅，中国仍可通过越南海防向外取得盟国和海外华侨的接济。由于广西有对外的国际交通联络线，又是重庆陪都的屏藩，因此无论政治、军事和经济上的地位都十分重要。蒋委员长命令白崇禧坐镇桂林，指挥长江以南三个战区的军事，等于把半个中国都交给白崇禧了。白崇禧当然明白，他之所以能从蒋介石手上获得如此大的权力，主要是靠广西的地利和在台儿庄打了那次胜仗。台儿庄战役后，李宗仁虽然仍任第五战区司令长官，但是，战区的辖区已经扩大，从苏北、皖南、皖中、皖北到豫北、豫东一带直到陕、鄂，一共指挥二十三个军，已经带甲百万了。他的长官部驻在湖北襄樊附近的老河口。

　　却说白崇禧被蒋委员长委为桂林行营主任后，怕回到广西引起猜忌，遂向蒋商调侍从室第一处主任林蔚为桂林行营参谋长。林乃是蒋委员长的亲信，蒋自然同意。于是，白崇禧偕林蔚同飞桂林，组织行营。

　　李、白在两年前应蒋介石电召，飞赴南京与蒋合作抗战，离桂前夕，他们曾经过一番密谋。他们根据北伐时与蒋介石合作的教训，估计蒋桂合作很难持久，必须联合进步力量来支持广西局面，只要各党派都有人来广西，团结支持抗战，蒋介石对广西就会有所顾忌，不容易插手控制，那么广西地盘就丢不了。因此，他们便成

立了以李宗仁为会长，白崇禧、黄旭初为副会长，李任仁为常务理事的广西建设研究会。以研究会为基础，大量延揽各方进步人士，借此与各党派建立联系，以壮大桂系的政治声势。

蒋介石对此，当然看得明白，他除了公开警告白崇禧："凡是反党反中央的人，希望你不要用他们"之外，为了控制广西，他下令新成立的机械化部队第五军进驻广西全州。这支部队是蒋嫡系中最精锐的一支部队。军长杜聿明是蒋介石的黄埔学生，该军辖戴安澜的第二〇〇师、郑洞国的荣誉第一师、邱清泉的新编第二十二师。另加两个补充团，两个战车团，一个装甲车搜索团和重炮团、汽车团、工兵团、辎重团。第五军在军事委员会校阅全国各军的教练训练中，名列第一。蒋介石把这样一支装备精良，实力雄厚的机械化部队摆在离桂林北面仅一百余公里的地方，白崇禧简直坐卧不安，真像时刻被人用黑洞洞的枪口顶在背上一般。因为自从民国十四年广西在李、黄、白统一之后，这是蒋介石嫡系军队第一次进驻广西。尽管在朱毛红军长征时，蒋介石的追击部队想进入广西，但都被李、白巧妙地挡住了。想不到抗战中，蒋介石居然将嫡系部队开进了广西。对此，李宗仁和白崇禧当然不好公开反对。因为广州、武汉失守后，广西的地理位置变得相当重要了，而桂系部队的主力正由李品仙和廖磊率领驻在安徽一带，留在广西看家的只有由夏威率领的一个四十六军，后来，韦云淞的第三十一军因在抗战中损失很大，奉命由前方调回广西整补，这样才成立第十六集团军，夏威任总司令。这两个军的实力都很有限，为了看守广西这条唯一的国际交通线和守卫重庆外围，蒋委员长当然有充足的理由把他的嫡系精锐部队开进桂系的禁脔之地。李、白既反对日本军队打进广西，也反对蒋介石的军队进驻广西。目下，日本军队还不可能打到广西，但是蒋委员长的军队却开了进来。对此，李、白有两个特别忧虑的问题：一怕蒋介石向日本投降，牺牲李、白的利益；二怕蒋介石的军队驻在广西不走，抗战胜利后，来个顺手牵羊，把广西地盘拿走。

为此，白崇禧特地叮嘱李任仁，要尽可能快、尽可能多地延揽各方进步人士，充实广西建设研究会。他忧心忡忡地说道："蒋介石原以为日本人不会进攻武汉，因为日本人要讲和，事实证明，蒋介石错了。现在日本人虽然打下了武汉，但蒋求和之心不死，如果他要和，就要牺牲我们，所以必须提防。我们广西人是不会投降的，不管局势如何险恶，我们也不投降。因此，就要多与反蒋和反对谈和的人紧密联系，壮大我们的声势。广西建设研究会是个便于同进步人士往来的适当机构，我们应当积极发挥它的作用。"李任仁是白崇禧的老师，又素来倾向进步，现在得到白崇禧的支持，他更放开手来干。在不长的时间内，广西建设研究会便集中和团结了全国很多有名的专家、学者，同时也吸引了大批的文化人士。各党派人士办的报刊、书店纷纷在桂林开设、出版。此外，各种剧团也陆续到桂。桂林由原来的十万人口，猛增至六十多万，文化活动，五光十色，多姿多彩。在革命文化的推动下，抗日救亡的熊熊烈火在广大人民的心中燃烧起来，使山水甲天下的桂林变成了人文荟萃的文化城。无论白崇禧出于何种动机，盛极一时的桂林抗战文化城在中华民族的历史上，将永远留下光辉灿烂的一页，人们自然也不会忘记白崇禧在这方面的独特贡献！

可是，蒋委员长却感到惶恐不安了。他亲自打电话给白崇禧："健生呐，你怎么用了那么多共产党人，这是很危险的！"白崇禧不慌不忙地答道："委座，现在是团结抗战，国共合作，一致对敌啊，不管是什么人，只要他抗战，我们就要团结他。我看这不会有危险的。"蒋介石心里不悦，又对白崇禧训诫了一番，但白崇禧仍是我行我素，桂林的抗战文化活动方兴未艾。白崇禧不但对进步文化人士开放绿灯，而且还与共产党友好合作，他命令桂林警备司令王泽民暗中保护八路军桂林办事处的工作，又请周恩来和叶剑英到桂林做抗战形势的报告。在此期间，桂林团结进步、一致抗日的气氛十分浓厚，对西南各省有很大的影响，相比之下，连战时首都重庆也相形见绌了。蒋介石对此更不放心，但又一时拿不出制裁白崇禧的办法来。

正在这时，南海一声警报传来，敌人于十一月十六日凌晨在钦州湾的龙门港登陆，冲破国军在小董的防线，分向南宁和龙州进击。这时，白崇禧恰巧正在重庆出席国民党五届六中全会。他得到敌人在钦州湾登陆的警报，真是又惊又喜，惊的是日寇竟敢从海上登陆进攻广西，喜的是他又可以打一次台儿庄那样的胜仗，震惊中外。因为在台儿庄大捷中，李宗仁毕竟是唱主角，白崇禧是配角，这次桂南会战，白崇禧是主角，正可大显身手。他喜的还有一个不可告人的勾当，便是正可借日寇之手，消灭第五军这支机械化部队，拔出蒋介石打在广西的这颗大钉子，以除后患。他拿着桂林行营副参谋长俞星槎的急电，到曾家岩德安里一百零一号去见蒋介石。

"委座，昨日凌晨三时，敌人南支舰队司令官高须四郎中将指挥第五师团和台湾旅团，借海空军的掩护，在我企沙龙门港强行登陆后，击溃国军守备部队，目下正向邕、龙急进，敌人此举显然是为切断我国际交通线，形势严重，我准备马上飞返桂林指挥作战，请委座训示。"

"嗯，这个，我也得到了同样的报告。"蒋介石不满地质问道，"第十六集团军夏总司令煦苍守土有责，在倭寇登陆的时候，难道他事前一点也不知道吗？为何只派一个毫无战斗力的黄固新编十九师在小董？"

白崇禧暗自一惊，心想委员长对广西的事知道得多么清楚。他怕蒋介石再追问下去，便说道：

"报告委座，钦州湾一带，系夏威集团防守，总部驻贵县南山寺，韦云淞之三十一军军部驻桂平，所辖一三一师、一八八师驻玉林五属一带，何宣之四十六军军部驻南宁，黄固之新十九师驻钦县防城，向钦州湾方面警戒。冯璜之一七五师驻合浦灵山、北海，向北海方面警戒。黎行恕之一七〇师驻南宁及邕宁蒲庙，作第十六集团军总预备队。夏集团对广东南路沿海之防守，实际就是保卫广西的南大门，也即是拱卫越桂之国际交通线。"

白崇禧力图让蒋介石知道，无论是他或夏威对敌人登陆的钦州湾并非疏于防范。最后，为了给夏威也即是给他本人开脱责任，白崇禧又说道：

"敌人登陆的前几天，恰值夏煦苍之母逝世，他请假回家料理丧事未归。十一月十五日，夏母李太夫人出殡，行营参谋长林蔚亦到容县吊丧，敌人在当夜后半夜即发起登陆，使我军指挥上措手不及，给敌以乘。"

白崇禧这话简直说得天衣无缝，因为蒋介石对自己的母亲最为孝敬，当蒋母去世时，蒋介石正在雪窦寺为其守灵，孙中山恰在此时需要蒋介石来上海磋商收复广东的军事问题，为此，孙中山特派张静江到溪口代蒋守灵。现在，敌寇在夏威集团军的防区登陆，夏威因料理母亲丧事不在总部，这自然算不得失职之罪了，况且，连蒋的亲信林蔚也在出事的那天去吊丧了呢。果然，蒋介石不再追问了，他只是说道：

"敌人此举，一可能是截断我国际交通线，二可能有进窥滇、黔直接威胁重庆之意图。这个，事态是严重的。你有把握将敌人打退吗？"

"报告委座，我绝对有把握将入侵广西之敌歼灭，再打一个台儿庄那样的胜仗。"白崇禧精神抖擞地说道，"广西民风强悍，最恨外来的侵略者，

1939年底，我精锐大军奔赴昆仑关

且自民国二十年以来经过严密的组织，民团实力雄厚，召之能来，来之能战，只要委座把第五军拨归我指挥，便能稳操胜算。"

蒋介石听了，心里很是不舒服，特别是白崇禧说的"广西民风强悍，最恨外来侵略者"和"广西民团"这几句话，因为这些，全是李、白曾经用来对付他的。更使蒋介石不放心的是，白崇禧提出要使用第五军这支部队，他生怕白把第五军调上去和敌寇死打硬拼，借刀杀人，牺牲他的嫡系部队。日寇入侵广西，蒋介石本来想让广西自生自灭，假日寇之手摧毁桂系老巢，但为了维持这条国际交通线，又为避免广西沦陷而危及重庆，动摇大后方，他不得不忍痛为此付出一笔本钱。因此白崇禧向他索要第五军，他虽然心里一百个不愿意，但却无法拒绝。因为这支劲旅自成立一年多来，便一直驻扎在广西全州，除了为蒋看守越桂交通线和屏藩重庆外围之外，还有监视桂系的作用。不久前，第五军曾在广西兴安界首一带举行了规模浩大历时一月之久的诸兵种联合攻防追演习，成绩卓著。现在，敌人打进了广西，让第五军按兵不动，恐怕官兵们也是想不通的。再者，蒋介石对于李、白过去搞的"三自三寓"政策，大办民团、全省皆兵的厉害是领教过的。他想，凭这点，对日寇作战可以先声夺人。而广西又是桂系老巢，军心民心都可利用，是具备战胜条件的，

指挥攻夺昆仑关的第五军军长杜聿明

白崇禧说要打一个台儿庄那样的胜仗，也并非没有可能。如果不准白崇禧使用第五军对日作战，白使用桂军和民团打败了登陆的日寇，则无论中外舆论对蒋介石都是极为不利的。古语云："养兵千日，用兵一时。"第五军既不打日本侵略者，那为何要驻在广西呢？白崇禧便可以广西民意和各方舆论向他施加压力，拒绝第五军继续留驻广西，为此他绞尽脑汁在广西插下的这一只脚，便站不住了。在蒋、桂多年的对峙中，对于中央军进驻广西，他一直是可望而不可即，如今好不容易才得了这个机会，真是机不可失，时不再来。

"好吧，我叫敬之给光亭（杜聿明字光亭）一个命令。"蒋介石狠了狠心，终于答应把第五军的指挥权临时交给白崇禧，少不得又谆谆告诫一番，"此次作战，关系到抗战之前途，你要好自为之，不失党国之厚望！"

十一月十九日，也就是日寇在钦州湾登陆后的第三天，白崇禧由重庆飞抵桂林。参谋总长兼军政部长何应钦已电令第五军军长杜聿明归桂林行营主任白崇禧指挥，参加桂南会战。白崇禧回桂林后，得知日寇在小董击溃新十九师后，沿邕钦公路长驱直入，已越过苏圩、吴圩之线，迫近邕江南岸，南宁告急。白崇禧当即急电驻桂平的韦云淞第三十一军，向苏圩、吴圩方向急进，阻止向南宁北进之敌，同时电令驻灵山一带的四十六军一七五师向邕钦路西进，阻止北上南宁之日军，又电饬第十六集团军总司令夏威速回贵县总部负责指挥，接着电令杜聿明，着第五军由全州兼程南下，保卫南宁。

白崇禧在桂林调兵遣将，忙了几天，得知南宁形势不妙，三十一军之苏祖馨师奉命增援南宁，但车辆缺乏，每日只能运兵约两营，时机迫切，无法应敌。二十一日，敌分两路急进，一路窜吴圩，一路窜蒲庙。据报，敌人先头部队距邕城仅三四十里，大有渡河攻城之势。一七〇师不能按计划抵吴圩御敌，乃命改由永淳渡河转往南宁作战。二十二日早，南宁电话、电报不通。白崇禧忖度南宁必将失守，心里甚为着急，因为一度曾作为广西省会的南宁，如果在日寇登陆后不到十天便沦陷，他无论是向最高当局还是广西民众，都无法交代过去。好在南宁东北有一座天险昆仑关，如果以有力部队控制昆仑关，日寇纵使占据南宁，也无法立足。因此他严令杜聿明督率第五军星夜兼程南下抢占天险昆仑关，他本人也亲率行营副参谋长俞星槎、高级参谋海竞强（白崇禧外甥）以及作战科长陆学藩等人，组织行营指挥所，乘汽车到迁江指挥作战。

指挥攻夺昆仑关的第五军副军长兼荣誉师师长郑洞国

　　当白崇禧率随员抵达迁江扶济村时，天时已近黄昏，他令指挥所设在村内一家独立住户内。连水都来不及喝一口，他即令第五军军长杜聿明和副军长郑洞国来见。

　　"报告主任，职军主力已全部开抵邹圩和石陵圩一带待命。"杜军长报告道，"第二〇〇师之先遣步兵第六〇〇团，于二十三日经汽车紧急输送至南宁附近的二塘，不意敌已渡过南宁附近邕江下游地段，正向南宁包围攻击。该团即在头塘和二塘间与敌激战，予敌重创，但该团亦受重大损失，团长邵一之、团副吴其升皆阵亡，副团长文模负伤。南宁已失陷，敌人已占领昆仑关。"

　　副军长郑洞国报告道："据六〇〇团在战场上获得的敌方文件表明，与该团激战的敌寇乃是第五师团之第十二旅团，第二十一和四十二联队。"

　　白崇禧心里一沉，来的又是在台儿庄交过手的那个坂垣师团。但在台儿庄大战前，由于庞炳勋和张自忠死守临沂，使坂垣师团不能及时南下台儿庄策应矶谷师团作战，才使李宗仁和白崇禧赢得时间，调孙连仲集团军守台儿庄，调汤恩伯军团从侧背进击，打了个胜仗。如今，这个第五师团的原师团长坂垣征四郎因侵华作战有功，已经升迁入阁当了日本内阁的陆相，据说接任师团长的乃是今村中将。今村比坂垣幸运的是，他在龙门港一登陆，皆未遇到有力的抵抗，不到十天便攻占了广西

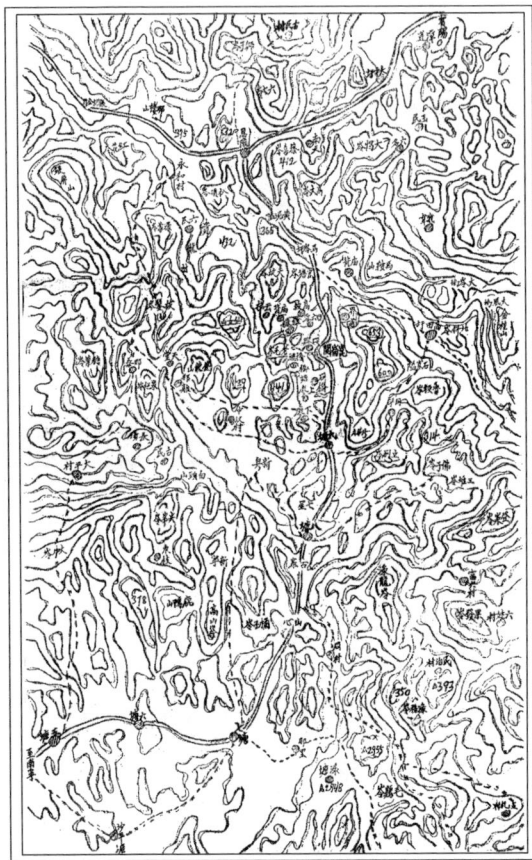

昆仑关周边地形图

名城南宁，接着又占领了号称天险的昆仑关，日军已在南宁站稳了脚，处于有利地位。白崇禧则不得不咬紧牙关，冒着敌军的猛烈炮火在不利的地形下攻关了。

"杜军长、郑副军长，昆仑关从古到今都是军事上的必争之地。历史告诉我们，要攻夺南宁，首先必取昆仑关。'狄青三鼓下昆仑'的典故，想二位早已知道了。"白崇禧告诉杜、郑二位，准备攻关恶战。

杜聿明与郑洞国都是熟读兵书，注重研究战例的优秀将领，他们当然都知道北宋年间广源州壮族首领侬智高举兵反宋。宋朝名将狄青奉命征讨侬智高，"……青戒诸将，毋妄与战斗。已而申令军中休十日，觇者还，以为军未即进，青明乃振军骑，一昼夜绝昆仑关，出归仁辅为阵。"狄青用计攻下昆仑关后，侬智高无险可守，只得"烧城遁去"。白崇禧的话，自然使杜、郑二人受到鼓舞。杜聿明当即说道：

"主任放心，职军将士养息日久，正欲攻坚交锋唼肉饮血，以解战饥！"

蒋介石与白崇禧之间，虽然对这次桂南会战各有打算，但是杜聿明和郑洞国都有杀敌报国之心，因此毫未计较流血牺牲。白崇禧听了心中大喜，当即与杜、郑二将研究攻打昆仑关的作战计划。白崇禧指着地图，对杜聿明和郑洞国说道：

"鉴于昆仑关的险要地势和敌人火力强，有飞机助战的优势，我军攻夺昆仑关应采取战略上迂回，战术上包围，形成'关门打虎'的作战方针。"

　　杜、郑二将连连点头称是，这不仅是军人以服从为天职的特点，也不仅是对在台儿庄直接指挥击败日寇"钢军"矶谷、坂垣两师团的白崇禧的景仰，而是他们觉得这一仗确实应该这样打，他们与白崇禧的看法是一致的。白崇禧见杜、郑二将对他的意见十分赞同，便接着说道：

　　"这次会战，我们以克复南宁为目的，先攻下昆仑关，进击南宁，以昆仑关为主攻，高峰坳为助攻，以有力部队突击九塘敌之侧背，对邕江南岸敌之后方联络线，尽力截断之。"

　　白崇禧看了看杜聿明和郑洞国，见他们仍然点头赞同，便区分作战任务：

　　"以蔡廷锴的第二十六集团军，指挥第六十四军在敌后邕钦公路游击，负责破坏公路、桥梁，阻击敌增援部队及后方输送粮、弹等补给的任务；以夏威的第十六集团军的第三十一军、四十六军与叶肇第三十七集团军担任邕武路高峰坳南的对敌攻击任务。第五军担任邕宾路上对昆仑关攻坚战的主攻部队。"

　　白崇禧不愧是蒋介石的参谋长，顷刻间便把一个大战役的作战计划，阐述得明明白白，但又不知不觉地把蒋介石借给他的这副本钱放在刀刃上，而把桂军放在次要又次要的位置上。杜聿明与郑洞国倒并不计较这些，论实力和装备，便是把蔡、夏、叶三个地方部队的集团军加在一起，也及不上一个第五军。如果不让第五军啃硬骨头，杜、郑两人当然会觉得脸上没有光彩的。因此白崇禧一说完，杜聿明与郑洞国两人对视了一下，互相点了点头，杜聿明说道：

　　"职军久驻广西，正该为广西父老效点力。关于攻夺昆仑关的部署，我初步考虑如下方案：一、荣誉第一师、第二〇〇师为正面主攻部队，以公路为界，公路线上属二〇〇师。"杜聿明指着地图，继续说道："军重炮团、战车团、装甲搜索团、工兵团，协助主攻部队作战。第二，新编第二十二师为军右翼迂回支队，由原地出发，越过昆仑关，选小路进占五塘、六塘，切断南宁至昆仑关之间的公路、桥梁等交通要道，堵击敌增援部队北上。第三，令第二〇〇师副师长彭璧生指挥的两个补充团编为军迂回支队，由原地出发，经岭圩、甘棠、长安圩，向八塘大迂回，进占七塘、八塘，策应正面主攻部队对昆仑关的攻击。"

"好！好！"白崇禧见杜聿明不但敢于承担打硬仗的任务，而且指挥部署也十分得法，不禁连连称赞起来。不知怎的，他忽然感到脸颊有些热辣，也许是一时的良心发现，他觉得站在面前的杜、郑这两位将领一下子突然变得高大起来，而他自己，无论是职务、军阶或身材，本来都比他们高出一截的，现在却一下子变得矮小了。他忽然想起在临沂保卫战中，张自忠、庞炳勋捐弃前嫌，大义凛然，为了抗战皆不保存一己之私的实力，率部血战的事实。今天，他又看到蒋介石的嫡系将领为国家民族的存亡而赴汤蹈火、万死不辞的精神，一种惭愧之情油然而生。人非草木，更何况白崇禧又是一个感情丰富力主抗战到底的人呢？他感动了！他过去紧紧地握着杜聿明和郑洞国的双手，激动地说道：

"杜军长、郑副军长，打完这一仗，我一定要请人在巍巍昆仑关上，为第五军立一座高大的纪念碑和牌坊，让我们的历史、民族和人民，永远记住英雄的第五军！"

"打击倭寇，抵御侵略者，乃国军将士之神圣天职，聿明、洞国与第五军官兵，定不敢贪天之功！"杜聿明谦逊地说道。

白崇禧见杜聿明如此说，心中更感愧疚，他即命令参谋："通知宾阳县长，动员县内之民众及物力财力，竭尽全力，支援第五军攻夺昆仑关作战！"

"谢谢主任！谢谢广西父老！"

杜聿明、郑洞国向白崇禧敬礼告辞，回军部部署攻关作战去了。

经过周密准备，攻夺昆仑关的战斗定于十二月十七日拂晓打响。十六日下午，白崇禧率作战参谋及随员正准备到前线去督战，忽见两部吉普车卷着烟尘，直奔扶济村而来，那座独立小院的门被推开后，走进来两个身穿黄呢军大衣，挂着上将军衔的高级将领。头前的一人，个子矮小精干，后边的那位中等身材，略胖。白崇禧闻报走出来一看，来的不是别人，乃是政治部长陈诚和战地党政委员会副主任李济深。白崇禧心里一愣，暗想大战在即，李任公和陈小鬼跑来干什么？他忙上前与李、陈二人握手寒暄，把他们引进自己那间卧室兼办公室的土屋里，然后以东道主的身份说道：

"任公、辞修兄，你们看，这里的一切都那么简陋，我是没法招待二位啦！"

"健生兄，不必客气！"陈诚拿起一只农家用的粗瓷碗喝茶，不在乎地说道。他颇有吃苦精神，当十八军军长时，他奉命在江西"剿共"，仍能与士兵一样穿草鞋行军。他来此前不久，曾到巴东一带视察。第六战区留守处主任为了巴结他，发动当地县政府组织民众欢

军事委员会政治部部长陈诚（左）到桂南前线监军，白崇禧（右）心里很不是滋味

迎，大摆宴席，满桌山珍海味。陈诚一看，顿时大发雷霆，用手指着那位留守处主任，喝道："怪不得老百姓大骂'前方吃紧，后方紧吃'，真是一点也不错。抗战之时，大后方生活那样困难，你们从哪里搞来的海味？一定要彻底追查！"那位留守主任被骂得胆战心惊，又急又怕，一夜之间竟至双目失明。陈小鬼一下子变成了凶狠的阎王，那些贪官污吏和好讲排场之人，每闻陈诚驾到，无不吓得魂飞魄散。

"委座对桂南会战极为关心，特派任公和我到前线来与将士共患难。"陈诚说着，从皮包里掏出一纸蒋介石的手令，给白崇禧看。

这是蒋介石委员长的亲笔手令，派李济深、陈诚到桂林行营作监军。白崇禧看了，心里极不舒服，认定这是蒋介石对他的不信任。李宗仁在徐州指挥台儿庄大战中，蒋介石曾亲临徐州巡视，又派白崇禧、刘斐、林蔚等协助李宗仁指挥军事，李宗仁都欣然接受，积极发挥他们的作用。白崇禧不同于李宗仁，他只需要兵，不需要什么人来帮忙策划，更反对有人拿着尚方宝剑来掣肘他。现在蒋派李济深和陈诚前来当监军，白崇禧明白，蒋介石是用陈诚来牵制他，之所以叫与白关系极深的李济深也同来，乃是既为敷衍李，又为敷衍白，真正代表蒋介石意旨的是陈诚，那把尚方宝剑握在陈小鬼手里。白崇禧的判断完全正确。

原来，蒋介石自从同意把第五军交白崇禧，让白指挥反击入侵桂南的日寇后，心里一直惴惴不安。第五军是他的一支王牌军，是几百万国军中的佼佼者，自成立以来，蒋介石便把它视作自己的掌上明珠。现在，他被迫将第五军交白崇禧指挥，很不放心。一怕白崇禧拉拢第五军将领，二怕白崇禧借刀杀人，在会战中牺牲第五军。虽然桂林行营参谋长林蔚是他的亲信，但林的权力有限，对白崇禧之作战指挥和部队之使用，林皆不能干涉。蒋介石想了半天，决定派陈诚到广西来当监军，监督白崇禧对第五军这支王牌部队的使用，如发现白有不轨行为，可立即制止。为了掩人耳目，蒋介石又把桂系的老大哥——无权的李济深拉来作陪衬。李济深虽然明知蒋介石之意，但他愿意到抗战前线去做工作，因此便和陈诚同飞桂林，然后转到迁江，到白崇禧的指挥所里来了。

　　"欢迎二位钦差大臣前来巡视！"白崇禧冷笑道，"如发现白某有临阵退却或督率不力之现象，当可就地问斩或押送重庆治罪！"

　　李济深只是意味深长地嘻嘻一笑，陈诚却理直气壮地说道：

　　"健生兄，你说哪里话来，我和任公到此是与前线将士共患难而来的。至于说到有临阵退却或者督率不力的将领，现在是抗战时期，无论是何人，当然都要治罪的，自然也包括我陈诚啰，像韩复榘那样的大员，我们不是也把他查办了嘛！"

　　陈诚的话软中有硬，白崇禧听了更是不舒服。想陈诚当年不过是黄埔军校的一名炮兵队长，北伐时一直在副总参谋长白崇禧的指挥之下，打到南京，陈诚才当团长。"四一二清党"，师长严重失职，才把陈诚推上师长的位置，可是这十年来，陈诚在蒋介石的卵翼下，飞黄腾达，平步青云，一跃而与白崇禧平起平坐，且权力远在白之上。陈诚自恃有蒋介石的支持，对于桂系的白崇禧从不放在眼里，他脾气又暴，性格又硬，在中央经常与白崇禧发生口角冲突。白崇禧在背后总骂陈诚为"陈小鬼"。陈诚则当着部属和同僚大骂白崇禧是"白狐狸"，两人互相攻讦，各不相让，蒋介石正好分而治之。如今蒋委员长把陈诚派来桂林行营当监军，正像在一堆干柴上泼油，这火烧得可就大了。李济深无法调和，只有无言的苦笑而已。

　　"陆科长，"白崇禧命令作战科长陆学藩道，"任公和陈部长长途跋涉，辛苦非常，你把他们带到合山煤矿公司休息去吧。"

"是。"陆学藩答道。

"生活上一定要照顾好!"白崇禧当然不能让陈诚住在他的指挥所里指手画脚当监军,特命陆学藩把李、陈二位送到离此地不远生活条件又较为优越的合山煤矿公司去"吊"起来,等打完仗再作理会。没想到陈诚马上从板凳上跳了起来,一把拦住陆学藩,说道:

"生活上的事不必操心,我们是来与前线将士们共患难的,应当马上到前线去!"

一则陈诚生活上较为简朴,不讲排场和享受,因此每到一地,并不首先考虑住的和吃的;二则他既是奉蒋委员长密令前来监督白崇禧对第五军的指挥和使用,到了这里,他对会战的兵力部署和作战情况还一无所知,如果委座查问起来,他何以交代?更重要的他对第五军的情况至为关切,他必须马上找到杜聿明和郑洞国。李济深虽然无权,但却有一颗爱国的心,他自然在后方坐不住,哪怕是能到火线上给官兵们讲几句鼓励的话也好,因为他曾经是黄埔军校的副校长,不仅陈诚是他的学生,第五军的杜聿明、郑洞国、戴安澜、邱清泉这些出身黄埔的军、师长也都与他有师生之谊,虽然这些人现在都成了蒋介石的亲信,但作为他们的副校长,他觉得仍有训勉他们奋勇报国之义务。因此李济深对白崇禧道:

"健生兄,还是让我和辞修兄马上到前线一转吧,我们既到此地,怎能不去看望将士们一下呢!"

白崇禧见李济深也执意要到前线去,便不好再阻挡,当即嘱咐他的一位副官到合山煤矿公司为李、陈准备下榻之处,他便和李、陈分别乘车经宾阳,直到昆仑关附近的一条山冲内的一个小村庄里,找到了第五军军部。这个小村庄名叫南天门——听到这个名字便可知其地之险要。军部的一名参谋报告,杜军长的前方指挥所,设在作为正面主攻部队第二〇〇师和荣一师分界线的公路边的一个高山的地洞里,山顶地势很高,上去不便。白崇禧便拿起电话筒给杜聿明打电话:

"杜军长,蒋委员长派李任公和陈辞修部长到前线来看望我们,请你即回南天门军部。"

接着白崇禧又给正在阵地上的副军长兼荣一师师长郑洞国打电话,也请他马上回军部。陈诚站在一旁，见白崇禧和杜、郑二将说话的口气，简直像对白的桂系将领说话一般，心里很不舒服。记得台儿庄大捷后的一天，蒋委员长也的确高兴了一阵子，但随即忧心忡忡地对陈诚说出了他的心里话："想不到李德邻指挥杂牌部队还如此得心应手！北伐时，白健生指挥我的黄埔部队，打浙江、攻上海，势如破竹。就是在我下野之后，他也还能指挥你们在龙潭击败孙传芳。李、白这两个人……"陈诚自然明白蒋介石的心病：李宗仁能指挥杂牌军打胜仗，白崇禧则能指挥蒋的嫡系部队打胜仗，李、白这两个人不可不防。陈诚此次之充当监军，便是来提防白崇禧的。

杜聿明和郑洞国还未到军部，陈诚从参谋手里拿过一架望远镜，站到一个高耸的山坡上，用望远镜仔细观察昆仑关的地形和敌我两军的态势。陈诚放眼一看，不禁大吃一惊。只见昆仑关在重峦叠嶂之间，邕柳公路从关下一条冲沟的北侧经过，形成一条险要的隘路，冲沟两侧，日寇的防御工事隐约可见，这是一个天然的极好的防御沟谷，攻关部队一进入这道沟谷，便等于落入了一道密不透风的火网，除了把尸体填满深沟幽谷之外，别无出路。更险要的，要算这条冲沟对面的那个四四一高地，像一个天然的巨堡，仿佛天公造下昆仑关之时，便已预知此地是兵家必争之地，特意在关前又造了这座高地。高地上的枪炮火力，正好完全瞰制和封锁昆仑关口，大有一夫当关，万夫莫敌，难越雷池一步之险。陈诚清楚地看到，占据四四一高地的日寇，已构筑了一层层牢固的工事，可以浓密的火网控制关口和关前几公里之公路，攻关部队、兵力和火力都无从展开，只有硬着头皮挨打。陈诚从部队的态势上已看出白崇禧把第五军作攻夺昆仑关的主攻部队使用，心想这"白狐狸"真是居心叵测，借刀杀人！第五军纵使将昆仑关夺到手，这支王牌军恐怕也所剩无几了，到时他这位监军如何向蒋委员长交代？

"健生兄，这一仗你准备怎么打？"陈诚放下望远镜，向白崇禧问道。

"嘿嘿，一打起来你就知道了。"白崇禧狡黠地说道。

"你准备要第五军强攻昆仑关吗？"陈诚几乎用责问的口气说话了，他要拿出自己监军的身份来，警告白崇禧。

"嘿嘿，好钢要用在刀刃上嘛！"白崇禧又是一声冷笑，心想，便是蒋委员长亲自来，也不能改变我的计划了，何况你这个"小鬼"！

"在如此不利的地形下强攻昆仑关，部队可能要付出极大的伤亡，你有胜利的把握吗？"陈诚终于现出了他钦差大臣的面目来。

"嘿嘿，辞修兄，你知道当面之敌是什么部队吗？"白崇禧最恨别人以提问的方式对他说话，而陈诚又偏偏摆出一副钦差大臣的架子，不断用质问的口吻向白崇禧提问，白崇禧当即以反问来回击陈诚。

"日军第五师团，号称钢军的王牌部队。"陈诚在来迁江之前，已从敌情通报中了解了有关情况，白崇禧自然难不倒他。

"台儿庄大战的时候，这个第五师团曾先后被我们的杂牌部队庞炳勋和张自忠部击败，这次碰上国军的王牌部队第五军，我谅他也逃不脱失败的命运！"白崇禧这句话再明白不过地告诉了陈诚，连庞炳勋和张自忠的杂牌军都不怕打硬仗，难道国军的精锐部队，蒋委员长的嫡系王牌军还怕吗？

"哼哼！"陈诚被白崇禧顶得无话可说，只是用鼻子冷冷地哼了两声。对台儿庄大捷，他打心眼里是高兴的，因为国军毕竟打击了日本侵略者的嚣张气焰。可是由于各地群众的狂欢，特别是临时首都武汉三镇数万市民和学生举行了规模盛大的火炬游行，他们竟公然以两部大卡车饰以鲜花将李宗仁和白崇禧的巨幅画像载在车上，以庞大的军乐队为前导，打打吹吹大肆宣扬李、白的战功。陈诚对此十分恼火。不几天，军委会政治部第三厅为了配合宣传台儿庄大捷，赶印了著名作家老舍写作的歌颂台儿庄大捷的一本小册子——《抗战将军李宗仁》。政治部长陈诚看到这个小册子后，怒气冲冲地指责第三厅厅长郭沫若道：

"这个小册子很不妥当！台儿庄大捷是在蒋委员长和中央统帅部亲自领导和指挥之下，经过各级将领和二十几万国军的浴血奋战才取得的，因此，绝不能替任何的将领做个人宣传！"

不管郭沫若怎么解释和抗议，陈诚把眼一瞪，蛮横地下令：

"这些小册子我要全部扣留，一本也不准发行！"

陈诚当然希望能打胜仗，尽快把日寇打出中国去，但是，无论八路军也好，新四军也好，桂军、川军、粤军、东北军、西北军等等只能为蒋委员长打仗，战胜的功劳统统都记在蒋委员长的功劳簿上。去年，李、白取得了台儿庄大捷，如果今年白崇禧又取得昆仑关大捷，桂系一年打一个震动中外的胜仗，岂不要功高震主！蒋委员长和陈诚都是抱着同样矛盾的心理来看待白崇禧亲自指挥的桂南会战的。

"报告，第五军军长杜聿明、副军长郑洞国来到！"杜、郑二将向李济深、白崇禧、陈诚敬礼，他们两人身上都还挂着伪装的小树枝，呈现一副临战前的紧张而又兴奋的精神状态。

李、白、陈三人，论资格，当然首先得由李济深训话。

"来犯之敌是第五师团，是一支王牌军；我军迎战的是第五军，是国军的一支王牌军，敌我双方都是有个'第五'，又都是王牌军，真是巧得很啊！"李济深的训话虽然没有一点"训"的意思，但却寓意深刻，他用的是激将法。

"报告任公，有我无敌，有敌无我！"杜、郑二将朗声回答，气壮山河，李济深很感满意。

轮到白崇禧训话了，他因是桂南会战的总指挥官，只是关切地问道：

"攻击准备工作做得怎么样？"

"部队已遵令进入攻击出发阵地，团长以上军官皆举行宣誓，誓死完成这次对昆仑关的攻坚任务！"杜聿明军长答道。

"很好！"白崇禧和杜、郑二将亲热地握了握手，满有信心地说道，"我们一定要使昆仑关变成第二个台儿庄！"

陈诚深感来迟了一步，第五军攻关作战已箭在弦上，不得不发了，但他知道自己深负委座监军的重任，不得不提醒杜、郑二将在作战中要"机动灵活"。他板着面孔，用那双威严锐利的眼睛，先把杜聿明和郑洞国狠狠地盯了足足分把钟之久，才开始用凌厉的口吻训话：

"此次敌寇攻占南宁之战略企图不外乎有三：一切断我西南国际交通线；二侵占广西，威胁云、贵，扰乱我抗战大后方；三威胁英、法盟国，使它感到越南、缅甸危险，从而巩固和加强日本在亚洲的地位。"

陈诚把日寇之战略企图做了透彻分析后，接着话锋一转："此次桂南会战，关系到抗日战争的前途。第五军是抗日战争中建立的第一支机械化部队，我相信全军将士一定能机智勇敢地完成作战任务。但是，你们都要明白，抗战是长期的，第五军是一支高度机械化的部队，它不但要在这次桂南会战中发挥主力兵团的作用，而且还要在今后的作战中发挥重要作用！"陈诚惟恐杜、郑二将不明白委座的苦心孤诣，死打硬拼将这支心爱的王牌部队打光了，最后特别强调一句："委座派李任公和我到前线做监军，你们要随时将第五军的战况向任公和我报告！"

"是！"杜、郑二将立正答道，也不知道他们到底明白蒋委员长和陈诚的意图了没有。

李济深、白崇禧、陈诚三位大员离开南天门的时候，已经暮霭四合，冷飕飕的晚风拂动着山野里灰白的芭芒和褐色的茅草，桂南的冬天，竟也阴冷袭人……

第七十回

气壮山河　第五军攻夺昆仑关
功亏一篑　白崇禧众将被降级

　　却说陈诚和李济深从第五军军部巡视回到迁江，白崇禧招待他们住到合山煤矿公司的一间小洋楼里，副官已把房子布置妥帖。陈诚见此地离白崇禧的指挥所不远，不会有误他的监军职责，因此倒还满意。李、陈二人因奉蒋委员长之命来桂监军，今天由重庆飞柳州，一下飞机便驱车直奔迁江，又到昆仑关下的南天门巡视，一日奔波，颇感疲乏，因此饭后便早早睡去。李济深知道自己这次来前线能起多大作用，他该做的，已经做了——到前线看望第五军将士；他该说的，已经说了——勉励杜聿明等英勇杀敌。其他的事，他知道自己不能够过问，因此睡得倒也安稳。独有陈诚睡不着，他有严重的胃病，又患失眠症。上床后刚迷糊了个把钟头，胃部便一阵阵灼痛，头脑虽然昏昏欲睡，但又无法入眠。他在床上辗转良久，只听得窗外北风呼呼，房中的那只壁炉已经停止燃烧，但仍感温暖如故。他虽躺在这舒适的房间里，但心却一直在昆仑关下挂着。耳畔似乎听到一阵阵机枪的密集扫射声，第五军官兵呐喊冲锋，前仆后继，一片一片似割高粱一般倒在关下那条冲沟里，尸填沟壑。被击毁的坦克、装甲车、汽车、大炮摆满关下的公路，足有几公里！陈诚再也躺不住了，他翻身下床，披上黄呢大衣，一手按压着胃部，跑出房间去敲李济深的房门：

"任公，任公！"

李济深揉着眼睛，开门见是陈诚，忙问："怎么回事，辞修兄？"

"我们应该马上到前线去！"陈诚迫不及待地说道。

"有新情况吗？"李济深问道。

陈诚摇了摇头，说道："我总放心不下！"李济深看了看腕上的表，说道："才半夜一点多钟呢，前线有杜军长指挥，后方有白健生坐镇，我们大可放心，到前线去也要等到天亮以后啊！"陈诚只得无可奈何地回到房间里，服下两片止痛药和安眠药，重又躺到床上去。他醒来的时候，天已大亮，急得匆匆漱洗，连早餐也顾不上吃，便拉着李济深坐车到扶济村白崇禧的指挥所。进入村内，陈诚忽然感到气氛有些不对，村里冷冷清清的。当他和李济深来到白崇禧住的那间独立小院时，门口一辆小车也没有，他急忙推开小院的门，既不闻电台的滴滴答答声，也听不到电话的频繁铃声，这里根本不像大战中的总指挥部，他心里一怔，忙大叫一声：

"有人吗？"

"报告长官，白主任昨天夜里把指挥所迁到前线去了，命我在此看守房屋和指挥所留下的器具。"白崇禧的一位副官小心翼翼地从房子里走出来，向陈诚和李济深报告道。

"他把指挥所迁到什么地方去了？"陈诚毫不客气地喝问道。

"不……不知道！"副官惶恐地答道。

"这里有电话吗？"陈诚又喝问道。

我军向昆仑关发起勇猛冲击

"电台和电话已在昨天夜里全部拆除。"副官答道。

"你知道前线的情况吗？"陈诚压着火气问那副官。

"不知道。"副官谨慎地摇着头。

"好呀，白健生！"陈诚咬牙切齿地叫喊着，"你要抛开我们，对抗委座命令，真是胆大包天！"

李济深没有说话，但他对白崇禧的这种做法似乎抱着某种理解之情。陈诚却转身钻进车里，对李济深道：

"任公，我们马上到前线去！"李济深也只得上了车，没想到刚走不到十公里，那公路中间却被挖去丈余宽的土，成了足有几尺深的大沟，汽车无法通过。陈诚跳下车来，只见在路旁立着一块木牌，上书："奉桂林行营命令破路阻敌！"陈诚看了大怒，大骂白崇禧：

"我们成了白健生的敌人啦！"

李济深道："据我所知，我们来桂之前，破路阻敌的命令已经下达了。"

"为什么昨天不破这段路，今天偏偏破坏了呢？"陈诚不能同意李济深的看法。

"昨天还没打仗，今天已经接火，大约是从战局需要出发才破坏这段路的。"李济深仍平静地说道。

"汽车走不了，我就步行到昆仑关前线去！"陈诚倔硬地说道，"在江西'剿共'，我穿草鞋一天一夜走过一百六十里！我不怕走路！"

此地到昆仑关步行路途遥远，陈诚身体有病，恐怕走不到一半就得倒下，照陈诚的脾气，倒下了也要人抬到前线去的。李济深最担心的是陈诚到了前线之后，必然要干预第五军的作战指挥，势必与白崇禧发生冲突，攻夺昆仑关本就是一场恶战，如果在大战之中，我军最高指挥官因意见不合而发生冲突分裂，则局势不堪设想。因此李济深此时不主张陈诚马上到前线去，他对白崇禧指挥作战颇为放心，待白将战局稳定之后，他再和陈诚去也不迟，便说道：

"辞修兄，前线战况紧张，我们此时去必然要给前方将士增加麻烦，不如回迁江，等白健生派人送来战报再作理会。"

陈诚见李济深不肯陪他去，而他的随从卫士只有两人，道路不熟，语言不通，战争环境里，什么样意料不到的情况都可能发生，他不敢再坚持一个人步行到前线去了，只得窝着一肚子的火气，钻进吉普车里，掉头回合山煤矿公司待着。

回到那座清静的洋楼里，陈诚简直成了软禁中的囚犯，没有电话、电报，也没有人来请示、报告，他不能批阅公文，不能下达命令，不能贬褒下属，对于权欲极强的陈诚，真是度日如年！记得当年在江西"剿共"，陈诚的胃溃疡病发作，病情颇重。蒋介石命陈诚到上海治病休养，为了使他尽快康复，蒋介石让他静养，不准过问军政方面事务。这可把陈诚害苦了，在百无聊赖中，他只得每日指挥他身边的十几名随从卫士，一会儿让他们把房间里的床铺搬到这边，一会儿又把柜子挪到那边，一会儿把地毯撤掉，一会儿把电扇搬走，当他看到随从们一个个累得满头大汗，忙得不亦乐乎时，心里才感到舒服些。随从们还没喘上一口气，陈诚便又戴上雪白的手套，在房间里东摸摸，西碰碰，他终于找到了训斥部属的机会——壁灯后有一处地方擦拭得不干净，他那雪白的手套沾上了一点淡淡的灰尘。他当即大发雷霆，那口气严厉得似乎要把随从们全部枪毙！发完脾气骂完人，陈诚就舒服了。他对部属并不时刻都是那么严厉，有时倒还体贴人。一次他得知军需官的父亲病危，马上命人把对方找来大骂一顿，为何不向他报告。军需官说这是家中小事，不敢打扰军座。陈诚把桌子一拍，大骂道，父亲大人病重，何谓小事，你这人对父母想必一向都是不孝不敬的。军需官正在惶恐之中，陈诚却已写好个手令，要军需官支领五百元，给假一月，回去侍奉病父。有一次，陈诚召开军事会议，在会上他责骂了一位团长，那团长觉得自己的人格受了侮辱，便在团部以生病为由，向陈诚请病假。陈诚闻报便派了医生去看望，想不到那团长躺在床上大发脾气，说："陈老总不尊重我的人格，我不干了，你不用来给我看病，我没病，要我起来，除非他亲自来向我赔礼道歉！"那医生不敢隐瞒，只得把那团长的话如实向陈诚报告。陈诚沉思了一下，即刻乘车跑到那位团长的团部，登门向对方承认错误，赔礼道歉。那团长感动得泪如雨下，霍然而起，"病"一下子便好了。

现在，他被白崇禧抛在合山煤矿公司，与前线和后方都隔绝了，他既不能监督白崇禧，也不能指挥杜聿明，更不能朝老上司李济深发脾气。他身边只有两名卫士，也不能无限制地使唤他们。他只能在那间颇为宽敞的房子里来回踱步，真是有气无处出、有火没处发。隔壁房间里，李济深正和合山煤矿公司的几位高级职员谈话，出于礼貌上的原因，陈诚连脚步也不好走得太重。他就这样在房子里乱转，一刻也不停。那两名卫士侍立在门外，生怕陈诚气愤至极一头撞在墙壁上！

却说白崇禧为了摆脱手握尚方宝剑的陈诚的掣肘，连夜将行营指挥所由迁江扶济村向前推进到离火线很近的宾阳白岩村，他将指挥所设在白岩村的白氏宗祠小学校里。拂晓时分，杜聿明向他电话报告，第五军准时向昆仑关发起攻坚作战。白崇禧说了声"好"，他告知杜聿明，天亮后他将到昆仑关前督战。不一会儿，只听得一阵阵春雷般的震响，第五军重炮团开始以强大的炮火，猛叩昆仑关。重炮轰击过后，便是密集的机枪扫射声，步兵小炮的炸响声，嘎嘎嘎的战车奔驰声，大地震撼，山鸣谷应。头上，黎明后的天空亮得耀眼，十八架由苏联志愿人员驾驶的轰炸机从柳州机场起飞，猛袭昆仑关上日军阵地。昆仑关天险，自古以来不知发生过多少次血战，但这是它第一次经受现代化战火的洗礼！白崇禧心情颇为激动，因为这是他二十多年的戎马生涯中，破天荒第一次直接指挥现代战争的机械化兵团作战。

白崇禧登上昆仑关对面一座高山的半山腰，来到杜聿明的指挥所。这里怪石嶙峋，野草丛生，稀稀拉拉的灌木丛里有一个地洞，洞口和山顶上都架设着电话通讯网，山顶还架设炮兵专用的远程观测镜。军长杜聿明身披伪装网，身上插着小树枝，像一段魁伟的树干矗立在洞口的一丛灌木里，一只手举着望远镜观察着敌阵，一只手握着电话筒，指挥重炮团团长朱茂真：

"请规定各目标的距离，准确射击，将敌火力点逐一击毁！"

白崇禧也弄了几枝树枝插在身上，举着望远镜观战。杜聿明见总指挥白崇禧竟爬到他的前方指挥所来了，大为诧异，忙道：

"这里危险，请主任到掩蔽部里去！"

正说着，几发敌人射来的炮弹纷纷落在周围炸得树枝乱飞，几名卫士正要把白崇禧拉到洞里去，白崇禧低声喝道：

"不要管我，怕炮弹我就不到这里来了！"

他用望远镜观察着敌我双方猛烈的炮战。在我远射程重炮的火力压制下，昆仑关守敌的炮兵被迫中断向我方射击。

杜聿明随即电话命令战车团团长胡献群，以战车掩护步兵第二〇〇师和荣一师攻关。战车部队沿公路直扑昆仑关下，敌人从两侧和正面的工事里，以战防炮和步兵炮向战车猛袭，只见一辆辆战车中弹起火，倾斜、翻倒、爆炸，关下约一公里长的公路上被烈火浓烟封死。杜聿明见了又急又心痛，不断命令炮兵支援。步兵在失去战车掩护下，被迫向关两侧的高地冲击。敌人在阵前布的电网，有的被炮火击毁，像无数条巨蛇横七竖八地躺在山坡上。步兵以大刀开路，劈斩电网、鹿砦。荣一师和第二〇〇师官兵在山坡上匍匐仰攻，山坡上野草树木，被炮弹打得燃起熊熊烈火，陡然又被炮弹的爆炸击灭，山野浓烟弥漫。在炮击间隙的几秒钟里，草木又倏地燃烧起来，山野变成一片火海，当炮弹落下时，烈火熄灭，又是一片滚滚浓烟。整个昆仑关仿佛是一个巨大的灶，烧的是一膛湿柴，用力一扇风，灶膛里窜起一道火苗，风一停，又吱吱冒着浓烟。敌我双方，都在这个巨大的灶台上经受烈火浓烟的烧、煮、蒸、炸、煎、烤……

公路中间，是几十辆被击毁的战车残骸，公路两边，荣一师和第二〇〇师官兵的尸体，几乎填平了那道冲沟，沟谷里有一条奔腾的小溪，被尸体堵塞，慢慢形成一片殷红色的湖水。

军长杜聿明镇静如常，一边观察，一边通过电话下达一道又一道非常严厉的攻击命令。白崇禧身上的血在急剧地奔流着，他的眼睛通过那架望远镜一直在死死地盯着昆仑关下那一片愈积愈高起来的"血湖"，他的心猛烈地震颤着。突然，他一下紧紧地抓住杜聿明握着电话筒的手，叫着：

"光亭兄！光亭兄！"

"主任，有什么情况吗？"杜聿明忙放下望远镜，望着激动不安的白崇禧。

"牺牲太大了，是不是暂时停止攻击？"白崇禧也不知道自己为什么会说出这样的话来，他打了几十年仗，还从没有手软过，他恪守那"一将功成万骨枯"的信条，名将之所以成为名将，那是他踏着敌人和自己士兵的尸骨走过来的，当然，名

1939年12月18日，经过血战我第五军夺回昆仑关，夺关将士欢呼胜利

将也随时准备和自己的士兵一道战死，白崇禧本人也是从子弹的间隙里钻出来的！

"什么？暂停攻击？"杜聿明忙揉了揉自己的耳朵，生怕听错了。

"嗯，"白崇禧脸上显出歉疚而又痛苦的表情，"牺牲太大了，第五军是国军第一支机械化部队啊！"

杜聿明似乎明白了白崇禧的心意，激动地说道："主任，正因为第五军是国军的第一支机械化部队，这也是第五军成立以来打的第一仗，不攻下昆仑关，第五军将士不但丢尽国军的脸，也无颜见委座和四万万同胞啊！"

杜聿明指着掩蔽部的那个地洞，对白崇禧道："不攻下昆仑关，那里便将是我成仁的归宿之地！"

白崇禧的心又是一阵猛震。他脑海里倏地出现了死守滕县的王铭章，临沂苦战中的庞炳勋、张自忠，台儿庄大战中孙连仲等人那视死如归的悲壮形象，在昆仑关，他又看到了杜聿明杀敌报国的壮志雄心，他的激情像火一般燃烧着，他紧紧地抓着杜聿明的手说道：

"光亭兄，让我们同生死，共进退吧！"

昆仑关下那一大片"血湖"每一分钟都在上涨，"湖"中飘浮着树枝残叶，战死的士兵倒在"湖"边，有的像正在趴下把头伸向"湖"里饮水，有的像坐在"湖"边的青石上洗涤身上的征尘。冲沟两侧陡峭的山坡上，像滚动被伐倒的树木一般，被击死的国军士兵纷纷滚落沟谷。

昆仑关右侧的仙女山经血战被郑洞国的荣一师攻占。杜聿明用电话命令第二〇〇师团长高吉人，不惜代价，拿下关键的六〇〇高地。接着命令重炮团团长朱茂真以猛烈而准确的火力支援高团进攻六〇〇高地，并规定步、炮协同讯号——高吉人团攻占六〇〇高地后，即举火为号，重团炮火力进行超越射击，压制敌人之侧射火力。六〇〇高地被火海淹没了一个多钟头，第五军的远射程重炮和师属榴弹炮把敌人据守的山头连续捶击，像一名巨大的拳击运动员，在对手头上，身上不分点地猛击狠打。

白崇禧和杜聿明的望远镜里，除了弥漫的浓烟和闪腾的火光之外，什么也没有了。炮击停止后，高吉人团已冲上六〇〇高地，工事里残存的敌人挺着三八枪刺与冲上高地的国军步兵肉搏。敌我两军官兵抱成一团，拳击、扭打，从高地上不断滚落下来，纷纷溅落在那已变得颇为壮观的"血湖"里。等工事里的最后一个敌寇被肃清时，六〇〇高地上早已烟散火消，攻占高地的国军士兵燃起三堆熊熊篝火，指示重炮团火力做超越射击。

接着，敌人的核心据点四四一高地被荣一师突破。白崇禧和杜聿明不禁一跃而起欢呼起来：

"昆仑关的大门被叩开了！"

第二〇〇师第五九九团沿蜿蜒冲沟的公路，踏着战友的尸体，越过战车的残骸，穿过那骇人的"血湖"，把第五军的军旗插上了巍巍昆仑关。

可是，白崇禧和杜聿明都还来不及享受到胜利的欢乐，昆仑关又被日寇在大批飞机的掩护下反攻夺去了。杜聿明毫不气馁，组织反攻，又把昆仑关从敌人手里夺了回来。接着，占据周围山头的敌人以火力侧击昆仑关，在大批飞机的掩护下，又一次从第五军手里把昆仑关夺了过去。敌我两支王牌军，经过一星期的血战厮杀，打成二比二平局，昆仑关下，已成尸山血海。白崇禧和杜聿明从十七日开战以来，还没有像样地睡上一觉，他们脸色憔悴，两眼深陷，嗓音嘶哑。昆仑关大战虽然比不上台儿庄大战那么大的场面，但由于地势险恶，敌我两军顽强拼搏，阵地反复易手，得而复失，失而复得，由攻变守，由守变攻，几上几下，其惨烈之状则在台儿

1939年12月20日，昆仑关再陷敌手，经我军反复猛攻，于12月31日上午11时50分重新夺回，国军将士在关下宣告昆仑关大战告捷

庄大战之上。

"光亭兄，你准备怎么办？"白崇禧又爬上了杜聿明在半山腰的指挥所，他说话的声音显得严厉。经过一周的战争患难与共，他和杜聿明已有了融洽的感情。

"如果不全部消灭关口四周的敌火力点，仅占领关隘，是无法立足的。"杜聿明在掩蔽部里，用蜡烛照着地图，对白崇禧说道，"我准备采用要塞式攻击法，将敌各据点分配给第一线师的各个团负责，同时攻击，逐点解决，缩小包围圈，像吃饭一样，一口一口地吃掉它！"

"好！"白崇禧很赞成杜聿明的要塞式攻击法的战术，他指着地图，说道，"我将派其他部队进占七塘、八塘，截断昆仑关守敌与南宁的补给线，要他们饿死、困死在山头上！"

又是一星期的血战，昆仑关之敌已成瓮中之鳖，关口周围山头的敌据点被国军一个一个地铲除，余下的几个孤立据点，敌人仍在顽强死守，他们粮弹两缺，补给全赖飞机空投，在国军的高射炮猛烈射击下，敌人空投粮弹的飞机不敢低飞，扔下的粮食和弹药，不断落到国军阵地上。十二月二十九日，荣一师第三团攻占敌人的主要据点界首，至此敌人主要火力点全被国军消灭。三十日和三十一日，第五军连续发起猛攻，终于将昆仑关守敌全部歼灭，继台儿庄大捷之后，取得了震惊中外的"昆仑关大捷"。计昆仑关一役，共击毙敌第五师团第十二旅团长中村正雄少将以下官兵五千余人，生俘士兵一百零二人，缴获的山炮、野炮、轻重机枪、步枪及其他军用品和弹药堆积如山。

大后方桂林、重庆的群众又一次狂欢游行，桂林行营主任白崇禧再一次成了抗战的民族英雄。

却说蒋介石对桂南会战一直盯得很紧，对白崇禧也极不放心。十一月二十八日，他在日记中写道："南宁失陷，亦在意中；但白健生谎报敌情，谓敌在东北之第一、第四师团，已参加攻邕；而对余死守邕宁命令，阳奉阴违，竟至不战而退，并使第五军两头出露，单独牺牲，这种取巧投机，损人利己之劣性，至今尚未改正，如何能望其大成，不胜为党国无才叹矣！"

蒋介石在重庆再也坐不住了，他于民国二十九年一月七日从重庆直飞桂林，九日下午从桂林坐火车到柳州，十日晨从柳州换乘汽车到迁江，在防空洞里召见白崇禧。他指示白崇禧，要以昆仑关以南的八塘为攻击重点，部队"应置于六、七塘之北方山地，形成侧面阵地，使敌军进退两难"，临别时又要求白崇禧"必须稳扎稳打，全力以赴之"。蒋介石是深怕白崇禧用第五军强攻昆仑关，造成重大牺牲。但是，他对白崇禧能否坚决执行他的指示，心里也没有底。第二天，他在日记中写道："此次赴桂指导，恐难得大益，唯略识实际形势而已。"

昆仑关大战，第五军拼搏半月，各师官兵残存无几。损失最重的要算郑洞国的荣誉第一师。这个一万三千余人的主力师，撤离前线时，仅残余官兵七百多人，中下级军官几乎全部战死。师长郑洞国痛心疾首，如丧考妣，他亲率这七百余人的残部，来到宾阳白岩村请白崇禧检查。部队排成七行纵队，每行一百余人，官兵的脸色黧黑，消瘦，服装残破，衣不掩体，疲惫不堪，这哪像秋季演习时白崇禧在兴安界首检阅过的那个英雄的荣誉第一师？与其说他们是兵，还不如说他们是一群被坑道塌方堵在矿井里困了半个月的一群垂死矿工！白崇禧默默地和前排几名官兵一一握手，即命郑洞国率归后方整理补充。

天险昆仑关被攻下了，敌军的王牌部队第五师团被打败了，蒋介石的王牌部队第五军被打光了，只有"小诸葛"白崇禧才是唯一的胜利者！但是狂妄凶暴的日寇会甘心吗？睚眦必报的蒋介石会让步吗？白崇禧望着郑洞国和他远去的几百残兵，心里顿时产生一种凄凉的失落感和沉重的孤独感！

民国二十九年二月二十一日，蒋委员长由重庆飞抵桂林，当夜乘火车下柳州，于清晨八时到柳州羊角山机械化兵学校，准备主持桂南会战检讨会。桂南会战乃是一个局部的战役，何以用得着最高统帅莅临出席？原来这是蒋委员长自两年前在开封召开军事会议惩处韩复榘以来，第二次召开惩处高级将领的军事会议。在昆仑关大战前夕，他因不放心白崇禧指挥第五军，便派陈诚、李济深前来监军，又亲临前线指示，可是，在整个大战中，他始终没有收到陈诚的报告。开始，他倒不着急，因为陈诚是他的最为可靠的亲信，对于执行他的命令非常坚决，丝毫不会走样。大的不说，只以一件小事为例，便足以说明问题。

蒋介石自从提倡"新生活运动"之后，曾有一个命令，高级将领家中皆不得雇用女佣。陈诚闻风而动，当即把家中的女佣辞了。陈诚的夫人谭祥原是宋美龄的干女儿，见家中没有女佣，生活诸多不便，曾向陈诚一再要求，雇请女佣，陈诚皆不允。后来陈诚听说他的一个副官家里偷偷雇有一名女佣，他一听大怒，喝叫那副官立即滚蛋。陈诚之忠于蒋介石，在国民党高级将领中自然无人可比。有陈诚在白崇禧身边当监军，他当然是可以放心的。

不久，蒋介石便接白崇禧发来"昆仑关大捷"的电报，心里颇喜。因为昆仑关大战虽然白崇禧是总指挥，但蒋的嫡系第五军是主力。这一仗既解除了日寇对重庆和西南国际交通线的威胁，又使第五军以战胜余威能长驻桂系老巢，正可谓"一石两鸟"。谁知重庆民众热烈庆祝"昆仑关大捷"不久，蒋介石突接陈诚急电报告，谓白崇禧居心叵测，严令第五军与敌寇在昆仑关死打硬拼半个多月，致使该军损失殆尽，各师官兵残存无几，最后被敌寇迂回包围，昆仑关得而复失，各军溃败，整个桂南会战彻底失败。蒋介石闻报又急又气，即电桂林行营主任白崇禧，他将赴柳州亲自主持召开桂南会战检讨会。二月二十一日，蒋介石偕侍从室主任张治中，由重庆飞抵桂林，即赴柳州羊角山。

却说蒋介石抵羊角山后，略进早餐，然后在一座两层的小楼里休息，准备出席会议。也许蒋介石一行的行踪被日本人发现了，当他刚上楼脱下衣服躺到床上去，只听得一阵"工工工"的声音传来，他开始还不知道这是柳州防空司令部发出的空袭警报，因为武汉

蒋介石主持桂南会战检讨会时下榻的小楼

和重庆等地的警报，都是"呜呜"呜叫的，唯有柳州的警报是敲钟为号。侍从室主任张治中闻警，即由楼下奔上楼去，与侍从副官一起把蒋委员长从床上唤起来，然后迅速护卫到附近一个小小的岩洞里躲避。这个岩洞略经改建过，高一丈许，深也是一丈许，张治中和蒋介石躲在最里边，十几名侍从副官一齐趴在洞口的地下，为蒋委员长筑起一道"人墙"。敌机已经飞临柳州上空，黑压压的一大片，它们盘旋一圈，却不轰炸柳州市区，径直飞到羊角山蒋委员长的住所附近，以九架一批，一批接一批地俯冲扫射、投弹。蒋介石蹲在那小小的岩洞里，才喘了几口气，便听到震耳欲聋的爆炸声，猛烈的气浪带着令人窒息的硝烟直扑洞里。洞口飞溅的尘土碎石把那十几名趴在地上的侍从副官全部掩埋了。蒋介石感到呼吸困难，他觉得自己像被装在一个大的闷罐子里，正被人从外面摔打着，一会儿有人把这只闷罐子高高举起，狠狠摔在一个斜坡上，闷罐子在飞快地滚动着，撞击着、摇荡着……空袭进行了约莫半个多钟头，轰炸停止，敌机遁去，趴在洞口的那十几名侍从副官，一个个地抬起头来，直抠着耳朵里的尘土。又过了二十来分钟，那解除警报的"工——工——"声音传来，侍从副官们才把被折腾得头昏脑涨的蒋委员长从洞里边搀扶出

来。

回到那座小楼上，蒋介石洗手、揩脸、喝水、喘气，张治中上来请示：

"委座，今天的会议是否准时召开？"

"准时开会！"蒋介石毫不犹豫地答道。

桂南会战检讨会，在羊角山下一个大地洞里举行。十几盏雪亮的汽灯吊在洞顶，发出吱吱吱的响声，使地洞里显得青亮而阴森。桂林行营主任白崇禧、军委会政治部部长陈诚、战地党政委员会副主任李济深、第四战区司令长官张发奎，奉命参加桂南会战的各集团军总司令、军长、师长及桂林行营主管人员百余人，已经静悄悄地在地洞里正襟危坐，等着蒋委员长前来主持会议。

白崇禧心情沉重地坐在前排的位置上，那副架在鼻梁上的无边近视眼镜的镜片，被头上汽灯的冷光照得折射出两片微微摇曳的光圈，使人无法看清他那双平素自负而又锐利的眼睛。当他接到蒋介石要来柳州主持召开桂南会战检讨会的电报时，脑海里立时浮现出两年前开封会议惩处韩复榘的场面来。不幸得很，桂南会战白崇禧先以昆仑关大捷开始，最后日寇南支派遣军增派援军在钦州湾登陆，以一个师团和一个旅团从南宁向邕宾公路推进；另以一个师团和一个旅团经蒲庙、刘圩向永淳方向推进，先头部队以一个骑兵联队开路，击破国军在邕江南岸的警戒线后，随即在永淳渡河，经伶俐，向宾阳急进，实行大包抄迂回。白崇禧总指挥在宾阳白岩村闻报大惊，急调叶肇的第三十七集团军由高田向甘棠截击永淳北岸之敌，但是叶肇临危不进，高田距甘棠仅五十华里，日寇迂回部队竟得通过。日寇迂回部队的骑兵，行动极为迅速，很快逼近宾阳。杜聿明的第五军与敌第五师团在昆仑关反复较量后，虽然将强敌击败，夺回了昆仑关，但是该军已消耗殆尽，连预备队都早已打光了。白崇禧此时手头无兵可调，只得命令杜聿明负责收容前方溃退下来的部队后撤。日寇袭占宾阳之后，回攻昆仑关，重又夺回天险，国军兵败如山倒，桂南会战终于失败了。

白崇禧带着幕僚随从，狼狈奔回迁江扶济村，手握尚方宝剑的陈诚早已在村口等着他了。

"哈哈，健生兄，你终于凯旋了，我和任公在此等得好苦啊！欢迎！欢迎！"

被困得度日如年的陈诚，这下总算找到了出气的机会，他用讥笑、嘲讽、奚落向白崇禧发起进攻。

白崇禧此时前后受敌，脸色难看极了，但"小诸葛"也不好惹，他不理睬趾高气扬的陈诚，径直回到他那所独立小院，命令参谋和通信兵快速架设电台和电话，以便及时掌握前方情况。陈诚岂肯罢休，直追到独立小院里来，大声叫道：

"健生兄，你看不起我陈某人也就罢了，但我是委座派来前方监军的，我们公事公办，快把前方作战情况、部队调动情况告诉我！"

白崇禧因为打了败仗，心里本就有火，又见陈诚来此大吵大闹，他气得把桌子一拍，叫道：

"要情况，你找参谋要去，不要向我啰唆！"

陈诚那火爆脾气也上来了，他把眼一瞪，也大叫道：

"把你的参谋给我叫来！"

"你自己去找！"白崇禧喝道。

作战科长陆学藩本来就在隔壁的房间里，他听得白、陈正在大吵大叫，知道陈诚索要作战情况，他不敢怠慢，便喊了一声："报告！"主动走了进来，向白崇禧递上一份电报。白崇禧见陆学藩来了，便说道：

"陈部长想知道前方情况，你给他抄一份吧。"

"是。"陆学藩答道。

陈诚走过来，拍着陆学藩的肩膀，皮笑肉不笑地说道：

"陆科长，我知道你很能干，帮白主任做了很多事。嗯，你是陆大第几期毕业的？"

"报告部座，我是陆大第十五期毕业的。"陆学藩立正答道。

"好，好！"陈诚又在陆的肩膀上拍了拍，喊道，"假如白主任肯割爱的话，你愿意跟我做事吗？"

陈诚说完特地瞥了白崇禧一眼。陆学藩知道陈诚是拿他来向白崇禧出气的，便小心地答道：

"白主任跟委座做事，陈部长也跟委座做事，我跟白主任做事，还不是等于跟陈部长做事吗？部长有命，我绝对服从。"

"哈哈！"陈诚一阵仰头大笑，"强将手下无弱兵，说得真是太好了，哈哈，陆科长，我欢迎你跟我做事！"

陆学藩不敢在这里久待下去，忙跑回房间取出一份早已抄好的战报，毕恭毕敬地交给陈诚，陈诚得了战报，这才离去。

白崇禧打了败仗，陈诚当然不会放过他，第五军打光了，丧师失地，蒋介石当然也不会放过他。白崇禧垂头丧气，在扶济村那间独立小院里来回踱步，长吁短叹。如果叶肇集团军坚决执行他的命令，由高田到甘棠阻击，如果精锐的第五军还有一个完整的师作预备队的话，白崇禧是不会打败仗的，桂南局势亦不会恶化到不可收拾的地步。然而，时乖命蹇，白崇禧命运不济，以胜开始，以败告终。若论兵力，白崇禧指挥四个集团军，其兵力超过敌寇三倍以上；论武器装备，除空军外，第五军的装备并不比敌人差，论指挥官的才干，白崇禧、杜聿明、郑洞国皆为国军中最优秀杰出的将领；若论民心，宾阳民众以极大之热情支援昆仑关作战，仅宾阳一县便出动壮丁六万余人为国军运送弹药粮草和抬运伤员，赠送慰劳品堆积如山，民众为抗战做出了无私的奉献。有这样好的条件，为什么最后还打了败仗呢？可惜，白崇禧再也不敢往深处去想。不说白崇禧不敢往下想，便是蒋委员长也不敢往深处想，否则，那个小小的倭寇，纵然凶狂横暴，又怎敢到中国来横冲直闯，杀人掠地呢？蒋委员长虽然要到柳州来亲自主持召开桂南会战检讨会，白崇禧知道，这次会议，蒋介石和陈诚必然要算他的账，但是白崇禧不怕，既是检讨会，检讨来检讨去，检讨出一万条教训来也好，蒋介石和白崇禧也不会检讨出他们各自心中的那个秘密来的。

"我白崇禧不是韩复榘，柳州也不是开封府！"白崇禧冷笑一声，有恃无恐地到柳州来开会了。

一阵沉重的脚步声从洞口传过来，像一把重锤重重地敲打着正襟危坐的将领们的心头。蒋委员长和侍从室主任张治中出现在讲台前。坐着的将领们"刷"的一声起立，立正。蒋介石站在讲台前，严厉地望了一遍出席会议的将领，然后把戴着白手套的手轻轻往下一按，说了声：

"坐下！"

蒋委员长也在特地为他准备好的那张高背皮靠椅上落座。会场里静悄悄的，只听得头上的汽灯在吱吱作响，蒋委员长开始训话：

"桂南会战，我们打了一个什么样的仗？你们都清楚！"蒋委员长狠狠地扫了他的部属们一眼，很多人都愧疚地低下头去。他接着说道：

"我们失败是由于兵力不足？士气不足？民气不足？我看都不是！"蒋介石这句话说得重极了，白崇禧、陈诚以下都抬不起头来。

"由于有人畏缩怕死，临危不进，由于各方缺乏协作，丧失战机；也由于军事机关事前准备不足，临事优柔寡断，才招致此次痛心的失败！"蒋委员长训完话，由桂林行营参谋长林蔚报告桂南会战作战经过，然后，由桂林行营主任、桂南会战的总指挥官白崇禧开始检讨。

"此次桂南会战，先胜后败，崇禧实有负委座和国人之厚望。"

白崇禧面对蒋介石，身子站得笔挺，从容检讨，"……关于会战失败之原因，委座已有训示，作为会战之总指挥官，崇禧犯有督率不力之过，实感痛心疾首，愧对国人，请委座惩处，以儆效尤！"

接着轮到监军陈诚检讨。本来，陈诚早就窝着一肚子火气，准备在检讨会上狠狠地轰白崇禧几炮，以除怒气。但他见蒋委员长定的调子似另有所指，乃临时改弦更张，沉痛地说道：

"此次桂南会战之惨败，我监军不力，督导无方，有负委座之重托，呈请委座处分。"

但陈诚也不肯轻易放过白崇禧，他非要踢白几脚不可。

他把话锋一转，指责道：

"通观全局，桂林行营对此次会战实犯有以下三大错误：一、没有在宾阳、甘棠一带配备足够之兵力，以致为敌所乘，使我昆仑关正面守军陷于不利之地位；二、就战术而言，本应能攻则攻，不能攻则守，可是竟以国军之精锐在极不利的地形下与敌在昆仑关血战半月有余，使我方主力兵团消耗殆尽，失去再战之力，我真不明白这到底打的是什么仗？三、各高级司令部之间，联系极不密切，以邻为壑，毫无协同之精神可言。"

对于陈诚的指责,白崇禧并不在乎。心想,你提一万条也提不出要害问题,何况才三条呢?陈诚发言后,各集团军总司令相继发言,由于有了蒋委员长定的那个调子,又有了白、陈二人之示范,因此皆侃侃而谈,避重就轻,避近就远,舍本求末。只有在第三十七集团军总司令叶肇检讨时,蒋委员长突然插话:

"叶总司令,敌寇渡永淳河时,当时你在什么地方?"

叶肇一惊,没想到蒋委员长会突然发话。当时他正躲在高田圩一家祠堂里,接到桂林行营主任白崇禧令他即率所部奔赴甘棠截击永淳北岸之敌,与已正兼程急进甘棠古辣的蔡廷锴集团军之第四十六军夹击敌之迂回部队。可是叶肇为了保存实力,临危不进,待在高田不动,虽然甘棠距高田仅五十华里,他完全来得及将敌寇阻住。可是,他看到白崇禧这样使用第五军猛攻昆仑关,将实力雄厚的第五军毫无保留地打光拼尽,他害怕白崇禧也会以同样手段对待他的部队,因此干脆躲了起来。换上别的人,恐怕不敢为此明目张胆地抗命。但偏偏叶肇自恃南京突围有功,在南岳军事检讨会上被蒋委员长誉为"标准军人",因有这块硬招牌护身,他当然不怕桂林行营主任白崇禧追究责任。想不到现在蒋委员长要亲自过问这件事了,叶肇心里顿时乱了谱,他结结巴巴地答道:

"报告委座,当时,当时……我在……在高田。"

"为何临危不进?放敌寇迂回部队包抄昆仑关?"蒋介石勃然大怒,一双凌厉的眼睛盯着叶肇。

"我……我……"叶肇吓得连舌头都不会动了。

"查第三十七集团军总司令叶肇,临危不进,贪生怕死,为保存实力,不顾大局,实属罪大恶极,着即交军法讯办!"蒋委员长用手指着叶肇,当即上来两名军法执行官,将叶肇从位置上拖出来。

叶肇实在没想到蒋介石会杀他这位"标准军人",他实不甘心当替罪羊,猛地一下挣脱那两名军法执行官的手,跑到蒋委员长面前跪下大呼:

"冤枉呀冤枉!请委座明察,在此次会战中,保存自己,牺牲友军,胜败置之度外者,大有人在。有人利用职权,尽量使用别的部队,不动用自己的部队。有人在武鸣和邕钦路两侧方面，打些风流仗，看着敌人，可打可不打，因而不受到丝毫损失。而争夺激烈，死伤惨重之昆仑关攻坚战，始终是第五军和其他部队，对这样保存实力，不顾国家利益之人，委座如何不办他？！"

白崇禧和夏威听得叶肇如此说，都不免有些心惊肉跳，但蒋介石却喝令那两名军法执行官把叶肇拉下去。蒋介石不是不想惩办白崇禧和夏威，特别是对于第五军的牺牲，他简直如被剜去块心头肉一般（而陈诚又不争气，没有完成监军之使命），但是，日寇已窜入桂南，大半个广西又还在桂系势力控制之下，为了重庆的安危，他只得忍下这口气。而对于白崇禧之所作所为，延揽包括共产党在内的各方人士到桂林活动，桂南会战中极力牺牲第五军等做法，蒋介石是不能再容忍的，他要借此打击白崇禧的威望，扼杀桂林的进步文化活动，使桂系不能与他分庭抗礼。

那两名军法执行官将骂骂咧咧的叶肇提下去后，会场里显得出奇地静，那十几盏吊着的汽灯在大声唏嘘不止。蒋介石突然"霍"的一声站起来，极其严厉地说道：

"我现在要宣布命令，你们起立！"

将军们"刷"的一声起立，立正，许多人的双腿在偷偷地打颤，他们不知道蒋委员长还要把谁拖下去"军法从事"。蒋介石用眼睛把大家盯了差不多一分钟之久，然后才从衣服口袋里掏出一张纸，逐字逐句地宣布：

"此次桂南会战，国军蒙受惨败，丧师失地，我们皆愧对国人。为整饬军纪，挽回局势，重振军威，应按个人罪责之大小，分别予以严厉处分！"

蒋介石又把大家盯了一阵子，才接着点名：

"桂林行营主任白崇禧督率不力，予以降级处分；政治部长陈诚指导无方，给予降级处分；第三十七集团军总司令叶肇扣留交军法会审；第三十八集团军总司令徐庭瑶撤职查办；第三十六军军长姚纯撤职查办；第六十六军军长陈骥撤职查办；第九十九军军长傅仲芳撤职查办；第三十九军参谋长郭肃撤职查办；第四十九师师长李精一撤职查办；第三〇三师师长宋士台撤职查办……"

一次惩处如此多的高级将领，无论是在内战时代还是抗战四年来，都是史无前例的。几十员高级将领垂手恭立，连大气也不敢出。这个偌大的地下室，仿佛是一座巨大的地下陵墓，那些站着一动不动的高级将领好似一群甲胄鲜明的殉葬武士俑一般……

柳州会议后，蒋介石下令撤销桂林行营，免去白崇禧桂林行营主任之职，调回中央任用，蒋介石再也不将白崇禧外放了。到了这年的十月，蒋介石通过何应钦对白崇禧施加压力，迫其积极反共，何、白"皓电"一发，顾祝同便对新四军大开杀戒，遂有"皖南事变"发生……

第七十一回

消灭异己　蒋介石道高一尺
保存实力　白崇禧魔高一丈

　　重庆西郊的歌乐山下，蒋介石有一座"林园"别墅。这里翠竹掩映，绿树葱茏，泉水潺潺，山鸟幽鸣，真如世外桃源一般。这座别墅建于民国二十七年，为的是国都西迁之后，蒋委员长作官邸用的。不料国府主席林森见了，大为赞赏，蒋委员长便慷慨地把这座刚落成的别墅送给了林主席，从此别墅得名"林园"。民国三十二年八月，林森去世，蒋介石重修了"林园"，扩建了部分建筑，他和夫人宋美龄双双搬入"林园"居住，蒋住一号楼，宋住二号楼。

　　抗战以来，神州烽火遍地，人民颠沛流离，蒋委员长虽然居住在这世外桃源之中，心里却并不安宁。他的办公室里有两幅特别大的地图，一幅是中国地图，一幅是世界地图。每天，除了开会、会客和睡觉之外，他几乎都要伫立在这两幅大地图前思考抗战大计。因为中国的抗日战争，乃是世界反法西斯战争的重要组成部分。自民国三十年十二月八日，日本偷袭珍珠港，太平洋战争爆发，美日正式宣战后，翌年元旦，中美英苏等二十六个同盟国，在华盛顿签订共同宣言，表示一致联合对日作战。为了指挥东亚大陆的对日作战，成立了中国战区最高统帅部，以蒋介石为最高统帅，除指挥中国本国之抗战外，尚负责指挥越南、泰国、印度、缅甸等国的对日作战。美国政府派史迪威将军来华当最高统帅蒋介石的参谋长。中国本来就幅员辽阔，蒋委员长已自顾不暇，现在又担起了指挥越、泰、印、缅等国的对日作战，肩头之担子更为沉重了。好在史迪威将军精明能干，襄赞有方，确也减轻了蒋委员长肩上的压力。但是，史迪威将军在许多问题上却与蒋委员长有矛盾，特别是在美式装备的分配上，史迪威坚持应包括共产党的八路军在内，蒋委员长对此心里大为不满，必欲去之而后快。随着世界反法西斯阵营的扩大，力量的对比已经发生了明显的变化，蒋委员长在地图前伫立的时间也就更长了。

民国三十二年是整个世界大战发生根本转折的一年。二月初，在欧洲战场上，苏联红军在斯大林格勒全歼德军三十三万人。七月十日，英、美盟军在西西里登陆，七月二十五日，墨索里尼法西斯政权倒台，随后，意大利向同盟国投降。在太平洋战场上，日军不断受挫，当德军二十二个师在斯大林格勒城下覆灭之时，日军在澳洲东北角的瓜达尔卡纳岛争夺战中遭到惨败。四月十八日，日本联合舰队总司令、海军大将山本五十六的座机在所罗门群岛北部的布因城上空被美军远程战斗机击毁，山本大将葬身丛林之中。此后，日军在太平洋战场完全丧失了战略主动权。

民国三十二年十一月，蒋委员长偕夫人宋美龄前往开罗出席中、美、英三国首脑会议，十二月一日发表《开罗宣言》，决定以三国陆海空军最大之压力，加诸残暴之敌人，直至使其无条件投降；并规定对日本所窃取中国之领土如东北、台湾、澎湖列岛等归还中国。蒋委员长从开罗出席三巨头会议归来，心里且喜且忧。喜的是世界形势确实发生了重大变化，而中国似乎也已跻身世界三大强国之列。特别是那幅具有历史意义的照片，简直使蒋委员长欣喜若狂。他身穿那套特制的紧身军装，高领上缀着比任何国民党高级将领领章上的星都大的三颗梅花金星，他那戴着白手套的手上捧着一顶也是特制的缀着一颗青天白日帽徽的军帽。挨着他的是面带微笑的罗斯福总统，然后是丘吉尔首相，最后是身穿旗袍，外罩一件白色短外套的蒋夫人宋美龄。世界上许多有影响的报纸和杂志，都把这幅历史性的照片刊登在最显要的位置上。这是委员长和夫人一生的殊荣。

但是，中国战场上国军望风披靡，连吃败仗，动辄失地千里，实在令人沮丧。

原来，穷途末路的日本侵略者为了挽救它在南太平洋被困的孤军，企图打通从中国东北到越南以及马来亚的大陆交通线，集中了十三个师团约五十万人的兵力，于民国三十三年四月开始对平汉线南段发动攻势。蒋鼎文、汤恩伯、胡宗南等数十万大军不战而溃，仅一个多月，郑州、洛阳等地相继失陷。接着，敌人继续南下，六月十八日，敌陷长沙，兵锋直逼粤汉、湘桂两铁路的交汇点——衡阳。重庆震动。蒋委员长焦灼不安地在那幅中国大地图前走来走去，不时看着那像一条赤练蛇一般的日寇进军路线，心里惊惶不已。日寇进攻衡阳得手后，下一个目标将是桂林、柳州、南宁，最后入越，贯通大陆交通线，很可能以一部兵力同时进入贵州，扫荡大西南，进攻重庆。到那时，蒋委员长连立足之地都没有了，他这位堂堂中国战区最高统帅怎么有脸见人呢？这是关于军事方面的事。

还有一件使委员长恼怒而又感到棘手的事情，便是国内外关于他与他早年的那位妻子陈洁如女士在"林园"同居的传说。那时宋美龄正在美国访问，据说宋一回到"林园"，便从委员长的床底下翻出一双高跟鞋，她气得一把将它扔到窗外，当即狠狠地揍了侍卫官两记响亮的耳光。有的传说还神乎其神地说委员长被夫人用花瓶砸破了头，足有一星期不能会客。这些消息不仅被那些捕风捉影的外国记者大肆渲染，还从有关消息灵通人士那里用密电发往白宫。无论是蒋委员长和夫人都气坏了，不得已，委员长和夫人只好在"林园"官邸会议室召开党政军高级官员茶会，由蒋委员长公开发表声明辟谣，这场风波才算平息下来。

此刻，蒋委员长正在地图前烦恼地踱步，苦苦思虑着如何渡过日本人大军进逼西南这一关，侍卫官来报：

"副参谋总长白崇禧求见委座。"

"唔。"蒋委员长用鼻子哼了一声，马上想到白崇禧必是为日军逼近广西之事而来的。自从桂南会战，他处分了白崇禧之后，接着便撤销了桂林行营，白仍回重庆复任副参谋总长兼军训部长之职。入侵桂南的日寇因已达到摧毁中国对外联络线的目的，不久便从广西南部撤入越南，从法国人手里夺过了越南这块殖民地。自日寇撤出桂南后，广西一直三年无事。白崇禧回到重庆，虽然被迫与何应钦发了那个导致"皖南事变"的何、白"皓电"，但在实际上，他和李宗仁并没有把桂军拿出

指挥桂柳会战的白崇禧

去反共，对于蒋介石下令指名要在桂林抓的文化人，要查封的报刊书店，广西当局采取拖的办法，对重要的进步文化人士还提供飞机票，掩护他们撤退。因此中共中央就"皖南事变"发表声明，要求惩办制造事变的罪魁祸首时，并没有点白崇禧的名。蒋介石见白崇禧不肯与共产党斩断联系，心中虽然极为不满，但一时又无可奈何，只好等待机会。现在，日寇逼近衡阳，看来必定要进广西，蒋介石觉得，炮制白崇禧的机会终于到来了，他忙命侍卫官：

"把白健生请到这里来！"

白崇禧到来，向委座行过礼之后，蒋介石也不招呼他落座，却将他拉到那幅巨大的中国地图前，指着地图说道：

"敌人很快就要进攻衡阳，他们的下一个目标便是广西，我准备派你回广西去，指挥桂柳会战，歼灭入侵之敌！"

白崇禧一听不禁吓了一跳，仿佛蒋介石在他心里装了一只精密的窃听器一般，他白崇禧那颗诡谲多变的心是怎么跳的，蒋介石都能清楚地测听出来。早在日寇大举进攻湘北的时候，黄绍竑、黄旭初正在重庆出席国民党五届十二中全会，白崇禧将二黄请到家中，密商时局。大家一致认为，日寇此次行动是为打通大陆交通线，支援南太平洋的作战，桂林、柳州是必经之地。如国军在湖南衡阳顶不住日寇攻势，则战火必将烧到广西。白崇禧即劝黄旭初早点回去，做好应变准备。

黄旭初回桂数日后，便电告白崇禧："桂林市面人心浮动。由于中原会战我军不战而溃，对于此次湘北会战也不敢过于乐观。省府召集有关机关会商两次，决定：如敌情紧急，省府必须迁移时，应以百色为宜。"白崇禧接到黄旭初的电报后，心里颇为着急。日寇要进广西，不打是不行的，但广西实力有限，目下仍是夏威的第十六集团军下辖的第三十一和四十六两个军，且装备落后，难以抵抗敌军的攻势，硬着头皮打，最后必将全军覆没。夏威集团如打光了，广西老家也就等于丢了，不但要丢给日本人，而且也要丢给蒋介石。白崇禧纵观世界形势，他已料定日本这次采取挖肉补疮的办法集中十几个师团打通大陆交通线，无论打通与否，都离灭亡的命运不远了。欧洲战场上，苏联红军不但已将入侵的德军驱逐出境，而且已攻入德国境内，美、英盟军已在法国诺曼底登陆。太平洋上，美军正在越岛进攻，继攻下马绍尔群岛后，又猛攻塞班岛和关岛，南太平洋上的日本侵略军正成强弩之末，中国大陆交通线即使打通，也挽救不了其失败的结局。白崇禧已预感到抗战即将面临胜利的局面，此时此刻，他倒很想在广西再打一个超过台儿庄和昆仑关的大胜仗。但是鉴于四年前他亲自指挥的桂南会战先胜后败，最后竟被蒋介石降级撤职处分的教训，使他又不得不特别小心谨慎。因此他接到黄旭初告急的电报后，便来"林园"求见蒋介石，想先摸一摸蒋的底，不想还未坐下，蒋委员长便命他回广西去指挥桂柳会战，怎不使神出鬼没的"小诸葛"吃惊呢？但他马上镇静下来，摇了摇头，说道：

"委座，湖南有第九战区薛伯陵指挥，广西有第四战区张向华指挥，足可以应付战局。我就担任奔走渝桂湘之间传达最高统帅意旨的任务吧！"

"嘿嘿！"蒋委员长不由笑道，"你乃堂堂之副参谋总长，怎么能当我的传令兵呢？不行，不行，你一定要负起指挥桂柳会战之责任，薛岳和张发奎统统归你指挥。"

白崇禧见蒋介石非要他亲自回广西指挥不可，正中下怀，因为如果把日寇的兵力吸引在桂北和桂林一带，再调集生力军予以围歼，打一个大胜仗并非没有可能。同时还可从美国人和蒋介石手上得到大量美式装备和扩充桂系军队的机会，又能保住广西地盘，正可谓一举数得，白崇禧何乐而不为。但是，他并没有马上答应，而是依旧摇着头，说道：

"委座派我回去保卫桑梓，本应义不容辞，但目下广西境内只有夏威第十六集团军的两个军，装备窳劣，兵员不足。而敌军则是冈村宁次指挥的第十一军横山勇的六个师团和田中久一的两个师团外加两个独立旅团，还有第五航空军，共约十八万余人。敌人除由桂北正面入侵外，很可能还从西江及钦廉方向同时向桂、

第四战区司令长官张发奎（中）在视察部队

柳、邕进攻，夏威集团无论如何是抵挡不住的！"

"这个，这个，你不用担心好了！"蒋委员长用一根小棒指着地图说道，"我要薛岳在将来万一衡阳失守时，将第九战区的主力部队部署在湘桂铁路两侧，以利于随时侧击敌军，切断敌人的交通，使其不敢深入我西南后方；西江方面，我要第七战区余汉谋在高要、四会及高雷布置有力防线，不使敌有溯江而上之虞，必要时，以第七战区之邓龙光集团军入桂助战。桂北方面，我将先派陈牧农率第九十三军由川赴桂，坚守湘桂边界黄沙河及全州一线，令其在全州必须死守三个月，然后夏威集团在桂林再守三个月，由川、黔入桂的生力军即可源源投入战场。柳州驻有美军强大的轰炸机群，有盟军飞机配合作战。健生兄，你是大有可为的啦！"

蒋介石这一席话，说得白崇禧颇为动心。九十三军是蒋的嫡系部队，原由刘戡任军长，因刘戡在晋东南被日寇扫荡无法立足，乃逃过黄河西窜，直跑到陕西的韩城，人们便以"长腿将军"呼之。蒋委员长盛怒之下便将刘戡调职，而以该军第十师师长陈牧农升任军长。白崇禧见蒋委员长要把嫡系部队开入广西作战，他不敢再推辞了。说道：

"委座如此重视桂柳会战，崇禧赴汤蹈火在所不辞。为了加强夏威集团之战力，可否以美械装备第三十一军和第四十六军？"

"可以！"蒋介石点了一下头，"不过，目下时间急迫，自民国三十一年三月日军突入缅甸后，滇缅路已被截断，现在仅有经喜马拉雅山驼峰之一条极薄弱之空运补给线，且时遭暴风雪之袭击，运输缓不济急。但为了抵抗日寇攻势，我决定将库存不多的美械装备第三十一军之一八八师和第四十六军之一七五师两个师。"

白崇禧一听，又是暗吃一惊，因为第一八八师师长海竞强是他的外甥；第一七五师师长甘成城则是夏威的外甥，蒋委员长对这两位师长的部队另眼看待，白崇禧不但没有受宠若惊之感，倒却是疑团满腹。他暗想，蒋委员长一向对杂牌部队歧视，这回何以慷慨拿出两师美械来装备桂军？必然是害怕日寇倾其全力进攻重庆，目下抗战胜利在望，如果日寇深入大西南，中国最高统帅连立足之地都没有，到时如何收拾残局呢？想到这里，白崇禧暗道：既是牙膏可挤，为何不再挤他一挤呢？便又说道：

"委座，这次我回广西去要动员全省力量，与敌周旋。广西民气昂强，向有组织基础，可以动员五十万人参加战斗，其中又可以编组五万人的基干力量。可否由第三十一军和第四十六军两军各扩编一个补充师，另由广西绥署的四个独立团扩编为两个独立纵队。只要中央拨给两师和两纵队的武器装备和饷项，部队可以在两星期内编成，将来即使后续兵团不能如期到达，这些部队也可以立即参加战斗。"

"这个，这个，"蒋委员长明知白崇禧是借机扩充桂军实力，但他紧紧咬了咬那副假牙之后，仍点头道，"好的，好的，所需装备粮饷，我要后勤总司令部参谋长汤垚如数交拨。"

到此，白崇禧已是万事俱备，只有披挂一番上南屏山了。白崇禧走后，蒋委员长便在"林园"召见第九十三军军长陈牧农。

"陈军长，我命令你率部即日开拔，到广西全州一带据守御敌。"蒋委员长命令道。

"是！"陈牧农站得笔挺地答道。

"在桂作战，应相机行动，切不可以全力投入决战，一切战斗行动，可直接报告我，以我的命令为行动之依据！"蒋委员长厉声说道。

"是！"

蒋介石鉴于在四年前的桂南会战中，他将第五军交给白崇禧指挥的教训，这回，他命第九十三军入桂作战，指挥权再也不放给白崇禧了，他要陈牧农亲自听他指挥。对于第九十三军的运用，蒋介石是做了一番深谋远虑的，他之所以把这支嫡系部队放在全州扼守广西的北大门，乃是继续杜聿明的第五军未竟的使命。原来，第五军经昆仑关一战，虽然战功显赫，但已伤亡殆尽，元气难复，已不能驻在广西牵制桂系了，蒋介石遂将杜聿明派往远征军入缅作战。广西又成了清一色的桂系天下，对此蒋介石一直耿耿于怀。但桂南会战之后，广西三四年间无敌踪，他想派兵进来也找不到理由。现在，日寇深入湘境，直逼广西，总算给蒋介石制造了一个以嫡系部队进入广西的有利条件，因此他毫不犹豫地命令陈牧农率第九十三军即日开拔赴桂。但他又怕九十三军重蹈第五军的覆辙，为此他除了亲自指挥之外，特地命令陈牧农注意保存实力，不得以全力展开与敌决战。这些，他不但瞒着白崇禧，而且也瞒着第四战区司令长官张发奎。

陈牧农奉了最高统帅之命，不敢怠慢，即命九十三军由四川綦江出发。他因恃委座面授机宜的特殊待遇，又仗着自己是中央军更是飞扬跋扈，沿途横行霸道，拉夫扰民，殴打百姓，抢掠财物，无所不为。进抵贵阳市区时，竟架起机关枪，与贵州保安部队大打出手。沿途百姓不堪其扰，怨声载道，有那大胆的竟骂道："你们这是什么中央军，日本人来了，也不过如此而已！"陈牧农哪管这些，依然胡作非为，大摇大摆地向广西进发，走了两个月，方才抵达广西全州，此时湘桂境上已是风声鹤唳，草木皆兵了。

却说白崇禧奉蒋委员长之命，由重庆飞抵桂林，第四战区司令长官张发奎早已到桂林迎候。白崇禧因得蒋介石批准桂军换装和扩编的命令，一回来首先便指定专人研究发动民众协助军事的办法。后勤总司令部参谋长汤尧和军令部第三厅厅长张秉钧两人与白一道来广西指导会战，因此换装和扩编的事情进展得颇为顺利，桂军一八八师和一七五师皆换上了一色美械装备。白崇禧又与张发奎召集广西党政军负责人开会，反复讨论备战事宜，决定桂林开始疏散。战备工作已初具头绪之后，白崇禧便偕张发奎一道北上湘境与第九战区司令长官薛岳会晤。因为衡阳保卫战正激烈进行中，白崇禧最关切的乃是下一步薛岳的动向。蒋委员长关于要第九战区在万一衡阳失守时，将其主力部队部署在湘桂铁路两侧，侧击南进之敌的计划，使桂柳会战得以从容部署，白崇禧和张发奎都认为这是一个关键措施，必须尽快和薛岳取得一致意见。白、张在衡阳东郊找到了薛岳，还未发话，薛岳便哇哇大叫起来：

"你们二位来得好，再晚一点我就走了，这仗没法打，老头子太糊涂了！"

"伯陵兄，到底是怎么回事呢？"白崇禧看着薛岳那副红火爆怒的样子，便预感到事情有些不妙了。

"这仗没法打，真气死人了！"薛岳仍在大叫着，那粗得像大炮筒一般的脖子，似乎连出气也嫌小了。

原来，这次湘北会战一开始薛岳还打得不错，特别是衡阳防御战，国军奋勇抵抗，重创敌寇，敌军攻势受挫，不得不等待后续部队增援。敌得援兵，再次向衡阳发起猛攻，又被国军击退，敌人一名旅团长被击毙。谁知仗正打得紧张的时候，蒋委员长一个电话把部队调乱，薛岳补救不及，目下敌人大批援军赶到，我方增援部队第六十二军和第七十九军难以赶来解围，衡阳危急，薛岳简直气坏了。这电话要换上是别人打的，恐怕薛岳早已拔枪和他拼命了，但这是委座口谕，他无可奈何，只得干瞪眼发脾气：

"老头子用电话指挥到师一级还不放心，连团长他也要亲自指挥，弄得军长找不到师长，师长找不到团长，我这战区司令长官部简直如同瘫痪了一般。你们说，这仗还能打吗？"

白、张二人听了只得苦笑，白崇禧忧心忡忡地问道：

"伯陵兄，你下步准备怎么办？"

"跑远一点，他电话就打不通了！"薛岳愤然道，"我准备把部队撤往湘东一带，必要时拉到江西去。"

白崇禧和张发奎听了不由大吃一惊，白崇禧忙劝道：

"伯陵兄，我由重庆回广西之前，委座曾面谕，万一衡阳不守时，第九战区主力部队应部署在湘桂铁路两侧，以利于随时侧击敌军，切断敌人的交通，使其不敢深入我西南后方，以利桂柳会战的进行。"

"健公！"薛岳不断地摆着头，"我这十几万人开到桂北去，啃山上的石头吗？不行！我必须到粤汉铁路以东地区去，以利于就地给养！"

不管白、张这两位昔日的老上司怎么劝说，薛岳还是坚持往东"跑远一点"。

白崇禧与张发奎无奈，只得怀着郁悒的心情离开衡阳回返广西。

"桂林危矣！"张发奎在火车上不禁长叹一声。

"向华兄，我俩都曾是伯陵的老上官，说不动他，倒也罢了，但他为何连委座的命令也敢违抗呢？"白崇禧皱着眉头，向张发奎问道。

"不知道！"张发奎把身子往后一仰，不愿意再想下去。

自从民国二十一年三月十日张发奎率第四军离开广西全州，结束他两年多来与李、白并肩战斗的历史后，便是张发奎失去实力的开始。他的部队被蒋介石调去江西"剿共"，蒋送了张出洋费十万元，命张赴欧考察，张部下的两名健将薛岳、吴奇伟从此成了蒋介石的嫡系将领。张发奎从此则成了一名光杆司令。抗战爆发，蒋介石命张发奎为第四战区司令长官，长官部先驻韶关，后来，蒋介石升余汉谋为第七战区司令长官，负责指挥广东军事，将张发奎的第四长官部移驻广西柳州。张发奎虽然当了战区司令长官，但仍是一名光杆司令。广西是桂系老巢，部队全是桂军，一切军政大权皆操在白崇禧手上，所以有人讽刺张发奎的第四战区为"替死战区"。张发奎只是喟然长叹说道："以我过去历史，安敢再作过分之想，这个残杯冷羹，实已受赐多多矣！"他在柳州盐埠街临河处命人筑一座精致小楼，每日携酒上楼，过着"对酒当歌、人生几何"的消极生活，伴酒遣闷，大有与世无争之概。对于长官部的一应大小事情，他从不过问，任凭蒋、白作主。现在，白崇禧问到薛岳的事，他既不愿说这位投蒋后飞黄腾达的旧部的闲话，也不愿多管闲事——他连第四战区的事都不愿过问，何况第九战区的事！白崇禧见张发奎不想谈论此事，便也不再问起，二人只是默默地在车厢里坐着，各自想着不同的心事。车抵黄沙河，这是由湘入桂的门户。黄沙河正面是一片开阔地，背靠山峦，是一理想的防御阵地。按作战计划，陈牧农的第九十三军在黄沙河以主力占领阵地，另以一个加强团进至庙头占领前沿据点，进行持久防御，在时间上滞敌之前进，以掩护桂林之防御准备。白崇禧和张发奎在黄沙河下车，巡视第九十三军的防御阵地。

只见稀稀拉拉的一些士兵，或在挖工事，或在树荫下睡大觉，全无临战的紧张状态。这个样子，不说白崇禧见了发火，便是不愿管闲事的张发奎也看不过去了，他喝令副官：

"把陈军长找来！"

副官去了半晌，回来报告："陈军长尚在全州城里，现在黄沙河布防的仅是第九十三军的一个营。"

白崇禧与张发奎听了，不禁大怒，二人连忙登车前往全州，到第九十三军军部找着军长陈牧农，白崇禧厉声喝道：

"陈军长，委座把你派到全州，加入第四战区序列，为何不执行长官部的作战计划，将军之主力推进至黄沙河构筑工事作持久防御？"

陈牧农甫抵全州，当即便向蒋委员长打电报报告了情况，蒋复电指示陈牧农，以一营兵力守黄沙河，军之主力皆驻全州县城。陈牧农既得委座之电报指示，当然置第四战区长官部之命令于不顾了。现在听到白崇禧厉声责问，他不慌不忙地向白、张出示蒋委员长的电令，说道：

"这是委座所规定，如果一定要贯彻战区之命令，请再补发一个命令，当遵照执行。"

白崇禧和张发奎看了蒋委员长的电令，一时面面相觑，做声不得。许久，白崇禧才对张发奎道：

"向华兄，从地形上看，全州城是一盆地，受西北郊高地群之瞰制，且无预设工事，不利于守，故九十三军必须将主力推进黄沙河。委座远在重庆，不了解实际情况，你就给陈军长再补发一个命令吧！"

张发奎想了想，说道："既然委座已有指示，我看就按现在的部署算了，不必再动了吧！"他接着对陈牧农道："陈军长，你必须加紧督率全军构筑城防工事，并确实控制全州城西侧高地，才能掩护城内和保障后方交通线之安全。"

"是。"陈牧农答道。

张发奎本不愿管闲事，他又不能像薛岳那样"跑远一点"，现在既然有蒋委员长的电令，他又何必站出来担当负责的风险呢？白崇禧见张发奎拒绝坚持战区的作战计划，心里直感到一阵阵发凉。薛岳跑远了，衡阳城破之日，已屈指可数；第九十三军不守黄沙河，广西北大门门户洞开，桂林、柳州还有什么希望？他一言不发，和张发奎登车回返桂林。到得桂林火车站，一幅世纪末日的悲惨恐怖景象直吓

桂林大疏散中，逃难的人群爬满了火车

得白崇禧和张发奎心惊肉跳。只见火车站里里外外，人山人海，大吵大闹，大哭大叫，一片呼天号地之声，令人撕心裂肺！月台上是黑压压的人群，铁路上也是黑压压的人群，停在站里的一列火车布满了蚂蚁一般密密麻麻的人群。整列火车，除了车头上那个大烟囱口和一个个车轮之外，全被逃难的人群覆盖了。车上的人哭着喊着骂着，车下的人也哭着喊着骂着。有些人刚要爬上去，就掉了下来，有些人爬了上去，又给人推了下来，丈夫顾不了妻子，母亲顾不了儿女，人们都疯狂了。一切做人的准则，几千年的仁义道德，礼义廉耻，忠孝人伦，在这里泯灭殆尽，荡然无存。

"呜——"的一声，被人群紧紧覆盖的火车终于开动了，车轮滚动着，振荡着车厢，爬在车顶上的，纷纷滚落下来。挤在轮轴旁边的，不断跌倒下来，车轮上挂着大腿、胳膊，铁轨上一片血肉模糊的躯体在颤动。丧失理智的人群仍拼命地追赶着火车奔跑不停……

白崇禧和张发奎不敢久停，在卫队的严密护卫之下，匆匆离开桂林火车站，但那幅世纪末日的惨景，却深深地印在他们的脑海里产生一种不可名状的恐怖感，人的本能在提醒他们，此地不可久留！他们乘汽车回到桂林绥靖公署，参谋赶忙呈上一份重庆急电，白、张一看，是蒋委员长给他们两人的电令："着第三十一军和第四十六军死守桂林三个月。"白、张两人又是一阵面面相觑，好久说不出话来，他们顷刻间仿佛被人推下火车，被无情的车轮辗碎了一般。

白崇禧愣了一阵，把双手抱在胸前，在室内默默地踱起步来。衡阳不保，全州不守，蒋委员长葫芦里卖的是什么药，白崇禧这下子已经看得一清二楚。薛岳叫嚷着要"跑远一点"，如果没有最高统帅的默许，他敢吗？陈牧农全军驻在全州城里，只以一营兵力象征性地进据战略要地黄沙河，日寇一攻黄沙河，陈牧农必然要弃城逃跑。因此，那一营部队与其说是守黄沙河，还不如说是掩护第九十三军主力逃跑。蒋的嫡系部队薛岳可以拒不参加桂柳战场正面作战，第九十三军则随时可以脱离战场，而桂军第三十一军和第四十六军却要在桂林死守三个月，蒋委员长岂不是要保存自己的实力，而又要借日寇之刀来除掉在广西看家的这两军桂军吗？从蒋委员长的意图来看，一旦桂军被困在桂林城内，他在川、黔的生力军是断不会前来援救的。现在，离抗战胜利的时间，已经不太遥远了。还在重庆的时候，白崇禧曾与美国副总统华莱士晤谈，据华莱士谈，在盟国的大力攻击下，德、意、日三轴心国，意大利已完蛋，盟国军队已攻入德国领土，日本也挣扎不了一年半载。特别是最近日本东条英机内阁的倒台，更使白崇禧看到日军虽然气势汹汹，但已成强弩之末。白崇禧是一员优秀的战将，在对日作战的态度上，他是国民党中主张抵抗到底的高级将领，面对这样的形势，白崇禧倒是真心想在桂北一带和日寇再打一次硬仗，这对中国战场的抗战和桂系的政治地位都将有着巨大的意义。但是，桂军实力有限，蒋委员长这些年来，都不忘有意识地利用机会，消灭杂牌部队。

其实，白崇禧从不承认桂军是杂牌部队，他常对人说起："若论正统，国民革命军北伐之时四、七两军便已是正统。"但是，后来由于桂系失去了在中央的权力，也许从那时起，便沦为杂牌了。

从北伐到抗日，白崇禧两度与蒋介石合作，无论他们的动机如何，都在一定程度上为国家和民族做出了贡献，这也是白崇禧一生最光辉的两个时期。抗战已进入最后阶段，蒋、白之间的合作到底还能维持多久？这是白崇禧近来想得颇多的一个问题。从杜聿明的第五军到陈牧农的第九十三军先后入桂，白崇禧已感到了蒋介石对广西的特别关注。若说完全是为了抗日，又为何专派陈诚前来监军，又为何电令陈牧农拒不执行第四战区的作战计划？作为中央军的第九十三军死守全州是假，而

桂林市区在日军飞机轰炸下硝烟滚滚

作为杂牌军的第三十一军、第四十六军死守桂林才是蒋委员长的真正意图。但是，蒋委员长道高一尺，白崇禧却魔高一丈，昆仑关一役拼光了装备精良实力雄厚的第五军，蒋委员长虽然心痛，却哑子吃黄连，有苦无处说；白崇禧虽然受降级和撤职处分，但广西地盘和桂军实力并未受损，也算得上是吃小亏占大便宜了。

但是，这次桂柳会战却非同小可，蒋委员长严令桂军第三十一军和第四十六军死守桂林，等于捆住了白崇禧的手脚，使白动弹不得。第三十一军和第四十六军官兵全是广西子弟，守土有责，为保卫桑梓而战，义不容辞，白崇禧想推无法推，想退没处退，如果两军官兵不与桂林共存亡，白崇禧如何向广西父老交代？再者，从装备和兵员上，蒋委员长又对桂军优礼有加，白崇禧不死守桂林，不仅无面目见国人，也无面目见最高统帅。而死守桂林，其结果只有让这两军桂军全部覆没，最后白崇禧丧师失地，得利的还是蒋委员长本人！张发奎在蒋、桂之间，时而为敌，时而为友，对白、蒋的用心都洞烛其奸。现在，蒋委员长这份严厉的电令，把个"小诸葛"弄得进退两难，张发奎抱着隔岸观火的态度，看看白崇禧如何渡过这道难关，横竖他是不介入的。

"向华兄，明天必须开会，再次研究桂林的防守问题。"

白崇禧独自踱步想了一阵后，转身对张发奎道。

"不是已经研究过了么？"张发奎含糊地问道。

"我们原先的计划，是以第三十一军守桂林、第四十六军守柳州，现在委座有令，要三十一和四十六两军死守桂林，有调整部署的必要。"白崇禧说道。

张发奎一听心里不由暗暗叫声："奇怪！"一向长于算计的"小诸葛"这回为何做起蚀本生意来了呢？但他不好细问，便答道：

"那就开吧！"

张发奎正要命令参谋去发通知，却不知白崇禧要几点开会，要何人出席——连这点小事，他也不愿负责，忙问道：

"明天几点开会？何人出席？"

"早晨九点，军长和军参谋长以上幕僚人员出席。"白崇禧说道。

次日上午九点，白崇禧、张发奎在绥署会议室召开桂林防守作战会议。白崇禧首先在会上宣读蒋委员长要第十六集团军的两个军"死守桂林三个月"的电令。司令官夏威、副司令官韦云淞、第三十一军军长贺维珍、第四十六军军长黎行恕等人听了，顿时脸上变色。白崇禧接着说道：

"死守桂林三个月，这是委座的命令，我们必须坚决贯彻执行！有临阵退缩，执行此令不坚决者，自本人以下，皆受军法之严处！"

白崇禧声色俱厉，他那坚决的态度不仅使夏、韦、贺、黎四位桂军将领胆寒，便是连一向不愿管闲事的战区司令长官张发奎也受到震慑。白崇禧说过这番话之后，又说道：

"孙子云：'备前则后寡，备后则前寡，备左则右寡，备右则左寡，无所不备，则无所不寡。寡者，备人者也；众者，使人备己者也。'因此，我们死守桂林，不能被动挨打，应根据敌情采取内线作战各个击破敌人的攻势手段，来达成确保桂柳之目的。这就要乘敌人沿湘桂铁路正面和沿湘桂公路侧面前进分离之时，于桂林以北和平乐附近地区集中主力与敌决战而各个击破之。关于桂林之防守，应用依城野战之手段，把主力控制于城外实施决战防御。"

对于白崇禧战略防御基础上的战术进攻原则，夏、韦、贺、黎听了，顿感由"山穷水尽"之中解脱出来，夏威待白崇禧说完之后，立即附和道：

桂林防守司令韦云淞（左）

"健公之言极是！守城必须有城外机动部队之策应，方能攻守自如，因此吾人贯彻委座'死守桂林三月'之命令，应以部分兵力坚守城内核心工事，以主力调出去机动地策应桂林的防守，方能达成使命。"

韦云淞、贺维珍、黎行恕也都先后发表意见，拥护白、夏的防御作战方针。张发奎这下才明白白崇禧在贯彻蒋委员长"死守桂林三个月"的命令上所玩的花招，心里不由暗道："蒋、白之间，真是道高一尺，魔高一丈！"对此，作为战区司令长官，他能说什么呢？要打，他手上没有兵，要守，他手中没有权，他更没有必要为此去得罪蒋、白任何一方。"张公百忍为上策"，他干脆把眼一闭，将身子往椅背上一靠，索性舒适地小憩起来。

"向华兄，你有何高见？"白崇禧知道，他这个计划再妙，如果张发奎反对，蒋介石察觉，也是要吹泡的，因此他以非常恳切的态度征询张的意见。

"没有，没有，很好！很好！"张发奎又是摇头，又是点头，含糊其辞地敷衍着。

白崇禧只要张发奎不作反对便可以了，他见目的已达，便宣布散会。指定军令部第三厅厅长张秉钧、第十六集团军参谋长韩练成和第四战区参谋处长李汉钟三人按照他上述指示原则，起草防守桂林的书面计划，制成命令，交张发奎签署下发，以示共同负责。散会后，张发奎的参谋处长提醒道：

"长官，白的计划表面上似乎很积极，但我看很危险，以战区现有之兵力和贺、黎两军之素质，对优势敌人采取攻势决战，难期有胜券把握。依我之见，不如以贺、黎两军集中桂林城区，依坚固之设堡阵地和优势之制空权，进行持久防御，然后依后续兵团情况，再策以行动，比较稳当。"

张发奎摆了摆手，说道："或许你的意见是对的。但是，白是对最高统帅部负责的，自有其智虑之处，我们何必另出主意，将来作战不利，把责任归咎于我，岂不麻烦，还是由白一手布置吧！我们明天回柳州去。"

参谋处长见张发奎不愿管事，当然体谅到他的苦衷，但仍提醒道：

"长官坐镇桂柳，负有整个会战胜败的责任，将来桂林不保，恐长官也难脱责任啊！"

"嗨！"张发奎喟然叹道，"横竖是广西的事，广西的人，我何必得罪他们。即令桂林失守，究竟谁负责任，自有公论断之！"

参谋处长见张长官如此消极，便不再多说。第二天，张发奎例行公事在那文件上签了字，便带着随从回柳州去了。每日仍是在盐埠街那小楼上以酒遣闷，对着江上烟波，长吁短叹，不时哼几句粤曲。

八月四日，日寇集中兵力，总攻衡阳。八月七日，衡阳陷落。广西震动！重庆震动！告急的电报如雪片般飞到张发奎的酒桌上来。

"老白现在何处？"张长官醉眼蒙眬地问参谋处长。

"白副总长现时正在桂林陪同美国副总统华莱士视察桂军防御阵地。白对华莱士说，桂林乃是东方之凡尔登[1]，固若金汤，可以据守半年以上。华莱士对此颇为赏识，已答应拨给桂军一批火箭筒和无线电话报两用机等武器装备。"参谋处长报告道。

"桂林能守半年以上，谢天谢地！谢天谢地！"张发奎大叫一声，"副官，给我再拿酒来，为老白固若金汤的东方凡尔登，干杯！"

---

　　[1]　凡尔登是法国东北部的重镇和最大的要塞，1916年2月21日至9月2日，德国军队数度向凡尔登要塞猛攻，由于法军凭借大纵深防御顽强抵抗，终未攻陷。

第七十二回

不忘国耻　瘸将军请缨守土
血洒叠彩　阚师长杀身成仁

　　一名陆军中将艰难地步上石级，正朝鹦鹉山卧佛寺第十六集团军桂林防守司令部走来。他身材魁梧，嘴唇上蓄着一抹威严的短须，眼睛锐利有神。他穿一身崭新的将校呢军服，手上挂着一根黑漆发亮的手杖。如果只看他的上半身，你会感到他是一位颇具威仪的高级将领。但是，他的下半身却完全破坏了他那军人的英武形象——他只有一条左腿，那条笨拙的右腿，竟是一条用木头制成的假腿，走起路来，稍微用力，那木腿便会发出轻轻的吱吱叽叽的声音。他靠着那手杖的支撑，一步一步地迈上石级，终于走进了桂林防守司令韦云淞的办公室。正对着地图一筹莫展的韦司令，蓦地看见这位瘸腿中将走进他的办公室来，不禁睁大眼睛，十分诧异地说道：

　　"老弟，这是什么时候了，兵荒马乱的，人们逃走犹恐不及，你瘸着一条腿跑来干什么？"

　　"来桂林和你共患难呀！"那瘸腿中将泰然地笑了笑说。

　　"啊！"韦云淞惊愕不已，忙将瘸腿中将扶到沙发上坐下。

这瘸腿中将姓陈，名济桓，号昆山，广西岑溪县人。与黄绍竑、白崇禧、夏威、韦云淞等人同出自百色时代的马晓军部下。民国十九年夏，李宗仁、白崇禧、张发奎同率桂、张军入湘，策应冯、阎反蒋作战。以卢汉为首的滇军趁广西后方空虚，乃第二次侵入广西，围攻南宁。当时韦云淞奉令防守南宁任防守司令，陈济桓任副司令。韦、陈二人互相配合，以我寡敌众，竟坚守危城达三个月之久。在滇军长期围困下，南宁城内军民粮食罗掘俱穷，官兵被迫以黑豆当餐，仍然坚决抗击不退，直坚持到白崇禧率军解围。从此，在桂军之内，韦云淞、陈济桓以能守著称。南宁解围后，陈济桓以守城有功，升任副师长。民国二十二年春，陈济桓因参观军事演习坠马伤足，被截去右腿，成了一名瘸腿将军。由于他战功赫赫，李、白仍予重用，并升他为中将参军。抗战军兴，陈济桓请缨杀敌，但李、白考虑他身残行动不便，乃把他留在广西，任金矿主任。陈济桓见李、白率大军北上抗日，同袍们一批又一批地出发到抗日前线杀敌卫国，心中羡慕不已。但他无奈身残，行动不便，只得到八步去当金矿主任。一晃七八个年头过去了，陈济桓默默无闻地当着他的金矿主任，但他的内心却未平静过，杀敌报国的热血始终在身上奔腾不息。当衡阳陷落，日寇铁蹄即将闯进广西时，陈济桓在金矿上再也待不下去了。他得知从前的老搭档韦云淞出任桂林防守司令，奉命死守桂林的消息时，激动地对夫人说道：

"我要到桂林去帮韦司令守城！"

正怀着身孕的夫人吃惊地说道："你是个只有一条腿的残废军人，已多年不上阵了，行动诸多不便，如何去得？"

"全国抗战，地不分东西南北，人不分男女老幼，大多做到有钱出钱，有力出力，以尽国民之天职。我是军人，虽然残废，然报国之心，义无反顾，日寇逼近家门，岂有不舍身杀敌之理，我决心赴桂林辅佐韦司令守城！"陈济桓慷慨陈词，气壮山河，夫人为之动容。

"你什么时候走呢？"夫人问道。

"明日便走！"陈济桓毫不犹豫地答道。

夫人知他报国心切，不再劝阻，回到房间里，从柜子中取出他那套久不穿用、领上缀有中将军阶的将校呢军装，亲自给他穿上。然后，低声说道：

"我腹中的孩子，不知是男是女，你走之前，最好能给取个名字，我也就放心了！"

陈济桓略思片刻，便说道："生下之儿，不论男女，若我助韦司令守城胜利，取名'可卫'；如我战败牺牲，则取名'可伟'。盖前者表示城可保卫，后者表示人虽死而精神伟大也！"

第二天，陈济桓便和怀孕的妻子依依惜别，带着一名随从，急急奔桂林而来，到桂林后也不待歇息，便径直到桂林防守司令部来向韦云淞报到。韦云淞见这位只有一条腿的老伙计自动前来请战，心中且惊且喜。

原来，自从白崇禧召开桂林防御作战会议后，决定了采取内线作战，依城野战之手段，把主力控制于城外实施决战防御的方针。白的这个方针，并非从贯彻蒋委员长"死守桂林三个月"的电令出发，而是为了保存桂军实力，避免被敌围歼于城内。蒋介石为了压白崇禧以桂军死守桂林，除了派他的嫡系部队进入广西全州作前敌防御外，还慷慨地拨给了桂军两师美械装备，又允许白崇禧扩编军队，蒋忍痛不惜付出一笔本钱。白崇禧权衡利弊，深知有得必有失，他如果不付出一笔相应的本钱，不但在最高统帅面前无法交差，而且在广西民众乃至全国人民面前也无法交代。因此他处心积虑确定的这个作战方针，既巧妙地达到了保存桂军实力，应付蒋介石"死守桂林三个月"的命令的目的，又可在国人面前摆出一副坚决抗战的姿态。

根据这个作战方针，白崇禧把第三十一军较强的第一八八师和第四十六军中较强的第一七五师抽出城外机动。这两个师刚换上美械装备，实力较前更强，师长海竞强和甘成城又分别是白崇禧和夏威的外甥，白崇禧当然是不愿意牺牲这两个师的。他准备一旦留在城内死守的部队打光了，便由这两个师立即扩编成两个军。奉命留在城内死守的是桂林防守司令部，司令韦云淞；第三十一军军部，军长贺维珍及所属的第一三一师；第四十六军军部，军长黎行恕及所属的一七○师；另外配属了若干炮兵部队。守城部队不足两万人。第四十六军军长黎行恕见白崇禧抽走了实力较强的海、甘两师，守城部队名为两军，但只有两师，而且一七○师是后调师，绝大部分是刚补充进来的新兵，守城部队兵单力薄，凶多吉少。他凭着多年在李、白身旁任高级幕僚的关系，经过一番活动，白崇禧批准黎率第四十六军军部离开桂林。任桂林防守司令的韦云淞也想走，他向白崇禧推荐以第三十一军军长贺维珍为桂林防守司令。白摇着头说："世栋，你不能走，你要以吃黑豆的精神来守桂林，你的防守司令职务，是我向委座保荐的，你一定要保持光荣！"韦云淞见白崇禧不放他走，便说道："健公，吃黑豆的精神固然要发扬，但桂林市区这样大，兵力这样少，一七〇师又多是新兵，我的防守司令部目下连卫兵都没有一个来守，你叫我如何守桂林呢？请再给我增加一个师吧！"白崇禧初时不允，经韦云淞再三请求，白才狠了狠心，把已调出城去的海师和甘师各抽了一个步兵营给韦云淞作守城预备队。

却说蒋委员长闻报白崇禧从桂林城中抽出第一八八师和一七五师作城外机动部队，心中疑虑顿生，他从重庆打电话到桂林询问：

"健生兄，你怎么把守城部队拉到外面去呢！"

"报告委座，这是根据总结衡阳防守战的经验教训做出的安排。"白崇禧从容不迫地说道，"衡阳防守战，由于我方缺乏外围部队的部署，致使孤守城池，被敌合围受歼。这次防守桂林，不能重蹈衡阳防守战之覆辙，宜依城野战，采取攻势防御。因此第一八八师和第一七五师与城内的第一三一师和一七〇师乃是不可分割的一个攻守防御总体系。"

"嗯，这个，这个，"蒋委员长一时找不出白崇禧的破绽，只得说道，"桂林一定要死守三个月，你转告韦司令云淞，我不日将派人到桂林去，为他授勋！"

白崇禧心想，仗还没打，你怎么就派人来授勋呢？我现在要的是兵，而不是韦云淞的勋章。他说道：

"桂林守军兵力单薄，虽然将士有死守之决心，惟恐全军壮烈殉国后城破，请委座尽快派生力军前来增援。"

"这个，这个，你放心好了。"蒋委员长安慰白崇禧道，"我已决定从印缅战场抽调两个美械装备的远征军回来增援你。"

"委座，远水难解近渴呀！"白崇禧说道，"汤恩伯的几个军不是驻在贵州吗？"

"汤恩伯的部队需要整训，目下不能动用。"蒋委员长说完便放下了电话筒。

白崇禧冷笑一声，说道："我就知道你会这样干！"

过了几天，蒋委员长果然派人给韦云淞送来一枚胜利勋章，韦云淞本是中将，奇怪的是，授勋的命令上竟将韦的军阶写成了"上将"。韦云淞惶惑不敢受，使者笑道：

"这是委座的意思，打完仗即正式发表。"

韦云淞暗道："只怕打完仗要变成追认了！"他感到守也无法守，走也无法走，只得硬着头皮先成立他的防守司令部。可是，谁都知道守桂林必死，能活动出去的，都离开了桂林，这个时候，谁愿意往火坑里头跳呢？韦云淞竟找不到人当他的参谋长。没有参谋长，便等于没有司令部，指挥机构成立不起来，还能打什么仗呢？韦云淞急得直骂娘，他找白崇禧要参谋长，白叫他自己找。本来，第四十六军军长黎行恕就是一个颇为理想的参谋长，但他已从火坑里跳了出来，岂肯再跳下去？眼看日寇在衡阳厉兵秣马，已经整补就绪，很快就要进军广西了，而桂林防守司令部连参谋长都还没有物色到。正当韦云淞急得如热锅上的蚂蚁一般时，这位只有一条腿的陆军中将陈济桓却毛遂自荐，一瘸一瘸地送上门来了。

"让我来干参谋长吧！"他拍着胸膛，当仁不让地说道。

韦云淞看着陈济桓那条假腿——因是木制的，坐着时不能弯曲，心里真有股说不出的滋味。本来，他和陈济桓自从守南宁出名后，人们便将他们呼之为"危城（韦、陈）能守"，韦云淞内心当然愿意陈再一次来做他的副手，重演一次"黑豆节"的壮举，但是时势不同了，人也不同了。当年打的是滇军，其战斗力根本不能与日军相比；而当年的猛将陈济桓，如今已成残废，韦云淞懊恼不已。但他又有些迷信思想，因为当年他和陈济桓守南宁，也是守三个月，而今蒋委员长要他守桂林，也正好是三个月。特别是在他正为找不到参谋长而发愁的时候，当年的老搭档陈济桓如同从天而降一般，出现在他面前，自告奋勇，要求出任参谋长，这真是天巧地合，韦云淞不由产生了几分侥幸的心理。但是，他并不急于接受陈济桓的要求，他还不知道陈的真正目的——也许，陈是在矿山里待得久了，感到寂寞难耐，静极思动，想出来出出风头，或者捞上点什么好处。他告诫陈济桓道：

"老弟，目今守桂林不同于当年守南宁啊，兵凶战险，我看守桂林是九死一生。你是个只有一条腿的残废军人，没有作战任务，何必跑来冒险？"

想不到陈济桓陡地一下子站了起来，说道："司令，我当了这大半辈子军人，仗虽然打了不少，功也立了不少，可打来打去，都是中国人打中国人，实在没有什么意义！现在抗日战争，关系中国国家和民族的存亡，真是匹夫有责。我一定要参加守城，与桂林共存亡。我是跛子不能逃跑，胜则生，败则死。"

陈济桓接着把胸膛一拍："誓把我这一百多斤水（身体）和鬼子拼了，衰仔才做方先觉第二！"

陈济桓这番热血之话使韦云淞既感动又惭愧，他想了想，说道：

"老弟，我是真心实意盼你来帮忙，可是，不知你考虑过没有，你是个'黑官'呀，军委会没有备案，统帅部是不会给你任何待遇，更不会承认你的中将军阶的。因此你的职务便成了问题，不仅我不能为你出力解决这个问题，恐怕连白健公也插不上手帮你的忙啊！"

原来，陈济桓的中将军阶是在民国二十五年两广联合反蒋时，由李、白授予的。广西部队出发抗日前夕，陈济桓已出任广西第二金矿主任，已不带军职。因此国民政府的军事委员会在桂军整编时，没有给陈济桓备案，陈的陆军中将军阶不能得到国民政府中央军事委员会承认，他本人从此便成了一名"黑官"。韦云淞以为陈济桓想来桂林与他搭伙守城的目的，不外乎是想能在军委会正式列名，抹掉那个"黑官"，以便当个光明正大的中将。因此他不得不提醒陈济桓，这个想法是不大可能实现的。

"'黑官'就'黑官'，只要打日本鬼子，不管是'白'的还是'黑'的，我都无所谓！"陈济桓笑道，"司令，如果因为我是'黑官'，当不了你的参谋长的话，就发给我一挺轻机关枪，让我给你守司令部好了，反正我是不走了的！"

韦云淞对这个一心报国的人，还能再说什么呢？他命副官带陈济桓下去歇息，对陈说道：

"老弟，你先休息，我一定将你报国之心转报白健公，请他与军委会打交道，力争给你正式任命。"

却说韦云淞将陈济桓要求参加守城的决心转报白崇禧之后，白崇禧非常高兴，当即上报军委会请正式任命陈济桓为桂林防守司令部参谋长。可是旋接批复不准，原因是查陈之军阶未经军委会核准备案，且无学历和文凭——师以上参谋长必须有陆军大学之学历。韦云淞怀着懊丧不平的心情，把上报经过告诉了陈济桓，叹道：

"老弟，我说的没错，你一无户口，二无学历，三无文凭，还是回去当你的金矿主任吧，也好留得条命！"

陈济桓却坦然地笑道："司令，我来参加守城，一不图升官，二不为发财，三不为扬名。没有户口也罢，没有学历文凭也罢，但我有一颗中国人的良心，有一股与日寇拼命的勇气，我什么官也不要当，你就发我一挺轻机关枪好了！"

韦云淞见陈济桓参战之意志坚决，无法将他劝走，不得已乃将情况再报白崇禧，白一听颇受感动，也不再请示军委会，便对韦云淞道：

"既然如此，我们就行使点自主权吧，你即以桂林防守司令部的名义，发表陈济桓为中将参谋长。"

韦云淞无奈，只得照办，但他告诉陈济桓："老弟，你还是个黑官，如果万一不幸牺牲，军委会非但不追认你的军职，恐怕连抚恤金也不能发的啊！"

"司令，"陈济桓激动地说道，"如果我守城战死，你把我埋在桂林随便哪一座山下就行了，我死而无憾，其他皆身外之物，一概不要你为我操心！"

陈济桓便这样以一个"黑官"的身份，当了桂林防守司令的参谋长。他虽然身为"黑官"，但在桂军中战功累累，指挥勇敢沉着，以善守著称，此次又以残废之躯请缨守城，因此守城官兵无不敬服。他每日拄着手杖，拖着那条走起路来有些吱吱作响的木制假腿，四出巡视，检查防御工事，鼓励守城官兵为国杀敌。他工作兢兢业业，一丝不苟，每一个山洞，每一个火力点，他都要亲自去看过。回到司令部时，他已累得大汗淋漓，那木制的假腿把肌肉摩擦得生疼。他倒在司令部的行军小床上直喘气。司令韦云淞见他累成这个样子，便劝道：

"老弟，还是留点力气来在突围的时候走路吧！"

"司令，委座不是要我们死守桂林三个月吗？"陈济桓见韦云淞在打仗之前就想到要突围，便很诧异地问道：

韦云淞没有回答陈济桓的问话，他对"死守三个月"的任务从一开始便毫无信心。但是，白崇禧要他守，蒋委员长也要他守，并且事先送来了勋章。他如果不战而逃，不被枪毙也得坐牢，而守下去只有死路一条，他又没有陈济桓那种为国捐躯的勇气。因此他暗自盘算着，准备打到一定程度再向白崇禧请求准予"突围"，白为保存实力，也一定会向蒋委员长力争批准"突围"出去的。韦云淞自此无心守城，只是处处留意"突围"办法。他命人将库房中一辆破烂的战车弄出来修理，以便"突围"时乘坐。但那辆战车早已破烂不堪，无法修复。他又命人去弄来一只橡皮艇，以便在混乱之时乘橡皮艇渡漓江向临桂东乡方向逃命。对于"突围"方向，韦云淞确定以西北方向为宜，采用与日寇南进相左的方向，敌就不会远追。为此，他命人保留阳江上的德智桥，以便"突围"时得以利用。不想，参谋长陈济桓根本体会不到韦云淞"突围"的良苦用心，在他视察督导城防工事时，竟命人放一把火，将那座预备作后路的德智桥的桥面、桥桁统统都烧掉了。韦云淞闻知，只得暗暗叫苦，却又不好指责陈济桓。因有陈济桓督率防守作掩护，韦云淞正好悄悄安排他的"突围"计划。他命人到桂林郊外四乡，搜罗了一批熟悉周围大小路径、山隘岩洞的乡人，准备在"突围"时由他们带路乘隙逃出城去，也甚至连逃跑时的便衣都已准备好了。陈济桓守城是忠心耿耿，韦云淞谋求逃生则用心良苦。这一对当年死守南宁，开创"黑豆节"的桂军宿将，如今重又搭配在一起死守桂林，真可谓相得益彰，充满戏剧色彩。

　　九月十二日，敌第十三师团进抵桂北大门黄沙河。第九十三军那一营部队，刚一接触，便溃退了下来。十三日早晨，敌前锋部队直逼全州县城。韦云淞闻报，慌恐不已。他在自己房间里转来转去，不时打开那只黑色皮箱，把里边的东西翻检一番。皮箱里放着一件皮袍和一套毛蓝官布衫裤，前者是有地位的人穿的，后者乃是一般百姓乡民的服装。这两套便衣旁边放着一支小号左轮手枪、几根金条、一撂光洋和几盒美国罐头。这是他准备"突围"的全部装备，行动时，他要亲自把小皮箱提在手里。

　　"司令，你那小皮箱里有些什么宝贝，可否让我见识见识？"参谋长陈济桓一瘸一瘸地走了进来。

韦云淞忙把小皮箱迅速锁上，尴尬地说道："没什么，没什么，是几件洗换衣服，内人临走时为我准备的，他怕我一打起仗来，就什么也顾不上了。"

"嫂夫人想得还挺周到！"陈济桓夸赞着。随即又对韦云淞道，"司令，敌已逼近全州，恐怕不久就要到桂林了。从历史上看，攻桂林必从东江入手，强渡漓江，攻夺象鼻山为支撑点，进窥市区。"

陈济桓虽然没有文凭和学历，但他从秦兵入据岭南直谈到定南王孔有德率清兵南下攻陷桂林，抗清将领李定国回师袭占桂林击败孔有德，再谈到太平天国由永安北上围攻桂林，在象鼻山上架设炮台，以大炮猛轰桂林城的战例为鉴，建议韦云淞加强东江的防御力量。韦云淞的心思都扑在"突围"上了——蒋委员长战前授勋，韦云淞战前想"突围"，可谓有异曲同工之处！他哪有心再听陈济桓的精心策划。但又不好推诿，只管点头道：

"好好好，你可以进行安排！"

他们正说着，忽听一阵汽车响声，只见一辆美式吉普车开到司令部石阶下的院子里，从车上下来一位中校军法执行官，径直走到房子里来，向韦云淞敬礼，报告：

"我是战区长官部军法执行官，奉委座和张长官之命，前往兴安大榕江拘捕第九十三军军长陈牧农。现陈犯已押在车上，张长官命令将其交给桂林防守司令部扣留法办。"

韦云淞听了不禁大吃一惊，他这桂林防守司令如何管得着全州的事呢？他是桂军第十六集团军的副总司令，如何管得着中央军第九十三军的事呢？论军阶，他是中将，陈牧农也是中将，一个杂牌军的中将又如何能扣留法办一个中央军的中将呢？那中校军法官见韦司令还在发愣，便向他出示张发奎长官的命令，那命令略谓：奉委座令，第九十三军军长陈牧农擅自撤退，动摇军心，着即将其扣留查办云云。在扣留查办后，有交桂林防守司令部执行等语。韦云淞看了战区司令长官张发奎的命令，推断大约是陈牧农在敌军压境之下，惊慌失措，丢了全州，蒋委员长要追究责任，而张发奎长官又不愿多管事，遂将扣留法办之事交给桂林防守司令部执行，这样做一则将矛盾推出去，可不负责任，二则也即以陈牧农之事压一压韦云淞，韦如不死守桂林，便将步陈之后尘。韦云淞感到此事好生棘手，但既是张长官有令，他又不敢不办，遂和那中校军法执行官一同到吉普车前。陈牧农由两名宪兵押下汽车，军阶和帽徽皆已被摘去，昔日那横行霸道、不可一世的气派，随着变成阶下囚而消失殆尽。刚到广西全州的时候，他曾专程到桂林来会见第十六集团军总司令夏威、副总司令韦云淞。陈牧农摆着一副老大的架子，不但不把总司令夏威放在眼里，对韦云淞则更不屑一顾。他两眼望着天花板说话：

"兄弟今奉委座之命初到贵地，人生地不熟，望二位仁兄多多照应！"

他做梦也没想到，今天竟会落到这位杂牌中将司令手里。但已沦为阶下囚，不得不低头，他忙"啪"的一声，双腿一并，立正，行了个九十度的鞠躬礼，然后把头往下一垂，两眼望着自己的脚面，脸上充满惶惊愧疚之情。韦云淞虽然有出了一口恶气的感觉，但他并未感到自豪，也未感到幸灾乐祸，相反，他倒产生出一种怜悯同情之心。这绝不是韦云淞有菩萨的心肠，而是看着这位昔日骄横的中央军军长陈牧农突然沦为阶下囚，使他顿时产生一种兔死狐悲之感。陈牧农身为蒋委员长的嫡系将领，尚且如此，自己是杂牌守城官，桂林一旦失守，蒋委员长会轻饶他吗？他心中一阵战栗，竟忘记了自己受命要法办陈牧农的事，却满怀同情地询问道：

"陈军长，全州乃战略要地，又是国军囤积粮弹的处所，你无论如何都应该多守几天呀，为何才打一夜就放弃了？"

陈牧农见韦云淞仍称呼他为"陈军长"，且口气满怀同情之心，心中不觉萌生了一线希望，便委屈地说道：

"十三日夜十一时，全州城西侧高地被敌袭击，左侧背与后方联络线均已受威胁，为使撤退安全和便于尔后战斗起见，不得不放弃全州。又因情况紧迫，弹药粮秣无法全数撤走，乃做了焚毁之处置。"

"你为何不事先向战区长官部报告呢？"韦云淞觉得陈牧农不够灵活，他守桂林便早已想好了，一旦"突围"即事先报告白崇禧和夏威，由他们向蒋委员长力争批准"突围"，到时便没了责任，他觉得陈牧农也许高傲，不把战区长官部放在眼里，因此吃了大亏。

陈牧农道："当时因电话中断，来不及请示了。"

在桂林以身殉国的桂林防守司令部中将参谋长陈济桓

"噢！"韦云淞惋惜地摇了摇头。

"但我在撤退之前曾用电报向重庆委座报告过，并得委座批准撤退，我才行动的。如今委座却责我擅自行动，将我扣留法办，实在是天大的冤枉！"陈牧农那一直垂着的头倏地昂了起来，眼中充满冤屈之色。

"委座的电令还在吗？"韦云淞心里一振，忽然异想天开地要当起"青天大人"来了，只要能让陈牧农获准免予追究，他这位桂林防守司令的日子便宽松得多了，因为"死守全州"的陈牧农才打了一夜便放弃阵地后撤，尚可免予追究责任；韦云淞"死守桂林三个月"只要打上三天，便不但无罪，而且简直可以立功了——他一直念念不忘蒋委员长战后要晋升他为上将军阶的许诺。

陈牧农见韦云淞要为他伸张正义，感激得又行了个九十度的鞠躬礼，然后解开军服胸前那只口袋的纽扣，从里边摸出一纸电文，双手呈到韦云淞手里。韦接过一看，果然陈牧农撤退得到了委座的电令。

"陈军长，你既然有委座电令作依据，当时来不及报告战区长官部也不为过。"韦云淞松了一口气，这不仅是陈牧农有救了，而且也为他日后"突围"埋下了前有车、后有辙的充分理由。

"多谢韦司令之关照，牧农如能重任军职，必重报今日之恩！"陈牧农见韦云淞有心开脱他，忙感恩戴德地说起好话来。

韦云淞即把陈牧农和战区长官部那军法官带到办公室，要陈牧农把委座仅以一营兵力守黄沙河的命令与战区长官部的作战计划相违背，张长官不同意补发命令，及奉委座电令放弃全州的详细经过口述一番，由那军法官逐一记录下来，然后由陈牧农看过签字盖章。韦云淞对长官部那军法官说道：

"你把陈军长的申诉带回柳州面呈张长官，请长官转报委座，免予追究陈军长放弃全州的责任。"

那军法官也觉得陈牧农是代人受过，理应向最高当局申诉，便带上陈的申诉材料，仍乘吉普车返回柳州，向张长官报告去了。韦云淞只令人陪着陈牧农喝酒下棋，只等免于追究的命令一下，便恢复陈的自由。

谁知三天过后，张发奎一纸电令发来直吓得韦云淞目瞪口呆，那电令写道：

在桂林以身殉国的第三十一军第一三一师少将师长阚维雍（左）、第三十一军少将参谋长吕旃蒙

"查第九十三军军长陈牧农，未奉命令，擅自放弃全州，焚毁大批军需物品，奉上谕着桂林防守司令部将其就地正法，以昭炯戒！"韦云淞不敢怠慢，即命桂林防守司令部总务处长韦士鸿持电令向陈牧农宣读，并问他对部队有什么话交代，对家属有何遗嘱？陈牧农听罢痛苦万状，长叹一声，只说了一句话：

"早知今日死得不明不白，还不如在战场一拼而死！"

陈牧农被枪毙后，蒋介石即令军校第六分校主任甘丽初接任第九十三军军长。甘丽初率该军主力在大榕江附近占领阵地，对沿湘桂路进犯之敌先头部队予以痛击，日寇由兴安出高尚田，迂回第九十三军的右翼，该军且战且走。十月上旬，日寇先头部队逼近桂林。

却说韦云淞奉令将陈牧农枪决之后，一直心惊肉跳，神不守舍。他支持陈牧农上诉之事，被白崇禧察知，白来电话指责韦"狗咬耗子多管闲事""脑壳一点也不醒水"。韦云淞吓得魂飞魄散，心里直叨咕："好险！差一点把我赔进去了！"陈牧农致死的原因虽然扑朔迷离，但是韦云淞琢磨了半天，总算理出了一些令人骇然的头绪来。陈牧农是蒋委员长的嫡系，又是处处奉蒋之命行事，蒋为什么要杀他？陈牧农先被扣留，为何蒋委员长不命将陈押到重庆交军法审判而交桂林防守司令部执行枪决？为何陈牧农的上诉材料报上去三天后，蒋委员长便匆匆忙忙要杀陈？韦

云淞恍然大悟：

"陈牧农如不上诉，便断然不会死！"

韦云淞不禁吓出冷汗来。陈牧农泄露了蒋委员长的天机，才遭杀身之祸。否则，丢了一个小小的全州县城，何致会掉脑袋？日寇这次打通大陆交通线的攻势，蒋的嫡系汤恩伯、蒋鼎文、陈诚、薛岳，望风披靡，动辄失地千里，蒋委员长追究了谁呢？杀了谁的头呢？现在杀一个陈牧农不但可以掩盖蒋委员长保存实力的阴谋，而且可以向军民炫耀其大公无私、执法严明，同时更可警告韦云淞及桂系防守桂林的部队，只能死守，不能逃跑。这是多么奥妙的棋着，多么阴险的手段！怪不得白崇禧责骂韦云淞"脑壳一点也不醒水！"韦云淞越想越害怕，尽管敌军先头部队已逼近桂林，在甘棠渡击溃了桂军派出的警戒部队，大战一触即发。但韦云淞的心思还是没有放在守城上，他现在迫切需要想出一个既不蹈陈牧农的覆辙，又不在桂林城内战死的两全其美之计。

俗话说"智者千虑，必有一失；愚者千虑，必有一得"。蒋委员长之杀陈牧农智则智矣，但在韦云淞"千虑"之后，不但被其窥破，而且欲如法炮制，以便脱身。到底牺牲谁最合适？韦云淞只能在担任守城的两位师长之间选择。第四十六军第一七〇师师长许高扬，本也是白健公的亲信，但其所率系后调师，绝大部分是刚征集来的新兵，自然不能跟海师、甘师相比，为保存实力计只得留许师在城内冒险。韦云淞当然明白不能拿许师来牺牲，他只能打第三十一军第一三一师的主意了。该师装备实力虽逊于海师和甘师，但师长阚维雍是个将才，指挥有方，带兵得法，因此所部战斗力也不差。在两军四个师长中阚维雍不像海、甘、许三师长，与白崇禧关系密切，阚师长为人忠厚，军事学识渊博，曾在南京陆军工兵学校深造七年之久，毕业后再入中央陆军大学乙级将官班第一期继续深造，对于军事学、筑城学、工、交、通信等特种兵种造诣很深，并精通两门外语，他是桂军中难得的专门人才。他靠自己的学识才干，由参谋而营长、团长、副师长、军参谋长直升到少将师长。阚师长虽然学识过人，但在军中没有大人物做靠山，因此韦云淞认为，牺牲一三一师及其师长阚维雍，自己"突围"出去之后，蒋委员长和白健公是抓不住把柄的，可免蹈陈牧农之覆辙。韦云淞计谋已定，便传令在防守司令部召开守城部队团长以上军事会议。会上，韦云淞首先宣读张长官"奉上谕"要桂林防守司令部枪毙陈牧农的电令，然后杀气腾腾地说道：

"陈牧农临阵退却，放弃全州，被处极刑。本司令执法如山，有守城不力，临阵退却者，当照陈牧农之例严办！"

说完，韦云淞用那双色厉内荏的眼睛，扫了大家一眼，然后把目光停留在第一三一师师长阚维雍身上。阚师长戴一副金边细腿眼镜，一头乌亮的头发往后梳得十分整齐，他个子高挑，服装整洁，举止文雅，像个庄重的学者，在这群武将之中，给人以鹤立鸡群之感。

"阚师长，你师担任中正桥以北沿河，北门至甲山口地区及漓江东岸，沿猫儿山、屏风山至七星岩地区一带之防务，任务艰巨，你必须督饬本部，死守到底！"韦云淞训令道，"阚师长你虽然饱读兵书，在军校和陆大深造多年，但你没有吃过黑豆，不可能知道黑豆精神是怎么一回事。这回守桂林，我要看一看哪一个部队，哪一个将领，发扬了黑豆精神的传统！"

阚维雍只是淡淡地一笑，平平静静地说道："司令，我没有吃过黑豆，今后也不想吃黑豆，但我的司令部就设在叠彩山瞿、张[1]二公成仁之处，我知道一个军人在外族入侵、国土沦丧之时，应该怎么去做！"

韦云淞见阚维雍并不推崇他所创举的"黑豆精神"，心中甚为不满，告诫道：

"'黑豆精神'乃德、健二公所倡导，此次死守桂林，自本司令以下，有不与城共存亡者，格杀勿论！"

散会后，各位将领回到各自部队的防区，传达韦司令的命令，检查工事构筑及火力配备情况，严阵以待，准备厮杀。

韦云淞也在加紧做好"突围"的准备，他命令亲信到临桂东乡、西乡一带察看地形，物色向导。又命一七〇师工兵营在被参谋长陈济桓烧了的德智桥桥头，准备搭架临时浮桥的器材，以便逃跑时使用。

白崇禧跑回重庆去了。

---

[1]　明末大臣瞿式耜和张同敞，在桂林抗清被俘，至死不降，在叠彩山就义。

张发奎仍在柳州盐埠街那小楼上喝酒遣闷。

第十六集团军总司令夏威，带着第四十六军军部和在桂林城外"机动"的第一七五师和第一八八师这两个主力师，不知"机动"到什么地方去了。

桂林已成孤城，桂林守军已成孤军。十月三十一日，敌第三师团、第十三师团、第五十八师团，乃将桂林合围。战斗最先在一三一师防区北门和东江一带打响。敌以重炮和战车掩护，向猫儿山、屏风山等处猛攻。一三一师三九一团坚守东江七星岩一线，与敌反复争夺，阵地数度易手，山头上的守军直打到最后一人仍坚守不退。桂林秀丽的山头，第一次为鲜血浸染，那一座座峻岩奇石千姿百态的山头，在夕阳的映照之下，折射出一片片骇人的殷红血光。十一月五日，敌以密集的燃烧弹轰击象鼻山桂军阵地，烈焰如炽，把那头静静地立在漓江之中汲水的"神象"，烧得浑身发赤，敌军乘橡皮艇强渡漓江。次日，第一三一师三九一团在东江一带的阵地，普陀山、月牙山、穿山、猫儿山、屏风山皆被敌攻占，残存的守军数百人由团长覃泽文率领，进入那个美丽迷人充满神话传奇色彩的七星岩内坚守，可是该团与师部的通讯联络已断绝。七星岩内的守军，除团长覃泽文等少数人由后岩突围出去外，余皆被日军用毒气弹毒死。

十一月八日，敌以重炮百余门，战车三十余辆，在大批飞机的助战下，猛攻一三一师三九二团阵地中正桥以及伏波山沿河一带阵地。师长阚维雍带卫士数人，不畏枪林弹雨，亲临中正桥指挥反击战，屡挫敌锋。三九二团团长吴展在激战中牺牲，全团官兵伤亡殆尽，中正桥阵地终陷敌手。阚维雍将该团残余官兵撤入靖江王城之内坚守。敌军已攻入桂林市内，中南路一带守军与敌发生巷战。阚维雍奔回师部，打电话向韦云淞要预备队增援，向敌作最后反击。

防守司令部里无人接电话。阚师长再打电话到军部，军部也无人接电话。他正感诧异，忽见他师部的一名参谋惊慌失措地跑来报告：

"报告，师……师座，三九三团在北门与敌血战，伤亡殆尽，总部和军部都……都……跑了！"

"啊！"

阚维雍脑子里"轰"的一声，全身的热血都汇集到胸膛里来，他的师三个团经过十天血战，重创顽敌之后，已经所剩无几。如今，口口声声高喊发扬"黑豆精神"与桂林共存亡的韦云淞已经弃城而逃，他阚维雍乃一个爱国的热血军人，能做出这样可耻的事来吗？他不能！与敌寇拼下去吗？他的部队已经打光了，拿什么去拼？他昂头看见了叠彩山上那块巨大的瞿、张二公成仁碑，刻在碑上的瞿式耜和张同敞的画像，他们衣袂飘飘，横眉冷对屠刀。阚维雍似乎受到了某种启迪，他从腰间毫不犹豫地拔出手枪，大叫一声："桂林啊！"枪响身亡。

在瞿、张二公成仁碑下边，又矗立起一块不屈的丰碑，阚维雍以他的满腔热血，书写了自己的碑文！

入夜，桂林城里大火烛天，城池屋宇尽成瓦砾。防守司令部参谋长陈济桓在两名贴身卫士的搀扶下，拄着手杖，在黑暗中跌跌撞撞地向桂林西郊侯山坳奔去。四野漆黑，人马杂沓，遍地枪声，陈济桓边走边骂：

"丢那妈！到底往哪里走！"

"韦司令不是命令向西突围吗？"一卫士答道。

当中正桥阵地危急之时，陈济桓曾要求韦云淞派司令部的两营预备队增援。但韦云淞决定用这两营精锐的部队保护自己"突围"，他横竖要牺牲一三一师，丢将保帅，此时哪还有心思想到阵地。黄昏后，他向远在重庆的白崇禧和不知在什么地方的夏威发出了请求准予突围的请示电报，也不待白、夏回电，便率总部向城西方向逃窜。

"丢那妈，突围了怎么有脸见人！"

陈济桓巍巍颤颤地站住了，一边叫骂着，一边猛地推开一直搀扶着他的那两名卫士：

"你们都给我滚开！"

那两名卫士惊悸地忙松开了搀着陈济桓身躯的双手，不知他要干什么？两人只是在黑暗中愣愣地站着，他们似乎听到了参谋长心脏急剧的跳动声。陈济桓从腰上拔出手枪，向那两名愣立的卫士大吼道：

"给我滚远点！"

待那两名卫士走出几十步之后，陈济桓从上衣口袋里掏出他的一张名片，那名片上端端正正地印着：

"广西绥靖公署陆军中将第二金矿主任陈济桓。"

他咬破手指，在"陈济桓"三字下边，重重地盖上了一个鲜血指模，嘴里仍在叫骂着：

"丢那妈，去你妈的'黑豆精神'吧，老子今日要吃'红豆'！"

说罢，他将枪口对准自己的太阳穴，"叭"地开了一枪，旋即倒在侯山坳下。那两名卫士听到枪响，急忙跑过来，见陈济桓已倒在血泊之中，除了那条木制的假腿外，浑身仍在痉挛着，他是在极度愤懑之中死去的……

第三十一军少将参谋长吕旃蒙在战斗中率部与敌冲杀，血肉搏斗，战死于桂林德智中学附近。第一七〇师副师长胡厚基也在战斗中牺牲。

十一月十日，桂林城陷落。